AtV

Erwin Strittmatter wurde 1912 in Spremberg als Sohn eines Bäckers und Kleinbauern geboren. Bis zum 17. Lebensjahr Realgymnasium, danach Bäckerlehre. Arbeitete als Bäkkergeselle, Kellner, Chauffeur, Tierwärter und Hilfsarbeiter. Im Zweiten Weltkrieg Soldat, desertierte er gegen Ende des Krieges. Ab 1945 arbeitete er erneute als Bäcker, war daneben Volkskorrespondent einer Zeitung und seit 1947 Amtsvorsteher in sieben Gemeinden, später Zeitungsredakteur in Senftenberg. Lebte seit 1954 als freier Schriftsteller in Dollgow/Gransee. Er starb am 31. Januar 1994.
Romane: Ochsenkutscher (1951), Tinko (1955), Der Wundertäter I–III (1957/1973/1980), Ole Bienkopp (1963), Der Laden I–III (1983/1987/1992). Erzählungen und Kurzprosa: Pony Pedro (1959), Schulzenhofer Kramkalender (1966), Ein Dienstag im September (1969), 3/4hundert Kleingeschichten (1971), Die Nachtigall-Geschichten (1972/1977/1985), Selbstermunterungen (1981), Lebenszeit (1987), Vor der Verwandlung. Aufzeichnungen (hg. von Eva Strittmatter, 1995). Aus Tagebüchern: Wahre Geschichten aller Ard(t) (1982), Die Lage in den Lüften (1990). Dramen: Katzgraben (1953), Die Holländerbraut (1959)

Es gibt keine Zeit, in der nichts geschieht, denn geschähe nichts, gäbe es keine Zeit, aber beim Erzählen wird die Chronologie zum Mistbeet für Langeweile. Ich will euch nicht langweilen und verzichte auf Chronologie. Ich durchforsche jene meiner Erlebnisse, die mir zu erklären scheinen, wer ich bin. Wenn ihr meint, daß ich das eine oder andere meiner Erlebnisse überbewerte, daß mein Bericht darüber euch *nichts gibt*, wie die moderne Redewendung lautet, so blättert weiter.

Erwin Strittmatter

Erwin Strittmatter

DER LADEN

Roman
Zweiter Teil

Aufbau Taschenbuch Verlag

Mit 8 Szenenfotos aus dem Fernsehfilm »Der Laden«

ISBN 3-7466-5422-X

2. Auflage 1998
Aufbau Taschenbuch Verlag GmbH, Berlin

Umschlaggestaltung Preuße & Hülpüsch Grafik Design
unter Verwendung eines Szenenfotos aus dem Fernsehfilm
»Der Laden« mit Bastian Trost als Esau Matt und Cosma Shiva Hagen
als Ilonka Spadi (Foto: Conny Klein / © ORB)
Druck Elsnerdruck GmbH, Berlin
Printed in Germany

Meinem Bruder Heinjak

Nach Grodk bin ich mehrstenteils geworden, weil mir zu Hause das Gezänk um Geschäfte, Geld und Zinsen das Leben vergällte. Auf die *hoche Jungsenschule* bin ich raufgemacht, weil es geheißen hat, ich kann dort mehr lernen als bei Rumposchen in Bossdom.

Nun wohne ich bis zum Hals unter der Erde in Baltins Kellerwohnung. Die Baltins sind die Freundschaft meiner Mutter und sind die Hausmeisters-Leute von der niederen und der *hochen* Mädchenschule. Sie nennen sich meine Pensions-Eltern. Er heißt Juro, und sie heißt Mina. Seit ich hier bin, ist Heimweh in mir. Es macht mich ganz krumm. Ich bin seit gestern hier.

Daß ich nicht Esau Matt bin, weiß ich, aber die alte Pobloschen, die Mutter von Mina Baltin, hat beim Tabakschleißen geknurrt, ich soll ein nebenhinausgeheckter Sohn von Juro Baltin sein. Das will sich mir nicht.

Freilich weiß man nicht, was alles geschehen ist, ehe man in die Welt der sichtbaren Dinge hinein strampelte. Wenn Juro Baltin mich wirklich seitlich hinausgeheckt hat, muß er meine Mutter in der Tuchfabrik umgarnt und bezwirnt haben, als sie dort zusammen arbeiteten.

Ich beobachte Juro für und für, um zu erluchsen, ob etwas von mir in ihm ist oder umgekehrt. Juro ist ein Mann mit klassischer Frühglatze, und noch ehe die Resthaare an seinem Unterkopf anzeigen können, von welcher Farbe sie sind, läßt er sie sich abrasieren, und ich kann nicht erkennen, ob sie rot sind wie die meinen.

Als Dienstuniform trägt Juro zu einer dunkelgrauen Tuchhose eine blaue Arbeitsjacke. Aus der rechten Jackentasche lugt der Schweif eines karierten Taschentuchs, und in der linken Jackentasche führt ein Putzlappen sein verschmiertes Leben. Juro geht mit schaukelndem Gang durch die Schulräume und wischt sich Staub und Schweiß von der Glatze, aber zuweilen vertut er sich und bringt mit dem Putzlappen Schmieröl auf sein enthaartes Haupt, dann kommt er stinkend zu Tisch und wird von seiner Mina getadelt. Sie nennt ihren Mann nicht Juro, sie ist eine Deutsche, sie sagt: Aba Geo-rig!

Juro ist findig, versteht von allem ein wenig und dreht an allem ein bißchen. In der Turnhalle gastiert eine Wandertierschau. Der Fliegende Hund wird vorgestellt, pteropus vampyrus, auch Kalong genannt, liebe Kinder. Die Erklärung, die er sich jeden Tag anhören muß, langweilt den Fliegenden Hund, er reißt aus, er macht sich selbständig. Juro muß heran, holt einen Regenschirm, spannt ihn auf und täuscht dem Flughund eine kleine Finsternis vor. Der Vampir fliegt in die Finsternis.

Woher weiß Baltin, daß man einem Flughund mit einem aufgespannten Regenschirm kommen muß?

Wir hatten die Biester in Deutsch-Südwest als Wachhunde, sagt Juro.

Der Kalong in Deutsch-Südwest? Gehört er nicht nach Indien? Freilich, für Leute, die alles genau nehmen.

Juros Lebenserfahrungen sind zwitterig, inländisch und ausländisch; die inländischen sind überprüfbar, die ausländischen sind Glaubensangelegenheiten.

Mit Deutsch-Südwest ist, wie ihr wißt, eine der Kolonien in Afrika gemeint, die sich die braven Deutschen einst aneigneten. Nach dem Weltkrieg Numero eins verloren sie die Kolonien bekanntlich, weil ihnen die Heimat einen Dolchstoß versetzte. Deutsch-Südwest, behauptet Juro, wäre zu retten gewesen, wenn sich die Deutschen in Versailles *nich so tumm* angestellt hätten.

Juro war Hottentottenaufseher beim Bau der Eisenbahnlinie nach Windhuk. Jetzt ist er Sozialdemokrat, und

Deutsch-Südwest liegt als ein hehrer Lebensabschnitt in seinen Erinnerungen. Deshalb empfindet er sein Nachkriegsleben in Grodk zuweilen als fad und versucht, ein wenig Unordnung hineinzubringen. Er tauscht an einem Regentag den Schirm des Lyzeumsdirektors gegen den vom Rektor der Mädchen-Volksschule aus. Die beiden Schul-Hauptleute sind einander nicht gewogen. Sie begegnen sich mit den vertauschten Schirmen auf der Straße und verdächtigen einander, und einer erträgt das Vergehen des anderen mit knirschender Vornehmheit.

Beim nächsten Regen tauscht Juro die Schirme zurück, und die beiden Schul-Obersten schütteln, wenn sie sich treffen, mit stummer Mißbilligung die Köpfe, wie heutigentags die Autofahrer, wenn einer vom anderen meint, er habe gegen die Straßenverkehrsordnung verstoßen.

Um Juros Nase spielt sich eine Art niederer Gehirntätigkeit ab. Es zuckt dort zu beiden Seiten, wenn er mit jemand spricht, dem er einen Schabernack zu spielen gedenkt.

Er bestreicht die Reckstange in der Turnhalle mit Ofenruß. Fräulein Westerwald, die stramme Turnlehrerin, kommt *zebriert* in die Kellerwohnung und bittet Juro um Hilfe. Juro reinigt beflissen und grinsend die Reckstange mit Sandpapier und kassiert Dank für seine Alfanzerei.

Juro füllt mein Tintenfaß mit Wasser. Ich hole mir ein Tintenfaß aus einem Klassenraum des Lyzeums. Juro muß sich bekennen. Er bekennt, daß ich nicht *so dämlich bin, wie ich aussehe.*

Man versteht, daß die Baltins afrikanisch eingerichtet sind, und daß Tier-Reste, deren Heimat Afrika sein soll, die Wohnung verunzieren.

In der Flur-Garderobe hängen die Kleidungsstücke an Gehörnen von Springböcken, der Schirm-Ständer ist aus gebleichten Kamelknochen; die Haken des Handtuchhalters sind präparierte Krabbenscheren; in der Wohnstube ragen Spießgehörne von Säbel-Antilopen in die Kellerluft; an der Gaslampe über dem Stubentisch baumeln drei ausgeblasene Straußen-Eier; auf der Kommode liegen die gefleckten Gehäuse von Muscheln und die Panzer von Wollhandkrabben.

Mina Baltin weiß nicht, wer ihr Vater war. Sie fragt ihre Mutter, die alte Pobloschen. Die alte Pobloschen sagt: Halts Maul, dein Vater war ein feiner Mann!

Mina fühlt sich verpflichtet, eine feine Frau zu sein. Sie läßt sich Frau Hausmeisterin titulieren, und wer Frau Schuldiener zu ihr sagt, ist ein Prolet. Wenn es Gerechtigkeit gäbte, sagt sie, müßten wir Oberhausmeisters sein, weil wir zwei Institute, die Mädchen-Volksschule und die hoche Mädchenschule, das Lyzeum, bemeistern.

Mina weist mir in der Wohnung den Platz an, an dem ich meine Schularbeiten machen soll. Sie unterweist mich auch anderweitig, zum Beispiel, daß ich nicht die *Berliner Morgenpost*, sondern Klosettpapier nehmen soll. Ich als deine Pensionsmutter, sagt sie, könnte, müßte, dürfte, sollte, hätte . . . Zwischen ihr und mir ist Fremde, weil sie mich nur unter der Bedingung in Pension nahm, daß meine Hemdsärmel nach dem Ärmelmuster der Rektorssöhne gekürzt werden, daß von meinen Hosenbeinen je ein Stück abgeschnitten wird, daß ich nicht mehr zwei rechts, zwei links gestrickte Wollstrümpfe tragen darf, daß ich meinen Pony, den Haarklecks über der Stirn, zu einer Frisur mit Scheitel anwachsen lasse, daß ich mit Bitte und Danke *rischer* bei der Hand bin.

Meine Schularbeiten soll ich am Tisch in der Wohnstube machen, aber ich soll nicht Wohnstube, sondern Wohnzimmer sagen, sagt sie.

Auf dem Wohnstubentisch liegt eine dicke Plüschdecke, und auf der Plüschdecke liegt quer von der linken unteren zur rechten oberen Tisch-Ecke eine Häkeldecke.

Es heißt diagonal und Tischläufer, belehrt mich die Baltin.

Ja bitte, sage ich eingeschüchtert.

Läufer und Decke müssen so liegenbleiben, wie sie liegen, sagt die Baltin, weil Lehrer und feine Leute hier aus- und eingehen, die nicht vom Anblick eines nackten Tisches erschreckt werden dürfen. Du bist alt *genung* und kannst sehr wohl Obacht geben, daß beim Schreiben *nischt* auf die Decke kommt.

Ja bitte, sage ich.

Ja danke, muß es heißen, sagt sie.

Ja danke, sage ich.

Mina Baltin hat nur eine Tochter. Einen Jungen hat sie nicht in die Welt gedrückt, deshalb will sie mich so haben, wie ihr Junge hätte sein sollen. Sie will mich umarbeiten. Auch auf der *hochen Schule* werde ich umgearbeitet. Sie sagen, ich wäre jetzt ein Sextaner.

Mina Baltin geht mit mir eine Schülermütze kaufen. Sextanermützen sind dunkelgrün und haben überm unteren Rand eine goldene Borte.

Ich wollte mir die Schülermütze selbsttätig kaufen gehen, aber Mina Baltin wollte mit. Du hast so schont abstehende Ohren, sagt sie, und wenn die Mütze, falls du sie zu groß käufst, noch auf diesen ruht, werden sie so seitlich werden wie Ziegen-Ohren.

Wir gehen zu Mützenhändler Rau, und ich gewahre, daß Mina nicht meiner abstehenden Ohren wegen mit zum Mützenkauf ging. Sie will sich aufspielen. Es handelt sich bei diesem Jungen um meinen Pensionär, sagt sie zum Mützenhändler, und ich als seine Pensionsmutter möchte, daß er in einer anständigen Verfassung herumlöft. Vor fremden Leuten drechselt Mina Baltin ungeheuer an dem, was sie sagt, aber zuweilen entrutschen ihr Worte ins Grodkische, und ihre Sätze sind wie schöne Pferde mit abfallenden Kruppen.

Der Mützenhändler tut uns eine Mütze her. Die ist mir zu dunkelgrün, sagt die Baltin, ich hätte gern eine olivere.

Sehr wohl, gnädige Frau, eine oliv-farbene, sagt Mützenhändler Rau. Er weiß, die Sextanermützen der ganzen Sendung gleichen einander in der Farbe, nur die Kunden gleichen einander nicht. Er weiß auch, daß er die Frau vom Schuldiener Baltin vor sich hat, aber er tituliert sie *gnädige Frau.* Mina schüttelt sich vor Wohligkeit wie ein Sperlingsweibchen nach dem Hahnentritt.

Die nächste Sextanermütze ist der Baltin in der Paspelierung zu glänzig.

Jawohl, gnädige Frau. Mina Baltin scheint für Mützenhändler Rau von Beanstandung zu Beanstandung herrschaftlicher zu werden. Herrschaft und Mäkelei kommen aus einem Ei. Leute, die in Gastwirtschaften das Essen bemäkeln, es zurückschicken und wiederkommen lassen, werden von Kellnern und vom Küchenpersonal gehaßt, aber für *hoche* Herrschaften gehalten.

Die sechste Mütze, die mir Mützenhändler Rau über das schmutzig-rote Haar stülpt, ist Mina Baltin endlich genehm. Sie bezahlt sie aus meinem kleinen Portemonnaie. Mützengeld ist im Pensionspreis nicht inbegriffen.

Nun bist du priviligisiert, sagt Mina Baltin und beklopft mein Mützenschild. Ich kenne das Wort nicht, aber etwas wirds schon bedeuten. Trotzdem weiß ich nicht, ob ich es tue. Die hoche Jungsen-Schule hieß in Grodk früher Realschule, und die *Jungsen*, die auf sie raufgehen, werden bis heute Real-Ochsen genannt. Eine Schülermütze zeigt an, daß der Vater von dem, der sie trägt, einen Sack voll Geld in der Speisekammer hat. Das ist im Falle meines Vaters eingelogen. Ich soll mich nach der Mütze verhalten, sagt Mina Baltin. In Bossdom lassen sich nur der Gendarm und der Postbote von ihren Mützen ihr Verhalten vorschreiben. Soll ich so steif umhergehen wie diese?

Der dritte Mensch, mit dem ich jetzt in einer Familie zusammen leben muß, ist, wie ich erwähnte, die alte Pobloschen. Ich soll Großmutter zu ihr sagen. Das will sich mir nicht. Den Titel Großmutter darf nach meiner Meinung nur die wirkliche Nachzucht einer alten Frau benutzen. Ich bin keine Nachzucht von der alten Pobloschen.

Die alte Pobloschen wechselt dreimal täglich ihre Frisur, das heißt, ihr Haar tut es von selber. Morgens ist es zu einem Knoten aufgesteckt, um Mittag sind einige Haarsträhnen aus dem Knoten herausgerutscht und bilden eine Windstoßfrisur, und am Abend sieht die Pobloschen aus wie ein Meerweib. Sie sitzt in einem mit Kissen gepolsterten Rohrstuhl in der Küchen-Ecke rechts vom Fenster und leidet an tauben Füßen und aufgerissenen Augen. Hinter den aufgerissenen Augen steht Angst oder Wut, Über-Angst oder Über-Wut. Sie arbeitet wochentags und sonntags. Ihre Arbeit wird Heim-Arbeit genannt. Sie zerreißt getrocknete Tabakblätter, trennt das braune Blattheu vom Stengel. Durch die Baltinsche Küche ziehen Tabakblätter aus fernen Ländern, auf ihnen funkelt feiner Sand, und den ganzen Tag durchzittert ein leises Trenngeräusch die Küchenluft.

Der Keller der Mädchenschule ist so groß wie ihr Grundriß. Wer will, kann sie sich ansehen gehen; sie steht noch. Der größte Teil der Stadt wurde im letzten Krieg von englischen Tieffliegern zertrümmert. Die Engländer hätten es mit ihren Tieffliegern vor allem auf ihre lästigen Konkurrenten, die Grodker Tuchfabrikanten, abgesehen, heißt es. Man soll da nicht so sicher sein; wenn die Deutschen in einem Krieg, den sie anzündelten, Dresche kriegen, lassen sie Legenden aufblühen.

Der große Schulkeller ist durch Wände in Abschnitte unterteilt. Ich rede von dem Abschnitt Hausmeisterwohnung: Zwei Stuben, Küche und das Heizerstübchen, in dem die alte Pobloschen wohnt.

In den Korridor hinter der Hausmeisterwohnung fällt nie ein Strählchen Taglicht. Alles Taglicht wird von den Stuben verbraucht. Im Korridor brennt Tag und Nacht eine verdorrte Gaslampe; er ist eine Zwischenstation; es halten sich dort Dinge auf, die weiterwandern, in die Schule hinein oder zur Schule hinaus. Da steht zum Beispiel eine alte Wandtafel, die nicht ahnt, daß sie in einigen Tagen zu Kleinholz zerhackt werden wird. Da steht ein neuer Kathederstuhl, der noch nicht weiß, daß täglich mehrere Lehrer-Ürsche über ihn hinscheuern werden, und da ist ein Fahnenstiel, der auf ein schwarz-rot-goldenes Tuch wartet, das an ihm befestigt werden und wehen und politische Feierlichkeit verbreiten soll.

Da gibts in diesem Korridor auch einige fixe Dinge: Das Klingelbrett zum Beispiel. Die Klingelknöpfe sind angeordnet wie die Knöpfe an einem Herrenzweireiher. Ein altes Nachtschränkchen lebt ebenfalls für ständig im dunkelsten Korridor der Welt. Es dichtet einen Eimer und einen Nachttopf geruchsicher ab und stellt das Behelfsklosett der Pobloschen dar. Die Alte bewältigt den Anmarschweg zu den allgemeinen Klosetts nicht mehr.

Und schließlich hängt in diesem Korridor das große Schlüsselbrett. An seinen Haken baumeln über hundert Schlüssel und träumen von ihrem Glück. Das Glück eines Schlüssels ist, eine Tür aufzuschließen, und jeder Schlüssel, der aufschließt, bildet sich ein, die Welt um ein paar Quadratmeter Raum vergrößert zu haben. An jedem Schlüssel zittert ein kleines Schild, das schriftlich ausweist, mit welcher Tür man ihn glücklich machen kann.

Rektor Heide holt sich den Schlüssel zum Rektoratszimmer. Er tauscht mit Mina Baltin gespreizte Sätze aus. Kein Lehrer und kein Rektor kann ein Wort mit Mina Baltin reden, das ich nicht höre. Ich sitze in der Wohnstube am Tisch auf meiner Schülermütze. Die Schülermütze habe ich unter der Wasserleitung genäßt; sie soll sich verkrümpeln und nicht so neu aussehen. Ich muß nicht nur alles anhören, was der Rektor und die *hoche* Lehrerschaft mit Mina Baltin bereden, ich will es. Ich will gebildet werden. Je schneller ich gebildet werde, desto *rischer* kommt das Leben heran, das ich nach meiner fertiggestellten Bildung führen werde.

Denken Sie, Frau Baltin, sagt Rektor Heide, sie haben mir wieder zwei Mädchen ins Institut geschleust, die nur Hilfsschulreife besitzen. Jetzt weiß ich, weshalb Mina Baltin von *Instituten* spricht, wenn sie die Mädchenvolksschule und das Lyzeum meint.

Ich kann Ihnen verstehen, sagt Mina Baltin zum Rektor, Mädchen mit Hilfsschulreife drücken auf das Niveau.

Ich versuche auf dem Schulhof die hilfsschulreifen Kleinweiber herauszusuchen. Mein Großvater hat mich gelehrt, im Marktgetümmel Pferde mit Dummkoller herauszufinden, aber hier schiebt Gott meiner Sucherseele einen Riegel vor, er will mir beibringen, daß man Pferde und

Weiber nicht vergleichen soll. Ich finde die Hilfsschulmädchen nicht.

Mina hat mir verboten, von einem Keller zu sprechen, wenn ich die Baltinsche Wohnung meine. Wir wohnen im Souterrain, sagt sie. Souterrain? Wer nicht weiß, was das ist und wie tief unten das ist, meint, wer weiß wie hoch wir leben.

Nach dem Kriege wurden im Keller zwei Notschulräume eingerichtet. Man rechnete mit vielen neuen Kindern in der deutschen Welt. Leider waren die meisten neuen Kinder nicht Mädchen, sondern Jungen. Rektor und Lehrer beachteten die Theorie von Stellmacher Schestawitscha in Bossdom nicht, der da behauptete, das Leben weisch, wasch den Deutschen frommt, siegreich wolln wir Frankreich schloagen, Gott stroafe England!

So wurden die Notschulräume, die vollständig eingerichtet waren, zu Ausleihen für Dinge, die in den oberen Schulräumen zum Fehlen kamen. Geh mal rasch runter nach Kreide, hieß es. Oder es hieß, holt mal einen Stuhl von unten, falls der Rektor uns besucht.

Doktor Kümmel zerschlug ein Katheder. Es mußte ein heiles von unten geholt werden. Doktor Kümmel ist Pazifist und Mitglied der Stadtverordneten-Versammlung. Seine Wahl war ein Versehen, heißt es jetzt. Man will ihn wieder raus haben. Pazifisten sind bei Sozialdemokraten, Deutschnationalen, sogar bei Kommunisten unbeliebt. All diese Bünde sind Kampfbünde, und der Kampf braucht Kämpfer. Doktor Kümmel zerschlug das Katheder, als er seinen Mädchen auseinandersetzte, daß nie wieder ein Krieg stattfinden dürfe. War das nicht kämpferisch genug?

Es kommt vor, daß schon am Nachmittag in Mina Baltins Wohnstube ein Damenkränzchen stattfindet. Dann mache ich meine Schularbeiten in einem der Notschulräume. Ich setze mich ans Katheder und spiele Lehrer, ich träume mir ein hübsches Mädchen in eine der Bänke hinein und sage: Diesmal wollen wir es noch hingehen lassen, Elfi, und ich genieße Elfis dankbaren Blick.

Als Rektor Heide nach Grodk kam, hatten sie nicht

gleich eine passende Wohnung für ihn, und er mußte eine Weile die Notschulräume als Wohnung benutzen. In jener Zeit wurde dort ein Spülklosett eingebaut. Manchmal gehe ich auf dieses ehemalige Rektoratsklosett. Das ist mein Geheimnis.

Meine Schulbücher darf ich mir selber kaufen. Wer weiß, was Mina Baltin an ihnen herumzumäkeln gehabt hätte. Vielleicht wäre ihr das Französische zu unverständlich, wären ihr die Rechenaufgaben zu leicht und die Geschichten im Lesebuch nicht lang genug gewesen.

Drüben über der Straße umkreisen Mauersegler kreischend eine langweilige Tuchfabrik. Ich blättere meine Schulbücher durch: Das französische Lehrbuch bringt mir eine Enttäuschung bei. Ich hatte mir ausgedacht, in besonderer Weise schnell Französisch zu lernen. Niemand hatte vor mir dieses System herausgefunden. Die Menschheit überließ mir, es zu finden: Ich wollte das französische Alphabet lernen, so wie ich das deutsche Alphabet gelernt hatte, und wollte mir dann aus dem französischen Alphabet die französischen Wörter wie Tisch, Baum und Maikäfer zusammensetzen. Nun sehe ich, daß das französische Alphabet, bis auf ein paar Kleinigkeiten, dem deutschen Alphabet gleicht. Es ist mir versagt, französische Wörter im eigenen Backofen herzustellen.

Die Franzosen haben sich ausgedacht, bei offener Nase so zu reden, als wäre sie verstopft. Ich vermute, sie haben diesen Nasallaut erfunden, um es Fremdländischen schwer zu machen, Französisch zu lernen. Sie wollen ihre Sprache für sich behalten und die Besten in ihr sein.

Wenn du zu einem richtigen Nasallaut kommen willst, mußt du dir mit Daumen und Zeigefinger die Nasenflügel zusammenquetschen. Wenn du es selber nicht fertigbringst, muß dein Banknachbar dir behilflich sein, so verlangt es Studienrat Schraube. Schraube ist klein, gut in Futter, abgedreht wie ein Doppelpony und wird *Petit Garçon* (Kleiner Knabe) genannt. Den Namen haben ihm Schüler gegeben, die längst Rechnungsräte, Amtsanwälte, Hauptleute oder Prokuristen sind.

Petit Garçon spricht das Französische lässig aus. Er schmeißt es wie mit der linken Hand hin: Repete lä cläss!, sagt er, wenn wir einen Satz nachreden sollen, den er uns vorsprach. Mein Nasallaut wäre noch nicht lässig genug, meint *Petit Garçon*, mein Banknachbar möge Druck auf meine Nasenflügel ausüben! Die Finger meines Banknachbarn Marosnik stinken nach Radiergummi. Gummi strahlt jenen Geruch aus, der meine Nase von allen Mißgerüchen am eifrigsten beleidigt. Schweinsjauche ist mir ein Wohlduft dagegen. Ich will meine Nase Marosniks Fingern entziehen, aber der greift nach; ich kriege einen Vorgeschmack vom Erstickungstod, aber ich will noch leben und hau ihm eine runter. *Petit Garçon* bewertet, heutig gesagt, *benotet* meinen Nasallaut als unzureichend, drei minus oder so. Sie geben einem hier für alles, was man sagt und tut, eine Nummer. Selbst, was du über den Reichspräsidenten Ebert denkst, wird numeriert wie heutigentags. Na, mäg!

Ich bin älter als die anderen Sexta-Krebse. Das Schuljahr geht von Ostern zu Ostern, ich aber bin im August geboren, ich habe *falsche Jahre*, ich passe mit meiner Geburt nicht ins Schuljahr. Überdies bin ich ein Jahr zu spät auf die *hoche Schule* geworden. Alles Angelegenheiten, die mich etwas nach außen rücken. Eigentlich dürften die anderen nur ein Jahr dümmer sein als ich, aber das reicht nicht: In der Erdkundestunde, die sie hier Geographie nennen, geht es wieder mit der Mark Brandenburg los, mit dem Niederlausitzer Grenzwall und mit dem Fläming, den ich in Bossdom an vielen Nachmittagen mit der Laubsäge maßstabgerecht aussägen half.

Haben mich meine Arbeit daheim im Laden und mein eigenes Geschäftsunternehmen damals so nach vorn gebracht, daß ich mich immerzu umgucken muß, ob die anderen nachkommen?

In der Biologiestunde, die wir in Bossdom Naturkunde nannten, schwärmt Studienrat Martschinek vom edlen Roß, das seinen Reiter mutig in die Schlacht trägt. Das soll sich ein Pferdemann anhören, ohne Bauchschmerzen zu kriegen, einer, der weiß, daß ein Pferd beim ersten Knall, den es zu hören kriegt, umdreht und flüchtet, wenn kein mutiger Reiter auf ihm draufsitzt. Ein Pferd hat eine gute Witterung, aber es kann nicht riechen, daß der deutsche und der russische Kaiser Händel miteinander haben. Ein Roß prescht nicht aus Liebe zu Kaiser Wilhelm in die Schlacht.

Nur in der Turnstunde wird hier mehr von mir verlangt als bei Rumposchen. Wir müssen uns an den verrücktesten Geräten abstrampeln, als wäre das Leben eine einzige Leibesübung. Sie haben hier ein Pferd aus Leder, ein Pferd ohne Kopf. Wenn es um Reiten ginge, wollte ich ihnen schon was vormachen, aber man soll auf diesem kopflosen Tier herumjampeln, und sie nennen das grätschen. Außerdem soll ich nicht nur an einem Strick, sondern auch an einer Stange hochkriechen. Ich sei *gerätemäßig unterbegabt*, sagt Turnlehrer Feldmann, *unzensierbar.*

Mir wäre lieber, sie ließen mich in den Turnstunden das Unkraut im Garten des Direktors *wieten.* Unser Studiendirektor hat kein bißchen landwirtschaftliche Ehre. Er *kroamt* mit der Tochter vom Tuchfabrikanten Pieplack, mit einem schönen blonden Fräulein. Der Tuchfabrikant, heißt es, stemmt sich gegen eine Heirat. Er will keinen Gelehrten, er will seiner Tochter einen Textilkaufmann anhängen. Die Fabrikantentochter aber ist verrückt nach unserem Studiendirektor mit seinen hervorquellenden Augen. Sie besucht ihn sogar am Vormittag, obwohl der Direktor in der Schule *zu tune* hat. Er stellt dem Fräulein einen Liegestuhl in den Garten, mitten ins Unkraut hinein. Die Fabrikantentochter sitzt nicht ungern im Unkraut. Für sie ist alles, was blüht, eine Blume, besonders, wenn sich die Oberprimaner, denen schon ein bißchen Bart wächst, am Gartenzaun für sie wichtig machen und tun, als wären sie erfahrene Verführer.

Der Geschichtsunterricht wird uns von Doktor Trutzburg verabreicht. Er hat ein schönes Gesicht, aber zwei tiefe Bösfalten an der Nasenwurzel. Die Bösfalten werden vom Klemmer seines Kneifers verdeckt. Kneifer-Brillen sind zu jener Zeit die beliebtesten Augenbekleidungen.

Auch Mina Baltin verstärkt die Sicht aus ihren kalten Augen mit einem Kneifer.

Doktor Trutzburg prügelt nicht schlechter als Rumposch in Bossdom, aber man weiß nie, wann er losprügeln wird. In dieser Hinsicht ist er liederlich und unzuverlässig. Manchmal fängt er an zu träumen und erwägt, wie die Deutschen heute dastünden, wenn sie eine bestimmte Schlacht gewonnen hätten, als sie noch Germanen waren. Er fragt zum Beispiel meinen Klassenbruder Kulpock, was geschehen wäre, wenn die Römer in ihren Eisenuniformen und die Germanen in ihren Fellen in den Schnee-Alpen aufeinandergetroffen wären. Wenn die Römer, was die Wärme gewöhnt sind, möchten auf die schneebedeckten Alpen kommen, antwortet Kulpock, möchten sie frieren und zittern, und die Deutschen, was in warme Felle eingepackt sind, möchten die Perons von Römer ganz schön verdreschen, nicht wahrrr.

Die Zornfalten von Doktor Trutzburg vertiefen sich; sein Kneifer fängt an zu wackeln. Er nimmt den Stock her und verschreibt Kulpock eine Dresche, die auf dessen Ursch kaum Platz hat, weil der sich oberschlesisch ausgedrückt hat. Was soll da aus einem Halbsorben wie mir werden?

Die Zungen der Bossdomer waren vordem auf die sorbische Sprache eingestellt. Durch den Verkehr mit den Leuten in den Glashütten von Däben und Friedensrain, durch den Verkehr mit den Behörden in der Kreisstadt Grodk mußten sie sich *uff das Deitsche bissel einstelln ooch*. Aber sie bogen es sich so zurecht, daß es ihren Zungen bequem war. Manche auswärtigen Wörter erschienen ihnen gespreizt. Kein Bossdomer Bergmann nimmt Stullen, Schnitten, Bemmen oder Brote mit zur Arbeit, sondern Schnieten. Kein Bossdomer sammelt die Blätter aus den geernteten Blaubeeren – er pietweit sie aus.

Die Sprache, die wir in den halbwendischen Dörfern sprechen, ist ein sogenanntes Ponaschemu, eine Unter-Uns-Sprache, eine Zwischensprache. Die Kleinstädter belächeln und verspotten sie, und in den halbwendischen

Dörfern wird belächelt und verspottet, wer kein Ponaschemu spricht.

Ich verfalle in Furcht und übersetze die Antworten auf alle Fragen von Doktor Trutzburg, ob ich sie geben muß oder nicht, sogleich ins Hochdeutsche. Bei Rumposchen haben mir Prügel zuletzt nichts mehr ausgemacht, aber auf der *hochen Schule* verprügelt zu werden, ist mir peinlich. Ich bin nicht hierhergegangen, um mich verdreschen, sondern um mich wissenschaftlich anmästen zu lassen.

Später werde ich wissen, weshalb Doktor Trutzburg so unausrechenbar war: Seine Liederlichkeit im Prügeln wurde vom Wahnsinn hervorgerufen. Der Wahn trat später aus Trutzburg heraus, und der Doktor mußte in die für uns zuständige Irrenanstalt nach Sorau eingeliefert werden. Sorau ist für uns eine viel zitierte Stadt. Leute, in denen sich die Gedanken nicht folgerichtig abwickeln, nicht so, wie es sich die Durchschnittsleute wünschen, werden bei uns *Sorauer* genannt. Wer über eine Sache anders denkt als die Mehrzahl seiner Mitmenschen, ist ein *Sorauer.* Ich wurde oft so genannt. Aber das war damals; jetzt nennt mich meine liebliche Gefährtin, zärtlich, einen niederschlesischen Neurotiker.

Als Doktor Trutzburg nach Sorau geliefert wird, tut er mir leid. Sorau liegt in Niederschlesien. Wenn Trutzburg die oberschlesische Redeweise nicht gefiel, wird ihm auch die niederschlesische Redeweise nicht zusagen, und er wird auf seinen niederschlesisch sprechenden Wärter losgehen, wird ihn verprügeln wollen, und der Wärter wird es sich nicht gefallen lassen und wird Doktor Trutzburg verprügeln. Das täte mir leid, denn ich bin Doktor Trutzburg zu Danke; er hat mein Deutsch mit Hilfe von Beängstigung auf eine höhere Stufe gehoben, wies heutzutage heißt.

In Bossdom waren unsere Bänke aus rohem Holz, hatten eine durchgehende Sitzfläche, und wir saßen zu viert in einer. Die Bankpulte hatten tiefe Rillen. Ihr Holz war so alt wie die Balken vom Bock der alten Windmühle. Wenn wir uns langweilten, kratzten wir mit Stecknadeln Schmutz aus den Rillen. Der Schmutz war so alt wie die Großväter des Dorfes, die auf Ausgedinge saßen.

Aber weshalb erzähle ich von den schmutzigen Bossdomer Bänken? Ich habe Sehnsucht, muß ich euch sagen.

Hier auf der *hochen Schule* sitzen wir zu zweit in einer Bank. Die Bankpulte sind gestrichen und lackiert, nicht ein Stäubchen auf ihnen zu finden. Eigentlich ein guter Ort, mich von meiner Abklopf-Sucht zu befreien. Wieder peinigt mich eine Krankheit wie damals die Gotteskrankheit. Es ist eine Putzsucht, aber keine Schwester der Eitelkeit. Sie verlangt mir nicht ab, meine Mütze so schief aufzusetzen, daß ein Ohr drin verschwindet; sie verlangt mir nicht ab, die Sohlen meiner Holzpantoffel mit weißer Fensterfarbe zu vervornehmen; sie verlangt mir nicht ab, die Zähne mit goldenem Stanniolpapier zu bekleben. Das waren vorübergehende *Moden* in der Dorfschule, die auch andere Mitschüler gepackt hatten.

Meine neue Krankheit, diese Sonderputzsucht, wurde von meiner Mutter ausgelöst, aber die Sucht muß in mir auf der Lauer gelegen haben, um loslaufen zu können.

Es fing damit an, daß meine Mutter verlangte, ich möge am Abend täglich meine Kleider ausbürsten. Jetzt biste lank und groß genung, dir selber zu besäubern und reene zu halten. Ich hoabe zu tune, das weeßte.

Ich warte nicht, bis der Abend und die Zeit heran ist, meine Kleider auszubürsten, ich achte schon tagsüber drauf, daß ich mich nirgendwo anschmutze. Wenn ich in der Backstube mitarbeite, läßt es sich nicht vermeiden, daß ich da oder dort anstoße, und das Anstoßen bewirkt (als würde sich in mir, ob an der rechten, ob an der linken Hand, je nach der Gegebenheit, ein Haken lösen), daß die Hand herumfährt und die Stelle meines Hemdes, meiner Jacke, meiner Hose beklopft, die mit den Geräten oder mit den Wänden der mehlverstaubten Backstube in Berührung kam.

Aber dabei bleibt es nicht. Wenn ich draußen beim Mistfahren oder in den Ställen wo anstoße, oder wenn mich ein Windstoß mit einer Prise Felderstaub überschüttet – ich klopfe, klopfe, und ich klopfe auch, wenn mich irgend jemand streift.

Bevor ich nach Grodk auf die *hoche Schule* werde, ermahnt mich die Mutter aufs neue und noch dringlicher, *mir reene zu halten.* Sie ahnt nichts von meiner Abklopf-Qual, und daß sie sie mit ihrer Mahnung vergrößert.

Ich beleidige in Baltins Kellerwohnung Leute, die zu Besuch kommen, Leute, die mich unabsichtlich anstoßen. Ich beklopfe mich vor deren *sichtliche Oogen*, verdächtige sie, Dreckmätze zu sein. Es hilft nicht, daß Mina Baltin mich erst leise, dann laut und schließlich derb ausschimpft. Ihr Hals bläht sich dabei, und blaue Adern treten hervor: Kannst du dir das nicht endlich abgewööhnen? brüllt sie.

Ich ziehe es vor, nicht zu antworten. Ich müßte nein sagen, weil ich auch nein sagen müßte, wenn sie fragen würde: Kannst du dir diese Lungenentzündung nicht abgewöhnen?

Ich lasse mich als Fünfzigjähriger in diese Zeit der Schulkrankheiten zurückfallen und suche zu ergründen, wo sie sich hernahmen, und wo sie schließlich blieben. Psychosen, Schmutzophobie, erklären mir wissenschaftlich gebildete Freunde, aber was ist mit einem Namen bewiesen? Seelische Zwänge, sagen die Freunde rasch, weil sie glauben, ihre lateinischen Fachausdrücke wären mir fremd. Seelische Zwänge – zwei deutsche Worte, die mir auch nichts erklären. Ein gewisser Freud, Sigmund und Professor, sagen die Freunde, habe erklärt, solche Zwänge wüchsen aus dem Sexuellen; andere sagen, sie wüchsen aus dem Unterbewußtsein, und das Unterbewußtsein ist ein Bewußtsein, von dem ich nichts wissen kann. Ich fange an, das für eine Möglichkeit zu halten, obwohl damit immer noch nichts bewiesen ist.

Manchmal meine ich, daß ich meiner Abklopf-Krankheit ledig wurde, als ich mit dreizehn Jahren meine erste kleine Geschichte schrieb, die veröffentlicht wurde. Wenns so wäre, hätte mich die verwandelte Abklopf-Krankheit niemals mehr verlassen, und ich stehe bis heute unter ihrem Zwange.

Wir sitzen auf Klappsitzen, und die fahren nach hinten, wenn wir aufstehen. Man kann sich so erheben, daß der Sitz leise zurückfährt, und auch so, daß er nach hinten knallt.

Wenn Doktor Eekbrett, der Mathematiklehrer, in die Klasse kommt, müssen die Sitze knallen, aber es darf sich nicht so anhören, als ob eine Kuh mistet: klack, klack, klack; unsere Ürsche müssen sich einig sein, wünscht Eekbrett, und ihn mit einem großen Knall begrüßen. Manchmal, wenn Eekbrett die Alkoholfahne herausgesteckt hat, üben wir nach seinem Kommando fünf bis zehn Minuten den großen Sitzknall.

Bei Doktor Benedikt, dem Geographier, sollen wir so aufstehen, als ob wir gar nicht da wären. Der rötlichblonde Doktor schleicht geduckt in die Klasse und erzeugt dabei mit den Lippen jenen fistelnden Ton, mit dem man Stille von anderen fordert. Es wird erzählt, Doktor Benedikt ist auf Stille aus, weil er ein lautes Familienleben hat. Redereien, von denen man nicht weiß, ob sie wahr sind. Sie sind wie Märchen, die man gern hört.

Jeder Lehrer will, daß wir ihn auf die von ihm erwünschte Weise begrüßen. Wir müssen unser Temperament von Dreiviertelstunde zu Dreiviertelstunde umstellen. Ich fürchte, wir werden gescheckte Persönlichkeiten werden. Das Leben ist nicht einfach, und manch eener weeß erscht goar nich, wenn die Schlacht bei Fehrbellin woar, sagt Nagorkans Paule in Bossdom, wenn er drei Cottbuser Korn und drei Biere getrunken hat.

Wenn ich in der Stadt Mühlenkutscher Stopra oder Petroleumkutscher Brando treffe, lächle ich ihnen zu, als wären sie entfernte Verwandte von mir. Ihre Fuhrwerke haben vor unserm Hause gestanden, und die Kutscher haben mit meinem Großvater gesprochen; sie tragen ein bißchen Bossdom mit sich herum. Sehnsucht.

Das Dunkel unter der Schreibplatte meiner Bank ist mir ein kleines Zuhause; weil dort der aufgearbeitete Schultornister meiner Mutter liegt. Leider kann der Tornister mir nur die ersten zwei, drei Tage in der Fremde zu Troste sein, denn alsbald entdecken ihn meine Mitschüler, vor allem seinen Plüschdeckel. Sie kommen alle bremsig wie Büroleute mit Aktentaschen zur Schule, und ich mit meinem Plüschdeckel-Tornister bin ihnen außergewöhnlich. Sie fangen an, auf meinen Ranzen drauf zu hacken.

Ich habe gesehen, wie frisch geschlüpfte Küken nach einem roten Pünktchen auf der Zehenhaut eines Mitkükens pickten und pickten, bis dem ein Blutstropfen aus der Zehenhaut trat, und wie dieses Küken danach erst recht bedrängt und behackt wurde, bis es sich in eine Ecke hockte, matt wurde und umkam.

Ich begriff nicht, wie das, was wir Roheit nennen, schon in den Eintagsküken stecken konnte, auf die noch nicht ein Strählchen Sonne gefallen war. Da muß die *Roheit* schon im Ei in ihnen gewesen sein oder noch früher, vielleicht schon im Hahnensamen, als der die Henne betrat. Die Welt ist voller Rätsel, und mancher weeß erscht goar nich, daß Kaiser Willem een zu kurzen Arm hutte, sagt Paule Nagorkan.

Meine Klassengenossen nennen meinen Tornister mit dem plüschbezogenen Deckel einen Weiberranzen und klopfen mit den Fäusten drauf, und der Ranzen antwortet mit dumpfem Gebell. Ich gehe meinen Weg und verhalte mich ruhig wie ein Pferd, das bei einer berittenen Musikkapelle die Kesselpauke trägt.

Studienrat Laude, unser Religionslehrer, kommt mit langen Schritten, mischt sich ein und erklärt meinen Kameraden, es sei vernünftig, die Bücher auf dem Rücken zu tragen; das Tragen von Aktentaschen führe zu Rückgratverkrümmungen. Er tröstet mich, ich hätte die besten Aussichten, ein aufrechter Soldat zu werden, dann geht er mit seiner Aktentasche aufrecht und mit langen Schritten davon. Er ist zufrieden, seine Seele ist ruhig, und er ist entzückt von sich wie die meisten Bekehrer und Moralisten, die da glauben, ihr Gerede habe ihre Mitmenschen verändert.

Aber meine Mitschüler sind nicht bekehrt. Sie pauken weiter auf meinem Tornister: Weiberranzen, Weiberranzen!

Am nächsten Tag benutzen mich auch Schüler der Quinta und Quarta als Kesselpauke.

Mir fallen die Sastupeit-Jungen in Bossdom ein, die nie einen Tornister besaßen. Ich mache meinen Atlas zur Unterlage, packe die übrigen Schulbücher drauf und stemme den Packen gegen die Hüfte. Ein Junge, der auf der Bossdomer Schule drauf war, weiß sich zu helfen. Meine Schulkameraden reißen die Augen auf. Nichts mehr zu beklopfen an mir. Sie staunen über die *sastupeitsche* Art, Schulbücher umherzuschleppen.

Ich halte das vier Wochen durch. Ich werde mir selber ein Held. Vier Wochen lang haben neu eingestellte Knechte und Mägde den Bauernhof, in dem sie eingestellt wurden, nicht zu verlassen. Das gilt auch für Dienstboten, die in Grodk eingestellt werden. Die Kleinstadt ist ein größeres Dorf. Auch Mina Baltin pocht auf die Regel. Vielleicht bin ich in ihren Augen ein Kleinknecht. Um mich zu trösten, gehe ich mehrmals in der Woche an der Schloßmauer entlang. An einer Stelle kann ich über die Mauer hinweg die vergitterten Zellen-Fensterchen der Strafgefangenen sehen. Es ist mir zu Troste, daß ich es besser habe als sie. Ich muß keinen gestreiften Anzug tragen und kann mir eine Eiswaffel kaufen.

Ich halte im Gewühl des Wochenmarktes Ausschau nach jemand aus Bossdom. Nirgendwo wer. Bossdom liegt an der Ostgrenze des Kreises. Die meisten Leute in Grodk wissen nicht, wovon man redet, wenn man sagt, man kommt aus Bossdom.

Und dann doch eines Tages, krumm und ledern, die große Kiepe, den Tragkorb, auf dem Rücken und ein Netz voll junger Tauben in der Hand – die alte Sastupeiten. Sie ist auf einem Kohlenfuhrwerk nach Grodk geworden und sucht nach einem Fuhrwerker, der nach Jessen, in den Westteil des Kreises fährt, nach Jessen, dem Dorf, aus dem sie stammt. Die Alte ist für mich ein Engel mit Kiepe. Ich gehe auf sie zu. Guden Tag, sage ich, kennt Ihr mir, Mutter Sastupeiten, nich?

Die alte Sastupeiten sucht einen Fuhrwerker und nicht

mich. Nee, kenn ich dir nich, sagt sie. Das kann die Wahrheit sein, und wenn es nicht die Wahrheit ist, dann bin ich der Sohn von der Konkurrenz, aber dann wird es schon wieder die Wahrheit, denn sie kennt mich nicht als Einzelmenschen. Ich bin eena von die neie Bäckersch, die hoam ja ganz Neegchen Kinder. Soll ich darüber traurig sein? Ich bin es gewohnt, als Konkurrenz von den alten Sastupeits unangesehen durch die Welt zu gehen.

Ich lauf der Alten hinterher und unterhalte mich stumm mit den jungen Tauben. Die alten Tauben, die diese hier im Netz erheckt haben, sind gewiß mit unseren Tauben daheim bekannt. Sie sind über unseren Hof geflogen, und vielleicht haben die jungen Tauben schon ein bißchen Duft von *Unter Eechen* in ihren Flügelfedern. Und nun reisen sie, ohne ihre Flügel zu benutzen, mit der alten Sastupeiten nach Jessen. Doa bin ich, wird die Alte sagen, die fünfzehn Jahre nicht in ihrem Heimatdorf war. Ich bringe eich Teibchinne für Süppchen.

Die Verwandten werden ihr danken und den Tauben die Köpfe abreißen ... Vorgeträumte Wirklichkeit. Die alte Sastupeiten schreckt mich auf. Sie ruft ins Marktgetümmel: Fährt daß hier keener von eich nach Jessen? Von Jessen bin ich, von Jessen, ja!

Eine andere Weise, mich zu trösten und mein Heimweh zu dämpfen: ich erforsche die Mädchenschule, diese Burg aus roten Klinkern. Juro Baltin nimmt mich mit auf den Dachboden. Er kontrolliert den Speicher der Hauswasserleitung. Ich soll ihm leuchten, soll die Taschenlampe halten.

Der Dachboden, das ist die Grundfläche des Schulgebäudes, ununterteilt von Wänden, fünfundzwanzig, dreißig Meter über dem Erdboden. Er wird für viele Nachmittage mein Reich. Ich hake mir den wenig beachteten Dachbodenschlüssel vom Schlüsselbrett und steige treppan. Es gibt dort präparierte Vögel, Fische und Säugetiere, von den Lehrern Lehrmittel genannt. Sie sind abgestellt worden. Sie sind nicht mehr imstande, zu veranschaulichen. Sie sind reparaturbedürftig. Der ausgestopfte Fuchs hat die Motten im Fell, dem Großwiesel fehlt der Schwanz. Mich stört das nicht. Mir ist, als hätten sich all die Tiere, bis ich eintrat, munter getummelt, und als *verhofften* sie nun wie Wildtiere, die man im Freien überrascht. Mit Hilfe meiner Phantasie tummeln sie sich nach dem ersten Schreck weiter. Ich unterteile sie in Vierbeiner, Zweibeiner und Flossenfüßler. Später wird mir Studienrat Martschinek, unser Biologielehrer, beibringen, daß man von Säugetieren, Vögeln und Fischen, noch besser von Amphibien und Lurchen spricht, und daß meine Einteilung der Tiere eigenwillig und nutzlos ist. Studienrat Martschinek ist der erste, der mich verdächtigt, ein *Selbstdenker*, vom wissenschaftlichen Standpunkt aus gesehen, also ein kranker Mensch zu sein. Später werden mich einige über und über überzeugte Literatur-Wissenschaftler einen Selbstdenker nennen und in die Gilde der Narren einreihen.

Juro Baltin rettet zuweilen als zerlesen aus der Schulbibliothek ausgesonderte Bücher vor dem Reißwolf. Sie liegen in der Kellerwohnung umher. Ich darf sie lesen. Mina Baltin erlaubt es mir. Sie hält es mit dem Ausspruch von Rektor Heide, den der bei Tolstoi gelesen haben muß: Wenn Bücher auch nicht gut oder schlecht machen; besser oder schlechter machen sie doch!

Ich lese den Roman eines Dichters, der mit seinem Nachnamen so heißt wie mein Onkel Hugo. Onkel Hugo haben sie im Kriege erschossen. Der Roman heißt: *Der Glöckner von Notre Dame.* Der Glöckner heißt Quasimodo. Er ist verwachsen, wirkt unheimlich und lebt im Dachgebälk eines Domes in Paris.

Ich weiß bis heute nicht, ob es rechtens ist, sich in die Helden und Unhelden, die ein Buchschreiber anfertigt, einzuleben. Nach dem, was der listige Augsburger von Schauspielern verlangt, müßten die Leser neben den Helden der Romane stehen, die sie lesen, und sie mit ihrem Intellekt beschießen. Ich weiß nicht, wie das gehen soll. Ich habe den listigen Augsburger gefragt. (Ich weiß noch, wo es war: Wir fuhren gleich hinter Weißensee unter einer S-Bahn-Brücke hindurch.) Und der Augsburger antwortete mir: Ja, das ist so eine Sache! Ehrliche Schauspieler versicherten mir, man müsse schizophren sein, wenn man die Forderung des Augsburgers erfüllen wolle. Von dem Buchschreiber, der ich bin, weiß ich, daß die von mir geschaffenen Figuren Versuche sind, zu ergründen, wie es mit mir ausgegangen wäre, wenn dieser oder jener meiner schwach ausgebildeten Charakterzüge ausgeformter und kräftiger mein Leben beherrscht hätte. Es liegt mir fern, meine Leser mit Helden zum Nachbauen zu versorgen.

Vor einigen Jahren erfand ich einen Mann, der in unserer Zeit nach den Grundsätzen eines alten chinesischen Weisen lebt. Zeitchen später schrieb ein mir Wohlwollender: Er wird diesem Weisen da, den er uns vorgeführt hat, immer ähnlicher, je älter er wird. Das war Futter für meine Alterseitelkeit, auch ein Trost, als mich einige junge Dichter, auch ein oder zwei meiner Söhne, einen *alten Kacker nannten, der nicht mehr richtig tickt.* Vielleicht ist was dran? Wir lernen auf Erden eine Menge Menschen kennen, aber am wenigsten uns selber.

Damals aber war ich ein Leser, und ein junger Leser dazu, und ich machte mich für Tage zu Quasimodo, einer Gestalt, an der Victor Hugo wahrscheinlich eine seiner Möglichkeiten ausprobierte. Ich machte mich zum *Glöckner von Notre Grodk.*

Da liegt in meinem Quasimodo-Reich der große Wasserspeicher, den ich schon erwähnte. Er sorgt dafür, daß die vielen Wasserhähne im Schulgebäude wässerig ausspeien können. Der Tank hat die Größe einer Bauernkate, in der es plauderig zugeht, wenn Juro mit dem Leuchtgas-Motor aus einem Brunnen, von dem ich nicht mehr weiß, wo er lag, frisches Wasser hochpumpt. Es geht mir auf, daß hier Wasser, das sonst natürlicherweise als Dunst von Erden in die Himmel steigt, um schwerkräftig als Regen niederzufallen, von Juro mit Motorkraft hochgetrieben wird, um, gebündelt und von Röhren begrenzt, niederzufallen. Das ist meine Art, Physik zu betreiben.

Dohlen sind für mich, der ich aus dem Lande Bossdom komme, fremde Vögel. In unseren Fluren lebten sie nicht. Hier in Grodk sehe ich begierig ihren Flugspielen zu, sehe, wie sie sich in Pappelwipfeln niederlassen, wieder auffliegen, wie sie bald zänkisch, bald lustig miteinander umgehen. In meinem Quasimodo-Reich auf dem Dachboden bin ich ihnen ganz nahe. Sie haben im Dachgebälk ihre Geniste, reden miteinander und hauen aufeinander ein. Sie sind für mich kleine Menschen mit langen Nasen und verständigen sich mit einem Wort. Das Wort heißt: Kiak! Sie sprechen es in verschiedenen Tonhöhen aus. Sie verständigen sich musikalisch. In jedweder Tonlage und in jeder Lautstärke gewinnt das *Kiak* eine andere Bedeutung. Es kommt vor, daß alles Dohlengerede für Augenblicke verstummt. Es wird still in meinem Quasimodo-Reich, und es reizt mich, die Dohlen zu reizen. Kiak! sage ich laut und weiß nicht, was mein Kiak für die Dohlen bedeutet. Die Dohlen werden wild. Ich muß ihnen etwas Unanständiges zugerufen haben.

Eines Tages hüpft eine fast flügge Dohle zwischen den ausgestopften Vögeln umher. Sie ist aus dem Nest gefallen. Ihr mühsames Gefieder ist noch mit gelben Daunen durchsetzt. Sie hebt ihre Flügel zitternd und bettelt mich an, sperrt den Schnabel auf und will gefüttert sein, sie hält mich für eine große Dohle. Ich stecke ihr meinen Zeigefinger in den geöffneten Schnabel. Das ist nicht, was sie will. Sie schüttelt sich. Ich fange dicke Fliegen und stopfe die Jungdohle damit an, bis sie satt ist und schläfrig zwinkert, doch als ich mich zurückziehe, fahren mit eins alte Dohlen aus dem Gebälk und hacken nach meinem Pflegling. Ich weise sie zurecht: Was seid ihr für Eltern und Verwandte!

Ich setze mein Dohlenkind in ein ausrangiertes Aquarium und decke es mit Fliegendraht ab. Ich stapfe treppab und hole aus einer Fleischerei ein Viertel Gewiegtes, so wird bei uns Hackfleisch genannt. Meine Dohle hat schon wieder Hunger und schlingt gierig.

Zwei Tage lang gehts gut. Ich füttere die Dohle, und sie frißt, doch sobald ich mich abwende, kommen die alten Dohlen herunter und hacken gegen die Wände des Aquariums. Brecht euch die Schnäbel, ihr Rohlinge! Meine Phantasie tobt sich aus: Wie oft waren wir in Bossdom drauf aus, junge Krähen zu ernten, sie aufzuziehen und ihnen menschliche Worte beizubringen. Wir kriegten keine zu packen. Aber nun werde ich mit einer gezähmten Dohle ins Dorf einfahren, sie wird auf meiner Schulter sitzen und die staunenden Bossdomer begrüßen: Tag ooch, gun Tag!

Nach zwei Tagen verwelken meine Träume. Die Dohle kränkelt. Sie will kein Gewiegtes mehr; ihr Schlund, der rot war, ist blaß, ist grau; die Fleischkügelchen, die ich ihr hineinzwinge, stößt sie mit heftigem Kopfschütteln aus. Nein, nein! Sie begrüßt mich nicht mehr, wenn ich mich dem Aquarium nähere. Sie dämmert dahin. Den nächsten Tag ist sie tot.

Die tote Dohle liegt in meiner Hand. Ihre Schnabelnase weist nach oben zu den anderen Dohlen hin. Mit eins ist mir, als ob mein Pflegling doch noch lebt. In der Nähe seines Afters bewegt sich das Gefieder, aber da sehe ichs: Es entstehen schon andere Lebewesen aus dem toten Vogel; die Larven von Fliegen – Maden. Gott weiß, wie die junge Dohle sich im Nest verletzte. Den Schmeißfliegen war die Wunde recht. Sie legten ihre Eier drin ab. Die Dohlen-Eltern warfen ihr Kind aus dem Nest, so sind ihre Bräuche.

Ich habe den Tod der jungen Dohle verzögert, nicht verhindert, und habe mich menschlich in einen Naturvorgang eingemischt. Ich werde das erste Mal, obwohl es mir damals noch nicht bewußt wird, an eine Frage herangeführt, die mich mein Leben lang plagen wird: Darfst du dich in Naturvorgänge einmischen, darfst du dich überhaupt in Vorgänge einmischen, die dich nicht betreffen? Darfst dus, darfst dus nicht? Wann darfst dus, wann darfst dus nicht? Ich habe die Antwort bis heute nicht gefunden; vielleicht gibt es keine bündige, vielleicht bilden wir uns nur ein, wir müßten auf alle Fragen eine klare Antwort finden, weil wir auf *Ordnung* aus sind?

Damit geht meine Quasimodo-Zeit zu Ende. Andere Ereignisse beschäftigen mich: Eine Vogelfeder wird vom Wind aufgehoben, über die Dächer der Kleinstadt hingetragen und verschwindet. Ein Ereignis!

In einem Käfig auf einem Hinterhof in der mittelalterlichen Töpfergasse tummelt sich ein Meerschweinchen, scheckig wie eine halb ausgereifte Kastanie. Ein Ereignis! Ich besuche es oft. Es hilft meine Sehnsucht nach Bossdom zu stillen. Reisende Puppenspieler, die nach Bossdom kamen, hielten sich zuweilen in kleinen Kästen unterm Wohnwagen ein oder zwei Meerschweinchen, unerreichbare fremdländische Tiere für uns Dorfjungen.

Selbst die Fliege an der Wand, die sich mit ihrem dritten Beinpaar die Flügel putzt, kann aus Bossdom stammen, und ist ein Ereignis.

Aber es bleibt nicht so. Die Welt verändert sich sekündlich und mit ihr unsere Stimmungen und Gefühle.

Endlich vier Wochen Heimgangsverbot des Kleinknechts herunter. Endlich Sonnabendnachmittag, und ich geige auf Mutters Fahrrad nach Bossdom. Mit jedem Tritt auf die Pedale läßt das Sehnsuchtsbrennen nach. Hinter dem Wald hüpfe ich vom Fahrrad und sehe von Nagorkans Bergchen hinunter auf mein Dorf. Es ist halber Mai und der Frühling auf seiner Höhe. An den Wegrändern blüht der Löwenzahn, in den Gärten blühen Äpfel und Birnen, und für mich blühen sogar die Ziehbrunnenschwengel, die in den blauen Himmel ragen. Und die Hähne krähen, und die Hunde bellen, und alles ist, wie es sein muß, nur die Bossdomer Häuser erscheinen mir kleiner als vor vier Wochen, da ich sie, im Planwagen hockend, hinter mir ließ. Jetzt kann ich Brasins Martchen verstehen: Sie ist nach Forschte in Stellung geworden, und als sie das erste Mal nach Hause auf Besichte kam, hat sie gesagt: Ock kleene Heiseln hoats hie. Und man hat ihr geantwortet: Die Heiser ducken sich, weil sie die Forschtner Sproache nich vertroagen könn, und sie haben das Martchen hergenommen und sie ausgelacht, und sie haben sie *eene Stolzmacherische* genannt, und sie hat es eine Weile schwer gehabt in Bossdom.

Ich werde mich dem Hohn der Bossdomer nicht aussetzen, aber die Bossdomer Häuser erscheinen mir trotzdem kleiner als vor vier Wochen. Wie kommt das? Wenn ihr es wißt, gebt bitte Antwort an Esau Matt, postlagernd.

Ich grüße alle Dorfleute, die mir begegnen, höflich. Die

Befürchtung, daß sie nicht mehr in Mutters Laden kaufen kommen, wenn ich sie nicht grüße, ist zu einem wurmartigen Fortsatz meines Charakters geworden.

Der alte Metho kommt mir entgegen. Ich mache vom Fahrrad herunter eine kleine Verbeugung vor ihm, wie es mir Mina Baltin beibrachte. Der alte Metho dreht sich nach mir um: Hast wolln Furz im Koppe? sagt er.

Rischels Emmka kommt mir auf dem Fahrrad entgegen. Sie fragt mich etwas, und ich verstehe nicht. Wie bitte? frage ich zurück. Emmka springt vom Fahrrad, lacht und lacht. Ich habe gegen ein Bossdomer Sprachdogma verstoßen. Ihr wißt, wenn man bei uns auf der Heide etwas nicht verstanden hat, fragt man: Was haste gesoagt? und wer wenig Zeit hat, fragt: Wa?

Ich umarme meine Mutter nicht. Es fällt mir ein, daß sie sich mit Juro Baltin eingelassen haben soll. Trauer über die Verworrenheit meines Lebens befällt mich. Ich betrachte mich seitlich vor dem großen Spiegel in der Guten Stube. Ich komme mir im Spiegel entgegen, um festzustellen, ob ich beim Gehen so watschele wie Juro, mein Pensionsvater.

Meine Schwester höhnt wie ein Häherweibchen. Jetzt übt er sich schont das stolzmacherische Stadtloofen ein, höhnt sie, und sie kreischt und lacht. Ich stecke ihr die Zunge heraus; sie bläkt mir die ihre entgegen. Mit dem Abkühlen unserer Zungen ist der Zwist beendet. Ich wünschte, die Herrscher der verschiedenen Länder kämen auf diese Weise und so geräuschlos zu dem dauerhaften Frieden, von dem sie täglich reden.

Nach dem Zungengefecht mit meiner Schwester finde ich mich leise getröstet: Schließlich ist es gleich, welcher Mann den Stoß abgab, der mich ermächtigte, nach neun Monaten durch eine enge Pforte ins sichtbare Leben zu dringen.

Die Kunden in Mutters Laden fragen mich, ob es scheene in Grodk *uff die hoche Schule is*. Ich will nicht lügen und benutze eine Redens-Art des Großvaters: Es kinnde mir ganz gut schlechter gehn, sage ich.

Meinen Platz am Eßtisch in der Küche haben sich die

Zuhausigen untereinander geteilt. Jeder hat sich ein Stück von ihm genommen, um mehr Ellenbogenfreiheit beim Kartoffelpellen zu haben. Inzwischen haben sich die Ellenbogen meiner Geschwister an ein ausschweifendes Leben gewöhnt. Widerwillig stellen sie meinen Platz am Eßtisch her und weisen darauf hin, daß ich nur noch eine Sonntagsausnahme am Familientische bin.

Am Abend wird es noch deutlicher: Ich habe kein Bett mehr. Bruder Heinjak muß mir sein Bett abtreten. Er schläft mit im Bett vom Bruder Tinko. Sie schlafen unruhig, weil einer dem anderen das Zudeck wegnimmt. Ich höre meinen Bruder Tinko im Halbschlaf abfällig sagen: Alles bloß wegen unsern Esau! Die Lücke, die ich in Bossdom hinterließ, ist schon halb zugewachsen. Ich werde traurig, mitten in der Nacht traurig.

Am Sonntagmorgen mische ich mich unter meine ehemaligen Schulfreunde. Sie spielen *Urbär* in der Sandgrube, doch sie nehmen mich nicht in ihre Mannschaft auf. Ihre Hosenbeinlinge reichen bis übers Knie hinunter, die meinen, ihr wißt es, mußten mir gekürzt werden, weil Mina Baltin es so wollte. Meine Bossdomer Schulfreunde behaupten, ich würde mir beim Hinknallen in meinen Badehosen die Knie aufschlagen. Einsam stehe ich *Unter Eechen.* Ich bin für meine Schulkameraden nicht mehr zu gebrauchen.

Ehe ich nach Grodk geworden bin, habe ich meine Spielsachen in eine Kiste gepackt und vernagelt. Großvater hat es mir geraten, und ich habe meine Kindheit in eine Kiste gesperrt. Nun öffne ich die Kiste heimlich wieder. Ich ziehe meinen Murmelsack heraus. Er ist grau, sogar noch etwas grauer und befindet sich auf dem Wege zur Schmutzigkeit. Früher war er weiß, reinweiß und enthielt fünf Pfund Kaiserauszugsmehl, jetzt enthält er Glasmurmeln, nur Glasmurmeln; andere Murmeln sackte ich nicht ein; ich konnte ihren Schwefelgeruch nicht ertragen. Sobald ich einen Gegenstand angepackt habe, der nach Schwefel oder Gummi riecht, muß ich mir die Hände waschen und waschen, und ehe ich sie mir nicht dreimal gewaschen habe, kann ich keine *Schniete* anpacken, sonst geht sie mir mehr raus als rein, wenn ich von ihr abbeiße.

Von wem der Junge bloß diese solche Erbärmlichkeit herhat? sagt meine Mutter, in unsere Familie goabs das nicht.

Denkste valleicht in unsre? sagt mein Vater herausgefordert.

Sie führen mich damals Doktor Krieg in Däben vor. Doktor Krieg sagt, ich leide an einer Aversion.

An was soll er leiden, hoaben Se gesoagt, Herr Doktor? fragt meine Mutter.

An einer Idiosynkrasie, sagt Doktor Krieg.

Mein Gott, das ist ja noch schlimmer, sagt die Mutter. Ist das nicht bissel wie idiotisch?

Doktor Krieg nimmt mich in Schutz: Nichts da idiotisch, eine Aversion, eine unerklärbare Nervenkrankheit eben.

Nicht einmal Großtante Maika kann meine *Krasie* heilen. Sie bespricht und bepischpert mein Leiden, und danach sind die Dinge dieser Welt für mich drei, vier Tage lang geruchlos, aber dann fahren alle Gerüche wieder in ihre Dinge ein, und meine Nase fühlt sich aufs neue angeekelt von Schwefel und Gummi. In meinen Jungmännerjahren, da ich für meine Arbeit in einem Chemiewerk Gummi-Handschuhe tragen muß, werde ich versuchen, diesen Ekel mit Selbsthypnose zu heilen, aber auch das gelingt nicht. Ich muß diese Idiosynkrasie mit mir durch die Jahre schleppen, ich bin der niederschlesische Neurotiker, ihr wißt.

Glasmurmeln sind die Königinnen unter den Murmeln. Ich verschenke sie an meine ehemaligen Spielkameraden und versuche sie durch Freigebigkeit an mich zu erinnern. Wittlings Hermann winkt ab: Ich hätte die Sitten verlernt, die Zeit, mit Murmeln zu spielen, ist der Frühfrühling, sagt er, jetzt wird Urbär und Barlauf gespielt, und ich bin verstädtert, weil ich das nicht mehr weiß.

Großvater behandelt mich wie seine versilberte Taschenuhr, die er nur sonntags trägt. Er sieht schon den künftigen

Rechtsanwalt und Notar in mir. Ich soll gut aufpassen, wenn auf der *hochen Schule* die Paragraphen dran sind. Der Mensch kann nie genug Paragraphen in sich haben, wenn er andere belangen will.

Endlich erbarmt sich die Mutter meiner. Sie will wissen, ob ich wirklich als ein froher Mensch in Grodk umhergehe. Weshalb will sie es wissen? Sie muß es wissen, sagt sie, weil sie meine Mutter ist.

Ich gestehe ihr, daß meine Mitschüler etwas gegen ihren Schultornister mit dem Plüschdeckel haben. Meine Mutter erschrickt: Ist sie so zurückgeblieben? Hätte ihr Mina Baltin nicht sagen können, daß Tornister auf der *hochen Schule* nicht Mode sind? Da muß Rat werden! Mein Vater, sagt sie, muß seine Aktentasche abtreten.

Mein Vater – eine Aktentasche? Ihr wißt, daß er Sokkenhalter trug, als diese Mode heranreifte; daß er sich einen Cutaway schneidern ließ, als diese Mode in seine Nähe kam, und als die Mode mit den Aktentaschen ihn bedrängte, kam er eines Tages mit einer solchen aus der Bäkkerversammlung. Jetzt wirds verrückt! sagte die Mutter.

Alle haben Aktentaschens, sagte der Vater und zählte die Namen der Bäcker auf, die mit Aktentaschen in die Versammlung gekommen waren.

Und wo wern deine Akten herkumm? fragte die Mutter. Sie verdächtigte den Vater, er wolle mit der Tasche Eindruck auf die Stadtweiber machen. Seit meines Vaters Sündenfall mit Hanka schäumt das Blut der Mutter bei jedem Verdacht eifersüchtig auf. Nun ist eine Möglichkeit herangereift, dem Vater die Aktentasche, die erneut zur Ehebrecherei führen könnte, zu entziehen. Es findet eine Aktentaschenverhandlung statt. Der Vater hat ein Einsehen. Es gefällt ihm nicht, daß man mich in der Stadt wie ein Arme-Leute-Kind behandelt. Ich wer am die Tasche spendieren, sagt er. Auf die Aktentasche macht das keinen Eindruck. Es sind schon Eindrücke genug auf ihrem braunen Rindsleder. Man hat ihr ein Muster eingepreßt, wie es Schildkröten auf ihrem Panzer tragen. Die Modemenschheit leidet unter dem Drang, aus dem, was sie vorfindet, etwas anderes zu machen, sie preßt ja auch Äpfel, Birnen, Pflaumen und Johannisbeeren zu einem Matsch, den sie Vierfruchtmarmelade nennt, weshalb nicht Rindsleder in Schildkröten-Look?

Ich sitze im kleinen Vorraum des Pferdestalles auf der Futterkiste. Unser Brandfuchs Hansko hängt seinen schweren Kopf über den Schiebebalken in den Futtervorraum hinein. Ich mache ihm Flechten ins Mähnenhaar. Wir unterhalten uns, ohne miteinander zu reden. Hansko weiß nicht, daß ich von Bossdom fortgeworden und nur für einen Tag wieder da bin. Er hat mich nicht vermißt, er hat mich nicht erwartet. Also wird er auch nicht traurig sein, wenn ich wieder gehe. Er kennt nur den Augenblick, den ich bei ihm bin. Was für ein glücklicher Junge wäre ich, gelänge es mir, den Augenblick, jeweils nur den Augenblick, zu erleben!

Es wird Früh-Abend. Abendbrot ißte noch zahause, und um sieben Uhr biste denn hier, hat Mina Baltin anbefohlen.

Zuhause, zuhause, wo ist mein Zuhause?

Ich fange an, mich zu verabschieden. Großvater sortiert Frühpilze, die er getrocknet hat. Ich soll in Grodk bei Pilzhändler Wahrdorf fragen gehen, ob er *schont Pilze uffkeeft.* Kolonialwarenhändler Wahrdorf ist aufgeschwemmt, riecht nach Schnaps und verströmt Güte. Juro Baltin ist Südwestler, aber nur ein gemeiner, Wahrdorf ist der Vorsitzende der Südwestler, des Kolonialvereins. Wenn Großvater mit ihm verhandelt, schleppt der ihn alsbald in die ehemaligen Kolonien: Frauen, Matthes, goabs doa, Matthes, die Finger hättste dir beleckt!

Geh mir los mit schwarzes Weibszeig, sagt der Großvater und nutzt Wahrdorfs Schwärmereien, um seine Dörrpilze mit getrockneter Madenbeilage in den großen Sammelbehälter zu schütten. Die Suppenwürfel, zu denen die Pilze in der Fabrik verarbeitet werden, kriegen durch die poar Maadchens zugoar noch kräftigeren Geschmack, behauptet der Großvater. Wir essen sowieso keene Suppenwürfel.

Inzwischen ist Wahrdorf bei seinen Jagderfolgen in

Deutsch-Südwest angekommen. Wenn er damals schon so dick war wie heute, denke ich, muß er einen Tropenhelm von der Größe einer kleinen Waschwanne getragen haben. Er behauptet, einmal habe er an einer Tränke einen Spring- und einen Ziegenbock gleichzeitig abgeknallt. Matthes, kannst mir glooben, Matthes. Willste die Hörner sehn, Matthes?

Ich soll also Wahrdorf fragen, ob er schont getrocknete Pilze uffkeeft. Das heißt, für Großvater bin ich jetzt in Grodk zu Hause.

Auch Großmutter gibt mir zu verstehen, daß ich in Grodk zu Hause bin, wo ihr Phile wohnt. Sie zieht mich in eine Schuppen-Ecke und schenkt mir eine Mark: Bissel Taschengeld, sagt sie. In die andere Hand drückt sie mir einen Fünfmarkschein. Ich soll ihn in Grodk Onkel Phile geben, aber so, daß Tante Elli, seine Frau, es nicht sieht. Ich soll Onkel Phile sagen, er soll das Geld nich varoochen, er soll sich bissel Wurscht dafür koofen ooch.

Meine Mutter packt mir saubere Wäsche in den Rucksack und wickelt mir een Schnietchen in Pergamentpapier, damit ich unterwegens schnell moal abbeißen kann. Sie begleitet mich bis ans Hoftürchen und fordert meine spielenden Geschwister auf: Winkt moal Esaun bissel! Meine Geschwister spielen *Himmelhopse*. Sie unterbrechen und winken mir widerwillig nach. Ich steige aufs Fahrrad und geige davon. Ich sehe mich lieber nicht um.

Die Hunde bellen den Abend ein. Im Garten der Schenke rollt die Kegelkugel auf ihrer hölzernen Unterlage ins Spiel. Die umfallenden Kegel gackern; es ist, wie wenn der Habicht in eine Hühnerherde fährt. Dort beim Kegeln ist jetzt mein Vater. Er ist auf Kundschaftmachen, wie es heißt; er hat Wichtigeres zu tun, als sich von mir zu verabschieden.

In den Speichen meines Fahrrades summt die Abendluft. Das Summen vermischt sich mit dem Eimergeklapper aus den Kossätenhöfen, und das Eimergeklapper lockt Begiergebrüll aus den Kühen.

Umsorgt mich meine Mutter nur noch, weil es ihre

Pflicht oder so üblich ist, weil ich noch keine eigene Familie habe, oder liebt sie mich wie damals, als sie meine *ausgezeichnete* Mutter war?

Ich krieche ins Baltinsche Kellernest, und dort ist nur die Pobloschen; die Baltins sind ausgegangen. Auf Sonntagabend flechten sie ihre Kränzchen mal bei jener, mal bei dieser Kumpanei, und alle vier Wochen wird bei uns im Keller geflochten. Die Frauen raspeln an Kleinskandalen und stricken an Gerüchten, die Männer arbeiten während der Skatpausen an der Weltpolitik.

Die Tabak-Pobloschen hat ihre fleckenlose Sonntagsschürze vorgebunden. Ich begrüße sie. Sie knurrt mir Dank, ohne aufzusehen. Nach einer Weile taucht sie aus dem Liebesroman der *Berliner Morgenpost* auf: Stücke Sonntagskuchen hättste ma kunnt mitbringen.

Das hätte ich, aber ich habe nicht, und ich kanns der Pobloschen auch nicht fürs nächste Mal versprechen. Mit Sonntagskuchen geht meine Mutter unfreigebig um. Er muß bis zur Bäcke am Mittwoch reichen. Soll sie vielleicht schon am Dienstag kuchenhungerig umherlaufen?

Die Pobloschen weiß nichts mit mir anzufangen. Sie hat in ihrem siebzigjährigen Leben nie mit dem Entwurf von einem Mann, wie ich einer bin, zu tun gehabt. Na, mäg!

Mein Bett steht in der Schlafstube der Baltins. Ach je, ach ja! In der Wohnstube habe ich ein kleines Bücherregal und mein Schreibzeug und mein Schulzeug; in der Schlafstube gehört mir nichts als das Bett. Der große Spiegel läßt sich nur widerwillig mit mir ein. Kommode und Kleiderschrank starren mich kubistisch an. Auf dem Sofa liegt mal gebügelte, mal ungebügelte Wäsche; ich sehe nie jemand darauf sitzen. Über dem Sofa hängt ein Bild. Es ist sehr quer, damit eine liegende Frau auf ihm Platz hat. Dieses ist die *Büßende Magdalena*, hat mir Mina Baltin erklärt. Weshalb die Frau büßend langliegt, wußte auch sie nicht.

Die Wände der Schlafstube sind mit ausgestopftem Auslandsgeflügel bestückt: Mit Nashornvögeln, Pfefferfressern und Papageien. Auf einem Ast neben der *Büßenden Magdalena* hockt ein ausgestopftes Kapuziner-Äffchen. Auf der

Kommode stehen Köcher mit Pfauen- und Straußenfedern und Borsten von Stachelschweinen. Später werde ich wissen, daß man um so Dinge nicht nach Südwest-Afrika fahren muß; man kann sie in den Ramsch-Läden von Hafenstädten kaufen.

Ich liege wach im Bett und denke an zu Hause. Draußen hantiert der Laternenanzünder. Mina Baltin nennt ihn den Gaswerksangestellten. Die Baltin ist darauf bedacht, daß jeder Mensch mit dem Titel belegt wird, der ihm zukommt. Ich bin für sie ein Gymnasiast, wenn sie zu Fremden über mich spricht. Sonst sagt sie *Junge* zu mir. Vor ihren Kränzchenschwestern nennt sie mich *Jungchen*; es soll bedeuten, daß sie etwas für mich übrig hat.

In der Baltinschen Wohnung ist selbst das Taglicht kellerig eingefärbt; der Abend trifft hier stets auf eine vorbereitete Dämmerung.

Die Gaslaternen stehen tagsüber wie Damen am Straßenrand, in denen der *geheime Funke* glüht. Der Anzündemann wirft mit einer Stange den Hebel an der Laterne vor meinem Fenster herum. Stärkere Gasmassen streichen über den Funken hin, der Funke entflammt, es wird Licht, und ein Strählchen davon fällt in meine Kellerschlafstube. Das Licht ist weiß wie Mondlicht bei Frost. In der Bossdomer Kinderstube hatte ich die Sterne und den Mond. Wie göldlich sie waren, wie mild in ihrem Geflimmer!

Ich könnte einschlafen, doch in der Gastwirtschaft gegenüber, das Bürgerhaus genannt, halten die Mitglieder des Gesangvereins *Hymnia* ihre Übungsstunde ab: *So leb denn wohl, du stille Gasse, / so leb denn wohl, du stilles Dach . . .*, singen sie. Ein Lied, das Vater und Mutter daheim sangen, wenn gute Zeiten in Bossdom waren.

Meine Sehnsucht, die sich zu einem Fünkchen verkleinert hatte, wird wieder angefacht. Ich muß mir das Lied von der stillen Gasse und dem stillen Dach in vielfacher Ausfertigung anhören: Erst wird es von Frauen-, dann von Männerstimmen, dann von ersten und zweiten Stimmen gesungen, und schließlich singen es alle Stimmen im Chor: *Hier in weiter, weiter Ferne, / wie's mich nach der Heimat zieht...*

Ich lieg im Bett wie in einem Chausseegraben, und meine Tränen machen das Gaslicht funkeln, bis die Sehnsucht in Schlaf umschlägt. Sentimentalität? Selbst-Mitleid? Wo hört Selbstmitleid auf, und wo fängt echtes Mitleid an? Wißt ihrs, oder ist uns was eingeredet worden?

Bei halber Nacht kommen die Baltins heim, rumoren, und ich werde wach. Das Treiben der Eltern, das mich in der Nacht, bevor ich nach Grodk wurde, so beleidigte, kriege ich hier zweimal wöchentlich vorgeführt. Ich lasse mich nicht mehr drauf ein, wenn es in meinen Schlaf einbricht und meine Ohren zum Zuhören verführen will.

Am Montagmorgen gehe ich aufrecht und stolzmacherisch mit meiner Aktentasche an der Spree entlang zur *hochen Schule*, ich, der angehende Advokat meines Großvaters.

Als meine Mutter und Mina handelseins wurden, daß ich hier in den Keller werden sollte, versprach mir Mina Baltin, ich würde ein Konzert von hundert Musikern zu hören kriegen.

Hundert Musiker? Wenn beim Klang der paar Posaunen von Jericho Mauern einstürzten, mußte man bei der musikalischen Wucht von hundert Musikern um die alten Häuser in Grodk besorgt sein. Na, wern wa sehn!

Es gibt in der Kleinstadt manches, was die Bossdomer nicht kennen, zum Beispiel den Volksbühnenverein. Sein Vorstand veröffentlicht seine Befehle im *Spremberger Anzeiger*: Achtung! Angehörige des Volksbühnen-Vereins, am Soundsovielten Versammlung zwecks Beratung. Erscheinen Pflicht!

Die Volksbühnenmitglieder bestellen sich Truppen und Kapellen aus Cottbus oder Berlin und lassen sich von ihnen Theater vorspielen oder Konzerte anfertigen. In den Mitgliederversammlungen wird abgestimmt, ob *Die lustige Witwe*, *Der zerbrochene Krug* oder ein Konzert bestellt werden soll. Auch die Baltins sind Mitglieder des Volksbühnenvereins, und Juro Baltin, dem Mann, der in die Welt paßt, bringt die Volksbühne sogar einen Nebenverdienst ein. Er wird den Volksbühnenarbeitern als Helfer beigegeben und nennt sich Hilfskulissenschieber. Seine Mina nennt ihn vor den Lehrern Bühnen-Assistent. Für Juros Hilfsarbeit kriegen die Baltins außer einer Bezahlung zwei Freikarten für jede Volksbühnen-Vorstellung.

Nur noch drei Tage bis zu diesem Wassersturz aus Musik, und von einer Freikarte für mich ist noch nicht die Rede. Ich frage Mina Baltin vorsichtig: Um wiene Zeit fängt sich daß das Konzert morgen abend an? Mina Baltin benutzt die bossdomsch gestellte Frage, um Sprachübungen mit mir zu machen. Es heißt nicht *wiene Zeit*, sagt sie, es heußt welch Zeit. Wiederhole, bitte!

Ich wiederhole. Es wird viel von mir verlangt. Ich lerne außer Bossdomsch noch drei andere Sprachen: Die Schulsprache, die französische Sprache und Mina-Baltinsch.

Nach den Sprachübungen wage ich nicht, an meine Freikarte zu erinnern, ich fürchte, daß ich zu hören bekomme, es schicke sich für einen Menschen meines Alters nicht, Erwachsene zu mahnen.

Ich will mir wenigstens die Ankunft der hundert Musiker auf dem Ostbahnhof ansehen. Die Grodker sind bahnhofsreich; sie haben außer dem Ostbahnhof, dem Westbahnhof und dem Stadtbahnhof auch noch den Trattendorfer oder Balkanbahnhof. In der Bahnhofshinsicht sind die Grodker den Cottbusern überlegen. Jede Kleinstadt hat ihre eigene Sehenswürdigkeit, aber die Cottbuser sind auch in dieser Hinsicht schlecht bestückt. Spremberger Lokalpatrioten behaupten: Nicht mal ihren Turm haben die Cottbuser aus eigenem Aufkommen, zugoar der heeßt Spremberger Turm und liegt in der Spremberger Stroaße.

Die Musiker kommen mit dem ersten Nachmittagszug aus Berlin. Es sind wirklich hundert und ein paar mehr.

Der Ostbahnhof liegt draußen in den Feldern. Es ist der erste Bahnhof, den sich die Grodker leisteten. Die Stadtväter fürchteten damals, die Lokomotiven könnten mit ihrem Gedämpf und Gedrämmel Schaden in der Stadt anrichten, und verstießen den Bahnhof nach draußen.

Die Fuhrunternehmer Kupatz und Schmoller sollen die Musiker in ihren Kremsern in die Stadt hinunterfahren, aber jeder Kremser faßt nur zwanzig Personen. Die unaufgeladenen Musiker sollen stehenbleiben und warten, bis die Fuhrunternehmer ein zweites und ein drittes Mal kommen. Kupatz und Schmoller sind Konkurrenten. Sie beknallen sich herausfordernd mit ihren Langpeitschen. Jeder von ihnen will am *rischesten* wieder zurück sein, aber die Musiker sind nicht gekommen, um an römischen Wagenrennen teilzunehmen. Sie verladen Trommeln, Kesselpauken, Notenpulte und Noten, mit den empfindlicheren Instrumenten aber spazieren sie in die Stadt hinunter.

Alles, was vom Ostbahnhof nach Grodk hinein soll oder will, ob Mensch oder Tier, ob Heu, ob Kohle, muß, wie durch einen Trichterhals, durch die Georgenbergschlucht. Ich stehe am Eingang der Schlucht und zähle die Musiker. Mina Baltin nennt sie *Virtuosen.*

Juro Baltin und die Bühnenarbeiter sind beauftragt, auf der Bühne der Gastwirtschaft, die *Knoblers Konzerthaus* genannt wird, eine Empore zu errichten, weil die Musiker gestaffelt sitzen müssen.

Mina Baltin wäscht sich mit Steckenpferdlilienmilchseife, zieht ein schwarzes Kleid mit durchsichtigem Tüllkragen an und befestigt einen Hut auf ihrer Frisur. Auf dem breiten Hutrand sind künstliche Blumen abgelagert.

Auch ich wasche mich gründlich und zieh meinen Sonntagsanzug an, aber da kommt Kränzchenschwester Martha Laurisch; auch die hat sich feingemacht und vorgestoßen; beide Frauen sind unkenntlich vor lauter Feinheit. Ich stehe ihnen absichtlich ein bißchen im Wege, weil ich hoffe, daß sich Mina Baltin an ihr Versprechen erinnert, aber sie erinnert sich nicht, sie befiehlt mir, um neun Uhr im Bette zu liegen; das Konzert wäre für mich noch zu schwer. Zu schwer? Hoffentlich kann es die dicke Laurischen erschleppen.

Den Erwachsenen fällts leicht, ein Versprechen nicht zu halten, unsereiner aber zieht seinen Sonntagsanzug aus und kriecht wieder in den wochtagschen Anzug, nur ungewaschen kann er sich nicht machen.

Aber die Neugier auf die große Musik sprengt meine Gehorsamkeit und verführt mich zum Lügen: Kurz vor acht Uhr sage ich zur alten Pobloschen, daß ich noch bissel auf dem Schulhof spielen gehe.

Die alte Pobloschen genießt gerade die Todesanzeigen im *Spremberger Anzeiger.* Meinetwegen loof, wo de willst, sagt sie.

Ich mach mich in den Kaffeegarten von *Knoblers Konzerthaus.* Der Schatten einer dicken Kastanie ist mir dienlich; er hilft vertuschen, daß dort ein ungehorsamer Junge steht, der die alte Pobloschen belogen hat.

Als meine Großeltern noch *An der Mühlen Numero eins* wohnten, stand ich zuweilen auf der Mühlenbrücke; unter mir war das Wehr, und das Spreewasser stürzte einige Meter in die Tiefe. Feiner Wasserstaub hüllte mich ein, und das fallende Wasser lockte und wollte mich mit hinunterziehn, und ich mußte Willen aufbringen, damit ich der Ermunterung widerstand.

Ähnlich ergehts mir beim Anhören der großen Musik. Sie setzt ein wie ein Platzregen, und sie will mich fortreißen, und ich muß mich am Stamm der Kastanie festhalten.

Vor Wochen, als mich Großvater im Pferdewagen von Bossdom nach Grodk fuhr, war diese Musik ein Traum, der in mir war. Nun werd ich inne, daß auch ein anderer sie gehört haben muß, der, der sie den Musikern aufschrieb.

Mir ist, als läge ich daheim auf der Sommerheide zwischen blühenden Kräutern und befrage das Leben, und das Leben antwortet mir durch seine Vertreterinnen, die Bienen. Innen wird zu außen, und außen wird zu innen; alles ist in mir, und ich bin in allem, und das bleibt so, bis die hintere Saaltür klappt: Juro Baltin kommt heraus und schlägt sein Wasser an einer Linde ab. Er schnurchelt umher und brennt sich eine Zigarette an. Die Zigarettenglut wird für mich zu einem Auge, mit dem ein Pensionsvater nach einem ungehorsamen Jungmenschen sucht.

Fräulein Koski ist die älteste Lehrerin der Mädchen-Volksschule. Sie kann nicht für die Länge eines Konzerts auf einem Stuhl sitzen, deshalb erkundigt sie sich bei Mina Baltin nach dem Verlauf der Hundert-Musiker-Veranstaltung. Mina Baltin sagt Bööth-Ofen. Sie spricht das V im Familiennamen des großen Grobians wie das F in Ofen aus. Bööth-Ofen, sagt sie, hat seine Musik so mehr für intelligente Menschen kompeniert.

Es fehlt mir nicht an Intelligenz, sagt die Koski leicht beleidigt; sie verweist auf ihre Hämorrhoiden und nennt sie: Mein hämorrhoidales Leiden.

In Bossdom las ich manchmal heimlich im Doktorbuch, das meine Mutter im Vertiko zwischen den Wischtüchern versteckt hatte. Wenn sie mich beim heimlichen Lesen betraf, sagte sie: Doaderzu biste noch nich reif genung!

Nun habe ich, ohne reif genug zu sein, ins *Doktorbuch der Musik* hineingehört. Auch andere Sextaner wurden nicht an die Hundert-Mann-Musik herangelassen. Für die Herren des Lehrkörpers sind Sextaner so etwas wie Kleinkinder, die noch Windeln in den Hosen tragen.

Wenn ich bedenke, daß ich alle Couplets meines Vaters kenne, dazu die vielen Liebeslieder, die die Dorfmädchen singen, und die neuesten Tanzschlager, die ich auf der Mundharmonika herunterhobele, so ist das, wie sie mich in Grodk im Punkte Musik behandeln, ein Hineinstoßen in die Kleinkinderei. Hier soll ich Lieder singen, die ich schon lange hinter mir habe; das Lied von der dummen Liese zum Beispiel, der weder ein Reitersmann noch ein Advokat zum Tanzen recht ist, und die zum Schluß mit dem Schweinehirten Jochen-Christoph Stoffel zufrieden ist: ... *Stoffel, liebster Stoffel mein, / tanzen wir ein wenig, / und der Stoffel tanzt mit ihr, / mit der dummen Liese* ... An dieser Stelle klimpert Studienrat Münchdorf das Lied im Walzertakt und ordnet an, daß wir je unsern Bank-Nachbarn packen und mit ihm auf der Stelle tanzen. Wir sollen schunkeln, sagt er. Schunkeln ist mir ein ekelhaftes Wort. Ich möchte ausspeien, wenn ich es höre, allwie meine Anderthalbmeter-Großmutter ausspeit, wenn meine hamburg-amerikanische Großmutter *ein büschen* statt *een bißchen* sagt.

Mein Banknachbar Marosnik packt mich, und ich packe ihn, und wir tanzen auf der Stelle, und ich weiß nicht, ob ich der Stoffel oder die dumme Liese bin, und Marosnik weiß auch nicht, wer er ist. Solche Kindereien auf der *hochen Schule*!

Wenn mich zuweilen die Kreuzpein befällt, wenn ich mich mühsam durch meine häusliche Welt schleppe, tröstet mich der Gedanke: So beschössen, wie es der alten Pobloschen ging, geht es dir längst nicht.

Die alte Pobloschen bewegt sich dick, blaß und aufgeschwemmt mit kurzen Schleifschritten durch den Keller. Sie scheint an einer ähnlichen Beinkrankheit zu leiden wie meine amerikanische Großmutter. Wenn sie sich aus ihrem Rohrstuhl hebt, reißt sie die Augen noch weiter auf als gewöhnlich. Sie tut es im Vorgefühl der Schmerzen, die sie beim Laufen haben wird. Meist erhebt sie sich deshalb zu spät. Ein Teil des Wassers, das sie hat lassen wollen, hat sich von selber gelassen. Sie liefert nur den Rest in den Eimer, der unterm Regal im lichtlosesten Korridor der Welt steht. Uringas umschwebt die Alte. Ich muß mir meine empfindliche Nase zuhalten. Ich tue es unauffällig, um die Pobloschen nicht zu kränken. Juro Baltin läßt es sich anmerken: Eine Wolke wieder! sagt er und brennt sich eine Zigarette an. Die alte Pobloschen reißt ihre Augen vor Haß noch weiter auf; man muß fürchten, sie springen heraus.

Wenn Mina Baltin in der Nähe ist, nennt Juro die Pobloschen – die alte Dame; wenn er mit mir allein ist, nennt er sie *die Olle.* Die Feindschaft zwischen der Pobloschen und Juro ist alt und hart. Man meint, man könnte sie anpacken. Solange ich bei den Baltins wohne, erlebe ich nicht, daß die alte Pobloschen aus ihrem Halbgrab in die Oberwelt aufsteigt. Tag für Tag trennt sie die braunen Häute getrockneter Tabakblätter von den Mittelrippen und schichtet sie zu Päckchen. Manchmal fällt ein Päckchen um, denn flucht die Pobloschen. Ihre Stimme hat beim vielen Schweigen Rost angesetzt. Der Fluch der Alten gerät zu einem Jodler, aber immerhin ist es ein Ton, der bekanntgibt, daß da nicht zwei Ganztote den Nachmittag lang nebeneinander im Keller hocken; immerhin wird hier Tabak zerzupft und nebenan schulgearbeitet.

Die Pobloschen zerfledert die Tabakblätter für die *Zigarrenfabrik Rapschinski.* Bis fünf Minuten nach dem Weltkrieg Nummer eins nannte sich ein Geschäftsmann, wenn ers erreichen konnte, *Hoflieferant*, um sich aus der Menge seiner Konkurrenten herauszuheben. Jetzt gibts vorübergehend keinen Hof und keinen Herrscher mehr; die Maschinen fangen an zu herrschen. Mein Vater leidet, er hat noch immer keine Knetmaschine. Er würde seine Firma gern *Bäckerei mit elektrischem Antrieb* nennen.

Die Belegschaft der *Zigarrenfabrik Rapschinski* besteht aus dem Chef, seiner Frau, zwei Hilfsarbeiterinnen und der Heimarbeiterin Poblosch.

Rapschinskis Frau ist die uneheliche Tochter von Mina Baltin, und Mina Baltin ist, ich sagte es schon, die uneheliche Tochter der alten Pobloschen. Man muß staunen, auf wie gewundenen Wegen ein Mensch wie die alte Pobloschen Heimarbeiterin bei ihrer Enkeltochter wird! Die Rapschinskin heißt Lotte. Auch sie fragte eines Tages ihre Mutter, Mina Baltin, nach ihrem Vater. Die Antwort der Baltin war gemäßigter als die der Pobloschen: Es war schön mit deinem Vater, sagte sie, aber es durfte nicht sein; er gehörte zu den Oberen Zehntausend in Grodk.

Das will sich mir nicht fügen, denn Grodk hat nur zwölftausend Einwohner.

Der Zigarrenfabrikant Erich Rapschinski, ein Mann mit Mittelscheitel, Reklamezähnen und blassen Händen, ist der Sohn von Schneidersleuten aus der verlängerten Friedrichstraße. Lotte Rapschinski hingegen ist nicht schön und ist nicht häßlich. Ihr rechtes Auge wird in Abständen von einem Zucken heimgesucht. Frau Lotte tut allemal, wenns auftritt, als wär sie von Sonne geblendet, aber an sonnlosen Tagen läßts sich nicht verbergen, daß es sich um ein Zwinsen handelt, das bei Männern, die auf etwas so Gedrungenes wie Frau Lotte aus sind, Verwirrung auslöst.

Das Zwinkern der Frau Lotte Rapschinski sei, sagen die Poblosch-Schwestern im Altweiberkränzchen, ein Erbfehler. Aber wie heimlich sie auch reden, meine Ohrlöffel schaufeln es ein und setzen meine Neugier in Betrieb:

Wenn der Vater der Rapschinskin zu den Oberen Zehntausend, na, sagen wir zu den Oberen Sechsundzwanzig von Grodk gehört und zwinsend umherlebt, muß er zu finden sein. Ihn zu finden, ist mir interessanter als eine Schulaufgabe.

An unserer Schule wird ein Elternabend veranstaltet. Wir Sextaner, die Jungstare des Reform-Realgymnasiums, singen ein Lied, und dann haben wir Pause bis zum Schluß der Veranstaltung. Ich habe Zeit, die Väter- und Großvätergesichter zu mustern, und entdecke alsbald die Vorlage von Lotte Rapschinskis Augenzwinkern. Der Mann, den das Zwinkern quält, gehört zu den Großvätern. Ich kenne ihn von einer Fotografie aus der Fabrikarbeiterinnenzeit meiner Mutter. Er ist der Chef der Tuchfabrik, in der meine Mutter und ihre Kumpankas arbeiteten. Zu den Kumpankas gehörte, wie wir wissen, Mina Baltin. Ich verschweige meine Entdeckung. Es liegt Lust im Entdecken: Tuchfabrikant Farkel hat die Rapschinskin ins Leben gestoßen.

Sie sind längst gestorben: Mina, Juro, die Pobloschen, Rapschinski und seine Lotte; ich bin als einziger von den Leuten aus der Kellerwohnung noch am Leben. Ich hätte der Rapschinskin, als sie schon eine alternde Frau war, sagen können, wer ihr Vater gewesen ist. Sie hat mich einmal besucht, als ich in einer Zeitungsredaktion arbeitete. Ich sagte es ihr nicht. Nun ist sie tot. Was soll mir mein Wissen um den toten Vater einer verstorbenen Frau? Ich büße für die Lust, die mir die Entdeckung damals verschaffte.

Frau Lotte kocht das Fabrikanten-Essen, besorgt das Büro und ist reisende Verkäuferin. Sie besucht Tabakwarenhändler, Gastwirte und Landladenbesitzer, und sie redet denen *Reichs-Adler*-Zigarren, die Rapschinskische Spezialität, auf.

Reichs-Adler – die Zigarrenmarke deutet auf die politische Einstellung ihres Herstellers hin. Rapschinski ist deutsch-national angeräuchert. Sein Stiefschwiegervater Juro Baltin wirfts ihm vor.

Aber ich bin Unternehmer, Vater, entschuldigt sich

Rapschinski und überprüft mit dem Zeigefinger, ob sein Mittelscheitel noch gerade verläuft.

Bloß die Deutsch-Nationalen roochen deine *Reichs-Adler* nich, sagt Juro.

Aber Ge-o-rig, laß Erichen man machen! wirft Mina Baltin ein.

Lotte Rapschinski spricht neuerdings auch im Laden meiner Mutter vor. Mina Baltin ist Mutters alte Kumpanka, Lotte ist deren Tochter, und ich bin Minas angenommener Sohn. Meine Mutter kann nicht umhin, sich mit Rapschinskischen *Reichs-Adlern* abzugeben, und muß Mühe aufwenden: Probieren Se se doch moal, Herr Nakonz, ne ganz schöne Zigarre, ooch! Meine Mutter tut, als hätte sie die *Reichs-Adler* in ihren Nachtlesestunden ausprobiert.

Langsam, langsam machen sich die Bergarbeiter ans *Reichs-Adler*-Rauchen. Ein Glück, daß sich auch Raucher-Moden herstellen lassen, und so werden die Zigarren *Colorado Claro, spanisch,* die meine Mutter vorzeiten so eindringlich anpries, langsam in den Hintergrund gedrängt, und die *Reichs-Adler*-Zigarren kommen auch in Bossdom nach vorn. Und das alles, weil ich eines Tages von zu Hause fort wurde und mich auf die *hoche Schule* machte. Man muß immer wieder staunen, woraus das Leben sich seine Strümpfe strickt!

Lotte Rapschinski nimmt zwinsend *Reichs-Adler*-Bestellungen bei den Tabakwarenhändlern der Stadt auf und besucht zwischendrein ihre Mutter Mina. Gun Tach, Junge, sagt sie, geht stukig durch die Stube, zieht ihren Mantel aus, hängt ihn ans Schlüsselbrett im lichtlosesten Korridor der Welt und steigt hinauf in die Klassenzimmer. Dort sind die Baltins mit ihren Kehrfrauen zugange. Frau Lotte setzt sich in eine Schulbank und erzählt ihrer Mama, was Erich gesagt hat, und was sie zu Erichen sagte, und was die Mama dazu meint, und was Frau Zigarrenhändler Schulinka gesagt hat, und was sie der Schulinkan geantwortet hat.

Rektor Heide kommt vorbei. Eine Wolke Kernseifenduft hüllt ihn ein. Sein Kneifer blinkt blank. Er sieht die Fabrikantensgattin in der Schulbank sitzen; eine stumme Aufforderung nach einer Erklärung geht von ihm aus.

Herr Rektor, wundern sich Se nich, sagt Mina Baltin, meine Tochter pflegt Schulerinnerungen.

Freut mich, angenehm, ausgezeichnet! sagt Rektor Heide. Heutzutage würde er sagen: Ah, *nostalgische* Anwandlungen! Pseudo-Intellektuelle von Welt haben für bestimmte Situationen vorgeprägte Redewendungen; sie benutzen sie und halten sie blank, bis andere pseudo-intellektuelle Wendungen über sie kommen.

Der Nachmittag ist still, mehr als still, denn auch das Rupfgeräusch von der alten Pobloschen fehlt. Sie fühlte sich nicht wohl, kochte sich Zwiebeltee und schleifte sich durch den lichtlosen Korridor in ihr Heizerstübchen. Sie hat mit ihren Gängen eine Rinne im Terrazzo des lichtlosen Korridors ausgeschliffen, eine überflache Rinne, doch ich fühl sie mit den Füßen, wenn ich mir Mühe gebe. Ich weiß damals noch nicht, daß ich der Mensch bin, den seine Lieblingin später den niederschlesischen Neurotiker nennen wird.

Nur das Kratzen meiner Schreibfeder bezeugt, daß sich im Dämmerdunkel der Kellerstube noch ein Lebender aufhält. Wenn ich mich von der Mathematik und den ewigen Zahlen erholen will, halte ich ein und frage mich, ob unsere jungen Katzen in Bossdom schon mit offenen Augen auf dem Heuboden umhertrippeln? Daß sie mir dort ja niemand ertränkt und nachher behauptet, sie wären ausgewandert!

Dann mache ich mich ans Französische und wundere mich, wieviel unregelmäßige Tätigkeitswörter die Franzosen haben. Tätigkeitswörter werden auf der *hochen Schule* Verben genannt, damit es sich *höcher* anhört. Jemand kommt von draußen her die Treppe herunter. Ein Bettelmann klopft an und ist schon herinnen. Sein Gesicht ist verwittert vom ewigen Draußen, in dem er einhergeht. Er steht in der Küche vor dem Tabaknest der alten Pobloschen. Is das zu glooben! sagt er. Gib ma Handvoll, Kleener! Er zittert vor Rauchgier, und sein Zittern rüttelt an meinem Mitleid. Ich gebe ihm eine Handvoll Tabak. Er nennt mich einen guten Jungen und macht sich rasch davon.

Mir wird bewußt, daß ich gestohlen habe. Ich denke rauf und runter, und es fällt mir ein, wie ich den Dieb, der ich bin, auslöschen kann. Ich stecke einen Fünfziger von meinem Taschengeld in die Manteltasche der Rapschinskin. Aber wie kriegt der Bettler zu wissen, daß ich den Tabak für ihn nicht stahl? Wo werden Untaten gestrichen, von deren Wiedergutmachung niemand als der Täter etwas weiß? Ich hoffe, daß ich die Peinlichkeit langsam, langsam vergessen werde. Aber ich vergesse sie nicht. Jetzt ist mein Leben fast verlebt, und ich habe die Peinlichkeit nicht vergessen.

Es gehört zu den Obliegenheiten der Fabrikantensgattin Lotte Rapschinski, den von der Pobloschen bearbeiteten Tabak in die Fabrik zu befördern. Sie bewerkstelligt es in einem Handwagen. Die *Reichs-Adler-Fabrik* liegt in einem ländlichen Ortsteil der Stadt, Slamen genannt. Zwei Kilometer Handwagenfahrt von der Kellerwohnung der Baltins bis zur *Zigarrenfabrik.* Es ist der Rapschinskin eine peinliche Last, den Handwagen durch die Stadt zu trecken. Mina Baltin sagt: Es ist unstandesgemäß für eine Fabrikantensgattin. Hin- und Hergerede von Mutter und Tochter über den peinlichen Tabaktransport. Sie blättern im Buch der Möglichkeiten. Auf der dritten Seite finden sie mich, den Pensionsjungen, den Gymnasiasten, das mittlere Kleinpferd für leichtere Lastfuhren. Warum solla nich? Kanna sich was vadien, der Junge. Wunderbar! Ausgezeichnet! Die Lösung ist gefunden. Sie hielt sich ein wenig versteckt, es mußte erst bißchen Zeit ablaufen, *ich* mußte erst nach Grodk rein werden, damit sie mich anspannen konnten.

Die Rapschinskin kommt aus der mütterlichen Beratungsstunde, schlendert durch den Korridor und pfeift einen *Jimmy: Erst kommt der Frühling, dann kommt die Liebe* . . . Sie pfeift sich zu mir in die Stube und macht mir den, mit ihrer Mama besprochenen, Transport-Antrag: Sie zieht ihren Mantel an, findet meinen Fünfziger in der Manteltasche und gibt ihn mir: Für die erste Fuhre! sagt sie und bezahlt mich mit meinem Fünfziger. Ich entlohne mich selber.

Ich liefere die Tabakfuhre ab und lungere noch eine Weile in der *Fabrik* umher. Ich sehe mir an, wie die *Reichs-Adler* entstehen: Der Chef dreht die Zigarrenseelen, und zwei Frauen umwickeln sie mit den von der Pobloschen zurechtgerupften Blättern. Sie werden jetzt Deckblätter genannt. Der Mensch benennt alle Dinge, am liebsten zwie- und dreifach. Was er benannt hat, meint er, kann ihm nicht entkommen. Er täuscht sich: Die Dinge entkommen ihm doch, zum Beispiel die Liebe – kaum hat er sie benannt, da ist sie verflogen.

Eine Hausfrau nennt Sand, der auf den Dielen ihrer Stube glitzert – Dreck. Für einen Raucher macht Sand, der auf dem Deckblatt einer Zigarre glitzert, die Zigarre wertvoller. Für die blassen Frauen in der *Zigarrenfabrik* ist Sand auf Tabakblättern der Erreger von Tuberkulose und Auszehrung. Auslandssand is nich besser wie Grodker Stoob, sagen sie. Ihre flinken Finger tanzen um die Zigarrenseelen herum, hüllen sie in Deckblätter und verkleben sie an der spitzen Seite. Der Klebestoff hält die Tabakröllchen zusammen, bis sie verraucht sind.

Nahrungsmittel wie Wildbret, Bier oder Käse verursachen dem Verbraucher nur zu einer bestimmten Zeit ihres Daseins einen vollen Genuß und müssen lagern, bis die Zeit heran ist. Auch Zigarren müssen lagern. Sie lagern in einem Raum, in dem es nicht zu kalt und nicht zu warm, nicht zu feucht und nicht zu trocken ist. Das Lagerklima überprüft der Chef. Er streckt täglich den rechten Zeigefinger eine Weile in den Lagerraum; sein Fingerthermometer zeigt an, ob belüftet oder befeuchtet werden muß.

In ihrer Meditationszeit machen die Zigarren Wandlungen zugunsten der Raucher durch. Alsdann werden sie in die Läden gegeben und von den Geschäftsleuten an Männer gebracht, die gewillt sind, *Reichs-Adler* in Rauch zu verwandeln.

Manche Männer ziehen den blauen Rauch bis tief in ihre Lungen hinein, und wenn sie ihn ausstoßen, ist er grau. Die blaue Farbe bleibt in den Männern. Also, ist der Genuß etwas Blaues.

Hier steigt ein Wölkchen grauer Rauch auf und dort eines und wieder eines, und die Wölkchen des Kreisgebietes vereinigen sich zu einer Wolke, und die Wolke fährt unterm Himmel hin, und ein Wind treibt sie vielleicht zurück nach Kuba oder in ein anderes Tabakland, und dort schwebt diese Zusammenballung entfesselter Tabakpflanzen-Seelen über den Feldern und harrt ihrer Wiederverwendung.

Ich bringe Unordnung in das Leben des Fabrikanten-Handwagens. Er muß jetzt die meiste Zeit auf dem Schulhof unter den großen Kastanien versteckt stehen, damit ihn Rektor Heide nicht fragen kann: Wo kommst du denn her?

Das unbeargwöhnte Herumstehen macht den Handwagen übermütig. Er verlockt die Mädchen mit seiner Räderigkeit in den Schulpausen zu *Kremserfahrten*, und sie schürgen mit ihm herum und mergeln ihn, bis Juro Baltin sich gezwungen sieht, das Gefährt seines Schwiegersohnes mit Ketten an einen Zaunpfeiler zu fesseln. Der Schlüssel zum Schloß steckt in *meiner* Hosentasche und versucht mich zu versuchen, den Handwagen für Mädchen, die mir gefallen, zu entfesseln.

Ich vergaß zu erzählen, was mit den abgerupften Rippen der Tabakblätter geschieht: Sie werden gebündelt an versierte Rippentabakraucher, an die Besitzer von Langpfeifen mit Porzellanköpfen und an Leute veräußert, die, wie mein Großvater, auf Ausgedinge sitzen und mit den Öfen um die Wette qualmen.

Ich rufe mir die Zeit, in der ich Rollfuhrmann für Tabakblätter war, zurück, weil ich erkunden will, wie das Ich, das ich bin, seine Vergangenheit poetisiert und romantisiert. Ich versuche, die Kraft zu erkennen und zu sublimieren, die mich befähigen könnte, aus dem Augenblick, den ich durchlebe, sofort die Poesie zu keltern, die er sonst erst abgibt, wenn er vergangen ist.

In eine der merkwürdigsten Abteilungen des Schulkellers kommt man durch eine niedere Blechtür. Ich öffne sie mit einem Vierkantschlüssel, dem Luftschacht-Schlüssel.

Der Luftschacht ist ein dunkel-dunkler Gang, nicht breiter als ein Bossdomer Junge. Es genügt mir, bei angezogener Blechtür, vorn in diesem Gang stehen zu bleiben. In dieses Streifchen von einem Gang münden Schleusen aus allen Räumen der Schule.

Oben in den Klassenräumen wird an den Mädchen der Stadt geformt und gefeilt, und die Späne von diesen Arbeitsgängen fallen in den Luftschacht. Ich kann sie hören und riechen, doch sie werden alsbald von der sausenden Luft aufgehoben und dann nach außen getrieben. Ich höre zum Beispiel einen Lehrer sagen: Komm vor an die Tafel! aber was nach dieser Aufforderung geschieht, muß ich mir erdenken. Ein anderer Lehrersatz kann heißen: Das lassen wir jetzt einmal außer acht, aber was außer acht gelassen werden muß, wird zur Sache meiner Vermutungen. Ich höre ein Mädchen weinen, ich höre einen dumpfen Schlag. Wahrscheinlich schlägt ein Lehrer mit der Faust aufs Katheder: Le printemps est arrivé! – Der Frühling ist da, erfahre ich, und in einer anderen Lyzeumsklasse ist von einer Tangente die Rede. Tangente – ich halte sie für eine Königin und sehe sie auf einem Thron sitzen. Später werde ich wissen, daß es sich um einen gewöhnlichen Strich handelt, den der Mensch aus einem Grund, den er für wichtig hält, umbenimt, ihr wißt.

Ein Schafstall hat seinen Geruch; ein mit Menschen gefüllter Raum hat seinen Geruch; ein mit Mädchen gefüllter Raum hat seinen besonderen Geruch: Die langen Haare der Weibchen, die Haarschleifen und die gesammelten Düfte, die die Mädchenmünder ausströmen. Aber da kommt von oben die Stimme eines Lehrers, den dieser Geruch zu beleidigen scheint: Es stinkt hier! Die Fenster auf! heißt es, und ich stelle mir vor, wie die Klassenordnerin umständlich mit viel Radau die Fenster öffnet, damit ein Teilchen von der Unterrichts-Stunde verlorengeht. Steh nicht so krumm! befiehlt eine andere Stimme, und alle diese Erziehungsabfälle fallen in den Luftschacht bis zu den Wurzeln der Schule, werden vom Schachtwind aufgehoben und als unsichtbarer Rauch gen Himmel getrieben.

Einmal stand ich im Spätherbst auf den Bossdomer Feldern und sah Schwärme von Erlzeisigen fliegen. (Mein Großvater nannte sie Inferlinge.) Erlzeisige und immerzu Erlzeisige flogen; unmöglich, die Länge des Zuges in Metern anzugeben, der Zug war mindestens zehn Minuten lang, und ich war der einzige Mensch, der ihn sah, und ich stand in der Feldmark und sah ihn, und als ich daheim mein Erlebnis erzählte, glaubte es mir niemand, selbst der Großvater nicht, dem sonst kaum ein Ereignis auf den Feldern und unter dem Himmel unbekannt war. Damals gewöhnte ich mir ab, von Ereignissen zu erzählen, die außer mir niemand sah, und obwohl ich im Leben immer öfter solche und andere Erlebnisse hatte, fange ich erst jetzt an, verhalten über sie zu schreiben, weil es mir nichts mehr ausmacht, von Grobsinnigen ein Lügner genannt zu werden.

Die Tür rechts vom Luftschacht ist der Zugang zur Hausmeister-Waschküche. Da ich euch ins Vertrauen gezogen habe, erwähne ich, daß mir diese Waschküche den Mustergeruch für Stadtwaschküchen lieferte. In Dorfwaschküchen werden Dampf- und Laugengeruch nicht alt; die Felderwinde treiben sie alsbald von dannen; in den Stadtwaschküchen hingegen torkeln und walmen die Waschhausgerüche länger und unentschlossener umher. Wenn ich heute irgendwo auf Stadtwaschküchengeruch treffe, gebiert er in meiner Vorstellung sogleich die Waschküche von Mina Baltin. Der Geruch und die Vorstellung sind wie die entgegengesetzten Enden ein und derselben Sache.

In einer anderen Kellerabteilung ist die Schulküche untergebracht. Das Treiben dort durchlärmt zuweilen meine Nachmittags-Einsamkeit.

In der großen Schulküche lernen die Volksschulmädchen der achten Klasse in je zwei Nachmittagsstunden wöchentlich kochen.

Den Kochunterricht gibt Fräulein Wörth, eine Jungfer. Jungfern werden bei uns auf der Heide Frauen vom Geschlechte der Engel genannt, Frauen, die freiwillig ohne

Mann und ohne Kind durch ihr Leben gleiten. Frauen, die nicht heiraten, weil ihr Verlobter im Kriege gefallen ist, heißen bei uns *Feine Frolleins.* Zuweilen wird der Krieg von Frauen, für die so und so kein Mann bestimmt war, zum Schicksal degradiert. Sie werden bei uns, wie die Libellen am Teich, Wasserjungfern genannt.

Fräulein Wörth trägt Doktor Lahmanns Gesundheitsstiefel, hat ein gütiges Gesicht, einen etwas langen Hals, einen zu dünnen Stiel für ihren Kopf; jedes Lüftchen macht den Kopf zittern. Auf der Straße hält sich Fräulein Wörth lotrecht und so, als trüge sie die Amtskette ihres Herrn Vaters, des verstorbenen Bürgermeisters.

Fräulein Wörth bedenkt mich, wenn wir uns im Keller begegnen, mit freundlichen Worten. Es ist, als zöge sie die Worte wie Bonbons aus einer Tüte. Die freundlichen Worte sind eine Art Deputat, auf das ich lauere, wenn die Wörth den Schulküchen-Schlüssel vom Hakenbrett holt.

Nach dem Kochen müssen die Mädchen aufessen, was sie sich eingebrockt haben. Manchmal bestrafen sie sich damit unwillentlich.

Fräulein Wörth lädt mich zu Reis mit Rosinen, Zucker, Zimt und brauner Butter ein. Ich soll vertilgen helfen. Es widerstrebt mir zu essen, was die Mädchen mit tintenbekleckstenFingern gekocht haben, mit Fingern, die vermutlich nach Radiergummi stinken.

Ich esse nich bei fremde Leite, sage ich bossdomsch und werde damit für Wochen der freundlichen Worte von Fräulein Wörth verlustig.

Aber die Mädchen zerspellen nach wie vor und immer häufiger meine nachmittägliche Einsamkeit. Sie kommen und fragen, wie spät es sei. Manchmal sage ich ihnen die falsche Uhrzeit, und sie sind auch damit zufrieden. Es geht ihnen nicht um die Uhrzeit, es geht ihnen um Mannesnähe. Da ist bei mir kein Mangel: Auf meiner Oberlippe ist schon ein Bart aus Feinhaaren zu erkennen. Es wird schon werden!

Es gibt noch eine zweite Küche im Schulkeller – die Volksküche. Volk sind in Grodk die Stadt-Armen, ausgesteuerte Arbeitslose, durchwandernde Bettler und die Riege der Irren.

Die Volksküche leitet Frau Sanitätsrat Tschibolski. Natürlich ist nicht sie Sanitätsrat; ihr verstorbener Mann war es. In Grodk strahlt ein Titel in seine Umgebung: Sanitätsrats Müllkübel, Sanitätsrats Pudel und Sanitätsrats Dienstmädchen.

Die Tschibolski hat aufgeworfene Lippen, hinter ihnen stehen zwei kleine Mauern aus Goldzähnen. Das Haar der Tschibolski ist weiß und wirkt würdig. Sie ist resolut, preußisch durchdrungen, führt den Königin-Luise-Bund und könnte schon bei der Erschaffung der Welt mitgeholfen haben. Im weißen Kittel ihres verstorbenen Mannes trappt sie im gemäßigten Stechschritt durch die Küchenräume und befehligt die Kochfrauen. Damals ist die Arbeitswoche noch sechs Tage lang, und die herdlosen Leute, die Bettler und die Irren sind nur sonntags die *Lilien auf dem Felde*, die der liebe Gott ernährt.

Das Hauptgewürz der Volksküche ist Majoran. Volksküchenessen und Majoranduft verschmelzen für mich zur Einheit.

Mina Baltin hat Wäsche, sie fühlt sich kochunlustig und läßt sich von Frau Sanitätsrat Volksküchensuppe einkellen. Juro erschnuppert es und kommt nicht zum Mittagessen. Er muß bei Rektor Heide ein Bild umhängen und in einem Klassenzimmer den Landkartenhalter reparieren. Auch Mina Baltin mag die Volksküchensuppe nicht. Sie klatscht der alten Pobloschen und mir die Teller voll und faßt sich dabei an die Stirn zum Zeichen, daß sie ihre Migräne hat. Nur die alte Pobloschen und ich, wir zwei Gelittenen, essen Volksküchensuppe, wir müssen. Die Pobloschen ißt mit aufgerissenen und ich mit niedergeschlagenen Augen.

Juro Baltin läßt sich das ausgefallene Mittagsbrot zur Vesperzeit ersetzen. Ich muß für ihn nach Grützwurst preschen. Ein Fleischer macht diese Würste montags, ein anderer mittwochs, noch ein anderer donnerstags oder freitags. Ein kariertes Wischtuch zwischen Schaufenster und Ladentür zeigt an, wo die warmen Nachmittagswürste zu haben sind. Manchmal versucht ein Wischtuch zu flattern und eine Fahne zu sein – eine Grützwurstfahne!

Der Volksküchen-Korridor ist lang wie eine kleine Ewigkeit. An der Wand stehen Holzbänke ohne Lehnen. Auf ihnen sitzen die verfrühten Essenholer und fertigen Eß-Vorfreude an.

Mein Schulweg führt durch den langen Volksküchen-Korridor. Wenn mein Unterricht vor zwölf Uhr zu Ende ist, beeile ich mich: Für mich ist die Essenausgabe in der Volksküche eine Theatervorstellung.

Schierkes Paule, ein Leicht-Irrer, kommt mir entgegen. Er lebt mit zwei unterbegabten Schwestern in Familie und holt das Volksküchen-Essen im Wasser-Eimer. Er will von mir wissen, wie draußen das Wetter ist. Trippelregen mit Wind, sage ich. Paule lacht, als hätte ich ihm einen scharfen Witz erzählt, er ist lachkrank. Er bleibt zum Beispiel mit seinem Eimer voll Volksküchen-Essen an den Sträuchern des Wilhelmsplatzes stehen, sieht zu, wie zwei Spatzenhähne sich balgen, und lacht und lacht. Gütige Passanten kommen und mahnen ihn heimzugehen: Paul, deine Suppe erkältet sich!

Da ist die krumme Fanny, sie ist hitz-rot im Gesicht und hat ihr Haar zum Gretchenkranz geflochten. Ihre dürren Beine stecken in wadenhohen Schnürschuhen. Ihre Leidenschaft sind die Schaufenster in der Stadt. Wie ärmlich die Auslage in einem Fenster auch sein mag, Fanny verschönt sie sich mit ihrem Hinsehen. Die Kettenräder im Schaufenster der Fahrradhandlung verwandeln sich für sie zu Königinnen-Kronen. Vor Schaufenstern, in denen Kleider lockend auf weibliche Passanten einreden, zieht Fanny sich ein Kleid nach dem anderen über, ohne sich von der Stelle zu rühren, und wartet drauf, daß die Passanten sie im neuen Kleid bewundern. Wenn Fanny mir im Volksküchenkeller begegnet, will sie mich streicheln. Sie ist der einzige Mensch, der mein rotes Haar liebt und mich für einen Ausnahmemenschen hält.

Da ist Paule Lehrak. Sein Haar ist sträubig und stribbelig, als trüge er eine Kirgisenmütze. Die Kleinhändler der

Stadt beladen seinen Handwagen am Bahnhof mit leicht verderblichen Expreß-Gütern: Harzer Käse, Bücklinge, Aale, Baumkuchen und Bananen. Der jeweilige Ladenbesitzer geht hinter dem Handwagen her, und Paule trabt blubbernd und blabbernd vom Bahnhof in die Stadt und ficht männliche Passanten um Zigarrenstummel an: Meesta, hatte keene Tummel doa? Paule benutzt die Stummel als Kautabak. Wer ihm keinen Stummel geben kann, wird beschimpft: Vageizta Meesta, Deibel soll dir holn!

Paules Auftraggeber halten ihn mit einer merkwürdigen Peitsche, mit einer erlogenen Bedrohung in Trab: Paule, Paule, die Russen kumm! rufen sie ihm zu, und Paule flüchtet, und sein Handwagen zittert: Die Russen kumm, die Russen kumm!

Die Russenfurcht hat man Paule im Kriege eingepflanzt. Die Späße der kleinen Leute sind roh! Das is ja bloß Paule, entschuldigen sie sich. Paule, der Mutterschänder, sagen Leute, die gehört haben wollen, daß der Irrling in einem Krämerladen zu seiner tumben Mutter sagte: Mutter, Mutter, kumm zahause, mir zwiebelt die Geilheet!

Es gibt eine Möglichkeit, Paule anzuhalten, wenn er in Russenfurcht davonrast. Man ruft ihm zu, Hindenburg habe die Russen aufgehalten, Hindenburg, der deutschnationale Stachelkopf, der sogenannte Sieger von Tannenberg, dessen Bildnis emaillierte Kindertassen national bekleistert, Hindenburg, über dessen angebliche Heldentaten in den Geschichtsbüchern der Gymnasiasten berichtet wird. Jedenfalls fühlt Paule sich gerettet, sobald er den Namen Hindenburg hört.

Die Sanitätsratswitwe Tschibolski läßt die Ausgesteuerten, die Bettler und die Irren antreten. Die Willfährigkeit vieler Menschen, sich einzureihen, funktioniert selbst bei den Geistesgestörten. Die Tschibolski geht an der etwas gekrümmten Reihe auf und ab, bis die zu einem lässigen Geradesein erstarrt. Hinter dem Irren Paule Lehrak steht der Leicht-Irre *Kalte Warme*. (Ihr wißt, Bockwurst heißt bei uns Warme, und man unterscheidet kalte und warme Warme.) Der Leicht-Irre *Kalte Warme* geht auf Zehenspitzen in

Schuhen von ungleicher Farbe und Größe umher. Manchmal trägt er zum Gehrock eine Mütze, manchmal zum hellen Sommermantel einen Zylinder. Er zieht den Hut, stellt sich den Straßenpassanten vor und verlautbart, daß er kalte Warme bevorzugt. Er peinigt die Voll-Irren nicht schlechter, als es die Rohlinge aus der Sparte der Normalmenschen tun. Paule, Paule, die Russen kommen, die Russen! raunt er seinem Vordermann zu, und Paule flüchtet und rennt dem Ausgang zu. Sein Ausgang ist mein Eingang in den Keller. Meesta, Meesta, die Russen kumm! ruft er, und ich rufe ihm zu, Hindenburg habe sie aufgehalten: Woher meine Geistesgegenwart? Paule bleibt stehen. Die Sanitätsratswitwe fängt ihn, reiht ihn wieder ein und stellt drei Bettler zwischen ihn und *Kalte Warme*. Sie dankt mir. Sie will mich mit einem Schlag Nudelsuppe belohnen. Nudeln mit Majoran vielleicht?

Ich gehe an der Schlange der Essenholer entlang und grüße die, die mich so ansehen, als erwarten sie eine Freundlichkeit von mir. Ich giere danach, das Getue von Menschen zu beobachten, die ein undurchschnittliches Leben führen.

Später, viel später werde ich *Die Aufzeichnungen des Malte Laurids Brigge* von Rilke lesen und mich nicht mehr so allein mit meiner Neigung fühlen. Der als Malte verkleidete Rilke wird mich in ein literarisches Recht setzen.

In der Küche wird der Deckel des ersten Kessels hochgeklappt. Der majoranumkränzte Kochwrasen strömt in den langen Korridor. Die Tragegefäße der Essenholer fangen an zu scheppern und zu beben, als wären sie Vormägen. Eine Alte fährt mit zerschrundener Hand in die Rocktasche und holt ihre Zahnprothese heraus. Langsam, langsam verkürzt sich die Reihe der Essenholer, und die, die ein Zuhause haben, gehen davon; die Heimatlosen setzen sich auf die lange, lange Bank, schlürfen, schmatzen und machen Löffelmusik.

Die Sehnsucht treibt mich zuweilen, wenn ich aus der Schule komme, auf einen Umweg. Ich gehe an der Stadtmühle vorbei und sehe nach, ob unser Planwagen dort steht. Und eines Tages steht er dort, und ich erkenne an der Sorgfalt, mit der das Pferd abgesträngt und angebunden ist, daß mein Großvater in die Stadt gefuhrwerkt kam. Es scheint daheim vorübergehend Eintracht zu herrschen.

Großvater tauscht in der Stadtmühle Roggen gegen Backmehl. Ich begrüße unseren Wallach Hansko und entschuldige mich bei ihm, weil ich nichts zu knabbern anzubieten habe, ich bin ein Stadtmensch und schlüpfe in den Planwagen wie in ein kleines Zuhause.

Der Großvater kommt. Jungatzko, Jungatzko! sagt er, klopft mir den Rücken und weist mir den rechtsseitigen Platz auf dem Wagenkasten an: Ich kutschiere durch die Straßen von Grodk. Die Krachschläger Kieler und Hundert aus meiner Klasse stehen am Straßenrand. Ich kutschiere stolz und nicke ihnen zu. Mein Stolz sendet mittelfeine Schwingungen aus und erzeugt Widersach. Kieler und Hundert strecken ihre Zungen heraus, bebläken mich und Großvater und beschimpfen uns: Kito von Saspow, Kito von Saspow!

Saspow ist ein schöner Dorfname, doch die Grodker, die sich für echte Deutsche halten, beluden ihn mit Mißachtung und stießen ihn für die Sorben in jene Gruppe von Wörtern, die man heutigentags Reizworte nennt: Kito von Saspow, Kito von Saspow!

Verkriepelte Riepels, schreit Großvater auf die Krachschläger und knallt herausfordernd mit der Peitsche.

Kito von Saspow, Kito von Saspow! höhnen die Krachschläger.

Mit Pferdeäppel sollde man die Kerls beschmeißen, sagt Großvater. Ich treibe den Wallach an, bringe ihn zum Traben und schließlich in Galopp. Wir lassen das Geschmäh hinter uns. Es wird keen Friede nich zwischen Wendsch und Deitsch, stellt Großvater fest.

In der Schule fällt der Unterricht aus. Wir haben Wandertag. Es ist stets Lust auf Wandern in mir gewesen. Das haben romantische Zeichnungen von Einzelwanderern, die

Ludwig Richter und Moritz von Schwindt anfertigten, bewirkt: *O Wandern, Wandern meine Lust*... romantisch und unalltäglich.

Studienrat Münchdorf, unser Klassenlehrer, kommt fastnächtlich verkleidet, in Kniebundhosen, Sportstrümpfen und einem verbeulten moosgrünen Hut zum Wandertag. Er stützt sich auf einen langen Wanderstab, so einen wie ihn Heilige, wenn sie in kirchlichen Sonntagsblättern dargestellt werden, benutzen, wenn sie rechtschaffene Tagelöhner besuchen. Münchdorf hat zu allem ein wanderfreudiges Gesicht aufgesetzt. Das Gesicht besagt: Seid fröhlich beim Durchwandern der Natur!

Ein mittelgroßer Grashüpfer springt auf, eines von den Insekten, die wir auf der Heide Huppatze nennen.

Guck moal, wie der Huppatz hupsen kann, sage ich zu meinem Klassenbruder Marosnik.

Es heißt nicht Huppatz, sondern Grashüpfer, belehrt mich Studienrat Münchdorf. Ich habe schon herausgekriegt, daß einem Lehrer das Herz hüpft, wenn seine Belehrung verfängt. Guck moal, wie son Grashüpfer grashüpfen tut, sage ich zu Marosnik. Das Wort grashüpfen gäbe es nicht, belehrt mich Studienrat Münchdorf weiter. Das Wort steht nicht im Duden. Der Duden heißt Duden, weil ihn ein Herr Duden, ein Philologe, zusammengestellt hat. An einem Haus in Schleiz, in dem Herr Duden vorübergehend gelebt hat, wäre eine Gedenktafel angebracht.

Gedenktafel hin und her, ich kann trotzdem nicht verstehen, weshalb man nur so reden und so schreiben soll, wie der Herr Duden es bestimmte. Das Leben verschmälert sich, wenn man nur mit Wörtern über es redet, die einem vorgeschrieben sind.

Studienrat Münchdorf stampft dreimal mit seinem Heiligenstab: Los, gehen wir weiter! Unsere Krachschläger johlen wie Indianer, wenn sie gegen den weißen Mann ziehen, wie Indianerbuchschreiber versichern.

Studienrat Münchdorf hat seine Frau und zwei Töchter in den Wandertag eingebracht. Sie sollen mit uns stolpern und sich auslaufen, höre ich. Münchdorfs Frau ist eine

Wienerin, schwarzhaarig, dicklich und ganz schön schön. Sie sagt *herzige Buam* auf uns. Münchdorfs älteste Tochter ist zwölfjährig, auch schwarzhaarig, aber nur mittelschön. Trotzdem könnte sie mir gefallen, weil sie etwas von dem Getue der Puppa Wendlandt an sich hat, der Gutsbesitzerstochter aus Gulitzscha, zu der meine Liebe so stark war, daß sie zwei Gedichte aus mir heraustrieb. Ich wäre zudem bereit gewesen, einen halben Fliegenpilz aufzuessen, wenn sie sich herabgelassen hätte, ein paar Worte über mich hinzustreuen.

Die zweite Tochter von Studienrat Münchdorf hat fünf Jahre und ist noch nicht aus dem Kinderspeck heraus. Ihr Aussehen wackelt noch; sie sieht bald dem Vater, bald der Mutter ähnlich.

Auf unserem Schulwandertag wird nicht das betrieben, was ich mir unter Wandern vorstelle. Unsere Krachschläger überspringen Gräben, balancieren auf Brückengeländern, erschlagen Blindschleichen, verstümmeln Eidechsen und zucken und flitzen umher wie schwärmende Bienen. Vor ihnen geht der Weisel mit der Studienratsbrille, die ordnende Seele für die ihm folgende Unordnung. Außerhalb von Ordnung und Unordnung schleppt sich der dicke Worreschk durch seinen Wandertag. Er ist Sitzenbleiber, der Sohn eines Bierverlegers, und hat, außer gut Essen, zwei Flaschen Bier in seinem Rucksack. Wanderer haben allzeit gut gesoffen, behauptet er: *Im Krug zum grünen Kranze, / da kehrt ich durstig ein.* Und dann das schöne Lied von der Kneipe zum Rolandsbogen, oder *und immer lustig Blut und leichter Sinn* und sowas alles.

Ab und zu ruft Studienrat Münchdorf im Tone eines Reserveleutnants einen Schüler aus dem wimmelnden Haufen heraus. Es handelt sich um Schüler, die durch besondere Leistungen in die Sympathie des Studienrats hineingestiegen sind. Der Studienrat stellt sie seiner Frau und seinen Töchtern vor. Er betreibt Vorratswirtschaft in Schwiegersöhnen und gibt seiner Tochter Eva Gelegenheit, sich die besten Junghengste aus seiner Klasse anzusehen. Ist ein Schüler genügend gemustert, wird er mit Handschlag verabschiedet und in den Leib des lärmenden Heerwurms zurückgestoßen. Und was soll ich euch sagen, Münchdorf ruft auch mich nach vorn in sein wanderndes Familiennest. Ihm gefällt das Tempo und die Sicherheit, mit dem ich an den Lessingschen Fabeln erkennen kann, was der Dichter hiermit sagen wollte.

Dieses ist der Junge mit dem biblischen Namen Esau, er ist rot wie eine Eichkatze, wie ihr seht, aber auch so flink wie jene im Ergreifen des Sinnes, der sich in Fabeln aufhält, sagt Münchdorf über mich zu seinen Damen.

Münchdorfs Tochter Eva lacht mich an. Es berührt mich angenehm, daß sie die Möglichkeit findet, mich trotz meiner Sommersprossen, trotz meiner roten Haare und trotz meines säuischen Vornamens anzulachen.

Frau Münchdorf befragt mich nach meinem Befinden. Ich sage ihr, daß ich mich wohl-befinde, daß wir auf einen ausgezeichneten Sommer gestoßen sind, und daß das Getreide gut steht und lauter so Redereien.

Wieder lacht mich Tochter Eva an. Ein leidliches Weibchen! Ich lache zurück.

Münchdorfs kleine Tochter heißt Brigitta wie die Kohlengrube hinter Grodk. Sie fängt an zu nörgeln, sie will Hand in Hand mit mir gehen, sie trampelt und will ihren Willen.

Tu mir den Gefallen, bittet Studienrat Münchdorf, und leite sie ein Stück bei der Hand.

Ich zögere einen Augenblick lang, aber dann bestimmt wieder einmal Mutters Laden, was ich zu tun habe: Die Mutter hat mich gebeten, recht fleißig zu sein, damit ich zu einer Freistelle komme, damit sie das Schulgeld nicht aus ihrem Laden herausziehen muß, damit sie sich vom Vater nicht vorwerfen lassen muß, daß ich einen Haufen Geld verstudiere.

Ich zerre das Ratstöchterchen an der Hand durch den Wald, nicht lange, und die Kleine will von mir Huckepack getragen sein.

Könntest du dich auch dazu entschließen? fragt der Studienrat und hilft mit einem psychologischen Schubs nach. Wie ich immer sage, Monette, wendet er sich an seine

Frau, ich habe Krachschläger, habe aber auch herzliebe Jungen in meiner Klasse.

Ich kann mir aussuchen, ob ich zu den Krachschlägern oder zu den herzlieben Jungen gezählt werden möchte. Ich nehme das verzogene Ratstöchterchen auf den Rücken.

Alsbald kommen die Krachschläger heran, verhöhnen mich und mein weibliches Wandergepäck. La bonne est arrivée, la bonne est arrivée – das Kindermädchen ist angekommen, höhnen sie. Das ist ein Satz aus unserem Französisch-Lehrbuch. Die Krachschläger sind neidisch, weil der Studienrat mich damit beehrte, seine unfertigen Kinder umherzuschleppen. Es wäre an Münchdorf, mich gegen die Behöhner zu verteidigen, aber er tut es nicht, er überläßt es mir: Matka-Zitzer, Matka-Zitzer! benenne ich die Krachschläger. Das heißt soviel, als sie saugen noch an den Brüsten ihrer Mütter. Kito von Saspow, Kito von Saspow, höhnen sie weiter. Mein Jähzorn schwillt an wie der Kehlsack eines Truthahns. Ich lasse meine Last namens Brigitta in den Chausseegraben gleiten. Der Vorschlag meines Großvaters ist mir eingefallen. Ich greife in einen Haufen grüngrauen, noch lauen Pferdemist und bewerfe meine Belästiger mit ihm.

Die Schmährufe verstummen, aber die abgeworfene Brigitta heult und brüllt, und Frau Münchdorf schilt mich einen grräßlichen drreckerten Buam.

Der dicke Worreschk kommt heran. Er wirft sich in den Chausseegraben, lacht und lacht, zieht eine Flasche Bier aus seinem Rucksack und fordert mich zum Mithalten auf. Ich soll meinen Sieg mit ihm feiern. Ich eigne mich nicht fürs Biertrinken.

Im Wildbirnenbaum singt ein Buchfink, aus einer Birke läßt eine Goldammer ihre traurige Strophe fallen, und der Sommer summt, und alles das ist zu hören gewesen, während ich meine Mitschüler mit Pferdemist bewarf. Mein Jähzorn hat mir die Ohren verschlossen, jetzt packt mich die Reue und drückt mich nieder, und wenn ich Bier trinken würde, müßte ich weinen.

Kito von Saspow, Kito von Saspow, es gellt mir noch

abends im Bett nach. Wenn mein Vater mit meinem Großvater verzürnt ist, sagt er: Hätt ich bloß nich in die verfluchte wendsche Schwiete eingeheiroat.

Was soll ich sagen? Ich hatte keine Wahl. Eine Hälfte von mir ist *wendsch*, die andere *deitsch*. Mir tut das Herz weh. Ich sehe auf alles um mich her wie eine trauernde Witwe durch ihren Hutschleier.

Ich weiß nicht mehr, wo ich hingehöre: Nächste Woche kumm neie Wundertüten rein, sagt meine Mutter, aber du bist ja nich hier.

Nächste Woche muß ich Disteln ausm Hoafer stechen, du wärscht mir scheene zu Hilfe dabei, sagt die Anderthalbmeter-Großmutter, aber du bist ja nich hier.

Sonntag ist Schützenfest, sagt Mina Baltin, aber du bist ja nicht hier.

Sonntag foahrn Radrennfoahrer durch Grodk, sagt Juro Baltin, aber du bist ja nich hier.

Ich bin nicht hier, ich bin nicht dort; ich schwebe wie der Geist über den Wassern. Freut sich noch jemand zu mir? Was, schont wieder Sonnabend! sagt die Mutter, wenn ich nach Hause komme. Sie muß immer mehr Warenpreise und Prozente im Kopfe haben und eben – sie muß Zeit und Gedanken in die Waren stecken, und die Kunden schleppen Zeit- und Gedankenteilchen fort, die die Mutter sonst auf mich verwendete.

Der Vater begrüßt mich wie einen Jungen, der den Kuchen seiner Mutter zum Abbacken bringt. Er fragt mich merkwürdigerweise nach meiner Zensur im Französischen. Ich sage ihm, daß ich drei minus stehe, und er tut so, als ob er das verstünde, und als ob drei minus eine ganz schöne *hoche* Zahl wäre. Die Entresse fürs Französische haste von mir, sagt er, auch er habe im Kriege schon schön Französisch gekonnt. Wullewu promeniern, Madam, avek mia – und sowas alles.

Am liebsten sieht der Vater, wenn ich mir meine kleine Bäckerschürze vorbinde und helfe. Ich lerne nebenbei das Semmelaufwirken, aber der Vater lobt mich nicht dafür, es ist ihm so selbstverständlich wie dennmals, als ich zum ersten Male Mist mit dem Wechselwagen vom Hofe fuhr.

Umarmungen sind in Bossdom beim Wiedersehn nicht Mode. Nur Frau Gendarm Bläser und Frau Schulleiter Rumposch umarmen sich, wenn sie sich drei Tage nicht sahen. Sie haben sich die Umarmungsseuche in der Stadt zugezogen. Meine Mutter steht unumarmt daneben, aber sobald die Bläsern gegangen ist, sagt die Rumposchen zu meiner Mutter: Die wird immer putriger im Gesicht, wenn sie man nich hinterrücks säuft! Und die Bläsern sagt, wenn es die Lehrersche nicht hört, die Rumposchen möge sich endlich eine Brille anschaffen. Wenn ich neulich nicht dazugekommen wäre, hätte sie am liebsten meinen Mann umarmt.

Ach Gottchen, sagt meine Mutter. Sie muß neutral sein. Sie sagt, wie ein Botschafter beim Rapport im Heimatland, erst am Abend etwas zu uns über den Vorfall: Diese Heichelei, sagt sie, ausspucken kinnde man! Aber sogleich verlangt sie von uns, daß wir niemand etwas von dem sagen, was sie uns gesagt hat. Ihr Laden ist für alle da, und wer dort noch nicht Kunde ist, kann noch einer werden.

Großvater will wissen, ob sie uns in der *hochen Schule* schon den Paragraphen eingetrichtert haben, der sich auf Beleidigungsklagen münzt.

Nein, wir haben das gleichschenklige Dreieck durchgenommen.

Was wullt ihr doadamit? fragt Großvater.

Ich kann es ihm nicht sagen; über alles, was wir auf der *hochen Schule* lernen, werden wir uns später freuen, wird uns gesagt. *Ich habe schon ganz schön gelebt*, wie die Dichterin sagt, aber volle Freude über das, was ich auf der *hochen Schule* lernte, ist mir noch nicht entgegengesprungen. Vielleicht kommt die Freude ganz zum Schluß.

Ich erzähle dem Großvater, daß Pferdedreck nicht geholfen hat. Sie schimpfen mir weiter Kito von Saspow.

Großvater läßt die Abgründe seines Charakters erkennen: Moal mit Pfeffer versuchen, sagt er. Mußt dir bissel Pfeffer in Tasche halden!

Zum ersten Male erschreckt mich Großvaters Roheit, von der andere Leute, besonders mein Vater, reden.

Großvater gewahrt, daß er mich verprellte. Er baut mir zum Troste eine Wassermühle. Ich muß aber dabeistehen und mir anhören, was er wieder gegen den Vater vorzubringen hat: Der Vater hat zuviel Kunstdünger auf die Saat gestreut. Das gibt Loagerkorn. Letzte Woche issa zweemal erscht Uhre viere zuhause gekumm. Hatta wieder meine Zinsen vasoffen.

Die Anderthalbmeter-Großmutter mischt sich ein. Großvater soll mir nicht den Sonntag mit seinen Hecheleien verderben. Großvater will Detektiv Kaschwalla aus der Baukammer stenzen: Was willst du Kräte ieberhaupt hier?

Die Kaschwallan vermault sich. Die Alten verzahnen sich in ein Gezänk. Ich mache mich davon.

Großvater sinnt nach einer Möglichkeit, mit mir allein sein zu können. Er versucht, mit achtundsiebzig Jahren das Radfahren zu erlernen. Er will mich, wenn ich nach Grodk zurückfahre, ein Stück begleiten können, damit er mir ohne das Dazwischenreden der Großmutter, der alten Schedrauka, *reenen* Wein über alles einschenken kann.

Zu den Ställen hinunter ist unser Hof ein wenig abschüssig. Großvater setzt sich aufs Fahrrad und nutzt das Gefälle. Alsbald gelingts ihm, sich auf dem Fahrrad zu halten. Im Gleichgewichte bin ich schont, sagt er, wenn ich bloß das verfluchte Trretten nich immer vergessen täte.

Großvater erlernt das Radfahren nicht mehr. Ich bin fast froh, daß sich das Gleichgewicht-Halten und das Treten nie in ihm zu zwei abgestimmten Handlungen vereinigen. Ich bin nicht erpicht auf Familiengezäusel. Ich hab dran zu schleppen, daß ich ein halber Wendscher bin.

Tante Maika fällt mir ein. Seit ich auf die *hoche Schule* raufgemacht bin, war ich nicht mehr bei ihr. Ich gehe zu ihr auf Besichte: Es geht auf Abend zu, und die Sonne läßt sich ihren Bauch schon von den Kiefernwipfeln krimmen. (Bei uns auf der Heide wird gekrimmt, nicht gestreichelt. Tuk mir moal den Puckel krimm!)

Großtante Maika sitzt und dengelt ihre Sense. Ihr zickelgroßer Hund mit dem Spitzkopf und den Dackelbeinen kommt mir entgegen. Er erkennt mich und schwänzelt. In seinen Augen ist Wiedersehensfreude. Maika pafft ihre Baumelpfeife und dengelt mit der linken Hand; sie kann es auch mit der rechten Hand. Können kann ich ganz Neegchen, sagt sie, aber ich mach nich alles, was ich kann! Ein blauer Rauchring fliegt aus ihrem Mund.

Ich sehe mir Tante Maikas Dürrpferd an. Paulko Lidola hat es bei seinem letzten Durchzug dagelassen. Es ist ein mittelgroßer falber Wallach mit einem Aalstrich. Ich rede mit ihm, aber er hat wenig Zeit, er muß grasen und die Dellen zwischen seinen Rippen ausfüllen.

Kummste bloß das Pferd besehn? fragt Tante Maika.

Ich faß mir ein Mütchen und sag ihr, was mich bedrückt: In Grodk soagen se ganzes Kito von Saspow uff mir. Was soll ich, Tante Maika, bloß machen?

Biste selber schuld, wenn dir das brennt, sagt Maika. Willst was sein, wasde nich sein kannst. Bist een Halbwendscher und keen Deitscher ebent. Kümmre dir nich um die Frechschnauzen; sei bissel stolz uff das Wendsche ooch!

Ich bin schon von Grodker Halbwissern angesteckt, die immer klüger sein wollen als Leute vom Dorf. Soll ich woll, sage ich, meine *zweete Wange* hinhalden?

Sollste, ja, das sollste, sagt Maika, denn was woahr is, is woahr, obs in Bibel oder am Wege steht.

Die Pobloschen hat den ganzen Sonntag gezupft und gerupft. Am Montag sitzt sie hinter einer Mauer aus gestapelten Tabakblättern. Schaff mir den Toaback von Halse! sagt sie.

Ich belade meinen Handwagen und trecke ihn die Muskauer Straße hinauf. Krachschläger Hundert kommt mir entgegen. In seinem Gesicht erspür ich die schon leicht markierten Züge des Rohlings, der er später geworden ist. Kito von Saspow, Kito von Saspow, Kito, Kito, Kito, behöhnt er mich. Ich denke an Großtante Maikas Rat: Sei bissel stolz ooch!

Ich mach mich steif und verkrieche mich nach innen. Hundert wirft sich bäuchlings auf meine Tabaksäcke und läßt sich mittrecken. Es fällt mir schwer, ihn nicht zu pakken und durchzuschütteln. Aber da kommt Lehracks Paule mit seinem Handwagen den Slamener Berg heruntergepoltert. Er hat Käsekisten geladen und brüllt auf mich: Meesta, Meesta, hatte keene Stummels doa? Sein Appetitsspeichel rinnt, es ist, als ob er den Tabak auf meinem Handwagen erröche. Ich spüre, meine Fuhre wird leichter. Der dürre Hundert ist abgesprungen; er setzt sich auf Paules Käsekisten und treibt den an: Paule, Paule, die Russen kumm, die Russen, die Russen! Paule galoppiert davon. Drinnen in der Stadt, hoffe ich, wird ihm jemand entgegenhalten, daß Hindenburg die Russen aufhielt. Der *Spaß* des dürren Peinigers Hundert wird zu Ende sein. Was mich betrifft, so muß ich Großtante Maika zu Danke sein.

In der Französischstunde lernen wir das Lied von der Morgenglocke: *Din, din, din, / c'est la cloche du matin . . .* Ich soll die ersten Zeilen des Liedes übersetzen. Ich sehe kein deutsches Wort, das den Glockenton besser wiedergibt als das französische *Din, din, din.*

Studienrat Schraube horcht auf. Er bestätigt, es gäbe französische Worte, die sich nicht ins Deutsche übersetzen lassen. Er lobt mich, weil ich das herausfand. Er schreibt mir eine Eins in sein Notizbuch. Er würde sogar ein Plus hinter die Eins setzen, sagt er, wenn es das gäbe. Er nennt mich einen *guten Franzosen.* Ich, Kito von Saspow, bin mit eins ein guter Franzose! Wieder denk ich: Tante Maika, ich muß dir zu Danke sein.

Meine Eltern erfahren am Sonntagnachmittag, daß ich ein guter Franzose bin. Es fährt ein Auto bei uns in Bossdom vor. Ein Mann kriecht aus dem Autohinterteil und entfaltet sich: Es ist ein langer Mann im Cut mit einer gelben Ringelblume im Knopfloch. Es ist der Vater vom dikken Worreschk, der Bierverleger.

Meine Mutter verkauft in ihrem Laden Bier der Marke *Schultheiß Patzenhofer.* Der Schultheiß-Verleger wohnt in

Forschte. Nun steht der Verleger vom Bier Marke *Waldschlößchen* vor Frau Matt. Sein Gesicht ist gerötet, sein Bart gezwirbelt, seine Blicke sind geil. Meine Mutter siedet Rouladen. Der Rouladenduft umwallt den Bierverleger. Ich loade mir ein, sagt er und bittet von der Sauce kosten zu dürfen.

Jesus Krimmersch, Leite! sagt die Mutter, dreht ihre Schürze um und führt den Bierverleger in die Stube. Setzen sich Se doch erscht moal, Herr Worreschk!

Der Vater kommt mit umgetaner Bartbinde, sieht den Fremden und reißt sich die Binde herunter. Die Herren begrüßen sich und stelzen eine Weile mit abgeschabten Worten umeinander herum. Zeitchen später duzen sie sich. Sie stellen fest, sie haben fast zur gleichen Zeit (mein Vater damals als Hilfsarbeiter) in einer Grodker Tuchfabrik gearbeitet. In Grodk hat jeder Mensch, der nicht mit einem Sparkassenkonto gesegnet oder gelernter Beamter ist, eine Weile in einer Tuchfabrik gearbeitet. Man hört zwei Seelen im Gleichklang singen.

Bierverleger Worreschk verlangt den Sohn meines Vaters zu sehen, *was uff die hoche Schule Meesta in die wendsche Sproache is*, die man Französisch nennt.

Meine Eltern zeigen mich vor. Ich lasse sie und den Bierverleger bei dem Glauben, daß ich der bin, den sie meinen. Worreschk stellt fest, daß ich zu *dirre* bin. Meine Eltern sollen mir wenigstens jeden Tag *een Bier zu saufen* geben! Mich fragt er, ob ich nicht der Banknachbar und Freund seines Sohnes Frede werden möchte. Ich gebe zu bedenken, daß in der Schule die Lehrer bestimmen, wo und mit wem man sitzt.

Keene Sorge, sagt Worreschk: *Dort wie hier – Waldschlößchenbier.* Das ist der Reklamespruch, den er sich für seinen Verlegerbezirk von seinem Buchhalter anfertigen ließ. Auf den Reklameplakaten ist ein überschäumendes Bierglas zu sehen, und dahinter steht ein Schloß im Walde. Wenn ich drauf gucke, fürchte ich, das Schloß könnte, sobald ich wegsehe, von Bierschaum überschwemmt werden.

Bierverleger Worreschk verspricht meiner Mutter einen

erhöhten Kundenrabatt, falls sie sich entschließen könnte, sein Waldschlößchenbier zu vertreiben. Und mich bittet er, seinem Sohn Frede zu helfen, die Sprache der verhurten Franzosen zu lernen. Meine Mutter wittert ein Geschäftchen. Sie nickt mir zu: ich soll auf den angebotenen Freundschaftspakt eingehen. Ich erkläre mich bereit, ich will ihr zu Diensten sein.

Bierverleger Worreschk ißt Rouladen, dann trinkt er mit meinem Vater bis gegen Abend. Sie stellen fest, daß sie noch dickere Freunde sind, als sie ahnten; sie haben beide bei den Zweiundfünfzigern gedient. Der Himmel sinkt für sie auf die Erde herab. Von den meisten Menschen, die sich Männer nennen, höre ich, daß der Krieg das größte Erlebnis ihres Daseins war, manchmal sogar das schönste. Hoffentlich hat sich heutigentags da was geändert.

So jung komm wa nich mehr zusamm, nich wahr, nich wahr nich? Worreschk überschenkt meiner Mutter die gelbe Ringelblume aus seinem Knopfloch. Die gelbe Blüte als Stempel unter die Verpflichtung, verbilligtes Waldschlößchen-Bier zu liefern. Der Sonntagabend geht in Tabakqualm und Bierdunst unter.

Ich bin froh, mich aus der Szene zu nehmen und von einem Nichtzuhause in ein anderes Nichtzuhause fahren zu können.

Eine halbe Woche später werden der dicke Worreschk und der dürre Matt in der Schule zusammengesetzt. Ich helfe dem dicken Worreschk vertragsgemäß ein wenig im Französischen nach und lerne dafür von dem eine fünfte Sprache, die Grodker Gossensprache, in der sich nicht nur Fresse, Schnauze, Scheuße und Urschloch, sondern auch andere Gemeinworte aus den menschlichen Unterleibs-Zonen tummeln.

Ich weigere mich bis heute zu glauben, daß der Reklamespruch, heute *Spot* oder *Slogan* genannt: *Dort wie hier – Waldschlößchenbier*, meine Lehrer bewogen hat, den dicken Worreschk und mich zusammenzusetzen. In meinem Archiv liegt ein Gruppenfoto meines damaligen Erzieher-Kollegiums, auch Lehrkörper genannt. Das Foto ist im

Lehrerzimmer aufgenommen. Die Herren in Cuts, zu denen sie gestreifte Hosen tragen; nur Turn- und Zeichenlehrer Feldmann trägt einen Jackett-Anzug und einen Schleifenschlips. Der Schleifenschlips deutet auf den *Künstler* hin. Der Künstler Feldmann malt in den Ferien Ölbilder: *Spreepartie bei Trattendorf* oder *Teich in Unterteschnitz* und so Sachen und stellt sie im Fenster der Buchhandlung Bohne aus.

Wenn ich mir also das Foto des *Lehrkörpers* ansehe, diese Anhäufung von Ehrenhaftigkeit, so kann ich nicht glauben, daß, außer Studienrat Eekbrett, mich einer von den Herren mit dem dicken Worreschk um ein Tönnchen Bier auf eine Bank setzte, aber Studienrat Eekbrett bestimmte nicht die Sitzordnung, er war nicht unser Klassenlehrer.

Im Schulwissen des dicken Worreschk gibts nicht nur Kahlstellen im Französischen, die ich mit meiner Besserwisserei besäen muß. Ich tue, was ich kann, um meiner Mutter die Belieferung mit verbilligtem Flaschenbier zu erhalten.

Wenn der dicke Worreschk aufgerufen wird und schon weiß, daß er nichts weiß, gibt er mir beim Aufstehen als Signal einen derben Fausthieb gegen den Oberschenkel. Für mich ist das das Zeichen, betont geradeaus oder in ein Buch zu starren und ihm dabei vorzuflüstern, was er laut zu sagen hat.

Auf meiner allwöchentlichen Fahrradtour nach Bossdom deuten die Straßenhunde in den Dörfern an, daß sich jeder gern ein Stückchen von mir abbeißen würde. Sie haben es auf Radfahrer abgesehen und rechnen auch mich dazu, obwohl ich noch nicht ausgewachsen bin. Sie zwingen mich, abzusteigen. Ich wehre sie mit einem Knüppel ab, gehe dabei rückwärts und schiebe das Fahrrad vorwärts. Schließlich entsinne ich mich meiner Lebenszeit, in der ich mit Scherzartikeln handelte, und lasse mir Knall-Erbsen aus Berlin schicken. Knall-Erbsen, nur Knall-Erbsen. Der Auftrag ist dürftig, aber es ist Krisenzeit, und der Chef jeder Firma ist für den kleinsten Auftrag seines kleinsten Kunden dankbar. Ich kriege meine Knall-Erbsen, und auf der

Rechnung steht wie früher: *Bei sofortiger Zahlung drei Prozent Skonto.*

In Kolonie Bloischdorf, dem hundereichsten Dorf, das ich zu durchfahren habe, überfallen mich die Straßenhunde nach dem ihnen einwohnenden Gesetz, alles, was vor ihnen flieht, zu verfolgen. An diesem Sonntagabend nun, von dem ich rede, mißkennen sie mich. Ich steige nicht vom Fahrrad. Ich bin so etwas wie ein über die Erde radelnder Bomber und werfe Knall-Erbsen einzeln und in Bündeln ab. Es knallt zwischen, und es knallt hinter den Hunden, sie klemmen ihre Schwänze zwischen die Hinterbeine, jammern, sehen mich vorwurfsvoll an und preschen zu ihren Hütten in den Höfen. Ihre Niederlage ist nicht bündig: Am nächsten Wochenende greifen sie mich wieder an. Es sind deutsche Hunde, die nicht ablassen, Angriffskriege zu führen. Ich laß Knall-Erbsen und wieder Knall-Erbsen schicken, aber an einem Sonntagabend vergesse ich, den kleinen Vorrat, der mir in der Hosentasche verblieb, herauszunehmen. Sie liegen in der Spitze des Hosensackes unter dem Taschentuch, und ich gehe mit ihnen am Montag in die Schule. Wir haben Deutschunterricht bei Studienrat Münchdorf. Es ist uns auferlegt worden, über Sonntag das *Schloß Boncourt* zu lernen, ein Gedicht von Adelbert von Chamisso: *Ich träum als Kind mich zurücke / und schüttle mein greises Haupt*... Der dicke Worreschk soll es aufsagen. Die ersten zwei Zeilen weiß er, aber dann weiß er nicht, weshalb er sein *greises Haupt* schütteln soll. Er hatte keine Zeit, das Gedicht zu lernen, weil er bei den Ausscheidungskämpfen der Grodker Ringkämpfer zusehen mußte. Er gibt mir den vereinbarten Faustschlag gegen das *dicke Fleisch*, wie man bei uns sagt, und es gibt einen Knall. Die Hundemunition in meiner Hosentasche ist explodiert. Meine Mitschüler verhalten sich kriegsmäßig und stecken ihre Köpfe unter die Bankpulte. Der Ernst der Unterrichtsstunde ist beschädigt. Wer war das? fragt Münchdorf.

Ich erkläre dem Studienrat, wie mich die Dorfhunde auf meinen Heimfahrten bedrohen, wie sie die Zähne fletschen und mir die Strümpfe von den Waden reißen wollen. Ein

Wunder geschieht: Studienrat Münchdorf glaubt mir und ermahnt mich väterlich, die kleinen Handgranaten am Sonntagabend tunlichst, jawohl, er sagt tunlichst, aus meinen Hosentaschen zu räumen.

Für meine Klassenbrüder steht fest, daß ich den Unterricht absichtlich stören wollte. Sie bewundern meine geschickte Ausrede. Ich bin für sie in diesem Augenblick kein Kito von Saspow, ich bin einer von ihnen, ein *kirniger Deitscher*. Ich belaß sie in ihrem Irrtum. Es ist so anstrengend, immer der zu sein, der man ist.

Durch seine Teilnahme am Ausscheid der Grodker Ringkämpfer ist Frede Worreschk auch verhindert gewesen, die französischen Vokabeln zu lernen, und es geschieht ein zweites Wunder an diesem Tage: Worreschk erklärt Studienrat Schraube, er habe die Vokabeln nicht lernen können, weil er daheim habe Bierflaschen spülen müssen.

Setz dich! sagt Studienrat Schraube sanft. Es sei traurig, sagt er, daß hie und da, selbst begüterte, Eltern noch immer ihre Kinder zu gewerblichen Arbeiten heranziehen. Er kenne das, er hätte als Sohn eines Hotelbesitzers in seiner Schülerzeit beim Ausfall des Hausknechtes die Schuhe der Hotelgäste putzen und beim Ausfall des Stubenmädchens die Nachttöpfe leeren müssen, und er habe das gehaßt.

Was uns wie ein Wunder erscheint, ist eine einfache Lebenskenntnis vom dicken Worreschk. Er ist ein Sitzenbleiber und kennt Studienrat Schraubes Widerwillen gegen Eltern, die ihre Kinder *unsozial* mit häuslichen Arbeiten drangsalieren; Schraube läßt sogar gelten, wenn der Sohn eines Tuchfabrikanten, der seine Hausaufgaben nicht gemacht hat, erklärt, er habe daheim Staub wischen müssen.

Merkwürdig, daß die schmutzigen Schuhe und die von Reisenden gefüllten Nachttöpfe ferner Zeiten bis in unsere Zeit hineinwirken und Faulpelze auf dem Reform-Realgymnasium zu Grodk vor schlechten Zensuren schützen. Die Lebensverflechtungen sitzen tief unter der Lebensoberfläche wie der Haarling in der Pferdehaut: man sieht das abgefallene Haar, aber den Haarling, der es abschnitt, sieht man nicht. Und manch eener weeß erscht goar nich, daß ooch die Kronen der preißischen Könige geputzt werden mußten, damit se glänzen kunnden, sagt Nagorkans Paule in Bossdom.

In der Pause erläutert der dicke Worreschk: Das kannste dir nur bei *Petit Garçon* leisten und nicht mehr als zweemal hinternander. Beim dritten Mal schreibt er einen Brief an deine Eltern und bittet sie, dich nicht mit häuslichen Arbeiten zu belasten. Denn haste Scherereien, mußt den Brief ablauern, damit ihn deine Eltern nich in die Hände kriegen, und kannst nich angeln gehn.

Der Knall in meiner Hosentasche hat den dicken Worreschk und mich zu einer Art Freundschaft verschweißt: Einmal in der Woche haben die Schüler des Gymnasiums einen zwei Stunden langen *Spielnachmittag* auf dem Schützenplatz am Rande der Stadt zu absolvieren. Jetzt stehen auf diesem Schützenplatz, wie ich neulich sah, blumen- und gemüseumkränzte Bungalows. Bungalows waren damals, so lehrte man uns, Behausungen von Unzivilisierten in Afrika. Heutigentags bauen die damals als unzivilisiert Bezeichneten mehrstöckige Familienhäuser, und wir, die Hochzivilisierten, bauen Bungalows. Verzeiht die Abschweifung. Danke fürs Zuhören.

Auf dem Schützenplatz, auf dem unsere Spielnachmittage stattfinden, hält die Grodker Schützengilde ihre Gildenfeste ab. Die Gilde ist militärisch gefärbt und mit schießlustigen Bürgern bestückt. Auf ihrem Hauptfest ermitteln sie, wer von ihnen mit ruhigster Hand dem Feinde, der niemals schläft, am sichersten eine Kugel ins Herz befördern kann.

Arbeiter nehm se nich uff in ihre Gilde, sagt Juro Baltin.

Spielnachmittag – das heißt, uns ist auferlegt, jeden Montagnachmittag zwei Stunden fröhliche Tummeleien zu begehen, Schlagball und Barlauf zu spielen, Speere zu werfen, Bälle durch die Luft zu schleudern, Eisenkugeln durch die Gegend zu stoßen, weit und hoch und hoch-weit zu springen, hundert Meter oder Dauer zu laufen, kurzum, das zu betreiben, was Leichtathletik genannt wird.

Dem dicken Worreschk gefallen diese Spielnachmittage

nicht. Der einzige Sport, der ihm gefällt, ist der Ringkampf; er will Ringkämpfer werden und mästet sich schon langsam auf Schwergewicht an.

Auch mir ist nicht zur Freude, mich, auf Befehl, körperlich zu üben. Ich übe meinen Körper lieber ohne Zugaffer in einer stillen Ecke nachmittags auf dem Hofe der Mädchenschule. Ich bringe mir das Balancieren bei und halte es für dienlicher, Bücher oder die *Berliner Morgenpost* zu lesen, deshalb kommts mir nicht ungelegen, daß mich der dicke Worreschk einlädt, den Spielnachmittag zu schwänzen und mit ihm angeln zu gehen. Beim Spielnachmittag äschert man sich bloß ab und kummt vom Fleesche, sagt er.

Wir angeln nicht in der Spree. In der Spree sind alle Fische innen rot oder blau von der Färberjauche aus den Fabriken, heißt es. Den Begriff *Umweltschutz* gibt es damals noch nicht. Aber Zeitchen verging, und die Umwelt entwickelte Schutzbedürfnis und verlangte nach diesem Begriff, und ist ein Begriff erst hergestellt, wird er Mode. Auch die Angler bei uns am Grünhofer See reden über den Umweltschutz und werfen gleichzeitig Margarinenäpfchen und Eisbecher aus Plaste, in denen sie ihre Würmer mitbrachten, auch Zigarettenschachteln und Schnapsflaschen an den Strand, und halten mich, der wöchentlich ihr Geschlader sammelt und vergräbt, für den Umweltschutz persönlich.

Danke für die Aufmerksamkeit.

Der dicke Worreschk und ich machen uns auf Fahrrädern an einen großen Teich, den wir wasserhungerigen Heidebewohner den *Buckower See* nennen. Den *See* hat Bierverleger Worreschk gepachtet. Wenn die Tuchfabrikanten sich Jagdgebiete pachten und mit ihren Flinten Holzsammelweiber erschrecken, wird sich Worreschk *woll bissel Wasser pachten könn ooch.*

Ich habe nie in einem Kahn gesessen und gerudert. Der dicke Worreschk bringts mir bei. Er sitzt mir wie ein Galeerenboß gegenüber und kommandiert: Linkes Ruder! Rechtes Ruder! Beede Ruder! Dabei raucht er eine Zigarette und schluckt Bier.

Wir sind auf der See-Mitte. Der Kohlensäure gefällts im Bauche des dicken Worreschk nicht. Sie stottert in Rülpsern aus seinem Munde. A-ankern! befiehlt er. Ich habe zum ersten Male einen Anker in der Hand, und ich werfe ihn ins Wasser, und wir sind verankert. Der Kahn kreist um den Anker. Ich sehe nach oben, sehe die Wolken durch ihre Behausung ziehen, die wir den Himmel nennen, und gleite gleichzeitig im Kahn über das Spiegelbild des Himmels hin.

In Büchern steht zu lesen: *Und er warf seine Angel aus* ... Der dicke Worreschk wirft seine Angel nicht aus; er peitscht den See, als ob der ein Bierkutscherpferd wäre. Im Buckower See leben Fische, die das nicht übelnehmen – Zwergwelse. Es sind ihrer so viele, daß sie, sich gegenseitig bedrängend, auf einen Regenwurm stürzen wie zivilisationsverdorbene Möwen auf ein von Brückenpassanten in die Luft geworfenes Brosämchen.

Der dicke Worreschk zieht die Angel an, reißt ein kleines Loch in die See-Oberfläche, und aus dem Wasserloch fährt ein Zwergwels. Es ist, als spränge der Wels freudig durch die zitternde Sommerluft in unseren Kahn. Vielleicht ist ihm das Fliegen ein ähnliches Erst-Erlebnis wie mir das Kahnfahren. Ich würde gern wissen, was die Welse denken.

Worreschk zieht einen Wels nach dem anderen aus dem Unsichtbaren ins Sichtbare, aber was soll ihm das Gescheuß? Er ist auf Großfische aus, doch im Buckower See kommt auf hundert plebejische Zwergwelse nur je ein Aristokrat, ein Karpfen oder ein Schlei. Worreschk zieht einen Wels heraus, der vor Begier den Angelhaken mitverschluckte. Der Wels liegt auf dem Boden des Kahns, öffnet das Maul, schließt und öffnet es wieder. Er ist aus einem Lebensteilchen herausgerissen worden, das er für einen Glückszustand hielt.

Worreschk schneidet dem Wels mit dem Taschenmesser den Bauch auf: Ich muß dir operieren, damit du nicht krepierst, lallt er und lacht kullerig.

Dann spielen wir Sahib und Eingeborener. Der Eingeborene bin ich. Ich muß Worreschk die Würmer auf den Haken ziehen und muß ihm die gefangenen Welse loshaken. Die kleinen Welse haben sich nicht nur hübsche Schnurrbärte, sondern auch Stachelflossen erfunden, die sie sogleich aufstellen, wenn sie sich angegriffen fühlen. Und ich *muß* sie doch angreifen, und alsbald bluten meine Handflächen und meine Finger. Der dicke Worreschk wird immer lalleriger und verlangt, daß ich die Angel ganz und gar übernehme. Er läßt sich nach hinten sinken und schläft ein. Ich sehe, wie der Alkohol an den Gesichtszügen des schlafenden Biersäufers zerrt, und kann schon erkennen, wie er aussehen wird, wenn er Rentier ist.

Ich verhelfe einigen Zwergwelsen zu einer Luftreise, hake sie los und werfe sie in den See zurück. Ich weiß noch nicht, daß ich das einzige Mal in meinem Leben angele, ich weiß es erst jetzt, da ich mein Leben von hinten sehe. Seit dreißig Jahren lebe ich in einer Seenlandschaft, aber eine Lust zu angeln kommt nicht in mir auf. Meine Hände erinnern sich zu gut an das verzweifelte Aufbegehren der Zwergwelse.

Andere Geschehnisse dieses Tages lagern sich als Glücksempfindungen in mir ab: Der Wasserduft, der Fischgeruch, das tänzelnde Sonnenlicht, der Teerduft des Kahns und die Tatsache, daß ich mich zum ersten Male im Kahn, der meinen Ruderbewegungen gehorcht, über das Wasser hinbewege – alles das ist von diesem Tage an in mir, und ich kann es beschreiben, obwohl ich es kein zweites Mal erlebt habe. Erlebt man überhaupt etwas zum *zweiten* Male?

Wer den Spielnachmittag schwänzt, muß einen Entschuldigungszettel beibringen. Zum Anfertigen von Entschuldigungszetteln braucht man Eltern. Der dicke Worreschk hat richtige Eltern, ich habe Ersatz-Eltern. In der Reklamewelt heißt es zwar: Ersatz ist besser als das, was er ersetzt; Ersatzkaffee zum Beispiel ist besser für die Nerven als Bohnenkaffee, Margarine ist besser fürs Herz als Butter, und Kunsthonig schont die Bienen. Der dicke Worreschk rät mir, meine Ersatz-Eltern zu schonen. Er läßt einen Entschuldigungszettel für uns beide vom Buchhalter der Bierverlegerei ausschreiben.

Der zweisitzige Entschuldigungszettel ist mit einer Schreibmaschine geschrieben. Die beiden Sextaner sind am Spielnachmittag von Unpäßlichkeit befallen gewesen und mußten das Haus hüten, heißt es. Es gibt keine Vordrucke für Entschuldigungszettel, doch sie gleichen sich in ihren Wendungen, und das mit dem *Haushüten* kommt in jedem vor, so daß zu vermuten ist, in den Schichten über uns existiere eine platonische Idee von derlei Zetteln.

Der Buchhalter darf den Entschuldigungszettel nicht unterschreiben. Das Wort Elternteil ist damals noch nicht erfunden. Es werden also Herr oder Frau Worreschk zum Unterschreiben benötigt, aber die sind auf Bierreise und nicht vorhanden. In der Bierverlegerei ist für solche Notfälle vorgesorgt. Es gibt einen Stempel mit dem in Gummi geschnitzten Namen des Bierverlegers: Der Vorname des Verlegers wurde auf dem Stempel gekürzt: Herm. Worreschk heißt es dort. Hermann war zu lang. Der Stempel ist in einem Panzerschrank eingeschlossen, damit er nicht von Unbefugten benutzt werden kann. Der Buchhalter ist befugt. Mein Freund Frede verlangt von ihm, daß er für die Faksimile-Unterschrift das rotfarbene Stempelkissen benutzt. Soll Feldmann ruhig sehen, daß wir Kummunisten sind, sagt er. Er kann den Turnlehrer nicht leiden, weil der ihn, den armen Übergewichtigen, in den Turnstunden schindet.

Faksimilierte Unterschriften in blauer oder schwarzer Stempelfarbe auf Entschuldigungszetteln sind dem dicken Worreschk bisher durchgegangen. *Dort wie hier – Waldschlößchen-Bier?* Vielleicht. Aber Turnlehrer Feldmann ist Asket, er trinkt nicht, raucht nicht, ist sportlich und künstlerisch durchdrungen. Er erkennt das Faksimile nicht an. Wieso seid ihr beide zu gleicher Zeit am gleichen Ort unpäßlich gewesen?

So kommts, daß meine arme Mutter in den geschwänzten Spielnachmittag hineingezogen wird. Sie schreibt am Sonntag einen Entschuldigungszettel für mich: Lieber Herr Studienrat Feldmann! Unser Junge hat mir berichtet, daß ihm nicht wohl gewesen ist. Er mußte das Haus hüten. Ich bitte sein Fehlen gütigst zu entschuldigen. H. Matt. Die Unterschrift kann sowohl Heinrich als auch Helene Matt heißen. Feldmann hat diesmal nichts einzuwenden. Eitelkeit steht außerhalb seines Asketentums. Meine Mutter hat ihn zum Studienrat befördert.

Endlich sind anderthalb Stunden geschwänzter Spielzeit vor Gott und der Welt entschuldigt. Seid dankbar und ehret, die euch ducken!

Als mein Vater damals meinen Onkel Phile bei einem Zigarettendiebstahl ertappte und meine Mutter den Onkel aus Bossdom wies, tat er mir leid. Er war für uns Kinder ein Trojanisches Pferd, aus dem lustige Kobolde in unser Leben krochen. Die Anderthalbmeter-Großmutter behauptet, Onkel Phile sei in Grodk, nachdem er Tante Elli geheiratet hat, ein neuer Mensch geworden, er habe sich geändert.

Der und sich ändern! höhnt der Großvater.

In der Zeit, von der ich erzähle, ist Onkel Phile noch nicht Zeitungsausträger, nicht Straßenfeger, auch Briefbote für den Kreisleiter der Arier ist er noch nicht. Ich weiß nicht, ob mein Lebens-Atem noch ausreichen wird, auch von dieser Zeit zu erzählen. Jetzt ist Onkel Phile erst einmal Gelegenheitsarbeiter und stadtbekannt.

Wir kommen aus der Schule. Wir, das sind Erich Markon, Werner Mirkatz und ich. Erich Markon hat schon Falten auf der Stirn; er ist unser bester Nachäffer menschlicher Mienenspiele. Werner Mirkatz ist dürr-blaß, krummbeinig und ein geriebener Erwachsenen-Verscheußerer. Wir stehen auf der Langen Brücke. Das Spreewasser führt vom Mühlenwehr her kuhfladengroße Schaumkleckse mit sich. Wir machen Zielspucken auf sie. Manchmal treffen wir, manchmal auch nicht, und miteins steht Onkel Phile neben uns und spuckt mit. Sein Haar ist strubbelig, seine Naslöcher sind zugestaubt, seine Fingernägel abgeknabbert, seine Hosenbeinlinge zeigen an, daß er die Hosen abends vor dem Bett fallen läßt, und daß sie sich dabei zusammenfälteln wie Lampions. Für meine Mitschüler Markon und Mirkatz ist Onkel Phile Kriminalaufklärer vom Dienst. Er liest die *Breslauer Gerichtszeitung.* Die Gerichtszeitung wird auf rosa-rotem Papier gedruckt und ist die einzige Zeitung, die wahrheitsgetreu berichtet, weil auf Verbrecher weder politisch, gesellschaftlich, moralisch noch ethisch Rücksicht genommen wird. In anderen Zeitungen wird parteiisch gelogen. In der *Breslauer Gerichtszeitung* gehts freilich grausam her wie im Alten Testament: Es wird die Ausführung von Morden, Sexualverbrechen, Diebstählen, Raubüberfällen beschrieben und berichtet, wie die Böstäter charakterlich beschaffen sind. In der *Breslauer Gerichtszeitung* werden keine Voraussagen, die man heutigentags Prognosen nennt, gemacht. Was in der Gerichtszeitung berichtet wird, ist schon geschehen und wird mit brutaler Genauigkeit an den Leser gebracht: Wo waren Sie zur Tatzeit, Angeklagter?

Ich lag auf meiner Frau, Herr Richter.

Können Sie das beweisen?

Meine Freundin war verreist.

Und das alles auf rosa-rotem Papier. Unerwachsene kriegen die *Breslauer Gerichtszeitung* nicht zu kaufen, aber Onkel Phile ist freigebig und läßt die Gymnasiasten an seinen Lesegenüssen teilhaben. Geteiltes Leid ist halbes Leid – geteilter Genuß ist doppelter Genuß. Kleptomane, Triebtäter, Tatzeit, Guillotine, Justiz-Skandal, Indiz, all so gerichtliche Worte stecken in Onkel Philes Wort-Schatzkammer: Erscht hatta nach Weiber inseriert, hat se zärtlich bebrummt und berammelt, und sie ham am lüstern ihre Spoarschweine offeriert, und er hat die Schweine geknackt und die Weiber danach stranguliert.

Und Phile, wie war das mit Haarmann? fragt Markon.

Haarmann war ein Massenmörder, Postadresse Hannover. Er lockte obdachlose Handwerksburschen in seine Wohnung, ermordete sie, zerstückelte sie und warf ihre Köpfe in die Leine, die an seinem Haus vorüberfloß. Haarmann mörderte mit Lust; er war ein Lustmörder, er verging sich an seinen Opfern, schreiben se. Phile erklärt meinen

Kameraden alles, was sie wissen wollen, und sie loben ihn: Phile, Phile, wenn wa dir nich hätten! Phile ist trunken vom Lob der Realschüler. Er zieht singend mit Markon und Mirkatz ab: *Warte, warte noch ein Weilchen, / dann kommt Haarmann auch zu dir / mit dem kleinen Hackebeilchen / und macht Leberwurscht aus dir . . .*

Ich bleibe auf der Brücke, leide an Philes Onkelschaft und mach noch eine Weile Zielspucken auf Schaumfladen.

Die städtischen Straßenarbeiter essen auf dem Wilhelmsplatz ihre Mittagsschnieten und lassen ein Fläschchen kreisen. Onkel Phile kommt vorüber und kriegt ein Schlückchen spendiert.

Phile, wie stehts mit Denke? Gemeint ist der Massenmörder Denke aus Münsterberg. Er war Fleischermeister, auch Kirchenältester und verkaufte das Fleisch seiner Opfer. Denke ist hin, erklärt Phile.

Wie das?

Hat sich in seine Zelle uffgehangen.

Wie das?

Sie hoam am vergessen die Hosenträger abzunehmen.

Die Straßenarbeiter machen Onkel Phile auf eine freie Stelle in ihrer Kolonne aufmerksam. Der Vorarbeiter wird veranlassen, daß Phile eingestellt wird, und Phile wird eingestellt. Er bittet die Anderthalbmeter-Großmutter auf einer Postkarte um einige Zuwendungen, damit er standesgemäß als Beamter auftreten kann. Er braucht mindestens zwei Schlipse und ein leichtes Sommerjackett. Liebe Mutter, wir ham Krisenzeit, mußte wissen. Es ist een besonderes Schwein, ein städtischer Beamter zu sein.

Die Anderthalbmeter-Großmutter fährt vor lauter Freude aus ihren Tuchpantoffeln. Sie will Großvater verführen, mit ihr den *Bockschiwerga* zu tanzen. Das ist ein wilder wendischer Tanz. Einmal tanzten ihn die Großeltern, als Großvater in der Lotterie gewann. Sie hoben ihre Schürzen an; Großmutter die Warpschürze und Großvater den Kutscherschurz, und sie wickelten sie ineinander und verknoteten sie, und die Anderthalbmeter-Großmutter warf eines ihrer krummen Beinchen über den Strang, der entstanden war, und sie drehte dem Großvater ihr Hinterteil zu, und sie tanzten und sangen dazu: *Bull, der rindert, Bull, der rindert, weil ihm seine Hoden schwellen* . . .

Ein Heimatforscher nannte den Tanz im Heimat-Kalender obszön. Die Großeltern wissen nicht, was obszön ist. Heutzutage würde man ihr wildes Gebaren einen Ausdruckstanz nennen. Sie tanzten die Paarung jener Tiere, die sie und ihre Vorfahren mit Milch und Fleisch am Leben erhielten. Wie gesagt, die Großeltern tanzten den Bockschiwerga, als Großvater in der Lotterie gewann; die Aussicht, daß Phile Beamter wird, reißt ihn nicht zu diesem wilden Tanz hin. Erscht moal abwarten! sagt er.

Die Anderthalbmeter-Großmutter wird von der Freude so durchrüttelt, daß sie allein auf den spleißigen Dielen umhertanzt. Sie hält den Kopf schief, sie dreht sich, ihr Rock *wallweit* auf und nieder, und ihre verkümmerten Krähenbeinchen werden sichtbar.

Du wirscht dir einschiebern (das heißt: einen Holzsplitter in die Fußsohlen treiben), warnt der Großvater. Die Großmutter hört nicht auf ihn, sie tanzt, bis ihr die Bäckchen glühn, und ist beglückt und beglückt, weil ihr einzig geborener Sohn Phile, den der Großvater zuweilen einen Nichtsnutz nennt, Beamter und ein echter Deitscher geworden ist. Großmutter tanzt, und der Stubenstaub tanzt mit ihr. Eine Säule aus Staub und Freude steht über dem kleinen Weibe und dreht sich durch die Stubendecke und das Hausdach bis in den Himmel, bis in jenen Raum hinein, in dem alles geschieht, was der kleine Mensch für rätselhaft hält.

Dem Onkel flattern beim Straßenfegen zuweilen Zeitungsfetzen gegen den Besen. Er hebt sie auf und liest sie. Das Lesen verlangsamt Philes Arbeit. Für das Fegen der kurzen Schützenstraße braucht er so viel Zeit wie ein anderer seiner Kollegen zum Fegen der Langen Straße. Der Kolonnenführer kommt und tadelt den Onkel. Der Onkel vermault sich: Du weeßt woll nich, daß Lesen bildet? Bruno

Bürgel hat sich vom Schusterjungen zum Astronom und Schriftsteller ruffgelesen.

Hier ist keine Fortbildungsschule, sagt der Aufseher, und einen *Astrologen* braucht er nicht, sagt er, und merk dir das! sagt er.

Aber Phile kann nicht gegen sich selber an, gegen seine *Leserigkeit*, wie er sagt.

Wir kommen aus der Schule und treffen ihn beim Lesen der *Breslauer Gerichtszeitung*. Was gibts Neies in die Mörderwelt? fragen Markon und Mirkatz.

Eeene sone Alte hat ihren Mann mit Erbsen woahnsinnig gemacht.

Hat sie ihm alle Tage Erbsen gekocht?

Nee, die Kriminalität ist umständlicher.

Die Frau habe an das Geld des Mannes gewollt und habe sich vorgenommen, ihn leise umzubringen. Sie hat eine Neige Wasser in einen Topf gefüllt, hat rohe Erbsen dreingeschüttet und den Topf hinter dem Obersims des Kachel-Ofens in der Schlafstube versteckt. Die unteren Erbsen sind gequollen und haben die oberen aus dem Gefäß gedrückt. Zeitchen nach Zeitchen wäre eine und dann wieder eine Erbse, wie von Deibels Hand geschmissen, in die Stube gerollt, und die aus dem Unsichtbaren hervordringenden Erbsen hätten den Mann Schlückchen bei Schlückchen wahnsinnig gemacht.

Nach einer solchen Erzählung verfehlt Phile nie, darauf zu verweisen, daß ich sein Verwandter bin: Doa steht mein Neffe, sagt er, seine Entellegenz hata von mir.

Ich beklag mich bei der Mutter über Onkel Philes Lästigkeiten. Es ist peinlich, sagt die Mutter. Phile habe auch sie oft ins *Gewöhnliche* hinuntergezogen. Ich soll dem Onkel ausweichen, wenn ich ihn seh.

Aber Phile ist unsere Verwandtschaft!

Ganz engal, sagt die Mutter, Verwandtschaft dürf dein Fortkomm nich verhindern!

Wenn jemand ein unausgegebenes Geldchen aufs andere legt, nennen die Leute ihn einen Sparer. Erspartes Geld muß man vor *Mauserichen* verstecken, sagt meine Anderthalbmeter-Großmutter. Sie versteckt ihre Ersparnisse vor dem Großvater unterm Keilkissen ihres Bettes. Die Betten rührt Großvater nicht an. Das fehlte, als Mann die Betten uffschütteln, was?

Meine amerikanische Großmutter nennt ihr Geldversteck – Spartopf.

Ich verstecke mein Spargeld in einem meiner Sonntagsschuhe. Ich will mir ein Buch kaufen. Sein Titel heimelt mich an: *Als ich noch der Waldbauernbub war.* Ein gewisser Peter Rosegger hat es geschrieben. Ich giere nach diesem Buch.

Endlich habe ich meine Groschen zusammen. Ich gehe in die Buchhandlung. Buchhändler Gurkitzsch bedient die Fleescher Raffelten. (Frau Fleischermeister Raffelt!) Sie blättert in Kochbüchern, blättert und blättert und kann sich lange nicht entschließen.

Endlich darf auch ich im Buch vom Waldbauernbuben blättern.

Inzwischen fegt sich auf der Straße Onkel Phile an die Buchhandlung heran. Er sieht mich im Laden stehen, stellt seinen Besen ab, kommt grußlos herein, reißt mir das Buch aus der Hand und blättert mit seinen Straßenfegerfingern drin.

Buchhändler Gurkitzsch verzieht sein Gesicht, als hätte er in einen Rollmops gebissen. Onkel Phile wirft das Buch auf den Ladentisch. Keene Spannung nich drin, sagt er. Der Buchhändler soll ein Buch von *Wallaze* hertun, den *Frosch mit der Maske*!

Der junge Mann wollte den Rosegger, wendet Buchhändler Gurkitzsch ein.

Ich bin der Onkel zu dem Neffen und belesener wie der, sagt Onkel Phile.

Es gibt eine Geschichte von Jean Paul; in ihr kommt ein Schulmeister vor, der sich nach den Buchtiteln im Katalog die Bücher selber verfaßt und eine Bibliothek zusammenschreibt. Ähnlich gings mir mit dem Titel *Als ich noch der Waldbauernbub war.* Es wird ein Buch sein, dachte ich, das mir meine Sehnsucht nach daheim erträglicher macht. Aber Phile zwingt mich, den *Frosch mit der Maske* zu kaufen.

Soll ich vor *feinen Leiten* im Buchladen einen Streit mit ihm anfangen? Ich bezahle mein Buch. Der Onkel nimmt es an sich. Erst will er es lesen, sagt er, es könnte was drinstehn, was ich nicht verstehe, dann würde er es mir erklären. Mein Gesicht verzieht sich zum Weinen. Oder könnt ihr lustig pfeifen, wenn euch so etwas geschieht?

Drei Tage später mahne ich: Onkel Phile, mein Buch!

Bin ich ne Lesemaschine? sagt der Onkel.

Ein paar Tage später: Onkel Phile, mein Buch!

Er hat das Buch rasch mal verborgt, sagt er, an einen Freund und Lese-Ratterich.

Tage später steht der Onkel in der Kirchgasse, stützt sich auf seinen Besen und unterhält sich mit einem Unbekannten. Ich grüße laut und stell mich zu den beiden, aber der Onkel verjagt und beschimpft mich, ich hätte keinen Anstand.

Ich kriege mein Buch nie wieder. Phile hat es gestohlen. Darf ich, ein untererwachsener Mensch, von einem erwachsenen Menschen so etwas sagen? Jedenfalls muß ich aus jedweder Buchhandlung rausgehen, wenn er reinkommt, und darf in keine hinein, wenn er drin ist.

Mina Baltin und ihre Kumpankas nennen ihre Zusammenkünfte *Kränzchen.* Sie unterscheiden Klein- und Großkränzchen. Wenn ein Kleinkränzchen in Mina Baltins Souterrain stattfindet, schicken mich die Kränzchenschwestern mit einem Henkelkörbchen zum Konditor. Das Körbchen ist aus geflochtenen Weidenruten und mit einem Deckchen überdacht. *Guten Einkauf* steht drauf gestickt, doch ganz wirklich soll das Deckchen den Einkauf vor den Blikken neugieriger Nachbarinnen schützen. Oh, wenn mich ein Bossdomer mit dem Weiberkörbchen abziehen sähe! In Grodk verspottet man meinen Weiberranzen; in Bossdom würde man meinen Weiberkorb verspotten. Die Menschen machen sichs nicht leicht!

Jede Kränzchenschwester gibt mir ihr abgezähltes Geld. Ich presche los und hole *Windbeutel* und *Frankfurter Kranz* aus der Konditorei Kossack. Unterwegs denke ich an meinen Großvater: Als der Scholar beim Förster-Ökonomen in Blunow war, trieb er zuweilen mit dem Großknecht und den Försterssöhnen Vieh nach Grodk. Er war ein Cowboy aus Klein-Partwitz, und seine Prärie war die Heide, aus der er Schlachtvieh in die *town* an der Spree trieb.

Auf dem Rückweg sieht der Großvater durchs Schaufenster der Konditorei die Leute emsig in was *Weechliches beißen*, was ihnen gut zu schmecken scheint. Da wills auch Großvater mal ausproben. Er kauft sich für sein Handgeld *son Ding*, das er für einen mit Quark gefüllten Pfannkuchen hält. Auf der Straße beißt er heißhungerig hinein: Schaum und weiße Scheuße! Er speit den Abbiß sogleich in den Rinnstein und schmeißt das ganze Geschlader hinterdrein. *Windbeutel* bleiben für Großvater sein Leben lang Patschuli. Patschuli ist der Name eines damals gebräuchlichen Riechstoffs. Alles Weichliche, sogar Menschen, die, wie Großvater sich ausdrückt, vor Blässe nicht scheußen können, sind für ihn Patschuli.

Ich liefere die *Windbeutel* bei den Kränzchenkumpankas ab. Jede kleckt mir ein Löffelchen Schlagsahne auf eine Untertasse. Ich schlecke. Ich verstädtere. Wenn das Großvater sähe!

Außer Feiertagen, die für alle da sind und *gesetzliche Feiertage* genannt werden, hat jeder Mensch einen Feiertag, der ihm allein gehört, mit dem er machen kann, was er will – seinen Geburtstag.

An Geburtstagen halten die Kumpankas Großkränzchen ab. Kleinkränzchen währen vom Abendrand bis zur Abendmitte. Großkränzchen zerren sich vom Nachmittag übers Abendbrot bis zur Mitternacht hin. Zum Kleinkränzchen gehören die Schneider Laurischen, die Viehaufkäufer Papprotten und die Fleischersche Kleemann. Ein Großkränzchen ist ein gedunsenes Fest, weil die Schulkehrerinnen Zedlack und Rehbeil, auch andere Frauen, die mal so vorbeikommen, dran teilnehmen.

Vor dem Großkränzchen zu Mina Baltins Geburtstag wird die alte Pobloschen gebadet. Sie soll wohlriechend bei Tische sitzen. Die Rapschinskin ist Badehilfe. Die Pobloschen wird von beiden Seiten untergehakt und in die Waschküche geschleift. Macht die Tiere dichte, damit mir Juro nich etwan nacklicht sieht, sagt die Pobloschen. Die Badewärterinnen wollen die Waschküchen-Tür von innen abschließen, aber der Schlüssel ist nicht da. Der Haken am Schlüsselbrett ist krumm vor Scham, weil er nicht dienen kann.

Die Wärterinnen heben die Pobloschen keuchend in die Wanne, da geht die Tür wie von Geisterhand auf, müßte ich üblicherweise sagen, aber diese Wendung mit der Geisterhand ist journalistisch vernutzt. Die Pobloschen ist, heutig ausgedrückt, keine Stripteaser, sie verlangt, daß Tochter und Enkelin eine Decke vor den Türrahmen spannen. Baltinscher Kleinkrieg. Die begrenzten Kriege werden in den Familien geprobt.

Mina Baltin versieht ihr Haar vor der Feier mit Waschbrettwellen. Ihr Nackenhaar dreht sie mit einer bleistiftstarken Brennschere zu kleinen Haar-Springfedern ein, auch Locken genannt.

Jetzt machen wir dir bissel zurechte ooch, sagt Juro und bearbeitet mein Haar mit der erkaltenden Brennschere. Ich lasse mirs geschehen; ich will wissen, ob mein rotes Haar gefälliger aussieht, wenn sichs gelockt auf meinem Kopfe tummelt. Siehe, es gefällt mir! Das ungeliebte Haarrot wird durch die Kringelform farblich gedämpft. Es ist eine Sucht in mir, schöner auszusehen, als ich bin.

Die erste Gästin, die anstolpert, ist die Schneider Laurischen. Mit ihr treibt Juro am häufigsten seine Spießer-Späßchen. Sie hat so was zum Verscheußern an sich, behauptet er. Einmal streut er ihr Salz statt Zucker auf die Plinsen. Die Laurischen beißt vom Plins ab, kaut und verdreht die Augen. Sie speit den Abbiß auf das Wohnstuben-Linoleum und schwört, sie wird nie wiederkommen. Zweimal setzt sie aus, dann kommt sie doch wieder. Sie kann die Kränzchen-Schwätzereien nicht entbehren. Juro hat nu moal son necklichten Charakter, sagen ihr die Schwätzchen-Schwestern.

Ein anderes Mal kauft Juro im Krims-Krams-Geschäft

von Marunke einen Jungfernschreck. Das ist eine dünne Spiralfeder, etwa zehn Zentimeter lang, die in eine schwarze Leinenhülle eingenäht ist. Man kann die Feder zusammendrücken, in Papier wickeln, ein Päckchen draus machen und das Päckchen mit einem bunten Bändchen verzieren. Und das tut Juro, und er schenkt das Päckchen der Laurischen. Hier haste, waste dir schont immer gewünscht hast.

Die Neugier der Laurischen sorgt dafür, daß der Jungfernschreck nicht lange im Päckchen bleibt. Er springt bis an die Stubendecke, saust herunter und verschwindet unter der Chaiselongue. Die Laurischen kreischt: Das woar ne Ratte! Die anderen Frauen stehn mit Abscheu in den Gesichtern und wagen sich nicht von der Stelle.

Juro hat einen Lust-Augenblick. Seine Lust scheint darin zu bestehen, Verwirrung zu schaffen. Mein Großvater sagt das einfacher: Juro hat nischt wie Dämlichkeiten in Koppe, sagt er.

Aber zurück zum Geburtstag der Mina Baltin. Die Schneider Laurischen gratuliert, sie begrüßt alle, und sie begrüßt auch mich und stutzt: Mina, eirer Junge kriegt ja lockichte Hoare!

Juro Baltin läßt seinen Neck heraus und behauptet, er würde mein Haar mit *Eta-Tagol* behandeln. *Eta-Tagol* ist ein Haarkräusel-Wasser. Es wird in den Tageszeitungen angepriesen. Auf der linken Seite der Inserate sieht man das Foto einer Frau mit storrem Langhaar, auf der rechten Seite dieselbe Frau mit Haaren, die aussehen wie ein im Winde gewelltes Kornfeld. Die Laurischen versichert, sie wird das Kräuselhaarwasser sofort bei ihrer Tochter Anne verwenden, die der liebe Gott mit steifen weißen Haaren in die Welt geschickt hat.

Was soll ich tun? Soll ich Juro seinen Spaß verkümmern und die Wahrheit sagen? Ich leiste mir eine Halblüge – ich sage nichts.

Mina Baltin ruft mich an ihrem Ehrentage – Jungchen. Schon am Vortage machte sie Generalprobe: Jungchen, halt dir zur Verfügung! sagte sie.

Nun halte ich mich zur Verfügung. Ich helfe beim Auftragen und beim Abwaschen und setze mich hernach manierlich in den tabakdurchdufteten Sessel der Pobloschen. Ich warte auf weitere Anweisungen und warte mit gespitzten Ohren und offenem Mund darauf, daß mir nichts von den Geburtstagsgesprächen entgeht. Ich höre mir die Glückwünsche an, mit denen die Geschenke übergeben werden: Und wünsche ich dir, was du dir selber wünschest. (Das E beim *wünschest* darf nicht vergessen werden. Es gehört zur Feierlichkeit!) Leben sollst du, bis du nicht mehr kannst, wünscht die Viehaufkäufer Papprotten. Auch ich soll Mina Baltin Glückwünsche überbringen. Meine Mutter hat es mir aufgetragen. Ich solls so tun, daß die Kumpankas es alle hören. Die Mutter konnte nicht kommen, der Laden, der Laden! Ich habe Mina Baltin ein Paar doppelwandige Fausthandschuhe zu schenken. Meine Mutter hat sie eigenhändig ausgenäht. Bei der Handschuh-Übergabe soll ich ein von der Mutter angefertigtes Gedicht aufsagen. Das will sich mir nicht. Ich bin mißtrauisch gegen die Gedichte meiner Mutter geworden, weil ich inzwischen viele Gedichte von wirklichen Dichtern hinter mir habe, ganze Gedichtbücher. Theodor Storm ist mir zum Beispiel verwandter als meine Mutter: *Es ist so still; die Heide liegt / Im warmen Mittagssonnenstrahle* . . . Auch Klaus Groth redet mit seinen Gedichten zu mir wie einer, den ich schon lange kenne. Er söhnt mich mit der niederdeutschen Sprache aus, die mir meine hamburg-amerikanische Großmutter verleidete, weil sie mit ihr meine sorbischen Großeltern beim Kartenspiel verzürnte. *Ik wull, wie weern noch kleen, Jehann, / do weer de Welt so grot* . . . Das durchzittert mich. Was mich durchzittert, wird Poesie genannt, lehrt man mich. Ich muß das Wort kennen, sagt man mir, damit ich mein Gefühl in einer Wortschachtel an andere weitergeben kann. Aber was ist, wenn der andere die Wortschachtel nicht öffnet, wenn ers nicht kann?

Du mit deine Froagen immer, höre ich meine Mutter sagen. In dem Gedicht meiner Mutter wird erklärt, daß die Fausthandschuhe nicht gegen Kälte, sondern gegen

Wärme schützen sollen; es sind Topflappen: *Dir nicht die Finger zu verbrühen, / sollst diese Handschuh du bemühen ...* Nein, das sage ich nicht auf!

Die Geburtstagsfeier entwickelt sich. Die ausgeblasenen Straußen-Eier unter der Lampe taumeln im Kaffeedunst, die Gespräche werden eifriger und lauter. Manche prallen unter den Straußen-Eiern aufeinander, fallen hinunter zum Tisch und auf den Abgeriebenen Napfkuchen drauf. Muß ich euch erzählen, wie eine Geburtstagsfeier sich entwikkelt, wenn nach und nach ein paar Likörchen hineinfallen? Wären sich die Menschen in allem so einig wie im Geburtstagsfeiern, brauchten sie weder Raketen- noch Sprengköpfe.

Und doch würde ich mich gegen ein Weltgesetz versündigen, wenn ich verschweigen würde, daß jede Geburtstagsfeier auch eine kleine Besonderheit hat, winzig, aber eine Besonderheit. Kein Blatt am Baum gleicht dem andern bis in die letzte Rundung oder Zacke. Die Besonderheit auf Mina Baltins Geburtstag: Die Kumpankas streiten sich über den Liebesroman in der *Berliner Morgenpost.*

Die Morgenpost, die Morgenpost! Sie verbindet die Kleinstadt mit der Hauptstadt. Aus der *Morgenpost* erfährt man, was in der großen Welt Sache ist, oder was der Finanzier der *Morgenpost*, ihr Herausgeber und ihre Redakteure für Sache halten. Juro Baltin spricht von der *Mottenpost*, obwohl auch er sie liest, aber er liest auch, das muß gesagt sein – die *Märkische Volksstimme.*

Ein Sommer, Schule und Liebe ist der Titel des *Morgenpost*-Romans. Er spielt auf einer *hochen* Schule: Ein siebzehnjähriger Oberprimaner verliebt sich in seine Lehrerin, oder die Lehrerin verliebt sich in den Primaner. Viele Zeitungsfortsetzungen werden verbraucht, um zu klären, wer sich in wen zuerst verliebte. Es wird Gleichzeitigkeit festgestellt. In den großen Ferien fährt das ungleiche Paar an die See. Die Lehrerin deichselt das, und die Liebenden betreiben dort in der feuchtwarmen Hitze Liebe und Beischlaf.

Was nun? Sollen Schüler und Lehrerin als Ehepaar zurück in die Schule, sollte er sie, sollte sie ihn aufgeben;

sollte er sie, sollte sie ihn umbringen, oder sollten sie gemeinsam hinsterben?

Ein Roman soll den Lesern nicht die Ruhe rauben; er soll friedlich enden, niemand soll fragen müssen: *Weshalb mußte Bienkopp sterben?*

In der Zeitungsfortsetzung, die zu Mina Baltins Geburtstag erscheint, haben die Liebesleute ihre Hochzeitsnacht hinter sich und liefern damit den Stoff für ein militantes Geburtstagsgespräch der Kränzchendamen unter den ausgeblasenen Straußen-Eiern.

In Grodk ists noch nicht üblich, daß weibliche Lehrer Oberprimaner unterrichten. Wo gibtsn das? fragt die Fleischer Kleemann, die eigentlich der Typ einer Anti-Fleischersfrau ist, lang, dürr und blaß. Is doch ausgedacht, sowas, sagt sie und reckt ihr Kinn.

Es ist Dichtung, wirft Mina Baltin ein.

Die Schneider Laurischen verhält sich wie eine Vorverfechterin des *reinen Realismusses:* Der Autor verschweige, rügt sie, wo die Liebesentwicklung stattgefunden habe, an der Ost- oder an der Nordsee. Und denne verschweigt er, sagt sie, daß die Lehrerin den Primaner freigehalten hat. Son Junge hat doch noch keen Geld nich!

Jede Kränzchenkumpanka sagt das Ihre. Mina Baltin spricht von Handlungsverlauf und Prosafiguren. Sie hat sich mit der Altlehrerin Fräulein Koski konsultiert, wie man heute im wissenschaftlichen Jahrhundert sagen würde. Fräulein Koski ist der personifizierte weibliche Fortschritt. (Die Bezeichnung *Emanze* gibt es damals noch nicht.) Fräulein Koski trägt eine kleine Damen-Uhr an langer Halskette. Die Uhr steckt in dem Spalt zwischen Bluse und Rock. Zuhause hat die Koski einen Graupapagei. Juro Baltin behauptet, in Deutsch-Südwest hätten sie Graupapageien mit Schrotflinten abschießen müssen, weil sie Eisenbahnbetriebsgeheimnisse ausgequatscht hätten. Für Juro gabs in Deutsch-Südwest alles, was es im Mutterlande nicht gibt, und was hier weiß ist, war dort schwarz. Juro ist, wie ihr wißt, überall zur Hand. In der Wohnung von Fräulein Koski wechselt er von Zeit zu Zeit gefälligerweise die

Gardinen aus. Dabei bringt er dem Koski-Papagei heimlich Volkssprache bei: Pößtopp und Urschgeige zum Beispiel.

Jako sprücht mit eins Wörter, die er nie gelörnt hat, sagt Fräulein Koski zu Mina Baltin. Ich bin geneicht, an Seelenwanderung zu glauben.

Mir ist, als könnte ich hören, wie Fräulein Koski über die Seelenwanderung nachdenkt, aber da erblickt mich die Altlehrerin und stellt einen Erziehungsfehler an mir fest. Mina Baltin schiebt mich zur Seite. Später raunzt sie, es sei eine Unverschämtheit, Menschen so anzustarren, wie ich es tue, und daß ich mich nicht dazuzustellen habe, wenn sie mit Fräulein Koski redet.

Leider blieb das Übel, Menschen, die mich interessieren, anzustarren, in mir hocken. Wenn ich Männer, die mich interessieren, anstarre, heißt es, das hätte mit meiner Schriftstellerei zu tun; wenn ich Frauen, die mich interessieren, anstarre, heißt es, es sei mein unausrottbarer Ehebruchstrieb.

Aber zurück zum *Morgenpost*-Roman! Fräulein Koski habe gesagt, berichtet Mina Baltin, sie hätte sich nie in einen Oberprimaner verlieben können. Auch die Baltinschen Geburtstagskumpankas behandeln das Thema: Darf sich eine reife Frau in einen Jüngling verlieben oder nicht? Sie haben schon eine Flasche Likör *weggetschutscht*. Die Viehaufkäufer Papprotten erklärt, daß sie es dreist mit einem jungen Burschen aufnehmen würde, wenn sich einer in sie *verknallen* sollte. Jawohl, das Jargonwort *verknallen* gibt es damals schon. Mir mit son Kerlchen abgeben, das würde sich mir nich wollen, entgegnet die Schneider Laurischen.

Die Viehhändler Papprotten sieht mit likörbetontem Blick auf die Laurischen, bis die es nicht mehr erträgt: Was guckste und guckst, sagt sie, sone Figur wie du hoab ich noch lange.

Es gehe nicht um Figur, es gehe um *sex äppel*, sagt die Papprotten. Das Wort Sex-Appeal ist gerade von Amerika herübergekommen und fängt an, in Grodk einzusickern.

Die Schneider Laurischen bestarrt die Brüste der Papprotten. Na, sehre äppelig siehts bei dir nich aus, sagt sie.

Juro Baltin kommt in die Küche. Es wird Krieg geben, sagt er und zieht mich mit sich. Wir gehen auf den langen Volksküchenkorridor und schlüpfen in den Luftschacht. Der Schulunterricht ist zu Ende. In den Klassenräumen ist die Erziehung beendet. Es ist still und dunkel im Schacht. Juro raucht eine Zigarette, und wir hören die Ewigkeit wehen.

Die Sommerferien werden in Grodk die *Großen Ferien* genannt. In Bossdom gibts die Vierwochenferien im Herbst, damit die Kinder bei der Kartoffel-Ernte helfen können.

Nun bin ich ein Grodker und habe meine Vierwochenferien im Sommer. Ich müßte mit meinen Eltern an die See fahren und mich bräunen, damit ich nach den Ferien durch die Grodker Lange Straße gehen und meine Körperbräune mit der meiner Mitschüler messen kann. Schißchen, Schißchen, ich bin Kito von Saspow. Ich gehöre nicht hier hin und gehöre nicht dort hin.

Der erwärmte Sand, die abgefallenen Kiefernnadeln, das Harz, die reifen Getreidehalme, die sich schwärzenden Brombeeren mischen sich zum Sommerduft, der sich erneuert, wenn saftiger Regen über ihn hingeht. Der Ringeltäuber ruft, der Pirol singt, und der Sehnsuchtston in mir schwillt an trotz Zwist und Unbill, die im Hause Matt immer wieder aufflackern und umgehen.

Im Stall steht ein neues Pferd. Der Vater hat einen nußbraunen Wallach gekauft, ein Pferd wie aus einem Bilderbuch. Ich will den Wallach tätscheln, aber er legt die Ohren an, bleckt die Zähne und schnappt nach mir.

Vater und Großvater liegen sich wieder in einer Feldschlacht um Zinsen und Zinseszinsen gegenüber. Der Vater ist alleine zu Markte geworden und hat sich mit dem Beißer bekauft, hat sich von der Schönheit des Pferdes bestechen lassen und muß den Wallach zum Hohne des

Großvaters und der Bossdomer mit einem Maulkorb fahren, damit das Tier sich nicht an unserer Kundschaft vergreift. Der Wallach ist futterneidisch. Unkundige Leute haben ihn verneckt und vernarrt.

Ich kann es nicht hinnehmen, daß das Pferd nun alle Menschen für boshaft hält; es muß auch ein bißchen *Einsicht* in einem Pferdekopfe sein. Ich wills mit ihm aufnehmen, aber ich muß leise auftreten, damit ich weder den Vater noch den Großvater gegen mich einnehme. Ich rede freundlich auf den Wallach ein, bis er die angelegten Ohren aufstellt. Vorsichtig versuche ich ihn beim Kopf zu packen. Er schnappt. Mein Vater kann ihm den Zaum nur auflegen, wenn er ihn gleichzeitig mit einem Knüppel bedroht.

Ich fülle heiße Schweinekartoffeln in ein Säckchen und fuchtele damit ums Wallachmaul. Der Wallach beißt zu und fährt verschreckt zurück. Ich bringe meine Sextanerfaust in die Nähe des Wallachmaules. Er schnappt wieder, seine Zähne knallen aufeinander. Ich unterschieb ihm das Kartoffelsäckchen wieder. Er beißt und erschrickt, und ich beende die erste *Schulstunde.*

Nach drei Wiederholungen überträgt der Wallach seine Abneigung gegen die heißen Kartoffeln auf meine Faust, nach der zehnten Schulstunde läßt er sich von mir den Nasenrücken kraulen, und der Vater sagt am Abendbrottisch: Der Wallach tut sich begeben; ich kann ihm das Futter schont ohne Knüppel einschütten.

Natürlich hat die Anderthalbmeter-Großmutter, Detektiv Kaschwalla, meine Wallach-Schule ausgespäht. Sie mußte doch wissen, wohin ihre Kochkartoffeln verschwanden? Arglos verquatscht sie mich beim Großvater: Denk dir, sagt sie, was der Jungatzko sich zutraut!

Dem Großvater mißfällt, was ich tat. Das Rezept, einen *Beißer* mit heißen Kartoffeln zu kirren, habe ich von ihm, und ich habe es dazu verwendet, seinem Feinde, dem Mattschen Heindrich, aus der Traufe zu helfen. Das hätt ich nich von dir gedacht, Jungatzko, sagt er vorwürfig. Ich bin für ihn ein Verräter, und er tut so, als ob ich nicht mehr in der Stube wäre.

Weshalb hebe ich die Erziehung eines beißenden Wallachs so ausdrücklich aus meinen Erinnerungen? Weil ein großer Teil meines Lebens von meinem Verhältnis zu Pferden bestimmt ist. Von den Pferden her strömt mir merkwürdigerweise Kraft zu wie aus guten Gedichten. Als mich einst eine Geliebte verließ, verdingte ich mich als Pfleger und Bereiter und ritt in einem großen Unternehmen junge Pferde ein, und wie naiv es von heute her auch klingen mag, ich dachte dabei: Das soll der, der sie mir wegnahm, mal nachmachen!

Man sagt mir, ich sei ein Pferdenarr, und es sei in meinem Alter nicht mehr angängig, zu reiten und mich mit Pferden abzugeben. Ich trage mit meiner Pferdevernarrtheit Unruhe in das Leben der Familie. Meine Lieben würden mich gern einsichtig sehen, aber sie kennen die Furcht nicht, die mich zuweilen überfällt; ich fürchte, meine Hirnkräfte könnten bald versagen, und mit dem Schreiben könnte es aus sein, und sie wissen nicht, daß ich diese Furcht mit dem Trostgedanken verscheuche: dann hast du noch immer die Pferde.

Ich schreibe das als Siebzigjähriger auf der Loggia meiner Arbeitsstube hinter einer Brüstung aus blühenden Fuchsien und Petunien. Es ist fünf Uhr morgens; der Kukkuck ruft; der Reiher zieht zum Fischen; und die Kraniche schrein in den Moorwiesen.

Ich hatte vergessen, daß Bossdom nicht das Paradies war, von dem ich im Keller in Grodk schwärmte, wenn ich meine Schularbeiten hinter mir hatte. In meinen Träumen kamen die Parteiungen unterm Dache des Mattschen Hauses nicht vor. Jetzt erwartet der Großvater, daß ich mich wieder seiner Partei zuschlage und ihm beim Schimpfen auf den Mattschen Heindrich behilflich bin. Und mein Vater hofft, ich möge durch meine *höcher gewordene Bildung* erkennen, daß er der Mann ist, der im Rechte steht. Ich spüre zum ersten Mal, daß man sich den Ruf einträgt, unzulänglich zu sein, wenn man alle Parteien gelten läßt und sich verhält wie das liebe Leben.

Aber schon nähern sich mir merkwürdige Umstände:

Meine *Großen Ferien* finden nur eine Woche lang auf den Erntefeldern statt; die übrigen drei Ferienwochen verbringe ich als Dorf-Beamter.

Es liegen beständig Reformer auf der Lauer, die nicht rasten, ehe sie nicht das Leben auf dem Lande reformiert haben, und denen folgen andere Reformer, die die eingeführten Reformen um- oder wegreformieren. Der Mensch sucht und sucht nach einem System, das ihm erlaubt, reibungslos in Gesellschaft zu leben.

In der Zeit, von der ich rede, wird im ganzen Reiche die Postzustellung reformiert. Weg mit den Landbriefträgern! Jedem Dorfe seine eigene Poststelle; jeder Poststelle ihr bezahlter Poststellen-Inhaber. Jede Dorfgemeinde hat das Recht, zweimal täglich ein gelbes Post-Auto mit vier Sitzplätzen zu empfangen, in dem eine Posttasche, Gelder, Päckchen und Pakete ins Dorf geliefert und eine Posttasche, Päckchen, Geld und hin und wieder ein Dorfbewohner in die Kreisstadt transportiert werden.

Auch die Forderung, einen Dorfbewohner zum Poststellen-Inhaber zu bestimmen, hängt über Bossdom, mitten in der Heide, hinter den sieben Bergen. Eine Lokalität und eine unbescholtene Person müssen her! wie es postamtlich heißt.

In meiner Mutter lagert sich durch die staatliche Forderung die Hoffnung auf eine neue Verdienstquelle ein. Mein Vater hofft auf ein *höheres Ansehen*: Poststellen-Inhaber hört sich nach etwas an. Ohne sichs gegenseitig einzugestehen, sind die Eltern sich ziemlich sicher, daß sie mit der Einrichtung der Poststelle beauflagt werden, pathetisch ausgedrückt, daß ihnen der Staat das Vertrauen schenken wird. Wer sonst in Bossdom kann zweimal täglich zur Verfügung stehen, wenn das gelbe Post-Auto fordernd vor der Haustür knurrt? Alle anderen Bossdomer haben zu tune, zu tune; die einen im Bergbau, die anderen in der Kossäterei, Gemeindevorsteher Kollatzsch in der Gärtnerei, und *Musik muß er machen ooch.* Von meinen Eltern sagen sie: Ihr sitzt sowieso uffn Ursche za Hause. Das bißchen Backen, das bißchen Loaden, was is das?

Meine Mutter protestiert, mein Vater protestiert: Brot bäckt sich ooch nich von alleene. Aber dann lenken sie sogleich ein, die Eltern: Na, wenns denn keener machen will, müssen wa uns ebent einrichten. Und damit sind sie geadelt und geedelt: Man hat ihnen *staatlicherseits* das Vertrauen geschenkt.

Aber wo nu hin *mit de Post*? Vom Hauptpostamt werden ein Schreibtisch, ein Regal und ein Telefon geliefert. Die Mutter gedenkt, die Poststelle in der alten Backstube einzurichten: Scheene noahe beim Loaden, und warm is doa ooch. Aber der Staat knüpft Wünsche an geschenktes Vertrauen. Der Postinspektor lehnt die alte Backstube ab, sie ist ein Durchgangsraum, auch die Inschriftenkante *Wo Brod keine Not* ist ihm zu unamtlich. Es wird ein abschließbarer Raum gefordert. Postalische Belange dürfen nicht von Unbefugten betastet werden. Vertreter des Staates sind ermächtigt, jeden *Zivilisten* zum Unbefugten zu machen: Unbefugten ist das Betreten des Postraumes hinter dem Schreibtisch verboten.

Bisher waren wir nicht befugt, das Transformatorenhaus, den Gutspark oder die Erdseilbahn der Grube zu betreten. Jetzt sind wir Kinder von Befugten und sind stolz darauf.

Meine Mutter teilt ihre Gute Stube mit einer Vorhang-Wand aus Teppichstoff in zwei Räume. Vor dem Vorhang die Post, hinter dem Vorhang die Ehebetten der Eltern. Das Vertiko, der Kleiderschrank und das Plüschsofa werden in die Wohnstube gerückt, nur der große Spiegel bleibt, wo er ist, wo er heute noch steht. Eene gude Stube hoab ich nu nich mehr, stellt die Mutter fest, aber jetzt gehts um die Poststelle, in der sie in ihrer kommerziellen Naivität eine neue Einnahmequelle sieht, als Arbeitsquelle wird die Poststation zunächst nicht in Betracht gezogen.

Der Vater lauert aufs Telefon. Er begiert, wie wir wissen, aus seinem Unternehmen eine *Firma* zu machen. Zu einer *Firma* gehört ein Telefon. Er läßt Postkarten mit Firmenaufdruck anfertigen: Telefon: Amt Gulitzscha Numero achtzehn. Unser Hausgiebel verfügt über zwei *Insulatoren*, die die Elektroleitung tragen; nun werden ihm überdies zwei *Insulatoren* eingegipst, die die Telefonleitung festhalten, und unser Haus wird drahtiger und städtischer.

Zum Leiter der Poststelle wird mein Vater bestellt. Er kann leider Gottes mit dem Schriftlichen nich so furt, sagt die Mutter zum Inspektor. Der Inspektor antwortet nicht. Meine Mutter setzt sich zur kommissarischen Leiterin der Poststelle ein. Es wird eine hinterhältige Poststelle.

Die am Vormittag herangefuhrwerkte Post muß ausgetragen werden. Die Nachmittagspost bleibt auf der Poststelle hocken. Dorfbewohner, die Dringliches erwarten, dürfen sich die Nachmittagspost abholen.

Für das Austragen der Vormittagspost erfindet meine Mutter lenchenhafte Formen: Bedenkt ihre Hühneroogen! Die kleine Petruschkan kauft im Laden ein. Könn Se gleich die Ansichtskarte mitnehm, sagt die Mutter.

Von unsre Marthan woll aus Forschte? fragt die kleine Petruschkan.

Nee, von eire Annchen.

Will se woll uff Besuch kumm?

Nee, ihre Sommerstrümpfe solln Se se schicken.

Wenns nicht um die Ansicht auf der Karte ginge, wärs überflüssig, der kleinen Petruschkan die Post auszuhändigen. Auf der Ansichtskarte ist merkwürdigerweise nicht *Forschte*, sondern die Pyramide im Branitzer Park abgebildet, jene Pyramide, in der eine ägyptische Nebenfrau des großen Parkeinrichters Pückler begraben liegt. An Annchen Petruschkas Sommerstrümpfen und der Pyramide der toten Pücklergeliebten läßt sich erkennen, mit welchen Verquistungen uns das Leben zu überraschen vermag.

Auf diese Weise bringt meine Mutter täglich einige Postsachen, ohne sie austragen zu müssen, an ihre Empfänger. Andere sind hingegen auf diese Weise nicht vom Posttisch zu kriegen: Die Frau Baronin weigert sich, die *Stahlhelmzeitung* ihres Herrn Gemahls mitzunehmen. Die Beförderung der Zeitung, sagt sie, sei Sache der Post, anders nicht und nicht.

Auf dem Posttisch liegt ein Nachnahmepäckchen. Es

enthält ein neues Bruchband für den alten Metho. Jeder Nachnahme stehen acht Tage Frist für ihre Einlösung zu. Die Mutter denkt ökonomisch: Was wern wa unnötig loofen. In der Zeit von acht Tagen wird sich ja woll jemand von Methos blicken lassen. Aber die acht Tage *Frist* vergehen, und von den Methos kommt niemand einkaufen. Die Zustellung der Nachnahme wird unumgänglich. Der Vater soll hin, bestimmt die Mutter.

Wie kummste doa druff? fragt der Vater. Die Mutter beweist die Dringlichkeit der Einlösung mit Lenchen-Kulka-Logik: Die Frist ist verstrichen, der Vater als Poststellen-Inhaber ist verantwortlich. Der Vater antwortet in seiner Logik: Was geht mir das Bruchband vom alten Metho an?

So heißts denn, als meine Schwester aus der Schule kommt: Loof moal schnell zu Methos mit die Nochnoahme und nimm dem Baron seine Stahlhelmzeitung mit.

Meine Schwester ist ein williges Mädchen. Sie rennt gern im Dorf umher, da ist sie vor der Hausarbeit, vorm Staubwischen, vorm Schuheputzen und all so Sachen geschützt.

Das mußte erzählt sein, damit erklärlich wird, weshalb ich in meinen ersten großen Sommer-Ferien ein amtsgerechter Poststellen-Leiter wurde. Postmensch ohne Dienstmütze, mit den Befugnissen eines Poststellen-Leiters.

Ich wiege Pakete und Päckchen ab, bestimme die Höhe des Portos, stempele Briefschaften und Postkarten und habe meine Not mit Nachnahmen und Zustellungsurkunden.

Damals scheint sich mein abnormes Pflichtgefühl ausgebildet und verfestigt zu haben, das ich heute verfluche, weil es mir mehr in die Abteilung Krankheiten zu gehören scheint. Andererseits wurde meine Neugier auf Menschen und aufs Leben angefeuert, und diese Sucht ist mir glücklicherweise als Tugend aus jener Zeit verblieben. Oder irre ich? Waren Pflichtgefühl und Neugier aufs Leben schon in mir festgelegt, als ich aus der Mutter schlüpfte? Sind Erwerb von guten und schlechten Eigenschaften nicht gutwillige Erfindungen von Moralisten, Ethikern und Pädagogen? Mein Großvater sah jedenfalls in meiner zufriedenstellenden Poststellenleiterei einen Zuwachs an Eignung für meinen Advokatenberuf.

Was ist das Wissen, das mir auf der *hochen* Schule eingestopft und eingetopft wird, gegen alles Lebendige, das mir entgegenhüpft, wenn ich mit umgehängter Posttasche in die Hauswinkel der Bossdomer Kossäten und Bergarbeiter vordringe? Die Postempfänger erwarten mich nicht vor dem Hoftor. Einer hockt im Keller, ein anderer kramt auf dem Hausboden, wieder ein anderer, der nachts auf Schicht war, hat mit seiner Frau was im Bett nachzuholen.

Der Mensch lernt, bis er stirbt. Aber ist Wissen, das er nicht verwenden kann, mehr wert als Unwissen? Als Postbediensteter, der ich bin, kriege ich zu wissen, was sich hinter Zeitungsannoncen verbirgt, die da lauten: *Männer schützt eure Gesundheit! Diskreter Versand.* Es ist mir als Poststellen-Leiter auferlegt, Sastupeits Otton einen solchen *diskreten Versand* auszuhändigen. Die Zahlkarte für die Rücksendung des Nachnahmebetrages ist so ungeschickt in das Päckchen eingearbeitet, daß Otto es in meiner Gegenwart öffnen muß: Er zeigt mir den Inhalt: Zwölf goldene Fünf-Mark-Stücke, die sich öffnen lassen wie schmale Schuhcremedosen. Otto drückt sich gewählt aus: Verhütungsmittel. Er ist bei seinen dreißig Jahren noch unbeweibt, aber auf jedem Tanzvergnügen anzutreffen. Er tanzt Tour für Tour, aber er *beegt sich keen bissel zu die Mädels runder*, er tanzt, als wäre ihm ein Verbot auferlegt, sich zu schmiegen. Er spricht mit den Mädchen von oben herab übers Wetter. Für manche Mädchen ist Otto der rettende Aushelfer, wenn sie in Gefahr sind, eine Tour lang sitzenbleiben zu müssen. Eigentlich mögen ihn die Mädchen, aba er unternimmt nischt nich, das isses, sagen sie. Wozu also braucht Otto golden verpackte Verhütungsmittel? Es kinnde sich mir doch moal eene grapschen, sagt Otto und schließt seine *Diskrete* im Schränkchen auf der Windmühle ein.

Als stellvertretender Poststellen-Leiter habe ich freie Hand, nur in einem Falle muß ich meine Mutter verständigen, nämlich, wenn Briefe für die Bossdomer *Dorföffentli-*

che, namens Schwarze Hanne, auf dem Posttisch erscheinen, zum Beispiel die Briefe des pensionierten Grubenaufsehers Rako an Hanne.

Das is nich Neigier etwan, entschuldigt sich meine Mutter bei mir, aber man will ja wirklich moal wissen, wie das so verleeft.

Der alte Rako scheint auf das Postgeheimnis zu vertrauen; für die Schwarze Hanne ist sowieso alles öffentlich. Der Austausch von Liebesworten ist vorprogrammiert, wie man heute sagen würde. Die Verliebten schreiben ihre Texte aus Liebesbriefstellern ab. Liebesbriefsteller sind in unseren Dörfern begehrte literarische Erzeugnisse. Kleine Abweichungen vom vorgegebenen Text, die die Landschaft, die Mutter unserer Mund-Art, verlangt, sind erlaubt: Liebe Hanne, kann es heißen, seit ich Dir gesehen habe, schmeckt mir kein Essen und Trinken nicht mehr, und es zieht mir zu Ihnen hin ...

Schwarze Hanne teilt in ihrer Antwort mit: Ihre wärmenden Worte haben mir zutiefst berührt ... Und zum Schluß heißt es unter ganz und garer Mißachtung des Liebesbriefstellers: Stichtag morgen abend um achte.

Wenn der alte Rako einen Termin vorschlägt, kann die Antwort der Schwarzen Hanne heißen: Bin verreest, kann erscht übermorgen. Deine Turteltaube.

Meine Mutter entleimt die Liebesbriefe im Wrasen kochender Schweinskartoffeln. Es gibt Rakobriefe, die enthalten einen Zehn-Mark-Schein und die schriftliche Drohung: Kumme schont heite oabend. Kannste machen, wasde willst. Die zehn Mark sind, damitste keen Ausfall nich hast.

Man muß staunen, wie manche Leite für sowas ihr scheenes Geld verschleidern, empört sich die Mutter.

Es bedrückt mich bis heute, daß ich mich damals gegen das Postgeheimnis verging, obwohl ich des öfteren Briefe kriege, die verraten, daß sie entleimt und wieder zugeleimt wurden, daß sie Mitleser hatten, die drüber wachen, daß ich mir keine politischen Unarten zulege.

Der alte Rako, draußen im Ausbau, sitzt bei offener Tür

auf dem Häuschen neben dem Misthaufen. Ich habe eine Nachnahme für ihn.

Laß mir erscht moal abscheußen! verlangt er, und ich wende mich ab und bewundere Rakos Minorkahahn, der eine weiße Ente bespringt. Was wern das hernoach für Hihnchinne? frage ich.

Hihnchinne mit Schwimmbeene, erklärt Rako, ob das nun wahr ist oder nicht. Er versucht, mir den Inhalt seiner Nachnahme zu erklären. Er hätte sich Brunstpulver schikken lassen, Pulver zur Steigerung der Mannskraft. Schwarze Hanne nimmt mir nämlich mächtig ran, sagt er, aber das verstehe ich noch nicht. O goldene Zeit, in der ich noch nichts mit Brunstpulver zu tun hatte!

Ist die Welt nicht voller Wunder? Nach den Großen Ferien komme ich als ausgebildeter Poststellen-Leiter in Baltins Kellerwohnung zurück.

An einem Freitag-Nachmittag – Getümmel im Vorgarten. Drei alte Frauen drehen sich je um sich selber. Zwei von ihnen tragen Körbe und reden auf eine dritte ein. Die dritte ist vertrocknet und klein. Ihr Gesicht ist mit braunen Altersflecken tapeziert. Sie hält den Kellerschacht für eine Jauchegrube und will nicht hinein. Die beiden Korbträgerinnen reden auf das kleine Gespenst ein und schleifen es die Treppe herunter. Es sind die drei Schwestern der alten Pobloschen. Alle vier Poblosch-Schwestern hatten flüchtige Männer, die jeder von ihnen ein Kind aufdrückten, um dann zu verschwinden. Eine Häufung gleicher Tatbestände! Ein Zufall? Das Leben kennt keine Zufälle.

Drei der Poblosch-Schwestern nennen sich nach den Familiennamen ihrer Männer, aber für mich heißen alle vier Schwestern Poblosch und Poblosch. Die eine ist zahnlos und feuchtet die Luft in der Umgebung ihres Mundes beim Sprechen; die andere ist weißhaarig und wirkt würdig, die kleine ist irr, und die andere tabakt. Die Irre starrt mich an wie ein Sperber: Was will der fremde Junge hier?

Ich räume die Stube, setze mich auf den Tabakstuhl in der Küche und mache mir ein Bewerbchen: Ich lese.

Die feuchte Pobloschen hat Geburtstag. Die Schwestern schenken ihr Blumensträuße. Die feuchte Poblosch, Marie heißt sie, bringt *Pappchen* in ihrem Korb geschleppt: Kaffee und Kakao; Likör und einen Kuchen, sogar ein Tischtuch bringt se mitgeschleeft, weil die irre Pobloschen plempert und schmiert. Sie wäre ein Stadtoriginal wie die Krumme Fanny, aber man läßt sie nicht frei umherlaufen, weil sie Vergangenes unausgesetzt mit dem Jetzt vertauscht. Zeitchen lang redet sie fast gesittet, Zeitchen drauf fällt sie in ihre Kindheit: Mama wird kumm; Papa is furt, la, la, la, so isses. Die weißhaarige Pobloschen wird nicht müde, ihrer Schwester beizubringen, daß die Eltern längst tot sind, aber die kleine braunfleckige Irre läßt nicht mit sich reden: Was wullt ihr ieberhaupt von mir? La, la, la, so isses.

Der Mann der irren Pobloschen soll, wie es heißt, nach Amerika ausgewandert sein und soll Drocholl geheißen haben. Er hat ihr einen Sohn seines Namens hinterlassen, einen Sohn mit Begabtheit, wie Mina Baltin sagt. Sohn Drocholl ist Sekretär und leitet das Gewerkschaftsbüro. Er gehört zu den mittleren Zehntausend der Stadt, sagt Mina.

Ich treffe Herrn Drocholl jeden Morgen auf meinem Schulgang. Er ist blaß und geht gemessen. Ich find ihn durchgeistlicht, sagt Mina Baltin.

Max Drocholl trägt auch im Sommer einen Mantel. Man könnte ihn für einen Prokuristen halten, wenn nicht der blaue Emaille-Hals einer Kaffeeflasche aus seiner Aktentasche lugen würde.

Das Gewerkschaftsbüro ist ein ehemaliger Laden mit Hinterstube. Früher hauste ein Uhrmacher drin. Im Schaufenster sind Sprüche ausgestellt. Die Sprüche sind kämpferisch und werden von Zeit zu Zeit ausgewechselt. Losungen, erklärt Juro Baltin. Ich höre das Wort zum ersten Male und weiß von da ab, daß Losung nicht nur Kaninchenkot ist. Woher stammt die Unsitte, daß Wörter zwei- und dreifache Bedeutungen haben können? Ists, um den Sorben zu erschweren, das *Deitsche* zu lernen?

In die Gewerkschaft müßte ich später auch rein, rät Juro. Später, später, immer dieses Später! In der Schule sagen sie uns, später werden wir uns über alles freun, was wir gelernt haben. Weshalb richten sies nicht so ein, daß wir uns gleich drüber freuen können?

Wenn ich mittags am Gewerkschaftsladen vorbeigehe, denke ich, nun wird Herr Drocholl seinen Sommermantel ausgezogen haben und in der Hinterstube neue Losungen schreiben.

Zurück zum Geburtstag: Die Baltins und ihre Hilfsfrauen putzen und kehren die Schulräume, wischen Staub von Kathedern und Bänken, ölen die Fußböden und leeren Papierkörbe und Spucknäpfe; während sich in Mina Baltins Souterrain derweil die Geburtstagsfeier der Altweiber entwickelt. Die weißhaarige Pobloschen brüht Kaffee und stellt die Puddingnäpfe bereit.

Der Kaffee regt die Poblosch-Weiber an. Meine Ohren fressen sich an Neuigkeiten satt.

Habt ihr gewußt, daß Krügersch Restaurant in der Friedrichstraße eine Damenkneipe ist und *Bei Muttchen* genannt wird? *Bei Muttchen* schmeißen flotte Weiber alles: stecken Bier an, kellnern, korken Flaschen auf, spülen Gläser und duzen alle Männer. Bäcker Petritzsch, denkt eich, schläft gleich bei Muttchens Weibern, sagt die weißhaarige Pobloschen. Denkt eich, schläft eich, sagt ihr irres Echo.

Ganz scheene teier sone Nacht, sagt die feuchte Pobloschen.

La, la, la, so isses! sagt die Irre.

Die Tabak-Pobloschen behauptet wieder einmal, ich sei der Sohn von Juro Baltin. Die weißhaarige Pobloschen weist es zurück: Juro hatn doofen Beitel, sagt sie. Ich weiß nicht, was damit gemeint ist. Ich frage Franze Buderitzsch in Bossdom, und der sagt, es gäbte Männer, sagt er, die wie Klopphengste auf Stuten steigen, aber nichts bewirken. Das hat uns Studienrat Martschinek nicht gesagt, als wir die Ein- und Paarhufer durchnahmen.

Also, ich bin nicht Juro Baltins Sohn. Später werde ich wissen, daß die Tabak-Pobloschen es nur aus Rachsucht behauptet, weil Juro *mang* sie und ihre Tochter Mina getreten ist.

Im kranken Hirn der irren Pobloschen spiegeln sich nur Einzelstücke ihrer Umgebung, und was sich jetzt in ihm spiegelt, ist eines der Antilopengehörne. Der Deiwel kummt durch die Wand, der Deiwel! Sie bedroht das Gehörn, sie reißt es herunter und wirft es beim offenen Fenster hinaus. Ich lächele, lache, ich lache laut. Die irre Pobloschen wieselt zu mir in die Küche, bleckt ihre alterslangen Zähne, klappert mit ihnen wie eine zornige Ratte und beißt mich.

Danach sind die Poblosch-Weiber und die Baltins sehr freundlich zu mir. Die feuchte Pobloschen schiebt mir ein Stück Kuchen in den Mund, und Juro Baltin pinselt mir die Bißwunden mit Jod ein. Mit Jod hätten sie sich in Deutsch-Südwest die Bißwunden von Tigern ausgepinselt.

Mina Baltin und die weißhaarige Pobloschen reden auf mich ein: Ich soll nicht verraten, daß ich von der irren Pobloschen gebissen bin, sonst wird sie in eine Anstalt gebracht, und das wäre für einen Mann, wie Drocholls Maxen in seiner Position, der Untergang.

Aber wenn se nu die Tollwut hat? gibt die Kehrfrau Rehbeil zu bedenken.

Mir ist heiß. Ich geh durch den lichtlosesten Korridor der Welt auf den kaiserlich-republikanischen Schulhof. Es gibt dort keine Stelle, die sich tagsüber nicht unter einem Mädchenfuß befunden hat, und es wächst dort kein Grashalm, und es bleibt mir nichts, als mich an eine Kastanie zu lehnen und ins Grün ihrer Blätter zu sehn, und mir ist, als wäre die Kastanie eine Verwandte von mir.

Am nächsten Morgen treffe ich, wie alle Tage, Max Drocholl, den Sohn der irren Pobloschen. Er ist nachdenklich bis in die Füße hinunter. Denkt er an die Gewerkschaft oder an seine Mutter? Für mich, den seine Mutter gebissen hat, hat er kein Auge.

Durch die Jod-Einreibung sind die Einbißstellen an meiner rechten Wange und am linken Unter-Arm markiert. Ich könnte mich in der Schule bewundern lassen. Von einem Hund wird mancher gebissen, aber wer wird von einer alten Frau gebissen? Natürlich befragen sie mich nach meinen Verletzungen. Ich kann mich nicht entschließen, *berühmt* zu werden. Die Nachthexe Morava hat mich gebissen, sage ich. Das ist nicht wahr und nicht unwahr, und ich habe keinen Hund zu Fleiße beschuldigt.

Ein Teil des langen Schulkellers wird der Badekeller genannt. Er ist mit Holzblenden in Duschkabinen unterteilt. Die Mädchenschule wurde in der Gründerzeit gebaut, Geld war dick da, es kam als Kriegstribut aus Frankreich. Die Grodker Stadtväter taten groß: Das deutsche Mädchenvolk soll baden! sagten sie. Zu meiner Zeit prangte dieses Mädchenbad nur noch als *gepriesener Fortschritt* in einer alten Nummer des *Spremberger Anzeigers.*

Der Weltkrieg Numero eins machte die Deutschen zu Schuldnern, und die Stadtväter erhoben das Sparen zur Tugend. Die Mädchen aus armen Familien mußten wieder daheim im Zuber baden oder sich in der Waschschüssel *abkatern.* Zusicherungen und Zuwendungen, die Staatspersonen den kleinen Leuten machen, sind der Gunst oder der Ungunst der Verhältnisse ausgesetzt. So ists bis auf den heutigen Tag. Die Regierenden preisen als Fortschritt, was sie tun, und wecken bedenkenlos Bedürfnisse bei den kleinen Leuten, und wenn sie die Bedürfnisse nicht mehr erfüllen können, heißt es, es herrschen ungünstige Zeitverhältnisse. Als ob die Verhältnisse nicht von Menschen, von Stadtvätern und ähnlichen Leuten geschaffen werden.

In den Badezellen der Mädchenschule werden jedenfalls zu meiner Zeit ausrangierte Lehrmittel abgestellt. Es steht dort auch eine Zentrifuge, mit der im Physikunterricht gemischte Flüssigkeiten extrahiert wurden. Ich drehe die Zentrifuge, und sie gibt merkwürdigerweise den Hummelton von sich, der in mir umgeht. Er führt mich zwischen Himmel und Erde, führt mich dort hin, wo alle Gebilde und Dinge aus dem Unsichtbaren entstehen. In dieser Weltgegend stößt man nirgendwo an, man stolpert nicht, und Schmerzen sind dort unbekannt. Das ist mein ganz und gares Geheimnis.

Eines Nachmittags treibt es mich, mir das Haus besehen

zu gehen, in dem ich geboren geworden bin. Geboren geworden – das ist sprembergisch. Aber ich will nicht reden wie die Spremberger, ich will Hochdeutsch lernen.

Was treibt mich, mir mein Geburtshaus ansehen zu gehen? Es treibt mich die Lust, den Ort zu sehen, an dem sich für mich das öffnete, was die Welt genannt wird. Ich will das Teilchen Welt sehen, auf das ich zuallererst einen Fuß vor den anderen setzte. Vielleicht ist noch Abrieb von meinen ersten Schuhen aufzutreiben. Vielleicht ist noch etwas vom Laden des verstorbenen Barbiers Franz zu sehen. Er war mein zweiter Barbier auf Erden, der erste hieß Kubik.

Zum Barbier gehe ich vom zweiten Lebensjahr an mit Großvater. Zu Barbier Kubik mit den blassen Händen wollte ich eines Tages nicht mehr. Seine handgetriebene Haarschneidemaschine war stumpf, sie ziepte.

Großvater geht mit mir zu Barbier Franz. Franz trägt zu einem Runzelgesicht scharf ausrasierte Koteletten. Er redet freundlich und unaufhörlich auf mich ein, und ich werde nicht gewahr, daß er mir mit dem Rasiermesser an den Schläfen einen scharfen Haaransatz zu verpassen sucht, doch mit eins spüre ich was wie einen Stich.

Biste varrickt, sagt Großvater zu Barbier Franz. Ich sehe mein Blut auf Franzens weißem Wedeltuch und fliehe aus dem Barbierstuhl. Wir gehen wieder zu Barbier Kubik.

Ich bin in der Algerischen Straße fünfundachtzig geboren. Mein Großvater bringt es mir bei, als ich noch ein Jährling bin: Wo biste geborn, Jungatzko?

Algerische Stroaße fünfundachtzig, antworte ich wie ein Papagei.

Als Ebert, der erste deutsche Ersatzkaiser, starb, der plebejische Sattlergeselle, wie ihn die Baronin in Mutters Laden nannte, widmeten die Grodker Sozialdemokraten ihrem ersten Präsidenten die Algerische Straße, und ich war damit in der Friedrich-Ebert-Straße fünfundachtzig, sprembergisch ausgedrückt, geboren geworden.

Als sich der Arier-König, auch Führer genannt, auf den Thron setzte, widmeten ihm seine Grodker Anhänger die

Friedrich-Ebert-Straße. Ich war in der Fremde, und es wurde mir mitgeteilt, daß ich nunmehr amtlich in der Adolf-Hitler-Straße fünfundachtzig geboren zu sein hätte.

Als der Weltkrieg Numero zwei vorüber war und die Grodker Sozialdemokraten annahmen, sie hätten nun keine Gegner mehr, machten sie die Adolf-Hitler-Straße wieder zur Friedrich-Ebert-Straße, und ich war für eine Weile wieder in einer Straße geboren, in der ich schon einmal geboren geworden war, doch nicht lange, und ich mußte zur Kenntnis nehmen, daß ich nunmehr in der Karl-Marx-Straße geboren sei.

Wenn man lange genug lebt, bleibt einem in dieser Hinsicht nichts erspart.

Mein Geburtshaus war nach dem zweiten Weltkrieg eine Ruine. Es stand einer Granate im Wege, die eine Tuchfabrik zertrümmern sollte. Grodk im Tale der Spree war zur Festung erklärt worden, weil sich die Bewohner des Deutschen Reiches angeblich den totalen Krieg gewünscht hatten. Ich habe meine Zustimmung damals nicht gegeben, und ich würde sie auch heute und morgen niemand geben, falls sie jemand von mir einfordern wollte.

In das Haus Algerische Straße fünfundachtzig mußte man über drei Stufen hinabsteigen, um in den Hausflur zu gelangen. Der Kinderwagen, in dem ich lag, mußte dreimal auf den Hinterrädern hopsen, wenn ich nach einem Ausflug in die *Welt* nach Haus zurückgebracht wurde. Bei den drei Hopsern über die Stufen entdeckte ich, daß die Wachstuchplane des Kinderwagens ein Gewimmel kleiner Sterne aus Tageslicht zu mir ins Wageninnere ließ. Dieser Kleinsternhimmel bestimmte mich, den Weltsternhimmel, meine ersten Kinderjahre hindurch, für die Plane eines übergroßen Kinderwagens zu halten. Eltern und Großeltern wollten mir die frühe Erinnerung ausreden. Ich blieb dabei.

Es gab auch andere Dinge, Zustände und Erlebnisse aus der Frühzeit meines Daseins, die angezweifelt wurden, wenn ich sie erzählte. Schließlich gewöhnte ichs mir ab, zu widersprechen und mich zu streiten, und tat, als erkennte ich meine Irrtümer und fühlte mich belehrt, doch jetzt im Alter poche ich auf meine Früh-Erkenntnisse, auf meinen ersten Sternenhimmel zum Beispiel. Nicht allermanns Augen sehen das gleiche, es spürt nicht einer so grob wie der andere.

Die Zeit, die die Matts und die Kulkas zusammen in der Wohnung Algerische Straße fünfundachtzig verbrachten, hieß in der Familiensprache: Doamoals wie wa noch bei Neigärtnersch gewohnt hoaben. Der Hauswirt hieß Neugärtner. Von ihm sind in meiner Erinnerung zwei stumpfe Augen verblieben, von denen das rechte triefte.

Als ich dem Kinderwagen entschwärmte und die Stubenwelt um die Treppengänge und den Hausflur erweiterte, höre ich meine Anderthalbmeter-Großmutter sagen: Bis stille, mach Neigärtnern nich varrickt!

Es war schummerig im Treppenhaus, und es war Dämmerung bis in die Wohnung ausgelagert. Meine Phantasie fertigte merkwürdiges Zeug aus der Düsternis.

Aus dieser Zeit ist mir ein blaues Preßglasgefäß bis in meine heutige Arbeitsstube gefolgt. Es hat die Form eines kleinen Koffers. Wenn ich damals seinen gewölbten Dekkel zurückschlug, traf ich auf weiße Pfefferminzplätzchen. Das Preßglasköfferchen stand auf der Kommode und war stets gefüllt. Pfefferminzplätzchen, Schnee unter blauem Glashimmel. Süßigkeiten sind um diese Zeit schon rar. Der Weltkrieg Numero eins ist in Fahrt gekommen. Aber es gibt, wie ich später beobachten werde, Winkel, in die auch der heißeste Krieg nicht hindringt. In solchen Winkeln halten sich Dinge aus dem Vorkriegsleben auf wie überwinternde Schmetterlinge im Dachversteck. Vielleicht wußte Großvater so einen Winkel. Das blaue Köfferchen füllte sich immer wieder, und wenn der Deckel aufgeschlagen war, durfte ich hineinlangen, bis Großvater ihn zuschlug und den Vorhang meines Naschtheaters herunterließ.

Das blaue Preßglasköfferchen überlebte die Weltkriege eins und zwei, wurde hier gesichtet, huschte dort vorbei, wurde von Verwandten mitgenommen, versteckte sich wieder und ließ sich von mir in einem Winkel des Bossdomer Mehlbodens finden. Jetzt verwahrt es in meiner Arbeitsstube fremdländische Briefmarken, die auf kindliche Sammler warten. Ich liebe Sie und die Briefmarken, sagte mein jüngster Sohn, wenn er das blaue Köfferchen leerte. Es ist so, daß wir uns in der Familie mal siezen, mal duzen. Hinter die Regel kam bisher keiner. Es geschieht so anarchisch wie die Groß- und Kleinschreibung von Adjektiven und Partizipien laut Duden.

Im Hofe des Neugärtner-Grundstücks in der Algerischen Straße standen die Holzschuppen der Mieter. Es waren Gevierte aus Latten und Lücken. Ich sah Großvater gern beim Holzspalten zu. Ich sehe bis heute gern zu, wenn Menschen ihre Arbeiten vollendet ausführen. Vor Jahren besuchte ich regelmäßig ein Geschäft für Auto-Ersatzteile. Die Frau des Verkaufsstellenleiters bediente die Kundschaft mit so ästhetischen Bewegungen, daß ich Musik hörte, wenn ich ihr zusah. Ich trat immer wieder aus der Mitte der Kundenreihe und stellte mich hinten an, bis ich dann doch endlich Zündkerzen, immer wieder Zündkerzen, kaufte.

So war es mir damals eine Lust, zuzusehen, mit welcher Sicherheit Großvater auf die Holzkloben hieb, wie genau er traf, und wie sich die Kloben ächzend öffneten, und wie die Scheite klirrend vom Hauklotz fielen.

Ich war hinfortgenommen und bemerkte fast zu spät, daß es an der Zeit war, meinen Hosenstall aufzuknöpfen, um Wasser zu lassen. Ich trug damals eine Schürze, die war mir hinderlich. Großvater beobachtete mein Bemühen. Sich moal her, wie mans macht, sagte er und hob seinen blauen Kutscherschurz, nahm dessen unteren Rand in den Mund und hielt ihn mit den Zähnen fest. Da hob auch ich meine Schürze und biß hinein, und der Großvater nickte mir ermunternd zu, und alsbald standen wir nebeneinander und ließen unser Wasser gegen die Holzschuppen rinnen. Großvater zufrieden und ich zufrieden, bis sich ringsum in allen Stockwerken die Fenster öffneten und spitzes Weibergekeif auf uns niederfiel. Mein Großvater, hieß es, wäre ein Schwein. Großvater, der den Weibern kein Wort schuldig bleiben wollte, ließ seinen Schurz aus dem Mund, und der Schurz kam unter die Traufe, und die Anderthalbmeter-Großmutter versteckte sich vor Scham im Gedämmer des hinteren Küchenteils.

Ich erzähle die Begebenheit, weil es mich noch lange beutelte, daß ich den Großvater nicht gegen die keifenden Weiber verteidigte. Er hatte mich etwas gelehrt, was mir später zupasse kam. In meiner Bäckerzeit trug ich lange weiße Schürzen.

Zwei Häuser hinter der Fünfundachtzig steht eines von den Zwergenhäusern der Altstadt, die Fensterbretter nur kniehoch über dem Bürgersteig. Ich starre in diese Fenster, nicht, um drinnen im Haus was zu ergründen, sondern um an die Zeit zu denken, die nun vergangen und doch da ist, die jetzt in mir und in denen ist, die damals hier wohnten, in meiner Mutter, im Großvater und in der Anderthalbmeter-Großmutter. In mir liegt diese Zeit wie von Motten gelöchert, und eines der Löcher ist, mir will nicht einfallen, ob ich dieses kleine Haus damals schon bemerkt habe, und ob sich nicht wenigstens einer seiner Einwohner in meine Erinnerung retten konnte, doch da wird ein Fenster des Zwergenhauses aufgerissen, und eine Frau mit dem Gesicht eines Pekineserhündchens bellt mich an: Was stehste ganzes rum und glubscht? Hat dir woll jemand ausforschen geschickt?

Nee, hat mir niemand geschickt, Tante.

Ich bin nicht deine Tante, nu weeßtes.

Danke, sage ich, wie es mich Mina Baltin gelehrt hat. Die Frau klopft sich mit der flachen Hand vor die Stirn. Was das bedeutet, weiß ich.

Ein Herbsttag ist jährlich dem heiligen Michael geweiht. Wir erwähnen diesen Michael auch heute noch zuweilen. Aber wir sind inzwischen kollektiver geworden und weihen unsere Tage bestimmten Berufsgruppen: Tag des Bergmanns, Tag des Lehrers, Tag der Handelsmitarbeiter, Tag der Meteorologie, nur zu einem Tag des Künstlers haben wir es noch nicht gebracht. Sollten die Kalendermacher sich nicht trauen, weil sie die Unzuverlässigkeit der Künstler im Auge haben, schlage ich vor: Tag der Tagediebe.

In Bossdom werden die Schulherbstferien dem heiligen Michael gewidmet, und die Kinder werden angehalten, sie der Kartoffelernte zu widmen. In Grodk werden im Namen Michaels Schulzeugnisse ausgegeben und Schüler geängstigt. Von Michaeli-Zeugnissen hängen Schülerzukünfte ab.

In Bossdom gibts nur Schulzeugnisse, wenn man nach acht Jahren die Schule verläßt, wenn man *rausgeht*, oder wenn man, wie ich, von dort wegzieht. Ein Wunder, daß unter diesen primitiven Verhältnissen Menschen heranwachsen, die sich eigenhändig ernähren und Steuern zahlen können.

Mein Michaeli-Zeugnis besteht aus lauter niedrigen Nummern. Mathematisch gesehen ist eine Eins nur wenig mehr als eine Null. Im Bereiche der Schultugenden ist sie etwas Gewaltiges und bedeutet sehr gut, wenn nicht noch mehr. Man kann dieses Bewertungssystem allerdings auch umkehren. Wir kennens aus östlichen Ländern. Dort läuft man, mathematisch gesehen, mit einer Fünf als ein Unübertrefflicher umher. Eigentlich kann man alles umkehren. Umgekehrt wird ein Schuh draus, sagten die Alten.

Ich bin, wenn man mich nach meinem Michaeli-Zeugnis beurteilt, moralisch, menschlich und geistig ein Mustermensch. Sogar in Leibesübungen bin ich gut geworden. Zufällig übertraf ich im Schleuderball-Weitwurf alle meine Klassenbrüder. Aber es gibt keinen Zufall, wie wir wissen. Der Zufall war ein günstiger Wind, der da wehte, als ich warf, und da auch Winde keine Zufälle sind, müssen mir Kräfte beigestanden haben, deren Zustandekommen unsere Meteorologen gewiß noch ergründen werden.

Weil ich mein nasalisches Versagen mit der Übersetzung von Glockentönen verbesserte, heißt meine menschliche Bewertung im Französischen: Gut bei noch besseren mündlichen Leistungen.

Damals werden Schülerleistungen noch nicht in Dezimalzahlen und Millimetern wiedergegeben, und auch die Eltern der Schüler sind noch nicht an den Zensurenwettkämpfen beteiligt, nur die wenighabenden Eltern bangen: Kriegt der Junge eine Freistelle, kriegt er keine? Meine Mutter erwartet, wie wir wissen, daß ich eine Freistelle kriege, und ich kriege eine, doch merkwürdigerweise läßt sich die Mutter von meiner unklaren Zensur im Französischen aufputschen, und auch der Vater legt auf einmal Wert darauf, von den Beamten meiner Schule klar zu erfahren, was für eine Sorte von Sohn er gezeugt hat. Gut bei noch besseren mündlichen Leistungen – heißt das nun, daß der Sohn meiner Eltern, der Esau heißt, und der ich bin, seine mündlichen Leistungen verbessern muß, oder sind sie besser als seine schriftlichen Leistungen?

Die Eltern nehmen mein Zeugnis mit auf den Skatabend, aber auch Lehrer Rumposch kann ihnen kein Licht aufstecken. Es kann so, aber auch so sein. Rumposch starrt auf die vielen Einsen und bemüht sich, gebildet zum Ausdruck zu bringen, daß ich wohlgeformt aus seinen Händen hervorgegangen bin, er hätte eine gute Grundausbildung an mir vollzogen, sagt er, aber Grundausbildung – das Wort ist meinem Vater zuwider, weil er dabei an seine Rekrutenzeit bei den Zweiundfünfzigern denken muß.

Alle reisenden Kaufleute, die in den Michaeli-Ferien durch Mutters Laden ziehen, werden befragt. Mein blaues Zeugnisheft kriegt den Charakter eines Kriminalromans, in dem die Aufklärung des Mordes unüblicherweise dem Ermessen des Lesers überlassen wird. Herr Schneider in Firma Otto Binnewies aus Halle an der Saale sagt: Ich neiche dazu, anzunehmen, daß Ihr Sohn mindlich besser ist als schriftlich, das gommt vor, Frau Matt. Herr Schneider legt meine Französischnote positiv aus. Er rechnet mit einem großen Auftrag.

Die Angelegenheit wird während der Ferien nicht geklärt.

Ich werde in den Michaeli-Ferien, ohne ein Wort zu verlieren, wieder Poststellen-Leiter in Bossdom. Ich bin es nicht ungern, und doch zeigt sich mir, was ich sonst in den

Herbstferien zu tun hatte, verklärt. Es kommt mir vor, als verlebte ich durch die Postbetreuung meine schönen Ferientage wie ein unsparsamer Mensch seinen Lotteriegewinn.

Wie dufteten jahrszuvor in den Herbstferien die Kartoffeln, wenn sie aus der Erde kamen, wie sämig roch der Rauch vom Krautfeuer, wie stumpf rochen die frühen Fröste, und wie flimmerig verwinterte am Abend das Licht, wenn ich die Kartoffelsäcke heimzu kutschierte; selbst die Kälte, die in meinen Händen war, bevor sie sich am blanken Stiel der Kartoffelhacke warmscheuerten, war jetzt von wundersamer Art.

Woher die Verklärung der harten Feldarbeit im Herbst? Die Zeit verklärt sie, die vergangene Zeit.

Letzter Ferientag. Mein Vater muß mein Zeugnis unterschreiben. Er probiert und probiert auf Zeitungsrändern und versucht, seinem Namenszug jenen gewissen Schwung zu geben, mit dem zum Beispiel Herr Schneider in Firma Otto Binnewies seine Unterschrift versieht. Es ist, als hätte der Vater vor, den besten Namenszug seines Lebens unter mein Zeugnis zu setzen.

Seit wenn hängste denn hinten drei Tintenschleefen an dein Noam ran? tadelt ihn die Mutter.

Denn unterschreib doch du, sagt der Vater, du bist ja sowieso mit deine lanke Noase überall vorne.

In diesem Falle weigert sich meine Mutter, vorn zu sein. Es wird die Unterschrift des Erziehungsberechtigten verlangt: die Mutter wird keine Urkundenfälschung begehen.

Willst ma woll ins Kittchen bringen? sagt sie zum Vater und schreibt einen Brief an Studienrat Schraube. Meine unklare Note im Französischen läßt ihr keine Ruhe. In *Vobachs Modenzeitung* sind von Zeit zu Zeit Kleider abgezeichnet, die französische Namen tragen. Die Mutter kanns nicht erwarten, bis ich im Französischen so weit bin, ihr zu übersetzen, wie zum Beispiel ein Kleid, das *le bleu soir* genannt wird, auf Deutsch heißt.

Alle Briefe, die meine Mutter schreibt, fangen mit dem Eigenschaftswort *lieb* an. Lieber Herr Müller und Lyon, schreibt sie an eine ihrer Kurzwarenfirmen, und sie schreibt auch: Liebes Finanz-Amt und zieht nicht in Betracht, daß sich hinter dem Begriff Finanz-Amt eine Institution verbirgt, in der Beamte arbeiten, von denen keiner für Liebenswürdigkeiten zuständig ist. Lieber Herr Schraube, schreibt die Mutter, würden Sie die Güte besitzen und unserm Esau Bescheid sagen, ob er sich in das Französische schriftlich schlechter befindet als in das Mündliche? Es läßt mir keine Ruhe. Ich danke Ihnen hochachtungsvollst Helene Matt, geborene Kulka.

Studienrat Schraube sagt: Teil deiner Mutter mit, du warst im Mündlichen besser als im Schriftlichen, aber inzwischen hast du dich mündlich verschlechtert.

Ich teile meiner Mutter nur den ersten Teil von Schraubes Antwort mit und vergrößere das Heer der Zensurenschwindler um einen Kerl.

Dann bin ich wieder in Grodk. Der Winter ist noch nicht Winter, und der Herbst ist nicht mehr Herbst. Die Unschlüssigkeit der Jahreszeiten erzeugt Nebel.

In Bossdom erwärmten die Kachelöfen in den Stuben, noch ehe der Vater, der Spätaufsteher, den Backofen angeheizt hatte, unser Haus. Wir Kinder, wohl auch meine Eltern, hielten es für selbstverständlich, daß es warm in der Küche und in den Stuben war, wenn wir morgens aufstanden. Die Verursacherin der warmen Heimligkeit war die Anderthalbmeter-Großmutter. Sie schwebte morgens mit dem Asche-Eimer und dem Kienbündel wie eine Fee durch die Stuben und sorgte dafür, daß wir in einem kleinen Sommer erwachten.

In der Kellerwohnung der Baltins erwache ich morgens vom Klirren der Schlackestücke. Die drei Heizkessel haben sie über Nacht ausgebrütet, und Juro holt sie heraus. Ich höre das Geschlurr der großen Koksschaufel und schließlich, wie die Kessel brummend Wärme erzeugen, viele Zentner Wärme, und wie die Wärme rauschend und knisternd durch die Leitungen nach oben steigt und sich im großen Haus ausbreitet, und dazwischen immer wieder das Schnarren, Schlurfen und Schlarren der Koksschaufel, und ich ahne, wie sich Juro in den kleinen Pausen zwischen den Geräuschen mit dem Taschentuch über die schwitzende Glatze fährt.

Ich zögere mit dem Aufstehen, räkele mich im Bett und fühle mich mit meiner städtischen Umgebung ein wenig ausgesöhnt. Ich spüre die Poesie, die auch hier über den Dingen und Hantierungen schwebt, doch ich weiß noch nicht, daß sie für den, der sie aufzufinden weiß, überall und überall ist.

Aber die Stuben-Öfen, an denen man sich daheim in der Schummerstunde den Rücken wärmen konnte, vermisse ich trotzdem, mein Rücken möchte gewellt sein wie der Stoff einer zurückgezogenen Gardine, wenn ich ihn eine Schummerstunde lang gegen einen Heizkörper pressen würde.

Das Winterhalbjahr ist für die Kleinstädter die Zeit, sich kräftiger zu bilden als im Sommer. Wissen ist Macht, predigen die Studienräte. Aber noch immer gehört die Macht nicht denen, die wissen, sondern denen, die über die Mittel verfügen, den Wissenden ihr Wissen abzukaufen, um Machtinstrumente draus zu fertigen.

Am Gymnasium werden im Winterhalbjahr zum Wochenbeginn Andachten abgehalten. Alle Schüler sitzen, die Hände nach Vorschrift auf die Knie gelegt, in der Aula. Der rotgesichtige Sohn von Armenpfleger Altenkrause, seines Zeichens Unterprimaner, spielt auf der kleinen Aula-Orgel und ermuntert uns, mit unausgeschlafenen Stimmen zu bekennen, daß Gott eine feste Burg und Jesus unsere Zuversicht sei. Der Sohn von Zoll-Inspektor Plönitsch, namens Walde-Trudis, drückt mit dem Orgelschwengel Luft in die Pfeifen des Örgeleins, und die Pfeifen singen und klingen. Walde-Trudis ist dem Herrn geweiht, er soll Priester werden. Das Füllen des Orgelbalges mit frischer Luft für fromme Lieder ist eine Vorübung für seinen künftigen Beruf.

Vor der Ansprache von Studiendirektor Stolper fordert uns Altenkrause mit Hilfe seiner Kleinorgel auf, die Macht der Liebe anzubeten. Die Orgeltöne nutzen jeden Türspalt und jeden Fensterritz, um in die lieblose Welt zu fahren.

Die Kirchenlieder liegen von der Dorfschule her wie sinngefüllte Kapseln in mir. Ich singe sie, ohne zu wissen, was ihr Anliegen ist, ähnlich wie die heutigen Schlager-Stars die amerikanischen Texte singen. Ich spreche ihre Wortfolge mechanisch nach. Erst viel später werden sich die Kapseln öffnen, und der Sinn wird aus ihnen rinnen, doch manche Zeilen der Kirchenlieder schließen sich mir auch im Alter nicht auf, zum Beispiel die Zeile: *Lässet auch ein Haupt sein Glied, / welches es nicht nach sich zieht?* aus dem Liede *Jesus, meine Zuversicht.*

Dann betritt Studiendirektor Stolper die kleine Rednerkanzel und greift das Liebesthema auf: *Er prinkt kroße* Worte zu *Kehör* und unterscheidet zwischen der niederen körperlichen und der *kroßen* allmächtigen Liebe. Er hat inzwischen das Fräulein Pieplack, die Fabrikantentochter, geheiratet. Er hat müssen, sagt Mina Baltin.

Unsere Lehrer halten die Morgenandacht umschichtig ab. Studienrat Münchdorf, unser Deutschlehrer, läßt sich das Lied vom Herzen intonieren, das ausgehen und Freude suchen soll. Auch wir, sagt er, sollen, ob Sommer, ob Winter, hinausziehen und uns an unseres Gottes Gaben erfreuen.

Mir fällt der Wandertag mit den Münchdorfs ein, und wie ich meine Kameraden mit Pferdemist beschmiß, und ich schäme mich, und ich hab meine Arbeit damit und bin unandächtig.

Studienrat Martschinek befaßt sich in seiner Andachtsansprache mit dem Dahinschwinden des deutschen Nationalbewußtseins und verbraucht dafür mehr als eine halbe Stunde. Uns, die Sextaner, macht er mit seinem nationalen Gewure glücklich, weil er uns die Mathematikstunde zum Nichts macht. Am Schluß läßt er das Deutschlandlied anstimmen: *Deutschland, Deutschland über alles*... Ich singe nicht mit. Großvater hat mir das Deutschlandlied ausgeredet. Für ihn ist es *Patschuli.* Wenn die Deitschen über alles sind und überalle hinkriechen, sagt er, wohin sollen wir Wendschen denn?

Der Direktor des Gymnasiums und der Direktor des Lyzeums leben in ähnlicher Konkurrenz wie Bäcker und Konditor. Im Lyzeum werden, an Stelle von Montagmorgen-Andachten, Montagabend-Vorträge abgehalten. Sie werden unter Einbeziehung der Schülerinnen-Eltern abgehalten, heißt es geschwollen. Die Eltern sind in diesem Falle vor allem die Mütter der Lyzeumsschülerinnen. Die Voatersch gehn lieber in die Damenkneipen, sagt Juro Baltin, und Mina tadelt ihn für seine *Gewöhnlichkeit.*

Die Lyzeumslehrer gestalten ihre Abendvorträge mit Lichtbildern anschaulich. Damals gehts los mit der Entwertung des Verbums *gestalten.* Heute gestalten wir sogar Torten und Scheuerbürsten.

Juro Baltin hilft die Abendvorträge technisch vorbereiten, und ich muß ihm beim Helfen helfen. Wir fertigen ein Gerüst aus zusammensteckbaren Bambusstäben an. Das Gerüst hat die Größe eines Scheunentores; wir rahmen also ein Stück Aula-Raum ein und überspannen es mit einer Leinwand. Alsdann stellen wir den Bildwerfer auf. Aus dem Bildwerfer schießt ein Lichtstrahl in den dunklen Raum, er verbreitert sich und ist bestrebt, sich in alle Welt zu verstreuen, und das wird ihm von der von uns ausgespannten Leinwand verwehrt. Wäre diese Leinwand nicht, würden alle Bilder, die der Projektor projiziert, gegen die hintere Aula-Wand knallen und zerschellen. Nach den Vorträgen, wenn alle gegangen sind, wenn nur noch das Gekräusel von Parfümdüften und Weiblichkeit zurückbleibt, muß ich Juro beim Abbau der Geräte helfen.

Auch Mina Baltin besucht die Abend-Vorträge. Es wäre ungehörig, die Einladung des *lyzealen Lehrkörpers* zu mißachten, sagt sie. Ich muß neben Mina Baltin sitzen. Damit du dir richtig benimmst, sagt sie.

Die Lyzeumslehrer sind keine geborenen Grodker. Trotzdem halten sie Vorträge zum Lobe der Stadt. Sie machen einander Mut, ihren Aufenthalt in der halbwendischen Stadt zu ertragen.

Grodk ist von besonderer Besonderheit, es ist der Mittelpunkt des Deutschen Reiches. Nach dem Vertrag von Versailles ist das freilich nicht mehr wahr, aber es war so schön, und die Säule, die den Mittelpunkt markierte, steht noch in der Nähe des Gymnasiums vor einem Drahtzaun. Die meisten Durchreisenden möchten vor dem Mittelpunkt des Deutschen Reiches gestanden haben, um ihren Freunden erzählen zu können, daß sie an einem Punkte gestanden haben, der einmal ein Mittelpunkt war, und sie kaufen sich Ansichtskarten vom Mittelpunkt, die es noch immer gibt.

Ich kriege von Mina Baltin einen Schubs. Wo kiekste denn hin? Sie sagt *kiekste*. Grodker Bürger, die was auf sich halten, bekunden von Zeit zu Zeit, daß sie nur hundertfünfzig Kilometer von der Hauptstadt des Deutschen Reiches entfernt, sozusagen in einem Vorort von Berlin, wohnen, und die Berliner *kieken*, ihr wißt.

Ich habe an den Mittelpunkt des Deutschen Reiches gedacht und dabei in die obere rechte Ecke der Aula *gekiekt*, während Studienrat Schmidt über die Grodker Stadtmauer im Wandel der Zeiten sprach. Jetzt spricht er über den Bismarckturm. Der Bismarckturm heißt Bismarckturm, weil er Bismarck von bismarcktreuen Grodker Bürgern geweiht wurde. Er ist aus Granitstein des Niederlausitzer Grenzwalls erbaut und steht klotzig und trutzig auf dem Georgenberg. Seine Krone krönt eine Metallschale; in der, sagt Doktor Schmidt, früher von Bismarckverehrern jeweils am ersten April, dem Geburtstage Bismarcks, ein Feuer abgebrannt wurde. Die Flamme loderte weithin ins Land. Doktor Schmidt bietet seinen Vortrag in gefälligen Wendungen dar, wie sie in pseudowissenschaftlichen Büchern benutzt werden, und die Pseudowissenschaftler haben die Wendungen hinwiederum wendigen Journalisten abgelauscht. Man glaubt nicht, in was für ein Geflecht von Nachahmungen die Menschheit verstrickt ist! Vom Bismarckturme kann man weit hin ins Lausitzer Land schauen, sagt Doktor Schmidt. Das ist wahr; wenn ich auf den Bismarckturm krieche, suche ich nach dem Spitzberg bei Reuthen, denn fünf Kilometer von ihm entfernt liegt Bossdom.

Zu Bismarcks Geburtstag, erzählt Doktor Schmidt, hätten bismarcktreue Bauern (es werden wohl Gutsbesitzer gewesen sein) den Kanzler mit frischen Kiebitz-Eiern aus ihren Fluren beschenkt. Also ist Bismarck daran schuld, wenn in unserer Gegend die Kiebitze rar wurden. Ich stelle mir vor, wie die von Leibdienern gepellten Kiebitz-Eier unter Bismarcks hängendem Schnauzbart verschwinden, mindestens zwanzig Stück je Mahlzeit, und ich kriege einen Schubs: Wo kiekste schont wieder hin?

Die Zeit, die beim Lyzeum für die Abend-Vorträge verbraucht wird, geht nicht, wie bei uns am Gymnasium, vom Unterricht ab. Erstaunlich, daß die Lyzeumsschülerinnen trotzdem hingehen. Wahrscheinlich müssen sie, um den *Lehrkörper* von ihrem *Lern-Eifer* zu überzeugen.

Juro Baltin wird durch die Abendvorträge am Lyzeum zum Erfinder. Bisher klopfte der vortragende Lehrer mit dem Zeigestock, wenn das besichtigte Bild verschwinden und ein neues erscheinen sollte. Juro Baltin findet, die Klopfzeichen machen die *Vortragsflüssigkeit* kaputt. Er zieht eine elektrische Leitung vom Vortragenden zum Bildwerfer und ersetzt Stockschläge durch Lichtblitze. Der Vortragende drückt auf einen Knopf, und der Knopfdruck macht am Bildwerfer ein Lämpchen erglühen. Neues Bild her! Ja, den Herrn Baltin, heißt es, wenn wir den nicht hätten! Mina Baltin sammelt solche Lobsprüche und bewahrt sie in ihrem Herzen. Wenns doch bloß den Titel Oberhausmeister gäbte!

In unseren Heidedörfern wird ein Fest gefeiert, das Kirmes heißt. Ob es sich dabei um ein Erntefest oder um die Wiederkehr einer Kirchenweihe handelt? Niemand weiß es recht. Christliche Heimatforscher behaupten, es handele sich um die einstigen Kirch-Einweihungen, aber darf man glauben, die VEB-Baubetriebe hätten damals so termingerecht gearbeitet, daß die Kirchen in allen Dörfern zwischen Anfang Oktober und Mitte November fertig wurden? Wir, die Bossdomer, haben keine Kirche, aber eine Kirmes. Die für uns zuständige Kirche steht im Nachbar-Ort Gulitzscha, aber die Bossdomer Kleinbauern, Kossäten und Bergarbeiter werden ihre Kirmes doch nicht mit den Großbauern aus Gulitzscha zusammen feiern. Das sollt ihr nicht denken.

Auch die Grodker haben eine Kirmes, behaupten Spaßvögel.

Wenn denn?

Eeen Tag vorm ersten Schnee.

Wenn die Kirmesdaten von zwei Dörfern zusammenfallen, fühlen sich deren Einwohner leise miteinander verwandt: Von Biele biste?

Von Biele, ja.

Doa hoam wa ja uff een Tag Kirmes, doa sind wa ja so gut wie Freindschaft. (Für Verwandtschaft wird bei uns auf der Heide Freundschaft gesagt. Großvater sagt zum Beispiel von Großtante Maika draußen in den Feldern: Die is Freindschaft von uns.)

Kirmes wird am Wochen-Ende gefeiert: Hühnersuppe, großes Gebrät, Blaukraut, hinterdrein eingeweckte Birnen und Speise (Pudding). Im Anschluß ans Essen wird *Besichte* gemacht. Die Gäste sehn sich Felder, Vieh und den Nachwuchs des Gastgebers an und spekulieren sich Schwiegersöhne oder Schwiegertöchter aus. Im Dorfgasthaus ist zwei Tage lang Tanz.

Kirmes is schwere Zeit, seufzt Bierverleger Herm. Worreschk.

Warum denne?

Jeden Sonnabend und Sonntag dune (betrunken) bis zur Unkenntlichkeit!

Bierverleger Herm. Worreschk fährt von Kirmes zu Kirmes. Er muß seine Kundschaft erhalten und vermehren und große Zechen machen, und dazu benötigt er familiäre Hilfstruppen. Ich, der Nachhelfer seines Sohnes, werde zu diesen Truppen einberufen.

Den Baltins ists nicht recht, daß ich über die Zubettgehzeit hinaus in der Bierverlegerkutsche umherfahrn und in den Dorfkneipen *große Bogen spucke*, wie Juro Baltin behauptet, aber ein Kasten Gratisbier bewirkt, daß sich jenes Auge, von dem man sagt, es wird zugedrückt, bei Juro Baltin langsam schließt.

Ich sitz neben Altvater Jäckel, dem Leibkutscher von Herm. Worreschk, auf dem Kutschbock. Altvater Jäckel ist schweigsam. Er hat in seinem langen Leibkutscherleben das Warten und Harren auf Herrschaften und Hurschaften und das Schweigen zu einer Kunst ausgebildet, doch wenn man mit ihm von Pferden redet, fängt er an aufzublühen. Wir unterhalten uns leise über die Gänge und die Mucken der Rappwallache, die vor uns in der Kutsche traben. Ich stelle fest, daß der zu Sattel gehende Wallach auf der rechten Hinterhand etwas dreht. Daß du schont so mit Pferde Bescheed weeßt! staunt der alte Jäckel.

Pferd is nich Pferd, und Junge is nich Junge, versichere ich altklug.

Im übrigen fahren wir Familienschweigen umher. Hinter uns sitzen Herm. Worreschk und seine Frau. Mina Baltin nennt die Bierverlegerleute Emporkömmlinge. Sie spricht das Schmähwort mit herabgezogenen Mund-Ecken aus. Kann man auch mit gradem Munde schmähen? Ich probiere es vor dem Spiegel. Man kann. Es ist der Neid, der Mina Baltins Mund-Ecken herabzieht.

Auf den Notsitzen der Kutsche hocken, mit dem Rücken zur Fahrtrichtung, Buchhalter Schimanski und Frede. Schimanski ist rosa gehäutet und kirrt sein widerspenstiges Haar mit Pomade. Er beaufsichtigt das Betriebsportemonnaie, einen Ledersack mit Schnappschloß; er zahlt die Zeche des Bierverlegers und führt Buch darüber. Zechen werden von die Steier abgesetzt, sagt Frede, wers nicht macht, is dämlich.

Es ist Neumond, die Sterne mühen sich, das Licht des unvorhandenen Mondes zu ersetzen. Die Sterne, dieses merkwürdig wimmelnde Gelichter; sie sind nicht nur über, sondern auch unter uns, aber wir sehen nur die, die über uns sind.

Wir halten vor der Gastwirtschaft in Bucke. Der Wirt kommt uns entgegen. Er drängt die Verschlagenheit aus seinem Gesicht und läßt es in künstlicher Freude aufleuchten. Er weiß nicht recht, ob er Herm. Worreschk, den Mann im Cutaway, der ihm früher als Kutscher die Bierfässer in den Keller rollte, duzen oder siezen soll. Er entscheidet sich für eine Mittelform, er ihrt ihn.

Poar schöne Pferdchens hoabt Ihr in die Kutsche, sagt er.

Herm. Worreschk trägt im Knopfloch seines Cutaway eine späte Aster. Er sieht aus wie eine Zweitfertigung von Zirkusdirektor Krone.

Frau Worreschk trägt einen kniefreien Rock nach der Mode und geht mit einer fetten Pelzboa gegen das Frieren ihres Unterleibs an. Immer nobel, Robert, wenn ooch friert! heißt es bei uns auf der Heide. In der Boa kann Frau Worreschk außerdem ihr Gesicht verstecken, das nicht zu den schönsten der Welt gehört.

Eire Frau wird ooch immer jinger, sagt der Wirt, nachdem er die Rappen gemustert hat; schließlich wendet er sich uns, dem Kleingemüse, zu. Ich wußte goar nich, daß Ihr zwee Jungsen hoabt, sagt er.

Nee, bloß oinen, sagt Frau Worreschk, der andere is zugeloofen. Am liebsten möcht ich mich beleidigt fühlen, aber der Junge in mir, der nicht Esau Matt ist, tröstet mich. Er weiß wohl schon, daß er später alles aufschreiben wird.

Der Dorfkellner führt Herm. Worreschk zum reservierten Tisch, wir alle hinter Herm. her und hinter uns die Huldiger, die Herde der Freibiersäufer. Die Musikanten blasen und fiedeln einen Tusch. Herm. Worreschk verneigt sich, auch das wie Zirkusdirektor Krone, wenn er persönlich die Elefanten vorführt. Eine Extratour für den hochen Gast! heißt es. Die Dorfmusikanten spielen den Walzer von dem blassen Weib, das die *Blum* der Männertreu sucht, die sie aber nirgends finden kann. Das Bierverlegerpaar tanzt, und die elegische Walzermelodie edelt es ein wenig. Freibiersäufer *himpein*, *wallwein* und springen im Kreis um das *extrasche Poar.* Die Dorfweiber auf der langen Wandbank, die Besichterinnen und Berichterinnen, halten die Köpfe schief, zischeln und verurteilen den kniefreien Rock der Verlegersgattin.

Mich macht der Klagewalzer über die untreuen Männer traurig. Ich höre die Stimme meiner Mutter, sie hat dieses

Lied oft gesungen, nachdem sich mein Vater mit dem Mädchen Hanka abgegeben hatte. Sich mit einer abgeben heißt, direkter gesagt, es mit einer treiben, mit einer liebstern. Auch das Sterben wird so verkleinbürgerlicht: Der Tote ist *sanft entschlafen*, und ein Bürger, der sich im Kriege für den Staat und seine Bürokraten erschießen lassen mußte, ist auf dem *Felde der Ehre* geblieben.

Meine Mutter schloß das Lied von der *Männertreu* stets mit der Bemerkung: Ihr könnt nich glooben, wie enttäuscht ich woar! Ich stehe um diese Zeit instinktiv auf der Seite meiner Mutter. Die Untreue des Vaters bedroht unser Familiennest.

Was soll uns das Kramen des alten, verbitterten *Matt* in seinen Gefühlen von damals, werden hartgekochte Kritiker sagen, wenn sie das lesen. Werden sie weich-gekochter urteilen, wenn ich ihnen sage, daß mein Dichterfreund, der listige Augsburger, mir ein paar Tage vor seinem Tode sagte: Matt, ich glaube, wir haben zu wenig für das Gefühl getan. Und das sagte er, nachdem er sein Dichterleben im Dienste der Ratio verbracht hatte, nachdem er in seinen Liedern nicht wenige Feindesköpfe hatte *rollen* lassen, rein theoretisch natürlich, immer theoretisch! Ob er wirklich hätte jemand den Kopf abschlagen können? Ich bezweifle es. Ich sah ihn zu entsetzt, als er erfuhr, daß ein von ihm verehrter Politiker Feinde, Freunde und Genossen köpfen ließ.

Zurück in den Kirmessaal! Es wird uns Gänsebraten mit Rotkohl serviert. Du lieber Himmel! Frede Worreschk reibt sich die Hände. Ich sitze da wie der alte Kaschwik, den bei der Hochzeit seines Enkels vor dem Essen die Lähme überfiel, Schlaganfall. Meine Lähme nimmt sich anderswo her: Ich habe nicht gelernt, mit Messer und Gabel zu essen und, wie hier, auf ein Stück von einem braungesottenen Vogel loszugehen. Bei uns daheim wurde der Umgang mit zwei Eßwerkzeugen zugleich für eine unerreichbare Fertigkeit gehalten, und obwohl meine Mutter immer so für *das Feine* war, mit Messer und Gabel zu essen, hatte sie auch bei ihrem Gastspiel in Schöneberg nicht gelernt.

Für Leute aus Bossdom, die nach Grodk zu Markte werden, gibt es zwei Arten von Gaststätten. Von der einen wird gesagt: Doa kannste gehn, doa kannste dir gemietlich fiehln. Von der anderen heißt es: Doa kannste nich gehn, doa mußte mit Messer und Goabel essen.

Der Extratanz des Bierverlegers ist zu Ende. Herm. Worreschk und seine Frau kommen steif von der genossenen Ehre an den Tisch zurück. Laßt uns spoisen! sagt Frau Worreschk. Frede gibt mir einen Schubs: Fressen wern wa, daß die Heede wackelt!

Vor mir liegen Messer, Gabel und das fleischerne Werkstück. Ich verziehe das Gesicht und presse meine Hand in die Magengrube. Die Worreschkinne sieht mich an: Na?

Mir scheint, mir is schlecht im Bauche, sage ich und gehe hinaus.

Auf dem Gastwirtschaftshof steht die ausgespannte Kutsche, und ich, das halbzivilisierte Exemplar eines Menschen, setze mich auf den Kutschbock. Weshalb essen nicht alle Menschen mit dem Löffel?

Ich sehe den Sternen bei ihrer beruhigenden Arbeit zu und fange an, *mir gemietlich zu fiehln.* Ich bin geübt, in einer unbespannten Kutsche durch die Welt zu fahren. Fuhr ich nicht in der Kutsche von *Schwetasch und Seidel*, die bei uns auf der Scheunentenne stand, bis zu den Eskimos und trank mit ihnen Walfisch-Öl? Ich meine jene Kutsche, die für meine Mutter und für mich ein Traumgefährt, für meinen Vater und meinen Großvater aber ein Kampfwagen war. Mir fällt auf, daß viele Dinge auf der Welt es an sich haben, für jeden etwas anderes zu sein. Für Studienrat Martschinek ist der Kauz ein Nachtraubvogel, für meine Anderthalbmeter-Großmutter ist er der Totenvogel, für meinen Vater ein Jungtaubenräuber, für die Sperlinge ist er ein Massengrab, und was er wirklich ist, weiß er es selber? Auf keinen Fall weiß er, daß er von uns Kauz genannt wird.

Dicker Nebelmorgen, sagt Juro Baltin. Gibts einen dikken Morgen? Ich sage nichts. Meine Mutter hat mir verboten, so empfindlich *uff die Wörter* zu sein. Es gibt anerzogene und angeborene Eigenschaften, sagt Studienrat Münchdorf. Anerzogene Eigenschaften kann man ablegen, angeborene nicht. Meine Empfindlichkeit ist mir angeboren, sie kommt von der Mutter her.

Aber nich die Empfindlichkeit uff die Wörter, sagt meine Mutter.

Mit seiner Mutter soll man nicht streiten.

In Grodk ist Michaelimarkt, der erste Vieh- und Kram-Markt, den ich erleben werde. Trotzdem gehe ich in die Schule. Ich muß.

Ich gehe in ein graues Nichts hinein. Zäune, Mauern, Häuser, Sträucher und Bäume werden erst wirklich, wenn ich drei Schritte vor ihnen stehe. So muß einst die Welt erschaffen worden sein, ein Ding nach dem andern aus Nebel. Es gibt Dinge, die sind von Menschen gemacht, und es gibt Dinge, die hat wer anders gemacht. Aber wer hat sie gemacht?

Linker Hand fließt die Spree. Ich sehe sie nicht, ich rieche sie; der Nebel, der aus ihr aufsteigt, stinkt nach Fabrik-Abwässern. Dem Gymnasium gegenüber liegt der Pfortenplatz. Unsere Krachschläger nennen ihn *Plattenfurz* und halten sich für geistreich.

Gymnasium und Pfortenplatz sind durch die Spree getrennt. Eine schmale Brücke verbindet das rechte mit dem linken Spree-Ufer. Die Brücke wird der Tiedesteg genannt. Es dürfen nur Fußgänger über den Tiedesteg, Radfahrer müssen absteigen. Damit niemand een Studienrat in Ursch fährt, sagt Frede Worreschk. Über die anderen Spreebrükken der Stadt werden Tuche, Maschinen, Getreide – eben Lasten aller Art befördert. Über den Tiedesteg wird Wissen geschleppt, es sitzt in den Studienräten. Wissen ist Macht, sagen die Studienräte. Sie haben die Macht über uns wehrlose Real-Ochsen.

Der Kram-Markt wird auf dem Marktplatz und in der Langen Straße abgehalten, der Ferkelmarkt auf dem Pfortenplatz. Ich bin zeitig aus meinem Keller gekrochen, ich will vor der Schule rasch auf den Ferkelmarkt. Noch ehe ich ihn sehe, ist er durch das Gequiek der Ferkel in meinen Ohren. Die Ferkel werden von den Verkäufern an einem Hinterbein gepackt, aus den Transportkästen gerissen und hängen an deren ausgestreckten Armen in der Nebelluft. Die Käufer mustern sie. Die Ferkel schreien, weil sies im Kasten warm hatten, behaupten die Bauern; daß es schmerzvoll für die Tiere ist, an einem Bein hochgerissen zu werden, streiten sie ab. Das war immer so, sagen sie, du wirscht uns nich lern, Ferkel verkoofen.

Ich entziffere ein Bauerngesicht nach dem anderen. Ich suche im Nebel nach meinem Großvater. Die Ohren fallen mir vom Ferkelgeschrei zu, aber meinen Großvater finde ich nicht. Er ist nicht zu Markte geworden. Also, ist wieder Krieg im Hause Matt ausgebrochen. Also, hats mein Vater dem Großvater verkümmert, zu Markte zu werden und Ferkel von Schinkenschweinen für die Mast einzukaufen. Also, ist mein Vater hinaus in den Ausbau zu Onkel Ernst geworden und hat dem langrüsselige Speckschweinferkel abgekauft. Mein Großvater spuckt aus, wenn sich die vom Vater eingekauften Speckschweine auf dem Hofe sonnen. Elende Bretterschweine!

Ich nehme meine Betrübnis mit in die Schule; sie kriecht zwischen meinen Gedanken umher und vermindert meine Aufmerksamkeit.

Nach dem Unterricht renne ich zur Baltinschen Kellerwohnung. Sie ist noch immer nicht mein Zuhause. Zehn Jahre später werde ich nicht mehr so wählerisch sein und werde eine Unterkunft, in der ich zwei Tage zubringe, mein Zuhause nennen. Ich werde das damals für einen intellektuellen Fortschritt halten, doch jetzt am Ende der zweiten Hälfte meines Lebens hänge ich wieder an Heimat und Zuhause und erkenne, daß ich nicht fortschritt, sondern rundlief.

Ich mache meine Schularbeiten. Bis dichtich, mach deine Schularbeiten orndlich, damits de deine Freistelle behältst, höre ich meine Mutter sagen. Und ich mache meine Schularbeiten ordentlich, bevor ich auf den Kram-Markt gehe. Den Kram-Markt kenne ich bisher nur aus

Großvaters Erzählungen: Einmal wäre ein Händler zu Markte gewesen, der hätte mit neumodschen *Eklyptusbongsen* gehandelt. *Eklyptusbongse* brennen dir Krankheiten aus dem Halse. Der *Bongsenhändler* hätte einen Neger bei sich gehabt, den hätte er mit Feuer gefüttert. Das hat mir sproachlos gemacht, sagte Großvater. Nicht jeder Mensch könne Feuer fressen und seine Krankheiten damit ausbrennen, hätte der Händler erklärt, aber *Eklyptusbongse* könnte jeder fressen. Und die Leite hoaben *Eklyptus* gekooft wie verrückt.

Du auch, Großvater?

Was man noch, ich hoab doch mein bittern Tee.

Es ist noch zeitiger Nachmittag. Ich habe mir ein Teilchen von meinen dünnen Ersparnissen zum Vertun bewilligt und halte das Geld in meiner Faust, und die Faust steckt in meiner Hosentasche, und es kriecht Wärme aus meiner Faust in das Metallgeld.

Ich gehe ein paar Schritte, ich hüpfe ein paar Schritte, und schon bin ich am Post-Amt. Das Post-Amt sieht aus wie nach einer Vorlage aus einem Steinbaukasten angefertigt. Bis neunzehnhundertundachtzehn gaben schimmernde Metallbuchstaben an seinem Giebel bekannt, daß es sich um ein *Kaiserliches Postamt* handelte. Nach neunzehnhundertundachtzehn wurden die Buchstaben, die vom Kaiser redeten, weggerissen, aber das Gemäuer hinter den Metallbuchstaben hatte seine Jugendlichkeit bewahrt und redete weiter vom Kaiser, doch niemand hat je Kaiserliches Postamt gesagt, nicht einmal Postamt hat jemand gesagt. Ich gehe auf die Post, haben die Leute gesagt, und basta. Stadt-, Land- und Reichsbürokraten irren, wenn sie glauben, daß die gestelzten Namen, mit denen sie Gebäude, Straßen und Plätze versehen, von den Leuten benutzt werden. Straße der Deutsch-Sowjetischen Freundschaft taufen die Bürokraten, Straße der Freundschaft, sagen die Leute; nicht aus politischer Böswilligkeit, sondern weil sie es kürzer brauchen, wenn sie sich im Tagestreiben rasch verständigen müssen. In einer Bezirksstadt belegten Betriebsbürokraten eine Fabrik mit dem Namen eines tapferen Mannes:

Carl-von-Ossietzky-Werk nannten sie die Fabrik. Aber die Leute auf der Straße sagen C-v-O-Werk, selbst die Redakteure der Bezirkszeitung schreiben C-v-O-Werk. Was ist das für eine Ehrung?

Aus dem nebligen Morgen schält sich ein sonniger Nachmittag, ein winziges Windchen weht, und gelbes Herbstlaub fällt in die glitzernde Spree. Ein ungeeigneter Tag, Regenschirme zu verkaufen, aber gerade das will Schirm-Gustav. Er steht auf dem Platz vor der Post, und vor seinem Verkaufsstand hat sich ein Menschenhaufe angesammelt. Gustav spielt Freilicht-Theater. Er duzt die Leute, und die Leute sind damit einverstanden. Sie spielen mit. Gustav erinnert sie an Regentage, die gewesen sind, und er spielt den Leuten vor, wie sie sich bei kommenden Regentagen plustern werden, wenn sie sich nicht sogleich mit einem Regenschirm aus seinen Beständen versehen.

Seitab steht die Kutscher Stopran aus der oberen Friedrichstraße, sie stammt vom Lande und hat ein rotes Gesicht in die Kleinstadt eingebracht. Eine Haarnadel schickt sich an, aus dem geknoteten Zopf der Stopran zu hüpfen, als hätte sie es satt, immerfort fettiges Frauen-Haar zusammenzuhalten.

Komm moaln bißchen noahender, meine Liebste, sagt Schirm-Gustav zur Stopran.

Die Frau wird verlegen, aber ihr Gesicht kann nicht röter werden, als es ist. Gustav fragt sie, was sie an ihren Sonntagnachmittagen zu tun pflegt.

Die Stopran antwortet nicht.

Ich werd dir soagen, was du machst, sagt Gustav, du machst dich fein, setzt dir einen Hut auf und gehst in den *Schweizergarten*, ißt Plinsen und trinkst Kaffee. Du siehst gut aus, und die Männer sagen von dir: passables Weibchen, und wenn du nun noch einen Schirm von mir tragen würdest, wärst du doppelt passabel. Gustav hängt der Stopran einen Schirm über den Unter-Arm. Wenn du damit rumläufst, sagt er, wern dich die Leute für die Burgemeesterin halten.

Die Stopran schlägt Gustav den Schirm über den Hut,

wirft ihn aufs Straßenpflaster und geht davon. Da könnt ihr sehn, sagt Gustav, was meine Schirme aushalten. Die Leute lachen, die Leute wiehern, nur ein Mann in einer geflickten Arbeitsjacke bleibt ernst; es zuckt in seinem Gesicht; es breitet sich ein Weinen drin vor. Gustav ruft den Mann zu sich. Ich kanns nich aushalten, wenn einer so traurig und ohne Schirm dasteht. Er schenkt dem Manne einen Schirm. Trag ihn in Frieden! Der Mann bedankt sich, geht davon, spannt den Schirm nach einigen Schritten auf und verschwindet im Jahrmarktsgetümmel. Gustav wendet sich wieder den Leuten zu und bittet sie um Verständnis, er kann nicht alle Schirme verschenken, er hat daheim Frau und Kinder, die auf Kostgeld warten. Oder habt ihr Grodker euch etwan vorgenommen, mir zu ruinieren?

Mich packt das Mitleid. Am liebsten gäbe ich Gustav eine Mark für seine Familie. Auch in einer Bäuerin scheint das Mitleid zu wühlen. Sie knotet ihr Taschentuch auf, holt Geld hervor und verlangt einen Schirm. Gustav seufzt wie der Held in einem Drama, wenn sein Schicksal sich wendet.

Alsdann wird ein Dorfpfarrer vom Mitleid gepackt. Er kauft zwei Schirme, und Gustav bläht sich: Haltet euch das vor Augen, Leute! sagt er, wird ein studierter Mann zwei Schirme von mir kaufen, wennn er verdächtigt, der Regen läuft durch sie wie durch ein Sieb?

Die Schleuse ist gezogen. Gustav verkauft einen Schirm nach dem andern und wird wortkarg; er muß aufpassen, daß er auf die Geldscheine der Kunden richtig herausgibt. Wer einen Schirm braucht, kauft einen, bis sich allmählich der Kundenknäuel vor dem Verkaufsstand auflöst, und zuletzt stehe nur noch ich dort, und ich sehe, wie der Mann, dem Gustav vor einer Viertelstunde einen Schirm schenkte, von hinten an den Verkaufsstand tritt, und wie er den geschenkten Schirm zu den anderen auf den Tisch wirft. Der Mann steckt jetzt in einem Straßenanzug, trägt einen Hut und nimmt Gustavs Platz hinter dem Budentisch ein. Gustav verschwindet. Sein Ablöser zieht eine

Blechpfeife aus der Tasche, setzt Triller in die Welt und gibt bekannt, daß er soeben eingetroffen sei, er, Schirm-Gustav. Vor der Schirmbude bildet sich ein neuer Käuferklumpen. Eine neue Freilicht-Theater-Vorstellung beginnt.

Als ich an den Stand trat, war für mich jener Mann, der davonging, Schirm-Gustav. Für jemand, der jetzt an den Stand tritt, ist der Mann, der jetzt dort ausschreit, Schirm-Gustav. Welches ist der echte Schirm-Gustav? Vielleicht gibts gar drei von ihnen?

Du mit dein verzwicktes Gefroage! höre ich meine Mutter tadeln, aber was hilfts, es bleibt dabei. Jeder, der geboren wird, hält das, was er vorfindet, für etwas, was immer da war?

Ich laufe meinen fitzligen Gedanken davon. Das Hartgeld in meiner Faust schwitzt. Ich mische mich ins Jahrmarktsgekribbel. Viel Raum im Gedränge beanspruchen die sorbischen Bauernfrauen mit ihren hellen Tragkörben, den Kiepen. Die Kiepen gleichen kleinen Fässern aus geflochtenem Spanholz. Den Grodkern sind die Bäuerinnen mit ihren Kiepen lästig. Intelligente Gymnasiasten spielen sich vor den Mädchen als Helden auf und spucken den Sorbinnen in die Tragekiepen. Juro Baltin behauptet, die wendschen Weiber sind zurückgeblieben wie die Weiber in Deutsch-Südwest, dabei ist auch er der Sohn einer Wendin, einer kleinen Person mit flinken Eidechsaugen; auch sie hat, als sie noch nicht die Frau von Barbier Baltin war, eine Kiepe getragen. Die Kiepen der Sorbinnen waren früher da als die Grodker Kleinbürger.

Der Duft von gebrannten Mandeln vermischt sich mit den Düften von gepufftem Mais, von Räucheraal und sauren Gurken; mit dem leis-ekligen Gummigeruch aufgeblasener Kinderluftballons und dem Duft von Türkischem Honig; auch Vanilleduft und die Düfte von Südfrüchten sind in das unalltägliche Geruchsgeweb des Jahrmarkts eingeklöppelt.

Türkischer Honig. Ich kenne ihn nur aus den Erzählungen der Mutter. Nun sehe ich ihn zum ersten Male. Der harte weiße Honigblock von den Ausmaßen eines Türschwellensteins liegt auf dem Verkaufstisch des Händlers. Der Türke trägt einen gestutzten Backenbart, hat einen roten Fez auf dem Kopf, und die Ärmel seiner Jacke sind gepludert. Mit einem Spachtel schabt er Zehn-Pfennig-Portionen vom weißen Schwellenstein herunter, nebenher greift er mit zwei Fingern späte Wespen, die noch unterwegs sind, wirft sie unter den Ladentisch und zertrampelt sie; er ist unempfindlich, er ist ein echter Türke, seine Haut ist bräunlicher und dicker als die von bläßlichen Deutschen.

Meine Hand mit dem feuchten Jahrmarktsgeld fährt aus der Hosentasche. Ich lobe Gott für die Gefälligkeit, die er mir antat, als er mich aus Bossdom wegführte. Wie wäre ich sonst zu Türkischem Honig gekommen? Der Honig ist fett, süß und mit fremdländischen Gewürzen gespickt. Ich stille meine von der Mutter ererbte Naschsucht und höre, wie der wespenfeste Türke seinem Standnachbarn, einem Krapfenbäcker, zuruft: Det Jeschäft looft heute jut!

Die Leute essen Grützwurst, warme Warme und Semmeln. Zwischen ihren Füßen zanken sich die Straßenspatzen um heruntergefallene Krümel und feiern auf ihre Weise Jahrmarkt. Ihr Tschilpen und Zwitschern wird vom Rollen und Schluchzen einer Nachtigall übertönt. Herrschaften, ruft ein Händler: Hier, ihre hauseigene Nachtigall für den Feierabend. Der Mann bläst durch ein Röhrchen in ein wassergefülltes Blechtöpfchen. Das Wasser im Töpfchen wallt, und es entstehen Töne, die den Schluchzern einer Nachtigall ähneln: Nachtigallen-Ersatzgesang.

Ich kriege Lust, einen Teil meines Jahrmarktgeldes in ein Nachtigall-Pfeifchen zu verwandeln, aber da fällt mir die alte Pobloschen ein. Ich stelle mir vor, wie sie in ihrer Tabak-Ecke sitzt, die Augen aufreißt und mein hauseigenes Nachtigallengeflöte verflucht.

An einem anderen Stand hält ein Mann fünf Tafeln Schokolade wie ein Kartenspiel in der Hand und behauptet, er wäre der *Wahre Jakob*. Ich weiß von daheim, daß der *Wahre Jakob* ein politisches Witzblatt ist. Ein Zeitungswerber dringt in die Backstube zu meinem Vater vor und breitet Probenummern auf der Beute aus. Mein Vater steht mit Boxhandschuhen aus Brotteig vor den aufgeschlagenen Zeitschriften, schmunzelt zuerst und lacht dann laut, und der Werber packt das Auflachen des Vaters. Meine Hochachtung, sagt er, ein Genosse, der politisch zu lachen versteht. Mein Vater fühlt sich geschmeichelt. Er bestellt den *Wahren Jakob.*

Meine Mutter will die Zeitschrift in ihre Abendandacht einarbeiten, aber der *Wahre Jakob* ist kein Futter für ihren *Blauen Vogel.* Sie besieht sich angewidert die Karikaturen: Lauter Ausschmierereien, sagt sie, keen eenziges sanftes Gedicht. Es gefällt ihr nicht, daß in dieser Zeitschrift feine Leute, wie Barons zum Beispiel, *durch den Kakao* gezogen werden. Alle Menschen sind Menschen, sagt sie, und Barons koofen bei uns, und andere feine Leite koofen woanders, alle sind sie irgendwo Kundschaft. Die Mutter bestellt den *Wahren Jakob* heimlich ab und bestellt dafür den *Gemütlichen Sachsen*, die Familienzeitschrift für Humor. Mein Vater vermißt den *Wahren Jakob* nicht.

Der wahre Jakob auf dem Jahrmarkt bietet jetzt sieben Tafeln und zuletzt zehn Tafeln Schokolade für eine Mark an. Ich weiß, was ihr denkt, sagt er, was wird das schon für Schokolade sein, denkt ihr, aber ihr habt den wahren Jakob vor euch, und der sagt euch: Es ist echte Vollmilch-Schokolade mit dicker Pappunterlage. Denk mal, sagt er zu einem jungen Mann, du kannst deine Braut für eine Mark zehn Wochen lang besuchen und bringst ihr jedesmal eine Tafel Schokolade mit, dann bist du doch Casanova, der größte Weibsherumkrieger der Welt! Und siehe, der junge Mann wird einsichtig, obwohl er nichts von Casanova weiß, und kauft dünne Schokolade mit dicker Pappunterlage. Gelobt sei, was was hermacht!

Ein rotgesichtiger Neuheitenverkäufer bietet einen Kartoffelschäler *von Weltbedeutung* an. Nie habe ich Kartoffeln ihre Schale rascher loswerden sehen als unter den Händen dieses Mannes. Die Schalen fliegen davon, als hätten sie nie etwas mit den Knollenfrüchten zu tun gehabt. Frauen umlagern den Stand und bedenken nicht, daß hier jemand das Kartoffelnschälen zu einer artistischen Leistung hochtrieb. Sie glauben an die Besonderheit des Schäl-Eisens, und sie kaufen.

Ich gehe von Stand zu Stand und versuche jeweils den Augenblick zu erhaschen, in dem die Beredsamkeit eines Händlers neutrale Kunden kaufwillig macht und sie Dinge kaufen läßt, die sie nicht benötigen, bevor sie über den Jahrmarkt schlenderten.

Wieder sagt einer meiner Söhne: Das schreibst du heute, aber hast du es damals so gesehen?

Ich habe es so gesehen, doch damals beobachtete ich nur und formulierte nicht. Heute drängt es mich mitzuteilen, was ich beobachtete; vielleicht der krankhafte Drang eines alternden Mannes. Und die Innigkeit damals, mit der ich beobachtete, das Verschmelzen mit dem, was ich beobachtete, war die richtigere und die glücklichere Art zu leben.

Vor dem Verkaufsstand eines vollbärtigen Mannes, der einen schwarzen Schlapphut trägt und Frommheiten feilbietet, steht Frede Worreschk. Der Mann steht regungslos unter einem großen Wetterschirm zwischen handlichen Bibeln, Gesangbüchern mit Goldprägung, Bibelsprüchen und einer Erbauungsschrift mit dem einladenden Titel *Komm nach Hause, Gottes Engel geleiten dich!* Der Mann sieht an Frede Worreschk vorbei in das Marktgewimmel hinein.

Wennse bloß so rumstehn und keen Krakeel machen, sagt Frede, wern se nich viel verkoofen.

Gott findet zu denen, die ihn wollen, antwortet der Mann und steht da wie ein Baum, an dem sich kein Blatt bewegt.

Frede Worreschk zeigt auf die Abbildung eines Engels: Was issn das fürn Vogel?

Ein Engel, ein Helfer Gottes, sagt der Mann sanft.

Was issn Gott? will Frede wissen.

Du wirst ihn brauchen, wenn du älter bist, sagt der Mann und lächelt gütig. Frede hat zwei Flaschen Bier hinter sich; es macht ihn wütend, daß der Mann nicht auf seine Frechheiten reagiert. Kommunisten brauchen keen

Gott, sagt er. Das hat er seinem Vater abgehört, und der sagt es, um den Arbeitern zu gefallen, die sein minderes Bier trinken.

Gott kennt keine Parteien. In jedem Menschen kann Gott für einen Augenblick seine Wohnung haben, sagt der Mann mit dem Schlapphut und nickt mir zu.

Frede ist schon weitergegangen und ruft unwillig nach mir. Er zieht mich in eine Ausbuchtung der Langen Straße, Wilhelm Schmidts Ecke genannt. Dort mischen sich die süßen Jahrmarktsdüfte mit Bocksgestank. Versäumen Sie den Entfesselungskünstler Jasiro nicht. Jasiro, die Sensation Europas! ruft ein Mann mit bellender Stimme.

Jasiro hat soeben einen Auftritt hinter sich. Er röchelt, jachelt, schwitzt und sieht in die Runde, um festzustellen, ob genug Neugierige für die nächste Vorstellung zusammengelaufen sind. Vor ihm liegt eine Zwangsjacke, ihr Leder ist es, das den herben Bocksgeruch ausströmt. Der Anreißer schlägt auf ein Tamburin: Jasiro, die Sensation Europas!

Der Entfesseler stellt sich seufzend in Positur. Der Anreißer bittet zwei beherzte Männer in den Kreis. Sie sollen Jasiro ohne Gnade fesseln. Ein Fleischer und ein Zimmermann stecken Jasiro in die Zwangsjacke, umschlingen ihn, weben einen Kokon aus Ketten und Stricken um ihn. In Jasiros Augen sind von den Entfesselungs-Anstrengungen viele Äderchen geplatzt. Der Anreißer macht mit einem Hut in der Hand die Runde; er hält ihn den Neugierigen hin und bittet um eine finanzielle Anerkennung für das, was sie noch nie gesehen haben. Die Gaffer treten zur Seite, wenn sich ihnen der heischende Hut nähert, nur wenige beschicken ihn mit Kleingeld. Eine jahrmarktstrunkene Wespe ruht sich auf der Bockslederjacke Jasiros aus.

Entfesseln! befiehlt der Anreißer. Jasiro strafft sich, scheint breiter zu werden, ächzt und stemmt sich gegen die Fesseln: Die erste Kette fällt klirrend aufs Straßenpflaster. Eine alte Frau klatscht in die Hände. Die zweite Kette fällt. Ein pickliger Mann will den Trick erspäht haben, mit dem sich der Entfesseler aus den Ketten löste, einer von den

Überklugen, die überall dabei sind. Jasiro kriecht aus der Fesselung wie ein Schmetterling aus seiner Puppe. Beifall, Beifall. Die Zwangsjacke liegt auf dem Pflaster. Frede Worreschk schmeißt einen Fünfmarkschein hinein.

Wir ziehen weiter. So jung komm wa nich mehr zusamm! Frede lallt wie ein Säufer am Biertisch. Er bezahlt für mich an einer Würfelbude. Er will sich bei mir abfinden, weil ich ihm bei seinen Schularbeiten zur Seite bin. Ich gewinne einen kleinen Räucheraal und zerbreche ihn. Wir essen ihn auf der Stelle.

Ein Aquarienhändler bietet griechische Landschildkröten an. Ich gucke begehrlich auf die gepanzerten Kröten. Ehe ichs verhindern kann, hat mir Frede eine gekauft. Du bist mein Nachhilfegebenstunder, lallt er, jeder Lohn ist seine Arbeit wert. Er will mir eine Nachtigallenpfeife kaufen. Ich denke an die alte Pobloschen und mache mich davon.

Später im Leben werde ich noch einmal in eine Lage geraten, in der ich mich hüten muß, Dinge begehrlich anzusehen, auf daß sie mir nicht alsogleich geschenkt werden. Das wird in Georgien sein. Ich bin mit meiner lieblichen Gefährtin dort und weiß noch nicht, daß sich die Gastfreundschaft bei den lieben Georgiern zu einem Laster auswuchs. Es wird uns dort ein Puppenfilm vorgeführt. Die Puppen sind aus Nüssen, Eicheln, Kastanien, Bohnen, Gräsern, Blumen und Federn. Sie sind die Figuren einer wundersamen Märchenwelt. Später werden wir der Frau vorgestellt, die diese Märchenwelt ersann, einer dunklen, etwas rundlichen Frau, schön von Angesicht und mütterlich mild. Sie zeigt uns die kleinen Menschen und Tiere aus Baumfrüchten und Vogelfedern, die im Film mitwirkten. Wir sollen sagen, welche uns am besten gefallen. Wir sagen es arglos, und sie werden uns geschenkt.

Die liebliche Gefährtin bleibt an einem Schaufenster der Tbilissi-Stadt stehen und bewundert einen Ring. Einer unserer Freunde geht in den Laden, kauft ihn ihr und bringt die Liebliche in Verlegenheit. Ich wage nicht zu äußern, daß mir die großen kaukasischen Schäferhunde gefallen ...

Und wir reisen weiter durch Georgien, ohne uns je noch einen Wunsch ankennen zu lassen; wir verwirklichen unfreiwillig die Lehre der orientalischen Weisen von der Abtötung aller Wünsche und sind gezwungenermaßen glücklich.

Meine Schildkröte kratzt mit ihren Flossenfüßen träge an den Wänden des Pappkartons, in dem sie hockt. Ich lasse sie in der Baltinschen Küche laufen. Sie rutscht zum Tabakhaufen der alten Pobloschen hin. Die Pobloschen reißt die Augen überentsetzt auf. Die Wut entlähmt ihr den rechten Fuß. Sie gibt der Kröte einen Tritt, daß sie schlurrend über das Terrazzo bis zur Küchenmitte rutscht. Der Schildkröte machts nichts aus. Ihre Art hat sich seit Jahrtausenden erhalten. Sie sieht mit starren Blicken durch Menschen und Dinge hindurch. Juro hebt sie auf und besieht sie sich von unten. Die Schildkröte rührt mit ihren beschuppten Beinen die Küchenluft um. In Baltin erwacht die afrikanische Prahlsucht. Solche *Dingers* hat es in Deutsch-Südwest massenhaft gegeben, bloß größer natürlich. Es gibt kaum etwas, was es nicht in Deutsch-Südwest in größerer oder schrecklicherer Ausführung gegeben hat. Für viele Männer war der Weltkrieg ein Erlebnis ohnegleichen, für Juro ists sein damaliger Aufenthalt in den Kolonien, deshalb ist er auch Mitglied im Kolonialverein, der in Grodk eine Ortsgruppe unterhält. *Achtung, ehemalige Afrikaner! Dienstag Versammlung. Erscheinen Pflicht!* So stehts von Zeit zu Zeit im *Spremberger Anzeiger.* In solchen Zusammenkünften träumt Juro mit Groß-Kolonialwarenhändler Wahrdorf um die Wette von den schwarz-weiß-roten Zeiten in Deutsch-Südwest, und sie tauschen nicht nur Erinnerungen, sondern auch Andenken aus, die damals noch nicht Souvenirs genannt werden.

In Deutsch-Südwest wurde aus Schildkröten Suppe gekocht. Sie habe *bissel dumpig* geschmeckt, aber essen *ließ sich se.* Mina Baltin hakt eifersüchtig ein: Die Suppe habe *dumpig* geschmeckt, weil Juros schwarze Geliebte sie mit *drekkichten* Händen *zuberoitet* habe.

Für Mina ist die Schildkröte eine übergroße Wanze. Ich

soll mein Taschengeld nicht für so Dreckzeug ausgeben. Ich gesteh, daß mir Frede Worreschk die Kröte schenkte. Auch das ist Mina nicht recht. Ich soll mich nicht von den Worreschkens beschenken lassen. Sie wären Raffkes. Die Bezeichnung Raffke für Neureiche wurde um jene Zeit von Berlin nach Grodk geweht. Die Worreschkens bleiben für Mina ein ehemaliger Bierkutscher und eine *Tuchmachersche*, die sich bereicherten und nun mit ihrem Geld umherwerfen wie mit *Stroisand.* Na, mäg! Jeder Mensch pflegt seine Abneigungen. Meine Mutter hat was gegen Leute, die im Laden ihre *Latte* nicht bezahlen; mein Vater mag reisende Kaufleute nicht, die der Mutter Komplimente machen; meine Anderthalbmeter-Großmutter möchte jedem die Augen auskratzen, der ihren Liebling Phile abwertet.

Abneigungen sitzen wie kleine Erbällungen am Menschen, und sobald Mitmenschen sie berühren, fließt gelber Saft wie aus Schöllkrautstengeln aus ihnen, gelber Wortsaft.

Ich liege im Bett und kann nicht einschlafen. Ich sehe das abgehärmte Gesicht des Entfesselers, sehe dessen rote Augen, sehe, wie er sich anstrengt, sich stumm entfesselt, sehe, wie er nach der Entfesselung stumm dasteht, als hätte er seine Fähigkeit, sich zu äußern, dem Anreißer übergeben. Und wieder läßt er sich fesseln und entfesselt sich, um ein wenig Geld für Essen und fürs Weiterleben zu ernten. Von den Erkenntnissen, die ich damals im Grodker Alltag gewinne, sind viele wichtiger als jene Erkenntnisse anderer, die ich auf der *hochen Schule* auswendig lernen muß.

Ich bringe die Schildkröte bis zum Wochenende in einer der leeren Duschkabinen des Badekellers unter und füttere sie mit Apfel- und Birnenstücken. Wenn ich nach den Schularbeiten bin, sitze ich bei ihr und stelle mir vor, wie mir zumute sein würde, wenn mir mein Anzug auf dem Buckel festgewachsen wäre.

In Bossdom lasse ich meine Panzerkröte frei im Hof umherlaufen. Sie rupft an Rundwegerichblättern und frißt Pflücksalat, den ihr meine Anderthalbmeter-Großmutter hinwirft, und sie wird lebhafter, als die Spätherbstsonne noch einmal hervorkommt, und am Abend ist sie verschwunden. Ich suche sie lange und finde sie nicht. Es wird dunkel, ich gebe das Suchen auf und hoffe, daß sie sich am Sonntag bei Sonnenschein wieder hervortun wird.

Detektiv Kaschwalla, meiner Anderthalbmeter-Großmutter, wills nicht in den kleinen Kopf, daß die ausländische *Kräte* nicht zu finden sein soll, und sie findet sie. Die Kröte ist durch das Katzenloch im Scheunentor auf die Tenne gerutscht und hat sich in einen Heuhaufen eingegraben. Detektiv Kaschwalla legt mir die Ausreißerin auf den Abendbrottisch.

Nun weiß ich, daß ich meine Schildkröte in Bossdom lassen kann, daß ich mich nicht um sie zu sorgen brauche. Die Großmutter wird sie hüten, wie sie die jungen Gänschen im Frühling hütet. Wenn ich bedenke, wie oft die Kleinmutter, ohne einen Dank von mir zu kriegen, sich meiner und meiner Dinge annahm; wenn ich an die vielen verpaßten Gelegenheiten denke, ihr zu danken und gut zu ihr zu sein, durchfährt mich noch heute die ziehende Wehmut.

Am nächsten Wochenende wintere ich die Schildkröte nach der Vorschrift des Jahrmarkthändlers ein. Ich setze sie in ein heugepolstertes Kistchen und bedecke sie mit Moos. Das Kistchen stelle ich in ein Regal im Keller, damit die Überwinterin nicht vom steigenden Grundwasser im zeitigen Frühjahr gepackt werden kann.

Mußte deine Kräte nich bald uffwecken und loofen lassen? erinnert mich die Großmutter im Spätfrühling. Wir tauen die Schildkröte in der Sonne auf und rufen sie mit Löwenzahnblüten und zarten Kräutern ins Leben zurück. Die Schildkröte wird eifrig, sie will in die Weite, sie will nach Griechenland, sie sucht nach Artgenossen. Sie findet jede undichte Stelle im Hofzaun, und an einem Abend fischt sie die Anderthalbmeter-Großmutter aus dem Reisighaufen, der außerhalb unseres Gehöftes liegt, und an einem anderen Tag kommen Nachbarn und sagen: Eire Kräte is bei uns und frißt den Sallat.

Jetzt greift Großvater ein. Einmal, als er noch in Grodk lebte, sah er in einer Schaubude eine Schildkröte, die so groß war, daß sich zwei Männer auf ihren Panzer stellen konnten. Weißdrein, beede Männer hat se furtgeschleppt, sagt Großvater und dringt darauf, daß meine Schildkröte *dichtich* gefüttert werden muß, damit was ranwächst an *se.* Vielleicht will auch er sich eines Tages von meiner Schildkröte fortschleppen lassen. Er baut ihr eine kleine Hundehütte, bohrt ihr ein kleines Loch hinten in ihren Panzer, zieht eine Schnur durchs Bohrloch und bindet die Schildkröte bei der Hütte fest. Nu könnta se in Ruhe mästen, sagt er.

Aber Großvaters Traum geht nicht in Erfüllung. Die nächste Überwinterung glückt nicht. Jemand hat das gepolsterte Krötengelaß aus dem Regal auf die Kellerfliesen gestellt, und das eindringende Frühlingswasser brachte die Schildkröte um. Auch der prallste Sonnenschein im Frühling erweckt sie nicht wieder.

Es ist Winter. In Bossdom lag der Schnee lilienweiß über die Felder gebreitet, hier in Baltins Kellerwohnung ists mir, als wäre ich bis zum Hals in Schnee eingegraben. Der Schnee ist meinen Augen näher als daheim, doch er ist verrußt. Aus den Essen der Tuchfabriken fallen Kohlenkrümel auf das Schneetuch, sie rollen im leichten Wind zu geschützten Stellen hin, an denen sie bleiben und sich in etwas anderes verwandeln können.

In Bossdom hatte ich um diese Zeit die ersten Vorweihnachtsfreuden. Auf der *hochen Schule* werden sie ausgesperrt. Gefühl ist Nebensache, Verstand ist alles, sagt Physiklehrer Eekbrett. Man geht wissenschaftlich mit dem Leben um, analysiert und zerknackt es, zerlegt Wasser in Sauerstoff und Wasserstoff und wird angehalten, in den herrlichen Alpen gefaltete Erdrinde zu sehen.

Auch die Kellerwohnung der Baltins ist für Vorweihnachtsfreuden gesperrt. Man hat keine weihnachtsgierige Tochter mehr im Hause. Dort, wo ein Adventskranz hängen könnte, hängen ausgeblasene Straußen-Eier.

Ich versorge mich in den Kleinstadtstraßen mit Vorweihnachtsstimmung. Der Früh-Abend hat die Farbe von dunkelblauen Stiefmütterchen, und das aufgehende Licht der Gaslaternen macht Grodk zum Märchenbuch, die Schaufenster der Geschäfte sind die Bilder darin.

In den Blumenläden hängen Adventskränze. Ich sehe lange auf sie und eigne sie mir auf diese Weise an. Später werde ich wissen, daß man sich alles zu eigen machen kann, ohne es besitzen zu müssen.

Im Schaufenster der Spielwaren- und Klimbim-Handlung Marunke fährt eine Zwerg-Eisenbahn durch eine mit Watte ausgelegte Landschaft. Ihre Waggons sind mit Tannenbaum-Kugeln, Lametta und Engelshaar beladen. Sie fährt in einen Tunnel hinein. Für jemand, der in diesem Augenblick vor das Schaufenster tritt, ist sie nicht vorhanden. Auf einmal kommt sie wie etwas Überraschendes aus dem Tunnel heraus. Ich verschaffe mir diese Überraschung ein zweites und ein drittes Mal, aber schon ist sie nicht mehr frisch, sie welkt, altert und verschwindet.

Das Bassin im Schaufenster der Fischhandlung ist bengalisch beleuchtet. Karpfen schwimmen träge darin, öffnen ihre Kiemen und schließen sie wieder. Sie tragen Masken aus Licht und sind, bevor sie geschlachtet werden, noch ein bißchen bunt wie ihre Artgenossen aus der Südsee.

Das Geschäftshaus von Wilhelm Hübel geht mit sieben Schaufenstern auf Gucklustige los. *Wilhelm Hübel, größtes Textilhaus am Platze*, liest man im *Spremberger Anzeiger*. Das *größte Haus am Platze* ist in der Zeitung klischiert wiedergegeben; hoch, breit, einsam und klotzig liegt es auf dem weißen Papier-Hintergrund. Die schönen Kastanien, die die Schaufenster der einen Seite des Hauses im Sommer beschatten, sind gnadenlos wegretuschiert. Dieser rohe Geschäftstrick ekelte mich schon an, als ich ihn auf den Rechnungsbögen entdeckte, die meiner Mutter von den Grossisten zugeschickt wurden. Nackte Fabriken, die auf den Abbildungen zur Größe von kleinen Städten zerdehnt waren. Augenbetrügerei.

Am Privateingang des Hübel-Unternehmens sehe ich nie einen Hübel, eine Hübelin oder Hübelkinder. Ich stelle mir vor, Herr Hübel sitzt im dritten Stock hinter den großen Fenstern mit den Wolkengardinen, leitet das Kaufhaus und denkt sich neue Texte für Inserate aus. Aber eines Abends sehe ich doch einen Mann beim Hübelschen Privateingang herauskommen. Der Mann geht geduckt, trägt seinen Hut in der Hand, seine Glatze ist blaß, und er hüstelt. Von jetzt an treffe ich diesen Mann des öfteren. Er sitzt beim Konzert des *Mandolinenklubs Harmonie* in der ersten Reihe, hört sich die Darbietungen an und hüstelt. In der Aula des Lyzeums sitzt er gar neben mir. Die Schülerinnen spielen *Das Kälberbrüten* von Hans Sachs. Direktor Daube hat sich die Nase rot geschminkt und spielt den kälberausbrütenden Bauern. Wilhelm Hübel lacht und hüstelt, zieht ein Zettelchen aus der Jackentasche, macht sich Notizen, hüstelt wieder und lacht.

Von Juro Baltin erfahre ich am Schluß des Abends, daß ich nicht neben Herrn Hübel, sondern neben dem Redakteur, Reporter und Hausdichter des *Spremberger Anzeigers*, Herrn Ernst Heiter, gesessen habe. Wird sicher was in die Zeitung kumm, sagt Juro, weil *der Direktor* die Kälber gebrütet hat.

Gewiß hat sich Redakteur Heiter, als ich ihn aus dem Privateingang der Hübels kommen sah, Texte für neue Inserate abgeholt.

In einem der Schaufenster des Hübelschen Kaufhauses steht ein menschengroßer Weihnachtsmann auf einem Papphügel und schüttet seinen Sack aus. Dem Sack entrutschen Stoffbahnen. Sie rollen sich auf und fließen seidig, samtig, musselinig und manchestrig vom Hügel herab. Vor mir stehen zwei Damen; sie finden das poetisch. Ich nicht; keiner der textilianischen Wasserfälle würde, wenn man ihn zurückrollte, im Sack des Weihnachtsmannes Platz finden. Heute weiß ich, daß Dinge, aus denen Poesie zu mir kommt, im rechten Verhältnis zueinander stehen müssen. Der lange Brei im Märchen, der unaufhörlich aus einem kleinen Topf quillt, ist phantastisch, nicht poetisch.

Verzeiht, wenn ich mich, um euch das zu sagen, so lange vor dem Schaufenster der Firma Wilhelm Hübel aufhielt.

Es gibt in den weihnachtlichen Straßen von Grodk andere Dinge, die bedacht und bewundert sein wollen. Wie mochte dem Edamer Käse zu Sinne sein, aus dem zur Erzeugung von Weihnachtsstimmung Fichtenzweige wuchsen? Und da waren Rollmopsbüchsen, die durch Tannendickichte rollten, und aus den offenen Mäulern von Räucherheringen blinzelten Tannenzweiglein, als wären sie das Letzte gewesen, was die Heringe gefressen hatten, bevor man sie fing und in den Rauch hängte.

Die Firma Gotthilf Reiter hat ihre Geschäftslokale mit Tannenzweigen aus Kunststoff und elektrischen Weihnachtskerzen ausgestattet. Kunststoffzweige nadeln nicht, und elektrische Weihnachtskerzen brennen nicht nieder. Rationalisierte Stimmungs-Erzeugung.

Rationalisieren war damals noch nicht so trümpfig wie heute. Der Vorgang ist eigentlich uralt. Schon die Urmenschen ließen sich zum Beispiel ihre Wege durch die Urwälder von den Tieren anfertigen, die nachts von ihren Unterschlüpfen zur Tränke und von der Tränke zu ihren Unterschlüpfen zogen, Urmenschen benutzten die Tiere als Bulldozer.

In Kirchen hat mich nie ein solches Frommsein befallen wie in Buchhandlungen. Das erste Mal ging ich an der Hand des Großvaters in eine Buchhandlung. Das war, als Großvater und die Anderthalbmeter-Großmutter noch *An der Mühlen Numero eins* wohnten. Großvater kaufte in der Buchhandlung jährlich den *Sorauer Wirtschaftskalender.* Er versuchte den Preis ein wenig herunterzuhandeln, und obwohl der Buchhändler sich nicht darauf einließ, versuchte es Großvater im nächsten Jahr trotzdem wieder.

Tannenduft und das Geklingel gläserner Weihnachts-Glöckchen steigern mein Frommsein in der Buchhandlung. Bilderbücher liegen feierlich aufgebettet, und wenn ich eines aufschlage, kommt mir ein Duft entgegen, für den ich bis heute keine bessere Bezeichnung gefunden habe als *Neubücherduft.* Wie feierlich, wenn die aus leichter Verklebung gerissenen Seiten leise querren! Am liebsten ists mir, wenn viele Kunden auf Bedienung warten, dann kann ich lange stehen, mich umschauen, mit Düften vollsaugen und Gefühle anfertigen.

Ich erkundige mich, ob sie das Buch vom *Waldbauernbuben* noch haben, um das mich mein Onkel Phile betrog. Sie haben es noch. Ich werde es mir zu Weihnachten wünschen. Wenn meine Mutter es kauft, ist es vor dem Zugriff des Onkels geschützt.

Da ist das Kaffee- und Schokoladengeschäft von *Tengelmann.* Das solln reicher Knopp sein, reden die Leute. Er hat Geschäfte in allen Städten ringsum, auch Filialen genannt. Es gibt keen Tengelmann, sagt Juro Baltin, das is ne Aktiengesellschaft. Aber auch die Aktiengesellschaft ist bestrebt, Weihnachts-Einkaufsstimmung zu erzeugen. Vor der Ladentür steht ein leibhaftiger Weihnachtsmann. Er trägt einen roten Kapuzenmantel und ist mit einem Umhängebart und einem weißen Sack ausgestattet. Er schenkt den Kindern dünne Schokoladentäfelchen. Auf den Schokoladentäfelchen steht geschrieben: *Ich bin von Tengelmann.* Ich halte mich ein bißchen beiseite. Jedesmal, wenn die Ladentür auf und wieder zu geht, schaufelt sich meine Nase einen Schwall von Kaffeeduft ein. Bereits beschenkte Kinder kommen nach einem Weilchen wieder, lassen sich ein zweites Mal vom Weihnachtsmann bedienen und entheiligen mit ihren kleinen Betrügereien die Adventszeit.

Mit eins kommt der Weihnachtsmann auf mich zu und fragt: Was stehste so beiseite, Esau? Der Weihnachtsmann ist Onkel Phile. Er will mir fünf Täfelchen Schokolade in die Hand schieben. Ich schließe die Hand abwehrend zur Faust. Ich will nicht bevorzugt sein, weil der Weihnachtsmann mein Onkel ist.

Der Winter setzt mit voller Macht und Pracht ein. Es schneit den ganzen Tag, und der Schnee liegt so dick und dicht, daß der Ruß aus den Fabrikschloten nicht sogleich gegen seine Reinheit ankann. Rauhreif beglimmert Bäume, Zäune, Geländer und Drähte. Der Frost drückt sich durch die Hauswände. Weh dem, dems an Feuerholz und Kohle mangelt, weh denen, die sich am Volksküchen-Essen erwärmen müssen!

Für Onkel Phile ist der Schnee weiße Scheuße. Er als städtischer Straßenarbeiter muß sich mit ihm abschinden. Leute, die in Büros und Stuben sitzen, loben die Schönheit des Winters. Ich kriege es mit beiden Seiten des Winters zu tun. Am Wochenende treibt ein Ostwind körnigen Schnee waagerecht über die verharschte Schneedecke, und wo sperrige Dinge den Flug des Körnerschnees aufhalten, entstehen Schneewehen.

Juro Baltin ist dagegen, daß ich bei diesem Wetter nach Bossdom trämpele. Wir warnen dir, wenn du zu Schoaden kommst, göhts nich auf unsre Kappe, sagt Mina Baltin. Baltins wissen nicht, wie wichtig mir zwei Tage Vorweihnachtsstimmung in Bossdom sind. Ich will, und ich will, und ich trämpele davon.

Schneewehen und immer wieder Schneewehen quer über die Landstraße. Ich muß mein Fahrrad die meiste Zeit schieben, muß mich durch die Wehen kämpfen. Andere Straßenstellen sind wie gefegt, doch sie sind eisglatt. Das Fahrrad rutscht mir weg, ich schlage lang hin, liege ein Weilchen und erhole mich vom Aufprall. Wind wühlt sich unter meinen Mantel, und der Rucksack hat sich beim Sturz auf meinem Hinterkopf niedergelassen. Ich sehe die Welt wie eine Maus, die ihr Winterloch aus Versehen verließ.

Ich bin schon zwei Stunden unterwegs und unterwegs. In Bossdom werden sie mich nicht vermissen, sie haben zu tune, zu tune; sie müssen das Weihnachtsgeschäft und die Weihnachtsbäckerei bewältigen. In Baltins Keller wird vielleicht Juro fragen: Ob der Junge man durchgekumm is? Und Mina wird knarrend antworten: Er hat es gewollt!

Ich muß mich aufraffen, muß mein Selbstmitleid niederkämpfen, damit es mich nicht anfrißt und mir gefährlicher wird als Ostwind und Körnerschnee.

Und doch hat in Bossdom jemand Zeit gehabt, an mich zu denken: Meine Anderthalbmeter-Großmutter. Sie stachelt mit ihrer Besorgnis den Großvater an, seinerseits besorgt zu sein. Aber der Großvater glaubt nicht, daß ich mich auf den Weg gemacht habe. Was hatta hier schont bei das Wetter, sagt er.

Die Großmutter läßt sich nicht beruhigen. Sie zieht die großen schwarzen Filzschuhe des Großvaters an, wickelt sich in ihr Umschlagetuch und geht in den Abend-Anfang hinaus. Der Sturm bläht ihr die Röcke und zottelt an den Zipfeln ihres Kopftuches. Die Großmutter läßt sich vom Ostwind bis an den Dorfrand drücken und wartet dort auf mich. Sie wartet vielleicht nicht ganz uneigennützig: Ich bin der, der ihr wöchentlich Nachricht von Onkel Phile bringt.

Mussa woll sehre Schnee schippen jetzt? fragt sie. Ich erzähle ihr, daß Onkel Phile als Weihnachtsmann *verkleed* bei *Tengelmanns* steht. Das Herz der kleinen Großmutter pocht wie das Herz einer verängstigten Taube: Issa nich mehr Beamter?

Doch, issa noch Beamter, beruhige ich sie.

Daheim in der Küche nimmt mir die Großmutter den Rucksack ab, befreit mich vom vereisten Mantel, zieht mir die Strümpfe herunter, gießt heißes Wasser in das *Beenewaschwännchen* und achtet darauf, daß ich mir die Füße richtig durchbrühe. Issa Beamter und Weihnachtsmann? fragt sie und kommt nicht von Onkel Phile los. Ich bestätige ihr, daß Onkel Phile Weihnachtsmann überdrauf ist.

Drei Tage später hätte ich Großmutter nicht mehr bestätigen können, daß Onkel Phile jetzt doppelt verdient. Er langweilte sich bei seiner Zusatzarbeit, er wollte nicht immerfort Weihnachtsmann und Abgesandter des Himmels sein und gab, um seinen Sack schnellstens zu leeren, jedem Kinde eine Handvoll Schokoladentäfelchen. Dann ging er heim, um etwas Spannendes zu lesen. Die *Tengelmann AG* entließ den freigebigen Phile und stellte einen knauserigeren Weihnachtsmann ein.

Aber der Reihe nach: Ich liege nach meinem Gang durch Sturm und Schnee im Bett meines Bruders Heinjak. Draußen ists ruhig geworden. Vor dem Fenster steht eine blaue Schneenacht; ein vergehender Vollmond sieht sie sich an. Wolken schwimmen heran und wischen dem

Mond die Nase. Ein Fieber schleicht sich an mein Bett. Die Fieber kommen stets in Verkleidungen über mich. Einmal kam eines als ein Gebirge, das ich übersteigen sollte, und das ich nicht übersteigen konnte. Als ich noch meinen kleinen Handel betrieb, kam eines in Paketen über mich, aus denen Harald-Lloyd-Brillen und Schnurrbärte quollen, die ich verkaufen und unter die Menschen bringen sollte, und ich bewältigte es nicht.

Diesmal kleidete sich das Fieber in eine Jahrmarktserinnerung: Ich stecke in einer Zwangsjacke, bin mit Ketten gefesselt, soll mich befreien, und es gelingt mir nicht. Ich schüttle mich, stemme mich gegen Ketten und Stricke und fahre schreiend hoch. Die Anderthalbmeter-Großmutter schlurft über den Flur und rettet mich. Auch Großvater kommt, sogar die Mutter kommt, und ich fühle mich wieder einmal zu Hause wie in der ganz, ganz frühen Kindheit. Die Mutter legt mir ihre schlanke *Seeltänzerinnenhand* auf die Stirn, ich spüre die Kühle ihres Eherings. Er hat Fieber, sagt die Mutter, und wenn ich vorher nur glaubte, wirr geträumt zu haben, jetzt weiß ich, ich habe Fieber. Mutter hat es benannt, es ist nicht nur irgendwo in der Stube, es ist jetzt in mir.

Die Anderthalbmeter-Großmutter kocht mitten in der Nacht Lindenblütentee und zankt mit Großvater, der durchsetzen will, daß sie mir seinen Bittertee aus Isländischem Moos kocht. Das Gezänk der Großeltern verwandelt sich in mir zu einer Schneewehe, durch die ich mich hindurchkämpfen muß.

Am Montagmorgen fragt Juro Baltin telefonisch an, ob ich *etwan* unterwegs erfroren bin. Juros Besorgtheit tut mir gut. Bin ich doch sein nebenhinausgeheckter Sohn? Ich spüre, wie sich das Fieber in mir wieder verbreitert.

Tante Magy schickt mir Bienenhonig über die Felder. Lindenblütentee und Bienenhonig vertreiben das Fieber und das leise Röcheln, das mich plagte. Klarheit zieht in mir ein, und mit ihr kommt die Vorweihnachtsstimmung zurück. Unter mir im Laden schellt und schellt die Türglocke. Das Weihnachtsgeschäft ist in Fahrt gekommen, und die Mutter beschleunigt es: Sie preist ihre Weihnachtswaren an und hat kaum Zeit, zu mir hinauf in die Krankenstube zu kommen.

Manchmal wird die Seitentür des Ladens, die Tür zum Flur hin, geöffnet, jene Tür, durch die der erste Selbstbediener Deutschlands, Onkel Phile, ging, um sich mit Zigaretten zu versorgen. Ich höre das Gemurmel der Bergleute, die von der Schicht kommen und ihr Bier trinken. Sie reden vom Wetter und von den lästigen Schneewehen allenthalben.

Mein Gehör liefert mir Bausteine, aus denen meine Phantasie zusammensetzt, was unten im Laden geschieht; meine Erinnerung ist der Mörtel. Wenn die Tür meiner Krankenstube geöffnet wird, ist auch meine Nase am Bau der Weihnachtsbegebnisse beteiligt. Der Duft der Weihnachtsstollen färbt die Luft im ganzen Haus, er dringt bis an mein Bett vor und kriecht in die Bodenkammern, selbst das alte Leder in Großvaters Schustertonne kann mit seinem Geruch nicht gegen den Duft der Weihnachtsstollen an.

Aus der Backstube kommt das Geklapper der Brotmulden. Ich höre das Geräusch des Brotschiebers, wenn er über die Schamottesteine hinfährt, und ich weiß, jetzt werden die schneckenglitschigen Teigteile in den Backofen geschoben. In einer Stunde werden sie ihn als Brote verlassen. Ich höre das klackende Geräusch, mit dem die Engerlinge der Semmeln aus ihren Trögeln auf den schmalen Semmelschieber geklopft werden. Es ist nicht ohne Vorteil als Kleinkranker, der sein Fieber mit den Blüten der Linde besiegt, hier oben zu liegen und seine Sinne auszufahren, denn es dringt nur das Angenehme, das Gefilterte zu mir herauf, und das Wüten meines Vaters vor dem Backofen höre ich nicht; ich höre nicht, wie er die Brüder antreibt, die Brotmulden schneller heranzugeben; ich höre nicht, wie meine Mutter mit dem Vater zetert, weil die ersten Semmelkunden, aber die Semmeln noch nicht erschienen sind; ich höre nicht, wie mein Großvater mit der Großmutter schimpft, weil er seine Schusterahle nicht findet; ich höre nicht, wie die Großmutter aufreizend antwortet: Als ob ich meine Röcke mit die Oahle flicke! Ich höre auch nicht, wie Großvater schließlich mit der Ahle schimpft, weil sie sich ganz tief in seiner Schustertonne versteckt hat.

Eigentlich habe ich in Bossdom nie eine fleckenlose Vorweihnachtsstimmung erlebt, aber die Sehnsucht nach meinem Zuhause, die sich in Grodk bei mir einschlich, hat mich vergessen gemacht, daß die Eltern jedes Jahr miteinander der Weihnachtseinkäufe wegen in Streit gerieten. Ich habe die zitternde Ungewißheit vergessen, in die uns Großvater alljährlich versetzte, wenn er schwur, daß er keinen Schritt in die Tannenbaumstube tun und zusammen mit dem Mattschen Heindrich den *Tannboom* begaffen würde.

Ich liege lange wach. Die Brüder haben sich eingezwitschert und schlafen, nur die Schwester summt in ihrer Kammer noch: *Am Weihnachtsbaum die Lichter brennen* ...

Von wannen her trage ich das Muster einer reinen Vorweihnachtszeit in mir? Ich trage es von Grauschteen her in mir. Da war Krieg, und es gab keinen Vater, der sich mit der Mutter zanken konnte. Da war Liebe zwischen den Eltern über die Weiten hinweg, da gab es keinen Streit um zu viel ausgegebenes Geld für Geschenke. Die Puppenstube für meine Schwester und den Kaufladen für mich fertigten Mutter und ihre Schneidermädchen nach Feierabend selber an. Und wenn wir vom Klopfen und Hämmern der Bastlerinnen erwachten und uns regten, verstellte eines der Weibsen seine Stimme und sprach männlich wie der Weihnachtsmann, und eine andere sprach himmlisch weich, und wir glaubten, es wäre das Christkind.

In Grauschteen sehe ich an einem Weihnachtsabend das erste Mal das Innere einer Kirche. Hanka geht mit uns zur Weihnachtsandacht. Auf den Pulten der Kirchenbänke stehen brennende Kerzen, und der Singe-Atem der Frauen läßt die Flammen der Kerzen flackern. Lichtgeflimmer, Lichtgespiel und Widerschein in andächtigen Bauerngesichtern. Ein Mann in schwarzen Frauenkleidern erzählt von der Geburt eines Knäbleins in einem fernen Lande, und er fuchtelt dabei mit den Armen, als wolle er sich fliegend erheben.

Daheim läßt uns Hanka ein Weilchen vor dem Kotten stehen und geht nachsehen, ob der Weihnachtsmann schon beschert hat und fortgeworden ist. Dieses Weihnachts-Warteweilchen! Ich fühle mich allein, groß allein, über mir Sterne und Sterne, und gleich wird der Engel geflogen kommen, von dem im Liede die Rede war: *Vom Himmel hoch da komm ich her* ... Ich weiß noch nicht, daß die Engel nicht aus dem Himmel, sondern leichter und lieber aus den Mündern der Menschen kommen, und schließlich fängt meine Schwester an leise zu weinen, sie muß auf den Topf, und ich merke, daß ich nicht allein bin unterm Gezwinker der Sterne.

Hanka kommt aus dem Kotten. Der Weihnachtsmann hat noch nicht fertig beschert. Dieser Bescheid wird auch in meine künftigen Weihnachtserwartungen hineinfallen. Der Weihnachtsmann und meine Mutter ähneln einander in der Art, mit der Zeit umzugehen: Soagn wa achte, neine wirds von alleene!

Hanka packt uns bei den Händen, *wir tun Krees spieln*, wie es bei uns auf der Heide heißt. Wir singen: *Mariechen saß auf einem Stein und kämmte sich ihr goldnes Haar* . . .

Das waren die reinen, die ganz reinen Weihnachtsvorfreuden von Grauschteen.

Als wir nach Bossdom wurden, verbrachte ich die Wartezeit vor der Bescherung bei unseren Schulweihnachts-Aufführungen im Saale der Bubnerka. Wie soll es nun dieses Jahr werden? Ich bin nicht mehr Schuljunge in Bossdom. Soll ich meine Wartezeit als Publikum verbringen und neben der alten Sastupeiten sitzen und bißchen in die Hände klatschen? Ich sehne mich nicht nach Lehrer Rumposch, und doch biete ich mich ihm als Helfer für die Schulweihnachtsfeier an, als Regiehelfer, wie es in der Stadt heißt. Meine Schwester, eine eifrige Weihnachtsspielerin, vermittelt. Rumposch läßt mir sagen, ich soll schon zu den Proben kommen auch.

Ich mache mich hinter den Kulissen nützlich und sorge dafür, daß die Weihnachtsspieler auf der Bühne sind, wenn die Handlung des kleinen Theaterstücks es verlangt. Ich wache darüber, daß die Weihnachts-Engel das Zuckerzeug nicht anfressen, bevor sie es ins Arme-Leute-Haus bringen, und daß sie dort nicht einfliegen wie Krähen. Ich mache mich verantwortlich, daß der Vorhang rechtzeitig auf- und niedergeht. Kurzum, ich verrichte all die Arbeiten, die auf städtischen Bühnen einem Mann zufallen, der, wie ich später wissen werde, Inspizient genannt wird.

Die Probe läuft wie geölt, aber Rumposch hat gelesen, daß eine Hauptprobe hinken muß. Die Kinder singen: *Vom Himmel hoch da komm ich her*, und Rumposch spielt auf seiner Geige: *Kuckuck, Kuckuck, rufts aus dem Wald* ... Er beirrt die kleinen Sänger und bringt der Generalprobe doch noch den gewünschten Patzer bei.

Die Rache ist mein, sagt der Theatergott. Er läßt sich von Rumposch nicht betrügen; er baut in die Hauptaufführung einen Zwischenfall ein.

Am Weihnachtsabend gehts laut her im Saal; unter den Zuschauern sitzen angetrunkene Bergleute. Rumposch gibt mir ein Zeichen. Ich läute mit unseren Schlittenglocken in den Dorfklatsch hinein. Gequatsch, Getratsch und Gemurmel ebben ab und schwellen gleich wieder an. Nervös ziehe ich den Vorhang auf und vertäue ihn fahrig. Rumposch kommt auf die Bühne, er steckt in seinem Cutaway, sein Kaiserbart ist pomadisiert. Feierlich weist er auf den Anlaß von Weihnachten hin: *Ein Kind von einer Jungfrau geboren* ... Er liest das Weihnachtsevangelium vor. Auch damals keine Feier ohne ideologische Verbrämung.

Die Achse, um die sich der Vorhang rollt, wenn man ihn hochzieht, ist ein Stück Rundholz von der Stärke einer Wagendeichsel. Mitten in der Vorlesung des Weihnachtsevangeliums siegt das Schweregesetz über die Kraft, mit der ich den Vorhang aufzog, der Vorhang prasselt wie ein minderer Donner nach unten. Weiß der Deibel, welche Schwingungen daran beteiligt sind, die Last, die der hochgezogene Vorhang darstellt, obsiegen zu lassen, jedenfalls kriegt Rumposch die Wagendeichsel auf den Kopf. Er wankt, fällt um und kommt hinter den Vorhang zu liegen.

Lehraks Pauline, die Kehrfrau unserer Schule, und Duschkans Fritze hasten auf die Bühne. Sie helfen dem hingeschlagenen Rumposch hoch. Sie setzen ihn auf einen Stuhl. Die Gekämmtheit auf dem Lehrerkopfe ist zunichte, er verdreht eine Weile die Augen, kommt zu sich und sagt: Ziga-rre gebt ma!

Duschkans Fritze raucht Rumposchen eine Zigarre an. Leite reden: Lehraks Pauline kroamt bissel mit Rumposchen. Nischt Genaues weeß man nich. Pauline ist um Rumposchen besorgt, ist verwirrt und vergißt den Lehrer zu siezen. Is dir wieder besser? fragt sie ihn.

Hä, hä, doa hoabtersch! kommts von unten aus dem Saal. Geschnarr und Gequarr, Geklatsch und Gequatsch setzen wieder ein. Das Interesse am Urheber des Unfalls, der ich bin, schwindet. Ich werde nicht verprügelt.

Meine Inspizierententätigkeit hat nicht genügt, die Wartezeit vor der Bescherung zu überbrücken. Mutter kommt uns flüsternd entgegen: Der Weihnachtsmann ist noch nicht fertig. Wir sollen zu den Großeltern hinaufgehen und uns stille verhalten. Wir gehen hinauf und verhalten uns stille. Ich muß der kleinen Brüder wegen so tun, als wäre der Weihnachtsmann auch für mich noch wer.

Außer dem *Waldbauernbuben* habe ich mir einen Pullover gewünscht, ein Kleidungsstück, das man überzieht, damit Hals und Kopf aus einem dreieckigen Ausschnitt ragen können. Die Pullovermode kommt von England über Berlin her. In Grodk wird sie von Fabrikantensöhnen, auch von Zeichenlehrer Feldmann ergriffen und auf andere Einwohner übertragen. Auch mich hat die Pullovermode erfaßt. Eine kleine Ecke meines Wesens ist städtisch geworden. Meine Mutter weiß aus *Vobachs Modenzeitung*, daß solche gestrickten *Dingers* Mode sind. Sie muß erst sehen, sagte sie, was solche Strickjacken ohne Knöppe kosten.

Es liegt ein dunkelgelber Pullover unterm Weihnachtsbaum. Der paßt zu deine Hoare, hoab ich mir gedacht, sagt die Mutter, das Buch vom Waldbauernbuben kriege ich nicht. Meine Mutter hat ein anderes Buch gekauft, dessen Titel ihr besser gefiel: *Träumereien an preußischen Kaminen.*

Ihr wißt, das Buch ist von Tucholsky, der sich bald Theobald Tiger, bald Peter Panter nennt. Gott sei Lob und Dank! durchblättert die Mutter das Buch noch vor der Bescherung, und sie findet darin eine Dame abgezeichnet, die nischt anhat, die nackicht vor neigierige Männer rumtanzt. Zu sowas bin ich noch nicht alt genung. Mutter versteckt das Buch dort, wo sie das sogenannte Doktorbuch versteckt hält, zwischen Hand- und Wischtüchern im Vertiko.

Ich lese das Buch heimlich. Es enthält mehrere Geschichten, in einer ist von einem Räuber die Rede, der abends, bevor er auf Raub geht, sich seinen Räuber-Erlaubnisschein aus dem Küchenschrank nimmt. Darüber muß ich lachen, aber sonst gehen mir die Geschichten nicht auf. Mein Hauptweihnachtsgeschenk steckt in einem blaugrauen Pappkarton, den ich zunächst nicht sehe, weil er von der Buntheit des Weihnachtstellers beiseite gedrängt wird. Du siehst woll goarnischt? sagt die Mutter, und da sehe ich den Karton, und ich öffne ihn, und es fährt mir ein Geruch nach Heu in die Nase. (Später werde ich wissen, daß es der Geruch einer bestimmten Beize war.) Im Pappkarton steckt eine Ernemann-Box, sechs mal sechs, auch Schülerkamera genannt. Wenn sich ein Wunsch und seine Erfüllung treffen, steigt zischend Freude auf. Die Kamera habe ich mir nicht gewünscht. Es zischt nicht.

Die Mutter hat vom Fotohändler einen Film in die Kamera legen lassen. Der Apparat is geloaden, sagt sie und schwingt sich zum Regisseur auf. Kannste gleich moal den Christboom und uns alle abfotografieren! Die Familienmitglieder gruppieren sich bereitwillig um den Weihnachtsbaum. Die Eltern und die Anderthalbmeter-Großmutter sitzen auf Stühlen, meine Geschwister kauern mit ihren Geschenken auf dem Fußboden, ich muß die Tür öffnen und in den Hausflur gehen, damit ich alles, was fotografiert werden soll, wie eine Ameisenwelt im Sucher des Apparates vorfinde. Ich drücke auf den Auslöser, es klickt, und alle sind zufrieden und überzeugt, daß sie samt der Weihnachtsstimmung *fotografiert geworden sind.* Nur mein

Großvater fehlt, er trägt diesmal seine Feindschaft mit dem Vater wie eine große Schwangerschaft aus.

Nun verlangt die Mutter, ich soll die Familienmitglieder einzeln unterm Weihnachtsbaum *abknipsen*. Ich kenne die unterentwickelten Fähigkeiten der Boxkamera nicht, die Bedienungsanleitung habe ich nicht gelesen und bin überzeugt, daß dieser mit schwarzem Kaliko überzogene Würfel jedes Mal, wenn ich auf den Auslöser drücke, das einsaugt und ewig macht, was ich im Sucher sehe. Läßte immer gleich zwee Bilder von alles machen, bestimmt mein Regisseur. Die Mutter will die Zweitfotos Onkel Stefan nach Amerika schicken. Mein Vater nickt einverständig: Da kann Stefan sehen, daß wir ooch nich von ohne sind. Im Sommer hat uns Onkel Stefan Fotos von sich und seiner Familie aus Amerika geschickt. Die Fotos waren hinten beschriftet: Minni beim Shoping. Tante Magy mußte uns übersetzen, was das heißen sollte. Stefans Frau geht einkoofen, sagte sie. Jerome auf dem Dreirad, und David und Henry in the street. Fotos von allen Kindern, von seiner Frau Minni und seiner unechten Tochter Mabel, in die ich mich sogleich verliebe, und schließlich ein Foto von Onkel Stefan selber, zufrieden Pfeife rauchend.

Ich verdächtige die Mutter, sie hat sich die Kamera selber zu Weihnachten geschenkt, um sich bei Onkel Stefan fotografisch abzufinden. Der entwickelte Film weist aus, daß ich immerzu Milch und nichts als Milch fotografierte. Unterbelichtet, sage ich fachmännisch, denn ich habe inzwischen die Gebrauchsanweisung für die Kamera gelesen.

Die Kamera bleibt den Winter über unbenutzt, aber dann wirds Ostern, und die Sonne scheint groß genug, und die Mutter bedrängt mich wieder. Onkel Stefan muß seine Gegenfotos kriegen. Ich muß die Geschwister vor ihren Osternestern *abfotografieren*. Die Osternester hat die Mutter auf dem Hof versteckt, aber sie hat *sich* zuvor nicht mit meiner Anderthalbmeter-Großmutter *konsultiert*, wie es heute heißt. Großmutter läßt die Schweine auf die Sonne, und die Schweine fressen die Osternester. Meine Schwester weint, und auch meine Mutter weint ein bißchen, aber dann gibt sie neue Regieanweisungen: Bruder Heinjak wird vor der Hundehütte mit dem gefleckten Hund Flock fotografiert; Bruder Tinko mit der Zuchtsau, meine Schwester füttert die Tauben, Vater führt das Pferd am Halfter vor, und meine Mutter streichelt die Ziege. Kann Onkel Stefan gleich sehn, was wa alles so hoabn, sagt die Mutter.

Diesmal erscheinen Eltern und Geschwister doppelt und dreifach auf den Abzügen. Die Fotos sind verwackelt. Ich zitterte vor Fotografier-Eifer, und die Kamera zeichnete mein Eifergezitter auf.

Ein Stativ muß her! Die Mutter gibt keine Ruhe. Onkel Stefan muß und muß seine Gegenfotos kriegen, sonst denkt er noch, wir sind wer weeß wie weit zurück in alles.

Das Stativ, das die Mutter kauft, ist das billigste. Es hat nicht jene schwarzen Röhrenbeine, die man ineinander schieben und verkürzen kann, es ist aus Holz, und seine Beine werden nach innen zu eingeknickt, und wenn man es transportiert, hat man eine kleine Holzladung unterm Arm. Die kleine schwarze Kamera auf den mächtigen gelb gebeizten Stativholzbeinen sieht aus wie ein Krake aus einem Gruselfilm. Ehe ich mit diesem Kraken ans Fotografieren gehe, soll ich mir lassen bissel Noachhilfestunden bei Koaliks Erwinko geben, bestimmt die Mutter.

Koaliks Erwinko ist einige Schuljahre älter als ich. Nach seiner Schulentlassung wollte er Bäcker bei uns lernen. Da er klein war, mußte er, als unser Backofen umgebaut wurde, durch die Mundtüre in die flache Höhle hinein und den Baustaub zusammenfegen. Mein Vater stand am Mundloch und rief von Zeit zu Zeit in die Höhle: Lebste noch, Junge!

Ju, uch lube nuch, kams aus der Höhle.

Nach dieser Höhlenbefegung wollte Erwinko nicht mehr Bäcker werden. Drei Mark Lehrlingslohn die Woche waren ihm zu gering. Außerdem hatten seine Eltern inzwischen erfahren, daß mein Vater kein Meister war und keine Lehrlinge ausbilden durfte. Koaliks Erwinko fing als Feinschleiferlehrling in der Glashütte an, doch wir blieben Freunde. Als er Feinschleifer-Geselle war und in der Hütte *schönes*

Geld verdiente, kaufte er sich eine Plattenkamera und brachte sich als *Selfmademan* bei, wie lange eine Kuh auf sonniger Weide belichtet werden muß, damit sie in seinem Apparat ein Foto wird. Es gelang ihm sogar, bei einem starken Sommergewitter einen Blitz zu fotografieren. Er zeigte den Blitz im Dorfe herum. Stellmacher Schestawitscha sagte: Doa musch ja eena kniefällig wern, wenna schowasch uffn Kopp kriecht.

Die Regieanweisung der Mutter nach meinen Foto-Nachhilfe-Stunden lautet: Diesmoal machste Brustbilder, damit uns Onkel Stefan richtig scheene vor Oogen hat. Ich mache Brustbilder von allen Familienmitgliedern. Der Großvater soll für sein Foto ein wenig lächeln, aber wenn der Mattsche Heindrich zuguckt, sagt er, wird er nicht den Abfall eines Lächelns zeigen. Ich gehe mit ihm hinter die Scheune, damit er die Oberlippe mit dem Schnurrbart ein wenig anhebt. Wohin sind die herrlichen Zeiten der Pferdehändlerkompanie, da sich Vater und Großvater vertrugen wie sanfte Brüder!

Auch ich werde im gelben Weihnachtspullover fotografiert. Das besorgt meine Anderthalbmeter-Großmutter. Wie kann im Haus oder im Hof etwas geschehen, ohne daß sie in irgendeiner Weise mithilft? Wo ne Kuh den Schwanz hebt, da isse, sagt Großvater von ihr.

Endlich kriegt Onkel Stefan seine Fotos, und alsbald schreibt er zurück. Er ist in keiner Weise erstaunt, daß wir schon fotografieren können, wie die Mutter hoffte. Die Fotos sind bißchen *bleß*, schreibt er, aber man kann erkennen, daß mein Patenkind Esau schön gewächst und eine hübsche Mensch ist.

Mich befällt zweckdienliche Eitelkeit. Wenn Onkel Stefan findet, daß ich eine hübsche Mensch bin, wird wohl auch Mabel, seine Stieftochter, nicht unangefochten an meiner Hübschheit vorübergehen.

Vom Menschen angefertigte Dinge haben oft eine längere Lebensdauer als er selbst. Viele hundertjährige Kunstwerke beweisen es. Wenn man nachforscht, erkennt man, daß sie, um überleben zu können, bestimmte Umstände brauchten, die wir Glück nennen. Auf diese Weise hat sich auch mein Pullover-Foto erhalten. Da stehe ich wie aus Nebel gemacht, etwas *bleß*, wie Onkel Stefan sich ausdrückte, das Haar versuchsweise nach hinten gekämmt, vom Pullover weiß nur ich, daß er gelb und von welcher Gelbheit er war, denn die Eltern und die Geschwister bis auf Bruder Heinjak sind dahin. Heinjak aber war damals mit seinen Sachen beschäftigt, und die Farbe meines Pullovers hat sich ihm nicht eingedrückt. Gewiß hat die Ernemann-Box mein wirkliches Schülergesicht von damals nicht erfaßt; beim Fotografieren posiert man ähnlich wie vor einem Spiegel. Ich werde nicht so ausgesehen haben, wie das kleine Foto behauptet. Die Fotografie von meinem Kaninchenrammler Französisch-Silber, die auch überlebte, wird ehrlicher sein. Er sitzt geduckt in einer Ecke und hat die Ohren nach hinten gelegt.

In meinem Osterzeugnis wird mir vom *Lehrkörper* bescheinigt, daß ich mich seit Michaeli nur in Turnen verschlechterte. Dort steht jetzt hinter dem Doppelpunkt mangelhaft. Ein Donnerwort. Aber ich gewöhne mich an meine Unzulänglichkeit in Körper-Ertüchtigung. Ich werde in die Quinta versetzt. Wieder gehe ich zum Mützenhändler. Diesmal darf ich allein gehen. Das Sextaner-Mützengrün hat ausgedient; ich stülpe mir das Mützenblau der Quintaner auf den Kopf. Die Rapschinskin sagt, meine Mütze wäre nicht blau, sondern bleu. Bleu wäre französisch und nicht ganz blau. Mein Kopf schleppt also Bleu durch die Umgebung.

Direkt bleu isse nich, sagt meine Mutter von der Mütze, aber blau isse ooch nich.

Ich fotografiere meine Schulfreunde Frede Worreschk und Erich Mulkwitz mit ihren bleuen Quintanermützen. Auch dieses Foto ist ins Archiv des alten Esau Matt geschwemmt worden. Es handelt sich um eine Tageslichtkopie; sie ist verblaßt, man erkennt die Arme der beiden kaum mehr, die sie einander, um Freundschaft zu demonstrieren, um die Schultern legten. Sie sehen jetzt aus wie zusammengewachsen. Die Zeit hat das Bleu ihrer Mützen in ein *Greu* verwandelt, und nur ich weiß, daß die Zierbandborten am unteren Rand ihrer Mützen funkelten. Von den Gesichtern der Schulfreunde ist hier ein Stückchen Nase und dort ein Stückchen Ohr zu sehen, ohne die Hilfe meiner Erinnerung sind sie bereits Aufgelöste.

Hexenpapierchen, diese Fotos, foto-stenografische Protokolle. Nur ich kann den Fotografierten mit Phantasie und Erinnerung zu einem Weiterleben verhelfen.

Es gibt keine Zeit, in der nichts geschieht, denn geschähe nichts, gäbe es keine Zeit, aber beim Erzählen wird Chronologie zum Mistbeet für Langeweile. Ich will euch nicht langweilen und verzichte auf Chronologie. Ich durchforsche jene meiner Erlebnisse, die mir zu erklären scheinen, wer ich bin. Wenn ihr meint, daß ich das eine oder das andere der Erlebnisse überbewerte, daß mein Bericht darüber euch *nichts gibt*, wie die moderne Redewendung lautet, so blättert weiter.

Und versucht mich, bitte, zu verstehen, wenn ich über meine Lehrer knapp berichte. Schüler sehen in fast jedem Lehrer ein mißglücktes Exemplar der Menschheit. Sie haben stundenlang Zeit, Bemüßigte, die ihnen etwas abverlangen oder beibringen sollen, zu belauern, und erspähen jede Schwäche an ihnen. Deshalb die vielen Schulgeschichten über trottelige Lehrer. Mir wird säuerlich, wenn ich sogenannte reife Männer voll Behagen erzählen höre, wie sie ihre Lehrer zur Verzweiflung trieben, wenn ich sehe, wie sie ihre Grausamkeiten belachen und mit Bier begießen.

Nachmittags, wenn ich bei meinen Schularbeiten sitze, bin ich nicht gerade der glücklichste Junge auf Erden, deshalb stimmts mich froh, wenn mein Gerechne und Gekritzel von Laufjungen unterbrochen wird. Meine Konzentration wird angenehm zerspellt. *Konzentration*, das Wort ist in Grodk neu zu den Wörtern, die ich schon umherschleppe, hinzugekommen. In Bossdom bei Rumposchen sagten wir *Aufmerksamkeit*. Das war schon gespreizt genug. Die Bossdomer sagen Uffpasserei und Hinhorcherei dafür.

Laufjungen sind Söhne aus armen Familien. Sie helfen mit dem Verdienst, den sie bei Hilfsarbeiten ernten, die Familienkasse aufbessern. Laufjungen, die die Baltinsche Kellerwohnung anlaufen, kommen aus Buchhandlungen und bringen Bücher, Ansichtssendungen für die Lehrer und die Studienräte geschleppt. Aus meiner Erinnerung tritt der Laufjunge Baer hervor. Baer mit *AE*, sagt er, wenn er nach seinem Namen gefragt wird. Seine Eltern sind Tuchmacherleute. Er muß dazuverdienen, damit sein Bruder gemütlich aufs Gymnasium gehen kann, sagt er. Also, hält er auch mich für einen, der gemütlich aufs Gymnasium geht. Ich spüre zum ersten Male Verachtung, die von unten, nicht von oben über mich kommt.

Wenn es kalt ist, zieht Baer seine Pudelmütze bis zur Nasenwurzel hinunter. Ich, der niederschlesische Neurotiker, fürchte, daß der umgerollte Pudelmützenrand dem Jungen beim Sprechen über den Mund fallen könnte und daß, was er sagt, durch Strickwerk geseiht, wie entrahmt auf mich kommen wird. Wir führen freilich keine Gespräche über die politische Lage im In- und Ausland; solche Jungenunterhaltungen kommen nur in den frisierten Lebensläufen von Politikern vor. Kürzlich las ich in einer Zeitschrift, die von weit her kam, daß der Öberste des Landes schon als Fünfjähriger mit der Steinschleuder seine politischen Gegner beschoß. Na, mäg!

Baer berichtet von einem Angler, der aus der verjauchten Spree einen halbmeterlangen Hecht gezogen hat. Einen anderen Tag erzählt er von der Krummen Fanny, sie habe sich vor einem Schaufenster der Firma Wilhelm Hübel, in dem Miederwaren ausgestellt waren, entkleidet und sei nackt in ihren halbschäftigen Männerschuhen vor dem Schaufenster auf und ab gegangen. Fanny habe Freikörper-Kultur betrieben. Die Polizei führte Fanny ab, Polizeikommissar Kaschinski tat es persönlich.

Haste also alles gesehn, was Frauen so haben?

Baer hat alles gesehen. Aber man sieht nicht viel, sagt er, nur ein kleines Dreieck aus Haaren.

Wir reden säuisch miteinander, als ob es die alte Pobloschen in der Küche nicht gäbe. Heute, wenn Freunde meiner Söhne ins Haus kommen und ihre Angelegenheiten erörtern, ohne mich zu beachten, kann ich ermessen, wie weh der alten Pobloschen damals gewesen sein muß, denn von Zeit zu Zeit stieg ein tiefer Seufzer aus der Tabak-Ecke himmelan, ein reduziertes Gebet der Alten.

Baer lugt noch einmal in seine Umhängetasche, entdeckt noch ein dickes Briefpäckchen und legt es auf die Kommode. Er nickt mir Wiedersehen zu, steigt treppan und entkellert sich.

Juro Baltin will sich das Rauchen abgewöhnen. Er nimmt keinen Zigarettenvorrat mit nach oben in die Schulräume. Erst wenn seine Rauchlust so gar ist, daß er es nicht mehr aushält, kommt er, um sich ein *Stäbchen* zu holen. Er brennt sich seine Zigarette an, mustert den von Baer hinterlassenen Bücherstapel auf der Kommode und geht wieder hinauf an seine Arbeit.

Mir hat es das Briefpäckchen neben dem Bücherhaufen angetan. Es ist für Fräulein Koski bestimmt, für die Altlehrerin mit dem Papagei. Wie klein muß das Buch sein, das in diesem Päckchen steckt! Das Päckchen hat Tütenform und ist mit einem geflügelten Splint verschlossen. Es gewinnt Gewalt über mich.

Rechts in der Ecke des Wohnzimmers steht auf einem Podest ein gepolsterter Korbstuhl. Von dort kann man sitzend aus dem Fenster sehen. Zwar sieht man die Welt nur von unten, aber es ist amüsant, Menschenbeine zu begukken und die Art zu begutachten, mit der sie über das Pflaster geführt werden. Wenn ich in diesem Stuhl sitze, bin ich aus der Sicht der alten Pobloschen. Ich lese dort wöchentlich unbeobachtet den *Heiteren Fridolin*, die Kinderzeitung aus dem Ullstein-Verlag, deshalb mache ich mich auch jetzt in den Stuhl hinein, um das aufreizende Päckchen zu untersuchen. Ich ziehe den Splint heraus und entnehme der Tüte aus Packpapier etwas in Seidenpapier Gewickeltes, wickle es aus und habe einen flachen Aschenbecher aus Preßglas in der Hand. Die Unterseite des Aschenbechers ist mit einem Zeitungsausschnitt beklebt.

In dem Zeitungsausschnitt wird darauf hingewiesen, daß Frau Koski ihr vierzigjähriges Lehrerinnen-Jubiläum überstanden hat, und daß aus ihren Händen wohlgeformte Menschen ins Leben hinausgegangen sind. Der Verfasser des Artikels ist jedenfalls der Meinung, daß das Leben irgendwo draußen liegt.

Aus dem beigelegten Schreiben ersehe ich, daß eine Firma in Sachen Kunstgewerbe Fräulein Koski diesen Aschenbecher aufzureden versucht. Das Wort Kitsch ist damals noch nicht nach Grodk vorgedrungen. Es kommen immerzu neue Wörter von Berlin her: Knorke, schnafte, dufte und plemplem. Kaugummi zum Beispiel, der um diese Zeit aus Amerika in Deutschland eindringt und, mit Nützlichkeitsattesten versehen, in Grodk einsickert, ist knorke. Und ein Mädchen, das mannslüstern mit den Augen rollt, ist schnafte. Wie gesagt, die Bezeichnung Kitsch fehlt uns noch. Wo und wie mögen so Wörter entstehen? Denkt sie sich einer aus und wiederholt und wiederholt sie, bis andere sich anstecken und sie nachplappern? Ich weiß nicht, was mich hindert, Modewörter aufzunehmen. Ist es der gespannt in die deutsche Sprache hineinlauschende Halbsorbe oder der niederschlesische Neurotiker? Jedenfalls sträube ich mich gegen Modeworte, auch wenn mir ihr Gebrauch von den Nachfolgern des Herrn Duden erlaubt wird. Das Wort *knorke* nehmen die Duden-Verfasser zum Beispiel in ihre Wörterbibel auf. Sie ordnen es der Umgangssprache zu. Wer aber sagt heute noch *knorke*? Das Wort *schnafte*, das um die gleiche Zeit erschien, nahmen die Duden-Nachfolger nicht auf. Das Wort *Kitsch* aber haben sie geadelt. Sie verwiesen es nicht in die Umgangssprache. Sie tun, als gehöre es zum Ur-Inventar der deutschen Sprache, und erklären, es bedeute Geschmacklosigkeit oder Schund.

Verzeiht die Abschweifung. Es wird euch vielleicht verständlich, wenn ich sogleich von einer Situation zu euch reden muß, die mir peinlich, sehr peinlich war: Während ich mit dem Päckchen von Fräulein Koski beschäftigt bin, kommt Juro Baltin. Ich lasse den Aschenbecher und seine

Verpackung unterm Sitzkissen meines Stuhles verschwinden und betrachte beiläufig den Quittenstrauch vor meinem Fenster. Juro nimmt die Bücherpacken von der Kommode und stutzt. Hier woar doch noch son kleenes Päckchen.

Ich summe und starre auf die Quitten.

Haste das kleene Päckchen nich gesehn?

Es gibt keinen Ausweg. Vielleicht ist es hier, sage ich, stehe auf, hebe das Stuhlkissen an und igle mein Gesicht mit den Armen ein, mache meine dünnen Ellenbogen zu Stacheln und erwarte einen Ohrfeigenhagel. Aber nichts dergleichen. Juro packt den Aschenbecher wieder ein und sagt: Woarschte wieder neigierig, woa?

Ich machs nicht wieder, sag ich und entigle mich. Ein Lächeln umzuckt Juros Nase. Er geht mit dem Bücherpäckchen nach oben. Rote Scham durchwallt mich. Ich nehme mir vor, meine Neugier zu erdrosseln. Es ist mir bis heute nicht gelungen. Vielleicht darf ich euch mit einer schüchternen Entschuldigung kommen: Ich plaudere Neuigkeiten, die ich ergiere, nicht gleich an Nachbarn weiter; ich sammele sie und lasse sie drucken.

Für Sonntag meldet sich Juros Bruder mit seiner Frau zu Besuch bei den Baltins an. Juros Bruder ist Oberpostsekretär in Choćebuz. Juro will, ich soll seinen Bruder kennenlernen. Es fällt mir schwer, nicht nach Bossdom zu fahren, aber Juro war mild zu mir, er hat seiner Mina nichts von meinem Vergehen erzählt; er hat mir ihre Belehrungssprüche erspart, die sie herschnarrt, als hätte sie sie selber erfunden: Wer einmal lügt, dem glaubt man nicht, auch wenn er dreist die Wahrheit spricht, und alles sowas. Soll mal einer vortreten, der noch nie gelogen hat.

Alfred und Juro Baltin waren zusammen in Deutsch-Südwest-Afrika. Alfred ist dorthin geworden, weil er auf schwarze Frauen aus war, und Juro wurde hin, weil er auf eine weiße Frau aus war, die ihn nicht erhörte, und das war meine Mutter. Nach ihrem afrikanischen Abenteuer lebten die beiden Baltinsöhne vorübergehend wieder in Grodk bei ihrem Vater, dem ungeschlachten Barbier. Beide Brüder hatten durch ihre Arbeit am Außenbord des deutschen Kaiserreiches Anspruch auf einen Klein-Beamtenposten. Auf diese Weise wurde Juro Hausmeister und Alfred Postbeamter. Auch nach seiner Rückkehr war Juro mit meiner Mutter nicht quitt. Er ging ein paar Mal mit ihr spazieren und schenkte ihr getrocknete Seesterne und gesprenkelte Muschelschalen, die wir Kinder uns später an die Ohren hielten, um das Meer drin rauschen zu hören. Jene Sonntags-Nachmittags-Spaziergänge von Juro mit meiner Mutter halfen der alten Pobloschen zu der Behauptung, ich wäre ein nebenhinausgeheckter Juro-Sohn. Sie kann nicht wissen, daß mein Vater, der damals noch nicht mein Vater ist, aber sich auf dem Wege dorthin befindet, auch mit meiner Mutter spazieren geht. Soll ich meine Mutter verdächtigen, daß sie unsorgsam mit dem Anstoß zu meiner Erdenfahrt umgegangen ist, soll ich glauben, daß mein Vater nur zufällig mein Vater ist? Vielleicht, vielleicht, denn wer kann von sich ganz sicher behaupten, daß er kein gesetzmäßig Zufälliger ist?

Juro Baltin geht, nach der allerallerendgültigen Absage meiner Mutter, demütig umher. Er trifft auf Mina Poblosch. Mit ihr hat er, wie mit meiner Mutter, in derselben Tuchmacherei gearbeitet. Damals reichte der Fabriksaaldiener Juro Baltin nicht in den Blickwinkel von Mina Poblosch hinein. Sie schwärmte und charmte chefwärts. Das Ende war, wie wir wissen, die Rapschinskin. Aber nach dem Abenteuer mit dem Chef vergrößerte sich Minas Blickwinkel und erfaßte den nunmehrigen Südwest-Afrikaner Juro Baltin. Sie tasteten sich gegeneinander vor, heirateten, luden die Dame Vernunft zur Trauzeugin und rechneten mit einer aus Zeit gestrickten Liebe.

In Bruder Alfred hingegen ging noch immer die Lust auf Exotik um. Sorbische Frauen waren für ihn nicht exotisch, das waren für ihn weite Röcke und kühle Küsse auf den Vordermund. Deshalb holte er sich eine Frau von der Kleinkunstbühne in Grodk, *Michalks Konzerthaus* genannt. Wer durch die roten Samtportieren in Michalks Konzerthaus schlüpft, verwandelt sich von einem Kleinkrämer,

Kleinbeamten, Schustermeister oder einem Winkeladvokaten zu einem Herrn und Lebemann. Die Frauen, die in *Michalks Konzerthaus* umhersitzen, sind Damen, und die Leute, die in den Nachtprogrammen auf der Bühne agieren, sind Künstler. Die Fotos der Künstler werden in den Frontfenstern des Etablissements ausgehängt. An jedem Monatszweiten sehe ich mir die Fotos der neu engagierten Kleinkünstler an und präge mir ihre Namen ein. Französische Vokabeln zu lernen, ist ein Muß; Künstlernamen zu lernen, ist Bildung. Die Qualitätsbezeichnungen für die Künstler unter den Fotos sind unaufregend gleichbleibend. Bei Herren aus dem Komikerfach heißt es: zwerchfellerschütternd. Singende Damen sind attraktiv (Begriffe wie *Vamp* und *Steiler Zahn* gibt es noch nicht). Herren, die Hunde vorführen oder im Kopfstand ein Glas Bier austrinken, sind sensationell, und die monatlich wechselnde Drei-Mann-Musikkapelle ist stets virtuos. Herrn Michalk, den Besitzer des Konzerthauses, kriege ich nie zu sehen, aber ich stelle ihn mir schwarzbärtig und undurchsichtig vor. Manchmal gehen Herrn Michalk ausländische Kleinkünstler ins Netz. Er nennt sie Revue-Stars, aber die Grodker nennen sie Stare.

Damals, als Herr Alfred Baltin noch ledig in Grodk einherging, lief Herrn Michalk eine italienische Soubrette zu. Sie hieß Lia Loretta und wurde ausnahmsweise *Perle des Südens* genannt; ihre Stimme, behauptete Herr Michalk, sei wie Samt und Seide.

Lia Loretta hat rappschwarzes Haar, eine nußbraune Haut, ist hager und schmiegsam, und ihre dunklen Augen versenden versprechende Blicke. Sie singt *Santa Lucia*, singt die *Tosselli-Serenade*, singt samtig, singt seidig mit ein paar Webfehlern, sie ist das Weib, auf das Herr Alfred Baltin gewartet hat.

Unser Alfred is an eene Zigeinersche verfallen, sagt die flinkäugige Sorbenmutter Baltin, und der grobschlächtige Vater Baltin fürchtet, seine Barbierkunden zu verlieren. *Und der Mann wird Vater und Mutter verlassen und wird seinem Weibe anhangen*, so oder ähnlich heißts in einem alten Buche. Bei den Baltins verlassen Vater und Mutter den Sohn. Sie ziehen mit Rasiermessern, Haarschneidemaschinen, Rasierpinseln und Seifnäpfen eine Bahnstation weiter in das sorbische Dorf Schleife, und sie wohnen und barbieren noch zu meiner Zeit dort in einer Bodenstube. Wenn keine Kundschaft kommt, geht der alte Baltin auf die Dorfstraße, fängt langlodige Dorfjungen ein und barbiert sie, obwohl die Eltern später nicht in jedem Falle bezahlen. Daran mußte ich denken, als zu einer gewissen Zeit in einem Ländchen, dessen Namen ich nicht nennen will, Polizisten im Auftrage junge Leute mit langen Haaren zwangsweise zum Barbieren führten, weil Politiker vermuteten, in den langen Haaren der Burschen stecke eine nicht einwandfreie Ideologie.

Oft bin ich Kurier zwischen der Baltinschen Kellerwohnung und der Barbierstube in Schleife. Einmal Schleife hin und zurück. Ich muß den Juro-Eltern Grodker Grützwurst bringen. Beim ersten Male fahre ich ahnungslos in die Barbierfalle. Es scheint dem alten Baltin einen besonderen Reiz zu verschaffen, in das rote Gewölle auf meinem Kopf einzufallen. Ich lasse mir die Enthaarung geschehen, weil ich weiß, daß ich sie werde nur einmal über mich ergehen lassen müssen. Der alte Baltin bringt mir meine frühere Dorffrisur bei, diesen Haarklecks auf dem Vorderkopf, gegen den Mina Baltin sofort protestiert. Ich selber verhalte mich dabei wie ein Lebenskünstler, ich kaufe mir für das ersparte Barbiergeld zwei Nummern aus der *Miniatur-Bibliothek*: *Kleine Welt am Wegesrand* und *Wie richte ich meinen Hund ab.*

Alfred Baltin zieht damals mit seiner Lia in Grodk in die Wohnung der Eltern. Alsbald heiraten sie, und Lia wird seßhaft.

Auch der Direktor des kaiserlichen Postamtes kennt Frau Lia. Er ist ein reger Besucher von *Michalks Konzerthaus*, hat Verständnis für die Misch-Ehe seines Post-Assistenten und besucht das junge Paar sogar zuweilen, wenn Alfred Dienst hat. Alfred wird Oberpostsekretär, und Grodk und sein Post-Amt werden ihm zu provinziell. Er besetzt eine Ober-Postsekretär-Stelle in Choćebuz, wo Berlin-Nähe durch die Straßen weht.

Juro liebt seinen Bruder und neidet ihm nichts. Er bewundert ihn: Alfred hat schont in Südwest die Lohnlisten beim Bahnstreckenbau geführt, erklärt er bescheiden.

Die Baltins holen ihre Gäste vom Bahnhof ab. Die alte Pobloschen und ich sind das Erwartungs-Komitee. Alfred Baltin hat eine dicke, bläulich-rote Nase, in seinem Charakter vereinigen sich die Gütlichkeit der kleinen Mutter und das Grobschlächtige seines Vaters.

Lia Loretta trägt den ersten Bubikopf in das Städtchen hinein. Bisher hat man dort Bubiköpfe nur im Kino gesehen. Eine Woche nach Lia Lorettas Besuch jedoch tauchen auch in Grodk zwei stadteigene Bubiköpfe auf. Der eine gehört einem Fräulein in der oberen Forster Straße, dessen Beruf im Dunkeln liegt. Jeder Fremde, der mehr als eine Woche in Grodk verbringt, führt es als seine Verlobte durch die Straßen. Den anderen Bubikopf schleppt die Tochter des Schneiders Majas an. Sie ist nicht die Schönste und hat es nötig, mit abgeschnittenen Haaren Sensation zu machen und auf sich hinzuweisen. Bald erscheinen immer neue, immer mehr Bubiköpfe im Straßenbild, und in der Feuilleton-Ecke des *Spremberger Anzeigers* weist Redakteur Heiter, zunächst noch vorsichtig, darauf hin, daß Bubiköpfe nicht nur ein Ausdruck der Mode, sondern auch ein Ausdruck der Vernunft sind. Langhaar-Trägerinnen bestätigen, daß sie von Zeit zu Zeit unter Kopfschmerzen zu leiden haben.

Auch ich werde in die Bubikopfmode verwickelt: Meiner Schwester lüsterts, ihr langes gold-rotes Haar loszuwerden. Meine Mutter, von der wir wissen, daß sie *so mehr fürs Moderne* ist, ist auf der Seite der Schwester. Aber mein Vater und die Großeltern sind dagegen, daß meine Schwester sich bubiköpft. Es kommt zur merkwürdigsten Parteiung, die sich je in unserem Hause ergeben hat.

Meine Schwester und ihre Freundin, die Tochter des Gutsvogts, kommen im Post-Auto nach Grodk, um sich Sonntagsschuhe zu kaufen. Sie steigen bei Tante Elli, der

Frau von Onkel Phile, in der oberen Friedrichstraße ab. Tante Elli ist förderndes Mitglied der Bubikopfpartei. Es wird hin- und herberaten. Meine Schwester fürchtet die Flüche des Vaters und das Unansehen bei den Großeltern, das sie ernten wird, sie bittet, ich soll ihr zur Hilfe sein, soll ihr, schlägt sie vor, wie zum Spaße einen Strang Goldhaar abschneiden, dann kann sie der Anti-Bubikopf-Partei daheim erzählen, daß sie so angeschnitten *nich hat rumloofen könn.*

Es ist ein Zögern in mir, aber es ist auch der Drang in mir, meiner Schwester, die mir so oft gefällig ist, gegengefällig zu sein und mich vor der Tochter des Gutsvogts aufzuspielen.

Schließlich schneide ich drauflos. Jetzt haste was gemacht! sagt die Schwester und fängt an zu weinen, aber niemand glaubt ihr die Tränen, im Gegenteil, die Tochter des Gutsvogts bedrängt mich, ich soll auch bei ihr mit meinem ersten Schnitt die Bubikopf-Operation einleiten. Ich stehe davon ab, ich denke an die großen Hände des Gutsvogts, ich will nicht, daß die mich verbackpfeifen. So oder so – trotzdem bin ich der Veranlasser des ersten Bossdomer Bubikopfes.

Aber zurück zu Lia und Alfred! Sie führen einen jungen Postsekretär mit sich. Der Sekretär ist blaß, schlank und hat feine Finger, die sich wahrscheinlich bestens zum Spalten von zusammengeklebten Briefmarken eignen, außerdem hat er Augen, die gläubig glänzen, und heißt Hanno. Herr Hanno ist um Lia besorgt, er bedienert und bewindelt sie. Lia Loretta begrüßt die alte Pobloschen, legt ihren Zeigefinger in die dunkelbraune Tabakhand der Alten, dreht sich um, rümpft leise die Nase und sagt: Mein Parfüm, bittä, Hanno! Hannos weiße Finger wühlen im Extraköfferchen der Lia nach dem Parfüm. Weilchen später heißt es: Meine Zigarren, Hanno, bittä. Hanno wühlt im Köfferchen und reicht Lia ihre dünnen Zigarren; und jede Handreichung wird ihm mit einem Liebesblick vergolten.

Mina Baltins Kränzchenschwestern kommen einzeln und tun, als hätten sie vergessen, daß Besuch da ist. Mina erklärt der Laurischen die Funktion von Herrn Sekretär

Hanno: Er ist Lias Cicisbeo, erklärt sie; Italienerinnen brauchen sowas, einen Pagen, wolln wa mal sagen, sie sind schont an ihn gewöhnt.

Daran könnt ich mir nicht gewöhnen, sagt die Laurischen. Würde dein Juro son Cicisbeo zulassen?

Mina Baltin schweigt. Die Laurischen besieht sich den Bubikopf und das Stück Italien, das Lia ist. Mina Baltin verlangt von ihrer Schwägerin: Sag moal Fischelchen, Lia!

Füschelchen, sagt Lia.

Zuweilen kamen Bärenführer in unser Dorf. Wo kommt ihr her? fragten wir sie.

Romania, war die Antwort. Eine Truppe kam jedes Jahr regelmäßig. Die Bärenführerleute waren bunt und fremdländisch gekleidet; sie schlugen auf ihre Tamburins, und die Schellen an den Handtrommeln klirrten. Die Bären reckten sich, stellten sich auf die Hinterbeine und tanzten. Eine Bärin hieß Loni, und wir riefen ihr zu: Loni, grüße mal! Die Bärin legte die rechte Tatze an das plüschige Ohr und grüßte militärisch. Loni, grüße mal! Ich weiß nicht, weshalb es mich traurig macht, wenn Mina den Kränzchenschwestern ihre Schwägerin Lia vorführt, als sei sie eine Bärin: Lia, sag mal Fischelchen!

Am Nachmittag gehen die Baltin-Söhne spazieren und zeigen sich der Vaterstadt. Sie gehen paarig und eingehakt. Nun weiß ich, weshalb mich die Baltins an diesem Sonntag dringend benötigten. Ich muß mit Herrn Hanno gehen, damit der sich nicht allein und überflüssig fühlt. Herr Hanno nennt mich Herr Student und siezt mich. Auch er wäre gern Student geworden, erzählt er, doch es hätte sich nicht ermöglichen lassen. Er kommt auf die Liebe zu sprechen und setzt voraus, daß ich eine Liebste habe. Ich kann mich nicht lumpen lassen und gestehe, daß ich bis nach Amerika hin liebe, bis zu meiner Stiefcousine Mabel hin. Es ist leichter, nach fern hin zu lieben als in der Nähe, sagt Herr Hanno träumerisch. Ich denke dabei an die Nächstenliebe, mit der wir uns im Religionsunterricht immerwährend befassen, und ich sage, es ist nicht einfach mit der Nächstenliebe, man muß sich immer wieder dazu ermuntern. Aber

Herr Hanno meint nicht die christliche Nächstenliebe, er meint seine Liebe zu Lia Loretta. Er erzählt mir davon, vertraulich und unter uns, sagt er. Also zuerst habe Lia ihn geküßt, dann habe er zurückgeküßt, und jetzt stehe es die ganze Zeit kurz vor dem äußersten, und das schlimmste ist, dort müßte es wohl stehenbleiben. Herr Hanno kann das Vertrauen des Herrn Oberpostsekretärs nicht mißbrauchen. Ich muß heute abend zum Kolonial-Abend, unterhalten Sie meine Frau, Hanno, kann es heißen. Oder der Oberpostsekretär sagt: Hanno, ich habe keine Lust, mir das *Schwarzwaldmädel* im Theater anzusehen, seien Sie mir behilflich und lassen Sie meine Frau nicht allein! Ich bin in der Gunst des Herrn Oberpostsekretärs, sagt Hanno. Ich darf mich in der Duftwolke von Frau Lia aufhalten.

Mir ist zumute, als müßte ich Patschuli auf Herrn Hanno sagen, wie mein Großvater auf Leute solcher Art sagt, doch ich bin andererseits stolz drauf, daß mich Herr Hanno für einen Erwachsenen hält und mich in sein Vertrauen zieht. Ich gebärde mich, als ob ich ihn verstünde, und als ob ich bereits durch die Qualen unerfüllter Liebe gewatet wäre.

Im *Schweizergarten*, wo sich Kaffee- und Plinsenduft eine Weile unter den großen Lindenbäumen aufhalten, ehe sie ihre Grodker Individualität verlieren und ins Ewige hinaufziehen, treffen wir auf die Baltin-Kinder, die Rapschinskis. Begrüßungsjubel, Verwandtschaftsgetue, und heimzu gehen wir anders gepaart: Der mittelgescheitelte Erich Rapschinski bemüht sich um Lia Loretta, und Herr Hanno knirscht mit den Zähnen. Das sind die Augenblicke, raunt er mir zu, in denen ich töten könnte. Es ist mir ein wenig unheimlich, neben einem zukünftigen Mörder einherzugehen, aber ich halte es aus.

Alfred Baltin kommt auf mich zu. Er legt mir seinen Arm um die Schulter und sagt: Du kennst doch eine gewisse Elli, Gorlitz hat sie früher geheißen, und wie sie jetzt heißt, weiß ich nicht. Sie soll, wie ich hörte, deine Tante sein. Tante Elli ist die Frau meines Stiefonkels Phile, sage ich, wir sind eigentlich nicht echte Verwandte.

Macht nichts! Tante Elli ist in Herrn Alfreds vorafrikanischer Zeit sein Schwarm gewesen, ich soll sie grüßen, sie weeß schon von wem.

Zwei Tage später grüße ich Tante Elli von Alfred Baltin. Ach ja, der, sagt sie. Herr Alfred hätte mit ihr vor dem Kriege im *Schweizergarten* und im *Bergschlößchen* getanzt, dann hätte er ihr beim Spazierengehen eine Tafel Schokolade schenken wollen, aber die hätte die Tante ihm zurückgegeben, weil sie weich und wie durchschwitzt aus Herrn Alfreds Jackentasche kam. Jedermann weiß, daß solcherart behandelte Schokolade Verführerschokolade ist. Nein, ich lehnte ab, sagt Tante Elli. Aber irgendwann muß sie Schokolade solcher Art doch angenommen haben. Denn als sie sich mit meinem Onkel zusammentat, brachte Tante Elli ein kleines Mädchen, eine Tochter, ein.

Nach dem Abendbrot, an dem auch die Rapschinskis teilnehmen, schenkt Juro Baltin Wein, Marke *Italiensonne*, aus. Die Pobloschen und ich trinken Pfefferminztee aus Weingläsern. Die Stimmung steigt. Juro Baltin bittet seine Schwägerin Lia, eines von den Liedern zu singen, die sie einst als Lia Loretta in *Michalks Konzerthaus* gesungen hat. Lia singt, zersingt die Wände der Baltinschen Kellerwohnung, und Herr Hanno begleitet sie auf der Mundharmonika: *Santa Lucia, Santa Lucia* . . . Sie singt wie ein fremdländischer Vogel, der sich verflog.

Es wird mehr Wein und noch mehr Wein getrunken. Die Gebrüder Baltin werden von ihren Erinnerungen an Deutsch-Südwest überwältigt. Sie machen sich barfuß und tanzen. Sie klatschen dabei in die Hände, ihre nackten Füße klatschen auf das Linoleum der Wohnstube, und sie singen mit heiseren Stimmen: *A negro in his happiness, / that's very well, that's good, / with a hat on the head / and his wife in bed, / that's very well, that's good* . . . Das wäre zwar nicht reines Hottentottisch, erklären sie, aber es käme nicht darauf an, es käme vor allem auf die Wiederholung an. Sie tanzen länger als eine Viertelstunde: *A negro in his happiness, / that's very well, that's good* . . . Wenn sie richtige Hottentotten wären, erklärt Oberpostsekretär Alfred, müßten sie tanzen, bis sie umfallen. Sie fordern uns auf, auch in die Hände zu klatschen, und wir klatschen in die Hände: *That's very well, that's good . . .* Sie spielen alle ein bißchen verrückt. Von mir als Pfefferminzteetrinker kann ich es nicht behaupten. Die alte Pobloschen sitzt wieder in ihrer Ecke und rupft Tabak. Das leise Rupfgeräusch ist wie das Geräusch der Ewigkeit.

Der Auftritt der Baltin-Brüder regt Lia Loretta zu Wildheiten an. Sie hakt das Gehörn eines Springbocks von der Wand, hält es sich vor die Stirn und geht auf Erich Rapschinski los, sie tut, als wolle sie den aufspießen, und er küßt sie. In Herrn Hanno springt die Eifersucht auf. Er will sich auf Erich Rapschinski stürzen. Ich halte ihn zurück. Er beruhigt sich. Ich kann mir gutschreiben, Rapschinski vor dem Tode und die Zigarrensorte Marke *Reichs-Adler* vor dem Aussterben gerettet zu haben. Einen Augenblick ists still, und man hört das Rupfgeräusch aus der Küche, das Ewigkeitsgeräusch.

Lia Loretta löst die Straußen-Eier vom eisernen Bügel der Hängelampe. Sie ist nicht nur Soubrette gewesen, nein, sie hat sich auch anderweitig im Unterhaltungsgewerbe umgetan, Karten geschlagen und gewahrsagt, hat sich Zigaretten aus dem Mund schießen lassen und ist die Partnerin eines Jongleurs gewesen. Sie jongliert mit den drei Straußen-Eiern. Ein Ei schwebt in der rauchblauen Stubenluft, die beiden anderen wandern indes von einer Lia-Hand in die andere, aber dann gibts einen Augenblick, in dem Lias rechte Hand nicht zur rechten Zeit frei ist, und das schwebende Ei fällt aus der Stubenluft auf den Fußboden und zerschellt. Ich soags ja, kommts aus der Tabak-Ecke. Die Ewigkeit hat gesprochen.

Das hättste nich mußt machen, tadelt Juro Baltin die Schwägerin, und Lia bricht in theatralisches Wehklagen aus. Herr Hanno weint wirklich. Er hockt am Fußboden und versichert, er wird das Ei wieder heil machen. Er verpackt die Eischalen in Watte. Er wird das Ei von innen her zusammenkleben, versichert er, vielleicht mit den weißen Streifen von Briefmarken. Nachher wird man von außen nur noch ganz feine Haar-Risse sehn, sagt er. Den weichen, schmiegsamen Fingern des Herrn Hanno durfte man eine solche Arbeit zutrauen. Aber wie würde er die letzte Eischerbe einkleben? Eine Antwort darauf habe ich nie erhalten. Ich habe Herrn Hanno nie wiedergesehen, aber er wars, der mich als erster in den Adelsstand der Erwachsenen hob.

Das Fest der Baltinschen Bruderbesichtigung geht zu Ende. Die alte Pobloschen zieht ihre Schleifspur durch den lichtlosesten Korridor der Welt und legt sich in ihrem Heizerstübchen nieder. Juro Baltin macht sich ein Lager auf der Chaiselongue in der Wohnstube zurecht. Mina Baltin schläft auf dem Sofa in der Schlafstube. Rapschinskis gehen heim in ihre *Reichs-Adler*-Fabrik. Die Besuchs-Troika liegt quer in den Ehebetten, links Herr Hanno, rechts Oberpostsekretär Alfred, und zwischen ihnen liegt Lia; eines ihrer braunen *Zigeunerbeine* ist nach draußen in die nächtige Stubenluft geschlüpft, die zierlichen Zehen zukken. Ich liege noch lange wach. Von draußen fällt das Licht der Gaslaterne auf den Fußboden neben mein Bett. Diese Frau Lia, sie hat mich erregt. Es fehlt noch, daß auch ich ihr Cicisbeo werde.

Bierverleger Herm. Worreschk und der verludernde Gutsbesitzer Wedelstedt spielen in einem Dorfwirtshaus siebzehn und vier. Herm. Worreschk gewinnt und gewinnt, und schließlich will er aufhören, aber da schiebt der Gutsbesitzer seinen grünen Strohhut in den Nacken und lallt: Du bllist kein Ehrenmann, du bllist ein Emplorkömmling.

Ganz was Neies! sagt Herm. Worreschk. Mit seiner Bierverlegerei habe es seine Richtigkeit, sagt er. Er war der beste Kutscher seines Chefs, und als der starb, bewarb er, Herm. Worreschk, sich um den Verlegerposten und brachte ein Vierteljahr Probezeit ohne Beanstandungen hinter sich. Wieso Emporkömmling? Er legt Wert darauf, ein Ehrenmann zu sein; und er spielt weiter mit Gutsbesitzer Wedelstedt, und der verspielt seine Taschenuhr und seinen Siegelring, und zuletzt fällt ihm ein Pony ein, das auf seinem Gutshof umhersteht, frißt und mistet und nichts mehr zu tun hat, weil die Kinder erwachsen und außer Haus sind. Herm. Worreschk gewinnt Wedelstedt das Pony ab, auch die Kutsche dazu, und Wedelstedt wird wieder anzüglich: Du bllist ein Raffke, sagt er.

Wenn de nich besoffen wärst, würde ich dir eene kleistern, sagt Herm. Worreschk.

Du Kommunist! sagt Wedelstedt. Herm. Worreschk haut ihm eine Ohrfeige rein, und der Wirt geht dazwischen.

Das Pony des Gutsbesitzers muß von der sonnigen Koppel in den dunklen Bierverleger-Stall. Wedelstedt und Worreschk haben am Schicksal des Ponys gearbeitet, so wie Lehrer Heier und meine Eltern an meinem Schicksal arbeiteten, um mich in Baltins Keller zu bringen.

Frede Worreschk führt mich, bevor ich ihm bei seinen Schularbeiten helfe, in den Pferdestall. Wir müssen an den sechs Hinterteilen der Bierkutscherpferde vorbei, die aufragen wie eine Gebirgskette. In der lichtlosesten Ecke des Stalles steht in einem Verschlag das Pony und wiehert leise vor Heimweh. Frede führt es hinaus auf den Hof. Ich bin ein Pferdemann, ich will es bei Taglicht sehen und mustern. Das Pony ist ein Dunkelschimmel, ist nach meiner Schätzung bei vierzehn oder sechzehn Jahre alt, hat die Größe von unserem ersten Pferd *Tonnenpfürzer*, ist aber etwas gängiger als der. Ich trete dem Pony auf den Kronenrand überm rechten Vorderhuf. Reagiert ein Pferd nicht auf einen solchen Tritt, ist es dummkollerig. Das Pony reagiert. Den Trick hat mir Großvater verraten, damit ich nicht reinfalle wie der Mattsche Heindrich, wenn ich mir mal ein Pferd kaufe. Das Pony beißt nicht und schlägt nicht, hat auch sonst keine Mucken, es ist nur ein bißchen knabberig und verleckert.

Die Scheiß-Katze hat uns noch gefehlt, sagen die Bierkutscher. Sie weigern sich, das Pony zu putzen. Wer es benutzt, solls auch besäubern, sagen sie. Frede ist nicht der Mann, der Ponys putzt. Er sitzt auf dem Futterkasten und trinkt sein Bier. Ich putze das Pony, kratze ihm die Hufe aus, schmiere sein Geschirr und blänkere die Kutsche. Im

Pferdeduft ist eine Medizin gegen mein Heimweh verpackt.

Es ist um die Zeit nach den großen Ferien. Die meisten meiner Klassenkameraden waren mit ihren Eltern im Urlaub und kamen gebräunt zurück. Sie tragen ihre Bräune die Dresdener Straße hinauf und hinunter, über die Lange Brücke hinweg und in die Lange Straße hinein, und sie mustern die Mädchen, und die Mädchen mustern sie, und Blicke fliegen hinüber und kommen herüber. Meine Generation wird langsam paarig, aber ich habe keine Zeit zum Promenieren, ich muß mein Pony versorgen.

Sonnabend bleibste moal drinne! sagt Frede Worreschk. Drinne – das heißt, ich soll in der Stadt bleiben. Sonntag machen wa ne Kutschtour, sagt er, und foahrn raus bei eire. (Wenn jemand anders mit mir von meinen Eltern spricht, sagt er: Bei eire zahause. Helf er sich, aber wir reden auf der Heide so!)

Fredes Schwester Emma geht mit auf die Kutschpartie. Sie ist ein Jahr älter als ich, ist blond, grauäugig und hat schon einen hübschen Busen. Wenn ich mit Frede bei den Schularbeiten sitze, stellt sie sich zuweilen hinter meinen Stuhl, und ich fühle ihre kleinen Brüste in meinem Nakken. Es ist mir nicht unangenehm, ich kann das Gefühl, das mich dabei durchzieht, nicht benennen, aber weshalb muß alles einen Namen haben?

Wer Grodk, die Kleinstadt im Spreetal, verläßt, muß sich, ob er nach vorn oder nach hinten oder seitwärts hinaus will, bergan schinden. Da gibt es den Slamener Berg, den Kullerberg, den Kantorfer Berg, Römmlers Berg und schließlich den Georgenberg. Die Georgenbergstraße ist die steilste Straße. Wir müssen sie nehmen und müssen zu Fuß neben der Kutsche her, denn das Pony hat zu kratzen, den Georgenberg mit leerem Kutschwagen zu erklimmen.

Schnaufend und verdrießlich kommt Frede auf dem Georgenberg an. Er greift in den Kutschkasten, zieht eine Flasche Bier heraus, vertilgt sie, wird heiterer und spielt den *Gnädigen Herrn:* Los, Kutscher, fahrn Sie zu! Er will, daß sich auch seine Schwester Emma herrschaftlich und wie eine Dame benimmt, aber die sagt: Leck mir am Ursch! Du bist schont besoffen.

Ich sitze rechts auf dem Kutschbock, wie es mich der Großvater gelehrt hat, halte die Zügel in der linken Hand und zupfe je bald rechts, bald links an ihnen, weil das Pony bald hier, bald dort an den Straßenrand will, um ein bißchen zu weiden. Ich sitze steif und steifer, halte die Peitsche schräg nach links geneigt vor dem Leib, und wenn uns jemand entgegenkommt, recke ich sie zum Gruß auf. Ich fahre nach Schablone, habe den Ehrgeiz, wie ein Kutscher auszusehen, und eben – ich versteife und sehe die Schönheiten am Wegrand nicht. Wie locker bin ich sonst, wenn ich mit dem Fahrrad hier entlang fahre: Ich begrüße jeden Straßenbaum wie einen Bekannten, nicke einer Gold-Ammer im Apfelbaum zu und begucke das Elstern-Nest in einer Birke. Ich höre in einer hohen Kiefer die Brut des Grünspechts girren und kochen, und in den Straßengräben blühen die Blumen. Jede Art hat ihre bestimmte Blühzeit. Meine besonderen Freundinnen sind einige Birken. Mit ihnen rede ich allwöchentlich Zeitchen lang freundlich. Kurzum, da bin ich wer anders, und heute bin ich ein Kutscher und nehme nicht wahr, was mich sonst erfreut, und die Vögel, die Blumen und die Bäume lassen es schweigend geschehen; sie brauchen meine Freundschaft nicht, sie haben an sich selber genug.

Auch die Herrschaften hinter mir im Kutschwagen lümmeln sich nach einer Schablone, die ihnen ihre Eltern übermittelten: Sie tun, als wären sie arg erholungsbedürftig. Frede raucht eine Zigarre nach Muster und spuckt von Zeit zu Zeit in den trockenen Sand des Sommerweges – auch nach Muster. Es kommt kein Gespräch zwischen uns auf. Wir sind Kutscher und Herrschaft, und ein Kutscher redet nur, wenn er gefragt wird.

Mensch, sinn wa noch nich balde doa? fragt Emma endlich, aber da fahren wir schon in Bossdom ein. Häusler und Kossäten öffnen ihre Hoftürchen und begucken uns. Es ist, als ob ein kleiner Zirkus ins Dorf einfährt. Ich sitze gereckt, die Peitsche schräg zum Leib oder zum Gruß aufgesteilt.

Unser Hoftor ist weit geöffnet. Die Anderthalbmeter-Großmutter hat uns schon erspäht, als wir noch bei der *Dicken Linde* waren. Die Tauben flattern auf, der Hund bellt, meine Brüder kommen gerannt, meine Mutter kommt gehinkt; Großvater und Vater stehen unfeindlich nebeneinander wie normale Menschen.

In Großvater flammt die Pferdeleidenschaft auf. Wie oft haben wir in meiner Bossdomer Zeit von einem Pony geschwärmt. Einmal hat mir Großvater eines von einem Zirkus kaufen wollen, aber es war zu teier, zu teier! Mein Gott, mein Gott! schwärmt Großvater jetzt, son kleenes Pferd! Das kinnde ich mir zugoar mit in die Stube nehm. Er schwärmt es zu meinem Vater hin, er hat vergessen, daß er mit dem seit Wochen nicht spricht. Der Vater knurrt etwas zurück, es ist keine Unfreundlichkeit.

Großvater spannt das Pony aus, bringt es in den Stall, reibt ihm die Schweißstellen im Fell mit Heubauschen trocken, tränkt und versorgt es und bleibt im Stall.

Ein schwieriger Sonntag-Nachmittag für mich. Ich muß meine Stadtgäste unterhalten und weiß nicht wie. Sonst sitzen sie an Sonntagnachmittagen mit ihren Eltern in den Kaffeegärten der Kneipen umher, essen gut und trinken gut, damit die Zeche hoch wird, und dann rülpsen sie gut, und gegen Abend fahren sie, wie nach getaner Schwerarbeit, mit den Eltern nach Hause, und über der offenen Bierverlegerkutsche steht ein Baldachin aus Alkoholdunst.

Ich zeige meinen Gästen ein Gewässer, das wir den *Felix-See* nennen. Es ist ein ausgekohlter Tagebau, der sich mit Wasser füllte. Das Wasser hat bunte Ölstreifen. Wir warten seit Jahren drauf, es möge sich klären. Wer soll in die Jauche boaden? fragt Frede Worreschk.

Ich führe meine Gäste zur *Dicken Linde* zurück, damit sie sie einmal anpacken können. Die *Dicke Linde* wirft einen Schatten, wie ihn sonst nur ein kleiner Wald aufzuweisen hat, sie ist ein Pflanzendenkmal. Frede bemängelt: Wieso een Denkmal? Keene Absperrkette drum, keene Toafel dran, nischt wien dicker Boom.

Ich bin froh, als meine Gäste heimverlangen und sich

wieder in die Kutsche reinpurrein (hineinsetzen). Frede Worreschk winkt meinen Eltern jovial zu. Fahren wir heimzu, Kutscher! Für mich ist heimzu nicht dortzu und nicht hierzu.

Das Pony trappelt nicht so frisch wie am Morgen, es wird langsamer, bleibt schließlich stehen und will nicht wieder anziehen. Ich steige ab und packe es von vorn beim Zügel, um ihm zu zeigen, daß ich sein Fußgängerschicksal teile. Eine Weile gehts voran, aber dann bleibt das Pony wieder stehen und sieht nach hinten. Ein Pferdemann weiß, was es bedeutet, wenn ein Pferd auf die Last hinter sich schielt. Ich versuche, die Worreschk-Kinder zum Aussteigen zu bewegen. Frede Worreschk ist schon wieder beim Bier. Ich laß ma doch nich von een Pferd befehln, daß ich loofen soll, protestiert er.

Ich schlinge die Zügel am Kutschersitz fest, gehe nach hinten und schiebe. Das Pony erkennt meine Hilfe, geht eine Weile und bleibt dann wieder stehen. Schließlich erreiche ich, daß Emma aussteigt. Frede sagt: Is ja Scheuße, son Pferd. Emma läßt sich herab, mitzuschieben. Von Zeit zu Zeit stößt sie mich mit herausgereckter Hüfte versprechend an. Frede fängt an zu schnarchen.

Es ist dunkel, und es ist kühl, als wir endlich in Grodk sind. Meine Freundschaft mit Frede ist verwundet. Ich helfe ihm nur noch des Ponys wegen bei den Schul-Arbeiten.

Ein Herbsttag. Von den Linden an der Spree lösen sich die Blätter, obwohl kein Wind sie berührte. Frede Worreschk lehnt in der Schulpause an der öden Mauer des Fabrikgebäudes, das unseren Schulhof begrenzt. Er beißt von seiner Klappstulle herunter. Die Klappstulle ist mit rohen Lachsscheiben belegt. Mein Schulbrot ist mit einer Masse bestrichen, die im Baltinschen Haushalt *Schmiere* genannt wird, Margarine und Schmalz mit Zwiebeln gespickt und zusammen ausgelassen. Lachsscheiben sind in meinem Pensionspreis nicht inbegriffen.

Willste was Neies wissen? fragt Frede. Das Pony is verkooft. Ich drehe mich weg, er soll nicht sehen, daß mir die Tränen schießen.

Ich hatte das Pony gern, obwohl es mir nicht gehörte. Wo steht geschrieben, daß man nicht gern haben darf, was man nicht besitzt? Später werde ich wissen, daß es gut ist, sein Herz an nichts zu hängen, weil einem alles, alles fortgenommen werden kann.

Herm. Worreschk verwandelt das Pony in ein Leichtmotorrad Marke *Stock*. Die Mehrzahl heißt in Grodk Stöcker. Herm. Worreschk erfüllt seinem Sohn Frede jeden Wunsch. Dazu gehört Geld und Affenliebe, sagt mein Vater.

Frede prahlt mit seinem *Stock*-Motorrad; er würde mich gern neidisch sehen. Er erwartet, daß ich ihn bitte, einmal auf seinem *Stock* über das Hofpflaster der Jägerstraße rumpeln zu dürfen. Ich bitte ihn nicht.

Man braucht ein Motorrad nicht zu putzen und zu striegeln, nein, aber Frede muß mit seinem Gymnasiastenbierbauch neben dem Motorrad herrennen, bis es Lust hat anzuspringen; er muß im Rennen hinaufhopsen, aber wenn er zum Hinaufhopsen anhält, bleibt das Motorrad stehen, und Frede muß den *Stock* aufs neue anrennen, und das, obwohl er auf den Fünfundsiebzig-Meter-Lauf in der Schule einen Haß hat und ihn als Schikane betrachtet, die sich Sportlehrer Feldmann für ihn ausgedacht hat.

Ihr wißt, aus Grodk kommt man nur hinaus, wenn man einen Berg überwindet. Das *Stock*-Motorrad schleppt Frede auf keinen der Berge hinauf, er muß es hinauf schieben. Sein Schweiß düngt die Gräser zwischen den Pflastersteinen. Aba, wenns denn bergab geht, prahlt er, biste fast so besoffen wie von vier Flaschen Bier.

In der Bierverlegerei wird eine Schreibmaschine, Marke *Mignon*, angeschafft. Wenn ich den Namen Mignon höre, färbt sich für mich der Himmel blau, und an Apfelbaumzweigen hängen goldene Orangen. Das kommt von einem Gedicht her; das bewirkt die Kraft, die in einigen verdichteten Sätzen steckt.

Das Schreiben auf der *Mignon* ist kinderleicht. Sie wartet links vorn mit einer kleinen Tabelle auf. Über der Tabelle hängt ein Metallstift; man führt den Stift auf den Buchstaben hin, den man sich gedruckt wünscht, drückt eine Taste, und der Buchstabe, den man sich wünschte, erscheint auf dem Papier; man hat ihn mehr gemeißelt als geschrieben. Und so meißelt man Buchstaben nach Buchstaben herunter, bis ein Wort und wieder ein Wort fertig ist, und schließlich steht ein Satz da und immer so weiter.

Herm. Worreschk weiht die Maschine ein. Er meißelt den ersten Brief. Der Brief ist an seine Bier-Aktionäre in Dresden gerichtet: Verehrte Herren, schreibt er, Unteriger gibt euch zu wissen, daß er sein Büro maschinisiert hat. Von jetzt ab werden von dort Briefe herauskommen, welche wie gedruckt aussehen ... Alsdann verliert Herm. Worreschk die Lust zum Weiterschreiben. Sein Buchhalter vernichtet den Briefversuch, damit er nicht in die Geschäftspost gerät.

Die Verlegersgattin schreibt an ihre Verwandtschaft: Uns geht es gut, was wir von euch auch hoffen. Laßt euch mal sehen; wir haben zuviel zu tune.

Die *Mignon* wird zur Schreib-Hure. Die Worreschk-Emma schreibt einen Brief auf mich zu und steckt ihn mir heimlich in die Hosentasche. Sie fragt an, ob wir wollen zusammen Eis essen gehen. Ich soll von ihrer Eiswaffel lekken, und sie wird von meiner Eiswaffel lecken, schreibt sie, dann sind wir so gut wie verlobt.

Ich antworte nicht auf Emmas Brief, aber sie erwartet es. Sie läßt meine Hand bei der Verabschiedung nicht und nicht aus. Sie möchte, daß ich ihr in die Augen sehe, aber ich sehe hinunter auf ihre Füße, die, auch wenn sie nicht in Bewegung sind, in einem unästhetischen Verhältnis zueinander stehen.

Auch ich würde mich gern auf der *Mignon*-Schreibmaschine versuchen. Kannste gerne, sagt Frede, mußte mir aber dafür uff mein Töff-Töff anschieben, und ich, der ich mein Leben lang von Schreiblust gepeitscht und gepeinigt werde, mache mich zum Lakaien und erspare Frede den Fünfundsiebzig-Meter-Lauf.

Ich schreibe einen Brief an *unsere zahause*: Ich schreibe euch auf der Schreibmaschine, schreibe ich, als ob sie das nicht sehen würden. Ich schreibe das erste Mal auf *eine* Maschine, schreibe ich, als ob sie das nicht wüßten. Der Mensch benimmt sich linkisch und kindisch, wenn er sich seinen Mitmenschen zum ersten Male über technische Apparate mitzuteilen versucht. Als wir in Bossdom unser Telefon kriegten, rief mein Vater mit eitel verstellter Stimme zur Öffentlichen Fernsprechstelle des Vorwerks Gulitzscha hinüber, man möge seinen Skatbruder, den Schneidermeister, ans Telefon holen. Und er hielt die ganze Zeit den Hörer am Ohr, lauschte mit offenem Munde, und wir alle standen herum und erwarteten die Stimme des Schneidermeisters wie die Spiritisten die Stimme Bismarcks oder Kaiser Wilhelms.

Der Schneidermeister meldete sich außer Atem: Was is los?

Ich wullde dir bloß soagen, daß de jetzt mit uns telefonieren kannst, sagte der Vater. Schenken wir uns den Rest der dummen Redereien, die die beiden danach wechselten!

Albern ist der Mensch, hilflos und dumm. Ich erlebe später selber ähnliches mit meinem ersten Diktiergerät. Ich bin mit ihm allein und könnte es mit innigen Worten bedienen, aber ich sage: Hallo, hallo, nu wolln wa doch mal sehn, ob das Ding funktioniert!

Dieses dumme Entzücken, in das der Mensch verfällt, wenn ihm seine Stimme mechanisch zurückgebracht wird, ist alt. Wir kennen es vom Echo, das wir mit dummen Sätzen reizen: Was essen die Studenten? Wir treffen uns hinter der Neiße! Was ergäbs für einen Spaß, wenn man die Sätze sammeln würde, die Professoren, bevor sie hochgelehrte Vorträge, oder Dichter, bevor sie Besinnliches von sich lassen, bei sogenannten Ansprechproben im Rundfunk von sich geben.

So erkundige ich mich denn auch in meinem ersten Schreibmaschinenbrief bei meinen Eltern nach ihrer Gesundheit, obwohl ich sie zwei Tage zuvor munter gesehen habe. Außerdem will ich wissen, ob die Pferdebremsen unseren Wallach noch so schlimm piesacken.

Ich schreibe auch einen Brief an meinen Großvater:

Sitzt du immer noch gemütlich am Ofen? Schabt Großmutter immer noch die Äpfel aus der Schale, weil sie nicht abbeißen kann?

Meine ersten maschinengeschriebenen Briefe finden trotz dieser Naivitäten Anklang in Bossdom. Meine Mutter ermuntert mich, ich soll tüchtig üben, damit ich Briefe an das Finanzamt schreiben kann. Wenn eens mit Maschine geschrieben an sie rantritt, hoaben se mehr Respekt, sagt sie.

Für meinen Großvater war der Maschinenbrief das sicherste Zeichen, daß ich es zum Advokaten bringen würde, und mein Vater fordert, ich soll einen Brief an Onkel Stefan in Amerika schreiben. Mäg er mal ruhig bissel staunen, was bei uns alles möglich is!

Ach, diese *Mignon*-Schreibmaschinen, sie sind so durabel! Eine ganze Herde von ihnen kam trotz Krieg und Bomben auf unsere Zeit. Immer wieder lese ich Inserate, in denen gut funktionierende *Mignon*-Schreibmaschinen zum Preise von zweitausend Mark und mehr angeboten werden. Wir werden wertloser, wenn wir älter werden, *Mignon*-Schreibmaschinen werden kostbarer.

Zeitchen vergeht, und ich erlebe, wie das Bedürfnis entsteht, Kreuzworträtsel zu lösen. Das erste Kreuzworträtsel kommt als Sonderseite der *Berliner Morgenpost* an einem Sonntagmorgen in die Baltinsche Kellerwohnung. Die Sonderseite ist mit schwarzen und weißen Karos unregelmäßig bemustert und gleicht mehr einer karierten Tischdecke als einer Zeitungsseite.

Juro Baltin stürzt sich in das Abenteuer mit Wortkreuzungen. Er liest die Gebrauchsanweisung und weiß nicht, daß er einen Teufelspakt eingeht, mit dem er sich verpflichtet, daß er nun an Sonntagvormittagen nicht mehr basteln oder lesen wird, sondern Kreuzworträtsel raten muß. Kreuzworträtsel, dieser neue Begriff taucht an diesem Sonntagvormittag in abertausend Familien zu gleicher Zeit auf, und er wird eingelassen, und er wird aufgenommen.

Mina, sagt Juro Baltin zu seiner Frau, es ist nicht bloß

ne Spielerei, schreiben se hier, und er liest seiner Mina hochdeutsch gedrechselt vor: Wir setzen unsere Leser damit in die Lage, sich ein gediegenes Wissen anzueignen.

Da laufen weiße Karos von oben nach unten, und da laufen weiße Karos von links nach rechts, und es sind schwarze Karos dazwischen, und das sind Bremsblöcke. Bei ihnen endet ein Wort, ob es von oben oder von der Seite her gelesen wird. Wo aber ein Wort, das von oben nach unten gelesen wird, sich mit einem Wort, das von links nach rechts gelesen wird, kreuzt, müssen sie mit ein und demselben Buchstaben zufrieden sein, damit ist auch der Kreuzworträtsellöser zufrieden.

Juro Baltin stützt seinen Glatzkopf in die rechte Hand, in der er, zwischen Zeigefinger und Mittelfinger, die glimmende Zigarette hält. Der blaue Zigarettenrauch umspült Glatze und Stirn und beschwingt Juros Ratedrang. Ähnlich soll der Rauch von Edelhölzern eine gewisse Frau Pythia aus Delphi in einen beschwingten Zustand versetzt haben, aus dem heraus sie die Lebensrätsel der damaligen Zeit löste.

Der Kreuzworträtselanfertiger fragt Juro nach einem süddeutschen Fluß mit drei Buchstaben.

Inn, antwortet Juro.

Es kann aber auch der Alp sein, sagt der Kreuzworträtselhersteller. Wenn du erfahren willst, ob es der Inn oder der Alp ist, mußt du probieren, ob das zweite kleine N von Inn sich mit dem kleinen N in einem Damenbekleidungsstück, das Büstenhalter genannt wird, kreuzt. Als es um Damenwäsche geht, setzt auch Mina ihren Kneifer auf, fällt in das Kreuzworträtsel hinein und bleibt drin, und das Mittagessen kommt halb gar auf den Tisch, aber selbst die ungaren Kartoffeln erweisen sich nutzbringend für die Lösung des Kreuzworträtsels: Juro kommt drauf, daß die Hackfrucht mit neun Buchstaben, nach der gefragt wird, die Kartoffel ist.

Am Montag werde auch ich in das Kreuzworträtselraten einbezogen. Es stellt sich raus, daß ich gar nicht so dämlich bin, wie Juro dachte. Ich kann auf Anhieb sagen, daß die Hauptstadt von Madagaskar Antananarivo heißt, und das wissen wir jetzt, und damit kann uns kein Kreuzworträtselmacher mehr reinlegen, wir, die Kreuzworträtsellöse-Troika, oder heutig ausgedrückt, das Kreuzworträtsel-Work-Team, kennen viele Dinge und Zustände nicht, nach denen gefragt wird, aber wir suchen umher, durchfurchen mit den Augen den Atlas, gehen hinauf ins Lehrerzimmer und sehen im Lexikon nach, und wer die Namen vieler Dinge und Zustände kennt, gilt als gebildet, und auch wir werden immer gebildeter.

Zuerst siehts so aus, als hätte die Redaktion der *Berliner Morgenpost*, die im Ullsteinverlag herauskommt, das Alleinrecht in Amerika erworben, ihre Leser mit Kreuzworträtseln zu beschäftigen. Bald aber erscheinen auch in anderen Zeitungen Kreuzworträtsel, und Kreuzworträtselhersteller wird ein neuer Beruf wie Flugzeug-Auftanker. Neue Berufe blühen auf, alte Berufe sterben ab, und wir nehmens kaum wahr, wir sind mit uns beschäftigt.

Den Zeitungsredaktionen geht es den Quark drum, ihre Leser mit Kreuzworträtseln geistig zu ertüchtigen, sondern es geht ihnen um den Konkurrenzkampf. Es geht ihnen darum, ihren Mitmenschen Bedürfnisse einzureden, und es geht ihnen darum, mit der Befriedigung dieser Bedürfnisse Geschäfte zu machen.

Ich rate *zugoar* in den Schulferien Kreuzworträtsel und verstecke mich dazu in einer unserer Bodenkammern, weil es mir unerläßlich erscheint, beim Raten zu rauchen, wie Juro Baltin es tut. Aber der Zigarettenrauch verrät mich, statt mich zu beschwingen, an Detektiv Kaschwalla. Sie geht am Rauchduft wie an einem Ariadnefaden zu jener Kammer hin, in der ich beim bildungsfördernden Kreuzen von Wörtern sitze. Bist noch nich aus Schule und roochst schont, tadelt sie mich und speit aus. Gewöhne dir die Ploage nich an! rät sie und denkt gewiß an ihren lieben Phile-Sohn, den die Rauchsucht aus Bossdom vertrieb. Sie hebt die Schürze, wedelt mit ihr und verteilt meinen Zigarettenrauch auf dem Flur, damit ihn Vater Heindrich nicht erschnuppert. Er verkreppt dir sonst, sagt sie. Ach, die kleene Kräte! Hat mich je ein Mensch auf der Welt, ohne daß ich es verdiente, so geliebt wie sie?

Obwohl über Kreuzworträtsel-Lösemüdigkeit bei den Kleinleuten noch nicht zu klagen ist, sorgen die geschickten Anfertiger der *Berliner Morgenpost* für ein neues Spiel, mit dem sie ihre Leser beschäftigen. Dieses Spiel, behaupten sie diesmal, solle den Scharfsinn der Abonnenten fördern und gestalterische Kräfte in ihnen wecken. Wieder haben sie sich etwas aus Amerika geholt und breiten es ihren Lesern hin: Das Puzzle-Spiel. Die Deutschen nennen es Pussel-Spiel. Wieder entführen die fixen Jungs von der *Morgenpost* den Konkurrenz-Zeitungen für eine Weile jene Leser, die man als Laufkundschaft bezeichnet.

Auf der Unterhaltungsseite sind verschieden geformte Bildschnitzel abgedruckt. Die Bildschnitzel gehören ausgeschnitten, um nachher zusammengesetzt das zu ergeben, was sie waren, ehe sie Schnitzel wurden. Die Schnitzel liegen wie Trümmer von Abbildungen in der Rätselecke.

Juro Baltin steht wieder unter Dampf, reißt die Plüschdecke vom Wohnzimmertisch, schiebt Zeitungs-Schnitzel hin und her und versucht sie zusammenzupassen. Und was haste davon? fragt seine Frau. Eeen Bild, sagt Juro.

Was auf dem Baltinschen Wohnzimmertisch zerschnipselt umherliegt, ist die zerschnittene Zeichnung eines bekannten Karikaturisten; sie zeigte, bevor sie zerschnipselt wurde, das Leben auf dem Potsdamer Platz in Berlin. Dort ist soeben der erste Verkehrsturm errichtet worden, auf dem ein Polizist steht und den Auto- und Fußgängerverkehr regelt. Der Verkehrsturm, ein neues Berliner Wahrzeichen, wird in allen Kino-Wochenschauen gezeigt und in allen Zeitungen abgebildet.

Mina, Mina, ruft Juro Baltin zur Küche und ist von seiner Intelligenz überrascht, hier isn Schnipsel vom Verkehrsturm. Mina läßt ihren falschen Hasen auf sich gestellt, setzt ihren Kneifer auf und stochert mit der Bratengabel im Schnipselhaufen, bis auch sie einen Teil vom zerschnittenen Verkehrsturm findet. Gemeinsam stoppeln die Baltins die Zeichnung wieder zusammen und sind für einen Augenblick glücklich. Ist es nicht gleich, worüber ein Mensch glücklich ist? Ist nicht die Hauptsache, daß ers ist? Ists nicht so, daß dort, wo ein Glücksaugenblick eintritt, kein Raum für Kummer ist?

Das Puzzle-Spiel wächst nicht in die Erlebniswelt der deutschen Erwachsenen ein. Es wandert nach einigen Monaten in die Kinder-Ecken der Zeitungen ab, das Kreuzworträtsel hingegen obsiegt und ist, journalistisch ausgedrückt, aus unserer Kulturlandschaft nicht mehr wegzudenken. Es erzwingt sich eigene Zeitschriften, und es kann kaum eine Zeitschrift ohne Kreuzworträtsel erscheinen; in einigen Zeitschriften sogar mit einem Foto als Herzstück, mit dem Foto eines Menschen, der, nach Aussagen einiger Mitmenschen, berühmt sein soll. Glaubt es oder glaubt es nicht, eines Tages finde ich mein Foto in der Mitte eines solchen Kreuzworträtsels. Mir bleibt der Atem stehen, und ich bin für einen Augenblick versucht, mich selber zu erraten. Seither befürchte ich, daß eines Tages auch die Zeitschrift *Neue Deutsche Literatur* auf den letzten fünf Seiten mit Kreuzworträtseln erscheinen wird.

Kreuzworträtsel, Kreuzworträtsel. Wer auf eine Reise geht, kauft sich am Bahnhofskiosk eine Zeitschrift für Kreuzworträtselzüchtungen, macht sich über die Rätsel her und gelangt, ohne von seiner Reise etzliches zu bemerken, ohne von eigenen Gedanken belästigt zu werden, an den Ort, zu dem er hin will.

Wie oft durchzuckts mich freudig, wenn ich in einem Wartezimmer jemand tapfer überlegend mit dem Schreibstift hantieren sehe. Ein Brudermensch, denke ich, ein Schriftsteller gar, der seine tiefen Ansichten über das Leben zu Papier bringt. Dann aber kracht meine optimistische Vermutung zusammen, weil ich sehe, daß es sich um einen Kreuzworträtsellöser handelt. Aber wie auch immer, ich bin dabeigewesen, als das erste Kreuzworträtsel in die Kellerwohnung der Baltins rutschte und gelöst wurde, ich bin Zeuge eines *kulturhistorischen Augenblicks* gewesen.

Auf der *hochen Schule* werde ich Zeuge eines anderen *kulturhistorischen* Augenblicks: Ab nächste Woche wird Arbeitsunterricht betrieben, heißt es. Ich vermute, daß sich unser Studiendirektor das ausgedacht hat, weil ich noch nicht weiß, daß so Anordnungen von Leuten eines Ministeriums ausgegeben werden, und daß die Ministeriumsleute Anordnungen, die sie ausgegeben haben, nicht zurücknehmen, auch wenn sie nicht befolgt werden. (Siehe unsere letzte Verkehrsordnung!)

Wir sind gespannt auf diesen Arbeitsunterricht; soll er sich endlich blicken lassen! Der *Montag der nächsten Woche* kommt, aber der Arbeitsunterricht ist noch nicht zu sehen. Studienrat Schraube läßt uns ein Lesestück aus dem Französischen ins Deutsche übersetzen. Nach einer Weile fällt ihm ein, daß Arbeitsunterricht von ihm verlangt wird. Er fragt uns, ob wir Vorschläge zur Verbesserung der Unterrichtsmethoden machen können. Wir sehen uns an, einer lächelt dem anderen zu, wir sind uns einig, daß eine gute Gelegenheit gekommen ist, eine Französischstunde lautlos um die Ecke zu bringen, doch da meldet sich unser Musterschüler Klaus-Peter Stiffel, der Sohn des Bürgermeisters. Er ist der Beste von uns, wie die Lehrer behaupten, am allerbesten ist er im Malen und Zeichnen, er malt schon Menschen, und die sind einwandfrei, Arme und Beine im rechten Verhältnis zum Kopf. Klaus-Peter Stiffel erinnert an die Rollbilder, mit denen wir uns in der Sexta beschäftigt haben. Gut, mein Sohn, einverstanden, heißt es. Die Anschauungstafeln werden aus dem Lehrmittelzimmer geholt, vier Rollbilder von den vier Jahreszeiten. Der Frühling sprießt, der Sommer lächelt, der Herbst erntet, der Winter schneit. Das Bild des Frühlings wird zuerst am Kartenhalter befestigt und aufgerollt: Man sieht am Himmel die Zugvögel mit vorgereckten Hälsen heimkommen. Auf die verschiedenen Zeiten, an denen die Zugvögel zurückkommen, konnte der Maler keine Rücksicht nehmen, er hatte den Auftrag, den Frühling darzustellen, und damit er recht viel von dem auf sein Tableau bekam, erscheint dort das Mögliche neben dem Unmöglichen, während am Himmel die Stare heimkommen, steht der Storch schon auf einem Bein in seinem Nest und denkt darüber nach, weshalb sich die Stare so verspäteten. Ein Bauer zieht mit seinem Zweispänner Furchen, die Krähen denken, der Bauer ist für sie gemacht, damit er ihnen fette Mäuse und Würmer aufwirft, und sie folgen ihm. Aus einem Weiher lugen Frösche, Bäume stehen im matten Grün, Wanderer sind unterwegs, und an ihren Lauten flattern Bänder.

In der Sexta mußten wir alle Dinge, die auf dem Rollbild zu sehen sind, in Deutsch benennen, in der Quinta tun wir es jetzt in Französisch. War das nicht eine gute Idee von unserem Klassenbesten Klaus-Peter Stiffel? Wenn der Arbeitsunterricht so weitergeht, werden wir alle Dinge, die auf den Rollbildern zu sehen sind, in der Untertertia englisch benennen, in der Untersekunda lateinisch, und auch griechisch und hebräisch wäre möglich. Als Quintaner wissen wir zunächst über den Frühling in Französisch Bescheid. Es wird kaum einer, außer als Krieger, von uns nach Frankreich kommen, aber sollte es einem zivil gelingen, und es zöge in der dortigen Gegend ein Gewitter auf, so würde er nicht wissen, wie er seinen lieben Nächsten davor warnen könnte; ein Gewitter war auf keinem unserer Rollbilder zu sehen.

Studienrat Schraube nimmts also, wie wir sehen, ernst mit dem Arbeitsunterricht. Er gehört der demokratischen Partei an und ist reformwillig. Er bittet uns um weitere Anregungen. Oberkrachschläger Hundert bringt eine Schallplatte mit französischen Liedern. Wir holen das Grammophon aus dem Lehrmittelzimmer und legen die Platte auf. Eine französische Diseuse singt und sagt etwas. Wir bitten Studienrat Schraube, uns Wörter und Wendungen, die wir bisher im Unterricht nicht durchgenommen haben, zu übersetzen. Wahrscheinlich handelt es sich nicht nur um Ein-, sondern auch um Zweideutigkeiten. Studienrat Schraube drückt sich. Es handle sich um ein sehr spezielles Französisch, auch er verstünde manche Wörter nicht, sagt er. Wenn ich mich recht erinnere, endet mit dem Abspielen dieser Grammophonplatte der Arbeitsunterricht in Studienrat Schraubes Französisch-Stunden.

Studienrat Eekbrett ist Junggeselle, steckt die meiste

Zeit in einer Wolke aus Alkoholdunst, kommt in verknitterten Straßenanzügen zum Unterricht, weil er sie als Schlafanzüge benutzt, ist ehemaliger Offizier, deutsch-national gesinnt und prügelfreudig. Er teilt vor allem Schwergewichts-Ohrfeigen aus. Wenn er Hof-Aufsicht hat und einen Schüler betrifft, der in der Pause seine Hand in der Hosentasche hat, fliegt dem eine Eekbrettsche Schwergewichts-Ohrfeige entgegen. Eekbrett macht sogar vor Primanern nicht halt. Wenn der Geohrfeigte sein Gesicht schmerzvoll verzieht, geht ein sadistisches Grinsen über das blau-rote Gesicht des Front-Offiziers.

Eekbrett kommt in die Klasse, setzt sich ans Katheder, blättert eine Weile im Klassenbuch, klappt das Klassenbuch zu, stützt seinen Kopf in die Hände, starrt in die Klasse, starrt durch uns hindurch, bleibt so sitzen bis kurz vor dem Schluß der Stunde und brüllt: Und das nennt ihr Arbeitsunterricht? Er tut so, als ob die Idee mit dem Arbeitsunterricht von uns gekommen wäre. Das sind nun eure Vorschläge? brüllt Eekbrett. Alles Scheiße, Räterepublik! Er verläßt noch vor dem Klingelzeichen das Klassenzimmer.

An diesem Tage bezweifle ich zum ersten Mal, ob ich auf der *hochen Schule* was lerne, was meinem Leben zu Diensten sein kann. Mir will scheinen, als ob ich die Zeit meines Heranwachsens auf der *hochen Schule* innerhalb einer feststehenden Norm verbringe, die mir von der Umwelt aufgezwungen wird, und als ob sich das Leben um diese Norm nicht kümmert, als ob es um sie herumfließt.

Es ist Sommer, kurz vor der Getreide-Ernte. Ich gehe in die Felder zu den Zetschens hinaus, um zu sehen, wie reif die Kirschen schon sind. Auf dem Kirschbaum sitzt ein fremder Junge, unterm Kirschbaum sammelt ein fremdes Mädchen Kirschen in ein Körbchen. Das Mädchen hat hellblonde Locken, große blaue Augen und erscheint mir hübsch, weil es nicht aus unserer Gegend ist und leicht angesächselt spricht.

Ich heiße Meta, sagt das Mädchen, bist du der Esau?

Der bin ich, sage ich.

Mir sin hier bei Ongeln uff Sommerfrische, kommts vom Kirschenbaum. Der Junge heißt Bernhard, ist zwei Jahre älter als ich und behauptet, er sei der Hauptneffe von Onkel Ernst, ich sei nur angeheiratet.

Das ist mir neu. Ich wußte nicht, daß Onkel Ernst einen Bruder hat. Der Bruder hat wollt Lehrer wern, is aber durchgekracht, erklärt Onkel Ernst. Mit der vergeblichen Lehrerlernerei habe der Bruder sein Erbteil *verpanscht*, doch er bestünde weiterhin auf die Erbschaft, und die Brüder hätten sich darüber verzweit. Der verkrachte Lehrer sei in den Bergbau gegangen und wäre jetzt Gruben-Oberaufseher in der Gegend von Eisleben. Der Zwist zwischen den Brüdern halte an. Da Zetschens keine Kinder haben, behauptet der Gruben-Oberaufseher, müßten seine Kinder einst den Hof von Onkel Ernst erben, deshalb schickt er sie hin und wieder zu den Zetschens in die Sommerfrische.

Die beiden Angereisten halten es in der Feldeinsamkeit nicht lange aus und stellen sich alsbald bei uns in Bossdom ein. Bernhard interessiert sich für die Brotbäckerei; doch nach zwei Tagen wird ihm die zu eintönig, und er wechselt zu den Sastupeits hinüber. Nach einigen Tagen behauptet er, er könne schon die Windmühle fahren. Danach wird er von Onkel Ernst zum Fahren von Erntefudern angefordert. Meta aber läuft Tag für Tag über die Felder zu uns, hockt bei meiner Schwester und noch eifriger bei mir. Sie sitzt bei mir in der Poststelle, begleitet mich auf den Briefträgergängen und bringt Unruhe in mein Sommerleben.

Es kommt ein Regentag, und der Regen versucht sich in allen Gangarten, nässelt, pladdert, kommt als Strichregen und schließlich mit Gepolter als Gewitter. Meta läßt sich vom Regen nicht schrecken, sie macht, wie alle Tage, die Briefträgerrunde mit mir durchs Dorf. Wir trocknen unsere Kleider in der Backstube und sitzen derweil in Unterkleidern auf dem Backofen, um uns durchzuwärmen. Obwohl es auf dem Backofen schummerig ist, sehe ich Metas nackte Arme. Es geht ein mir unbekannter Duft von ihrer glatten Haut aus, vielleicht der Duft von Seife, die aus Eisleben stammt. Ich verpüre Lust, mich Meta zu nähern, doch ich versage es mir. Ich werde unruhig.

Ich fertige die Nachmittagspost ab, Meta hockt bei mir, und es regnet. Hernach spielen wir mit den Geschwistern in unserer Kinder-Schlafstube. Meine Schwester und die beiden Brüder spielen Theater. Meta und ich sind die Zuschauer. Wir sitzen auf dem Bettrand. Die Geschwister werfen uns eine Decke über den Kopf, weil wir nicht sehen sollen, wie sie ihre Vorbereitungen für das Spiel treffen.

(Eingedeckte Zuschauer anstelle eines Bühnenvorhangs – vielleicht ein Hinweis für einige unserer Theater-Regisseure, die fort und fort nach modernen Regie-Einfällen suchen.) Meta und ich fühlen uns unter der Decke herrlich ungesehen. In Romanen heißts zuweilen: *Ihre Lippen berührten sich leise* ... Bei uns sind es die Stirnen. Metas Haarkringel streifen meine Stirn wie die Flügel eines Nachtschmetterlings. Mit eins wird uns die Decke von den Köpfen gezogen, und wir fahren auseinander wie Ameisen, wenn Tageslicht in ihren Bau dringt.

Die Geschwister spielen ein Stück aus dem Bossdomer Leben: August Petruschka kommt stark angetrunken mit einer Katze auf dem Arm aus der Schenke. Es ist eine windige Nacht. Den Wind erzeugt Bruder Tinko. Er liegt hinter seinem Bett und zischt und faucht. August Petruschka will die Katze seinem Enkel mit nach Hause nehmen, aber unterwegs entspringt ihm das Tier, und er sucht und sucht es; er dreht sich um sich selber und weiß zuletzt nicht mehr, wo er ist. Er klopft Leute heraus, damit sie ihm seinen Standort bestimmen helfen, aber er klopft an die eigene Haustür. Seine Frau Auguste erscheint in der Nachtjacke, nimmt ihn beim Kragen und bringt ihn zu Bett.

Meta und ich lachen ausgiebig und loben die Schauspieler. Wir verstecken unser Geheimnis von unter der Decke durch unseren Beifallseifer und wissen voneinander, daß wir lügen, daß wir täuschen, und bitten die Geschwister um ein neues lustiges Stück.

Der Vorhang fällt, das heißt, Meta und ich hocken unter

der Decke. Metas Jungmädchenduft ist wieder da. Unsere Stirnen berühren einander. Vor der Decke beraten die Geschwister und flüstern. Draußen geht der nimmermüde Regen nieder. Unter der Decke entstehen unbekannte Bedrängnisse. Unsere Lippen berühren sich. Kein Kinderkuß mehr, ein Kuß, mit dem wir in eine Lebensgegend vordringen, in der wir noch nicht waren.

Detektiv Kaschwalla kommt und sieht nach dem rechten. Was machen die beeden doa? Sie reißt die Decke hinfort, erkennt unseren Zustand, stemmt die Hände in die Hüften: Sich moal bloß eener an!

Der Regen nimmt nicht ab, gegen Abend wird er noch eifriger. Meta ißt mit uns Abendbrot. Weiß jemand, daß wir uns küßten?

Die Mutter entscheidet: Das Mädel kann bei dem Regen nicht über die Felder! Meta übernachtet bei uns. Sie schläft mit im Bett meiner Schwester. Das Bett der Schwester steht in der Kammer, dem Nebenraum der Kinderstube. In der Kinderstube schlafen Bruder Tinko und Bruder Heinjak in einem Bett, und im anderen Bett, dem Bett von Bruder Heinjak, schlafe ich. Die Türöffnung zur Mädchenkammer ist von einer Portiere verdeckt.

Mir ist heiß. Ich wälze mich schlaflos. Es ist mir wie damals, als man mich gegen Pocken impfte und die Impfstellen sich entzündet hatten. Draußen immer noch Regen und Regen. Ihr kennt sie, jene Sommerregen, die wochenlang ihre Arbeit vergaßen, sich dann aber überstürzen und alles nachholen.

In der Mädchenkammer raschelt es. Es muß Meta sein. Schläfst auch du nicht? flüstere ich. Woher nehme ich den Mut, erzeugt ihn das erwachte Männchen in mir? Es kommt kein Gegengeflüster aus der Kammer, aber die Portiere raschelt.

Wir liegen nebeneinander.

Hörst du den Regen?

Ich höre ihn.

Frierst du?

Ich friere.

Wir rücken zusammen, wir umarmen uns, erwärmen einander, wiederholen den Kuß vom Nachmittag und verlängern ihn. Ich erwäge, mein Hemd auszuziehen. Sie kommt mir zuvor. Instinkt täuscht Erfahrung vor. Wir versuchen einander. Wir versuchen *ES* miteinander, aber wir sind zu jung füreinander. Es endet kläglich. Mir klappern die Zähne, ihr klappern die Zähne, wir frieren, als lägen wir im Schnee. Wir schämen uns voreinander.

Am Morgen geht Meta über die Felder zum Ausbauernhof der Zetschens. Von mir verabschiedet sie sich nicht. Wir sehen uns in diesen Ferien nicht wieder. Wir sehen uns erst wieder, da sind wir je sechzehn Jahre alt.

Das Erlebnis in jener Sommernacht peinigt mich noch nach Wochen. Weshalb hat sich mir dieses unbekannte liebliche Drängen, das mich auf die Cousine hinstieß, nicht erfüllt? Es war alles so glatt an Meta. Fertige Frauen müssen anders sein, vermute ich. Ich beobachte Frauen, die mir gefallen. Ich spüre ihren Duft, ihre Wärme, bin begierig, eine wirkliche, eine fertige Frau zu sehen.

Ich hole heimlich das *Doktorbuch* aus dem Vertiko der Mutter. Ich sehe mir das aufklappbare Modell der nackten Frau an. Es wirkt kalt und konstruiert auf mich, ist wissenschaftlich, ist schamlos, ist ohne Poesie.

In Berlin läuft eine Revue mit dem Titel *Zieh dich aus!* Ich sehe mir die Fotos der Girls in der *Berliner Morgenpost* an, aber was ich sehen will, sehe ich nicht, nicht einmal das kleine Dreieck aus Haaren, über das mich Bücherbote Baer aufklärte.

In Inseraten von Tageszeitungen werden Frauen gefragt: Leiden Sie an Weißfluß? Wir helfen Ihnen, wird versprochen. Worum handelt es sich?

Da ist von korrigierbaren Damenbüsten die Rede, und es werden goldene Perlen empfohlen, die die Mannskraft steigern, und silberne Perlen sollen die Frauen eifriger machen. Alles halb verschlüsselt. Mein geheimer Drang wird nicht gelöscht, er hört nicht auf. Obszöne Tiraden von Mitschülern mißfallen mir. Die Dorfburschen erzählen Gruselgeschichten. Sie erklären mir, weshalb sie in den Revers ihrer Sonntagsjacken einige Stecknadeln mit sich führen. Wenn sie sich über ein Mädchen hermachen, erzählen sie, und auf dem Mädchen hängen bleiben, wie mans von den Hunden her kennt – ein Stich mit der Nadel ins Hinterteil des Mädchens, und die Befreiung ist da. Sie nennen mir Namen von Orten, an denen *welche zusammengehangen haben*: Von Drieschnitz soll man mußt hoaben een zusammenhängendes Pärchen nach Choćebuz transportieren. Der Doktor hat sie mußt lösen.

In der *Berliner Morgenpost* wird Tag für Tag von einem sogenannten Sittlichkeitsskandal berichtet. Die Beteiligten sind Jugendliche. Ein Gymnasiast wurde erschossen. Die Jugendlichen sagen vor Gericht über sexuelle Vorgänge aus. Die Aussagen werden wörtlich wiedergegeben. Die Grodker Kleinbürger spielen Empörung und delektieren sich an der Verkommenheit von hauptstädtischen Jugendlichen. Der Mörder-Gymnasiast hat eine Schwester; er betrifft seinen Freund mit ihr in einem Liebestechtelmechtel und erschießt ihn aus Eifersucht, weil der Freund ihm untreu wurde. Die beiden Jungen lieben einander. Ich kriege das erste Mal etwas von Männerliebe zu wissen.

In der *Morgenpost* werden die Fotos vom Mörder, vom Ermordeten und von der Lyzeumsschülerin Hildegard S. veröffentlicht. Das Mädchen gefällt mir; auch ich würde mich, trotz seiner Verruchtheit, in es verliebt haben, und meine Zuneigung zu ihr wird von Prozeßbericht zu Prozeßbericht stärker. Dagegen mißfällt mir der ekelig scharfzüngige Richter, der das Mädchen vernimmt. Heute, da wir mehr und mehr zu Maschinenteilen geworden sind, würden wir sagen: Er nahm das Mädchen auseinander. Er preßt der schönen Hildegard Aussagen ab, die sie von Tag zu Tag verruchter erscheinen lassen. Ich hüte mich, über meine Gefühle, über mein Mitleid zu sprechen, weil ich spüre, daß sich mein Begehren dahinter verbirgt. Die Leute meiner Umgebung würden darüber empört sein. Also schweige ich; also lüge ich; also tue ich mitempört über das Leben von jungen Mitmenschen, das nicht nach Norm und Vorschrift verlief.

Es gibt Dinge, die von Menschen für Menschen angefertigt werden, Dinge, die ein Bedürfnis befriedigen. Sie halten sich über Jahre und Jahrzehnte. So hat zum Beispiel der Erfinder jenes Kessels mit der Röhrennase, in dem unser Tee-Wasser erhitzt wird, ein echtes Bedürfnis befriedigt.

Daneben gibt es Bedürfnisse, die künstlich heraufgerufen und von gerissenen Geschäftsleuten ausgiebig befriedigt werden; sie sind eine Zeitlang Mode und verschwinden wieder.

In der Zeit, von der ich rede, wird Reklame für ein Gerät gemacht, das die Geschäftsleute unter der Bezeichnung Punktroller auf den Markt bringen. Der Punktroller gleicht einem Nudelholz, nur daß seine Walze aus kleberig aussehendem roten Hartgummi besteht. In der Walze sind näpfchenartige Vertiefungen eingelassen, sogenannte Saugnäpfe. Dicken Damen (in den Inseraten vorsichtig Vollschlanke genannt) wird empfohlen, sich von oben bis unten zu berollen. Es wird, wissenschaftlich gestützt, erklärt, wie die Saugnäpfe sich über das unter der Haut abgelagerte Fett hermachen und es zum Tempel hinaustreiben, denn ein Frauenkörper ist nun einmal ein Tempel. Schlanken Damen und Herren wird empfohlen, den Punktroller zur Anregung ihres Blutkreislaufes zu benutzen. Die Firma hält ihr Kundenspektrum breit, wie man heute sagen würde.

Es ist Mittwochabend, und es ist ein warmer Abend, und in Mina Baltins Souterrain wird das kleine Kränzchen geflochten. Man schickt mich, wie üblich, mit dem Henkelkörbchen um Leckereien zum Konditor. Als ich zurückkomme, sind die Damen so eifrig mit einer Angelegenheit beschäftigt, daß sie mich nicht eintreten hören. Sie rollern punkt. Die Laurischen hat sich einen Roller schicken lassen, und die Damen probieren ihn aneinander aus. Sie haben ihre Büstenfesseln abgelegt, rollern eifrig und *umzechtig* (abwechselnd) und strömen Schweißgeruch aus. Alle sind, wie man heute sagt, oben ohne. Noch ehe die Kränzchenschwestern mich bemerken, raffen meine Augen ein, was sie kriegen können. Erst, als ich meinen Korb in der Küche abstelle, fangen die Eiferinnen an, sich, etwas verspätet, zu schämen, doch die Viehhändler Papprotten sagt: Hoabt eich nich, der freit sich, wenn er uns halb nacklicht sieht. Die Papprotten hat es erraten: Etwas von dem, was reife Frauen unter ihren Kleidern verbergen, hat sich mir entdeckt, aber es ekelt mich an, es ist nicht das Edle, von dem ich träumte.

Merkwürdige Sehnsüchte überfallen mich jetzt häufig, wenn es im Schulunterricht langweilig zugeht. Die Sehnsüchte wecken Hoffnungen auf ein großes Entzücken in mir, von dem ich fühle, daß es in der Zukunft auf mich wartet.

Die Punktroller verschwinden so rasch, wie sie kamen. Sie sind ein Bluff. Aber jene Frauen, die einen Leib-Beroller erwarben, gestehen einander nicht, daß sie sich bekauften. Die Punktroller verschwinden im Müll des Weltgeschehens, doch neue Propheten stehn auf, die eine klitzekleine Erkenntnis zu einer *Lehre* ausweiten, sie verkünden und Sekten gründen. Sie könnten es nicht, gäbe es nicht Leute und Leute, die danach gieren, verführt zu werden.

Das *Fletschern* wird modern. Ich weiß nicht mehr, ob es ein Mediziner namens Fletscher war, der es *lehrte*. Das Lebensglück des Menschen hing danach davon ab, wie er seine Nahrung verkaute. *Fletschern* ist das System, nach dem man jeden Bissen, den man ißt, eine Weile auf der linken Zahnseite, dann eine Weile auf der rechten Zahnseite und wieder auf der linken Zahnseite kauen muß, damit die Nahrung richtig eingespeichelt und aufgeschlossen wird, und weiß der Deibel, was alles! Jedenfalls mußte, was man aß, zu einem Kraftstoff aufbereitet werden, mit dem dann das Glücklichsein in Betrieb gesetzt wurde.

Die Mitglieder des Baltinschen Damenkränzchens wurden ebenfalls vom Bestreben ergriffen, sich glücklich zu kauen. Sie warfen ihr Gekautes in den Mündern von einer Seite zur anderen, und eine Dame kontrollierte die andere. Durch das *Fletschern*, so hieß es zudem in der *Lehre*, brauchte man nur die Hälfte der Nahrung, die man sonst zu sich nahm.

Verhungern, ich soags ja, zischte die alte Pobloschen aus ihrer Tabak-Ecke.

Ich konnte nicht feststellen, daß die Damen fortan weniger Windbeutel und Frankfurter Kranz verschlangen als vordem. Aber das *Fletschern* bezog sich wohl mehr auf Brot und Kartoffeln. Denn man zu!

Die erste Kränzchendame, die abfällt, ist, wie zu vermuten, die Viehhändler Papprotten. Mäg ja sein, daß man dürre davon wird, aber erstens dauerts zu lange und zweetens, was hat man davon? Sie *fletscherte* fortan nicht mehr und verletzte mit ihrem Unglauben und ihrer Weigerung das fortschrittliche Getu der Damenkränzchen-Sekte.

Ein Augustnachmittag ists, und die Rapschinskin ist unterwegs, um *Reichs-Adler*-Zigarren unter die Raucher zu bringen. Sie wird nach Slamen-Ziegelei, im Volksmund Ziegelscheine genannt. Ihr Weg führt durch Felder, dann durch ein Mischwäldchen und danach durch Wiesen. Die Rapschinskin fährt auf einem Fahrrad. Wer ein Fahrrad benutzt, spart Lebenszeit ein. Wer Lebenszeit einspart, benutzt sie für etwas, was er für wichtig hält. Die Rapschinskin hält für wichtig, am Frühabend zurück zu sein, um Abendbrot für ihren Erichen zu machen. Sie sieht die Getreidepuppen auf den Feldern nicht; sie hört die Blätter der Pappeln nicht rascheln, sie hält ein Eichhörnchen, das ihr über den Weg läuft, für einen Fuchs, und die Blumen am Wegrand sind lumpig, nicht schön genug zum Verschenken. Der Rapschinskin, dieser Kleinstadttochter, wäre es am liebsten, wenn die Feldwege gepflastert wären, und wenn am Wegrand ein Haus hinterm andern stünde, und wenns in den Häusern Geschäfte mit Schaufenstern *gäbte.* Sie wünscht, es möge überall Grodk oder Berlin sein, und ist froh, als sie das Gasthaus in Ziegelscheine erreicht.

In der Gaststube politisieren zwei Männer. Der eine ist schlank und schmalköpfig, der andere ist gepackt und rotgesichtig. Der Rotgesichtige läßt die Rapschinskin voll auf sich wirken und hält deren unbeherrschbares Augenzwinkern für etwas, was ihn betreffen soll.

Der Mann an der Theke hat ein durchschnittliches Gesicht. Er begrüßt die Rapschinskin mit Handschlag und grinst schmal.

Die Rapschinskin setzt sich an einen besonnten Tisch, auf dessen Holzplatte noch Reste von Scheuersand glimmern, und bestellt eine Selters und einen Weinbrand. Sie kippt den Weinbrand hinunter und läßt etwas kaltes Selterswasser nachlaufen, alsdann bestellt sie einen zweiten Weinbrand, auch für die beiden Herren am Nebentisch je einen.

Die Männer prosten der Rapschinskin zu. Die Rapschinskin nimmt das Zuprosten augenzwinkernd entgegen. Der rotgesichtige Schneidermeister Mattschens glaubt, wieder ein Signal gekriegt zu haben. Er zeigt, daß er nicht aus dem Armenhaus ist, und bestellt seinerseits eine Stubenrunde. Diesmal prostet die Rapschinskin den Männern zu und gibt ihrerseits nochmals eine Stubenrunde, und diese Stubenrunde bringt die Rapschinskin mit den Herren zusammen an einen Tisch. Willkommen, schöne Frau!

Die Rapschinskin fängt an zu finden, daß vom Schneidermeister etwas Gefälliges ausgeht. In ihr ist die Lust auf Kinder wach, aber ihr schöner Erich mit den Reklamezähnen und dem Mittelscheitel produziert keinen brauchbaren Kindersamen. Das denkt die Rapschinskin und fängt sogleich an zu fürchten, daß es verworfene Gedanken sind, die ihre Halbtrunkenheit ihr eingibt. Deshalb bestellt sie eine Runde warme Warme und Semmeln dazu. Semmeln saugen den Alkohol auf. Ach ja, sie muß sich plagen, muß *Reichs-Adler*-Zigarren verkaufen, und ihr Erich sitzt daheim und dreht Zigarrenseelen zusammen.

Um die Abendmitte jenes Augusttages fällt Erich Rapschinski in der Baltinschen Kellerwohnung ein. Seine Füße stecken in Hausschuhen. Er ist schlipslos mit verrutschtem Mittelscheitel an der Außenseite der Stadt über die Slamener Brücke und durch die Ölsträucher zu den Schwiegereltern hin.

Erich, was haste?

Mit Lotten is was los, ich wees nich was!

Ich soags ja, kommts aus der Tabak-Ecke. Mina fährt auf ihre Mutter los. Die Pobloschen tut, als habe sie nur ausgiebig gegähnt.

Die Baltins ziehen sich hastig an. Sie müssen nach Lotten sehen gehen. Ich will ihnen nicht im Wege sein, ich schlüpfe ins Bett. Es ist erst halb neun, ich habe eine halbe Stunde Aufsein gut, die schreib ich in mein kleines Notizbuch. Der Schlaf vertreibt meine Neugier.

Erst am nächsten Nachmittag höre ich wieder etwas von dem außergewöhnlichen Zustand der Rapschinskin. Die Baltins flüstern beim Vespern mit ihren Kehrfrauen in der Küche. Ein Satz von Mina Baltin springt ungehorsam aus dem Geflüster heraus. Und da hatta se hingeschmissen, sagt unse Lotte. Jemand gibt jenen Pst-Laut von sich, jenen Beschwörungslaut, mit dem die Menschen Stille heranzuzaubern versuchen. Aber wie auch immer, der ungehorsame laute Satz der Mina Baltin ist nicht mehr einzufangen; er hat mich erreicht und ist ein Samenkörnchen, das auf dem fruchtbaren Felde meiner Phantasie sogleich keimt und aufgeht.

Am Frühabend kommt Erich Rapschinski wieder. Er wirft sich aufseufzend in den Korbsessel auf dem Podest unter dem Fenster und knetet seine Hände. Wissen möcht ich, sagt er und nimmt keine Rücksicht auf mich, ob er se gewaltsam berammelte, oder ob sie sich freiwillig gelegt hat. Damit ist das Geheimnis um Lotte Rapschinskis Zustand ungeheim geworden.

Du meinst doch nicht, daß meine Lotte sich einem solchen hingibt, sagt Mina Baltin beleidigt.

Die Baltins flüstern nun auch mit den Kehrfrauen nicht mehr über das, was Lotten passiert ist. Das Geheimnis hat nirgendwo mehr ein Heim. Sie reden von einer Vergewaltigung und reden davon wie von einem Naturereignis, wie von Hochwasser, wie von Krieg oder Erdbeben.

Juro Baltin redet von Vergewaltigungsflecken. Ein Arzt soll die Rapschinskin untersuchen, doch die weigert sich. Sie hat so schon einen Ekel vor Männern, sagt sie.

Ich bin in Vergewaltigungs-Angelegenheiten nicht unbeschlagen, wie ihr wißt. Wir haben uns dennmals in der Bossdomer Schule eingehend mit Vergewaltigungen beschäftigt; wir haben sie bei Rumposchen durchgenommen, damals, als Bossdom elektrisch wurde, damals, als die Elektromonteure die Vergewaltigung ins Dorf schleppten.

Nun kriege ichs weiter mit Vergewaltigungssachen zu tun, obwohl ich dazu nicht auf die *hoche Schule* nach Grodk geworden bin. Erich Rapschinski entführt seiner Lotte die Unterhosen, die zu jener Zeit schon Schlüpfer genannt werden, wickelt sie in die Unterhaltungsbeilage der *Berliner Morgenpost* und bringt sie geschleppt. Schwiegervater Juro Baltin will die Hose der Kriminalpolizei zwecks Untersuchung auf Samenspuren zustellen. Ich denke an die Samen von Waldgras, in dem Lotte Rapschinski gelegen hat, als der, den sie den Vergewaltiger nennen, sie umwarf oder hinschmiß.

Juro Baltin bringt die Hose zurück. Die Leute auf der Kriminalpolizei erklären sich für unzuständig. Die Vergewaltigung hat im Landjägerbereich stattgefunden. Die Hose muß dem Kreisoberlandjäger überbracht werden.

Der Kreisoberlandjäger wohnt draußen im Stadtteil, der von den Grodkern abfällig Algier genannt wird. Doa muß eener mitn Roade hin, stellt Juro Baltin fest. Zum Fahrradboten werde ich ausersehen. Mina Baltin nennt mich wieder einmal Jungchen. Jungchen, du bist so lieb und fährst, nich wahr nich, nich wahr? Sie wickelt die töchterliche Hose in festes Packpapier, und ich stecke sie in meinen kleinen Heimfahrtsrucksack.

Was soll ich sagen, was ich bringe?

Du bringst die Hosen, sagst du, die wissen schon Bescheid.

Ich läute bei der Tür der Kreisoberlandjägerei. Die Tochter des Kreisoberlandjägermeisters will wissen, was ich will. Sie ist zwei Schuljahre älter und vier Schuljahre dicker als ich. Sie geht ins Lyzeum, ist blond und straff und ähnelt der Germania auf den Briefmarken. Außerdem ist sie unwirsch und unverbindlich, und anders habe ich mir die Germania, die Göttin der Deutschen, niemals vorgestellt. Der Kreisoberlandjägermeister ist nicht vorhanden, er ist im Revier.

Ich bringe die Hose.

Was für ne Hose? Die Germania wickelt Lotte Rapschinskis Unterleibsbekleidung aus und bohrt mich mit kalten blauen Blicken an: Du hast sie einem Mädchen geklaut, du Schwein! Ich fange an zu zittern und erkläre der Germania stotternd, daß sie die Hose auf der Stadtpolizei nicht angenommen haben.

Und was soll mit der Hose sein? fragt die Germania unbarscher.

Ich formuliere vorsichtig wie die Dorffrauen, wenn sie Gerüchte weitererzählen, für die sie belangt werden könnten: Es soll woll wegen dem Samen sein, sage ich. Die Germania breitet die Hose aus und hält sie gegen die untergehende Sonne. Ich lasse sie grußlos zurück.

Die *Reichs-Adler*-Verkaufstour, die in wilder Belustigung endete, kommt jetzt vor das Schwurgericht in Choćebuz. Dort wird sie Sittlichkeitsdelikt genannt. Der Prozeß findet unter Ausschluß der Öffentlichkeit statt, wie es heißt. Wer die Öffentlichkeit ist und wer nicht, bestimmen die Leute vom Gericht. Erich Rapschinski, auch Mina und Juro Baltin sind keine Öffentlichkeit. Die Kränzchenschwestern der Baltins und die Kehrfrauen sind Öffentlichkeit, auch ich bin Öffentlichkeit, obwohl ich die Hosen transportierte, die im Mittelpunkt des Sittlichkeitsdeliktes stehen.

Es gehen Wochen voll Holper und Stolper durch das Baltinsche Souterrain, nur die alte Pobloschen wird von den Aufregungen nicht ergriffen. Ich soags ja, ich hoabs ja imma gesoagt, ist das höchste an Anteilnahme, was sie von sich gibt. Sie zerrupft ihre Tabakblätter, und die Tabakblätter wissen nicht, daß ältere Geschwister von ihnen, die man zu Zigarren zusammendrehte, ein Sittlichkeitsdelikt auslösten.

Gerichtlich ausgedrückt, geht es im Prozeß darum, festzustellen, ob der rotgesichtige Schneidermeister Mattschens den Geschlechtsverkehr von der Rapschinskin erzwang, oder ob die Rapschinskin ihm freiwillig stattgegeben hat. Es geht mir auf, daß es neben Auto-, Geld-, Reise- und Geschäftsverkehr auch einen Geschlechtsverkehr gibt.

Die kleinen Kränzchen mit den vertrauten Kumpankas finden in dieser Zeit ausschließlich bei den Baltins statt. Der Prozeßstand muß erörtert werden. Die Viehhändler Papprotten kann nicht verstehen, weshalb die Rapschinskin *son Hollas* um eine vergnügte Landpartie macht. Die Papprotten wird nicht wieder zur Prozeßerörterung eingeladen. Sie hat eine gossenhafte Einstellung, sagt Mina Baltin.

Für die anderen Kränzchenschwestern ist Schneider Mattschens ein Wüstling, schon, weil sein Bruder Kommunist ist.

Schneidermeister Mattschens behauptet, die Rapschinskin habe ihm während der Trinkerei ständig zugezwinkert. Ein Augenarzt bescheinigt, es handele sich beim Zwinkern der Rapschinskin um ein ererbtes Augenleiden.

Die Rapschinskin behauptet, sie sei hingeworfen und überwältigt worden. Mattschens behauptet, die Rapschinskin habe sich gelegt und habe ihn gelockt.

Nach dieser Aussage verläßt Frau Schneidermeister Mattschens den Gerichtssaal, da sie bisher der ehelichen Meinung gewesen war, die Rapschinskin habe ihren Schneidermeister vergewaltigt.

Eine Menge Gerichtsleute verdienen ihr Brot damit, aufzuklären, was sich in einem Wäldchen zwischen Slamen und Slamer Ziegelei abgespielt hat. Die Grodker sind stolz auf ihren Sittlichkeits-Prozeß und auf das Wäldchen, in dem das Delikt (Juro Baltin sagt: der Delikt) stattfand. Das Wäldchen wird jetzt Tat-Ort genannt. Viele Leute gehen sich den Tat-Ort ansehen. Lüsterne Neugier oder neugierige Lüsternheit?

Trotz Ausschluß der Öffentlichkeit ist der jeweilige Prozeßstand stadtbekannt. Es wird zum Schwure kommen, heißt es. In der Baltinschen Kellerwohnung werden die Folgen von Eid und Mein-Eid besprochen. Im Kino bin ich für Erwachsenenfilme noch nicht zugelassen, während ich für die Baltins als jemand gelte, der sich in Unsittlichkeiten auskennt. Juro Baltin beschwört seine Mina, sie möge ihre

Tochter noch einmal ins Gebet nehmen und verlangen, daß die alles Für und Wider bedenkt, ehe sie eidig wird.

Nu denkst woll gar schon du, unse Lotte hat sich gelegt?

Ich soags ja, kommts aus der Tabak-Ecke. Mina Baltin weist ihre Mutter wild zurecht.

Der Eidestag kommt heran, und Lotte Rapschinski sagt, sie habe sich nochmals alles vergegenwärtigt, es kann sein, der Schneidermeister habe sie hingeworfen, es kann aber auch sein, sie sei gestolpert und hingefallen.

Ja, was denn nun? Ob sie beeiden könne, daß Schneidermeister Mattschens sie hingeworfen hat!

Die Rapschinskin will es lieber nicht beeiden.

Sie hat sich also gelegt, stellt Erich Rapschinski fest und überprüft mit dem Zeigefinger seinen Mittelscheitel. Mina Baltin sieht verächtlich auf ihn nieder: Ja, wenns so ist, daß du dem Gericht mehr gloobst als meiner Tochter. Sie hat sich jedenfalls gelegt. Erich Rapschinski bleibt dabei. Immerhin hat sie dir deine *Reichs-Adler*-Zigarren treu und redlich vakooft, gibt Mina zu bedenken. Aber ich hätte nicht gedacht, daß sie sich gelegt hat, sagt Erich Rapschinski und knetet seine Hände.

Vielleicht hättste unse Lotten mitn Kindchen segnen solln, sagt die Baltin, und Schlimmeres hätte sie von ihrem impotenten Schwiegersohn nicht verlangen können. Rapschinski fängt an zu weinen. Es ist schlimm, wenn Männer weinen, noch schlimmer, wenn alte Männer weinen; ich weiß es, weil ich dazugehöre, aber ganz schlimm ists, wenn Männer mit Schlipsen und gepflegten Mittelscheiteln weinen. Sie hat sich gelegt, sie hat sich gelegt, schluchzt Rapschinski.

Mina Baltin erklärt, sie will von Männern und von das, was die mit Frauen machen, nichts mehr wissen. Sie hält Wort. Ich werde nachts nicht mehr vom rhythmischen Getümmel der Baltins geweckt. Juro schleicht unerfüllt umher, seine braunen Augen sind traurig, er ist gezwungen, ab und zu in *Michalks Konzerthaus* zu gehen.

Der Prozeß fand unter Ausschluß der Öffentlichkeit statt. Ich gehörte zuletzt nicht mehr dazu, ich war Innerlichkeit. Es wurde mir juristische und sexuelle Aufklärung geliefert, ohne daß die Baltins den Pensionspreis dafür erhöhten.

Während der Prozeßzeit bestritten die Zigarrendreherinnen, die Pobloschen als Tabakrupferin und ich als Tabaktransporteur jenes Gebilde, das die Rapschinskis ihre Fabrik nennen. Es zeigte sich, daß diese Fabrik ohne die Rapschinskis lebensfähig ist. Alsbald werde ich noch mehr an dieses Unternehmen gebunden. Mina Baltin macht mich, ohne mein Einverständnis abzuwarten, für einen Fünfziger pro Fahrt zum Leibwächter ihrer Tochter Lotte. Ich muß mit ihr zweimal die Woche über Land fahren und *Reichs-Adler*-Zigarren verkaufen und lerne die Gastwirtschaften und die Kolonialwarenhandlungen des Kreises kennen. Haben Sie wieder Ihren jungen Beschützer dabei? fragt die Frau des Dorfkrämers in Selessen ironisch. Vielleicht hält sie mich für den Cicisbeo der Zigarrenmachersgattin.

Ich fahre mit der Rapschinskin nach Bossdom. Wir werden von der Mutter mit Leberwurst- und Schmalzschnieten bewirtet. Merkwürdig, besuchsweise daheim am Tische zu sitzen. Meine Geschwister stehen von weitem und machen mich zu einem Vorbeigekommenen.

Unterwegens reden wir mit der Rapschinskin über dies und das. Ich spüre keinerlei Liebe oder Zuneigung für die Rapschinskin, aber neugierig wäre ich, ob ich mich bereit finden würde, mit ihr das zu tun, was Schneider Mattschens mit ihr getan hat, wenn sie mir in einem Wäldchen zuzwinkern würde.

Die Rapschinskin scheint meinen Teufelsgedanken gespürt zu haben, sie fängt an, von dem Roman zu reden, der zur Zeit in der *Berliner Morgenpost* abgedruckt wird. Alle Romane, die dort veröffentlicht werden, sind mit dem süßen Salz der Liebe gewürzt. Was meenste, fragt die Rapschinskin, wird der Operettensänger sich die verwitwete Hoteliersgattin nehmen?

Nee!

Wie willstn das wissen?

Das Hotelweib schmeißt sich zu sehre ran.

Nach einigen Zeitungsfortsetzungen zeigt sichs, der Operettensänger nimmt die Hotelwirtin nicht.

Wie konntste das bloß wissen? staunt die Rapschinskin.

Ich habe entdeckt, daß die *Morgenpost*-Romane nach einem Schema geschrieben sind, und lese sie nur noch, um dieses Schema endgültig bestätigt zu finden. Vielleicht auch, ich wills nicht verschweigen, weil in den Romanen über gewisse Beziehungen von Liebesleuten berichtet wird, die ich noch nicht in Vollkommenheit erlebte, auf die ich aber aus bin.

An den Tagen, an denen ich als Beschützer unterwegs bin, darf ich meine Schularbeiten abends machen. Ich nutze die kleinliche Großzügigkeit der Mina Baltin aus und fresse mich, wenn ich meine schriftlichen Aufgaben erledigt habe, in ein Buch hinein. Mina Baltin wird unruhig: Machste das ooch für die Schule?

Ja, sage ich und fühle mich nicht wie ein Lügner. Unsere Studienräte sagen allenthalben, man muß belesen sein, je belesener, desto besser. Später werde ich wissen, daß Viel-Lesen ein Narkotikum ist, mit dem man die Kanäle verstopft, aus denen die eigenen Gedanken kommen sollten.

Mein Leben lebt mich weiter. Wenn ich mich von ihm tragen lasse und mit Neugier verfolge, was mir geschieht, ecke ich nicht an. Sobald ich aber etwas tue, was mein Leben nicht für mich vorgesehen hat, werde ich enttäuscht.

In der Schule werden wir nach den Berufen unserer Väter gefragt. Studienrat Münchdorf macht Erhebungen für eine Statistik: Ober-Zollinspektor, Stadtbaurat, Geschäftsleiter, Prokurist, Polizeikommissar, Stadtarchivar, Hotelier, weiter undsoweiter. Die Berufe der Väter meiner Mitschüler sind für mich *hoche* Berufe. Eingeschüchtert mache ich meinen Vater für Münchdorfs Statistik zum Bäckermeister, obwohl der die Meisterprüfung nicht gemacht hat. Sie ist daheim ein Thema für Zänkereien und Stänkereien: Wenn mein Vater erwägt, einen Gesellen einzustellen, wird er von der Mutter gedemütigt:

Mach den Meesta, denn kannste dir een Lehrling halten, der is viertel so teier wien Geselle.

Der Vater macht mehrmals einen Ansatz für die Meisterprüfung, bricht den Vorbereitungslehrgang jedoch, ebenfalls mehrmals, ab. Der Stein, über den er stolpert, ist die Gärungs-Chemie. Was zum Deibel gehn mir Bakterien und Enzyme an, sagt er.

Ich mache meinen Vater also, obwohl er ein Gegner von Bakterien und Enzymen ist, zum Bäckermeister. Trotz dieser Berufs-Aufbesserung ernte ich von den Mitschülern geringschätziges Geraune, bis Studienrat Münchdorf eingreift. Seid nicht affig, sagt er, gebacken muß werden; ihr wollt essen.

Bubi Schnabel, ein Mitschüler, lädt mich zu seinem Geburtstag ein. Wunder, o Wunder! Bubis Vater ist Prokurist in der Firma Maxe Müller. Müller ist der Tuchfabrikant mit dem höchsten Schornstein, heißts in Grodk. Bubi Schnabels Geburtstag fällt in die Ferien. Er wird mich vom Chauffeur seines Vaters, verspricht er, im Auto von Bossdom abholen lassen, mich, den Bäckerssohn, den Kito von Saspow! Ich komme mir wie geadelt vor.

Der Geburtstag kommt heran. Ich hole einen großen Blumenstrauß von Gärtner Kollatzsch. Schenken wirschte ooch was müssen, sagt meine Mutter. Sie kramt in den nachgebliebenen Weihnachtswaren. Für son hochdeutschen Jungen wird wolln Soldatengürtel mit Säbel das Richtige sein, sagt sie. Sie packt den Gürtel und den Säbel in einen Karton und verschnürt ihn mit einer blauen Haarschleife. Ich ziehe meinen sonntagschen Anzug an, kämme mir einen Scheitel und setze mich mit meinem blau-verschnürten Karton und dem Blumenstrauß auf die Hausbank und warte. Meine Geschwister sind bei mir. Meine Schwester, die Spötterin, will sehen, wie ich *stolzmacherisch* ins Auto krieche, und meine Brüder wollen sehen, was für ein Auto es ist, ein viereckiges oder ein längliches. Detektiv Kaschwalla, die Anderthalbmeter-Großmutter, macht sich dienstbereit nebenan im Vorgärtchen zu schaffen.

Eine Stunde vergeht, zwei Stunden vergehen, aber es kommt weder ein viereckiges noch ein längliches Auto. Meinen Geschwistern wirds langweilig, sie machen sich davon. Meine Anderthalbmeter-Großmutter kommt und versucht mich zu trösten: Vielleicht hat das Auto ne Pfanne, oder wie se das soagen. Großmutters Trost kommt nicht bei mir an, doch die kleine Alte harrt aus. Vielleicht ganz gut, daß se nich kumm mit das Auto, am Ende hättste mußt mit Messer und Goabel essen und hättst dir blamiert, sagt sie nach einer Weile.

Es wird langsam abendlich, Nußduft steigt aus dem Asternstrauß, ich schleiche mich ins Haus, ziehe den guten Anzug aus und mache mich wieder *wochtagsch.* Ich hocke geduckt am Abendbrottisch, und meine Geschwister behandeln mich wie einen, der etwas ausgefressen hat. Wie kunndest du dir einbilden, hochdeitsche Leite wern sich een Kito uff Geburtstag loaden? höhnt meine Schwester.

Die Scham über meine Anmaßung kommt während der Ferien mehrmals wieder nach vorn und beißt und peinigt mich. Bubi Schnabel sage ich nach den Ferien kein Wort über meine Enttäuschung. Die Hochdeitschen sein eingebildt, dabei scheußen se ooch mitm Ursche, heißts auf der Heide. Auch mein Vorurteil gegen die Kleinstädter verstärkt und versteift sich.

Auch ich bin nicht frei von der Lust, mich von findigen Herumziehern verführen und betrügen zu lassen, doch ich rechtfertige mich: es sind Poesie und Phantasie, die mich verführen, dabei veranschlage ich nicht, daß die Phantasie eine Verwandte der Lüge ist.

Lionella, das Löwenweib, kommt nach Grodk. Grellbunte Plakate schreien es herum. Die Grodker werden etwas Außerordentliches zu sehen kriegen. Auf den Plakaten ist eine Löwin mit dem Kopf eines schönen Mädchens zu sehen. Das Löwenmädchen liegt auf einem Felsen, und sein Haar fällt als goldblonde Mähne herab. Unten am Felsen lauern drei männliche Löwen.

Das Plakat liefert Rohstoff für meine Phantasie: Hat Lionella einen Schweif? Frißt Lionella rohes Pferdefleisch? Lionella spricht mit Ihnen, heißt es auf den Plakaten. Spricht sie auch mit den gemähnten männlichen Löwen? Brüllt sie?

Der Pfortenplatz verwandelt sich in einen Rummelplatz. Ich bin begeistert. Die Begeisterung für Fahrende Leute hat mir die Mutter eingeerbt, ihr wißt, sie wollte *Seeltänzern* werden. Erich Rapschinski nennt den Rummel Beschöß der Menschheit, und Mina Baltin erklärt, Rummel ist eigens eingerichtet, um den Leuten das Geld aus der Tasche zu ziehen. Das Wort *eigens* ist Minas Neuerwerbung. Sie hat es sich vom Rektor abgehört. Laß sie reden! Ich bin neugierig auf Lionella. Der Rummel wird aufgebaut, wie es in Grodk heißt: Eine Schießbude, eine Würfelbude, eine Luftschaukel, ein Kinderkarussell, ein Kettenkarussell und unter den Bäumen die bunten Schaubuden!

Ich darf auf den Rummel. Mina erlaubt es. Ich bin der Beschützer ihrer Tochter Lotte auf deren *Reichs-Adler*-Fahrten. Loof, Jungchen, sagt sie fast zärtlich, laß dir bißchen bescheußen und bleib nich so lange! Juro Baltin ist ganz und gar dafür, daß ich auf den Rummel renne. Man muß was erleben! sagt er und denkt an sein koloniales Abenteuer in Deutsch-Südwest.

Ich treffe Frede Worreschk. Andere Gymnasiasten treffe ich nicht. Rummel ist für den Plebs, sagt unser Klassenbester Klaus-Peter Stiffel. Frede Worreschk will ins Hippodrom, will dort sitzen, sein Bier trinken und den scharfen Weibern unter die Röcke sehen, wenn sie auf die Pferde gehoben werden.

Vor der Lionella-Schaubude steht ein Mann in Kürassier-Uniform auf einer Empore und holt aufreizende Töne aus einer Trompete. Die Kassiererin traktiert eine Kesselpauke. Die Paukenschläge dringen mir bis zum Herzen vor wie später jenes Getön, das tibetanische Mönche aus ihren übergroßen Trommeln holen – Weltraum-Töne!

Aus dem Innern der Bude kommt Löwengebrüll, Lionella verlangt ihr Abendfutter, verkündet der Anreißer.

Wieder aufreizendes Trompetengetön und zu Herzen dringendes Gedröhn der Pauke und endlich Einlaß.

Im Innern der Bude geseihtes Außenlicht. Ich setze mich auf eine der kargen Holzbänke. Neben mir unterhalten sich zwei Frauen über die Zubereitung von Rouladen. Ich setze mich auf eine andere Bank, laß mir meinen Vorgenuß nicht zerreden. Die Sitzreihen sind nur mehr halb gefüllt, aber draußen ruft der Anreißer: Rücken Sie zusammen, Herrschaften! Er tut, als ob es in der Bude bereits an Sitzplätzen mangelt. Kommen, sehen, staunen, meine Herrschaften! Aus einem Grammophon wird der *Florentiner Marsch* in das Buden-Innere getrichtert.

Auf dem Bühnenvorhang ist ein Urwald zu sehen, ein laienhaft gemalter Urwald. Der Vorhang bewegt sich, der Urwald schlägt Wellen. Für mich heißt das, Lionella ist auf die Bühne gesprungen. Der Vorhang geht auf. Die kleine Bühne ist mit hellem Licht bekleistert, von Lionella ist nichts zu sehen. Der Anreißer tritt mit einer Lederpeitsche aus den Kulissen und wendet sich an das Publikum. Die Ausschreiersprache hat kein Land und kein Volk, aus dem sie stammt. Sie wird von der Gruppe der Rummelplatz-Anreißer gesprochen und bezieht ihre Eigenart aus Wortverzerrungen, aus irregulären Betonungen von Satzteilen.

Der Anreißer macht das Publikum mit Lionellas Lebensgewohnheiten bekannt: Und Hörrschäften, schläft Lionella nicht wie Sie in einem Bött, sondern wü ein Raubtür auf Sögespönen. Lionella ist nicht, erfahren wir weiter, die Tochter eines Löwen mit einer Menschenfrau, auch kein Kind eines männlichen Menschen mit einer Löwin, sondern Lionellas Mutter, die bei der Geburt des menschlichen Löwenkindes leider verstarb, hat während ihrer Schwangerschaft einen Schreck bei der Vorführung von Zirkuslöwen davongetragen. Noch örbeuten Wüssenschäftler in aller Wölt an diesem Rötsel.

Der Anreißer knallt dreimal mit der Lederpeitsche und öffnet eine Gittertür. Lionella kommt auf die Bühne gekrochen, eine Großmutter in löwenfarbigen Plüsch eingenäht, ihre Hände, ihre Füße uneingekleidet, ihr fettiges Haar ist gescheitelt und hängt in Strähnen herab. Das Umherkriechen auf der Bühne fällt der alten Frau schwer. Der Dompteur treibt sie mit Peitschengeknall an. Lionella läßt ein dünnes Geknurr hören, kriecht zur Mitte der Bühne und setzt sich, wie ein Löwe, auf die Hinterschenkel. Die Vorderpranken von Lionella sind verkrüppelte Hände mit nur je drei Fingern, die Füße, vom Anreißer Hintertatzen genannt, sind zwiefach gespalten, sind Mißbildungen, sind Füße ohne Zehen.

Der Anreißer zeigt Röntgenaufnahmen von Lionellas Gliedmaßen und behauptet, Lionella habe in ihrer Jugend über einen kurzen Schweif verfügt, der Schweif habe sich später zurückgebildet. Koin Mensch kann Mütter Natür in die Kärten gücken, sagt er.

Lionella erzählt mit altersbrüchiger Stimme ihren Lebenslauf. Sie ist in einem schlesischen Dorf geboren, der Vater war Bergmann, sie war sein siebentes Kind. Ich wullde Fleesch und immer Fleesch essen, am liebsten roh mit Zwiebeln. Das hat mein Vater nicht kunnt erschwingen, doa hoata mich in äne Schaubude getoan.

Die *veröhrten Hörrschaften* dürfen Fragen an Lionella richten. Eine Zuschauerin mit Nickelbrille will wissen, ob das Löwenweib eine Schule besucht hat. Lionella wendet ihr Gesicht dem Publikum zu, es ist runzelig und mit behaarten Warzen besetzt. Wie hätt ich ok stundenlang in eener Bank sitzen sulln, sagt Lionella. Jetzt hoab ich Hunger.

Der Anreißer kündigt Lionellas Fütterung an. Bei zwanzig Vorstellungen am Abend kann die Portion, die sie jeweils verschlingt, *verstöndlicherweise* nur klein sein. Es sei in mühevoller Dressur gelungen, Lionella davon abzubringen, Rindfleisch mit den Zähnen vom Stück zu reißen, man habe sie an gehacktes Fleisch gewöhnt. Der Dompteur stellt Lionella eine Schüssel mit gehacktem Fleisch auf den Boden. Lionella beugt sich zur Schüssel nieder, der Vorhang fällt, der Anreißer fängt an zu applaudieren, die Zuschauer, ob enttäuscht, ob halb enttäuscht, ob mitleidig, fallen in den Beifall ein. Draußen auf der Balustrade ruft die Kassiererin in die Menge: Hören Sie den

Applaus hinter müch, er gilt Lionölla, dem einzigartigen Naturwunder.

Die Zuschauer, die die Schaubude verlassen, werden draußen von neugierigen Leuten befragt, ob es sich lohnt. Ich höre niemand von einer in Plüsch eingenähten Großmutter berichten. Auch ich erzähle den Baltins, die mich befragen, von Lionellas wunderlichen Tatzen. Mina Baltin will wissen, ob das Löwenweib verheiratet ist.

Ich gloobe, sie is Witwe, sage ich.

Ein Märchen zerstört? Keineswegs.

Noch im gleichen Jahr trifft ein Liliputaner-Varieté auf dem Pfortenplatz ein. Zehn kleine Menschen mit Gesichtern, in denen das Alter stillsteht, zeigen sich auf der Anreiß-Balustrade. Schneewittchenstimmung. Ein Blick in das Land Liliput: Ein kleiner Mann im Harlekin-Kostüm, der gern ein Clown wäre, eine kleine Frau, die eine Solotänzerin sein möchte, ein Männlein, das für den winzigsten Zauberkünstler Europas ausgegeben wird.

Ich verliebe mich in die Zierlichkeit der Solotänzerin. Meine Verliebtheit stattet sie mit Schönheit aus. Ich bin zwei Köpfe größer als sie, sie würde zu mir aufschauen. Ich bin damals ein verträumtes Kalb, heute ein verträumter Esel.

Die Darbietungen werden von einem kleinen, etwas krummbeinigen Mann angekündigt. Er trägt einen Frack, wird Conférencier genannt, tut wichtig und ist wortgewandt. Meine Diva trippelt im Rokokokleid über die Bühne, lächelt ins Publikum, und ihr Lächeln trifft für einen Augenblick auf mich. Ich bilde mir ein, sie hat meine Hinwendung gefühlt.

Später tritt sie in einem schwarzen Mantelüberwurf als Hellseherin auf und wird Liliput-Pythia genannt. Damals weiß ich was von der Pythonschlange, nichts von einer Pythia, doch eines Tages werde ich dort im Heiligtum von Delphi stehen, wo der dreibeinige Sessel der Pythia gestanden haben soll, und werde an meine Rummelplatz-Pythia zurückdenken, die jetzt mit verbundenen Augen auf einem hölzernen Klappstuhl sitzt und kräftiglich in die verdunkelte Welt hineinlauscht. Der Conférencier läßt sich von einem Manne aus dem Publikum dessen Taschenkamm geben und fragt zur Bühne hin: Und was ist das hier, sage an?

Ein Taschenkamm, zirpts von der Bühne.

Der Conférencier läßt sich einen Bleistift geben: Wasse isse dasse?

Ein Bleistift!

Ich bin stolz auf meine Diva, die spitzentanzen und Gedanken lesen kann. In späteren Jahren werde ich selber als Laienzauberer auftreten und wissen, daß dieses *Gedankenlesen* auf einem Trick beruht, und daß der Gegenstand, der hellgesehen wird, in der Form der Fragestellung des *Hellseh*-Helfers versteckt ist. (Die Gilde der Laienzauberer möge mir meinen Verrat verzeihen.)

Am nächsten Tag bin ich nach dem Schulschluß auf dem Pfortenplatz, um zu sehen, was die Zwergenmenschen tun, wenn sie nicht zaubern, tanzen, Harmonika spielen oder mit großen Gesten platte Witze vortragen.

Es ist ein sonniger Mittag. Meine Diva sitzt vor dem Wohnwagen und bessert ihr Rokokokleid aus. Andere Weiblein brutzeln auf Spiritus-Kochern ihr Mittagbrot, noch andere stopfen und stricken. Drei kleine Männer spielen Karten an einem Klapptisch, einer repariert eine Weckeruhr, und einer wäscht sich in einem kleinen Zuber, prustet und fühlt sich wohl.

In jedem Ort der Welt gibt es Jungen, die dort zu finden sind, wo sich etwas tut. Man nennt sie abfällig Straßenjungen. Eigentlich bin auch ich ein Straßenjunge; ich bin noch neugieriger als jene, doch ich bin ein Einzelgänger. Er ist koin richtiger Junge nich, sagt Mina Baltin von mir zur Laurischen, er hält sich immer alloine.

Wieder stehe ich so *alloine*, separiert von den Straßenjungen, und sehe den Zwergenmenschen bei ihren Hantierungen zu. Jeder ihrer Handgriffe erscheint mir bedeutungsvoll. Die Straßenjungen aber halten nichts von Stille und friedlichen Betrachtungen. Sie hänseln den kleinen Mann am Waschzuber: Kleener Matz, ersaufe nich in deim Zuber! Der kleine Mann, es ist der Conférencier, tut, als verstände er nicht, doch die Krachschläger hören nicht auf mit Hänseln, bis der kleine Mann mit dem gefüllten Zuber auf sie losgeht. Die Straßenjungen schwirren wie Spatzen auseinander, und das blaugraue Seifenwasser trifft den Apothekersohn Knöterich, seines Zeichens Unter-Primaner, der ahnungslos auf dem Nachhauseweg ist. Die Straßenjungen wiehern. Der Unterprimaner schüttelt sich wie ein Pferd, das benäßt wurde, und kommt auf mich, den Einzelgänger, zu. Ich stehe in der Nähe der Diva. Der Wütende packt mich grob. Mein Jähzorn springt auf. Ich versetze ihm einen Bossdomer Hieb. Der Unterprimaner taumelt auf den Conférencier mit dem Waschzuber hin, hält den für einen Jungen und ohrfeigt ihn links und rechts.

Es bricht ein Krieg aus. Alle Männlein verteidigen das Land Liliput. Jener Kleinling, der in der Schau als Kraftmensch auftrat, packt eine Eisenstange, ein anderer packt ein Klappstühlchen, noch ein anderer eine Latte, und sie kreisen den Unterprimaner Knöterich ein; der erkennt seine Lage, wirft seine Mappe weg, bricht aus und rennt, nicht schlechter als ein ängstlicher Sextaner, von dannen. Unterwegs verliert er seine weinrote Primanermütze, und das Gejohle der Straßenjungen steigt himmelan.

Das ists, was ich damals im Lande Liliput erlebte, in dem ich unerkannter Liebhaber einer Solotänzerin war. Ein Märchen zerstört? Keineswegs. Vierzig Jahre später werde ich im Kaukasus in einer Stadt, die Sotschi genannt wird, einen Zirkus sehen, den Liliputaner betreiben. Kleine Musiker, kleine Schwebe-Reck-Turner, kleine Pferdedresseure und ein Ballett von Liliput-Großmüttern. Das Publikum wird begeistert von ihnen sein wie von dressierten Kindern.

Auf dem Pfortenplatz sehe ich in meiner Grodker Zeit auch die *Kleinste Menschin der Welt*, und ein so kleines Fräulein sehe ich nie wieder in meinem langen Leben. Auf der Anreißertribüne der Schaubude steht ein Tisch, und auf dem Tisch steht eine Villa aus Sperrholz, sechzig, vielleicht siebzig Zentimeter hoch. Die *kleine Mara*, so heißt das Fräulein, streckt ihre kleine Hand bis zum Unterarm aus dem Fenster im ersten Stock der Zwergenvilla. Der glatzköpfige Anreißer bittet Rummelplatz-Besucher auf die Tribüne, die die kleine Hand abtasten dürfen, und die Leute sagen: Keen Schwindel.

Auf der Bühne sieht man eine Zwergenstube. Aus den Kulissen kommt Mara, die kleinste Frau der Welt. Sie begrüßt die Damen, die Herren und die lieben Kinder. Sie hat ein hübsches Gesicht, einen niedlichen Mund, aber keine Beine, nur zwei Stumpen, die in eine breite Pumphose eingenäht sind. Mara läuft auf ihren Stumpen wie wir auf dem Kinderfest beim Sackhüpfen. Sonst aber ist Mara ein junges Mädchen im üppigsten Tanz-Alter, mit straffem Busen und einem Lächeln wie die Liebstinnen auf den Liebespostkarten, die ich einst für meinen Großvater verkaufte.

Mara spricht österreichischen Dialekt, und der spiegelt für mich damals Ferne und Unerreichbarkeit und produziert ziehende Wehmut in mir.

Mara ist in einem Alpendorf geboren, dort hätte man sie, weil ihr der Herrgott die Füße verweigert habe, die Raupe genannt, deshalb sei sie schon als Schulmädchen in die große Stadt Wien geworden; dort hätten Professoren und Ärzte sie untersucht und festgestellt, daß ihr außer den unvorhandenen Beinen nichts fehle. Um es zu beweisen, macht Mara einen Handstand und schlägt in ihrer Puppenwohnung einen Purzelbaum.

Das Publikum wird gebeten, sich von Maras Intelligenz zu überzeugen. Man soll ihr Worte zurufen, und Mara wird sie im gleichen Augenblick in umgekehrter Buchstabenfolge zurückrufen.

Adebar, ruft jemand von hinten: Ist vielleicht ein Rabe da? fragt Mara.

Beifall.

Anna, ruft jemand aus der Mitte.

Sie machen mich arbeitslos, sagt Mara.

Beifall.

Ich mache mir Mut und rufe: Tam Uase!

Esau Matt, kommts zurück, und Mara lächelt mich an,

als ob wir uns lange kennten, und ich fühle mich nicht mehr Publikum. Maras Lächeln hat mich herausgehoben.

Mara sagt, sie sei stets fröhlich. Ihr sollts a stets fröhlich sein, sagt sie, wir sollen keine Unfröhlichkeit an uns heranlassen, sagt sie und singt: *Mein Mäuschen, komm nach Liliput, nach Liliput mit mir, / da schmeckt der Tee mit Milli gut, mit Milli gut, glaubs mir* ... Maras Stimme ist brüchig, sie schwebt zwischen Kindsein und Mädchensein, und dieser Zwittergesang kommt mir zuweilen aus der Vergangenheit herauf, und ich denke an Mara, eine von den Menschenmöglichkeiten, mit denen uns das Leben beliefert.

Ich denke aber auch an den Tiermenschen Harro. Er steht eingesackt auf der Anreißertribüne, damit er nicht ins Publikum hinunterspringt oder auf einen Baum klettert und sich davonmacht. Auf der Bühne wird Harro in Ketten vorgeführt. Sein Gesicht ist geschwärzt, er knurrt wie ein übergroßer Hund, jampelt in seinen Ketten hin und her, und es ist keine Ruhe in ihn hineinzukriegen. Mediziner und Psychologen hätten sich an seinem Charakter die Zähne ausgebissen, sagt der Anreißer, er wäre nicht zu zivilisieren. Zum Beweis von Harros Tiermenschentum zeigt man uns, wovon er sich ernährt. Man steckt ihm ein Stückchen Schuhleder und eine Strähne Heu in den Mund. Harro fängt an zu kauen, der Vorhang geht nieder. Beschöß der Menschheit! Erich Rapschinski hat recht, aber auf Mac Norton trifft Rapschinskis Kernsatz hinwiederum nicht zu. Der schüttet vor sichtliche Oogen, wie es in Grodk heißt, zwei Eimer Wasser in sich hinein, schluckt Frösche und Zigarren, bringt die Frösche lebend und die Zigarren noch rauchbar wieder hervor und läßt zuletzt das Wasser rein wie aus einem Quell aus seinem Mund sprudeln. Mac Norton wurde eine Figur in meiner Nachtigall-Geschichte *Zirkus Wind*. Die Geschichte wird gelesen, obwohl Mac Norton gewiß längst gestorben ist, und die Geschichte wird vielleicht noch gelesen werden, wenn auch ich gestorben bin, und das ist ein Wunder, das Mac Norton neben seinem Wasserwunder vollbrachte.

Ich weiß nicht, weshalb ich euch von diesen Rummelplatz-*Sensationen* erzähle. Vielleicht ists meine Altersgeschwätzigkeit, die zu ihrem Recht kommen will, jedenfalls hielten sich diese Erlebnisse frisch in mir bis heute. Was mich an ihnen beeindruckte, weiß ich nicht zu sagen; vielleicht die Fähigkeit der Schaubudenbesitzer, die der meinen verwandt ist, Naturgegebenheiten mit eindringlichen Worten in Märchen zu verwandeln; vielleicht die Willigkeit der Zuschauer, die manchem von euch eigen ist, eine Weile an solche Märchen zu glauben.

Ein neuer Schüler kommt zu uns in die Klasse. Ich weiß nicht mehr, ob es noch in der Quarta oder schon in der Untertertia war. Doktor Eekbrett ist damals unser Klassenlehrer, Eekbrett, Physik-, Mathematik-, Chemie-Lehrer und Alkoholvernichter. Wenn am Ende einer Pause niemand mehr im Pissoir anzutreffen ist, geht Doktor Eekbrett dorthin. Ungehässige Lehrerkollegen behaupten, Eekbrett habe eine schwache Blase, sie könne das Doktorwasser nicht länger als eine dreiviertel Stunde halten. Gehässige Krachschläger behaupten, Eekbrett trage unter seiner Jacke einen Pistolenhalfter wie die Detektive in den Zwanzig-Pfennig-Heften, jedoch in seinem Halfter stecke eine flache Flasche, aus der er sich jeweils im Pissoir mit der rechten Unterrichtsstimmung versorge. Andere behaupten, die flache Flasche ersetze dem armen Eekbrett die Frau, zu der er nicht kam oder die nicht zu ihm kam.

Der neue Mitschüler steht am Klassenschrank unterm Kartenhalter. Er hat ein breites Gesicht, eine fleischige Nase, X-Beine und ist kleiner als ich. Zwischen seinen Vorderzähnen sind Abstände wie zwischen Zaunlatten. Sein Haar ist trotzig; er hat es mit Pomade zum Kuschen gebracht und lächelt uns an. Wir würden ihn gern geduckt und ängstlich sehen, deshalb nehmen wir rüpeligen Kontakt mit ihm auf: Was haste eingeschmiert in deine Hoare, Gänsefett? fragt Krachschläger Hundert.

Der Neue lächelt.

Heeßen tuste woll nich? Der Neue versteht die Frage nicht, er kommt von weit her.

Du mußt dochn Noam hoabn, Mensch.

Der Neue sagt, er heiße Wolfgang Kanin, daheim aber werde er Wullo gerufen. Das hätte er nicht sagen dürfen. Wir fangen an zu wullon. Ich ertappe auch mich dabei: Wullo, Wullo, Wullo!

Eekbrett kommt, wie immer, mit Verspätung. Der Klassensprecher hält ihm die Tür auf, und wie üblich heißt es: Die Fenster uff! Unoffene Fenster machen Eekbrett leiden. Er sieht den Neuen in der Schrank-Ecke stehen. Der Neue hat aus Verlegenheit eine Hand in die Hosentasche gesteckt. Er kann nicht wissen, daß auch Hände in Hosentaschen Eekbrett leiden machen. Er geht auf den Neuen zu: Kennst du Maulschellen? Der Neue lächelt und zeigt seine Zaunlatten-Zähne. Eekbrett haut ihm linkshändig eine rein. Der Neue lächelt nicht mehr. Eekbrett fragt uns: Hat er die Maulschelle verdient? Ja, brüllen die Krachschläger, lecken Speichel und befürworten Eekbretts Brutalität.

Weshalb sind wir dem Neuen so wenig wohlgesonnen? Weil man in der Kleinstadt allem Neuen nicht wohlgesonnen ist, wir sind Bequemlinge. Weiß ich das damals schon? Nein. Deshalb stimmts mich nachträglich froh, daß ich der erste in der Klasse bin, der sich von Wullo Kanin gewinnen läßt, zwar widerwillig, aber immerhin. Wullo Kanin ist mit seiner verwitweten Mutter und zwei Schwestern aus Kevelar am Niederrhein nach Grodk geworden, er ist in allen Unterrichtsfächern hinter den Anforderungen unserer Schule zurück. Die Lehrer stellen es mit Befriedigung fest; andererseits können sie nicht zulassen, daß Kanin ein Bremsklotz wird; die Klasse soll fortschreiten und fortschreiten. Ich werde beauftragt, mich um Wullos Schularbeiten zu kümmern. Frede Worreschk meldet sich eifersüchtig: Matt ist schont bei mir angestellt. Die Lehrer kümmern sich nicht um Fredes Protest. Sie können nicht wissen, daß meine Nachhilfe für Frede auf der Lieferung von Bier zu verbilligten Einkaufspreisen für den Laden meiner Mutter beruht.

Ich kann nicht von Haus zu Haus gehen und nachhelfen. Der Neue soll zu mir, zu den Baltins, in den Keller kriechen. Ich frage Mina Baltin, ob Kanin seine Schularbeiten mit mir unter den ausgeblasenen Straußen-Eiern machen darf. Sie erlaubt es, weil der Junge vom Niederrhein herkommt. Mina ist reise-gebildet. In den großen Sommerferien verreisen die Baltins alleweil für vierzehn Tage. Sie reisen zum Beispiel ins Riesengebirge. Zweimal waren sie in Agnetendorf. Mina liebt Gerhart Hauptmann, das ist es, was es ist! Sie hat in einer Abonnements-Vorstellung der Volksbühne *Hanneles Himmelfahrt* gesehen. In Agnetendorf umkreisten die Baltins das Haus *Wiesenstein.* Bei der zweiten Umkreisung will Mina gesehen haben, wie der Dichter sein weises Haupt durch den Garten trug. Begeistert erzählt sie es Fräulein Koski, der Altlehrerin mit dem Papagei: Ich denke, ich sehe nicht richtig, wie ich sehe, der Dichter ergeht sich im Garten, erzählt Mina. Fräulein Koski macht vorsichtig darauf aufmerksam, daß Mina Baltin jemand anders gesehen haben muß. Sie beweist es ihr mit einer Zeitungsmeldung, aus der hervorgeht, der Dichter führe sein weises Haupt den Sommer lang auf der Insel Hiddensee spazieren. Mina Baltin bricht verknirscht das Gespräch ab. Kann sie mit einer Lehrerin wie Fräulein Koski streiten? Vielleicht ists die Peinlichkeit, die Mina Baltin mit ihrem *Georig* sommers drauf ins Rheinland dirigiert. Nach ihrer Rückkehr unterrichtet sie ihre Kränzchenkumpankas über den Mäuseturm bei Bingen, erzählt von der Lorelei und all den Ansichtskarten-Plätzen, bringt sogar ein modernes Lied aus dem Rheinland mit und kräht es den Kränzchenschwestern vor: *Ich hab heut nacht vom Rhein geträumt / und von der Lorelei* . . . Juro Baltin singt nur gräuselich, Mina singt schaurig. Fetzen jenes grau-schaurig vorgetragenen Rheinliedes werden mich bis ins Grab verfolgen.

Jedenfalls, nach der Peinlichkeit mit Gerhart Hauptmann ist Mina Baltin von der Liebe zum Rhein besessen, *zu diesem gewaltigen Strom.* Als sie hört, daß ich einen Schulkameraden vom Niederrhein erwarte, um dem nachzuhelfen, ist sie begierig, ihn zu begrüßen.

Wullo Kanin hat Umgangsformen wie Wiener Grafen in

Ufa-Filmen. Wir machen unsere Schularbeiten. Mina Baltin kommt den Vesper-Kaffee für sich und die Kehrfrauen kochen. Wullo Kanin springt auf, geht ihr entgegen, verbeugt sich und fragt die Baltin nach dem Stand ihrer Gesundheit. Mina wird von Wullos Höflichkeit bezwungen. Ihre knarrende Stimme klingt mit eins, als ob jemand einen Tropfen Öl draufgetan hätte. Sie erfindet einen neuen Begriff für Nasenlöcher: Entschuldige die Schmutzigkeit meines Naseneingangs, das kommt vom Klassenkehren, erklärt sie Kanin.

Die Kehrfrauen kommen zum Vesper-Kaffee. Wullo Kanin bittet die Baltin: Würden Sie mich den Damen vorstellen? Auch die Kehrfrauen werfen ihr Wohlwollen sogleich auf Wullo. Und Wullo weiß auch Juro zu nehmen. Die Küchenluft gerät in ein lila Zittern. Er würde sich glücklich schätzen, läßt Kanin Juro wissen, wenn der ihm bei Gelegenheit etwas über das geheimnisvolle Afrika erzählen würde. Kanin braucht nicht zu warten. Baltin weist auf ein Antilopengehörn und erzählt, mit Vesperbrot im Munde, wie er das Tier erlegt haben will. Aber Georig, schluck doch erst runter, tadelt ihn Mina. Juro schluckt seinen Bissen und erzählt, wie er an der Antilopentränke lag, und wie ihm die afrikanischen Ameisen, auch Termiten genannt, zusetzten, wie sie ihm die Hosen vom Ursch fraßen.

Doch, doch, Wullo Kanin weiß die Leute zu nehmen. Er macht sie sich mit Höflichkeit und Beredsamkeit gefügig und verführt auch mich zu Höflichkeitsversuchen.

Allwöchentlich transportiere ich mehrere Pfunde Backhefe im Rucksack nach Bossdom. Das Hefelager der Bäkkerinnung verwaltet Bäcker Petritzsch hinter dem Wilhelmsplatz. Petritzsch ist ein Stadtoriginal, ist bartlos und haarlos.

Frau Petritzsch händigt mir die Hefe aus. Sie lächelt unverbindlich. Ich versuche mich, nach dem Muster von Wullo Kanin, in Höflichkeit, danke für die Hefepfunde und wünsche der Bäckerin ein kummerloses Leben. Die Petritzschen mißdeutet meinen Höflichkeitsversuch. In ihrem Gesicht verdüstert sichs. Sie wird patzig: Bist wohl frühreif, am Ende schon geil, sagt sie. Hoffentlich erzählt sie meinen Eltern nicht, daß sie ein Schwein von einem Sohn haben.

Wullo Kanin schmeichelt meiner Eitelkeit: Ich sei begabt, ich behalte alles so schön, was uns die Lehrer vorerzählen, sagt er. Dafür kannst du besser uff die Schnauze furt, sage ich ihm, und wir kommen gut miteinander aus, aber nach drei Tagen werden Wullo die Schul-Arbeiten zu langweilig. Er will wissen, ob ich schon einmal verliebt gewesen sei. Ja, sage ich, und denke an das Zigeunermädchen auf dem Pferdemarkt, das meinem Großvater den Bart zwirbelte.

Wullo sagt, er sei himmelhoch verliebt, deshalb kann er keine Schul-Arbeiten, sondern muß Gedichte machen. Ob ich derweil nicht ein bißchen an seinen Schul-Arbeiten drehen kann.

Ich schularbeite und Wullo dichtet, und zum Schluß liest er mir sein Gedicht vor. Es ist draufgängerisch, und es läuft darauf hinaus, daß er sich einen Kuß von einem Mädchen wünscht, und wenn er diesen Kuß genossen hat, ist er bereit zu sterben, und sogar den Blumen auf seinem Grabe wird man ansehen, daß unter ihnen ein Glücklicher ruht. Mit einigen Zentnern Erde auf dem Bauch dürfte man kaum glücklich sein, besonders wenn man tot ist, wende ich vorsichtig ein. Ich darf sein Gedicht nicht mit Prosa-Augen sehen, setzt Wullo dagegen, es handele sich um Poesie. Wullos Poesie erscheint mir gewollt und gemacht wie die Rosen, die die alte Paulischen auf Totensonntag aus Seidenpapier rollt.

Das Mädchen, auf das Wullo mit seinem Gedicht losgeht, heißt Lucia Lauge und ist die Tochter eines Fellgerbers. Sie ist zwei Jahre älter als Kanin, hat krummes Braunhaar, blitzbraune Augen und geht umher, als wären die Straßen mit federnden Matratzen ausgelegt. Sie hält sich so, als wolle sie etwas packen und verschlingen, aber ein Junge muß es sein. Ihr Gesicht ist verpickelt, und der Henkel ihrer Schultasche ist abgerissen, so lange ich denken kann. Die Pickel und der abgerissene Henkel kommen in

Kanins Gedicht nicht vor. Wullo erklärt, Unästhetisches gehöre nicht in ein Liebesgedicht, außerdem wären die Pikkel pubertär und vorübergehend.

Kanin entwischt in der Vesperpause, während die Baltins und ihre Kehrfrauen in der Küche sitzen, unseren gemeinsamen Schul-Arbeiten und schmuggelt das Gedicht ins Klassenzimmer der Lucia Lauge.

Und was wird, wenn sie dich abküßt und nachher verlangt, daß du dich umbringst, wie du es im Gedicht versprichst?

Kanin nennt mich einen Naturalisten, ich verstünde nichts von Gedichten.

Ich nehme es hin und bewundere Wullo. Er hat für mancherlei Bezeichnungen parat, die ich noch nicht kenne: Pubertät, Naturalist, Ästhetik.

Die Handlungen von Menschen führen zu Ergebnissen, manchmal rasch, manchmal langsamer als langsam. Jene Handlung, die Wullo Kanin Beischlaf nennt, zeitigt ihr Ergebnis nach neun Monaten. Andere Handlungen liegen weit draußen und haben sich vor unserer Geburt abgespielt, aber ihre Ergebnisse kommen auf uns. Das macht unser Leben so schwer verstehbar und verzwickt.

Die Kehrfrau Rehbeil findet Wullos Liebesgedicht unter Lucia Lauges Bankpult und liest es. Die Rehbeiln ist sauber nach außen und nach innen, ist Kriegerwitwe.

Sie ist entsetzt über Wullo Kanins Geilheit. Das hätte sie von diesem feinen Jungen nicht gedacht.

Juro Baltin hat nichts dagegen, wenn wir in die Schulräume steigen und ein *bissel Mädelsduft einschnuppern*, aber wir sollen keine madigen Gedichte droben ablegen. Er will nicht in den Verdacht kommen, er bemeistere die Schule nicht so, wie es sich gehöre.

Minas Zuneigung zu dem rheinischen Jungen wird durch das *madige* Gedicht nicht beeinträchtigt. Sie liest es mehrmals, steckt es ins oberste Schubfach ihres Vertikos und sagt mit einem Seitenblick zu mir hin: Ich habs gewußt, daß in diesem Jungen Kinstlerisches stöckt.

Ich erzähle Wullo nichts vom verpfuschten Schicksal seines Gedichts; dafür erzählt er mir von der Wirkung, die es gehabt hat. Er hätte Lucia Lauge mit einer Freundin in der Dresdener Straße getroffen, habe ihr zugelächelt, die Mütze gezogen und sich verbeugt. Wullo ist so selbstverliebt, daß er das Ausgelächter der Mädchen für Zugelächter hält. Ich weiß, wie gesagt, daß Wullos Gedicht seine Brunst im dunklen Vertiko-Schubfach der Mina Baltin verstrahlt. Zwiefache Genugtuung. Wullo wird sie durch sein Nichtwissen, mir wird sie durch mein Wissen. Wer kann sagen, welche Genugtuung die bessere ist?

Nu wirschte müssen uff Pfarre gehn, mußt dir kümmern, sagt meine Mutter in den Osterferien. In Bossdom geht man nicht zum Konfirmandenunterricht, man geht *uff Pfarre.* Man geht auch nicht in die Schule, man geht *in Schule.* Wer *in Schule* Gott nicht genug lieben lernte, dem wird es in einem Intensivkursus, dem Konfirmanden-Unterricht, beigebracht.

Ihr wißt, es gab in meinen Dorfschuljahren eine Zeit, da war ich gotteskrank und wähnte, der Übermensch Gott sei mir näher als alle anderen Menschen. Ich belästigte ihn mit Gebetchen und Gebittchen, ich erstickte fast in Gott und bin Großtante Maika bis heute zu Danke: sie befreite mich von der Gotteskrankheit.

Bei Studienrat Laude durchstöberten wir die Kirchengeschichte, und ich erfuhr, daß Angehörige zweier Völker, die den gleichen Gott anbeten, Kriege gegeneinander führen und einander umbringen, weil sie sich nicht darüber einigen können, mit welchen Feierlichkeiten und Zeremonien sie ihren gemeinsamen Gott am meisten erfreuen können. Später werde ich finden, daß auch Anti-Christen einander umbringen, weil sie sich gegenseitig vorwerfen, nicht gottlos genug zu sein. Vernunft ist noch immer mehr in Menschenmäulern als in Menschentaten zu Hause.

Ich möchte am liebsten nicht *uff Pfarre* gehen, doch meine Mutter drängt: Willste unkonfirmiert rumloofen? Was wern die Leite soagen? *Die Leite* sind eine Institution ähnlich dem Vaterland, das verlangt, man muß ihm dienen, es lieben und für es sterben. Aber das Vaterland ist nur dort, wo kein anderes Land ist, und die Leute sind allüberall. Wenn gesagt wird, die Leute sind gegen einen, so können das Menschen allüberall sein. Für meine Mutter sind *die Leite* vor allem die Kundschaft. Die Kundschaft kann uns an den Bettelstab bringen. In meinen Grauschteener Jahren stellte ich mir unter diesem Stab einen von harten Bettlerhänden blankgescheuerten Spazierstock mit unordentlich geformter Zwinge vor.

Die *Leite*, die sich in Bossdom um meine Konfirmiererei kümmern, sind die Betweiber, auch Kanzelschwalben genannt. Auch sie haben bei der Vergabe des Bettelstabes mitzureden. Meine Mutter ist froh, als sie einem Betweib, nachdem sie ihm zehn Heringe eingewickelt hat, sagen kann: Nu geht ja unse Esau ooch schon uff Pfarre.

Ach, geht er in Grodk uff Pfarre? fragt der kirchliche Kontrollrat.

Ja, er geht bein puckligen Heistermann, sagt die Mutter.

Menschen, die das Unglück haben, verwachsen zur Welt gekommen zu sein, werden von der Institution *Leite* abgeurteilt. *Leite* verfügen über die Norm und bestimmen, wie ein richtiger Leut auszusehen hat. Von Pfarrer Heistermann sagen sie roh, er schleppe eine *Kriegskasse* mit sich herum.

Pfarrer Heistermann wirkt durch seine Buckelbürde noch kleiner als Pfarrer Kockosch in Gulitzscha und ist, wie alle kleinen Leute, drauf bedacht, daß er respektiert wird, deshalb ist kriegerische Strenge, nicht christliche Milde in seinem Gesicht.

Vor Gott sind alle Menschen gleich, teilt Heistermann uns mit, deshalb sitzen in seiner Konfirmandenstunde Volksschüler und Realschüler nebeneinander und durcheinander.

Schon in Gulitzscha gilt Heistermanns Behauptung von der Gleichheit der Menschen nicht. Gutsbesitzer Wendlandt hat für sich und seine Familie in der Kirche eine Sonderloge. Er mag es nicht, wenn sich sein schwarzer Kirchanzug am schwarzen Kirchanzug eines Kossäten reibt. Diese Ungleichheit hat nicht Gott, sondern der Mensch angefertigt, sagen Leute, die auf ihren Gott nichts kommen lassen. Also, wenn Gott nichts dagegen hat, wir hätten auch nichts dagegen, wenn Gutsbesitzer Wendlandt zwischen uns im Kirchenschiff säße, sagen die Kossäten. Darauf antworten die Gottesverteidiger: Politik gehört nicht in die Kirche!

Es stinkt hier wie in einer Pößbude, sagen die Real-Ochsen, wenn sie zum Konfirmanden-Unterricht in eines der Klassenzimmer der Volksschule einrücken. Kommt nur rein, kommt, kommt! sagen die Volksschüler, hier ist der richtige Stall für Parfümböcke. Einer meiner Schriftsteller-Kollegen, ein ehemaliger Volksschullehrer, schrieb das Buch vom sympathischen Lehrer Wanzka. Es wird leider nicht genug gewürdigt, weil darin Unzulänglichkeiten im Schulwesen benannt werden, Majestätsbeleidigungen. Im Buch vom Lehrer Wanzka gibts einen Direktor, der zufrieden ist, wenn die Schule während der Unterrichtszeit summt. Ob der verabreichte Unterricht was taugt oder nicht, ist dem Direktor gleich, wichtig ist, daß die Schule summt.

Auch die Jungsenvolksschule in Grodk summt, und wir Konfirmanden summen mit.

Meine Anderthalbmeter-Großmutter ist zufrieden mit der *Kleinigkeit*, mit der sie auf die Welt kam. Pfarrer Heistermann versucht sich mit dickbesohlten Schuhen, hohen Absätzen und einer Steh-Tolle ein wenig zu vergrößern. Die Schultern seines Gehröckleins und sein kleiner Buckel sind von einer Schicht Schuppen bedeckt wie der Erdboden, wenn es anfängt zu schneien. Weshalb säubert Frau Pfarrer ihrem Heistermann nicht den Rockrücken? Der Pastor bleibt bei mir stehen. Er stößt mir sein Zepter, ein Fünfzig-Zentimeter-Lineal, in die Rippen: Dieser Junge hier denkt nicht an Gott! Es ist die Wahrheit. Kann ich Pfarrer Heistermann sagen, daß ich an seine Frau dachte?

Es sitzen auch einige Vorzüge in Pfarrer Heistermann: Seine Hinwendung zur Poesie, eine Begeisterung an Wortschönheiten. Während die Schule summt, Papierkugeln durch die Klasse fliegen, auf dem Schulhof bei Turnspielen gelärmt wird, die Sonne zum Mittagspunkt hinaufsteigt und ein Sommertag durch die Stadt schwebt, kann er sagen: Jungen, es ist doch so wunderbar, wie es im siebenunddreißigsten Psalm heißt: *Habe deine Lust am Herrn; der wird dir geben, was dein Herz wünschet.* Und dann ein Befehl, noch ganz im Stil der Psalmen: Schlaget eure Bibelbücher auf! Er hat mein Fernsein von Gott von vorhin nicht vergessen. Lies weiter, den Psalm! befiehlt er. Ich lese: *Befiehl dem Herrn deine Wege und hoffe auf ihn; er wirds* woll *machen.*

Du betonst falsch, unterbricht mich Heistermann. Es muß heißen: er wirds *wohl* machen. Meine angeborene Empfindsamkeit gegen die Wörter verleitet mich zu einem Disput: In meiner Bibel steht, er wirds *woll* machen, sage ich. Heistermann beugt sich über meine Bibel. Sein Gehrock riecht nach Mottenpulver. Er stellt fest, daß in meiner Bibel das gleiche steht wie in seiner. Dieses *Wohl* habe hier die Bedeutung von gut. Dann müßte das Wohlmachen zusammengeschrieben sein, vermerke ich vorsichtig, auseinandergeschrieben bedeutet es, Gott weiß noch nicht recht, ob ers machen wird oder nicht. Pfarrer Heistermann schlägt mit der Flachseite des Lineals ins aufgeschlagene Bibelbuch und mitten in die Psalmen hinein: Willst du Erdenwurm Gottes Wort umdeuten?

Ich schweige. Soll ich mich mit einem Pfarrer öffentlich krachen?

Ist dein Vater Dissident? will Heistermann wissen.

Nein, Sozialdemokrat, antworte ich, und damit endet mein Privatgespräch mit Pfarrer Heistermann über die Auslegung von Psalmen.

Die erste Mandoline, die nach Bossdom vordrang, kam, wie wir wissen, auf einem Hauklotz ums Leben. Sie gehörte Sastupeits Gustav, und sein Vater, der Mittelmüller, zerschlug sie, weil Gustav über dem Musizieren das *Mist-Spreeten* vergessen hatte. Gustav blätterte im Katalog und berief, auch das wißt ihr, eine zweite Mandoline nach Bossdom.

Inzwischen ist der Müllersohn ein *fortgeschrittener* Mandolinenspieler und kann zehn bis zwölf Stücke heruntertremolieren. Das erste Lied, das er sich einübte, das Lied von den Sternlein, die am Himmel stehen und von Gott *gezählet* sind, ist zum Old-Timer geworden. Wenn der Müllervater auf der Windmühle hockt, öffnet Gustav das Fensterchen seiner verschlossenen Bodenkammer, und die Mandolinenmelodien fliegen hinaus wie zitterhälsige Pfauentauben; sie machen allmählich andere Dorfburschen geneigt, auch Mandolinisten zu werden.

Ich habe mich, wie ihr wißt, schon auf Gustavs erstem Instrument, bevor es zerhackt wurde, zum Mandolinisten gemacht. Jetzt wünsche ich mir ein eignes Instrument. Meine Mutter erfüllt mir den Wunsch: Auf meinem Geburtstagstisch liegt eine Mandoline. Sie ist eine Proletarierin unter den Mandolinen. Ihr Bauch ist aus nur dreizehn Teilen zusammengesetzt. Die Melodien durchdringen keineswegs die Wände, deshalb unterstütze ich ihre Wimmertöne durch kräftigen Mitgesang. Es ist eine neue ziellose Sehnsucht in mir angewachsen. Vor einem Jahr sänftigte sie sich, sobald ich nach Bossdom fuhr. Jetzt läßt sie sich damit nicht mehr beruhigen.

Mein Balzdrang bedrängt mich. Ich will zur Mandoline auch Mundharmonika spielen, will Beachtung und Beachtung finden. Und bei wem? Bei der Menschenwelt und bei *die Mätchens.*

Ich bräuchte einen Mundharmonikahalter, den ich am Griffbrett der Mandoline befestigen kann, und verhandle mit dem Grubenschmied. Der Grubenschmied heißt Nikolas Golub und ist ein ehemaliger ukrainischer Kriegsgefangener, dem es in Bossdom so gut gefiel, daß er dort blieb. Ihr kennt ihn. Golub verspricht: Wenn ich hoab Zeit, will ich dir machen, hoab ich keen Zeit, will ich dir nich machen. Aber Golub hat *keen Zeit.* Alle wollen was von ihm, er ist so geschickt, sogar die zerbrochene Zahnprothese der Obersteigers-Witwe Wiese hat er ausgeflickt.

Aber es bietet sich eine andere Gelegenheit, mich mit meiner Mandoline vor der Menschenwelt zu produzieren.

Die von Gustav Sastupeit angesteckten Dorfburschen stechen beim Erwerb ihrer Instrumente einander aus; einer *käuft* sich eine Mandola, ein anderer sogar eine Gitarre, und sie tremolieren und zupfen sich zu einem Verein zusammen.

Vereine werden, wenn man nach der Sprachschablone geht, ins Leben gerufen, und wenn sie ins Leben gerufen sind, müssen sie gepflegt und gehudert werden, und dem Vorstand müssen Mitglieder zugeführt werden. Eine meiner Altersgenugtuungen ist, daß ich nie einen Verein ins Leben rief.

Kaum fängt der Mandolinenverein an, ein wenig von sich reden zu machen, da kommt ein junger Bergbau-Praktikant aus der Leipziger Gegend. Er spielt Laute, will unserm Verein beitreten, macht aber zur Bedingung, daß wir nicht nur ein dörflicher Mandolinenverein bleiben, sondern daß wir höher hinaus müssen und bündisch, also eine Ortsgruppe des Arbeiter-Touristenbunds werden und mit Statuten und sowas die *Schubkraft* unserer Mandolinenmusik erhöhen müssen. Da uns ein Mitglied mit einer Laute willkommen ist, wird seinem Antrag stattgegeben, wie es im Vereinsbericht heißt.

In Bossdom nennt uns, trotz der *Schubkraft*, die wir uns aneignen, niemand: *Ortsgruppe des Arbeiter-Touristenbundes*, wir sind der Mandolinenklub – und fertig. Dann aber kommt der Bergpraktikant namens Fisper, unser Lautenschläger, von einem Lehrgang des Bundes aus Leipzig zurück und erklärt, daß wir unsere Umwelt touristisch erschließen müßten.

Früher, als wir nur so Mandoline spielten, gingen wir zu unserer Lust und Freude in den Wald, suchten Pilze, fuhren mit abgebrochenen Baum-Ästen in Kaninchenlöcher und warfen Steine nach Krähennestern. Nun, nachdem wir Touristen geworden sind, müssen wir unsere Gewohnheiten ändern. Aus unserem Umherschlendern wird ein Halbmarschieren. Wir wandern in einer geschlossenen Gruppe umher und fürchten, daß wir uns verlaufen könnten. Wir wandern nunmehr nach Landkarten und lassen uns von einem Kompaß bestätigen, ob wir auch in der beabsichtigten Richtung marschieren. Sobald wir auf ein Denkmal aus der Vorzeit stoßen, halten wir an und staunen eine Weile. Denkmale aus der Vorzeit sind zum Beispiel alte Bäume oder ein Stein, der die Form eines Mannes hat, von dem man sagt, es wäre ein primitives Denkmal vom Wendenhäuptling Czischka, von einem Vormenschen unserer Heimat also. Ein anderes Kulturdenkmal ist der Urwald von Groß-Jamno, einem Dorf in der Nähe von Forschte, und da man noch keinen anderen Urwald gesehen hat, ist man sozusagen verpflichtet, eine Weile über den Urwald von Groß-Jamno zu staunen. Wir beschäftigen uns auch touristisch mit der Umgebung der Kirche von Gulitzscha, in der Pastor Kockosch Gottesdienst abhält. Koaliks Erwinko fotografiert alte Grabsteine und fotografiert die Eiche, von der gesagt wird, sie sei tausend Jahre alt. Ich notiere mir die Namen der Blumen, die von den Gräbern krochen, verwilderten und im Rasen des alten Friedhofes heimisch wurden.

Pfarrer Kockosch, der uns von der Kanzel aus auf *seinem* Gelände *umherspitzeln* sieht, flicht uns in seine Sonntagspredigt ein. Für ihn sind wir Heiden, Anhänger des alten Gottes Wotan, weil wir die alten Eichen fotografieren. Wir aber halten uns für Forscher, für Jünger der Wissenschaft und lassen es uns angelegen sein, Licht in die Vergangenheit zu bringen, und wir werden auch noch das Geheimnis der *Dicken Linde* ergründen, die an der holperigen Pflasterstraße zwischen Bossdom und Gulitzscha steht.

Dann kommt Bergbau-Praktikant Fisper von der nächsten Touristen-Schulung zurück und erklärt, nicht nur die Bäume und die Halme, auch die Menschen von Bossdom und den Dörfern ringsum wären Natur, und wir, die Naturfreunde, müßten sie mit unserem Ideengut durchdringen, und was unser Ideengut ist, wird er uns nach dem nächsten Lehrgang mitteilen. Ach, die hübschen Träume der Aufklärer! Sie zerschellen stets an der Wirklichkeit.

Bergpraktikant Fisper, mit der Harald-Lloyd-Brille, redet und redet nach dem nächsten Schulungslehrgang auf uns ein, bis es heißt: Bis stille, wir wollen endlich moal eene greeßere Tour machen, verstehste! Wir überstimmen das Gerede vom Ideengut und vereinbaren, es soll eine Sonntagstour in den Spreewald gemacht werden.

Ich bin vierzehnjährig der jüngste Tourist, kann nach Noten spielen, bin gut zu Fuße und vollwertig. Wir wandern gleichsam mit Händen und Füßen auf Choćebuz zu, denn wir tun keinen Schritt ohne Mandolinenmusik. Die Dorfmädchen, die mit uns wandern, sind zahlende Mitglieder. Sie singen, aber *mandolinistisch sind sie nicht tätig*.

Wir sind revolutionär uniformiert, tragen Wanderblusen (Wie konnten wa bloß loofen frieher, ohne Wanderblusen?), Schillerkrägen und kurze Hosen. Burschen über vierzehn Jahre, die *eingesegnet* wurden, tragen in Bossdom – eisernes Gesetz – Hosen mit langen Beinlingen. Wir aber tragen sogar Tirolerhüte, die mit einer blechernen Edelweißblüte verziert sind.

Wenn ich daran denke, welche Abneigung wir mit unserer Aufmachung bei den Bossdomer Alten, bei Schestawitscha zum Beispiel, erzielten, so höre ich sogleich auf, über unsere Jungen mit ihren Irokesen-Kämmen, den Ohrgehängen und den weißen Leinenschuhen, mit denen sie winters durch den Schnee stapfen, den Kopf zu schütteln.

Die Leute in anderen Dörfern, durch die wir musizierend marschieren, sind uns freundlicher gesinnt. Sie füttern und tränken uns, damit wir noch eins extra spielen. Wir sind uns sehr wichtig und wandern nach Choćebuz zum Spreewaldbahnhof. Auch die Eisenbahner der Schmalspur-Spreewaldbahn, die die Bremse ihrer Lokomotive noch mit einem dicken Strick betätigen, sind uns zu Danke; sie sind ihre Tour noch nie mit Musik gefahren.

Wir lassen uns auf Kähnen durch den Spreewald staken und besäumen auch dort die Natur mit *Blumen auf der Briesau*, einer verhaltenen Etüde für *einfaches* Mandolinen-Orchester oder mit dem *Russischen Tanz* für Mandolinen und zwei Zupfgeigen. Wir lassen uns nicht in den Gasthäusern an den Wasserwegen ausbooten, wir setzen unsere Ehre darein, Touristen und Selbstversorger zu sein. Jeder hat seinen Tornister und sein Kochgeschirr mit Spiritusfeuerung bei sich. Wir erspielen uns Grüne Bohnen und Kartoffeln und kochen sie auf einem Dorfplatz ab, und manche Spreewaldbauern halten uns, unserer Tirolerhüte wegen, für bayerische Zigeuner.

Ein Teil meines vierzehn Jahre alten Lebens gehört um diese Zeit der Mandoline. Sie begleitet mich auf dem Rucksack nach Grodk. Juro Baltin sagt: Reiß moal eens runter! Ich spiele den Brigantenmarsch, die alte Pobloschen reißt die Augen auf, und ich weiß nicht, ob gütig oder wütig, und Juro behauptet, die Hottentotten in Südwest hätten auf Mandolinen aus Kürbisleibern gespielt. Mina Baltin verzieht das Gesicht; mein Spiel ist ihr zu grillig. Mandolinen sind nicht ernst; in einem *Bööth-Ofen*-Orchester werden sie nicht verwendet.

Also, bringe ich meine Mandoline am Abend im Luftschacht zum Singen. Zeitchen drauf sucht der Arbeiter-Mandolinisten-Bund in Grodk Interessenten für sein Jugend-Orchester. Ich mache mich zum Interessenten und gehe zu den Übungsstunden. Es gibt dort auch mandolinisierende Mädchen, und ich verliebe mich leise in ein nußbraunes, das mit seinen flinken Fingern als Solistin eine sorbische Polka aus ihrer Mandoline herausholt. Unser Übungsfleiß wird mit der Aussicht angestachelt, daß wir im Winterhalbjahr bei einem großen Konzert in *Knoblers Konzerthaus* mitwirken dürfen.

Wenn ichs bedenke, so habe ich *schont* allerhand am Halse: Ich bin Mitglied beim Touristenbund, spiele im Jugendorchester, bin Schriftführer im Radfahrer-Verein *Solidarität,* bin Bewächter der Rapschinskin, karre zerzupften Tabak von Grodk nach Slamen, muß ein Auge auf die Schularbeiten von Frede Worreschk und Wullo Kanin werfen und gehe zum Konfirmandenunterricht. Ihr ahnt schon, daß die Zersplitterung für mein Dahinaltern, auch meine Entwicklung genannt, nicht gut gewesen sein kann.

Nun wieder kommt ein Zirkus nach Grodk und verzaubert mich. Mein kindliches Verhältnis zum Zirkus, das ich nie verlor, ist bis heute ungeklärt. Hat mir die Mutter ihren Wunsch, *Seeltänzern* zu werden, eingeerbt?

Meine erste Zirkusvorstellung sah ich, als ich noch mit der Mutter und der Schwester allein in Grauschteen lebte. Es ist das Kriegsjahr neunzehnhundertundsiebzehn, ein Hungerjahr. Man hat es mir später erzählt. Ich spürte es nicht. Wer in Entbehrungen hineingeboren wird, spürt sie nicht, zudem hielten die *Seeltänzerinnen*-Hände der Mutter den ärgsten Hunger mit Schneiderarbeiten von uns fern, die sie sich mit Nahrungsmitteln vergüten ließ.

Im Saale der Gastwirtschaft findet eine Zirkusvorstellung statt. Meine Mutter hat zu tune, zu tune. Du bist schont groß genung, kannst uff die Kleene uffpassen, sagt sie und schickt mich mit der Schwester in den Zirkus. Ich sehe dort ein Pony und vergesse meine Schwester. Die Schwester kann das Gedröhn der großen Trommel nicht ertragen, sie barmt und weint und wird von freundlichen Nachbarn heimgeleitet.

Der Zirkus wird von einem alten müden Mann und seiner Frau betrieben. Zu Hilfe sind ihnen eine jüngere Frau und vier Kinder. Die jüngeren Männer der Truppe sind im Krieg. Der alte Mann spielt den Clown und hat sich sein Gesicht mit Kreide eingeweißt. Er spielt mit der Großmutter, die sich zum Dummen August herausgeputzt hat, die klassische Clown-Nummer: Bienchen, Bienchen, gib mir Honig! Und dann sehe ich zum ersten Male in meinem Leben einen Menschen einen schmalen Weg entlang gehen, und der Weg ist fünfzig Mal schmaler als die Füße der Menschen: es ist die junge Frau, eine angewelkte zigeunerische Schönheit, die über ein Seil geht. Der alte Mann führt ein rechnendes Pony vor und legt sich dann auf einen abgeschabten Bettvorleger und läßt seine Enkel auf sich herumturnen.

Das ist die erste Zirkusvorstellung, die ich sehe. In der Erinnerung an sie ist die Erinnerung an einen Dorfjungen geschachtelt, der Wilmko Kuschlack heißt. Kuschlack ist zwei Jahre älter als ich. In Schule issa sehre schlau, sagen die Dorfweiber. Seinen großen Kopf hat er nicht mit auf die Welt gebracht, der Kopf vergrößerte sich, als Kuschlack, da er noch ein Kleinling war, hinterrücks vom Kuhwagen stürzte. Danach kunnde sich sein Gehirne ausbreeten, sagen die Dorfweiber. Wilmko Kuschlack ging hernach mit dem Gehabe eines alten Männchens umher, das das Leben schon kennt und alles weiß. In der Zirkus-Vorstellung sitzt er mit übergeschlagenen Beinen erhaben auf einem Fensterbrett, und wenn die anderen Zuschauer den Atem anhalten, weil der alte Artist Petroleum aus einer Kanne trinkt und Feuerschlangen aus seinem Mund springen läßt, lacht Wilmko und lacht.

Nach drei Dorfschuljahren wird Wilmko nach Grodk aufs Gymnasium. Er bewältigt alles, was von ihm verlangt wird, und lächelt über seine Mitschüler, die sich abeifern und doch nur blasse Funken aus ihren untergroßen Köpfen schlagen.

Studienrat Münchdorf, der, wie wir wissen, Vorratswirtschaft in Schwiegersöhnen betreibt, versucht, Kuschlack seiner Tochter Eva anzupaaren, aber im großen Kopfe von Wilmko ist kein Kämmerchen für Sehnsucht nach Mädchen. Kuschlack lernt und lernt, studiert und studiert und alles cum laude, cum laude, cum laude. Nach dem Studium gesellt er sich den Männern zu, die vorgeben, für die Gerechtigkeit unter den Menschen zu sorgen. Und dann verliert sich Wilmko Kuschlack für mich bis nach dem zweiten großen Kriege, bis ich erfahre, daß er als Richter die *Arische Gerechtigkeit* vertreten hat und mithalf, Mitdeutsche und Mitsorben in Zuchthäuser und Konzentrationslager zu bringen. Er hat nur seine Pflicht getan, sagt er. Man wird irr, wenn man beobachtet, wie auswechselbar die Tugenden sind, die man uns in unseren Schullesebüchern vorführte. Wilmko geht *drüben*, wo er sich aufhält, gewiß frei und überheblich umher und lacht und lacht über den Polit-Zirkus.

Kaum ist der Krieg zu Ende, da erscheinen kleine Zeltzirkusse auf dem Pfortenplatz in Grodk. Ich bin bei den Großeltern zu Besuch. Großvater geht mit mir in den Zirkus. Ich bin noch zu *kleene*, um *alleene* in den Zirkus zu gehen, sagt er und versteckt seine Sucht nach Pferden und Löwen hinter der Behüterrolle. Großmutter sagt: In den Zirkus kriegen mir keene zehn Pferde; immer alles kreesum, da wird mir dreherich.

Nun bin ich *Real-Ochse* in Grodk, und wenn ein Zirkus eintrifft, gehe ich morgens eine halbe Stunde früher zur Schule. Auf dem Pfortenplatz ist der erste Zirkuspackwagen eingetroffen. Der Zeltmeister schreitet den Platz ab, schlägt einen eisernen Pfosten ein und markiert die Manegen-Mitte, um die sich das Zirkus-Bunt drehen wird. Dort werden die Dresseure stehen, die die sogenannten Pferdefreiheiten vorführen; der Raubtierdompteur, der Clown mit den dressierten Gänsen, und auch für die Pyramiden der marokkanischen Springer wird sie der Mittelpunkt sein.

Nach dem Unterricht bin ich auf dem Stadtbahnhof. Dort werden die Pferde ausgeladen. Straßenjungen sind begehrte Hilfspferdeführer. Der Stallmeister hat einen Blick für Pferdejungen. Er vertraut mir zwei Berberhengste an.

Der Sklavenphilosoph Seneca schrieb: Nicht bewundernswert ist, wer ein bewundernswertes Pferd reitet – oder ähnlich. Was mich betrifft, so hat sich Seneca, von dessen Ausspruch ich damals noch nichts weiß, geirrt. Ich will nicht bewundert werden; ich bewundere die Pferde und ernte den Hohn unserer Krachschläger am Straßenrand; Gymnasiasten geben sich nicht mit Zirkusgäulen ab. Ich bin wieder einmal *Kito von Saspow*.

Wie ein Jahr zuvor gastiert *Zirkus Angelos* in Grodk. In seinem Vorjahrs-Programm gab es eine Nummer: Der Kampf mit dem Pony. Wer das Pony länger als eine Viertel-Minute ritt, kriegte hundert Mark Prämie. Es meldeten sich Burschen, Betrunkene und Raufbolde. Der Stallmeister sortierte die Reitwilligen. Er suchte behende junge Männer aus, einer folgte dem andern, und keiner blieb auch nur fünf Sekunden auf dem Rücken des Ponys hokken. Ein Manegendiener rannte neben dem Pony her, um sich der herabgestürzten Reiter anzunehmen. Der fünfte

Reiter, den der Stallmeister auswählte, war ein Junge mit schwarzen Locken. Er schwang sich auf das Pony, und das Pony trug ihn, ohne zu bocken, drei Runden um die Manege. Der Junge kriegte seinen Hundertmarkschein.

Ich wollte den Trick herausbekommen, mit dem das Pony so wild gemacht wurde, daß es zeitweis keinen Reiter auf seinem Rücken duldete, und ich wollte den Trick herausbekommen, mit dem das Pony veranlaßt wurde, seine Abwehr einzustellen. Drei Tage gastierte der *Zirkus Angelos* in Grodk. Ich trug mein erspartes Taschengeld zur Zirkuskasse und glaubte endlich, die Tricks entdeckt zu haben: Immer wenn der livrierte Manegendiener neben dem Pony herrannte, war das Tier nicht zu bändigen, und jedes Mal, wenn der letzte Reiter, der Gewinner, aufs Pony sprang, stand der Livrierte außerhalb der Manege am Sattelgang; er mußte es sein, der das Tier vernarrt und ihm Schmerzen zugefügt hatte. Aber da reiste der Zirkus weiter. Es gab keine Möglichkeit, mir und anderen zu beweisen, daß meine Entdeckung stimmte.

Nun ist *Zirkus Angelos* wieder da, und die Ponynummer steht wieder auf dem Programm. Ich nehme mir vor, das Pony zu reiten. An der Zirkuskasse treffe ich Onkel Phile. Er hat einen seiner großen Tage; er bezahlt für mich. Gewiß hat er für Tante Elli Plättwäsche zur Kundschaft gebracht und das Geld für sich eingestrichen. Die arme Tante Elli! Es widerstrebt mir, ihr mühsam erplättetes Geld mit zu verbrauchen, aber Onkel Phile droht, die Eintrittskarte vor *sichtliche Oogen* zu zerreißen, wenn ich sie nicht annehme. Ich wer woll mein Neffen das Zirkus bezoahln könn! sagt er, Zustimmung heischend, zu den Leuten an der Kasse.

Die Großzügigkeit Onkel Philes kriegt noch Zuwachs: Er kauft ein Programm, er kauft von den sich durch die Sitzreihen windenden Verkäufern Eiswaffeln, und ich kann nicht verhindern, daß er mir Artistenfotos und das Foto von einem Wurf junger Löwen zuschiebt.

Onkel Phile redet auf mich ein. Ich mag das nicht, mag das heute noch nicht, daß mich jemand mit Wörtern besäuselt, wenn ich mich im Theater, im Konzert oder im Zirkus zurechtgesetzt habe. Ich will die kleinen Begebnisse vor den Aufführungen genießen: Im Theater, wenn sich der Vorhang bewegt, wie wenn ein kleiner Wind über einen Waldteich hinstreicht. Im Konzert gehört das undisziplinierte Durcheinanderreden der Instrumente beim Einstimmen zu meinen Vorgenüssen. Im Zirkus versuche ich, von meinem Platz aus in den Aufsitzraum zu lugen. Wenn von den hin- und hergehenden Requisiteuren der Vorhang ein wenig auseinandergeschlagen wird, sehe ich, wie sich die Artisten für ihren Auftritt vorbereiten, und ich fudere den Geruch von Sägespänen, Pferden und Raubtieren, den Zirkus-Urduft, ein. Das Gedröhn des Dieselmotors, der die Lichtmaschine antreibt, dringt durch die Zeltwand; eine Glocke klingt auf; grelles Licht springt aus großen Lampen in die Manege; die Kapelle setzt ein; ein Märchenbuch wird aufgeschlagen: Raubtiere gehorchen dem Wink eines Menschen; Menschen verbringen Minuten ihres Lebens viele Meter über dem Erdboden; Pferde gehen aufrecht, und ihre Vorderbeine werden zu fuchtelnden Händen; Leute laufen auf den Händen umher, Reiterinnen tanzen auf Pferderücken, Clowns holen Musik aus Besenstielen und Wasserschläuchen, Teller und Keulen tummeln sich in der Luft.

Das Pony wird in die Manege gebracht. Wie jahrszuvor, fordert der Stallmeister mutige Männer aus dem Publikum auf, es zu reiten. Ein junger Mann im blauen Arbeitsanzug und ein Mann in Zimmermannstracht steigen in die Manege. Der Junge im Schlosser-Anzug darf sich erproben, der Mann im Zimmermanns-Anzug wird zurückgeschickt. Das Pony galoppiert, und da ist er wieder, der Manegendiener in seiner Livree, und tut besorgt um den Jungen im Schlosser-Anzug. Das Pony stutzt, wird stätig und bockt. Der Junge fliegt mit gestreckten Gliedern wie eine Stoffpuppe in die Sägespäne.

Der Stallmeister ruft abermals nach Beherzten. Ein junger Mann in Maurerhosen will in die Manege. Ich komme ihm zuvor.

Esau, wohin? ruft der Onkel. Ich antworte nicht. Ich bin schon beim Stallmeister und sage ihm, daß ich das Pony reiten werde, aber der livrierte Requisiteur muß hinaus. Der Stallmeister schüttelt den Kopf. Mein Onkel ist heran. Er packt mich beim Ärmel und will mit mir davon. Im Publikum rollt Gelächter an. Zwei Clowns kommen in die Manege. Der eine nimmt mich, der andere den Onkel, und sie tragen uns zu unseren Plätzen. Großes Gelächter, Pfiffe.

Ich, der in den Zirkus vernarrte Naivling, habe nicht wahrgenommen, daß es sich bei den jungen Männern, die zum Reiten zugelassen wurden, um Stallburschen und Artisten handelte. Manche drehten bewußt einen Salto, wenn sie vom Pony geschleudert wurden. Soeben fällt einer bäuchlings in die Sägespäne. Er verzerrt sein Gesicht, als ob ihm das Gedärm geplatzt wäre. Onkel Phile versucht mich zu trösten: So hättste nu doagelegen!

Tränen bedrängen mich. Das einzige Mal in meinem Leben verlasse ich einen Zirkus, ehe der letzte Trompetenton verklungen ist.

Es geht schlimm in mir zu, weil ich weiß, ich hätte das Pony geritten, wenn man mich nicht gehindert hätte. Ich schleppe die Schmach des Ausgelächters mit mir umher.

Es ist wohl fünfzehn Jahre her, da bat die fünfjährige Tochter von Freunden, auf einem unserer Ponys reiten zu dürfen, doch als sie vor den Ponys stand, weigerte sie sich aufzusitzen. Nicht einmal draufheben sollten wir sie, auch nicht auf das kleinste der Ponys. Ja, wenn es ein Elefant wäre, sagte sie, und wir, die Erwachsenen, lachten.

Jahre vergingen. Unser Ausgelächter schien das Mädchen zu peinigen. Als wir eines Tages die alten Freunde besuchten, zeigte man uns Familienfotos. Normierte Erklärungen: Das sind wir, als wir uns gerade verlobt hatten. Und hier, das sieht man vielleicht nicht, war ich noch jung und verrückt!

Wir durchblätterten die Fotosammlung der Freunde. Eines zeigt die Tochter des Hauses, sie war inzwischen Schauspielerin, wie sie im Zoo auf einem Elefanten reitet.

Sie ist nach dem Foto bei elf Jahre alt. Meine Freunde wundern sich, daß ich mir gerade dieses Foto lange ansehe. Ich erinnere sie an den Kleinkinderschwur. Sie hatten ihn vergessen, auch die Tochter wußte nichts mehr davon.

Etwas Ähnliches muß in mir vorgegangen sein. Ich hatte schon einige Bücher geschrieben, bin für sie geschmäht und gelobt worden. Zuerst mehr geschmäht als gelobt, nachher mehr gelobt als geschmäht. Ich bin prominent, heißt es, und ich, der niederschlesische Neurotiker, der so empfindlich *uff die Wörter is* und das Wort prominent nicht ertragen kann, werde zur *Nacht der Prominenten* eingeladen: Meistersportler und Künstlermeister treten zusammen mit Artisten im Zirkus auf. Man fragt mich, ob ich zaubern, durch die Luft fliegen oder Clown-Späße machen will. Ich will Pferde vorführen. Mein Lehrmeister ist der tschechische Pferdedresseur Roberto Stipka. Ich bereite mich zehn Tage lang bei zwei und drei Proben am Tag für meinen Auftritt vor. Schließlich zeige ich in zwei öffentlichen Zirkusvorstellungen, daß mir die acht Araberhengste des Zirkus *Praha* nicht schlechter gehorchen als ihrem Dresseur. Es gibt viel Beifall.

Kollegen aus der Gilde der Schreibschaffenden fragten mich: Weshalb tatest du dieses? Ich konnte es ihnen nicht erklären. Erst Wochen später wußte ich, weshalb ich in der Manege gestanden hatte.

Ich habe Standard-Träume, die sich wiederholen. Da ist der Traum von einer raschen Abreise und den vielen, vielen uneingepackten Dingen. Da ist der Traum, in dem ich in einem zu kurzen Hemd durch eine Stadt gehe. Das Hemd bedeckt meine Scham nicht, und ich gehe geduckt, weil ich fürchte, von der Polizei als Entblößer festgenommen zu werden. Ein anderer Traum: Ich stehe auf der Bühne und spiele in einem Theaterstück mit, das ich nicht kenne. Diesen Traum nenne ich meinen Lebenstraum. Ich kenne den Sinn meines Lebens nicht.

Seit jenem Vorfall in der Kindheit mit dem Pony im Zirkus verfolgte mich von Zeit zu Zeit im Traum das große Ausgelächter des Publikums, doch nach meinem Auftritt mit den acht arabischen Hengsten und nach dem Beifall, den ich erhielt, kehrt dieser Traum nicht wieder.

Und schon wieder etwas, was meine Leistungen in der Schule nicht fördert: Im *Spremberger Anzeiger* wird angekündigt, die Ringkämpfer beehren unsere Stadt wieder. Ernst Heiter, der Chefredakteur, Chefreporter und *Allroundman* des *Anzeigers* schreibt im Lokalteil über sie. Es gibt Leute in Grodk, die behaupten, Ernst Heiter wäre mehr als ein Redakteur, er wäre ein Dichter, denn in jeder Sonntagsnummer des *Anzeigers* erscheint ein längeres Gedicht von ihm. Für Studienrat Münchdorf und einige belesene Fabrikantengattinnen sind Heiters Reimereien Gelegenheits-Gedichte.

Was tuts, sagen die von Heiters Reimereien Angetanen, machte nicht auch ein gewisser Goethe Gelegenheits-Gedichte? Kann man nicht von einer gewissen Kunstfertigkeit sprechen, wenn man beobachtet, wie Ernst Heiter sperrige politische Wochenereignisse wohlgereimt in seinen Sonntagsgedichten unterbringt?

Die Blätter fallen von den Bäumen, es ist soweit / im Reichstag hält man hehre Reden gegen die Arbeitslosigkeit ... In den Schluß eines jeden Sonntagsgedichtes reimt Ernst Heiter sogar seinen Namen mit ein: *Die gute Laune sei uns Wegbereiter / und einen Sonntag voller Sonne wünscht Ernst Heiter.*

Den Schrumpfdichter Ernst Heiter erkennt man auch am pseudopoetischen Stil seiner Zeitungsprosa: Nun werden uns alsbald die Ringkämpfer mit ihren Muskelkräften in edlen Neid versetzen. Gehet hin und sehet sie euch an, die wackeren Männer!

Frede Worreschk findet sich bei mir, seinem Nachhelfer, ab und kauft mir eine Eintrittskarte zu den Ringkämpfen. Der Saal ist gesackt voll. Zum Publikum gehören Fleischermeister, Gastwirte, Viehhändler, Sportler, Hundezüchter, und ganz vorn sitzt Juro Baltin. Er muß prüfen, ob es sich bei dem angekündigten Kameruner um einen echten Neger handelt.

Redegebrüll und Kampferwartungen. Drei Solisten von

der Stadtkapelle Zerbka fiedeln, pauken und klavieren forte, damit jener Marsch, der der *Einzug der Gladiatoren* genannt wird, Gewicht gewinnt. Die Ringer marschieren aus den Kulissen, vorn der deutsche Schwergewichtsmeister Westergard Schmidt; er läßt seine Muskeln im Marschtempo springen, ein verfrühter *Body-Building-Man.* Noch tragen die Ringer ihre Kräfte, die sie nachher in den Kämpfen verausgaben werden, eingesackt in sich. Man muß sich wundern, daß die Bühnenbretter nicht unter ihnen brechen.

Der Impresario stellt die Kämpfer vor, nennt ihre Namen, ihre Körpergewichte und die Länder, aus denen sie kommen. Die Vorstellung ähnelt einer Bullenschau. Der Russe Igor Saturski ist kahlgeschoren, sein Gesicht und sein Genack sind gerötet, sein Gesichtsausdruck ist friedlich. Er hätte früher vor der Revolution zu den Bewachern des Zaren gehört, erzählt der Impresario, zu jenen Leuten, die heute im Volksmund *Gorillas* genannt werden.

Hätta nich kunnd bei die Revolution mithelfen? ruft ein Arbeitersportler. Er wird von zwei Fleischermeistern niedergezischt. Vom Neger John Essav behauptet der Impresario, er habe Kamerun verlassen, nachdem die Deutschen dort nicht mehr die Herren waren. Beifall von den anwesenden Mitgliedern des Kolonialvereins.

Dann gehts los. Die Ringer richten ihre Körper liegend zu Brücken auf, und die Brücken werden von ihren Gegnern eingedrückt. Bei den Überwürfen trumpfen die in hohen Schnürschuhen steckenden Füße der Ringer mit ihren flachen Sohlen auf die Kampfmatte. Westergard Schmidt preßt die Schultern des Russen Saturski auf die Matte. Der Unparteiische und der Schiedsrichter liegen fast auf dem Bauche und prüfen den Abstand zwischen Ringerschultern und Ringermatte, als hätten sie das Zerdrücken eines Flohs zu kontrollieren.

Westergard Schmidt, deutscher Schwergewichtler, besiegt den russischen Schwergewichtler Saturski. Saturski fordert Schmidt zur Revanche auf, und bei der Revanche gewinnt am nächsten Tage Saturski.

Der Pole Sakowski kämpft gegen den Kameruner John Essav. Der Kampf artet aus, sie ohrfeigen einander, bedienen sich mit Fußtritten. Die Grodker sind auf der Seite des Negers, sie sehen in ihm den Bewohner einer ehemals deutschen Kolonie, einen entfernten Verwandten. Sakowski, der Pole, ist für sie ein Pollack, aber er gewinnt den Kampf. Im Saal wird gezischt. Das Zusammenleben der Menschen ist politisch zu sehen und nur politisch, behauptet später der Ewige Edwin, der sich eine Zeitlang zu meinem politischen Belehrer aufschwang.

John Essav, der Neger, fordert den Polen in gebrochenem Deutsch zur Revanche auf, allerdings zum Boxkampf. Da werd ich den Herr Sakowski aus dem Polland k.o. schlagen, versichert er.

Ernst Heiter berichtet über den Zwischenfall wie über eine Kontroverse im Völkerbund. Am Box-Abend ist der Saal überfüllt. Ich gehöre mit zu den Überfüllern. Diesmal hat Juro Baltin für mich den Eintritt bezahlt.

Auf der Bühne ist ein Boxring abgesteckt. Wie im Film, heißt es. Der Film fängt an, Maßstäbe in die Kleinstädte zu liefern. Die Kleinstädter kriegen zu sehen, wie der erste Ozeanflieger landet, wie Clown Grock lacht und weint, wie die Sechs-Tage-Rennfahrer in Berlin sich abschinden, und wie ein Marathonläufer kurz vor dem Ziel zusammenbricht.

Den Boxkampf gewinnt der Neger John Essav. Der Pole Sakowski liegt wie tot am Boden, das Gesicht auf den Bühnenbrettern. Der Schiedsrichter zählt bis neun, und Sakowski bleibt immer noch tot. Die meisten Zuschauer jubeln wie Teufel und Hexen.

Sakowski wird befächelt und berieben und massiert, und er kommt wieder zu sich und brüllt alttestamentarisch: Schwarze Teibel, du verfluchte, verfluchte!

Ich erkenne, daß alles Schauspiel und Mache ist. Der Pole Sakowski war viel weniger tot, als ich glaubte.

An den Spätnachmittagen, wenn die Straßen in Grodk am belebtesten sind, stehen die Gladiatoren vor der Tür des *Hotels Zur Sonne,* verschränken die Arme, lassen ihre

Der Gymnasiast Esau Matt (Bastian Trost) in Grodk.
Alle Fotos: Conny Klein

Großmutter (Carmen Maja Antoni) und Vater (Jörg Schüttauf) helfen der Mutter (Dagmar Manzel) auf Esaus Motorrad. Hinten: die Geschwister Marga (Ulrike Schultze) mit Bruder Frede im Kinderwagen, Tinko (Jonathan Feurich) und Heinjak (Nils Reinecke).

Auf der Schreibmaschine des Zigarrenfabrikanten Rapschinski schreibt Esau seine ersten Gedichte.

Esau und das Landmädchen Mary (Nancy Janke), mit dem er sein erstes Liebesabenteuer erlebt.

Nachdem das Gymnasium Zuwachs aus der Mädchenschule erhalten hat, ist Ilonka Spadi (Cosma Shiva Hagen) Esaus Banknachbarin.

Esau mit seiner großen Liebe: Ilonka Spadi (Cosma Shiva Hagen).

Die Familie Matt erwartet den Besuch von Ilonka Spadi. Von rechts: die Mutter (Dagmar Manzel), die Großmutter (Carmen Maja Antoni), Heinjak (Nils Reinecke), Tinko (Jonathan Feurich), der Vater (Jörg Schüttauf), Marga (Ulrike Schultze), Esau (Bastian Trost).

Eifersüchtig beobachtet Esau den Lehrer Dr. Apfelkorn (Heikko Deutschmann) und Ilonka Spadi.

Muskeln hinter den Kleidern spielen, und man sieht durch das dünne Leder ihrer Straßenschuhe ihre Zehen wippen. Manches Grodker Mädchen wünscht sich, es auf ihre Art mit den Kämpfern anzulegen.

Im *Anzeiger* berichtet Ernst Heiter, mit wieviel Fleisch und Eiern die Essenportionen der Ringkämpfer ausgestattet sein müssen, damit sie sich bei Kräften halten. Und wenn der Besuch der Ringkämpfe trotzdem nachzulassen droht, zieht Westergard Schmidt einen vollbeladenen Möbelwagen mit drei Kutschern auf dem Sitzbrett durch die Grodker Straßen. Straßenpublikum, selbst Mütter mit Säuglingen auf den Armen, zieht hinter der Sensation her, und der Appetit auf die Ringkämpfe in *Knoblers Konzerthaus* wird wieder angefacht.

Schauspieler, Artisten, Schausteller und Jahrmarktshändler zeigen den Kleinstädtern, auf welche Weise und mit welchen Arbeiten und Künsten man sein Leben auch dahinbringen kann; sie verschmähen das gesicherte Kleinstadtleben. Sie sind die Versucher, die das große Leben ausschickt, um junge Menschen zu verführen, die Kleinstadt zu verlassen. Junge Leute machen Gebrauch von der Verführung, und manche Frau und mancher Mann, die später in den großen Städten mit überdurchschnittlichen Leistungen aufwarten, kommen aus kleinen Städten oder aus Dörfern.

Auch Wullo Kanin will sich für die blassen Nachhilfestunden, die ich ihm dann und wann gebe, abfinden. Er lädt mich zum Geburtstag seiner Tante ein. Ich denk an die uneingelöste Geburtstagseinladung von Bubi Schnabel. Ich geh nich zum Geburtstag bei feine Leite, sage ich.

Wullo Kanin behauptet, seine Tante Hulda und sein Onkel Fisch sind unfeine Leute, verschuldet, Pleiteanwärter und ungebildet wie australische Urmenschen. Er will jemand auf dem Geburtstag haben, mit dem er reden kann, und der Mensch, mit dem er reden kann, bin ich. Meine Eitelkeit knistert. Ich sage zu und spüre, daß Wullo Kanin Macht über mich hat, und ich kaufe einen Strauß Ringelblumen für seine Tante.

Wullo Kanins Mutter Hete und seine Tante Hulda sind

Schwestern. Die eine heiratete ins Niederrheinische, die andere heiratete nach Schlesien. Aber sie sehnten sich so nach einander, daß sie wieder zusammenzogen, als Wullos Vater starb. Die Familien zogen einander entgegen und trafen sich in Grodk. Onkel Franz Fisch mietete in der Grodker Heinrichstraße eine Villa, und die Kanins konnten dort mit einziehen. Die Heinrichstraße ist eine stille Straße in der Nähe der Hammerlache, fern der Grodker Geschäftswelt, aber Onkel Franz Fisch machte dort ein Textilgeschäft auf. Textilien und Ia Böhmische Bettfedern, verkündet eine Tafel am Gartenzaun. Die ersten Kunden, die aus Neugier Kleinigkeiten kaufen kommen, werden zum Frühstück und zu einem Täßchen Kakao eingeladen, und Kunden, die sich mittags was auf den Leib kaufen, werden herzlich zum Mittagessen eingeladen. Die Kanins scheinen das Rezept für die Speisung der Fünftausend gefunden zu haben. Verkäuferinnen im *Bekleidungs- und Bettfedernhaus Fisch* sind Wullos Mutter und Wullos Tante Hulda. Sie runden beim Verkaufen die Preise nach unten ab. Die Konkurrenzfirmen warten auf den Ruin der Firma Fisch, aber bisher fiel nicht ein welkes Blatt vom Trubelbaum in der Heinrichstraße.

Es gibt dies und das, was mich an Wullo Kanin stört, zum Beispiel die viele Pomade, die er sich in sein storres Haar schmiert, bis sie ihm bei den Wangen herunterrinnt, und es stört mich, daß alle Frauen sein ausgezeichnetes Benehmen loben. Ich versuche mir immer wieder dieses und jenes von Wullos guten Manieren anzueignen. Es glückt mir nicht. Es widerstrebt mir zum Beispiel, mich aus Höflichkeit eine Wenigkeit zu nennen.

Es sind viel Blumen auf dem Geburtstag: Gladiolen groß und gut gemacht und abendrosa, auch zart-gelbe, so als hätte ich sie erträumt. In der Villa rummeln Menschen umher, eingeladene und uneingeladene, verwandte und unverwandte, drei Neffen aus Schlesien, drei Neffen vom Niederrhein, Wullos Schwestern Emma und Irene, ein alleiniger Förster, Fuhrunternehmer Hopka mit seiner kurzen Frau, ein Paar, das aussieht wie Großvater und Enkelin, alsdann die Butterfrau der Fischens aus Zerre und immer noch mehr Leute, von denen ich nicht weiß, in welchem Verhältnis sie zur Fischfamilie stehen.

Es duftet nach Gebräu und Gebrät, die Fenster werden geöffnet, Küchen- und Menschengedünst ziehen ab, und Mücken ziehen ein. Fuhrunternehmer Hopka behauptet, die Mücken bereden miteinander, wo Blut zu holen ist, und der Förster ohne Försterbart missioniert für eine Hunderasse, die Irischer Setter genannt wird.

Nach dem Essen musiziert Onkel Franz. Er stellt seine Beine auf die Klavierpedale, setzt sich auf den Klavierstuhl wie auf den Sattel eines Fahrrades und prügelt einen Walzer aus dem Piano: *Tief drin im Böhmerland, / wo meine Wiege stand* . . . Die Geburtstagsgäste applaudieren. Der angeheizte Onkel spielt den Böhmerland-Walzer nochmals und wieder, und manchmal schlagen seine dicken Finger zwei Tasten zugleich an, und Wullos Mutter und Wullos Tante tanzen miteinander, und dem bartlosen Förster, dem Setter-Missionar, entspringen zwei Hundeflöhe und mischen sich unter die Gesellschaft.

Geburtstagsfeiern rollen nach einem festen Ritus ab. Man wünscht dem Geburtstaghabenden viel Gutes, und immer soll er dreimal hoch leben, bei bester Gesundheit bleiben. Freilich gibts Leute, die neuerdings auch Geburtstagsfeiern verfortschrittlichen: sie singen statt des Hochlebegesanges *happy birthday to you*, und sie überreichen statt eines Straußes nur eine einzige Blume.

Einige Gäste reden schon, auch wenn ihnen niemand zuhört, sie fuchteln abwehrend und lehnen ein Beisein der Mitmenschen ab. Wullos Mutter singt das Lied von den *Kölschen Mädchen*, die so gut *bütze, bütze könne*, sie singt sich an den Missionar für Irische Setterhunde heran und küßt ihn. Witwenrecht.

Emma, Wullos ältere Schwester, hat rotgefleckte Bäckchen und trägt lange starke Zöpfe, die sie bald nach vorn holt, bald nach hinten wirft. Sie legt ihre Blicke den meinen in den Weg, ich stolpere und ertappe sie beim Schmachten. Ihr Mund gleicht dem Mund ihres Bruders

Wullo, sie hat ähnlich breite Zähne und eine natürliche Lücke in der Oberzahnreihe wie er. Sie ist für mich ein Wullo mit Zöpfen, kein Mädchen, das ich lieben könnte.

Onkel Franz Fisch spielt einen *Black Bottom* und singt: *Der Neger hat sein Kind gebissen, ho-oho / und hats nachher an die Wand geschmissen, ho-oho* . . . Der sentimentale Böhmerwald-Walzer und das Lied vom kindermordenden Neger sind nebeneinander im Onkel eingelagert. Fuhrunternehmer Hopka kratzt sich, er ist zur Zeit Gastgeber für die beiden entsprungenen Hundeflöhe.

Wullo Kanin trinkt Cherry-Brandy, macht sich wichtig und beißt auf jedem Schluck herum, wie Weinkenner es tun. Zuerst ist er leise, dann ist er laut betrunken. Wir sitzen auf dem Kübelrand einer Zimmerpalme, der Brandy geht in Wullo um: Wie konntest du auf dieses Spießerfest gehen? fragt er mich.

Du hast mich eingeladen.

Schade, daß ich nicht besoffen war, als ich dich einlud, erwidert er und nennt seine Feststellung schwarze Logik. Er hat sie erfunden, die schwarze Logik, sagt er. Wie kannst du das Spiel dieses Klavier-Radfahrers ertragen?

Weil ich nicht *muß* wie du, der du von ihm abhängig bist, das ist meine schwarze Logik, sage ich.

Wullo trinkt noch einen Brandy, dann gesteht er mir, daß er ein Genie ist, nur seine Frau Mutter weiß es, alle anderen wissen es nicht. Er ist eine Jungform des Übermenschen, den Nietzsche in seinem *Zarathustra* beschreibt. Hast du den *Zarathustra* gelesen? fragt er. Du mußt ihn sofort lesen, noch heute abend mußt du ihn lesen. Diese Menschen hier ringsum, diese Kleingeborenen, sie wissen alle nichts von *Zarathustra*.

Wullos Überheblichkeit reizt mich: Bist nicht auch du der Sohn einer Kleingeborenen und der Neffe eines Klavier-Radfahrers? Wullo bestreitet es, er sei eine geistige Mutation, und damit hat er sie wieder gepackt, die rechte Benennung, und er schüchtert mich ein, und ich tu, als ob ich wüßte, was eine Mutation ist. Sobald Wullo volle fünfzehn Jahre alt ist, sagt er, wird er seine Selbständigkeit behaupten und wird an solchen Spießerfeiern nicht mehr teilnehmen. Er wird solche verpößten Stunden lieber bei *Fanny* in der Kirsch-Allee verbringen.

Fanny in der Kirsch-Allee ist eines der Grodker Bordelle. Ich bin noch nicht geschlechtsreif und kenne *Fanny* schon. In den letzten Herbstferien fuhr Großvater Brot aus und sah einen bunten Vogel. Eine Mandelkrähe ist es nicht, sagte er, jedenfalls hat er so was Scheenes von een Vogel nich einmal in der königlichen Heede hinter Heierschwerde gesehn.

Ich begleite Großvater auf der nächsten Brotfahrt zum Bossdomer Vorwerk. Großvater erzählt Geschichten aus dem Lande Klein-Partwitz: Doa woar moal eener, Schliwin hat er geheeßen, Schneider woar er. Der Schneider, hieß es, erkenne jeden Vogel in der wendschen Gegend. Die Dorfjungen wollten ihn prüfen. Sie fingen einen Spatzen, strichen ihn rot an, trockneten ihn und ließen ihn fliegen. Der Sperling gesellte sich seinen Artgenossen zu. Was ist das fürn Vogel, Onkel Schliwin? Schneider Schliwin entschied, der Vogel habe das Gehabe eines Spatzen. Bissel traurig issa, weil er is in rote Farbe gefalln. Miteins erhebt Großvater die Peitsche. Auf einem Baum sitzt der schöne bunte Vogel und frißt halbreife Pflaumen. Er erschrickt vor unserm klappernden Planwagen, macht sich in einen Brombeerstrauch hinein, schreit und verschreckt unsern Wallach, und Großvater hat zu halten, damit der Wallach ihm nicht durchgeht. Ich springe vom Wagen in die Dornenhecke hinein, packe den Vogel, der Vogel ist ein Papagei, und er zerbeißt mir die Finger, und die Finger bluten.

Großvater bringt den Wallach zum Stehen, reißt den Sitzkasten auf, ich will den Papagei hineinwerfen, doch der ist wie klebrig und hat sich in meine Hand verkrallt. Ich muß die linke Hand zu Hilfe nehmen und muß mir auch die zerschinden lassen. Ich sühle meine blutenden Hände in einem Maulwurfshügelchen aus. Sand, den ein Maulwurf rüsselte, stillt das Blut. Von Tetanus wissen Großvater und ich, wir beide, nichts.

Wir machen unsere Runde, verkaufen unser Brot, und

von Zeit zu Zeit krakeelt und protestiert der Papagei unter unseren Ürschen im Wagenkasten.

Daheim ziehe ich mir dicke Handschuhe über und setze den Papagei in eine Kaninchenbox. Meine Mutter besieht sich den Vogel und ist sogleich von ihm angetan. Sie hat einen Verwandten jenes Blauen Vogels vor sich, der sie in ihren Nachtlesestunden besucht. Der Vogel soll ins Haus, ordnet sie an. Sie durchblättert ältere Jahrgänge von *Vobachs Modenzeitung fürs deutsche Haus* und verweist auf einen Papageien-Käfig in einer Roman-Illustrierung, auf ein längliches, aus Drahtstäben gefertigtes Ding. Großvater und ich sollen ihr so etwas bauen. Aber wir können uns darauf nicht einlassen, wir müssen uns an Kaninchen-Maschendraht halten. Unser Käfig wird rechteckig, und wir statten ihn mit einem Kletterbaum aus.

Der Käfig wird in jener Ecke der Guten Stube aufgestellt, die jetzt als Post bezeichnet wird. Meine Mutter will den bunten Vogel vor Augen haben. Der Papagei macht sich zum Postbewächter. Wenn ein Protestgeschrei das Haus durchgellt, wissen wir, es ist ein Postkunde um Briefmarken gekommen. Die Kunden erschrecken sich, und jeder vernünftige Mensch speit aus, wenn er sich erschreckt, und meine Mutter muß bei der Tür einen Spucknapf aufstellen.

Die Mutter liest den Lehrstoff über Papageien im Realienbuch aus ihrer Schulzeit und erklärt den Postkunden: Papageien werden auch gefiederte Affen genannt, ihr Stimmapparat sei unpaarig entwickelt, sie besäßen einen Kropf, während ihnen der Blinddarm fehle. Das hier ist een grüner Papagei, Frau Matuschka, müssen Sie wissen, aber es gibt ooch graue und blaue.

Der Papagei gewöhnt sich rasch an meine Mutter. Mich lehnt er ab. Ich bin sein Fänger. Wenn ich mich nähere, sträubt er die Kopffedern und klappt mit dem Krummschnabel. Dämlack, sage ich, Dämlack.

An einem mit Sonnenschein austapezierten Herbstmorgen liegt die Mutter, die Spätaufsteherin, noch hinter dem Vorhang, der das Postkäfterchen von der Guten Stube trennt, und zögert mit dem Aufstehen. Meine Beene, meine Beene, jammert sie.

Guten Morgen, guten Morgen, kommt es aus dem Postkäfterchen. Die Mutter vergißt ihre Beinschmerzen, sie rüttelt den Vater. Horche, horche moal, der Papagei tut reden! Aber der Papagei redet nicht mehr. Die Mutter strengt sich an diesem Tage vergeblich an, den Kindern und den Großeltern zu beweisen, daß ihr Papagei reden kann. Der Papagei beweist nichts. Wer weeß, was du gehört hast? sagt der Vater. Wer eenmal quatscht, der quatscht ooch wieder, und wenn er jetzt nich quatscht, denn hata ooch früh nich gequatscht.

Meine Mutter kommt in den Verdacht, überhörig zu sein. So was is meeglich, sagt Paule Nagorkan. In eene Stadt in Frankreich sei einigen Kindern die katholische Mutter Gottes erschienen. Erwachsene, die mit den Kindern gingen und die Gottesmutter auch sehen wollten, sahen sie nicht, aber die Kinder sahen sie wieder. Man nennt es das *Wunder von Lourdes*, sagt Paule, und man heilt Kranke damit.

Drei Tage später läßt der Papagei einen weiteren Satz heraus: Eins, zwei, drei, hurra! schreit er, und diesmal hört es auch mein Vater. Er muß ja an die Front gewesen sein, sagt er.

Mein Bruder Heinjak fängt in der Backstube Schaben und legt sie heimlich in den Papageienkäfig. Protest durchgellt das Haus. Meine Mutter muß ihren Liebvogel mit Leckereien aus dem Laden beruhigen.

Und der Papagei wird immer geschwätziger. Er sagt: Was machst du da, Lorchen? Er sagt: Gib Küßchen, Lora! An einem Sonntagmorgen ruft die Mutter mich, horche moal, was er jetzt quatscht.

Sombrero, Sombrero, sagt der Papagei, Sombrero.

Is das Französisch?

Es ist Spanisch, sage ich.

Mein Gott, wie weit der schont gewesen sein muß, wundert sich die Mutter.

Drei Tage weiter, und die Mutter sagt empört: Jetzt fängt er an, Unanständigkeiten zu reden.

Was für Unanständigkeiten, will der Vater wissen.

Ganz engal, aber Unanständigkeiten!

Wieder drei Tage weiter höre ich den Papagei die Unanständigkeiten benennen. Bißchen fucken, bißchen fucken? fragt er.

Dämlack, sage ich.

Tagsdrauf überrasche ich die Mutter, die ihre Stimme sanft und umerziehend durch den Maschendraht seiht: Lora, sag mal: Bißchen lieben, bißchen lieben! Der Papagei scheint nichts von seiner Umerziehung zu halten.

Eines Tages zwischen Weihnachten und Neujahr hält eine Kraftdroschke vor der Ladentür. Eine Dame, aus der man zwei Damen machen kann, steigt aus. Die Doppeldame muß schräg durch die Ladentür, sie ist bepelzt, ihr Mund ist hagebuttenrot, auf ihrem Hute wippt ein Federbusch, wie ihn Pferde bei Freiheitsdressuren im Zirkus tragen. Meine Mutter wird von der Selbstsicherheit der Dame überrumpelt. Schüchtern fragt sie, wie einst in ihrer Dienstmädchenzeit in Berlin-Schöneberg: Was steht zu Diensten?

Wo ist mein Papagei, fragt die Dame, und sie hat eine Mannsstimme, und meine Mutter läßt ihre Vornehmheit fallen und fragt: Wer sind Se überhaupt?

Die Dame ist Frau Fanny Lemke vom Café Kirsch-Allee in Grodk.

Ach du lieber Gott! sagt die Mutter und ruft nach dem Vater. Mein Vater meldet sich nicht, er will *nischt* von Lemkes Fanny wissen, jedenfalls nich hier und nich in diesem Augenblick. Er informiert sich durch das Loch der versteckten Kamera.

Wenns Ihr Papagei is, müssen Se ja wissen, was er so reden tut, sagt die Mutter. Lemkes Fanny sagt mit Papageienstimme: Gib Küßchen, Lora! Meine Mutter ist nicht zufrieden. Und die Schweinereien? fragt sie. Lemkes Fanny kommts nich drauf an, zu sagen, was meine Mutter für Schweinereien hält. Aber meine Mutter gibt sogleich zu bedenken, daß der Papagei nicht mehr leben würde, wenn er nicht eingefangen und vor dem Hungertod gerettet worden wäre. Die Dame Lemke gibt zu bedenken, daß sie die Mutter wegen Fundunterschlagung belangen kann.

Und dann der letzte Versuch der Mutter: Der Papagei gehört nicht ihr, er gehört ihrem Sohn, und ihr Sohn hat sich mußt lassen vom Papagei die Hände zerhacken.

Ich werde geholt. Die Doppeldame steht vor mir wie ein Denkmal. Ich muß ihr erzählen, wie ich den Papagei einfing. Der Papagei scheint sich an was zu erinnern: Dämlack, sagt er. Das hat er von mir abgeschrieben, sage ich. Die Dame greift in ihre Handtasche, greift durch den Puderduft, der dort drinnen umgeht, hindurch und zieht fünf Mark heraus. Ich empfange fünf Mark aus einer Hand, in die sonst ausgewachsene Männer und Lehrlinge ihre Fünf-Mark-Stücke hineinlegen, damit sie tiefer in die Etablissements des Cafés Kirsch-Allee eindringen dürfen.

Daher kenne ich Fanny Lemke und habe Wullo Kanin etwas voraus, der erst fünfzehn Jahre alt sein muß, um zu den Jungfrauen zu gehen, die Fanny im Café Kirsch-Allee eingestallt hat. Mit fünfzehn Jahren, erklärt Wullo, wird er wie sechzehn aussehen und wird mehr pubertiert sein. Schwarze Logik.

Onkel Franz Fisch fährt auf seinem Klavier-Fahrrad wieder ins Böhmerland. Wullo Kanin versichert, daß er es gleich nicht mehr wird anhören können, als Genie, das er ist, und er empfiehlt mir, auch ein Genie zu werden. Wullo hat in einer Zeitschrift von einem jungen Mann aus Augsburg gelesen, der schon als Kind wußte, daß er ein Genie ist, und der hat es ausgesprochen und hat es überall verbreitet, und er ist auch ein Genie geworden, und er hat eine Oper geschrieben, und der Eintrittspreis betrage nur drei Groschen. Wenn man ein Genie ist, sagt Wullo, muß man sich anders aufführen als die Menschen, die um einen herum sind. Und jenen, die nicht glauben wollen, daß man ein Genie ist, muß man fort und fort einreden, daß man ein Genie ist, und muß verrückte Sachen behaupten, wie dieser Nietzsche zum Beispiel, der behauptete, er wäre der wiedergeborene Gekreuzigte. Wenn Wullo es richtig bedenkt, so ist er, Wullo Kanin, der wiedergeborene Nietzsche.

Am nächsten Morgen klagt Wullo in der Schule über Haarnotstand. Die Haare tun ihm weh.

Koppschmerzen haste, sagt Frede Worreschk. Er kennt sich aus in Post-Rauschzuständen.

Nein, Wullo Kanin tun die Haare weh, er ist ein Genie, und er bittet mich nochmals, auch ein Genie zu werden. Er erwartet es von mir. Aber ich bleibe ein gewöhnlicher Mensch, es fehlt mir etwas, und das Etwas, was mir fehlt, ist das Talent, den Leuten einzureden, daß ich ein Genie bin.

Ich treibe auf meine Konfirmation zu. Dem kleinen Pfarrer Heistermann obliegt es, uns auf Rechte aufmerksam zu machen, die uns nach dem Erwerb des Konfirmations-Diploms zustehen. Mit *oinundzwanzig* Jahren, verkündet er, sind wir gesellschaftlich mündig und dürfen *wöhlen* und können *gewöhlt* werden. Für die evangelische Christengesellschaft aber sind wir schon nach der Konfirmation mündig und können entscheiden, ob wir in der Gemeinschaft der evangelischen Christen verbleiben, oder ob wir sie verlassen wollen. Wenn wir sie verlassen wollen, müssen wir es beim Amtsgericht beantragen.

Ihr erinnert euch, daß ich zum Himmelsherrn seit meiner überwundenen Gotteskrankheit nicht mehr direkt aufsehe. Freilich stelle ich von Zeit zu Zeit Experimente an, um mich zu vergewissern, ob das Gottchen meiner Großmutter sich nicht rächt, wenn ich es verleugne oder Bücher lese, die ihm widerlich sein müssen, aber es fährt kein Blitz hernieder und zerspellt mich; kein Hochwasser steigt mir bis an den Hals.

Pfarrer Heistermann bereitet uns auf die sogenannte Prüfung vor, die eine Woche vor der Konfirmation in der Kirche vor der evangelischen Christengemeinde stattfindet; er studiert sie mit uns ein, als ob es sich um ein Theaterstück handelt. Jeder Konfirmand kriegt zu wissen, welche Fragen ihm gestellt werden, und auch die Antworten werden mit ihm eingeübt. Sie sollen beweisen, daß er während des Konfirmanden-Unterrichts genügend Kenntnisse über das Zusammenleben der evangelischen Christen erlangt hat.

Bisher bestaunte ich Pfarrer Heistermanns forschen Glauben an Gott. Ich sah ehrfürchtig auf ihn herab, wenn er in seinem kleinen Cut und den Hut auf dem Kopf, den man im Volksmund Bombe nennt, am Arm seiner Frau hängend, durch die Straßen spazierte. Die Frau ist einen halben Meter höher als Heistermann, deshalb setzt er beim Gehen nur die Zehenspitzen seiner Füßchen auf. Die Pfarrersfrau trägt einen flachen Hut, um sich nicht unnötig zu überhöhen. Die Schultern von Heistermanns Cut sind frei von heruntergefallenen Kopfschuppen. Seine Frau hat sie hinweggebürstet, sie sind in den pfarramtlichen Kehricht gekommen, und der Kehricht wurde im Garten kompostiert und wurde Dung für die Christrosen, die im Winter blühen. In jeder Stadt gibt es Rüpel, und die Grodker Rüpel drehen sich nach dem seltsamen Heistermann-Paar um, beunflaten es mit minderen Wörtern, doch das Gespött der Gassenjungen geht durch den kleinen Heistermann hindurch, ohne ihn zu erregen. Er geht im Zehengang auf sein Ziel zu, das er fest ins Auge gefaßt hat, und sein Ziel ist Gott, von dem er weiß, daß er vor ihm hergeht, und daß er um ihn herum ist, und daß er über und unter ihm ist, daß er ihn stärkt und ihm alle Hindernisse und Widerwärtigkeiten hinfortpflügt.

Aber nun dieses Theaterspiel! Zum Anhören und Besichtigen der Konfirmanden-Prüflinge erscheint das Kirchenvolk und erscheinen die Eltern der Konfirmanden. Meine Eltern kommen nicht. Meine Mutter muß *zahause reenemachen* zur Konfirmation, und der Vater sagt: Für son Zauber woar ich noch nie nich. Auch die Baltins, meine Pensions-Eltern, fehlen; kirchlicher Beistand ist im Pensionspreis nicht inbegriffen.

Es sind trotzdem Leute genug in der Kirche: Studienrat Laude, unser Religionslehrer, ist zugegen, und ganz vorn sitzen zwei Jungfern aus dem Café *Kirsch-Allee.*

Mädchen und Jungen marschieren in zwei getrennten Herden in die Kirche; sie wurden fern voneinander konfirmationsreif gemacht und halten sich getrennt wie Öl und Wasser, nur hie und da knistert ein begehrlicher Blick hinüber und herüber.

Der kleine Heistermann steht auf den Altarstufen, um auf uns niedersehen zu können. In einem Buch mit schwarzen Schalen liegt zwischen den Druckseiten die handgeschriebene Regieanweisung: Welche Frage für welchen Konfirmanden, welcher Konfirmand für welche Frage.

Das Frage- und Antwortspiel läuft ab. Der Pfarrer verhält sich unredlich, die Gemeinde duldet die Unredlichkeit, und wir sind unredlich, um der Gemeinde wohlgefällig zu sein. Das ist der Augenblick, in dem ich beschließe, aus der Kirche auszutreten. Ich Argloser weiß damals noch nicht, daß man dieser Unredlichkeit niemals entgeht, wenn man einer Sekte beitritt, ob sie sich Verein, Kirchengemeinschaft, Liga, Partei, Sparte, Ashram oder Zeugen des letzten Gewitters nennt. Wir sind, ob Kleingärtner oder Philosophen, Sektierer, die Mitmenschen bekehren und auf schmale Ansichten hinzerren wollen. Wo Sekten, da Dogmen, wo Dogmen, da Unredlichkeit.

Meinen Konfirmationsanzug fertigt der Skatbruder und Brotkunde meines Vaters, der Dorfschneider im Bossdomer Vorwerk, an. Der Anzug ist auf Zuwachs gemacht und umschlottert mich. Am Konfirmationssonntag bleibe ich in der Stadt. Meine Eltern kommen und wirken *unverkracht*. Ich muß zum ersten Male ein Oberhemd anziehen, an das ein steifer Kragen mit umgeknickten Ecken angeschraubt wird. Unter den Eckenkragen wird mir ein schwarzer Schleifenschlips geschnallt. So muß einem Pferd zumute sein, denke ich, dem man zum ersten Male ein Kummet auflegt. Ich ziehe den Konfirmationsanzug an und muß unter der Kontrolle von Mutter und Mina Baltin hin- und hergehen. Sie überprüfen meine Aufdonnerung.

Viele Jahre später werde ich eine ähnliche Szene erleben: Künstler der Hauptstadt versammeln sich zu einer Festlichkeit. Ich komme soeben aus Ungarn und habe mir von dort einen Schnurrbart mitgebracht, einen echten, keinen Scherz-Schnurrbart wie jenen, den ich mir in der Kindheit aus Berlin schicken ließ. Helene Weigel und Paul Dessau sind vom Anblick meines Schnurrbarts befremdet. Ich soll vor ihnen auf- und abgehen. Ich gehe vor ihnen auf und ab, und sie entscheiden, daß ich den Bart tragen darf. Ich bedanke mich bei ihnen für die Erlaubnis.

Die Kostümprobe für meine Konfirmation war ernsterer Art. Mina Baltin trifft die Oberentscheidung: So kann er gehn, Lenchen, nich woahr nich, nich woahr?

Ich stecke zum ersten Male in Hosen mit langen Beinlingen. Soll ich mit diesem Geflatter um den Beinen umherlaufen? Ich möchte in kurzen Hosen gehen. Die Frauen bestehen auf Langhosen, auf Sitte. Ich bin sowieso begünstigt, sagt Mina, weil ich meine Schülermütze aufsetzen darf; eigentlich müßte ich einen Hut tragen. Der vergewaltigte niederschlesische Neurotiker in mir grollt. Der Konfirmationsputz bestärkt mich in meinem Vorhaben, aus der Kirche auszutreten.

In der Kirche stehen uns die herausgeputzten Mädchen gegenüber. Die meisten kenne ich, ich wohne nicht umsonst im Keller der Mädchenschule. Eine finde ich in ihrer Geputztheit besonders gelungen. Ich sehe freundlich auf sie hin. Sie merkt es und sieht auch zu mir her. Es glänzt in ihren Augen, sie lächelt. Ich weiß nicht, ob ich ihr wirklich gefalle.

Wie wird mir sein, wenn ich den Leib Christi in Form einer Oblate gegessen und sein Blut in Form von Wein genossen haben werde? Ich esse die Oblate und trinke den Wein. Es bleibt in mir alles, wie es war. Ich spüre keinen Hinweis auf die christliche Mündigkeit, doch von den Erwachsenen werde ich für ein paar Stunden behandelt wie ein Geweihter. Sogar die alte Pobloschen packt mich bei der Hand und zieht mich an sich. Doa hastn Toaler! Sie schiebt mir drei in Zeitungspapier gewickelte Markstücke in die Hand. Meine Konfirmation hat ein grünes Blatt von Güte aus dem alten Holze der Pobloschen getrieben.

Wir fahren mit der *Langen Lotte* nach Bossdom. Die Baltins fahren mit uns. Die *Lange Lotte* ist ein Taxi-Auto, eine ganz und gar neumodische Einrichtung für Bossdom und

Umgebung. Der Besitzer wohnt auf dem Bossdomer Vorwerk. Bossdomer Burschen, die sich in einem der Nachbardörfer betrunken haben, fahren mit ihren angetanzten Mädchen ins Heimatdorf zurück. Sie singen so geile und grelle Lieder auf der Fahrt, daß der Verkleidungsstoff an den Innenwänden der Droschke Schamfalten schlägt. Auch die Mitglieder des Skatklubs lassen sich bei schlechtem Wetter in der *Langen Lotte* zum Vorwerk und zurückfahren. Meine Mutter liebt es, mit dem Auto zu fahren: Es is so scheene weech drinne.

Die Eltern haben meine Taufe vor vierzehn Jahren mit sieben Paten umstellt. Die Paten hätten sich nach der christlichen Vorschrift um das Geschäft meines Heranwachsens kümmern sollen. Sie taten es nicht. *Sie hutten nich Zeit genung.* Damals wie heute ist die Zeit ein Mangelartikel, obwohl wir inzwischen so viele Dinge erfanden und verwenden, die uns Zeit sparen helfen. Wir neigen dazu, uns etwas einzureden; das ist es, was es ist.

Wenigstens an meiner Konfirmation hätten die Paten wohl teilnehmen sollen, um sich das Endprodukt anzusehen, das aus einer vierzehnjährigen Kinderzeit hervorging. Aber wo soll Onkel Stefan die Zeit hernehmen, aus Kanada herüberzukommen? Fleischermeister Willi Kaddach, der *meine Poate* wurde, weil die Anderthalbmeter-Großmutter, als sie noch in Grodk wohnte, in der Kaddach-Fleischerei Zugeherin war und Wurst machen half, muß auch jetzt Wurst und Wurst machen und hat *keene Zeit.* Er hat ein Geschenk geschickt, von dem ich zunächst nicht weiß, wozu es dienen soll. Es ist ein fingerlanges, aus Metall gestricktes Stängelchen, und das Metall sieht aus wie Gold. Meine Mutter sagt, es ist Golddoublé, und es ist ein *Schaddeleng*, auf Hochdeutsch heißt es Chatelaine und ist französisch, es ist der Ersatz für eine Uhrkette. Die Uhr kriege ich von meinem Großvater. Ich stecke sie in die Westentasche. Das Chatelaine hängt bei der Westentasche heraus; und damit die Leute sehen, daß ich eine Chatelaine habe, trage ich das Jackett offen.

Chatelaine und Taschenuhr schleppe ich eine Weile

durch mein Leben. Ich versetze sie auch nicht, als ich Hilfsarbeiter mit zweiundzwanzig Mark Wochenlohn und Vater von zwei Kindern bin. Aber dann, im zweiten großen Kriege, tausche ich das Chatelaine, nachdem ich zwei Tage gedurstet habe, bei einem griechischen Bauernjungen gegen eine Wassermelone, und wie sich die Taschenuhr mir entzog, habe ich in einer Geschichte erzählt, die *Grüner Juni* heißt. Das nur nebenbei.

Das Konfirmationsfest klappert und klickert, blabbert und blubbert durch die Stuben und bis auf den Hof hinaus. Onkel Phile erzählt Lügengeschichten vom Krieg in Flandern, Onkel Schipkas Lügengeschichten spielen auf hoher See, und Skagerrak und Kattegat kommen immer wieder drin vor. Juro Baltins halb wahre Geschichten spielen in Deutsch-Südwest unter Hottentotten: *Dat gut, dat gut, dat very well, dat gut . . .*

Meine Mutter hat sich für die Konfirmation scheene hübsch zurechtegemacht. Wenn man ooch hier draußen sitzt und schon bissel älter is, sagt sie, worufs ankummt, weeß man. Tailliert ist meine Mutter nicht mehr, doch sie täuscht durch Abnäher und Rüschen an ihrem Festkleid eine Taille vor, und da ist ein Tüllkragen am schlanken Hals, und da sind Tüllaufschläge an den Ärmeln, und hier ein Schleifchen und dort ein Schleifchen, die die Blicke der Beschauer vom Taillenmangel ablenken sollen.

In Bossdom wirft sie sich eine Schürze über das Festkleid und fährt in die Küchengeschäfte ein. Dort werken schon Tante Elli, die Anderthalbmeter-Großmutter und eine Kochfrau. Aber wer kann meiner Mutter etwas recht machen? Sie kocht so, wie sie schneidert. Doa noch ne kleene Einbrenne ran, doa bissel Soahne, hier nochn Klümpchen Putter, Spürchen Pfeffer, damit die Soße rund wird, und ins quackernd kochende Blaukraut noch poar Nelken. Sie muß sich beeilen, damit die Männer nicht schont vor der Mahlzeit *bedüdelt* sind und keene Freede mehr an das schöne abgeschmeckte Essen hoaben.

Die Frauen, die nicht in der Küche zu tun haben, führen rituelle Gespräche. Die Duschkan sagt mit Augenaufschlag: Voriges Jahr bei Kirmes war Schwiegervater Karle noch dabei, nu issa tot. Die Zeit vergeht, sagt Tante Elise, wer weeß, wenn wir dranne sind. Und dann erörtern sie, wer wen geheiratet hat und wo schon wieder ein Kind kommt; wer *lanke Finger* gemacht, und wer wen verbackpfeift hat; wer mit wem liebstert, und wer sich an jemand vergriffen hat.

Ich, der Konfirmand, der an diesem Tage zum wahlberechtigten Christen ernannt wurde; ich, der Erreger der Festlichkeit, werde für die Gäste allmählich unwichtig. Onkel Paule Schipka, der in Gedanken stets mit Pferden und alten Motorrädern handelt, fragt Tante Elise: Wem muß ich eegentlich zum Geburtstag gratuliern?

Ich mache mich aus der Gesellschaft heraus und treibe mich im Dorfe umher. Es ist Palmarum, und es gibt landauf, landab Konfirmanden. Ich treffe mich mit meinen Dorfschulfreunden. Wir sind wieder mal scheene hipsch beisammen, betreiben vergleichende Konfirmationswissenschaft und ermitteln, wer eine Uhr und wer nur eine Kette gekriegt hat. Wieviel Konfirmationskarten haste? Es sind fünfundzwanzig Stück, aber ich verschweige sie. Ich weiß, daß manche Dorfleute eine Gratulation schickten, weil sie im Laden eine Latte haben und bei der Mutter im guten Lichte stehen wollen. Wir vergleichen, wieviel jeder seit Mittag *geschmiert* hat, wieviel Korn und wieviel Bier, und was wir nach der Konfirmation anfangen werden. Einer wird Fleischerlehrling, einer wird Maurer, einer sagt, er wird Pflaumpauer und in der väterlichen Kleinlandwirtschaft mithelfen; die meisten Freunde werden *Hüttenspatzen*, das heißt Glasbläser- und Glasschleiferlehrlinge in Däben oder Friedensrain. Alle wissen, was sie *werden werden*, nur ich weiß nicht, was aus mir wird. Pasta wirschte, höchstens Urschpauker, sagt Hermann Wittling verächtlich. Ich protestiere nicht, ich bin froh, daß mich meine Freunde nicht verachten, weil ich ziellos in die Zukunft tappe.

Ein Pfiff, scharf wie eine Flintenkugel, kommt geflogen, ein Fingerpfiff. Es ist der gelle Pfiff, der durch meine Kindheit geht. Er hat Gewalt über mich. Einmal versuchte ich ihn zu überhören und kriegte Doppeldresche. Ich mache mich heimzu; ich will nicht mit Schlips und Kragen verprügelt werden.

Koaliks Erwinko, der Fotograf, ist eingetroffen. Mein Konfirmationsfoto findet an der Giebelmauer statt. Der Ziertisch wird herbeigebracht; ihr erinnert euch, der Tisch mit den Garnrollenbeinen, den mein Großvater ausgebastelt hat. Die runde Tischplatte, der Heringstonnendeckel, ist mit einem Häkeldeckchen verfeint, und es steht eine Hyazinthe drauf, ihr Blumentopf ist mit einer Manschette aus Krepp-Papier garniert. Erwinko Koalik, ordnet die Mutter an, soll das Fenster der guten Stube mit *uff sein Bild ruffnehm*, sie wird da bissel rausgucken.

Es muß auch für Konfirmationsbilder eine Platonische Idee geben, danach muß man, wenn man als Konfirmand fotografiert wird, das kirchliche Gesangbuch in der Hand halten. Ich tue es auf Anordnung der Mutter. Es ist meine letzte kirchliche Handlung.

Wenige Tage nach meiner Konfirmation schreibe ich an das Amtsgericht. Ich bitte, aus der evangelischen Kirche austreten zu dürfen. Die Herren Amtsrichter sollen mir, bitte, bestätigen, daß ich draußen bin. Esau Matt, Bossdom, Kirchspiel Gulitzscha.

Die Antwort der Herren trifft ein. Meine Mutter kriegt den staatsanwältlichen Brief zu packen. Sie vermutet, ich habe mich in Grodk in was verstrickt, und daß die vom Amtsgerichte *mir bestroafen wulln*. Sie erfährt, daß mir der Austritt aus der Kirche bescheinigt wird, und sie denkt: Wenns die Leite erfoahrn, wern se nich mehr bei uns koofen. Sie wird tätig und schreibt: Lieber Herr Amtsrichter, schreibt sie, haben sich Sie nicht geirrt? Mein Sohn Esau ist noch nicht mündig; er ist ja man kaum erst konfirmiert.

Die Herren vom Gericht teilen meiner Mutter mit, daß ich als Konfirmierter mündig bin, und so weiter.

Ganz neie Moden, sagt die Mutter und verlangt, ich soll wieder in die Kirche zurücktreten, aber ich trete nicht wieder ein, und die Mutter leidet: Ihr ältester Sohn löft als Heide herum und verscheecht die Kundschaft.

Da ich aus der Kirche ausgetreten bin, nehme ich in der Schule nicht mehr am Religions-Unterricht teil. Ich lasse mich dort weg. Studienrat Laude stellt mich zur Rede. Das eine sei die Kirche, das andere die Schule.

Ich bitte die Mutter, einen Antrag, *Fernbleiben meines Sohnes wegen*, zu schreiben. Sie weigert sich. Ich bitte den Vater. Einen Antrag schreiben ist für den ein halber Tag Arbeit, sagt der. Die Mutter soll *ins Unreene* schreiben, er wird abschreiben.

Nich moal ins Unreene, sagt die Mutter und fügt triumphal hinzu: Doa kannste sehn, wie mündig du bist!

Mein Kirchenaustritt riecht nach einem Rechtsfall. Großvater erschnuppert ihn. Das wäre noch scheener, sagt er, und ich soll das Amtsgerichtspapier dem Lehrer *unter die Noase halden.*

Studienrat Laude erkennt das Gerichtspapier kopfschüttelnd an und nennt mich einen Dissidenten. Es befinden sich noch einige Schüler in diesem Zustand. Der Vater von Krachschläger Schummel ist Blaukreuzer, also Mitglied einer Alkohol-Gegner-Sekte. Er wurde Dissident, weil sie in der Kirche beim Abendmahl Wein saufen. Der Vater eines anderen Dissidenten gehört zu den Heiligen der letzten Tage. Die evangelischen Christen sind ihm zu lasch. Er braucht es schärfer, um einer von denen zu sein, die übrig bleiben, wenn die Welt untergeht. Der Vater eines dritten Dissidenten ist Besitzer der Hartsteinwerke am Stadtrand. Er heißt Rindfleisch, nennt sich Edelkommunist und wird was pfeifen und seinen Sohn mit dem Opium der Religion behandeln lassen. Und Wullo Kanin nimmt nicht am evangelischen Religionsunterricht teil, weil er katholisch ist.

Wullo und ich gehen während der Religionsstunde spazieren, gehen über den Tiede-Steg und auf die sogenannte Liebesinsel, und da wir noch nicht viel zu lieben haben, üben wir uns im Rauchen. Wir rauchen *März-Menthol-Zigaretten* und gehen dann zu der billigsten Zigarettensorte, *Süße Mädels*, über.

Wullo Kanin vertraut mir an, daß er den philosophischen Bannkreis Nietzsches verlassen habe, er sei zu Schopenhauer, einem Vorläufer Nietzsches, übergegangen. Ohne Schopenhauer kein Nietzsche. Es sei geistig gesünder, aus dem Urquell zu trinken. Wullo will wissen, ob ich ihm zuhören könne, ohne zu widersprechen. Ich verspreche ihm, nicht zu widersprechen. Eigentlich, sagt Wullo, ist es besser, nicht zu leben, gar nicht erst mit dem Leben anzufangen.

Wie willst du das machen?

Widersprichst du oder fragst du?

Ich frage.

Man müsse, erklärt Wullo, schon vor seiner Geburt nicht leben wollen; alles käme auf den Willen an. Er habe leider vor seiner Geburt seinem Willen ungenügend Widerpart geleistet und habe angefangen zu leben, und jetzt müsse er es nachholen, nicht mehr zu leben.

Willst du dich umbringen?

Es sei nicht gesagt, und warum auch nicht?

Ich bin beeindruckt von den Geistesmassen, die sich in Wullo Kanin umherwälzen, und schweige. Ich, der ich Rosegger und Mörike lese, empfinde, daß ich gegen Wullo Kanin ein geistiger Scheußer bin.

Am nächsten Tag ist Wullo Kanin nicht in der Schule, und er ist auch am nächsten Tag nicht in der Schule, und daheim ist er auch nicht, und seine Mutter sucht ihn. Ich fürchte, Wullo hat seinen Willen zu leben aufgegeben und eben, er hat sich selbst gemordet. Ich spreche es aus, und wir suchen ihn. Unser Unterricht fällt aus, und wir suchen mit der Stadtpolizei zusammen. Mir fällt Wullos *Lese-Palast* ein, die Gartenhütte seines Onkels Fisch, und wir finden Wullo dort. Sein Wille zum Leben ist noch ganz gut erhalten. Er ist Rohköstler, sagt er und verschlingt zartrosa Möhren und junge Kohlrabi-Knollen. Auf dem Gartentisch liegt ein Stoß gelb eingebundener Ullstein-Romane. Wullo mußte sich von Schopenhauer und den geistigen Höhenflügen erholen, sagt er; jedenfalls hat er ein bißchen Unruhe unter die Leute gebracht, das gehöre zu den Aufgaben eines Genies.

Ich weiß nicht, ob ihr wißt, was eine Drehe ist. Die Baltins haben in einer Drehe Geburtstag, und es ist ihr fünfzigster Geburtstag; sie lassen sichs etwas kosten und feiern schrägüber in der Gastwirtschaft, die das *Bürgerhaus* genannt wird.

An der Eingangstür des *Bürgerhauses* hängt ein Pappschild: *Geschlossene Gesellschaft.* Mina Baltin ist stolz auf die Geschlossenheit ihres Geburtstages. Eingeladen sind die Kränzchen-Kumpankas nebst Ehegatten, ferner Alfred Baltin mit Lia Loretta; Frau Lias Cicisbeo, Herr Hanno, fehlt. Juros Eltern, die Barbiersleute aus Schleefe, sind da, dazu ein Trüppchen weitläufiger Verwandter und ein Trüppchen guter Bekannter, meine Eltern und ich. Ich bin noch immer der Leibwächter der Rapschinskin und nehme im Konfirmationsanzug an der Feier teil. Die Kürze meiner Hosenbeinlinge hat das modische Maß überschritten. Ich bin gewachsen, ohne daß es mir bekannt geworden ist.

Gefeiert wird im Vereinszimmer, aber mich hält es dort nicht. Ich kenne die Couplets meines Vaters, ich kenne die Witzchen der Baltin-Brüder.

In der Gaststube hängt ein Spielautomat namens *Bajazzo.* Den *Bajazzo* kann man im unteren Teil des Apparates hin- und herschieben. Man wirft einen Fünfziger in den Zahlschlitz, und im oberen Teil des Apparates erscheint eine Kugel. Die Kugel fällt nach unten, doch ihr Fallweg wird von nagelartigen Stiften aufgehalten, es ist nicht abzusehen, in welche Richtung die nägeligen Stifte die Kugel auf ihrem Weg nach unten dirigieren. Wenn man gewinnen will, ists nötig, daß die Kugel unten in den umgedrehten Spitzhut fällt, den die *Bajazzo*-Figur vor sich her trägt.

Ab und zu geht ein Festgast durch die Schankstube, trinkt einen Extraschnaps und wirft einen Fünfziger in den *Bajazzo*-Apparat. Alfred Baltin zum Beispiel löst mit seinem Fünfziger ein großes Klirren im Automaten aus, das Geklirr von vielen Geldstücken. Herr Alfred rafft das Geld ein und geht wieder zur Geburtstagsgesellschaft. Übrig bleibe ich. Ich zapfe mein Taschengeld an und stecke einen Fünfziger nach dem anderen in den Zahlschlitz des Automaten. Ab und zu belohnt mich der Kasten, und ich wähne gewonnen zu haben, und das reizt mich, noch mehr zu gewinnen, und ich stecke wieder einen Fünfziger und noch einen hinein. Ich habe von der Spiel-Leidenschaft gelesen, die den Menschen befallen kann wie eine Krankheit. Jetzt hat sie mich gepackt, und als mein Taschengeld verklimpert ist, wird mir bewußt, daß ich mir Fontanes *Wanderungen durch die Mark Brandenburg* vorläufig nicht werde kaufen können. Mir ist zum Heulen.

Drüben im Vereinszimmer wird das Klavier angeschlagen. Der gemietete Klavierspieler tupft auf die Tasten und spielt den Walzer von der *schönen blauen Donau*, und die Geburtstagsgäste fangen an zu schleifen und zu schaben. Ich muß federn, damit ich meine Tränen nicht im Gasthaus, sondern erst in der Baltinschen Kellerwohnung verliere. Die alte Pobloschen sitzt in ihrer Tabak-Ecke und rupft und zupft und ist nicht nur ein Symbol des Lebens, sondern das Leben selber, das sich nicht von einem Automaten aus der Bahn werfen läßt. Die Alte bemerkt meine Tränen: Was loofste erscht rüber zu solche Hampeleien, lautet ihr derber Trost.

Ich weiß keine Antwort, ich gehe zu Bett, liege wach und höre, wie die Pobloschen ihre Schleifspur durch den längsten Korridor der Welt zieht und sich ächzend im Heizerstübchen zu Bette legt.

Ich erwache vom Geflüster zweier Menschen. Der eine Mensch ist Juro Baltin, und der andere Mensch ist meine Mutter. Sie sitzen auf dem Sofa in der Schlafstube. Meine Mutter noatscht, wie wir auf der Heide sagen, wenn jemand vor sich hin oder vor sich her weint.

Mußte doch nich ween, Lenchen, flüstert Juro Baltin.

Soll ich ma woll freien? schluchzt die Mutter.

Die Sache ist die und der Umstand der: mein Vater macht drüben im Bürgerhaus mit *der varrickten Lia los.*

Is doch nu moal Geburtstag, tröstet Juro Baltin.

Haste nich gesehn, wie sie am geküßt hat? Wer weeß, was se jetzt mitnander treiben, so die Mutter.

Flüstern. Ich verstehe eine Weile nichts, dann werden sie

wieder lauter: Mir haste doamals ja nich hoaben wolln, sagt Juro. Dann wieder Geflüster, schließlich Schmatzen, zweimal hin und her. Ich bin konfirmiert genug, um zu wissen, was sich tut.

Kanna moal sehn, wie das is, sagt die Mutter getröstet.

Kanna moal sehn! Aber mein Vater sieht nicht, was die Mutter tut.

Ach, Lenchen, seufzt Juro, und ich höre es noch einmal schmatzen, aber dann muß Juro zu seinen Gästen ins Wirtshaus, *sonst fällts uff.*

Meine Mutter bleibt steif auf dem Sofa sitzen, um ihr neies Kleed nicht zu zerknautschen, doch als mein Vater in das halbdunkle Schlafzimmer stolpert, läßt sie die Rücksicht auf ihr Festkleid fallen und wird wieder einmal tot, und mein Vater muß mächtig abbitten, bis er sie wieder lebendig kriegt.

Ich werde bei den nächtlichen Ereignissen als Schlafender verbraucht, doch ich bin wach. Es plagt mich die Frage wieder, ob ich nicht doch Juro Baltins nebenhinausgeheckter Sohn bin. Zeit und Logik sprechen dagegen, aber was sind Zeit und Logik? Ich habe einen Mai erlebt, da Schnee auf die blühenden Bäume fiel. Alles, alles ist möglich. Mir fällt eine Begebenheit ein, die mir die Schwester erzählte, die Begebenheit von Mutter und Koinaks August. Koinaks August kommt, wenn er Zweitschicht hat, regelmäßig abends nach zehn Uhr und trinkt sein Bier in der Küche. Er ist ein freundlicher Mann. Wir Kinder können ihn gut leiden, er kann trösten, und das nicht nur obenhin. Eines Tages beklagt sich die Mutter bei ihm über die Garstigkeiten meines Vaters. Dieses Reih-um-Beklagen, dieses Suchen nach einem Leid-Mitträger steckt in unserer Familie wie eine Krankheit. Die Mutter kann so mitreißend weinen, daß Koinaks August sie ein bißchen streicheln muß. In diesem Augenblick kommt die Schwester in die Küche, sie war schon im Bett, aber jetzt muß sie noch einmal zum Austreten auf den Hof. Was ich gesehn hoab, hoab ich gesehn, sagt sie.

Was soll ich nun mit dem Wissen über die Unzüchtigkeit meiner Eltern anfangen? Ich muß warten, bis es sich in mir aufgezehrt hat; jedenfalls weiß ich jetzt, was mein Vater meint, wenn er erwidert, sobald die Mutter gegen ihn vorwürfig wird: Du bist ooch nich von Pappe.

Trotz aller Ehe-Unzulänglichkeiten steht es wohl doch nicht allzu schlecht um die Beziehungen meiner Eltern zueinander: Eines Tages nimmt mich die Mutter beiseite und fragt: Was täteste soagen, wenn de nochn Brüderchen kriechtest? Brüderchen? Ich mag Verkleinerungsformen nicht: Schwesterchen, Hündchen, Kätzchen, ich mag das mein Leben lang nicht, ich, der niederschlesische Neurotiker, der so empfindlich ist uff die Wörter.

Ich antworte meiner Mutter nicht, weil ich weiß, wenn einem ein Erwachsener etwas in Frage-Form übermittelt, handelt es sich um eine vollendete Tatsache. Was würdeste soagen, wenn jetzt kurz vor Ostern unser Hei schont alle wäre, fragt der Vater. Das heißt: Unser Heu ist verbraucht. Meine Mutter kriegt also ein Kind.

Wie kommts, daß die Eltern zwei Kinder nicht in die Welt und nach Bossdom hinein ließen, und nun erhält doch wieder eines die Erlaubnis, geboren zu werden? Hat sich das Leben gegen meine Eltern durchgesetzt?

Ich werde von der Mutter noch tiefer ins Vertrauen gezogen. Son kleener Mensch, erklärt sie mir, verlangt schont im Mutterbauche, was er zu essen hoaben will. Er teilt es der Mutter in verrückten Appetitsanfällen mit, und wonach mein künftiges Geschwister jetzt verlangt, das sind Bananen, und ob ich der Mutter nicht welche mitbringen kann, wenn ich wochdrauf heimkomme.

Ich weiß nicht, ob es schon vor dem ersten Weltkrieg Bananen in Deutschland gegeben hat, und wenn es sie gegeben hat, sind sie jedenfalls für längere Zeit ausgefallen. Für Leute in Ost-Europa fallen Zeitchenlang mal die und wieder mal andere Waren aus, nicht weil es den verschiedenen Regierungen an Importwillen, sondern an ausländischen Geldern gebricht. Das ist ein Nachteil für einen, den das Leben nach Ost-Europa schmiß, doch dafür hat er den Vorteil, daß er in gemäßigteren Wetterverhältnissen lebt und weder Erdbeben, noch Vesuv-Ausbrüche und Sturmfluten zu überstehen hat.

Einige Jahre nach dem Weltkrieg Numero eins ziehen jedenfalls Bananen als Südfrüchte in die Gemüseläden ein und machen von sich reden, sogar die Schlagerproduzenten stellen sich auf sie ein: *Ausgerechnet Bananen, Bananen verlangt sie von mir . . .* heißt ein Schlager um diese Zeit, und auf den Jahrmärkten erscheinen Luftballons und Schrei-Blasen aus gelbgefärbtem Dünngummi in Form von Bananen. Ganz ausgeschlossen, daß nicht auch ein Embryo im Mutterleibe Wind von der modernen Südfrucht kriegt.

Meine Mutter ißt Bananen und Bananen und erklärt sich für unschuldig an dieser Sucht; der, der da kommen wird, verlangt sie. Ich, der treue Bananenbesorger, werde von der Mutter gelobt, ein bißchen zu Unrecht. Ich denke an die zwei Wunderkinder, die uns verlorengegangen sind. Nun ist vielleicht ein bißchen Gelegenheit, etwas gutzumachen, und wenns kein Klavier-Wunder-Junge wird, dann vielleicht ein Mädchen, das die *Seeltänzern* wird, die meine Mutter hat werden wollen.

Es wird ein besonderes Kind, das merkt man schon, denn jetzt will es Mandarinen, dann wieder eine Weile Bananen.

Meinem Vater ist das kommende Kind nicht ganz recht. Im Kreise der Biertrinker kritisiert er sich selber: Nich genung uffgepaßt.

Aber ne Loage mußte trotzdem schmeißen, sagen die bierlüsternen Bergarbeiter, und sie trösten ihn mit der Redewendung, die in solchen Fällen bei den kleinen Leuten vorn liegt: Wo viere sind, wird oochn fünftes groß.

Und der, die oder das, die kommen sollen, verlangen jetzt nach Tilsiter Käse. Im Laden führt die Mutter nur Harzer und Limburger Käse, also muß ich auch Tilsiter Käse aus Grodk mitbringen.

Und wieder kommts zu einer Einweihung. Sind das die Einwirkungen einer Konfirmation? Was würdest du soagen, fragt die Mutter, wenn Papa eene Krankheit in die unteren Organe hätte? Das heißt, die Unterleibsorgane des

Vaters sind erkrankt. Die Mutter erklärt mir, woher diese Krankheit kommt. Ihre Bazillen fliegen in der Luft umher und hocken besonders im Staub, den der Wind mit sich führt, und wenn ein Mann gegen starken Wind uriniert, kann er sich solche Bazillen zuziehen. Ich soll *mir* vorsehn.

Großvater hat Lunte gerochen, wie es auf der Heide heißt. Er fährt mit dem Post-Auto nach Grodk und horcht sich um. Er will wissen, wo der Vater sich für das Zinsgeld, das er dem Großvater schuldet, eine Hosenkrankheit geholt hat.

Nach seiner Rückkehr höre ich ihn in der Großelternstube rumoren. Ich fürchte mich vor weiterer Beschädigung meines Elternbildes. Ich mache mich in den Pferdestall. Im Pferdestall herrscht Heimeligkeit. Dort steht jetzt eine feinfühlige Trakehner-Stute. Wenn sie sich wohlig schüttelt, wirds auch mir wohl. Ich putze sie und kratze mir frischen Pferdeduft auf. Ich flechte die Mähne der Stute ein, damit ihr Behang, wenn die Flechten geöffnet werden, wellig herabfällt, oder ich sehe den Schwalben zu, die im Pferdestall nisten, wenn sie nach Mücken und Fliegen ausfahren, und ich höre zu, wie ihre Jungen im Nest girren, und alles, was ich sehe und fühle, wird von den schrummenden Freßlauten der Stute begleitet.

In diese Stimmung plautzt mein Großvater und huckt mir seinen Zorn über den Vater auf. Darf ich ihn beleidigen und davonrennen? Ich muß auf dem Futterkasten hokken bleiben, bis er das letzte böse Wort ausgespuckt hat.

Ins Michalksche Konzerthaus is der Mattsche Heindrich reingeworden. In solch einem Lusthaus ist der Großvater sein Leben lang nicht drinne gewesen. Die venerische Krankheit hat sich der Vater im Lusthaus geholt. Der Großvater erzählt nicht ohne Genugtuung von einem Kaiser, der nur neunundachtzig Tage regiert habe, weil er sich in einem Berliner Konzerthaus die venerische Krankheit geholt hat. Für Großvater scheint es so gut wie sicher zu sein, daß auch mein Vater nach neunundachtzig Tagen an dieser Krankheit sterben wird.

Die Sache ist die: Juro Baltin hat meinen Vater, der zur

Bäckerversammlung in Grodk war, mit in *Michalks Konzerthaus* geschleppt. Dort in den kleinen Lauben für einzelne Liebespaare, die Juro Baltin *Schampre separee* nennt, lassen sich Mädchen und Frauen finden, die immer mal wieder einen neuen Mann brauchen, und andererseits finden sich dort Männer ein, denen das Zusammensein mit einer Frau nötig geworden ist. Juro Baltin geht ins Konzerthaus, weil sich seine Mina ihm, wie wir wissen, seit der *Vergewaltigung* der Rapschinskin verweigert.

Meinem Vater verbietet das künftige Wunderkind, der Verzehrer erlesener Südfrüchte, daß der sich der Mutter brünstig nähert.

Doktor Krieg aus Däben bestätigt, daß es schädlich ist, gegen zu starken Wind zu urinieren, und daß mein Vater sich da nicht vorgesehen hat, und meine arglose Mutter glaubt es und verteidigt den Vater gegen den Großvater.

Wem soll ich glauben, dem Großvater oder Doktor Krieg? Meine Glaubenslust hat sich seit meiner Konfirmation vermindert. Ich will mich aus dem Doktorbuch aufklären, hole es aus seinem Vertiko-Versteck und finde dort zwischen Wischtüchern eine Spritze, von der ich vermute, daß sie etwas mit der Unterleibskrankheit meines Vaters zu tun hat, und ich finde sie im Doktorbuch wahrhaftig benannt und erfahre, daß es sich bei meinem Vater nicht um die tödliche Krankheit des Neunundachtzig-Tage-Kaisers handelt.

Und ich muß das alles schleppen, während meine Geschwister glücklich dahinleben. Ich muß mich aufklären über die Krankheiten des unteren Männerleibes und mich verhalten, als ob ich nichts von all dem wüßte. Es wird viel verlangt von mir: Ich helfe zwei Mitschülern bei den Schularbeiten, transportiere den Rupftabak der Pobloschen und bin noch immer Leibwächter der Rapschinskin. So kommts wohl, daß ich in der Schule in Deutsch von sehr gut auf gut rutsche, und in der Mathematik stehe ich kurz vor mangelhaft.

Die Mutter sagt, ich soll mich auf der *hochen Schule* rasch wieder verbessern, damit ich die Freistelle nicht verliere.

Aber in Grodk habe ich keinen Pferdestall, in dem ich mich ein wenig verpusten und trösten kann. In Grodk hole ich mir Trost aus dem Monatsmagazin *Die Koralle*, Zeitschrift für Natur, Technik und Wissenswertes aus aller Welt. Ich kläre mich darüber auf, wie ein Tunnel gebohrt wird, wie man Kokosnüsse erntet, aus denen jene Gebilde gefertigt sind, die in den Süßwarengeschäften als Kokosflocken ausliegen. Ich fahre mit auf Austernfang, doch am heftigsten interessieren mich Artikel, in denen von Geistigkeit und Übersinnlichkeit die Rede ist, zum Beispiel vom Leben und Treiben der Okkultisten. Da ist ein Foto, und da sitzt ein nordisches Medium auf einem Stuhl, ein Mann mit Weste und Uhrkette, und der Mann sieht aus, als ob er auf seinem Stuhl eingeschlafen wäre, während seinem Munde und seinen Ohren eine weiße Masse entrinnt, aus der sich ein geisterhafter Menschenkörper bildet. Rings um das Medium sitzt ein Kreis von Neugierigen, von Sitzungsteilnehmern, und alle sehen verschreckt drein, und man weiß nicht, ob von der Geistererscheinung oder vom Blitzlicht, das in die Sitzung hineinknallte. Man fragt die Figur aus weicher Medienmasse nach ihrem Herkommen, und sie behauptet, eine ägyptische Prinzessin zu sein, die hundertdreißig Jahre vor Christi verstarb. Man fragt die Figur, wie es damals gewesen sei, und sie antwortet, es sei alles ganz anders gewesen, Mond und Sonne hätten schon existiert, aber die Sünde des Skeptizismus hätte es noch nicht gegeben.

Aus dem Artikel in der *Koralle* geht hervor, daß das Talent, weiße Massen aus sich herauszutreiben, um daraus flüchtige Figuren herzustellen, nur besonders begünstigten Menschen eigen ist, und daß es sich in der Regel um naive Menschen handelt, die nicht wissen, was ihnen geschieht. Ich bin mir nicht schlüssig, ob ich naiv genug bin, nicht zu wissen, was mir geschieht. Aber ich würde gern einmal an einer okkultistischen Sitzung teilnehmen. Ich müßte dringend mit meinem Großvater väterlicherseits sprechen. Er ist der Mensch, von dem ich vermute, daß ich ihm ähnlich bin, daß er mich verstehen würde und daß ich bei ihm eine

Stelle hätte, mich ein wenig auszuklagen und meine Bürde zu erleichtern. Aber leider, Grodk ist nicht okkultistisch gesegnet.

In Grodk gibts nur Freimaurer. Als meine Mutter geboren wurde, war Großvater Leibkutscher beim Stadtbaurat Silber, und dieser Silber war Freimaurer. *Gewöhnliche* Grodker wissen so gut wie nichts von den Freimaurern, außer daß sie in einem Verein zusammengeschlossen sind, der Loge genannt wird, und auch die Lokalitäten, in denen die Logenbrüder ihr geheimnisvolles Treiben treiben, werden Loge genannt. Die Loge liegt, meinem Geburtshaus in der Algerischen Straße gegenüber, im Hintergrund eines großen Gartens. Was se doa so machen, hat bis heite noch keen Mensch erfoahrn, sagt Großvater. Er weiß nur das eine, und er will es vom Stadtbaurat Silber wissen, daß die Logenbrüder große Geheimnisse hüten, und wenn ein Logenbruder nur ein *Pürzelchen* von diesen Geheimnissen verrät, findet er sich in Bälde in einem Sarge wieder. Von einigen Grodker Tuchfabrikanten weiß man, daß sie Mitglieder der Loge sind. Ihre Kinder werden auswärts in Pensionaten geschult, wir haben keine Gelegenheit, sie auszufragen. Ich vermute, die Logenbrüder haben etwas mit den Okkultisten zu tun, und auch sie lassen in ihren Lokalitäten Geister erscheinen, um sich mit ihnen über die Zukunft, über Geschäfte und über das Leben nach dem Tode zu beraten.

Es fügt sich, daß wir um diese Zeit im Deutsch-Unterricht bei Studienrat Münchdorf das Gedicht *Belsazar* von Heine durchnehmen, ihr wißt: . . . *Und schrieb und schrieb an weißer Wand / Buchstaben von Feuer, und schrieb und schwand* . . . Und wir kommen auf Kräfte zu sprechen, die im Geheimen wirken, und da kann ich ein Wörtchen mitreden. Ich erzähle von den Okkultisten und ihren Medien und der weißen Masse, die diesen Medien aus Mund und Ohren fließt. Studienrat Münchdorf ist erstaunt. Davon weiß nicht einmal er etwas. Ich will kein Spatz sein, der sich mit Finkenfedern schmückt, ich erzähle, daß ich das von den Okkultisten gelesen habe.

Münchdorf ist beeindruckt und empfiehlt mich meinen

Mitschülern als Muster. Er hat es gern, sagt er, wenn sich Schüler nicht nur mit ihren Hausaufgaben, sondern mit darüber hinausgehenden geistigen Themen beschäftigen. Er schreibt mir eine Eins ein, und er betont, daß es eine dicke Eins sei. Für mein Zeugnis kommt mir die durch Okkultismus erzeugte Eins von Studienrat Münchdorf zustatten, sie wird die dünne Vier tilgen, die ich in Mathematik von Doktor Eekbrett zu erwarten habe.

Ein Theater haben wir in Grodk nicht. Vielleicht erhob Herr Hinze sein Kino aus diesem Grunde zum Filmtheater. Das Filmtheater ist schon vorhanden, als ich in Grodk zum Ortsbewußtsein erwache. Frau Kino-Hinze geht mit einem gescheckten Barsoi spazieren und nimmt diesen gekrümmten russischen Windhund abends mit in den Kassenraum. Die Hinzens hoabens, heißt es in Grodk.

Bis ich nach Grodk auf die *hoche Schule* geworden bin, ist das Film-Theater für mich nur als Gebäude ohne Fenster vorhanden, an dessen Außenwand eine eiserne Treppe nach oben zu einer eisernen Kanzel führt, und von der Kanzel führt hinwiederum eine eiserne Tür in das Kino hinein. (Der Eingang des Filmvorführers.) Ich frage Großvater nach der Bedeutung der eisernen Treppe und der eisernen Tür.

Alles Patschuli, sagt er. Und weil das Kino für Großvater Patschuli ist, läßt er mich damals, als er noch *An der Mühlen Numero eins* wohnt, nicht in die Kino-Kindervorstellungen gehen. Wer wird sich son Zappelzeig ansehn?

Kino war nicht ganz neu für mich, wenn ich die Filme veranschlage, die uns durchreisende Schausteller in Bossdom vorführten. Ihr wißt, sie waren so zerschabt, daß alles Gespiel der Akteure im Regen stattzufinden schien, und die Streifen rissen aller fünf Minuten.

Richtiges Kino lernte ich also erst kennen, als ich auf die *hoche Schule* nach Grodk wurde. Im Winter, wenn Schnee und Kälte mich hinderten, nach Bossdom zu fahren, entschädigte mich die Sonntags-Nachmittags-Vorstellung für die Heimfahrt. Aber wir werden auch von der Schule aus hin und wieder ins Filmtheater geführt, und damals wie heute schreiben Öberste im Volksbildungs-Ministerium, wenn sie Filme ideologisch für besonders einschneidend halten, Schülern das *geschlossene* Begucken solcher Erzeugnisse vor.

Wir werden in den Nibelungen-Film geführt. Die Nibelungen sind eine urdeutsche Angelegenheit, aber es wird erwartet, daß auch Sorben und Halb-Sorben sich vom Nibelungen-Film in urdeutsche Begeisterung versetzen lassen. Und damals wie heute wird den Schülern abverlangt, den besichtigten Film in einem Hausaufsatz zu beschreiben. Wenn einem Erwachsenen ein Film nicht gefällt, verschwendet er nachträglich nicht einen Gedanken auf ihn. Ein Schüler aber, der von seinen Lehrern ins Kino geführt wird, hat sich Gedanken zu machen und angetan zu sein. Ich bin nicht angetan.

Mit dem Gedächtnis ists so eine Hexen-Sache: Mal hat es sich etwas treu behalten, mal nur verschwommen, manchmal hat es alles abgegeben und nichts behalten. Unsere Psychoanalytiker können so Gedächtnislaunen eins, zwei, drei erklären. Ich kann es nicht. Ich weiß nur, daß ich nicht ins Gejubel über die Nibelungen einstimmte, sondern über Technisches schrieb, das ich mir in der *Morgenpost* zusammengelesen hatte: Der Drache aus Pappmaché und Gummi; soundso viele Männer in ihm beschäftigt, um ihn zu bewegen und zu veranlassen, soundso viele Hektoliter Blut darstellende Flüssigkeit abzugeben, in der sich Siegfried baden konnte, und mit welcher Raffinesse das herabfallende Baumblatt dorthin transportiert wurde, wo Siegfried verletzlich zu bleiben hatte.

Thema verfehlt, schrieb Studienrat Münchdorf unter meinen Aufsatz und gab mir eine magere Drei, und die verminderte für den Durchschnitt die fette Eins, die ich mit meinem Wissen um okkulte Kräfte eingeerntet hatte. Das war wie beim *Bajazzo*-Spiel, mal gewonnen, mal verloren.

Wullo Kanin ist mir wieder einmal voraus und weiß drauf zu laufen: Er schreibt wortschwällig über die Bedeutung nationaler Heldenlieder. Die Griechen haben ihre *Ilias*, schreibt er, die Finnen ihr *Kalevala*, die Nordländer ihre *Edda*, die Kaukasier ihren *Recken im Tigerfell* und die Juden das *Alte Testament*. Jedes Volk will nachweisen, wie zeitig und in welch nachtschwarzer Vorzeit es schon auf den Beinen war, seine Heldentaten zu verüben – und eben, wie wichtig diese Ur-Epen den Völkern sind, ihre Daseinsberechtigung und ihr Recht auf Vorherrschaft nachzuweisen.

Daß die Nibelungen das Alte Testament der Deutschen sind, ist für Studienrat Münchdorf eine funkelneue Erkenntnis, und auch er kann nicht umhin, dem zugelaufenen Jungen vom Niederrhein Genialität zuzubilligen.

Studienrat Münchdorf lädt Wullo Kanin zu sich nach Hause ein, um weiter mit ihm über die Nibelungen der Juden zu reden. Seine Nebenabsicht, seine Tochter Eva erfolgreich zu verpaaren, ist uns bekannt.

Wullo Kanin läßt sich einladen und schaut sich an, was ihm geboten wird, und es wird ihm täglich ein vorzügliches Abendbrot und die Gelegenheit geboten, mit Tochter Eva im Mädchenzimmer eine Partie Schach zu spielen.

Mich wundert, daß Wullo Kanin, obwohl er von aller Welt für ein Genie gehalten wird, trotzdem von Zeit zu Zeit meinen Rat benötigt. Später wird mich das weniger wundern, weil ich in der Zeit, die ich mit dem listigen Augsburger verbrachte, beobachten konnte, daß ein Genie ab und zu einen Menschen braucht, der mit ihm spricht wie mit einem Sterblichen. Wullo Kanin will von mir wissen, ob er Münchdorfs Tochter Eva deflorieren oder ob er diese Mühe anderen überlassen soll.

Ich weiß nicht, was Deflorieren ist, aber ich ahne, was es sein könnte. Ich bitte mir für meinen Ratschlag einen Tag Bedenkzeit aus, und ich sehe im Doktorbuch nach und stelle fest, daß es das ist, was ich ahnte.

Wullo Kanin aber hat für meinen Rat keine Verwendung mehr. Münchdorfs Eva sei schon defloriert gewesen, sagt er, die Mühe habe sich schon ein anderer gemacht. Und wieder muß ich bekennen, daß ich es ahnte.

Auf diese umständliche Weise über den Nibelungen-Film eigne ich mir den wissenschaftlichen Begriff für das an, was wir auf der Heide Jungfernstechen nennen. Wullo Kanin scheinen milde gesellschaftsfähige Begriffe für scharfe Tatsachen auf Grund seiner Genialität eingeboren zu sein, während ich sie mir auf umständliche Weise zusammensuchen muß, damit ich später als einigermaßen zivilisierter Mensch zu verbrauchen bin.

Sogenannte Elternversammlungen sind heute etwas Übliches, aber damals hielt ich die, die in der Mitte meiner Zeit auf der *hochen Schule* stattfand, für eine Erfindung unserer Lehrer.

Die wern woll eene Eltern-Innung gründen wollen, sagt der Vater, als die Einladung eintrifft. Er hat keine Lust, nach Grodk zu werden, und versucht auch die Lust der Mutter zu dämpfen: Will sich das dir mit dein dicken Bauch?

Gleich hätte ich was gesoagt, antwortet die Mutter und spielt auf die Unterleibskrankheit des Vaters an, an der er noch immer laboriert.

Die Mutter näht sich rasch ein Umstandskleid: Ein paar Schleifchen hier, ein paar Rüschen dort, und ein weißes Krägelchen wirkt immer gefällig, Sie wissen.

Die Eltern fahren mit der *Langen Lotte.* Ein Stück von der Schule entfernt steigen sie aus. Meinem Vater, dem Verursacher der Dickleibigkeit meiner Mutter, ists peinlich. Er läßt die Mutter etwas vorausgehen und tut, als ob er nichts mit ihr zu tun hätte. Er schaut nach rechts und schaut nach links und pfiffelt ein bißchen, und wenn die Mutter ihren Gang durch ihr Hühneraugen-Gehumpel verlangsamt, bleibt auch er stehen. Am liebsten möchte er *drab* fortrennen. Der kindliche Mensch ist die Krone der Schöpfung!

Die Räume des Realgymnasiums werden den Eltern erleuchtet vorgeführt. Kunstlicht erzeugt nicht nur Helle, sondern auch schummerige Ecken und Plätzlein, Kunstlicht romantisiert.

Meine Mutter humpelt in die glitzernde Aula hinein, mein Vater mit fünf Schritten Abstand hinter ihr her, aber dann muß er sich doch zu ihr setzen.

Die meisten der Grodker Schüler-Eltern kennen einander, begrüßen einander und befragen einander nach ihrem Ergehen.

Studiendirektor Stolper hält eine Rede über die Bedeutung der Schulerziehung. Er räumt ein, daß auch die häusliche Erziehung der Schüler wichtig sei, und wie das so ist, daran hat sich bis heute nichts geändert.

Alsdann empfiehlt der Direktor den Eltern, ihre Plätze zu verlassen und sich in der Aula und in den Korridoren zu ergehen, das erleichtere die Kommunikation zwischen Eltern und Lehrern und zwischen Eltern und Eltern.

Meiner Mutter gefällt das fremde Wort Kommunikation, doch sie würde sie, gewisser Umstände wegen, lieber im Sitzen betreiben. Aber schließlich wandelt auch sie, denn sie muß Herrn Eekbrett finden.

Aus dem Munde von Doktor Eekbrett weht die Alkoholfahne. Er tut der Mutter Bescheid, der Schüler Esau Matt müsse sich um mehr Verständnis in seinem Fach, der Mathematik, bemühen. Meine ausgezeichnete Mutter gibt zu bedenken, daß für manche Menschen das Verständnis für manche Sachen unvorhanden sei. Eekbrett wendet sich grußlos von ihr ab, und er ist der, der er immer ist: Angetrunkener Artillerieoffizier vom Dienst.

Nach dieser Abfertigung sinkt meiner Mutter der Mut. Sie spricht keinen der anderen Lehrer mehr an.

Mein Vater stellt mit der Beobachtungsgabe, die er mir einerbte, fest, daß die Lehrer *so mehr die Fabrikbesitzer und Leite umschwänzeln, die was zu soagen hoaben.* Er versucht, sich ein wenig wichtig zu machen. Er zieht die goldene Uhr, das Erbstück von Großvater Josef, aus der Westentasche, betätigt den Sprungdeckel, sieht nach der Zeit und wiegt den Kopf, als ob die Zeit, die er hier verplempert, kostbar wäre.

Meine Eltern stehen umher wie Leute, die hier nicht gebraucht werden. Bloß wegen die dämliche Mathematik sind wa hierhergeworden, knurrt der Vater, aber dann erleben die beiseitigen Eltern doch noch eine kleine Freude: Die Mutter von Wullo Kanin stellt sich ihnen vor, die kleine behende Frau vom Niederrhein, die das Leben leicht nimmt. Sie bedankt sich bei meinen Eltern, weil ich ihrem Sohne Wullo das Einleben in der fremden Schule erleichterte, und sie nennt mich einen sehr bescheidenen Jungen, und das hebt die Stimmung meiner Eltern an und hebt ihre Überflüssigkeit auf. Meine Mutter fühlt sich zur munteren Frau Kanin hingezogen und lädt sie zur Kirmes nach Bossdom ein.

Auch meinem Vater ist Frau Kanin sympathisch. Er spricht besonders vornehm mit ihr und sagt nicht kriechen, sondern krauchen, und er gibt Frau Kanin zu verstehen, daß er von weit her, und daß ihm Amerika kein unbekanntes Land ist. Diese Prahlerei weckt die Eifersucht der Mutter, und sie dämpft das Gerede des Vaters: In Windeln issa von Amerika gekrochen gekomm, sagt sie.

Daheim faßt der Vater seinen Eindruck von der Elternversammlung so zusammen: Verdenken kinnde ichs den Großen nich (und der Große bin ich), wenn er von die hoche Schule runtermachen würde.

Ich weiß nicht, woher ich vom Kommuniqué des Vaters weiß, vielleicht hat es mir Detektiv Kaschwalla zugetragen, aber es ist mir fortan eine Hilfe, von der mein Vater nichts weiß.

In meiner Mutter wächst indessen mein jüngster Bruder heran, ich kann dreist behaupten, daß es sich um einen Bruder handelt. Das ist der Vorteil, wenn man sein Leben kurz vor dem Tor beschreibt, durch das man es verlassen wird. Da ist man wie ein kleiner Gott, der im voraus weiß, was dennmals geschah.

Jeder Mensch, der sich entschlossen hat, in die Welt zu fahren, fängt sogleich nach diesem Entschluß an, an sich zu arbeiten, allerdings läßt er auch andere für sich arbeiten, mein Bruder läßt zum Beispiel mich, den Bananenbesorger, für sich arbeiten, er verhält sich also, wenn man nach einer gewissen Fibel geht, beizeiten asozial, aber sehen wir es ihm nach, denn er wird mit sechzehn Jahren von seinesgleichen in einen Krieg und an die Oderfront getrieben, und er wird dort von seinesgleichen, ich meine von Menschen, umgebracht.

Weiß dieses Kerlchen von einem Bruder dort in seiner Gebärmutterhöhle wirklich, daß Bananen zur Zeit Mode und auf dem Markte sind? Beherrscht er den Appetit meiner Mutter, oder suggeriert der Appetit der Mutter dem kleinen Bruder die Befehle, die er ausgibt? Das bleibt und bleibt für mich unklar.

Mein Bruder Heinjak, der während des Ersten Weltkrieges im Mutterleibe hockte, als die lieben Deutschen ihre Märkte nicht nur von Südfrüchten, sondern sogar von Weizenmehl, Zucker und Kuchen entblößten, mußte seinen Sonderappetit auf ein Gemisch aus selbstgemahlenen Roggenkörnern richten, die mit ein wenig Zucker vermischt waren. Er wurde trotzdem ein Kraftmensch; allerdings hielt die Kraft bei ihm nicht für sein Leben lang vor. Vielleicht sind die fehlenden Bananen schuld, wenn jetzt, im vierten Viertel seines Lebens, seine Hüftgelenke aufgebraucht sind, so daß er auf der Warteliste bei den Ärzten steht, die beabsichtigen, ihm neue Hüftgelenke aus Edelstahl oder Porzellan einzusetzen.

Aber meine Forschungen nach den Appetiten der Embryonen zeitigen Erfolg: Als mein jüngster Bruder zwei Drittel seines Lebens im Mutterleibe herum hat, entläßt er mich, seinen Bananenbesorger, ohne Kündigung, von einem Tag auf den anderen und überträgt meine Stellung einem merkwürdigen Manne, nämlich einem Fischhändler aus Däben, den man in Bossdom und in den Dörfern ringsum Oaleken nennt. Er fährt mit einem Planenwagen, vor den zwei Doppelponys gespannt sind, über die Dörfer. Die Plane des Wagens ist an der linken Seite, der Verkaufs-Seite, hochgeschoben, und man sieht dort Räucherheringe, Bücklinge und Aale, schön nebeneinander gepaßt und fettig glänzend, in ihren Kisten liegen. Aus den geöffneten Bratherings- und Rollmopsdosen weht der Duft der Marinade über die Dorfstraße, und die Dorfhunde folgen dem Gefährt und lecken sich die Lefzen. Oaleken trägt eine blaue Kutscherschürze, hat einen herabhängenden Blondbart und ein gerötetes Alkoholiker-Gesicht. Er hält lange vor den Dorfwirtshäusern und stellt Schuljungen gegen einen Bückling pro Stunde als Bewächter seines Fischwagens an. Wenn ein Junge seine Stunde verwacht hat, betreibt er die große Glocke am Planenspriegel des Fischwagens. Die Glocke klingt nicht, sie bellt. Oaleken kommt aus der Schenke, gibt dem Jungen seinen Bückling und fährt weiter ins Dorf hinein, läßt seinerseits die Glocke bellen und ruft: Oaleken, Oaleken, schöne frische Oaleken, kooft Leite, kooft!

Meine Mutter sieht durch die Fenstergardinen der Ladentür verächtlich auf den vorüberziehenden Oaleken hin, er ist ihre Konkurrenz, denn auch sie handelt mit Bratheringen und Rollmöpsen, aber eines Tages bringt Oaleken Ananas nach Bossdom, große braune gelbe Ananasfrüchte, deren Schalen gerippt sind wie die Panzer von Gürteltieren. Meine Mutter überwindet ihren Konkurrenzneid und humpelt nach draußen. Oaleken empfängt sie jovial: Wunderschöne Ananas könn Se koofen, Frau Meestan, koofen se ok!

Meine Mutter hat von ihrer Konkurrenz soviel Freundlichkeit und Entgegenkommen nicht erwartet. Oaleken trägt ihr die gekauften Ananas in den Laden und kauft dort Semmeln, und die Mutter verkauft ihm außerdem, aus ihrer stillen Reserve im Hausschrank, ein oder zwei Kümmel.

Also arbeitet mein jüngster Bruder nicht nur für sich und läßt andere für sich arbeiten, sondern stiftet auch Frieden zwischen den Inhabern zweier Geschäftsunternehmen, aber an seinem diktatorischen Appetit zweifle ich. Wäre er auf Ananas gekommen, wenn sie der Mutter nicht vor die Ladentür gebracht worden wären?

Und so wächst mein jüngster Bruder mit um und um gestillten Gelüsten heran, bis er aus dem Mutterleib drängt. Gegen ein Fohlen ist ein Jungmensch, wenn er in die Welt fährt, noch immer ein Embryo. Ist so ein Embryo schon mächtig genug, Beschlüsse zu fassen und zu sagen: Heute und keinen Tag später fahre ich aus, oder ist da eine Kraft im Spiel, die er später verleugnet, wenn er wähnt, einen eigenen Willen zu besitzen?

Mein jüngster Bruder schickt sich an, an einem Hochsommertag, dem siebenten August, in die Familie einzufahren. Bevor er einfährt, läßt er schon einige Puppen tanzen. Er verursacht meiner Mutter Wehschmerzen, und die Wehen treiben meinen Vater über die Felder zum Ausbauerngehöft der Sudlers. Sudler ist Kleinlandwirt und Pferdehändler, mal mehr Pferdehändler, mal mehr Kleinlandwirt, und seine Mutter ist Hebamme.

Mein Vater rennt wie ein Bürstenbinder. Ich weiß nicht, weshalb Bürstenbinder besonders rennen, aber bei uns auf der Heide heißt es so. Und es ist Sitte, daß der Mann, dem bevorsteht, Vater zu werden, wenn er nicht gerade auf der Schicht oder auswärts ist, nach der Hebamme bürstet.

Die Hebamme, die Sudler-Anna, erkundigt sich, wieviel Wehen das Weib, das sie bewehmuttern muß, schon gehabt hat, und sie bemißt danach die Eile oder Uneile, mit der sie auf ihrem Fahrrad mit dem klappernden Kettenkasten und dem bunten Netz über dem Hinterrad durch die Felder trämpelt.

Die Sudler-Anna besteigt unser Anwesen, besteigt es, wie ein Lotse ein Schiff besteigt, um dort das Kommando zu übernehmen. Sie trägt eine gestärkte Blaudruck-Schürze, die matt glänzt wie unbenutztes Packpapier; ihr Haar ist straff nach hinten gekämmt, mittelgescheitelt und mit Zuckerwasser lasiert. Die sorbische Haube und das Kopftuch hat man der Anna auf der Hebammen-Schule abgewöhnt, dafür hat sie das Wort Hygiene von dort in unsere Dörfer gebracht.

Meine Anderthalbmeter-Großmutter kriegt von der Sudler-Anna den Befehl, den Küchenherd zu befeuern und Heißwasser herzustellen. Alsdann jagt die Sudler-Anna meine Geschwister aus dem Haus, jagt sie über die Felder zu Tante Magy. Mein Vater hockt am Küchentisch, hält seine Ohren mit den flachen Händen bedeckt und filtert die Wehschreie der Mutter. Er wird von der Sudler-Anna hinaus in die Ställe beordert. Mannsen sind bei Geburten bloß im Wege! Großvater ist durch seine Altersschwerhörigkeit davor geschützt, sich die Schreie, mit der neues Leben in die Welt fährt, anzuhören. Doch er weiß, was unten in der Wohnstube vor sich geht, und er ist, ohne daß er es zugibt, besorgt um das Leben der einzigen Tochter, die ihm blieb, und er denkt mal nicht an die Zinsen für sein hingeliehenes Geld.

Ich werde nicht verjagt. Die Sudler-Anna befiehlt, daß ich mich irgendwo im Hause bereithalten soll; sie wird von jenem Menschlein, das da kommen soll, in ihrem Tun dirigiert. Wo ist da Anfang, wo ist da Ende, wo ist Ursache, wo ist Wirkung? Wieder einmal frage ich mich: Lebt das Leben den Menschen, oder lebt der Mensch das Leben? Teils, teils, werden mir Schlauberger später antworten, denn große Willensmenschen, sagen sie, haben das Leben anderer Menschen auf dieser Erde verändert.

Für wie lange? werde ich fragen.

Aber was soll die Klugklauberei, während mein jüngster Bruder noch immer wartend hinter den Kulissen steht und so tut, als möchte er die Lebensbühne nicht betreten. Hat er seine Rolle nicht gelernt? Das tut mir beunruhigen, sagt die Sudler-Anna. Bissel alt fürs Gebären ist die Mutter schont auch, aber es ist Telefon im Hause. Mein Vater muß aus dem Stall und den Arzt in Däben antelefonieren.

Doktor Krieg ist nicht abkömmlich, heißt es, er wird seinen Arztgesellen Doktor Tschibulka schicken, ausnahmsweise mit dem Auto, heißt es. Doktor Tschibulka ist, wie wir wissen, ein Bündnis mit dem Schnaps eingegangen und fährt sonst mit dem Fahrrad über die Dörfer. Das Fahrrad kann er wegwerfen, wenn es ihm nicht gehorcht.

Doktor Tschibulka ist an diesem Morgen übernüchtern und deshalb krötig. Er duzt die Hebamme und läßt sich von ihr die Ärmel hochkrempeln, damit er meinen neuen Bruder kraftvoll empfangen kann.

Inzwischen sind die meisten Dorfleute indirekt an den Vorgängen in unserem Hause beteiligt. Eine schwere Geburt, heißt es. Aber dann tritt der neue Junge doch hervor, wiegt neun Pfund und verlangt schon etwas aus der Apotheke. Ich hocke in der dunkelsten Ecke auf dem Backofen. Detektiv Kaschwalla muß mich erst suchen.

Neue Dinge riechen neu, und das kommt von der konservierenden Farbe her. Die Sudler-Anna scheint meinen neuen Bruder mit Konservierungsmittel eingerieben zu haben, es riecht schon im ganzen Hause nach ihm.

Doktor Tschibulka hat ein Stärkungsmittel für die Mutter rezeptiert. Die Sudler-Anna bestimmt, daß ich es aus der Apotheke in Däben hole. Ich soll mit Doktor Tschibulka mitfahren, damit das Mittel schneller herankommt.

Doktor Tschibulka und mein Vater aber sitzen am Küchentisch. Die große Kümmel-Flasche aus dem Hausschrank steht zwischen ihnen, und sie ist schon halb geleert. Sie prosten sich prahlerisch zu, als hätten sie den neuen Menschen geboren. Gleich drauf gelangen sie mit ihren Gesprächen beim großen Männerlebens-Thema an, beim Grabenkrieg in Frankreich.

Die Sudler-Anna geht ohne Deckung auf die beiden kriegführenden Männer los. Sie duzt jetzt ihrerseits den Doktorgehilfen; er soll sich nicht besaufen, er ist für mein Leben verantwortlich.

Der Kümmelgeruch, der dem Doktor entströmt, wallt im Auto umher; es ist ihm der Drang aller Gase eigen, er will sich ausbreiten und will sich mit der Luft des Weltenraumes mischen. Auf dem Bierbauch von Doktor Tschibulka liegt eine golden glänzende Uhrkette, an der Uhrkette hängt ein Kompaß. Der Doktor befragt ihn, wenn er sich nachts in der Heide verirrt, sofern er noch nüchtern genug ist. Die goldene Uhrkette und die goldene Krone, die den oberen Eckzahn des Doktors ummantelt, sind die einzigen Schmuckstücke an ihm. Zu seinem ewig junggesellig zerknitterten Anzug trägt er Schnürschuhe aus Kernleder mit dicken Sohlen. Auf dem Oberleder der Doktorschuhe gewahre ich Blutspritzer: Das Blut meiner Mutter, also auch mein Blut, also auch das Blut, das in meinem neuen Bruder ist. Das Schlingern des Autos reißt mich aus meinen Gedanken. Solange wir auf den Waldwegen sind, kann niemand etwas dagegen haben, wenn wir den Heidesand mit geschlängelten Autospuren verzieren, aber dann kommen wir auf die Landstraße, die Forschte und Choćebuz mit Grodk verbindet. Es ist soeben die Mode entstanden, die vorschreibt, daß *bessere Leute* sonntags einander im Auto besuchen. Tuchfabrikanten von Forschte fahren mal nachsehen, was die Manchesterfabrikanten in Grodk machen, oder Forschter Fabrikanten fahren nach Choćebuz ins Hotel, um dort Mittagbrot zu essen, und sie nennen es dinieren. Wir sind also mit unserm Auto nicht alleinig unterwegs.

Auf der Chaussee fährt Doktor Tschibulka glücklicherweise langsamer, und ich helfe ihm ein wenig navigieren: Jetzt kommt eener von vorne, bleiben Se rechts. Jetzt kommt eener von hinten, der will uns überholen!

Doktor Tschibulka ist mir dankbar für meine Hinweise, aber dann kommen zwei Autos hintereinander, die uns überholen wollen, und die Anstrengung des Doktors, unser Auto so lange rechts und auf geradem Kurs zu halten, bis wir überholt sind, wird zu groß. Er benutzt die Lücke zwischen zwei Ahornbäumen, um unser Gefährt langsam in den Chausseegraben zu steuern. Zuerst beschwert sich das Auto knurrend, dann schweigt es. Der Doktor nimmt seine Instrumenten-Tasche. Wir steigen anderthalb Kilometer vor Däben aus und laufen los; der Doktor etwas torkelnd. Er gibt stramme Sätze von sich. Er redet geradeaus: Alles Scheuße, sagt er, das Nachkriegsleben is Scheuße, die Weiber sind Scheuße, die Welt ist ein einziges großes Scheußhaus. Dann wendet er sich von seinem imaginären Zuhörer ab und wendet sich mir zu: Auch ein Auto is Scheuße, sagt er.

Inzwischen ist es Sonntag-Frühnachmittag, und ich muß mich vom Apotheker, der dabei war, sein Rouladenmittagbrot bei einem Mittagsschlaf zu verdauen, anschnauzen lassen. Die Anschnauze hat mir mein neuer Bruder angeschafft. Er scheint sich vorgenommen zu haben, mich weiter zu beschäftigen, aber ich werde ihm was dummdideln, ich werde ihn meiner Schwester zuschieben.

Um euch zu erklären, wie es kam, daß ich an meinem fünfzehnten Geburtstag rasiert an der Wiege meines Kleinbruders erschien, wirds nötig, daß ich euch was über Tante Anna auftische:

Tante Anna ist eine der Kumpankas, mit denen meine Mutter in der Tuchfabrik gearbeitet hat. Sie ist also nicht meine richtige Tante, aber die Leute, die zur Bekanntschaft unserer Eltern und zur *Freindschaft*, wie Großvater sagt, gehören, werden von uns Heidekindern Onkel und Tante genannt. Tante Anna ist in Chośebuz verheiratet und mit einem Damenbart beflucht. Für Großvater ist sie deshalb eine Tschedrauka. Tschedrauka ist eine von unseren Hofhennen mit so stark befiederten Beinen, daß sie zuweilen stolpert, wenn die Hühner zum Futter herbeigepfiffen werden.

Als wir noch in Grauschteen lebten, besuchte uns Tante Anna hin und wieder mit ihrem Mann und brachte uns Kindern etwas Besonderes mit. Tante Anna war stolz auf ihren Mann; die meisten Frauen hatten ihre Männer um diese Zeit an den Krieg abgeben müssen, aber sie hatte einen daheim. Er war Drechsler und hatte einen rundum kahlen Kopf, den er sich rasieren ließ. Der Kopf sah aus, als hätte ihn Tante Annas Mann selber gedrechselt.

Die Geschäfte des Drechslers gingen gut. Schokolade gab es nicht, aber Holz gab es. Tante Annas Mann drechselte vor allem kindskopfgroße Oster-Eier, die innen hohl waren und sich öffnen ließen, damit man ihnen ein zweites kleineres gedrechseltes Oster-Ei aus Holz einleiben konnte; in diesem zweiten steckte ein drittes Ei undsoweiter – eben wie jene Puppen, die ihr euch aus Moskau mitbringt.

Eines Tages traf ein schwarz gerandelter Trauerbrief von Tante Anna ein: Ihr Mann war gestorben. Am Dienstag um neun Uhr dreißig hat mein herzensguter Mann das Zeitliche gesegnet. In so Schablonensätze schachtelte Tante Anna ihren Schmerz. Meine Mutter weinte ein bißchen und ließ sich von ihren Schneiderlehrlinginnen trösten. Jetzt wern keene Oster-Eier mehr kumm, jammerte sie und mahnte uns, die Eier-Geschenke von Tante Annas Mann zu schonen. Da wußte sie noch nicht, daß ein Holz-Oster-Ei den Drechsler umgebracht hatte. Es hatte sich beim Bedrechseln aus seiner Einspannung befreit und war seinem Hersteller gegen den Kopf geflogen.

Zeitchen drauf kam die Tante zur Berichterstattung nach Grauschteen. Der Tod wäre am Kopf ihres Mannes kaum zu erkennen gewesen, erzählte sie, nur ein wenig Blut sei aus den Naslöchern gesickert: Ein kahler Kopf und eine Nase, aus der zaghaft Blut rinnt – so hat sich Tante Annas Mann in mir aufgehoben, und alle Male, wenn ich eines der gedrechselten Oster-Eier in die Hand bekam, schien sich dieser Kopf aus dem Nichts zu nehmen und hinter dem Ei zu erscheinen.

Diesmal brachte uns die Tante Tomaten mit. Von Tomaten weiß ich, ähnlich wie von Bananen, nicht, ob es sie schon vor dem Ersten Weltkrieg in Deutschland gab. In meiner Welt erschienen sie jedenfalls erst nach dem Kriege.

Zeitchen, bevor Tante Anna zur Berichterstattung nach Grauschteen kam, ging ich moal bissel bei Staricks. Staricks waren Weit-Verwandte von uns aus der Linie meines Stiefgroßvaters Jurischka. Am Küchentisch der Staricks saß Tante Martha und schnitt Scheiben von einer roten, vermutlich süßen, Frucht, die ich nicht kannte. Sie aß gemächlich und schwärmte, sie wäre bei den Barmherzigen Schwestern aufgenommen worden und würde bald mit einer weißen Haube und einem blinkenden Kreuz auf der Brust, straff mittelgescheitelt, umhergehen. Keine Wichtigkeit für mich; was Tante Martha in ihrem Mund mit den geschwungenen Lippen verschwinden ließ, war mir wichtig. Was ißtn doa?

Tomaten, sagte Tante Martha.

Schweigen. Appetitwasser in meinem Munde.

Tante Martha fragt mich, ob ich schon mal Tomaten gegessen habe.

Keine gegessen, nein! Der Speichel tropft mir aus dem Mund, aber die zukünftige Barmherzige Schwester gibt mir nicht ein Pippatzchen von ihren Tomaten ab. Sie weiß, weshalb nicht.

Tante Anna brachte uns also eine Tüte voll von solchen großen Erdbeeren, die Tomaten genannt wurden. Ich darf mir eine aus der Tüte nehmen, beiße gierig hinein und speie das Abgebissene enttäuscht aus.

Erst Mina Baltin überzeugt mich davon, daß Tomaten sich, mit Salz, Pfeffer und Zwiebeln verbrämt, auf Butterbrot essen lassen und wohlschmecken. Das muß der Gerechtigkeit wegen gesagt werden. Außerdem braucht Mina Baltin als Figur und von der Dialektik her ihren positiven Tupfer. Nein, sie war nicht nur die schnarrende Gouvernante, die mir beibrachte, daß ich *bessere Leute* mit Herr und Dame benimen muß.

Tante Anna kam damals, als sie uns die Tomaten brachte, mit einem kräftigen dunkelbraunen Bart auf der Oberlippe zu uns.

Anna, laß dir nich verkumm! mahnte meine Mutter sie, das Leben muß weitergehn, und wie kleine Leute eben einander so trösten. Trauer und Tröstung sind in handhabbare sprachliche Formen gegossen.

Tante Anna rasiert sich vor *unsere sichtliche Oogen*. Großvater rasiert sich mit einem Messer; Tante Anna rasiert sich mit einem neumodischen Apparat. Ich bewundere den Apparat und nenne ihn eene kleene Seefen-Schaum-Harke.

Übrigens gehörte Tante Anna zu meinen Paten. Zu meiner Konfirmation wurde sie nicht sichtbar. Jetzt kommt sie zur Besichte meines kleinen Bruders, ist tadellos rasiert und bringt meiner Mutter eine Kokosnuß mit. Wieder was *Neies* für die Bossdomer Welt. Ich muß die Kokosnuß mit der Axt erschlagen, denn meine Mutter will gleich bissel kosten davon, und ich fürchte leise, es drängt noch ein Wunderkind heran.

Ich bringe der Mutter die zerhackte Kokosnuß und sehe, auf dem Stubentisch steht mein nachträgliches Konfirmationsgeschenk: Eine Seefen-Schaum-Harke. Tante Anna hat meine Benennung von damals behalten. Jetzt wäre ich in der Lebensgegend, in der man so etwas braucht, sagt sie und stellt einen Rasierständer mit Spiegel, Pinsel, Seifennapf und Seife dazu.

Und wieder einmal ist wahrzunehmen, wie verflochten alles ist, was auf der Welt vorkommt, und wie weit draußen die Ursachen von Wirkungen liegen können.

Wann werde ich ein Mann sein? Werde ich es fühlen? Wird man es mir sagen? Darum war ich besorgt.

Als ich achtzehn Jahre alt bin, lasse ich mir von der Mutter einen Russenkittel nähen und eitele aus Gründen, die ihr am Schluß meiner Aufzeichnungen erkennen werdet, durch Grodk. Ein Vorschulmädchen bewundert mich: Tante Gertrud, den Mann mußte mal fotografieren! sagt es zu seiner Begleiterin. Da wurde ich zum Mann gemacht, obwohl mir noch nicht männlich zumute war.

Als ich fünfzig Jahre alt bin, kommen mir in Berlin zwei Mädchen im Backfisch-Alter entgegen. Sie wanken, stoßen Zigarettenqualm aus, kichern, randalieren und legen es mit mir an: Na, Opa, wat kiekste? Da wurde ich zum Großvater gemacht, obwohl mir noch nicht großväterlich zumute war.

Aber damals nach meiner Konfirmation ging es mir mit dem Mann-Werden zu wenig rasch vorwärts. Nach Tante Annas Wöchnerinnen-Besuch spiel ich ein wenig mit dem mir als Mannes-Ausweis verliehenen Rasierapparat und probiere ihn an meinen schüchtern behaarten Armen und Beinen. Ich wende den Spiegel im Rasierständer und begrüße mich im Vergrößerungsspiegel: Die Flusen-Haare an meinen Wangen und auf der Oberlippe machen mich, will mir scheinen, zusammen mit meinem Stimmbruch und den Sommersprossen zu einem häßlichen Jungmenschen, weder Knabe noch Jüngling. Da seife ich mich ein und rasiere mich und versetze mich eigenmächtig in die Männerabteilung der Menschheit.

Da weiß ich freilich noch nicht, daß ich diesem Rasierapparat fünfundzwanzig Jahre später untersagen werde, meine Oberlippe zu beharken, daß ich mir einen Bart werde wachsen lassen, und daß mich der damalige Sekretär des Schriftstellerverbandes einen politischen Abweichler nennen wird, obwohl er in einer Kantate den Bart eines gewissen Dschugaschwili bewundernd bedichtete. Und da weiß ich noch nicht, daß mich der listige Augsburger um dieses Bartes willen einen Don Juan nennen und fürchten wird, daß ich bei seinen Damen etwas ausrichte, und daß er sich deshalb selber einen chinesisch-dünnhaarigen Oberlippen-Bart zulegen wird.

Am Morgen meines fünfzehnten Geburtstages trete ich vor meinen jüngsten Bruder hin. Er liegt im ausgepolsterten Familienwaschkorb, und ich halte ihm eine Sonntagspredigt: Da liegst du nun hilflos, und hier steht dein großer Bruder, ausgewachsen und rasiert, und wenn du auf die Beine kommst, solltest du mich vielleicht besser mit Onkel anreden.

Meine Mutter, die zur Zeit den Zwischentitel Wöchnerin führt, weint ein wenig. Die Kleinen Leute verspötteln einander gern, wenn erwachsene Kinder da sind, und es kommen immer noch neue.

Hoaben se dir in die Schule etwan schon angepflaumt? fragt sie und will mich trösten und streicheln, aber ihr Streicheln ist mir zuwider. Seit einiger Zeit küsse ich die Mutter nicht mehr, es ist mir nicht geheuer.

Die Mutter spürt meinen Widerstand und versucht es mit einem anderen ungeeigneten Trost: Könntest eegentlich schon Poate bei dein Bruder sein, sagt sie. Vielleicht steckt Berechnung hinter diesem Anerbieten? Um Pate bei meinem jüngsten Bruder sein zu können, müßte ich wieder in die Kirche eintreten. Hat die Mutter es so rasch berechnet, wie sie die kleinen Verdienstmöglichkeiten im Laden berechnet? Nein, also nein, da stößt sie auf etwas, was um diese Zeit gerade in mir anwächst: Prinzipientreue!

Jedes Prinzip ist tödlich, sagte der listige Augsburger. Er war beim Studieren der alten Chinesen schon in jungen Jahren auf deren Erkenntnis gestoßen: Weiches Wasser zersetzt harten Stein. Nutzte er diese Erkenntnis in jedem Falle? Was mich betrifft, so lehnte ich nach meiner Konfirmation alles Kirchliche ab und verwarf auch jenen Seelenzustand, den man Religiosität nennt, aber später geriet ich nochmals in eine Zeit, in der ich mich dazu hinreißen ließ, gewissen Prinzipien treuer zu sein als dem Leben.

Sie taufen meinen jüngsten Bruder, ohne mich als Paten zu verwenden, und sie geben auch ihm sieben Paten, wie sie mir einst sieben Paten gaben, und sie taufen ihn Frede, obwohl ich etwas gegen den Namen habe, weil es der Name eines Biersäufers ist.

Meine Mutter wird nicht mit zur Taufe in die Kirche. Erstens die Hühneroogen, zweitens muß sie das Toof-Essen herrichten.

Tante Magy hält meinen Bruder übers Taufbecken. Sie ist glücklich, daß ihr das in ihrem kinderlosen Leben vergönnt ist. Auf dem Rückweg biegt sie mit dem Taufbündel in den Weg ein, der zu Zetschens Ausbau führt. Sie wird zurückgerufen und erwacht aus einem Traum. Bin ich denn ganz und goar varrickt? sagt sie.

Mein jüngster Bruder geht unter der Oberaufsicht der Mutter in die Obhut meiner Schwester über, und die legt mit der Aufzucht des Bruders ihr Gesellinnenstück als künftige Mutter ab.

In meiner Mutter wächst die Liebeslust wieder an. Sie ist unzufrieden mit dem Vater. Er hat seine geheime Hosenkrankheit, nachdem sie schon fast ausgeheilt war, wieder aufgereizt, ist vom Backofen weg in den Keller gestiegen, hat kaltes Bier getrunken, hat *Eikohol* zu sich genommen und sich einen Rückfall zugezogen, und das schon zum zweiten Male. Kannste dir nich bissel beherrschen? wirft die Mutter ihm vor, unsereens is doch keene Zaunlatte nich.

Die Mutter ficht solche Zausereien mit dem Vater jetzt in meiner Gegenwart aus. Ich habe mir durch die vorgeburtliche Ernährung meines Bruders gewisse Rechte erworben.

Jetzt, vom Ende meines Lebens her, sehe ich mich damals in die künftigen Ereignisse hineingehen wie in einen unbekannten Wald, und es gibt da herinnen Schattenflecke und Sonnenflecke, und auf die Schattenflecke gehe ich zögernd zu, und auf die Sonnenflecke gehe ich mit raschen Schritten zu, und es sind die gleichen raschen Schritte, mit denen ich die Schattenflecke verlasse.

Wenn ich Mithörer von Zausereien der Eltern sein muß, bin ich froh, daß ich nicht immer in Bossdom bin, daß ich mein Getu in Grodk habe. Dort leitet man jetzt das Winterhalbjahr ein. Im Lyzeum fangen die Studienräte wieder mit ihren Montag-Abend-Veranstaltungen an. In ihrer ersten Abendschau führen sie dressierte Schülerinnen vor und sind überzeugt, daß die Dressurvorführungen den Lieferanten ihrer Zöglinge Entzücken bereiten, und das tun sie auch. Die Mädchen sagen Gedichte in einer Art und Weise auf, die die Lehrer für ausgereift halten. Sie dringen drauf, daß die Schülerinnen den Sinn der Gedicht-Texte mit sprachartistischen Mätzchen beiseite schieben. Auch wir *Jungsen* auf dem Reform-Realgymnasium werden in ähnlicher Weise rezitatorisch geschult. Keiner von uns kann das Gedicht *Abseits* von Theodor Storm nach den metrisch-musikalischen Vorstellungen von Studienrat Münchdorf aufsagen. Nicht einmal Klaus-Peter Stiffel, unser Musterkleinmensch, der bereits einen perfekten Menschen zeichnen kann, sagt das Gedicht für Münchdorf zufriedenstellend auf, und auch der geniale Wullo Kanin schafft es nicht: *Es ist so still; die Heide liegt / Im warmen Mittagssonnenstrahle* . . . Eigentlich hätte Klaus-Peter, der Bürgermeisterssohn, gar nicht anfangen müssen, es ist für Studienrat Münchdorf von vornherein falsch. Die Betonung muß auf dem dritten Wort, muß auf dem *so* liegen, und der Mittagssonnenstrahl muß im Stakkato gesprochen werden, man müsse, meint Studienrat Münchdorf, die Mittagsglocken aus dem nahen Dorfe herübertönen hören. Kurzum, das Gedicht muß so aufgesagt werden, daß herauskommt, was der Dichter, außer dem Text, den er uns schenkte, noch gemeint haben könnte.

Keineswegs besser als bei Rumposchen in Bossdom, der uns die schlichten Absichten Goethes verekelte. Wie haben wir uns mühen müssen, das Rest-S vom *Das* vor dem Röslein mit der richtigen Intensität in die Melodie hineinsausen zu lassen! Und immer wars noch nicht richtig, und immer wieder sang er uns vor: *S Röslein auf der Heiden* . . .

Der Elternabend im Lyzeum ist der Schönheit des deutschen Rheins gewidmet: *Ich kam zum Rhein gezogen, / zum Rhein, zum Rhein* . . . Die Lyzeums-Lehrer unterstützen die deutsch-nationale Forderung: Der Rhein, Deutschlands Strom, nicht Deutschlands Grenze. Dieses Gesage geht von Leuten aus, die mit der Kapitulation von Versailles nicht einverstanden sind, von lieben kriegslüsternen Deutschen.

Da ist ein im Halb-Dialekt geschriebenes Gedicht, in dem die Stadt Bingen gelobt wird: *S Lob von Binge.* Die weißblonde Tochter aus der Milchhandlung Rietschel macht aus dem den Artikel vertretenden alleinstehenden S das Gesumm einer Hornisse. Mich mit meiner *Empfindlichkeit für die Wörter* peinelts an, ich werde ganz krumm, und Mina Baltin dungst mich und raunzt mich an: Wie kann ich Lauselümmel aus *die Bossdomer Heede* wissen, ob in Grodk schlecht deklamiert wird? Jemand zischt das Gebrummel von Mina Baltin nieder. Ich mache mich beiseite und setze mich auf die Holzverkleidung eines Heizkörpers.

Schon damals meint man, ein Bunter Abend ohne Ansager, heute Moderator genannt, sei wirkungslos. Ein Moderator ist ein Mensch, der den Zuschauern erklärt, was sie sogleich sehen werden, und wie sie das, was sie sehen werden, aufzufassen und einzuordnen haben.

Moderatorin des scheckigen Lyzeum-Programms ist die Zeichen- und Turnlehrerin Lore-Liese Gerts; blond, glatt und gestählt. Sie teilt den Zuschauern mit, daß sie jetzt etwas Unübliches sehen werden, den Tanz einer Schülerin, den diese selber ersann und zur Vorführung bringt, und hier kommt sie, unsere neue Schülerin Ilona Spadi.

Und da kommt sie, und ich ahne nicht, daß sie bis auf den heutigen Tag einen Stammplatz in meinen Erinnerungen haben wird: Ilona Spadi, bronzehäutig, braunhaarig, charmesprühend im gespreizten Ballettrock wie eine der Tänzerinnen auf den Bildern von Degas, und sie trifft mich sogleich, als hätte sie eine mit Liebreiz gefüllte Flintenkugel auf mich abgeschossen. Sie trippelt auf den Fußspitzen zur Mitte der Bühne und bleibt dort stehen, bleibt auf den Zehenspitzen stehen.

Elternbeifall rauscht durch die Aula, Beifall wie das

Rauschen des niederfallenden Wassers am Wehr der Stadtmühle. Für mich ist Ilona Spadi unmenschlich, denn bisher sah ich nur Marionetten, die uns Puppenspieler in Bossdom vorführten, ohne Ermüdung auf den Zehenspitzen tanzen.

Ein Mensch kann nicht stundenlang auf Zehenspitzen umherlaufen. Das *Buch der Rekorde* gibt es damals noch nicht, der Rekord in der Branche des Spitzentanzes ist unbekannt. Ilona Spadi kommt auf den Gebrauch ihrer Fußsohlen zurück. Aber das tut ihrer Anmut keinerlei Abbruch. Sie bewegt ihre bronzefarbenen Arme wie Flügel, sie wird für mich zu einem jener Schmetterlinge, die Tag-Pfauen-Augen genannt werden. Ich bin verlockt zu sagen, der Tanz der Spadi ist ein traumhaftes Erlebnis für mich, aber solche Süße verträgt mein Stil nicht, ich bin Diabetiker. Erspart mir, ich bitt euch, den Tanz der Ilonka wie ein Ballett-Kritiker zu zerschreiben; das, was er in mir anrichtet, werde ich nach und nach in angemessener Form verlautbaren.

Ilona Spadi bedankt sich mit Kußhänden für den Beifall und wirft sich ein Tuch über, ein Tuch von der Zartheit eines Sommer-Morgen-Nebels; sie trippelt durch die Aula und hüpft zu mir auf die Heizungsverkleidung. Ein schöner Schreck. Wer kann dabei gesund bleiben? Ilonkas Tanzkleid strömt den Geruch frisch gewaschener Fenstergardinen aus. Durch Fenstergardinen sah ich in meiner Grauschteener Klein-Kinder-Zeit an manchen besonnten Morgen über die Felder, und der Blick in die Sommermorgen und der Tüllduft der Gardinen vereinigen sich in mir zu einem Glücksgefühl, und ein solches Glücksgefühl durchglost mich nun, da Ilona Spadi sich zu mir setzt und sich für ihre Dreistigkeit entschuldigt. Sie redet gewandt, sie hofft, daß sie mich nicht belästigt, sagt sie, aber sie will die Aufführungen ihrer Mitschülerinnen von meinem erhöhten Platze aus anschauen, und sie beugt sich zu mir herüber und flüstert: Du hast schönes rotes Haar; ich hoffe, du weißt es.

Auch Freude kann wie ein Dolchstoß sein. Bisher hat

niemand mein rotes Haar gelobt, nicht einmal meine Mutter, vom Vater nicht zu reden, der hält das rote Haar für einen Familienfluch, unter dem er und drei seiner Kinder zu leiden haben.

Von Kind an bin ich an Menschen, die auf mich zukommen, mich anreden und vertraut mit mir tun, verkauft und verloren. Ilonka flüstert mir zu, in Berlin hätte ihr einmal ein Junge, nachdem sie getanzt hätte, Blumen auf die Bühne gebracht. Jeder Unverzauberte hätte aus dieser Ilonka-Bemerkung Eitelkeit herausgelesen. Ich nicht. Ich bin eifersüchtig auf jenen Jungen in Berlin und möchte mich zausen, weil ich meine Platznachbarin nicht mit Blumen beglücken kann. Kann ich ihr mein Taschenmesser überschenken?

Ich sehe sie vorsichtig von der Seite an. Sie trägt einen Pagenkopf wie Asta Nielsen. Asta Nielsen ist damals der Zelluloid-Star, von dem Männer und Oberprimaner idealisch oder schmutzig träumen. Ilonka Spadi hat ein son und ein solches Gesicht, es wechselt; sie hat die tiefliegenden Augen einer Liebestüchtigen, ihre Lippen werde ich später lüstern nennen, ihr Kinn ist gekerbt; Kinnkerben in Mädchengesichtern sind um diese Zeit für mich etwas Bedeutendes.

Von diesem Elternabend an gehe ich für Tage als ein Liebesfiebriger umher. Sobald ich denke: Jetzt ist es wohl vorüber, packt es mich wieder. Ich gehe morgens früher in die Schule, mache einen Umweg, geh die Lange Straße entlang, über den Marktplatz und dann die Forster Straße hinauf. In der Forster Straße, links hinter der Brücke, wohnt sie. Der Hauseingang ist verziert, ist eine dauernde Ehrenpforte für Ilonka. Vor zwei Jahren gehe ich, der Alternde, in Grodk umher und setze meine Schülerzeit aus Erinnerungsstücken zusammen. Ich fotografiere die Verzierungen am Hauseingang der Spadis; Leute bleiben stehen, sehen mir zu und halten mich wahrscheinlich für einen verrückten Spezialisten für Haustür-Verzierungen.

Erst am dritten Tage gelingts mir, auf meinem Umweg, Ilonka Spadi von weitem zu sehen, und ich füttere meine

Träume, und es kommt ein Zittern über mich, ein *irres* Zittern, würde ich sagen, wenn ich heute jung wäre. Dieses Zittern wiederholt sich noch einmal in meinem Leben, als mir jene Liebliche begegnet, von der ich noch nicht weiß, daß sie einst eine Dichterin sein wird.

Einige Tage später treffe ich direkt auf die Spadi, doch sie steckt in einem Mädchenschwarm. Mitschülerinnen reißen sich um die Freundschaft der zugewanderten Berlinerin, die imstande ist, Zeitchen für Zeitchen die Erde nur mit den Zehenspitzen zu berühren, um jenes Mädchen, das halb Schmetterling, halb Engel ist.

Ich grüße, reiße die Mütze vom Kopf und verwende mein rotes Haar als Signal. Ilonka erkennt mich, bedankt sich und nickt mir zu. Mehr ist nicht möglich, mitten im Schwarm der Schwätzerinnen.

Von damals her habe ich eine Vorstellung von den Mühen der Geheimdienst-Späher. Im Hause der Spadis wohnen *alles feine Leite,* wie man in Bossdom sagt, Leite, die mit Messer und Goabel essen: Ein Tuchkaufmann, Leiter des Kataster-Amts, der Direktor der Sauerkrautfabrik und Rechtsanwalt Doktor Spadi. Er zog von Berlin nach Grodk, weil ein Grodker Rechtsanwalt ablebte, wie im *Spremberger Anzeiger* zu lesen war. Rechtsanwalt Spadi ist nicht der, der seiner Tochter die Schönheit vererbte. Sein Gesicht ist fleischig, verschwollen und gerötet. Was ihn auszeichnet, ist die koffergroße Aktentasche mit goldblinkenden Verschlüssen. Er schleppt sie angewidert, wenn er in seine Anwaltspraxis oder aufs Gericht geht. Meine Verliebtheit in Ilonka hat es nicht leicht, diesen Neunzig-Kilo-Menschen zu idealisieren. Leichter habe ich es mit Ilonkas Mutter. Sie ist mit einem Feuermal beflucht, das ihr vom Hals bis in die rechte Wange hinaufreicht. Es verpflichtet Frau Spadi, bis an ihr Kinn reichende Blusen und Kleiderkrägen zu tragen, und manchmal trägt sie zu diesen Krägen Selbstbinder, wie Mannsen sie tragen, nur farbfroher. Sie könnte eine Schwester der Bossdomer Baronin sein. Wo sie geht und steht und navigiert, raucht sie lange dünne Zigarren. Leute, denen sie auf der Straße begegnet, haben, sobald sie vorübergegangen sind, ihre Hinterköpfe dort, wo ihre Gesichter hingehören.

Es wird Frühwinter. Das Jahr, von dem ich rede, wartet mit zeitigen Frösten auf. Der Stadtteich friert zu. Kinder und Halb-Erwachsene tummeln sich bei Tage dort wie Schneeflöhe. Abends, besonders bei Mondschein, gleiten die *oberen Zehntausend* (wir wissen, in Grodk sinds zwanzig bis dreißig Stück) kreuz und quer poussierend bei Grammophonmusik über das frostgehärtete Wasser, zwischen ihnen Frau Rechtsanwalt Spadi mit langer Zigarre.

Meine Mutter erzählt, daß auch sie in ihren Jungmädchentagen auf dem Teiche in Unterteschnitz Schlittschuh lief, und daß die Eifersucht meinen Vater, ihren Liebhaber, trieb, wenigstens auf einem Schlittschuh über das Eis zu rutschen. Man nennt bei uns diese Art, Schlittschuh zu laufen, Häcksel schneiden. Mein Vater schnitt Häcksel, um zu verhindern, daß meine Mutter mit anderen Bewerbern paarlief. Meiner Mutter aber wars peinlich, daß mein Vater sie häckselschneidend bewachte, und fast hätte sie ihn dieserhalb nicht geheiratet, aber es war wohl schon zu spät.

Ich, der Sohn schlittschuhlaufender Eltern, wachse in Bossdom ohne Schlittschuhe auf und bringe es nicht einmal beim Schlittern in Holzpantoffeln zur Meisterschaft. In Bossdom hat niemand Schlittschuhe, Kleinbauern und Bergarbeiter verschreien sie – Sohlenreißer. Schlittschuhlaufen bleibt für mich eine ungekonnte Kunst; schwimmen lernte ich mit sechzig Jahren zusammen mit meinem jüngsten Sohn, aber Schlittschuhlaufen lernte ich nie. Also ists unter meiner Würde, mich am Rand des Stadtteiches aufzustellen und zuzusehen, wie Real-Ochsen mit Lyzeumsschülerinnen Schlittschuh laufen, und wie Ilonka Spadi ein Solo auf Schlittschuhen tanzt. Für mich wäre die einzige Kunst, mit der ich hätte die Städtischen beeindrucken können, das Reiten gewesen, aber reite du einmal stolz um den Stadtteich, wenn der Wallach, den du dazu unterm Ursch haben mußt, daheim in Bossdom steht.

Und so bin ich nicht dabei, als der Schutz-Engel der Spadi (vielleicht brannte er sich gerade eine Zigarette an) sie für ein Zeitchen beim Solotanz unbeaufsichtigt läßt, und als sie fällt und sich ein Bein bricht. Ich erfahre vom zuschanden gewordenen Bein der Spadi erst drei Wochen später auf meinem Schul-Umweg. Ilonka wird von ihren Freundinnen im Rollstuhl in die Schule geschoben.

Ich möchte, was mich beglückte, wieder erleben, denn ich weiß noch nicht, daß man nichts wieder erlebt, weil, noch ehe man sich einmal halb umgedreht hat, sich alles, und wenns nur ein wenig ist, verändert hat.

Ich möchte wiedererleben, daß Ilonka Spadi munter wie damals in der Aula mit mir redet. Meine Sucht, von fremden Frauen gesehen zu werden, wächst. Das hängt wohl mit dem Rasieren zusammen und daß mir nicht nur der Bart wächst. Ich habe lüstige Nachtträume, die die Richtung meiner Tagträume bestimmen, und lerne begreifen, was eins unter Trunkenheit zu verstehen hat.

Ich kaufe einen Strauß Alpen-Veilchen-Blüten und trage ihn lässig, die breite Seite nach unten wie einen Besen mit zu kurz geratenem Stiel, durch die Straßen, bis mir der Mädchenschwarm mit Ilonka im Rollstuhl entgegenkommt. Mein Mut wird klein und kribbelig, und es ist mir sehr danach, den Strauß an der Ecke des Spielwarenladens Marunke, noch ehe ich auf die Mädchen treffe, in die Gosse zu werfen, doch mir ist eingehämmert worden: Auf Brot trampelt man nicht, und was Geld gekostet hat, wirft man nicht weg, und wer beides dennoch tut, sündigt. Ihr wißt, ich bin nicht mehr gläubig, doch in der letzten Zeit bin ich unsicher, ob ich mich von Gott gelöst habe, oder ob der sich von mir gelöst hat.

Leite, Leite! In die Schule kann ich mit dem Strauß Veilchen aus den Alpen auch nicht, also gehe ich mit dem Mut, mit dem ich mich später werde, ohne schwimmen zu können, ins Wasser werfen, auf den Schwarm der schwatzenden Menscher zu, gehe mitten in ihn hinein und lege Ilonka den Strauß in den Schoß. Eine goldene Frechheit! Das haben die Mädchen von einem Real-Ochsen noch nicht erlebt. Auch Ilonkas geschickter Mund weiß nichts zu sagen. Ich gehe weiter und muß achtgeben, daß ich nicht renne, denn hinter mir gackern die Mädchen wie Hennen hinter dem Habicht, und Rüpel ist das Zarteste, was sie mir nachrufen.

Einige Tage gehe ich gedemütigt und mit den Gefühlen eines Kleinverbrechers umher, aber dann kommt Trost: Die himmlischen Heerscharen schmeißen die Erde mit Schnee zu. Schnee und Schnee fällt herunter, und Ilonka-Verehrerinnen schieben den Rollstuhl keuchend durch die Straßen und streiten miteinander, eine beschuldigt die andere, nicht fleißig genug mitzuschieben, und sie werden handgreiflich und bewerfen einander mit Schneebällen, reißen sich bei den Zöpfen und vergessen den Rollstuhl und ihre Freundin. Ein leichtes für mich, die Spadi zu begrüßen, die Mütze zu ziehen und mein rotes Haar aufleuchten zu lassen. Sie entschuldigt sich für die Taktlosigkeit ihrer Freundinnen: Laß dir ihr Geschwätz nicht zu Herzen gehen. Ich habe mich gefreut. Wenn es auch keine roten Nelken waren, du glaubst nicht, wie ich mich gefreut habe.

Und der Schnee fällt auf uns herab, und unten liegt Schnee, und immer mehr kristallene Wasserteilchen bedekken uns, und ich finde endlich ein bißchen Sprache und erkläre Ilonka, daß ich ihr die Blumen nachträglich für den Tanz am Elternabend hingetan habe.

Ach, wirklich? sagt sie vornehm, und ich weiß nicht, was ich antworten soll. Sie sieht mich mit ihren tiefliegenden Augen an, und es setzen sich Schneeflocken auf ihre Wimpern, und sie sieht ein bißchen aus wie unsere Dorfmädchen beim Federnschleißen. Und schließlich kommen die Freundinnen zerrangelt zurück, und ich gehe meiner Wege und bin beglückt, weil ich weiß, die Spadi hat sich über meine Blumen gefreut, und daß wir miteinander in Fahrt kommen.

Aber dann treffe ich diese Lonka viele Wochen nicht mehr. Es heißt, sie liege wieder im Krankenhaus. Ihr gebrochenes Bein sei ungut verheilt, man hätte es ihr nochmals brechen müssen. Ich erwäge, ob ich sie im Krankenhaus besuchen soll, und denke und denke an sie.

Um diese Zeit veranstaltet der Bossdomer Radfahrer-Verein seinen Maskenball. Ich als Schriftführer gehöre zu den Veranstaltern und habe mich an der Eingangstür nützlich zu machen. Ich habe darüber zu wachen, daß sich weder Verkleedte (Maskierte), noch Unverkleedte (Unmaskierte), ohne Eintrittsgeld zu zahlen, in den Saal schlängeln.

Jugendlichen unter sechzehn Jahren ist der Aufenthalt auf der Tanzfläche verboten, besagt ein Hinweisschild. Paule Petruschka hat es gemalt und mit einer Blumenkante versehen. Die amtliche Mitteilung erfordert keine Blumenkante, aber die Malerpoesie will raus aus Petruschkas Paule, er muß ihr zu Willen sein. Mir fehlt noch ein halbes Jahr an der Tanzmündigkeit. Ich soll mich nicht gerade unter das Schild von Paule Petruschka stellen, sagt der Vereinsvorsitzende, und ich soll mich nicht verantworten, wenn der Gendarm kommt, er wird selber mit ihm reden und ihm sagen, daß ich ein Funktionär bin.

Was kosts? fragen die *Unverkleedten* an der Kasse, und die *Verkleedten* gestikulieren. Man soll sie nicht an ihrer Stimme erkennen. Männliche Masken piepsen, weibliche Masken knurren.

Gegen neun Uhr ist alles da, was nach der Üblichkeit der Bossdomer Maskenbälle da zu sein hat. Die meisten der Kostüme sieht man jedes Jahr wieder. Sie sind bei Spielwarenhändler Palme in Däben oder bei meiner Mutter ausgeliehen. Die Masken von Palme sind speckig und verludert, sie werden auch zu Fastnachtsumzügen ausgeliehen, und man sieht sie bei dieser Gelegenheit auf Straßenbäumen, auf Dächern und auf Schornsteinen, und volltrunkene Fastnachtsbrüder benutzen sie als Schlafanzüge, wenn sie in Scheunen oder auf Misthaufen ihren Rausch vertilgen.

Die Masken von Palme heißen: Schusterjunge, Spreewälderin, Eckensteher Nante, Schneewittchen mit Zopfperücke, Motorradfahrer und sonsterwas. Die Masken aus dem Stall meiner Mutter heißen: Maggi-Mädchen, indische Dame, Harlekin, Berliner Pflanze, Ungarin, Chinesin, Clown in rotem Frack und dieses und jenes. Zwischen den ausgeliehenen Masken treten Laien-Erfindungen auf: Mann in Weiberröcken mit Nachtjacke, laufende Tonne, wandelnder Kartoffelsack, Mann mit zwei Köpfen und das aufrecht gehende Schwein.

Masken-Anführer Hermann Krautzig hat sich ein Bärtchen angeklebt und trägt einen bunt bebänderten Stab. Er ist bestallt, die Masken zu beschäftigen, damit sie einander nicht belästigen oder beschädigen, deshalb läßt er sie preußisch in Zweier- und in Viererreihen aufmarschieren und veranstaltet zum Schluß mit ihnen eine Polonaise oder das, was er für eine Polonaise hält.

Ältere Dorffrauen und Unverkleedte sitzen auf den Bänken an den Saalwänden und sind das, was man heute das *Rate-Team* nennt. Kannste ma soagen, was de willst, das Faß mit Beene is Waurischkens Willi.

Es gibt Taten in meinem Leben, die mir fremd sind, während ich sie tue: Die Kasse ist geschlossen, mein Aufpasser-Amt ist erloschen; es ist mir fad, dazustehen und zu erraten, wer in welches Maskenkostüm kroch. Ich renne nach Hause und ziehe Großvaters älteste Hose an, dazu eine zerrissene Jacke, Schuhe mit Auslug für meine Zehen und einen bejahrten Hut, der nicht mehr grün, aber auch noch nicht grau ist. Mein Gesicht bemale ich mit Farben aus meinem Schul-Tuschkasten und mache einen Menschen aus mir, dessen Äußeres anzeigt, daß er nichts mehr will, auf nichts mehr hofft, daß ihn kein Urteil aus der Umwelt mehr erreicht. Ein Prozeß, ein Zustand, in den ich von Zeit zu Zeit noch heute hineinfalle, ein Prozeß, der von Weltraumkonstellationen abhängt; ein Prozeß, der immer einmal aussetzt und mich dann wieder bedrängt, der in meinen letzten Lebensjahren immer bündiger wird!

Ich breche mir ein Stöckchen aus einem schlafenden Fliederbaum, verwandle auf dem Wege zur Schenke meinen Gang, wähle den Gang eines Filmhelden, von dem in jener Zeit viel die Rede ist, von dem die Leute reden, er bringe sie zum Lachen, aber ich, der niederschlesische Neurotiker mit dem verschrobenen Blickwinkel, empfinde sein Tun als tragisch.

Ich schleiche mich durch die Seitentür in den Saal und mische mich unter die Maskierten. Ich watschle wie ein Enterich, lege von Zeit zu Zeit einen Hüpfer ein und höre das erste Gelächter. Ich steigere mein Watscheln und meine Hüpfer, und das Gelächter nimmt zu, und die Zuschauer fangen an, mich zu enträtseln.

Hermann Krautzig hebt seinen bebänderten Stock zur Prämiierungs-Polonaise. Die Masken umrunden den Saal wie Kühe und Hengste bei der Körung in einer Ausstellungshalle.

Auf der Bühne stehen die Preisrichter, der erste Vereinsvorsitzende, der zweite Vorsitzende und Duschkans Fritze, der Vergnügungswart. Ich erlebe zum ersten Male, daß unbeschlagene Funktionäre sich das Recht einräumen, in Sachen Ästhetik zu richten. Und ich erlebe zum ersten Male, wie sich das Publikum, ein wenig knurrend und leise protestierend, dem Urteil der Vorstandsmitglieder beugt, und wie wir Masken mit Musikbegleitung wandeln und wandeln und uns dem Urteil der Anmaßenden aussetzen.

Über einen Stuhl besteigen die Masken nacheinander einen Tisch in der Saalmitte und entlarven sich. Den ersten Preis erhält die Ungarin aus dem Maskenstall meiner Mutter. Der zweite Preis wird jenem Mädchen zuerkannt, das sich als Braut verkleidete und den ganzen Abend gemessen und wie unentjungfert umherging. Im Brautkleid steckte Nuglischens Walter, ein Männchen. Den dritten Preis erhält der Landstreicher, der so *x-beenig löft*. Ich steige auf den Tisch, die Maske kann ich mir nicht abnehmen, man hat mich nicht erkannt, ich nehme den Hut ab, mein rotes Haar weist mich aus. Man wundert sich, man hat mit mir nicht gerechnet, ich bin noch nicht maskenballmündig. Mein Preis – ein Likörservice, eine Flasche mit sechs Gläsern.

Laßt mich einige Sätze über Glas und Gläser sagen, die von Menschenhänden betan, aus den Sanden unserer

Heide wachsen: Glasdinge gibt man in Bossdom den Preisträgern im Schießen, beim Kegeln, beim Fahrrad-langsam-Fahren oder schenkt sie zu Geburtstagen, wenn man verabsäumte, etwas anderes zu besorgen. Die Geschenke, von denen ich rede, sind Vasen, Obstschalen und Tafelaufsätze aus Kristallglas, feingeschliffene Weingläser und hauchdünne Biergläser. Bossdomer Glasmacher und Glasschleifer, die in Däben oder Friedensrain arbeiten, bringen sie ins Dorf geschleppt, Glasgegenstände mit ganz, ganz kleinen, für Laien nicht sichtbaren Fehlern. Die Bossdomer schimpfen sie *Scherbelzeig* und mißschätzen die glitzernden Glasgegenstände. Sie schätzen nur den Innenraum der funkelnden Gefäße, er eignet sich zum Zusammenhalten umherstreunender Kleingegenstände.

Auf dem Vertiko meiner Mutter stehen Vasen und Schalen aus feingeschliffenem Bleikristall dicht an dicht. Wenn das Sonnenlicht in den Sommernachmittagsstunden über dieses Glaslager hingeht, kommt dort ein mildes Gefunkel und dann ein Gefinkel auf, ein Geglitzer, vor dem man die Augen schließen muß. Dieses Geflimmer und Geglimmer haben die Feinschleifer mit dem Verlust ihrer Fingernägel bezahlt, und manche Schleifer werden krank vom Glasstaub, der ihnen in die Lungen dringt. Wenn man um das Vertiko herumgeht und die Stubendielen in Schwingungen versetzt werden, stoßen die Gläser und die Schalen aneinander und fangen an, zu singen und zu klingen. Meine Mutter schätzt ihre Kristallgebilde nicht ihres Geldwertes wegen, sie liebt sie um ihrer Schönheit willen.

Mein unerlaubter Auftritt auf dem Maskenball macht mich für die Bossdomer außer der Regel zu einem erwachsenen Menschen. Die Kriterien, nach denen man in Bossdom als erwachsen gilt, sind verschiedenartig: Ein Glasmacherlehrling bleibt ein Hüttenspatz, bis er Geselle geworden ist. Ein Kerl aber, der ein oder zwei Jahre nach seiner Konfirmation in den Tiefbau einfährt und den Kohlenstaub mit Bier und Schnaps herunterspült, ist ein Erwachsener. Für die Kleinbauern und Kossäten gilt einer für erwachsen, wenn er beim Wiesen- oder Kornmähen das

Mähtempo in einer Kolonne mithält. Ich habe mit meiner Maskerade keine dieser Forderungen erfüllt, und die Bossdomer schlagen mich trotzdem zum Erwachsenen. Die Dorfburschen, auch ältere Männer, hauen mir auf die Schulter, daß ich zusammenknicke: Mensch, das woar ne Sache! Bisher war ich für sie einer, der seinem Konfirmationsanzug entwächst, auf die Stadtschule geht, um Lehrer oder Pastor zu werden, einer, der sich von ihnen entfernt hat. Nun sehen sie meine Faxerei, mein *Loofen wien Komiker* als einen Erfolg meiner Schulausbildung an und geben einen aus, und ich muß drauf bedacht sein, daß sie mir keinen zweiten und dritten Kornschnaps aufschwatzen, um meine Mannbarkeit zu feiern.

Ich mache mich leise davon. Daheim treffe ich auf eine tief beleidigte Mutter. Sie hat von Detektiv Kaschwalla erfahren, daß ich in dreckiger *Kleedung* und nicht in einem von der Mutter ausgenähten Kostüm als *feine Maske* auf dem Ball war. Mein Vater nimmt indes in der Schenke Lobsprüche über seinen so spoaßig geroatenen Sohn entgegen. Er trinkt Bier und Bier, und die eingetrunkene Kohlensäure verläßt ihn, und er verformt den Rülpser, der alleweile heraus will, zu einem Pssst! Er hat doch mehr von mir, sagt er zur Mutter, pssst, mehr als die roten Hoare.

Wie meenstn das? fragt die Mutter.

Er hat die Goabe von mir geerbt, pssst, die gewisse Goabe.

Ja, ja, ich weeß, fährt die Mutter fort, die Goabe, sich bei andere Weiber beliebt zu machen.

Der Vater wirft der Mutter Unverständnis vor. Die Eltern kommen ins Gehäkel. Das Gehäkel geht im Bier-Schlaf-Geschnarch des Vaters unter, die Mutter hockt nachtjackig im Bett, liest und füttert ihren *Blauen Vogel.*

Etwas später werde ich wissen, woher der Antrieb kam, mich in die Maskerade zu mischen. Es war Lonka Spadi, die mich trieb. Sie sitzt in mir und ist dort drinnen gern gesehen, und sie schafft mir auf Umwegen dies und bald wieder etwas anderes zum Bemeistern an. Sie tut es auf dem Umweg über meine Träume. Wenn sie gesehen hätte, heißt es in mir, wie ich imstande bin, die Besucher eines Tanzlokals filmgerecht zu unterhalten, dürfte sie mir meine Unfähigkeit, auf Schlittschuhen zu laufen, nachsehen. Derartig rechne ich mit Lonka auf und bin sicher, daß mir ein Guthaben bei ihr zusteht.

Aber sie läuft mir lange nicht über den Weg, und sie ist Woche für Woche etwas weniger anwesend in mir. Es heißt übrigens, man habe sie ihres vertanen Beines wegen zu einer Spezialbehandlung nach Berlin gebracht.

Und es kommen Tage, in denen Lonkas Bedeutung für mich, ohne daß ich es will, noch mehr zurückgedrängt wird, Juro Baltin steckt mich mit dem Rundfunkfieber an, allerdings steigt es bei mir nur auf siebenunddreißig Komma neun.

Um euch davon zu erzählen, muß ich auf die Zeit zurückkommen, da ich noch Dorfschüler in Bossdom war. Meine Mutter stößt damals in ihrer Bett-Akademie in der Zeitschrift *Nach Feierabend*, einer Nachfolgerin der Zeitschrift *Gartenlaube*, auf die unerhörte Meldung, daß eine Erfindung gemacht worden sei, die Rundfunk genannt wird. Journalisten berichten von Apparaten, die man aufdreht wie eine Wasserleitung, um sich Musik aus Berlin oder sonsterwo in die Stube rinnen zu lassen, und die Propheten unter ihnen träumen von Lautsprechern, die man in Tanzsälen an die Wände hängen wird, und daß jeder Gastwirt zu jeder beliebigen Tageszeit mit drahtloser Tanzmusik wird aufwarten können.

Meine Mutter mit ihrem Hang mehr so fürs Moderne begeistert sich für die angekündigte Erfindung. Tante Elise kommt mit dem Fahrrad auf Kurzbesuch von Grauschteen herüber, um über den Zustand der amerikanischen Großmutter zu berichten. Meine Mutter erzählt ihr vom Rundfunk und dessen Möglichkeiten. Wie könnten Onkel Paule Schipka und Tante Elise dastehen, wenn sie sich so einen Apparat beschaffen würden. Jeden Sonntag drahtlose Tanzmusik! Die begeisterungsfähige Mutter würde sich am liebsten selber eine Schenke kaufen, um die Vorteile des künftigen Rundfunks einzuheimsen.

Die Mutter erzählt auch den Kunden im Laden von der neuen Erfindung. Die Kunden hören sich die Werbung für den Rundfunk an und fragen: Und was hoabn wa doa davon? Das mäg gut sein für Leite in Berlin. Was haben die Bossdomer zum Beispiel von der Erfindung der elektrischen Schnellbahn, was von der Erfindung der Flugzeuge. Nur im Dorfe Groß Loije hat mal der Gemeindevorsteher ein bißchen Freude an einem Flugzeug gehabt, aber die Freude sei kurz gewesen: Sein Sohn wurde im ersten Weltkrieg zum Kampfflieger ausgebildet und erschien eines Tages mit seinem Doppeldecker am Himmel über Groß Loije. Der Alte rannte aus seiner Amtsstube und rief die Dorfleute zusammen: Doa fliecht der unse Junge! Dann verschwand der Junge, und man sah ihn, wird erzählt, lange Zeit nicht wieder. Er wurde auf eine Festung gebracht. Man hatte ihn ausgebildet, den Franzosen Bomben auf die Köpfe zu werfen, nicht, um den Stolz seines deutsch-nationalen Vaters zu blähen und am Himmel von Groß Loije herumzuknattern.

Und was hatten die Leute in der Gegend von Grodk und Choćebuz davon, als die Ozeanflieger Chamberlin und Levin von Amerika her kamen und gezwungen waren, auf den Feldern des Dorfes Klinge bei Choćebuz notzulanden? Nur poar Leitchen aus Klinge, die den notgelandeten Fliegern zur Hilfe rannten, wurden später für den *Cottbuser Anzeiger* abfotografiert, aber was hatten sie davon? Poar Jährchen später schrieb man in den Zeitungen, die Ozeanflieger wären in der Nähe von Berlin gelandet, von Klinge und von Choćebuz keinerlei Rede.

Nun der Rundfunk! Mein Gott, schon wieder was Neies! sagen die Leute im Laden. Sie haben mit ihren Grammophonen genug Unkosten. Immer wieder neue Platten, neue Grammophonstifte! Wer hat früher sowas gebraucht?

Tante Elise ist guten Willens, Onkel Paule Schipka über den Rundfunk und seine gastwirtschaftlichen Möglichkeiten zu berichten. Doch sie ist nicht sicher, ob sie den Bericht der Mutter ohne Löcher wird weitergeben können. Ich muß mit nach Grauschteen und muß den Onkel anfeuern.

Onkel Paule Schipka war, ihr wißt es, Kriegsmatrose. Eigentlich ist er mein Stief-Onkel, aber das ändert nichts an meinem Verhältnis zu ihm. Wenn man anfängt, über Verwandtschaftsgrade nachzudenken, kommt man drauf, daß alle Mitmenschen Onkel und Tanten vom zweihundertfünfzigsten bis zum tausendsten Grade von einem sind. Das nebenbei.

Paule Schipka hat *die Welt* gesehen, und mehr als das. Er hat Länder fernab jeglichen Gewässers mit dem Schiff befahren. Was wollt ihr? Er wurde durch den Weltkrieg explosionsartig in die Fremde geschleudert, und es gelang ihm später nicht, sich vollends wieder in der Heimat einzunisten, er blieb unruhig und weltverdorben: Er ließ den Schank-Raum seiner Gastwirtschaft zu einer Art Hafenkneipe umbauen und trug sich mit der Absicht, eine Seemannsdirne anzustellen, die seine Kunden beschäkern sollte. Die Einstallung einer solchen Dame wurde ihm von Tante Elise untersagt. Gegen einen starken Benzinmotor hingegen, den der Onkel im Keller einstallte, und gegen elektrisches Licht hatte die Tante nichts einzuwenden. Es wurden Drähte und Leitungen durchs Haus gezogen, und es wurden Lampen mit Glühbirnen aufgehängt, und es sollte losgehen: Im *Spremberger Anzeiger* erschienen Inserate, in denen angekündigt wurde, daß der alte *Schweizerhof* an der Landstraße nunmehr seemännisch ausgarniert und mit moderner elektrischer Beleuchtung versehen wäre. Einweihung am den und denten, jedermann eingeladen.

Ich nehme als Delegierter der Familie Matt an der Einweihung teil. Es war noch, bevor unsere Heidewelt *elektrisch wurde.*

Am zeitigen Nachmittag fing man zu tanzen an, aber alle Einwohner und die herbeigelaufenen Tänzer aus den Nachbardörfern warteten auf den Abend und auf die elektrische Erleuchtung.

Endlich erreicht die Dunkelheit die nötige Dichte, und die Lampen im Saal leuchten auf und gehen sogleich wieder aus. Sie verhalten sich wie die Glühwürmer im Chausseegraben, die kurz lichtelieren und aus Gründen, die unsereins nicht kennt, wieder verstummen. Das kurze Aufleuchten des elektrischen Lichtes im Saale hingegen war klärbar: Im Keller steht der Onkel und verhandelt mit dem Mann, damals Mechaniker genannt, der sich vergeblich bemüht, den großen Benzinmotor länger als eine Minute in Gang zu halten. Er wirft den Motor mit einer Kurbel an, und danach zeigt der sich ein Weilchen willig. Das Auspuffrohr, das aus dem Kellerfenster ragt, wackelt und spuckt drei Töne aus: Pack, pack, pack! Der Motor wird schneller, pack-pack-pack-pack-pack! heißt es schließlich und erweckt Hoffnung, und der Mechaniker sagt: Jetzt löft er. Leider läuft er nicht lange, und man hört von oben aus dem Saal einen Sammelschrei der Enttäuschung; das elektrische Licht ist wieder schlafengegangen.

So geht es einige Male hin und her. Die Erdoberfläche mit ihren Menschengewächsen und die Erdunterfläche mit der in sie eingelassenen Technik führen ein Wechselgespräch, und in den Pausen fuhrwerkt der Mechaniker mit seinem ölverschmierten Werkzeugbesteck bald im Magen, bald beim Darmausgang des Motors herum.

Oben, auf der Erdoberfläche, wird die Dunkelheit dichter, wird dick, und der sogenannte Mondscheinwalzer artet zu einem Dauertanz aus. Der Verzehr an Getränken und warmer Warmer im Schankraum und im Saale stockt. Das ist nicht das, was der Onkel mit seiner verfrühten Elektrifizierung erreichen wollte.

Tante Elise schickt behende Burschen durchs Dorf. Sie sollen die Haushalte nach Karbidlampen abklopfen. Die Burschen tragen vor allem Bergmannslampen mit prächtig gekrümmten Aufhängehaken ein. Die Karbidlampen werden angezündet und an die Schließ-Wirbel der oberen Saalfenster gehängt. Endlich weeß man, wie elektrischer Tanz is! spotten die Spötter.

Meine Neugier, die damals noch ein Laster, keine schriftstellerische Tugend war, treibt mich immer wieder in den Keller zum Mechaniker. Einmal treffe ich ihn neben den bloßgelegten Eingeweiden des Motors an und ein anderes Mal an der halb zusammengesetzten Maschine, ein drittes Mal treffe ich ihn überhaupt nicht an. Er ist in die Stadt geworden, um ein Motorenteil auszuwechseln, sagt der Onkel.

Die weißen Flammen der Grubenlampen werden kleiner, kriechen müde in die Lampen hinein. Onkel Paule Schipka nimmt geduckt die Vorwürfe von Tante Elise entgegen: Was mußteste die scheenen großen Petroleumlampen gleich runterreißen lassen!

Die Musikanten spielen den sogenannten Rausschmeißer: *Gute Nacht, gute Nacht, ihr lieben Leute, / gute Nacht, gute Nacht, schlaft alle recht wohl . . .*, da flammt das elektrische Licht auf und bleibt länger als fünf Minuten und länger als eine Viertelstunde brennen. Der Mechaniker, ein eingeölter Schornsteinfeger, erscheint an der Theke und weist ein Metallrohr vor, das Auspuffrohr des Motors. Ich weiß nicht mehr, wars zu dick oder wars zu dünn, jedenfalls hat es durch seine Ungeeignetheit die Erzeugung von Elektrolicht behindert. Aber nun wird das elektrische Licht nicht etwa mit einem Sammelschrei des Erstaunens begrüßt. Die Tänzer wollen zu den Ergebnissen ihrer Tänze kommen, die Zuschauer sind müde; das elektrische Licht vermag, so modern es auch daherleuchtet, die Gäste nicht einzubehalten.

Unverzagt ergreift Paule Schipka die Idee von der Musik ohne Musikanten, die Idee vom Rundfunk, die ich ihm auf Geheiß meiner Mutter übermittle. Damals liegt die drahtlose Beförderung von Sprache und Musik noch in den Händen von Elektrikern. Der Elektriker im Eckladen der Grodker Gartenstraße erklärt dem Onkel, die Musik, über die in den Zeitungen geschrieben wird, sei Zukunftsmusik, und der Tanz ohne Musiker wäre noch nicht handgreiflich. Aber der Onkel hört nicht auf, fortschrittlich zu sein, und eines Tages hat er einen Drei-Röhren-Rundfunkapparat, und auf der Bühne seines Saales steht ein schwarzer Trichterlautsprecher. Kummt tanzen, junge Leite, kummt, Musik wird eich droahtlos aus Berlin geliefert!

Doch wieder war nicht alles bedacht. Tanzmusik aus Berlin wurde nur spätnachmittags oder spätabends stündchenweis geliefert. Zwischendrein gab es Symphoniekonzerte, Tagesnachrichten und Vorträge, und man hat bis heute nicht gehört, daß politische Vorträge die Leute zu Tanzvergnügen hinreißen.

Ich mache meine Bekanntschaft mit dem Rundfunk in Baltins Kellerwohnung. Juro Baltin war, ähnlich wie mein Onkel Paule Schipka, durch einige Jahre Aufenthalt in Deutsch-Südwest fernen-verseucht, vom Weltengeist durchrüttelt und für ein Leben in der Kleinstadt zu pfefferig geworden. Die Stadt Grodk an der Spree, unterhalb des Georgenberges, verfügt nunmehr über einen Spezial-Rundfunkmechaniker. Juro Baltin ist oft gesehener Gast im Rundfunkladen und läßt sich beraten: Ohne Hoch-Antenne, erfährt er, ist ein Radioapparat nichts Halbes und nichts Ganzes. Die Hoch-Antennen müssen auf Dächern angebracht werden. Sie bestehen aus drei Längsdrähten, die durch Holzspeiler peinlichst auf Abstand gehalten werden, und sie *himpein* (schaukeln) hoch in den Winden wie eine Hängematte, und die Hängematte hängt auf Lauer nach Radiowellen, die von Berlin aus über Land geschickt werden. Schornsteinrauch läßt die Hoch-Antenne unangefochten, doch eine Berührung mit dem Schornstein ist unerwünscht; Stein und Draht, die einander reiben, erzeugen Krächzer im Lautsprecher, behauptet Juro Baltin.

Juros Kolonialistengeist brodelt. Er verläßt am Nachmittag den Dienst und läßt die *Weibsen alleene die Schule kehrn, er geht bissel bei Rundfunkmechaniker Bratzkon gucken,* wie man Antennen baut. Alsbald hat er *den Bogen raus.* Er trifft im Mechanikerladen auf Studienrat Münchdorf, der auf einen Zwei-Röhren-Apparat aus ist. Münchdorf hat einen Kampf mit seiner Frau hinter sich und steht als Besiegter im Radioladen. Bisher war er Selbstversorger wie eine Hausfrau, die ihre Marmelade nicht im Laden kauft, sondern selber kocht, er betrieb mit seinen Töchtern Hausmusik, aber seine Frau hat ewig Sehnsucht nach Wien hin, sie will *a Radio,* sie will Wiener Walzer und Wiener Geplauder hören und wenigstens mit den *Ohrn a wengerl dahoam sein.*

Juro Baltin bietet sich Studienrat Münchdorf als Antennenzieher an. Er sammelt Erfahrungen und entwickelt sich zu einem Antennenzieher-Gesellen, und von da an hält ihn nichts mehr, er hat noch keinen Radio-Apparat, aber er baut eine Antenne für das, in der Zukunft liegende, Gerät. Einen Lautsprecher, der Gerede liefert, gibt es in unserer Kellerwohnung noch nicht, aber Juro redet vom künftigen Lautsprecher und sagt nicht *das* Radio, sondern *der* Radio. Ich muß mir, wenn ich französische Vokabeln lerne, die Ohren zuhalten, damit mir nicht Antennenlitzen und Eier-Isolatoren hineingestopft werden, und meine Empfindlichkeit für die Wörter richtet sich auf etwas Nebenbeiisches: Wer, so frag ich mich, bestimmt bei neuen technischen Dingen, die der Mensch in die Welt setzt, das Geschlecht? Wer bestimmt, daß das Radio sächlich und die Antenne weiblich ist? Wo sitzt das weibliche Geschlechtsteil der Maschine?

Einmal erkundigte sich die Frau Baronin bei meiner Mutter, ob mir der Schulbesuch in Grodk gut bekomme.

Das ja, sagt die Mutter, bloß mit seine Froagerei ists manchmoal, als ob bei am was nich stimmt.

Ich stand am Guckloch der *Versteckten Kamera* und zog mich zurück. Die Meinung meiner Mutter über meinen Geisteszustand machte mich traurig.

Da die Schule für niedere und höhere Töchter eines der höchsten Gebäude der Stadt ist, wird Juro Baltins Hoch-Antenne zwangsläufig die höchste Antenne von Grodk. Das Anlegen dieser Hoch-Antenne verlangt Vorübungen: Juro Baltin nimmt eine mittelgroße Kartoffel und steckt einen Nagel hinein. Am Nagel ist eine lange Schnur befestigt. Kartoffel, Nagel und Schnur versucht Juro, über den hanseatisch ausgefransten Giebel der Mädchenschule zu werfen. Juro übt einige Tage, bis es ihm gelingt. Wer will, kann nach Grodk fahren, sich auf den Hof der Mädchenschule stellen und Juros Leistung von damals würdigen. Wir mußten sie damals sofort bestaunen: Mina, Mina, Esau, Esau! ruft Juro, und wir müssen auf den Hof und uns wundern. Da liegt nun die Kartoffel mit dem Schnur-Ende hinter dem hanseatischen Giebel, und an das andere Ende der Schnur, an das Hof-Ende, befestigt Juro die fertige Antenne und klettert dann auf den Schulboden und dort zur Dachluke hinaus und arbeitet sich rittlings zur Kartoffel. Weshalb so umständlich, werdet ihr fragen? Weshalb nahm Juro die Antenne nicht durch die Bodenluke mit aufs Dach? Weil es nicht ging, ihr Lieben, der besenstiellangen Speiler wegen nicht, die die Antennendrähte auseinanderzuhalten hatten. Für sie war das Lukenloch zu klein.

Der Rundfunk fängt an, die Stadt zu durchwuchern. Die in Berlin ausgesandten Radiowellen klirren an die Fensterscheiben und jammern um Einlaß und Empfang. Ich werde für eine Zeitlang antennenkrank, gehe umher und mustere die Dächer und kontrolliere, ob die Antennen sach- und fachgemäß angelegt sind. Ich durchleide eine der merkwürdigen Sachkrankheiten meines Lebens. Eine Zeitlang fühlte ich mich gedrungen, die Länge der Hosenbeinlinge an Männeranzügen zu betrachten und in Gedanken zu korrigieren. Die Hosenbeinlinge mußten um diese Zeit, wenn es sich nicht um Arbeitsanzüge handelte, kurz getragen werden, man mußte die bunten Socken und die Halbschuhe sehen können, die in Mode waren. Fast um die gleiche Zeit durchlitt ich die Schlipsknoten-Krankheit. Männer, die etwas auf sich hielten, mußten die Schlipsknoten bis zur Größe einer Über-Erbse zusammenziehen. Dieser Zwang, mich mit Modedummheiten zu beschäftigen, blieb mir mein Leben lang. Zur Zeit beobachte ich, wie junge Männer und solche, die noch jung sein wollen, ihre Hemd- und Rockärmel zum Ellenbogen hochschieben und beständig darüber wachen, daß die Ärmel auch dort oben bleiben, daß ihre Forschheit und Männlichkeit nicht herunterrutscht. Sinn und Zweck solcher Zwänge kann ich nicht erkennen. Sollten sie mir eingeboren worden sein, damit ich dem Zwang frönen kann, davon zu erzählen?

In der Wohnstube der Baltins wird eine Radio-Ecke eingerichtet: Ein Korbtisch und drei Korbstühle. Auf dem Tisch hockt in einem Deckchennest der Zwei-Röhren-Apparat und brütet Musik und Redereien aus. Neben dem Radioapparat liegt eine Anodenbatterie, neben der Anodenbatterie steht ein Akkumulator. Die in der Anodenbatterie gespeicherte Kraft verbraucht sich mit der Zeit, und es muß eine neue Batterie her. Der Akkumulator muß von Zeit zu Zeit aufgeladen werden. Zum Aufladen braucht man einen Gleichrichter. Mit dem direkten Strom aus der Leitung überfrißt sich der Akku, erklärt Juro Baltin. Im Akku muß der Säurestand stimmen, damit er gewillt ist, Elektrostrom zu speichern. Es muß viel beachtet und bezahlt werden, sogar eine Rundfunkzeitung, aus der man erfährt, zu welchen Erlebnissen die Ohren eines Radiobesitzers demnächst kommen werden.

Der Radio-Pioniergeist führt Juro Baltin und Studienrat Münchdorf bis auf einen gewissen Abstand aufeinander zu. Juro glänzt vor Gefälligkeit: Was wern Se sichn Gleichrichter koofen, wenn ich een hoabe, sagt Juro zu Münchdorf, und aus dieser Juro-Gefälligkeit erwächst mir eine neue Pflicht: Neben der Schürgerei von Tabakblättern mit dem Handwagen, dem Einholen von Grützwurst und Windbeuteln im Henkelkörbchen und neben dem Bewässern des Vorgartens im Sommer, neben meiner Küchenhilfstätigkeit bei Kränzchen- und Familienfeierlichkeiten, neben meiner Bewachertätigkeit für Lotte Rapschinski und den Nachhilfestunden, die ich gebe, fällt mir nun auch noch die Pflicht zu, den Akkumulator von Studienrat Münchdorf nach dem Aufladen aus der Mädchenschule auf den Drebkauer Berg zu schleppen. Der gläserne Akkumulator ist in ein Holzgestell eingebaut, mit einem Tragriemen versehen und wiegt bequem seine zwanzig Pfund. In die Baltinsche Kellerwohnung schleppt ihn Studienrat Münchdorf höchsteigen, weil er drauf aus ist, mit Juro Baltin Erfahrungen auszutauschen, Erfahrungen, von denen noch viele gemacht werden müssen.

Studienrat Münchdorf dringt durch den längsten Korridor der Welt zur Baltinschen Kellerwohnung vor. Er steht vor der stets geöffneten Küchentür, sieht, wie in einem Schaukasten, die tabakrupfende Pobloschen und klopft vorsichtig mit dem Fingerknöchel gegen den Türpfosten: Kann ich, bitte, Herrn Baltin sprechen? Die Pobloschen sieht nicht einmal auf; für sie gibt es keinen Herrn Baltin. Ich reiß mich aus den Schularbeiten und flitz in die Küche, stolpere, mache eine Verbeugung und erbiete mich, Juro Baltin holen zu gehen. Den Studienrat lasse ich vor der alten Pobloschen stehen, die stumm Tabakblätter aus aller Welt zerpflückt.

Später werde ich mit der Pobloschen zusammen von Mina Baltin gerüffelt: Wir haben Studienrat Münchdorf umherstehen lassen, ohne ihn einzuladen, es sich im Wohnzimmer bequem zu machen.

Sollte ich Münchdorf in meinen Schularbeiten rumschnüffeln lassen?

Ein feiner Mann macht sowas nicht, sagt Mina, er setzt sich steif und groade hin und wartet. Wann endlich wird sie es erleben, daß der Dorf-Flaps aus mir herausfährt?

Wenn ich tagsdrauf den aufgeladenen Akku in die Wohnung der Münchdorfs auf den Drebkauer Berg schleppe, nennt mich Frau Münchdorf *a guts Bürschel* und verabschiedet mich mit Servus. Aber ich spüre, daß sie heuchelt, und daß sie mich weiter haßt, weil ich damals auf dem Wandertag mit Pferdemist um mich warf, und Münchdorfs Tochter Eva hat keinen Blick für mich, obwohl ich ihr den Strom heranschleppe, damit sie Wiener Walzer und wienerisches Geplauder hören kann. Sie spielt die Unantastbare.

Juro Baltins Zwei-Röhren-Apparat hat nicht die Kraft, durch einen sogenannten Lautsprecher zu verkünden, was er an Radiowellen eingefangen hat. Man muß sich ihm mit Kopfhörern nähern. Haupthörer in der Baltinschen Kellerwohnung ist Juro. Aber wie das so geht, er ist bestrebt, durch einen Mithörer seine Ohrenerlebnisse zu verdoppeln. Es handelt sich dabei weniger um Nächstenliebe als um Zeugenschaft. Juro braucht nicht Augen-, sondern Ohrenzeugen und versucht, sie sich einzufangen. Er liegt mit umgetanem Kopfhörer auf der Chaiselongue, reckt den Arm in die Luft und dirigiert die Musik, die er aus dem

Kopfhörer empfängt, und wenn er fürchtet, daß seine Armbewegungen zu stumm sind, fängt er an zu pfeifen, und er pfeift falsch, und wenn seine Mina immer noch nicht aufhorcht, ruft er: Mina, Mina, kumm horchen, sie spieln: *Ja, ich hab es gleich gesagt, / die Wurscht, die schmeckt nach Seefe...*, und gemeint ist damit der Zigeunerchor aus *Troubadour*. Oder Juro singt knödelnd: *Herr Hauptmann, Herr Hauptmann, was ist mit Ihrer Frau, / sie wäscht sich nicht, sie kämmt sich nicht, / rennt rum wie eine Sau?* Und damit ist ein Militärmarsch gemeint.

Aber Mina hat nicht immer Zeit zum Mithören. Da soll gekocht, und da soll gewaschen werden, und Juro verfällt drauf, mich, sogar die alte Pobloschen als Zweithörer zu beschäftigen. Und wirklich, die alte Pobloschen läßt sich herbei, und es huscht ein kleiner Sonnenschein von Lächeln über ihr Gesicht, und sie schleift sich aus ihrem Tabakstuhl an den Wohnstubentisch und vereinnahmt mit der einen Muschel des Hörers und mit einem Ohr die dargebotene Radiomusik, und die zweite Muschel des Hörers ist nach außen gekehrt, und ich muß ganz dicht an die Alte heranrücken, und ich muß meinen Kopf wie schmeichelnd an den Kopf der Pobloschen halten. Juro schirmt sich gegen den Gasgeruch, der von der Pobloschen ausgeht, durch Zigarettenrauch ab, mir aber färbt dieser Dunst den Hörgenuß, und die meisten Operettenschlager sind mir von diesen Tagen her so, daß sie übel riechen, wenn ich sie höre.

In der ersten Rundfunkzeit gibt es nur einen einzigen Ansager. Er sagt die Symphoniekonzerte an, bestreitet die Kinderstunde, spielt selber Gitarre, singt mit sonorer Stimme dazu und steht mit den Hörern auf du und du. Mir gefällt die Stimme dieses Mannes, sie ist für mich eine Vaterstimme, noch dreister die Stimme eines Schwiegervaters. Der Ansager heißt Alfred Braun, und ich träume davon, er hat eine Tochter in meinem Alter, und die ist so sympathisch wie Lonka Spadi, und der Zufall will, daß wir zusammentreffen und uns zusammentun.

Kurzum, dieser Alfred Braun ist der erste Rundfunk*star*.

In der Radiozeitung erscheinen des öfteren Fotos von ihm. Nach neunzehnhundertdreiunddreißig aber werde ich ihn auf einem Gruppenfoto als Mitglied einer Fußballmannschaft sehen. Die Arier haben dieses Foto anfertigen lassen, um vor der Weltöffentlichkeit zu demonstrieren, wie human es in ihren Konzentrationslagern zugeht. Man spielt dort Fußball und wird ein bißchen politisch umerzogen.

Seit ich mit der alten Pobloschen durch das Radiohören verschweißt bin wie ein Paar, das *Backe an Backe* tanzt, begegnet sie mir von Zeit zu Zeit mit einer Art Leutseligkeit, die aber weniger Bestand hat als ein Wölkchen am Himmel. Heite kannste mein Stücke Warme mitfressen, sagt sie zum Beispiel, ich bin nich bei Appetite, und sie legt ihre Abendzuteilung an Bockwurst auf meinen Teller. Zuweilen, wenn ich die Wälle aus Rupftabak abtrage, tut sie mir einen Fünfziger her, aber es ist dabei nicht ein Strählchen Freundlichkeit in ihrem Gesicht, es ist, als ob sie mich mit der Übergabe des Fünfzigers bestrafen würde.

Seit einiger Zeit sitzt unter den Essenholern vor der Volksküche im längsten Korridor der Welt ein Zugänger, ein Mann, der *bessere Tage* gesehen hat, wie es heißt. Sie nennen ihn den *Karrazellmann*. Er trägt einen Festanzug, dessen Stoff schon altersgrün schimmert, ist vorgestoßen, wie es auf der Heide heißt, wenn eins einen Schlips trägt. Der Hemdkragen des Karrazellmannes ist mehr grau als weiß, und der Schlips schillert wie eingefettet. Der Mann sitzt bescheiden zwischen den anderen Essen-Erwartern, doch von Zeit zu Zeit entfährt ihm ein zerfetztes Stück Gesang: *Auch ich war ein Jüngling mit lockigem Haar . . . Ach, wie so trügerisch sind Frauenherzen . . .* Die Gesangsfetzen kommen wie Aufschreie aus dem Karrazellmann; seine Stimme ist eine Tenorstimme. Die umsitzenden Essenholer erschrecken und schreien ihn an: Hör uff mit dein Gebrälle! Tschirskes Paule, der Lachkranke, stellt seinen Eimer ab und wälzt sich kichernd auf dem Terrazzo.

Der Karrazellmann zieht über die Dörfer und singt vor den Haustüren, doch er wehrt sich dagegen, ein Bettelmann genannt zu werden. Er liefert Kunst gegen geringe Belohnung, deshalb ist er nicht alle Tage auf der langen Volksküchenbank anzutreffen, er ist unterwegs, um seine Kunst zu verschleudern. Auch in Bossdom ist er gewesen. Meine Mutter hat mir von dem verarmten Sänger erzählt, der so scheene gesungen hat, daß sie ihm hat fünf alte Semmeln in die Taschen schieben müssen.

Haste schont moal den gesehn, uff den se Karrazellmann soagen? fragt mich die alte Pobloschen.

Ich habe ihn gesehen.

Wenn ich ihn wieder sehe, soll ich ihm sagen, er soll sich in die Waschküche reinmachen, die alte Pobloschen hat was mit ihm zu bereden.

Ich schicke den Karrazellmann in die Waschküche, die erste Tür rechts auf dem längsten Korridor der Welt. Er geht in die Waschküche, seine Hände zittern, und auch sein Kopf zittert ein wenig.

Ich verständige die alte Pobloschen. Sie stöhnt sich aus ihrem Tabaknest und schlurft, eingehüllt in ihre Dunstwolke, zur Waschküche. Meine Neugier peinigt mich. Heute weiß ich, daß man von der Neugier nur so lange geplagt wird, bis man gelernt hat, still zu warten. Alle Geheimnisse offenbaren sich, je weniger wir auf sie hingieren.

Ich bezwinge meine Neugier, lerne französische Vokabeln und tauche aus dem Getümmel der französischen Wörter erst auf, als die Pobloschen wieder in ihrem Tabaknest sitzt.

In der *Berliner Morgenpost* heißt es, jedermann könne nunmehr zu einem billigen Radioapparat kommen, es sei weiter nichts nötig, als sich die Ullstein-Sonderbroschüre *Wie baue ich mir einen Detektor* zu kaufen.

Ich gehe zum Zeitschriftenhändler Kiesel, um mir das Sonderheft zu holen, und treffe dort auf Frau Rechtsanwalt Spadi. Sie steht steil, hat einen gut herausgearbeiteten Busen und spricht ein Hochdeutsch, das mich traurig macht, weil ich fühle, daß ich es nie erlernen werde. Übrigens hat Frau Spadi ihre kleine Kinnkerbe der Tochter Ilonka vererbt. Herr Kiesel bietet Frau Rechtsanwalt Spadi nebenbei auch *Reichs-Adler*-Zigarren an, aber Frau Spadi schiebt sie beleidigt zur Seite. Sie verabscheut Zigarren von der Firma, in der ich als Kärrner beschäftigt bin. Frau Spadi will ihre dünnen Zigarren, diese rauchbaren dunklen Spargelstangen, und sonst nichts.

Aber all das ist nicht wichtig, wichtig ist Ilonka Spadi, die ihre Frau Mama begleitet und sich mir zuwendet und mit mir redet, als wären wir allein im Laden. Die Überraschung schnürt mir die Luft ab. Ilonka erklärt mir, weshalb sie in Grodk so lange unauffindbar war, und was sie in Berlin in der Charité hat aushalten müssen. Und noch immer hink ich, sagt sie, geht bis zur Ladentür und kommt zurück. Ich hoffe, man siehts nicht allzu sehr! Was meinst du? Fast überhaupt so gut wie nicht, sage ich. Alles lernt sich, alles lernt sich, auch das Lügen aus Höflichkeit. Oder lüge ich aus Mitleid oder gar aus Liebe? Ich ernte ein dankbares Lächeln. Wie gut, denke ich, daß sie für andere nun nicht mehr die Ilonka von früher sein wird, daß sie mir näher sein wird, weil ich ihr Hinken übersehe.

Es war so lieb, als du mir damals die Blumen brachtest.

Hast du denn an mich gedacht?

Ich habe an dich gedacht.

Das will ich meinen, sagt sie, ich war überzeugt, daß du an mich denkst.

Sie hat also geradezu verlangt, daß ich an sie denke, und ich habe es vielleicht ganz und gar nicht immer getan. Da muß ich mich wohl schämen oder was?

Ilonka lächelt und gibt mir die Hand. Freudiges Erschrecken und Glück bis über den Rand. Ihre Hand ist trocken und warm, hart und weich zugleich, jedenfalls für mich, aber ich bin vielleicht unzurechnungsfähig. Ich tue ein Überdiesiges und etwas, was ich von mir nie erwartet hätte, ich ziehe die Mütze und verbeuge mich vor der Dame Spadi. Sie hat ihren Einkauf beendet und nimmt meine Ehrerbietung mit leisem Lächeln entgegen. Ich habe alle Dinge zu ihrem Besten gekehrt.

In meinem Korbstuhl-Hochsitz in der Kellerwohnung

durchblättere ich die Bauanleitung für den Detektor: Zeichnungen, Skizzen, Text. Sie liest sich wie das Kochbuch meiner Mutter: Man nehme isolierten Klingeldraht und wickle ihn um eine Pappspule von zehn Zentimeter Durchmesser; man nehme ein Stück Messing und löte ... Daß man löten kann, wird vorausgesetzt, daß man ein Lötgerät hat, ist noch vorausgesetzter. Kein Wunder, daß sich immer wieder Gedanken in den Vordergrund schieben, die nicht vom Lesen der Bauanleitung ausgelöst werden. Ich höre Ilonka Spadi raunen: Ich war überzeugt, daß du an mich denkst, und mein Hand-Inneres erinnert sich an die Wärme und Glätte ihrer Hand-Innenfläche. Ich summe, ich denke an sie, und zwischendrein zwinge ich mich, die Anleitung zu lesen. Zum Schluß weiß ich, wie ein Detektor gebaut wird, weiß auch, daß ich nie einen anfertigen werde. Schon bei meiner Hilfsarbeit als Antennenbauer bemerkte Juro Baltin, fürs Handwerkliche brauche man zwei geschickte Hände. Du hast noch nich moal ganz eene, sagte er.

Jetzt mache ich mit der nicht *ganz eenen* Hand ein Gedicht für Ilonka Spadi. Im Gedicht reimen sich zwinge und bringe und denken auf schenken. Ich würde das Gedicht vielleicht noch heute für euch zusammenbringen, aber es will sich mir nicht, ich stehe *so* nackt genug für euch da.

An manchen Tagen gehe ich, wenn die Baltins die Schulräume gereinigt haben, durch die Klassenzimmer. Ich bin ein heimlicher Geist, der vornehmlich das Lyzeum durchschweift. Ich weiß, in welcher Bank und auf welchem Platz Ilonka Spadi sitzt. Ich setze mich auf ihren Platz und lasse mich durchglühen. Ich ertappe mich bei der Absicht, mein in Schönschrift niedergeschriebenes Gedicht in das Bankfach von Ilonka zu schieben. Glücklicherweise fällt mir ein, daß ich damit Wullo Kanin nachäffen würde, daß die Kehrfrauen das Gedicht finden und es einander in der Vesperpause beim Grützwurst-Essen vorlesen würden, deshalb pflücke ich auf den Spree-Wiesen einen kleinen Strauß wilder Vergißmeinnicht und lege ihn unter Ilonkas Bankpult. Die Kehrfrauen werden nicht wissen, daß der

Strauß von mir ist, falls ihn Ilonka nicht findet. Andererseits rechne ich damit, daß sie ihn findet und sogleich weiß, wer ihn ihr hingetan hat. Verliebte sind die zuverlässigsten Optimisten.

Zwei Tage später treffe ich sie, doch sie ist wieder die Mitte eines Gefährtinnenschwarms. Für die Grodker Lyzeums-Damen ist sie noch immer das Mädchen, das aus der Hauptstadt kommt. Ich tu meine Mütze herunter, ich gebe Signal. Ilonka nickt mir sparsam zu. Habe ich sie durch meinen Vergißmeinnicht-Strauß in Verlegenheit gebracht? Es bohrt und sticht in mir, und ich nagele mich selber.

Am Nachmittag schleiche ich ins Klassenzimmer der Spadi und finde die Vergißmeinnicht zerquetscht und verwelkt in der Ecke des Pultfaches. Der kleine Strauß hat sich verweigert, mir zu Diensten zu sein. Die Spadi konnte nicht verbindlicher sein, als sie es war.

Das Leben bringt mir, dem Tollverliebten, eine Verschnaufpause. Es liefert die Großen Ferien an, die Reiseferien. Ich muß in mein Bossdom hinaus, diesmal mit kleinem Bedauern. Ein Trost, daß auch Ilonka nicht in Grodk sein wird. Ihre Eltern gehören zu den Leuten, für die Ferien nur Ferien sind, wenn sie sie in der Fremde verbringen. Vielleicht fährt Ilonka mit ihnen in das Land, das Tirol genannt wird. Es ist das Land, nach dem auch ich mich manchmal sehne: *Tirol, Tirol, du bist mein Heimatland, / wo hoch auf Bergeshöhn das Alphorn schallt* . . . Ein Lied, das die Mutter früher auf der Zither spielte: *Siehst du die Schwalben ziehn, / sie ziehn dahin, daher, / der Mensch lebt einmal nur /und dann nicht mehr* . . . Ich kann nicht recht bestimmen, welche Stelle des Liedes meine Sehnsucht auslöst, ob es die *Bergeshöhn* sind oder die Stelle, die meine Mutter mit brüchiger Stimme singt: *Der Mensch lebt einmal nur / und dann nicht mehr* . . .

Später werde ich dieses Land mit den Bergeshöhn und den hin- und herziehenden Schwalben kennenlernen, ich werde sogar ein Zeitchen lang dort wohnen und leben, ohne im geringsten an das Geschmachte des Zitherliedes der Mutter zu denken.

Glück zu, Ilonka, überanstrenge dein lahmes Bein in den Bergen nicht, denke ich und schiebe mein Fahrrad durch die Georgenbergschlucht, und oben angekommen, trämpele ich davon, mein Reiseland heißt Bossdom.

Denkt nicht, daß Bossdom außerhalb der Zeit und ganz und gar still steht. Auch dort verändern sich die Menschen, und wenn sie nur altern: Die Bubnerka kann nicht mehr *furt uff ihre vergichteten Beene.* Sie verkauft, so ungern wie möglich, ihre Schenke, sie *verkloppt* sie. Von ihrem Kramladen ist nicht mehr groß die Rede, seit sich der Ladengeist meiner Mutter in Bossdom ausbreitete. Ein Weilchen bleibts ein Geheimnis, wer die Schenke der Bubnerka kaufen wird, aber Bossdom ist der Ort, an dem Geheimnisse nicht anschimmeln: Lehnigks Fritzko wird die Schenke kaufen.

Ihr wißt, daß unsere Nachbarsleute, die Lehnigks, zehn Kinder hatten, daß einer der Söhne Fleischer lernte und gleich, nachdem er ausgelernt hatte, nach Bossdom zurückkam. Die alten Lehnigks rückten zusammen und gaben ihre Schlafstube hin, damit Sohn Fritzko einen Ladentisch aufstellen und an den Wänden eiserne Haken anbringen lassen und aus der Schlafstube so etwas wie einen Fleischerladen machen konnte. In den Grasgarten der Lehnigks bauten die Dorfmaurer ein Schlachthaus, in dem wir als Kinder zusahen, wie Ochsen, Bullen, Kühe, Schweine, Schafe und Ziegen starben. Im Fleischerladen wurde das Fleisch der getöteten Tiere umbenannt: Rindfleisch verwandelte sich zu Rouladen, Schweinefleisch zu Karbonaden und Schinken. Wir Menschen, wir Tierfresser, beruhigen unser Gewissen mit diesen Umbenennungen ein wenig. Wurst, zum Beispiel, läßt uns ganz und gar vergessen, daß sie aus Fleisch von getöteten Tieren besteht; Wurst ist eben Wurst.

Als Fleischer führt Fritzko Lehnigk den Untertitel Geschäftsmann, und als Geschäftsmann muß er, wie mein Vater, häufig in die Schenke der Bubnerka, um dort für seine Kunden einen auszugeben. Allmählich wird Fritzko der Aufenthalt in der Schenke zu einem Bedürfnis; es gefällt ihm dort besser als in seiner Fleischerei, und deshalb kauft er der Bubnerka die Schenke ab. Schenke und Fleischerei, das hört sich nach etwas an. Fritzkos Barschaft reicht nicht, er nimmt Darlehen und Hypotheken auf. Seine Eltern geben, und seine Geschwister geben etwas dazu, so daß die Schenke *Zu den vier Linden* so etwas wie eine geheime Aktiengesellschaft wird.

Jedes Dorf hat seine eigene Zeitung. Im Nachbardorf Gulitzscha haben sie eine akustische Gemeindezeitung. Der Gemeinde- und Kirchendiener geht mit einer Klingel durchs Dorf, macht sich zur Stimme des Gemeindevorstehers und brüllt in die Gegend: Fuhrmannspeitsche gefunden, abholen beim Gemeindevorsteher! Grundsteuer fällig, zahlen bis ersten Advent! Die von Kornschnaps angerauhte Stimme des Gemeindedieners wird von Hundegebell untermalt. Wer sie hört, der hört sie, und wer sie nicht hört, der hört sie nicht. Eine solche Schlamperei gibts in Bossdom nicht. Außerdem werden wir nicht etwas machen, was sie in Gulitzscha machen. Bei uns *löft* ein Zettel durch die Häuser. Manchmal hat er Aufenthalt, wenn die Frau Großmutter allein daheim ist und die Schrift vom Gemeindevorsteher Kollatzsch nicht auslesen kann. Sie steckt den Zettel hinter den Spiegelrand, bis die jungen Leute vom Felde oder von der Schicht kommen. Manchmal wird der Zettel hinterm Spiegel vergessen, bis der Nachbar, der ihn kriegen soll, anderweitig vom Vorhandensein dieses Papiers erfährt und kommt und sagt: Is bei eich keen Zettel nich angekumm? Der Zettel wird aus seinem Spiegelversteck geholt und *löft* weiter: Die Gewichte und die Waagen sollen geeicht werden. Wenn zwei Nachbarn veruneinigt sind, wird der Zettel grußlos und schweigend nur mit einem Faustschlag auf den Küchentisch des verzweiten Nachbarn gelegt.

Auf einem solchen Zettel wird nun auch verlautbart: Gastwirt Fritzko Lehnigk und seine Frau Emma haben die

Gastwirtschaft *Zu den vier Linden* übernommen, Fleischerei ist angeschlossen. Es folgt eine Phrase, die den Inseraten im *Spremberger Anzeiger* nachempfunden ist: Wir empfehlen uns den werten Gästen.

Tagsüber, wenn der Zettel von Haus zu Haus wandern soll, sind nur die Frauen zu Hause, die Männer sind auf dem Felde oder auf der Schicht. Den Frauen will sichs nicht, für die Schenke Reklame zu machen. Sie zeigen ihren Männern den Zettel *erscht goar nich.* Sie stecken ihn in die Rocktasche, und Zeitchen vergeht, bis sie ihn der Nachbarin weitergeben. Es dauert und dauert, bis der Zettel wieder auf dem Gemeindevorsteher-Amte einlangt. Diesmal muß Kollatzsch dem Zettel sogar entgegengehen und ihn einholen. Daraus ist zu ersehen, daß es der Fortschritt in Bossdom nicht leicht hat.

Das mußte erzählt sein, damit erkenntlich wird, weshalb der Hellseher, der sich vorgenommen hat, in Bossdom eine Vorstellung zu geben, diese Vorstellung nicht auf dem Gemeindeumlaufzettel ankündigt, sondern auf kleinen grünen Plakaten, die er an die Holzmaste der elektrischen Leitung und an Scheunentore, auch an dickere Bäume nagelt. Der Hellseher kündigt an, daß er gleichzeitig Hypnotiseur ist und Hühner dazu bringen wird, Tango zu tanzen. Ein Hellseher kann es sich leisten, mitten in der Erntezeit eine Vorstellung zu geben, er darf mit der Lust am Gruseln und mit der Neugier der Bossdomer rechnen.

Ich hatte in meiner Jugend eine Vorliebe für die Kunst des Drechselns. So oder ähnlich fängt die Poppenspäler-Novelle von Theodor Storm an. Ich hatte, nicht nur in meiner Jugend, eine Neugier auf Okkultismus und Hypnose. Ein Jahr zuvor wäre es mir fast gelungen, in die Kunst der Hypnose einzudringen, aber mein Lehrmeister, der mir das Feuerspeien beibrachte, ging aus familiären Gründen davon, bevor er mir Unterricht in Hypnotisieren geben konnte. Ich habe die damaligen Vorgänge in der Geschichte *Zirkus Wind* erzählt und entschuldige mich für die Schleichwerbung. Gelobt sei also, der da kommt, und der da Harro heißt, und weniger als Harro kann ein Hellseher eigentlich nicht heißen. Er kommt weder im Auto noch in einem von Pferden gezogenen Wohnwagen, er kommt zu Fuß ins Dorf, er und seine blasse Frau. Die Frau trägt ein Köfferchen, er trägt einen Koffer, sein Gesicht ist gerötet, und er schwitzt. Ich bin im Dorf unterwegs, stelle Post zu und treffe auf die Hellseher-Familie. Harro fragt mich nach dem Weg zur Gastwirtschaft, und ich fühle, daß dieser Mann von einer besonderen Luft, einer rotgeschwitzten Atmosphäre, umzittert ist.

Mit der Nachmittagspost geht ein Viertel-Zentner-Paket von der Größe einer Hundehütte bei mir ein. Es ist an den Hellseher Bogomil Watschislaw, per Adresse Gastwirtschaft *Zu den vier Linden*, adressiert. Der Herr Hellseher läßt sich also seine Hellsehergeräte von der Post nachschleppen, und die Post bin in diesem Falle ich. Es ist mir amtlich nicht auferlegt, Pakete, die mit der Nachmittagspost eintreffen, an die Adressaten weiterzubefördern; die Nachmittagspost müssen sich die Empfänger selber holen, doch wenn sie liegen bleibt, verwandelt sie sich über Nacht zu austragepflichtiger Post. So trage ich das Hellseher-Paket lieber gleich in die Hellseherei, vor allem weil ich *ooch bissel was* mit der Hellseherfamilie zu tun haben will.

Die Hellsehers haben das einzige Fremdenzimmer im Gasthof gemietet, ein kahles Zimmer: Zwei Betten, ein Schrank, ein Waschgestell, Handtücher werden nicht geliefert, zwei Stühle.

Ich klopfe. Eine schluchzende Frauenstimme bittet mich einzutreten. Meine Augen fangen an zu raffen: Der Hellseher liegt schlafend auf dem Bett. Die Frau stopft Strümpfe. Tränen tropfen auf den Stopfstrumpf, bewässern mein Mitleid und wecken meine Neugier. Ich wüßte gern, weshalb die Frau weint. Ich möchte hellsichtig sein. Ich ersetze helles Sehen durch dunkles Fragen: Das Leben is nich leichte, woahr? Die Frau sieht mich forschend an. Meine Sommersprossen zittern. Die Frau quittiert für das Paket, das ich ihr ins Fremdenzimmer wuchtete. Sie greift in ihr Nähkörbchen und gibt mir ein Papierchen, eine Freikarte mit dem Stempel der Hellseherfirma.

Ich habe in Bossdom Vorstellungen von Marionettenspielern, auch hin und wieder einen Saalzirkus und kleine Theatertruppen erlebt. Keine der Schaustellungen fand ohne Musikbegleitung statt. Die Leute sind dran gewöhnt, deshalb muß auch Harro mit Musikbegleitung hellsehen. Es erweist sich, daß ich mit dem Viertel-Zentner-Paket ein modernes trichterloses Grammophon herzu schleppte.

Die Grammophonmusik durchzittert den Saal und belohnt mich für meine Plackerei. Es ist eine Musik, die auf die stets in mir lauernde Sehnsucht eingeht – Klaviermusik. Für Klaviermusik habe ich, um es gedrechselt wie Wullo Kanin zu sagen, eine besondere Affinität. Vielleicht ist sie mir vom Großvater väterlicherseits, dem Instrumentenbauer und Klavierlehrer, eingeboren.

Die Klaviermusik aus dem Hellseher-Grammophon weckt nicht nur meine Sehnsucht, sondern stillt sie auch, stillt sie mit Tönen, die ich erwarte; ein Wechselspiel von Sucht und Stillung.

Später werde ich wissen, daß es sich um *Nocturnes* und *Polonaisen* von Chopin handelte. Chopin war es, der diese Musik aus dem Nichts holte, sie in Noten setzte und damit erreichte, daß auch seine Mitmenschen sie hören können. Schon weil Hellseher Harro diese Musik ins Dorf brachte, muß ich ihm zu Danke sein. Zum ersten Male Chopin-Musik für Bossdom und seine Umgebung, sie wellt, wenn auch noch so leise, hinaus und über die sommerlichen Felder hin.

Hellseher Harro kommt im abgetragenen Smoking auf die Bühne. Er erklärt den hinhorchenden Dorfbewohnern sich und seine merkwürdige Existenz. Die Hellsichtigkeit ist ihm eingeboren, sagt er, man hat ihn schon als Kind wie einen Polizeihund benutzt, damit er verlorengegangene oder gestohlene Gegenstände auffindet. Später habe sich zu seiner Hellseherei auch die Gabe der Hypnose hinzugesellt. Aber was sollen Worte? In medias res, sagt Harro durch und durch gebildet.

Harro bittet fünf Jungburschen zu sich auf die Bühne. Drei Burschen stürmen hinauf, als hätten sie vor, den

Hellseher zu verprügeln. Zwei Burschen kommen zaghaft heran, einer stolpert auf der Treppe: Nagorkans Gottfried, genannt Gotthiedel, und Schätzikans Wilmko, genannt Schmurling. Gotthiedel und Schmurling sind Harro paßrecht für seine Experimente. Die drei Bühnenstürmer schickt er in den Saal zurück. Hellseher Harro sieht Schmurling und Gotthiedel in die Augen und redet mit sanfter Stimme auf sie ein: Sie sollen sich wohl und frei fühlen, sollen müde werden und einschlafen. Harro streicht seinen Medien mit den Daumen über die Schläfen und die Augdeckel. Gotthiedel und Schmurling schlafen im Stehen ein. Schmurling fängt an zu schnarchen. Hellseher Harro drückt auf einen von Schmurlings Jackenknöpfen, und dessen Schnarchen erlischt. Die Leute lachen.

Alsdann folgen die Späßchen, die jeder Jahrmarkts-Hypnotiseur mit seinen Versuchspersonen betreibt. Harro sagt Gotthiedel ein, der wäre ein Wurstverkäufer und trüge einen Wurstkessel aus Messing vor der Brust, und Schmurling sei sein Kunde, doch die Wurst, die er kauft, soll ihm nicht schmecken. Gotthiedel preist an, Schmurling kauft warme Warme und behauptet, sie schmecke wie Teufelsdreck und Hunde-Eier. Gotthiedel will auf den schmähenden Schmurling los, und Harro befiehlt: Aufwachen! Die Burschen reißen die Augen auf und wissen von nichts. Einschlafen! befiehlt Harro und sagt den Verdutzten ein, sie seien jetzt Hunde, die sich auf der Straße begrüßen. Gotthiedel und Schmurling gehen auf allen vieren umeinander herum, beschnuppern sich und versuchen das zu treiben, was Hunde nach dem Beschnuppern tun. Die Weiber im Saale kreischen, Bergarbeiter und Kossäten schlagen sich lachend auf die Schenkel. Schmurling ist es peinlich, daß er sich beim Aufwachen als rammelnder Straßenhund auf der Bühne vorfindet. Er macht nicht mehr mit, sagt er und will von der Bühne, aber kurz vor der Treppe befiehlt Harro: Halt! und Schmurling kann keinen Schritt mehr tun. Er soll sich erst vor dem Publikum verbeugen, befiehlt Harro, und Schmurling verbeugt sich. Krachendes Gelächter, der Bann ist gebrochen, Schmurling kann die Bühne verlassen.

Protest aus dem Saal. Nagorkans Paule ist leicht angetrunken und behauptet, der Hexenmeister habe die beiden *bezoahlt.* Harro ist bereit, auch Paule zu hypnotisieren. Paule schläft ein, doch er fällt nicht in Tiefschlaf; er tut zwar alles, was Harro befiehlt, wedelt mit den Armen, will fliegen, macht *Schneckenhopse* wie die Kinder auf der Straße, protestiert aber dabei: Ich weeß, was de mit mir machst, sagt er, aber ich kann mir nich retten, ich muß es machen. Paule schläft nur flach, das ist es, was es ist. Harro bittet ihn, etwas zu tun, was er am liebsten tut. Paule belehrt das Publikum mit einem Text aus dem Realienbuch: *Die Stubenfliege. Die Fliege ist eine Näscherin. Kaum ist der Milch- oder Honigtopf auf den Tisch gestellt, so fliegt sie herbei. Das Weibchen legt seine Eier in Klümpchen an allerlei faulende Stoffe. Bereits nach vierundzwanzig Stunden kriechen die Larven aus. Sie besitzen keine Füße, sind also Maden . . .*

Gelächter und Gelächter. Paule fühlt sich beleidigt; er glaubt, Schulkinder vor sich zu haben, und droht: Den Lehrer wer ichs soagen, über die Bank soll er eich ziehn!

Wach auf! befiehlt Harro. Paule Nagorkan wankt von der Bühne. Jetzt haste dir blamiert genung, sagt der alte Metho, sein Platznachbar.

Ersparts mir, von weiteren Experimenten zu berichten, die Harro mit Dorfbewohnern macht, die er in den Zustand versetzt, der Hypnose genannt wird, und der von Gläubigen als Wunder, von Skeptikern als Humbug, und von Wissenschaftlern als erwiesen bezeichnet wird.

Harros blasse Frau erscheint auf der Bühne, er nennt sie seine Assistentin Miss Marianne. Miss Marianne wirkt auf der Bühne noch blasser als am Vormittag auf der Dorfstraße. Man kann sich nicht vorstellen, daß sie errötete, als Hellseher Harro ihr seine Liebe gestand. Die Dorffrauen mustern das Hellseher-Paar: Die loofen ohne Ringe rum, sagt die Rogenzinne, sind nicht verheiroat, bloß verpoart. Miss Marianne gibt Harro einen Spiegel von der Größe einer Buchseite. Harro setzt sich an einen Tisch und starrt in den Spiegel; nicht lange, und er fängt an zu knurren, wirft sich in seinem Stuhl nach hinten und verdreht die Augen. Miss Marianne tut den Spiegel fort und verbindet Harro die Augen. Speichel tropft aus dem Munde des Hellsehers; Miss Marianne fängt ihn mit ihrem Taschentuch ab, legt einen Block Schreibpapier auf den Tisch, paßt Harro einen Bleistift zwischen die halbstarren Finger und wendet sich an das Publikum. Sie spricht wie eine gewisse Genoveva, die einmal als Marionette in Bossdom auftrat, und bittet jemand aus dem Publikum, der etwas verloren habe, dem etwas gestohlen worden sei, der einen Verwandten vermisse oder etwas Wichtiges vorhabe, auf die Bühne zu kommen.

Ich sitze neben Vater und Mutter. Die Eltern *bepischpern* etwas miteinander. Die Mutter trägt mir an, ich soll auf die Bühne und mich nach Onkel Stefan befragen, der lange nicht geschrieben hat. Der Vater pfiffelt verlegen vor sich hin. Ich gehe gemessen, wie vor einer Turnübung, zur Bühne, hinter mir das Erwartungsgestöhn der Dorfleute.

Miss Marianne erklärt, Harro befinde sich in selbsthypnotischem Zustand und reagiere nur auf ihre Stimme. Ich soll meine rechte Hand auf Harros Kopf legen und stark und bohrend an das denken, was Harro klären soll. Mir ist, als greife ich in trockenes Moos. Es geht ein Beben durch Harro, und ob es nun so ist, oder ob es sich der niederschlesische Neurotiker, der ich bin, einbildet, das Beben geht in meinen rechten Arm hinein und Gott weiß wo überall hin. Harro, was siehst du? fragt Miss Marianne, als säße Harro auf einem Hügel. Harros rechte Hand fährt kritzelnd über das Schreibpapier. Er zeichnet Wellenlinien und in die Wellenlinien einen Gegenstand, der einer großen Granate ähnelt, doch er nennt diesen Gegenstand: Skiff, Skiff und redet wie ein Kind. Miss Marianne übersetzt das Wort aus der Hellseher- in die Menschensprache. Harro sieht ein Schiff, erklärt sie, und das fährt über den Ozean, doch sie weiß noch nicht, wohin. Harro malt einen merkwürdig geformten Klumpen aufs Papier, es tropft Speichel aus seinem Mund. Miss Marianne wischt. Ame-ita, Ame-ita, läßt sich Harro vernehmen. Das heiße in menschlicher Sprache Amerika, erklärt Miss Marianne. Mister Harro sieht sich in Amerika um, sieht Felder, viele Felder und mitten in den Feldern ein Haus.

Siehste, Stefans Haus wie uff die Fotografie, sagt meine eifernde Mutter laut zum Vater, und mir ruft sie zu, ich soll fragen, was *unser Stefan machen tut*. Miss Marianne reißt das speichelbekleckte Papierblatt mit den Wellen und dem Schiff vom Block. Harro schmatzt und knurrt und strengt sich an. Miss Marianne fährt ihm mit der Hand beruhigend über den Kopf. Meine und Miss Mariannes Hand begegnen sich im trockenen Haar-Moos. Marianne sieht mich an, ihre Augen sind seicht-blau, sind fernfarben.

Mister Harro malt Gebilde, die krausen Sommer-Wolken ähneln, und wiehert wie ein Pferd. Miss Marianne übersetzt: Harro sieht einen Reiter, der Kühe hütet, aber Harro ist nicht einverstanden, er bäumt sich auf und läßt das Geblök von Schafen hören.

Meine Mutter sagt enttäuscht zum Vater im Saale: Denn arbeitet Stefan goar nich mehr als Fleescher! Mein Vater schüttelt unwillig den Kopf, steht auf und geht in die Gaststube, sich einen saufen. Es ist ihm widerlich, mit dem Geist seines Bruders zu verkehren.

Miss Marianne fragt mich, ob ich mit dem Ergebnis zufrieden sei. Es trifft mich wieder ein merkwürdiger Blick aus ihren fernfarbenen Augen. Ich hätte gern noch gewußt, ob eine gewisse Ilonka Spadi in Tirol ist und ein wenig an mich denkt, und ob ihr zuschandenes Bein wieder so heil wird, daß sie tanzen kann. Aber Mister Harro ächzt wie ein Schwerarbeiter. Seine Arbeit scheint ihm nicht zur Freude zu sein. Ich will ihn nicht weiter mit Fragen peinigen, außerdem drängt mich Mannweib Pauline von der Bühne. Sie will wissen, weshalb keine Eier in den Nestern ihrer Hühner zu finden sind, obwohl sie gackern und gakkern.

Stellmacher Schestawitscha will wissen, wie es seinem obersten Herrn und Kaiser in Holland ergeht, aber da reißt sich Harro die Binde von den Augen. Miss Marianne entkorkt ein Riechfläschchen, hält es Harro unter die Nase, Harro fängt an zu husten und kommt zu uns in die Wirklichkeit zurück.

Zur großen Schlußszene ruft der Hellseher Gotthiedel nochmals auf die Bühne. Gotthiedel und Harro trinken je ein kleines Bier, und Gotthiedel schläft ein. Harro schiebt ihm den Schreibblock hin und befiehlt dem Hypnotisierten, seinen Namen hinzuschreiben. Kaum hat der Gotthiedel es getan, rezitiert Harro wie ein Dorflehrer mit falscher Betonung, er sei ein Werber der französischen Fremdenlegion. Miss Marianne beleuchtet die gruselige Szene mit rotem bengalischen Feuer. Die Ballade endet mit der Warnung an alle jungen Männer, sie sollen sich nicht mit unbekannten Leuten an einen Tisch setzen und trinken, sie könnten jederzeit einem Werber für die Fremdenlegion in die Falle laufen.

In den nächsten Tagen wird in Bossdom viel über den Hellseher geredet. Meine Mutter beauftragt mich, an Onkel Stefan zu schreiben. Jetzt wolln wa doch moal wissen, ob er Schoafe hüten tut. Ich selber, Esau Matt, der Sohn meiner Mutter und meines Vaters, pendele zwischen Begeisterung und Zweifeln.

Ich geh Tante Maika befragen. Sie hockt in der Futterküche. Unterm Dämpfer lodert Feuer, im Dämpfer schwimmt ein krepiertes Läuferschwein; man brachte es aus der Nachbarschaft, und Maika verkocht es mit Höllenstein zu Seife. Sie stopft Reisig und Reisig in das Feuerloch des Dämpfers, und es breitet sich Waldbrand-Geruch in der Futterküche aus. Was ist Hellsehen, Tante Maika? soag mir.

Finkchen gute Zeit, sagt Tante Maika, für den, ders kann, immer nur fürn Weilchen, doch er weeß nich, wenn das Weilchen kummt, meistens kummts nich, wenns gebraucht wird.

Also ist Hellseher Harro ein Betrüger?

Moal ja, moal nee. Von Hypnose spricht Großtante Maika nicht, sie spricht von Einschläfern. Das konnte sie schon als Mädchen, sagt sie, jemand sanft ansehen, leise auf ihn drauf reden, ihn einschläfern und ihm einreden, daß er keene Kopfschmerzen mehr hat.

Ich muß an den Allround-Artisten Charlie Wind denken, der keine Zeit mehr hatte, mir das Hypnotisieren beizubringen, und mir auf einem Zettel mitteilte: Die Menschen *hypnosiern sich selba*, und Tante Maika behauptet, jemand einschläfern, das kann jeder. Zwei verschiedene Beschreibungen des gleichen Vorgangs?

Damals fangen die Psychologen an zu erwägen, ob ein Mensch seine Bewußtseinslage willentlich wechseln, also von einer in die andere übertreten kann. Es boten sich, ganz wie heute, Lehrer an, die einem behilflich sein wollten, es darin zu etwas zu bringen. Aber hatte der erste Reiter, der erste Radfahrer, der erste Schwimmer einen Lehrer? Hatte Großtante Maika einen? Ich jedoch war durch meine gymnasiale Erziehung bereits angemürbt und suchte nach dem Erlebnis mit Harro nach einer theoretischen Anleitung. Ich wollte meine Bewußtseinslage verändern. Ich fragte in der Buchhandlung nach einer Anleitung. Keine vorhanden. In Grodk schien zu jener Zeit niemand das Bedürfnis zu haben, in eine andere Bewußtseinslage überzuwechseln, aber der Buchhändler ist neugierig geworden und behandelt meinen Zwei-Mark-Auftrag wie einen Zwanzig-Mark-Auftrag.

Mein Hypnose-Lehrer nennt sich Schitawa. Heute meine ich, daß er weniger ein Inder als ein Deutscher war. Vielleicht hieß er Müller oder Krause. Jedenfalls verhielt er sich wie die Gurus, die heute von sich reden machen. Er hielt die Art, die er lehrte, seine Schüler in eine zweite und dritte Bewußtseinslage zu transportieren und ihnen einen machtvollen Willen anzuzüchten, für die allein richtige. Wer seine Anweisungen nicht befolge, drohte er, würde die Glücksausschüttung, der man durch die Beherrschung fremder Willen teilhaftig wird, niemals erfahren. Ich muß, so lehrte er, meinen Willen so stark machen, daß er von den Willen anderer Leute nicht mehr untergepflügt werden kann. Kurzum, der Herr Schitawa verlangt, daß ich mein Leben schmälere und seine Anleitungen und Ansichten zu einer Weltanschauung, zu einer Ideologie mache und wie durch ein Schlüsselloch ins Leben sehe. Vor allem muß ich mir den *Zentralen Blick* anerziehen, rät Schitawa. Ich soll mir einen Punkt an der Wand mit Bleistift oder Tinte kennzeichnen, um ihn zur Zielscheibe meines *Zentralen Blicks* zu machen. Alle Nebengedanken sind sündig, es hat für mich nur noch der Tintenfleck an der Wand zu existieren.

Ich starre und stöhne. Es ist eine schwere Arbeit, aus der Welt einen Tintenfleck zu machen. Zeitchen später befiehlt mir Schitawa, mit meinem *Zentralen Blick* auf die Nasenwurzel jener Menschen zu starren, die ich beherrschen möchte, und diese Menschen werden den Eindruck haben, schreibt er, daß ich durch sie hindurch schaue.

Unser Geschichtslehrer, der Nachfolger vom irrgewordenen Doktor Trutzburg, heißt Gockel, Robert Gockel. Er ist ein wenig verwachsen, und wir nennen ihn den kleinen Robert. In seinen Geschichtsvorträgen sprüht er vor Kampfgeist, im Grodker Normalleben aber fürchtet er sich vor dem Zahnarzt. Seine Frau muß mit ihm gehen und ihm bei der Zahnbehandlung die Hand halten. Wir sind informiert, die Sprechstundenhilfe des Zahnarztes ist die Schwester eines Mitschülers, und eben – wir sind informiert.

In den ersten fünfzehn Minuten einer Geschichtsstunde läßt sich der kleine Robert von uns erzählen, was er uns die vorige Stunde erzählt hat. In dieser Zeit geht er im Klassenzimmer auf und ab, nicht, um unserer Berichterstattung zuzuhören, sondern um von geschichtlich überlieferten Schlachten zu träumen, an denen er als Sieger teilnimmt. Er lächelt vor sich hin, und Oberkrachschläger Hundert erlaubt sich die Frage: Ists schön, Herr Studienrat? Es dauert ein Weilchen, bis die freche Frage beim kleinen Robert angekommen ist, bis er sich herumwirft und Hundert zurechtweist.

In dem Jahr, von dem ich rede, gibt der kleine Robert bei uns Deutschunterricht. Er läßt uns vor allem Gedichte auswendig lernen, schlechte und gute Gedichte gemischt, wie sie bis heute in den Schullesebüchern vorkommen. Ich bin dem kleinen Robert zu Danke, weil er mich dazu anhielt, eine Menge Gedichte einzulagern. Gedichte, die ich heute repetiere, wenn ich einer Erregung oder einer Empörung beikommen will, oder wenn mich Bürokraten vor ihren Amtsstuben, in denen sie Kaffee trinken, auf ihren Anblick warten lassen.

Wenn wir die erlernten Gedichte aufsagen, ist der kleine Robert, wie beim Repetieren in der Geschichtsstunde, mit seinen Gedanken anderswo. Man kann zum Beispiel immerzu die erste Strophe eines Gedichtes aufsagen, ohne daß er es gewahr wird. Es kommt Robert nur aufs Gemurmel an, das der aufgerufene Schüler ohne Stocken erzeugt. Dieses Gemurmel ist so etwas wie der Acker, auf dem Roberts Träumereien wachsen. Er geht hin und her und her und hin und lächelt. Wenn er uns in der Geschichtsstunde einen neuen Stoff vorträgt, stellt er sich neben das Katheder, kreuzt die Beine und stützt sich, um im Gleichgewicht zu sein, mit der rechten Hand am Katheder-Pult ab. Er stellt die Pose eines Staatsmannes nach und gefällt sich darin, ein kleines Denkmal zu sein.

Ich breche mit dem *Zentralen Blick* in Roberts Vortrag ein, richte ihn auf dessen Nasenwurzel, also dorthin, wo die Klemmvorrichtung des Kneifers sitzt. Robert wird unruhig. Er versucht meinem *Zentralen Blick* zu entweichen, sieht einmal zum Fenster hin und einmal zur Tür hin, sieht nach oben, sieht nach unten, spricht vom deutsch-französischen Krieg achtzehnhundertsiebzig bis achtzehnhunderteinundsiebzig, und wie unschuldig die Preußen in den hineingerieten, nur weil die Franzosen sich nicht damit abfinden konnten, daß Leopold von Hohenzollern-Sigmaringen spanischer König sein sollte, und daß nach einigem Hin und Her die Franzosen eines Tages in Kriegsgeschrei ausbrachen und mit dem Kampfruf: Nach Berlin, nach Berlin! den Krieg eröffneten. Da, meine Lieben, sagt der kleine Robert, begab sich der greise preußische König am fünfzehnten Juli nach Berlin und erteilte den Befehl zur Mobilmachung. Auch die Süddeutschen griffen begeistert zu den

Waffen, und die *Wacht am Rhein* wurde das gemeinsame Kampf- und Siegeslied. Am neunzehnten Juli, dem Todestag der Königin Luise, erneuerte König Wilhelm den Orden des Eisernen Kreuzes.

An dieser Stelle scheint mein *Zentraler Blick* den kleinen Robert in Schwierigkeiten zu bringen. Er sieht mich voll an: Was soll das? Dann marschiert er noch eine Weile mit dem preußischen Kronprinzen mit, erobert Weißenburg, Wörth und trifft wieder auf meinen *Zentralen Blick* und sagt: Was glotzt und glotzt du Rotkopp da?

Dann nimmt Robert an der Belagerung von Metz teil und zieht schließlich in die Schlacht von Sedan, nimmt Napoleon gefangen und setzt ihn auf Schloß Wilhelmshöhe bei Kassel fest, gerät in Siegerstimmung, besiegt auch mich und schreibt mir einen Tadel ins Klassenbuch, unverschämten Glotzens wegen. Er ist erbost, daß ich ihn in seinem Siegestaumel störte, und hadert mit seinem Geschick, das ihn unter die wendischen Wasserpollacken geworfen hat. Schließlich taucht er wieder in seinen Vortrag ein und freut sich über die Tatsache, daß die besiegten Franzosen vier Milliarden Mark als Kriegskosten zahlen mußten, als König Wilhelm damals Versailles zu seinem Hauptquartier machte. Versailles ist für Robert das Stichwort, auf den Weltkrieg zu kommen, auf den schäbigen Vertrag, der in Versailles zuungunsten der Deutschen geschlossen wurde. Vom kleinen Robert höre ich zum ersten Male den Begriff: *Schandvertrag von Versailles.* Später werde ich ihn häufiger hören, nicht nur vom kleinen Robert, der dann von sich sagen wird, er sei ein alter Kämpfer, er sei schon ein Kämpfer gewesen, als in Grodk kaum jemand erkannt hatte, was Deutschland frommt.

Das nur rasch im voraus. Vorläufig sind wir noch bei der Hypnose. Mit dem Experiment am kleinen Robert habe ich also einen Fehlgriff getan. Ich bin als Hypnotiseur zu hastig vorgegangen. Meine geheimen Kräfte waren noch nicht prall genug. Also entwickele ich sie in Heimarbeit weiter. Mein alter Schulfreund Hermann Wittling ist geneigt, sich von mir hypnotisieren zu lassen.

Hermann arbeitet schon nicht mehr als Hüttensperling. Er hat sich gemausert, steckt zwar noch im Stimmbruch, aber liegt mit siebzehn Jahren schon vor Kohle.

Bei meinem Experiment mit Hermann ist die Familie Matt in der kombinierten Wohn- und Schlafstube versammelt. Mein Vater sitzt am Tisch, tut so, als ob er Zeitung liest, und pfiffelt verlegen vor sich hin. Meine Mutter lutscht einen *Bongs*, das tut sie sonst, wenn sie etwas Aufregendes liest, oder wenn jemand interessant erzählt. Die Anderthalbmeter-Großmutter lehnt am Türpfosten, um als Detektiv Kaschwalla jederzeit eingreifen zu können, wenn sich etwas ereignen sollte, was sich nicht gehört. Großvater und meine jüngeren Brüder fehlen, aber meine Schwester sitzt beiseite und tut, als ob sie häkelt. Eine stimmungsvolle Runde; das Geheimnisvolle, das zwischen Himmel und Erde schwebt, müßte sich angezogen fühlen.

Ich erkläre Hermann Wittling, daß er einverstanden sein und ans Hypnotisieren glauben muß, und richte meinen *Zentralen Blick* auf seine Nasenwurzel und rede ihm ein, daß er müde und immer müder wird. Stille in der Stube. Draußen dengelt jemand eine Sense. Duft von reifem Roggen ist unterwegs. Hermanns Augdeckel fangen an zu klappern. Ich muß mich zurückhalten, nicht schon über diesen kleinen Erfolg zu jubilieren. Ich muß ernst sein, wie ein redender Politiker, der verlangt, daß man ihm glauben soll.

Ich streiche beide Daumen über Hermanns Augenlider, und seine Augen schließen sich fest. Ich befehle, daß mein Medium jetzt tief zu schlafen und sich nicht zu mucksen hat. Hermann protestiert, er schläft nicht tief, er kann nur die Augen nicht mehr öffnen. Ich rede eindringlicher auf ihn ein, rede sogar Hochdeutsch: Es drückt dich nichts mehr. Es drückt mir nischt, aber schloafen tu ich doch nich, antwortet Hermann.

Marga schläft schont lange, mischt sich meine Mutter ein. Sie nimmt der Schwester das Häkelzeug aus den Händen, damit die sich nicht sticht. Ich denke an die Botschaft des Allround-Artisten Charlie Wind: *Sie hypnosiern sich selba.*

Hermann Wittling kraust die Stirn bei geschlossenen Augen, als wolle er etwas erkennen, was nicht zu erkennen ist. Meine Schwester lächelt selig, als ob ihr alles geworden sei, was sie sich je gewünscht hat.

Mein Vater meldet Bedenken an: Wenn de se nich wieder uffwecken kannst, biste haftpflichtig! Der Einwurf des Vaters untergräbt mein Selbstbewußtsein. Ängstlich rufe ich meinen Medien zu: Ihr seid frei! Hermann reißt die Augen auf: Du verfluchter Hund! sagt er. Meine Schwester öffnet die Augen langsam und sagt: Das woar moal schöne!

Meine Mutter forscht die Schwester aus: Wie woar dir denne?

Meine Schwester erklärt, es wäre ihr gewesen, als ob sie im warmen Wasser in der Badewanne gesessen hätte, in ganz sauberem Wasser, in dem noch keener drinne woar.

Mein Vater pfiffelt. Die Eltern versuchen auszumachen, von wem ich die *geheimen Kräfte her hoabe.*

Auf der Heide geht das Gesage, die sorbischen Schamanen hätten einen Drachen zum Gehilfen. Viele Bossdomer wollen einen solchen Drachen gesehen haben, besonders nachts, wenn er von Hexereien heimkehrte und in den Schornstein des Schamanenhauses einfuhr, ein feurigschlängelndes Gebilde. Tagsüber hockt der Drache, auch Plon genannt, als harmloses, halb blindes Küken am Herd und wärmt sich. Ob Hexe oder Hexer – sie sterben schwer und erst dann, wenn sie den rechten Verwandten gefunden haben, dem sie ihren Drachen anvertrauen können.

Meine Mutter meint, daß ich *wohl werde* der Drachen-Erbe von Großtante Maika sein. Uns kannstes doch soagen, ermuntert sie mich. Was soll ich sagen? Ich sage nichts. Es gefällt mir schon, für den Erben von Großtante Maikas Plon gehalten zu werden.

Mein Vater besteht darauf, daß ich meine Kräfte von seinem Vater Franz-Josef, dem Klavierkünstler, herhabe. Künstler hoam geheime Kräfte, behauptet er.

Meine Mutter verlangt lüstern: Tuk ausprobiern, ob Marga nich bissel hellsichtig ist ooch! Meine Mutter denkt an Harro und dessen Sicht hinter die Kulissen des Lebens.

Meine Schwester ist einverstanden. Sie sieht mich treuherzig und ergeben an, und schon schläft sie. Ich rede ihr ein, sie sei jetzt hellsichtig. Meine Mutter verlangt, die Schwester soll nachsehen, was Tante Magy auf ihrem Ausbau in der Felderweite macht.

Es strengt meine Schwester an, in die Weite zu sehen. Sie kriegt zwei Kerben über der Nasenwurzel, so arg strengt sie sich an, die Ferne zu durchdringen. Tante Magy tut Putter stampen, sagt sie schließlich, das heißt, die Tante steht in der Futterküche und buttert.

Nach drei Tagen kommt Tante Magy einkaufen und *zu Besuch bissel ooch*. Haste den Oabend Putter gestampt oder haste nich? fragt meine Mutter.

Wer ich wohl hoaben, sagt Tante Magy, freilich wär ich hoabn.

Jetzt will mein Vater von meiner Schwester wissen, ob sein Bruder wirklich so weit runter gekommen ist und Schoafe hüten tut.

Es dauert ein bißchen, bis meine Schwester nach Amerika hingeworden ist, sie knüpft an das an, was Hellseher Harro von Onkel Stefan berichtete. Er tut was schnippern, sagt sie vom Onkel, und sie sieht noch einmal kräftig hell hin und sagt: Onkel Stefan tut Schoafe schern. Der Vater verlangt, daß ich in meinem Brief an Onkel Stefan frage, ob er am Fünfundzwanzigsten dieses Monats, Uhre achte, Schafe geschoren hat.

In meiner Mutter wächst die Sucht, sich in Welten umzutun, in die sie die Schulweisheit nicht gebracht hat. Kaum bin ich am Sonnabendnachmittag in Bossdom gelandet, heißt es: Tuk wieder bissel hypnotisiern und hellsehen ooch!

Ich habe mich inzwischen nach meinem Lehrbuch mit dem Zustand befaßt, der in der Fachwelt Posthypnose genannt wird. Zu meinem Abendpublikum gesellen sich zuweilen Nachtschichtler, ihr wißt, Bergarbeiter, die von der Nachtschicht kommen und in der Küche Bier trinken. Sie zweifeln keinen Augenblick dran, daß ich eene Sache breete, die keener in Bossdom kann, schließlich bin ich auf die *hoche Schule* geworden.

Ich soll meine Schwester fragen, ob sie schontn Schapprich hat.

Ja, hat se schon, sagt meine Schwester.

Ich soll sie fragen, wer ihr Schapprich ist.

Der Schapprich der Schwester ist mein Freund Hermann Wittling.

Ich soll meine Schwester fragen, ob sie sich schont mit am eingelassen hat ooch.

Es kommt etwas in mir auf, von dem ich später, wenn ich gewandter sein werde, weiß, daß man Takt dazu sagt. Ich weigere mich, die Liebesgeheimnisse der Schwester zu entblößen. Dafür nehme ich die große Schneiderschere von der Nähmaschine, stecke sie unters Deckbett der Mutter und teile meiner hypnotisierten Schwester mit, sie wird, wenn ich sie geweckt haben werde, nicht mehr wissen, daß ich etwas versteckte, sie wird aber nach einer Viertelstunde unruhig werden und unruhig bleiben, bis sie die versteckte Schere gefunden hat.

Ich wecke die Schwester. Sie geht in die Küche und trinkt etwas Wasser. Alle verfolgen ihr Getu, sie wird ein Mittelpunkt und mit geheimen Erwartungen überhäuft, und sie spürt es: Was kuckt ihr bloß alle uff mir? fragt sie.

Schweigen, nur mein Vater pfiffelt. Ich versuche die Spannung zu zerstören und erzähle den Bergarbeitern, Duschkans Fritze und Kuliks Albert, von unserer Hündin, einem verbasterten Grauspitz. Die Hündin hatte Junge, ging im Walde auf Kaninchenjagd und geriet in eine Fuchsfalle. Jemand hörte die Hündin jaulen und befreite sie. Ihr rechter Vorderlauf war vom Fuchs-Eisen zerschmettert. Drei Tage lang saß sie in der Falle, und daheim hungerten die Jungen. Als die Hündin heimkam, trug sie die rechte Vorderpfote krumm wie einen Haken, und die Jungen hängten sich an ihr Gesäuge.

Meine Schwester wird unruhig. Was haste denn? fragt die Mutter scheinheilig.

Meine Schwester sagt, es wäre ihr unheimlich. Alle starren auf sie; alle denken an die im Bett versteckte Schneiderschere, und es ist, als ob sich die Einzelgedanken der Neugierigen zusammentun und den Suchdrang der Schwester leiten. Die Schwester sucht auf der Nähmaschine, öffnet ein Schränkchen und geht dann jäh aufs Bett zu, greift unters Zudeck und holt die Schere hervor. Jetzt is mir leichter, sagt sie. Is doch nich die Möglichkeit! sagt die Mutter und will wissen, wie die Schwester drauf kam, daß die Schere im Bett steckte. Meine Schwester kanns nicht erklären. Für mich ist es einfach Posthypnose, die Psychologen haben diesen Vorgang so benannt. Immerhin bleibts geheimnisvoll, daß ein Mensch als Befehlshaber in das Hirn eines anderen Menschen dringen kann.

Ich stecke in einer Klemme: Einerseits bin ich Kito von Saspow, andererseits bin ich mit Kräften vertraut, die nicht allgemein bekannt sind, und meine Gymnasiallehrer geben mir zu verstehen, daß alles anzweifelbar ist, was nicht zu sehen, nicht anzupacken ist, was die Wissenschaft nicht erwiesen hat. Besonders skeptisch ist Doktor Eekbrett, unser Physiklehrer. Ich frage ihn, ob er schon ein Atom gesehen hat. Das gehört nicht hierher, sagt er, haut mir eine seiner linkshändigen Maulschellen rein und schreibt mir einen Tadel ins Klassenbuch, Störung des Physikunterrichtes wegen.

Was die Hellseherei betrifft, so kann ich auch heute noch nichts Klärendes drüber sagen. Wenn ich still in meiner Arbeitsstube sitze, kommts zuweilen vor, daß ich Ausblicke ins Künftige habe, die sich später als wahr erweisen; das habe ich ausgeprobt, das weiß ich, das lasse ich mir von niemand verstreiten, und darüber streite ich auch mit niemand, und mehr weiß ich nicht, und über etwas zu reden, was ich nicht weiß, weigere ich mich; es gehört zu den Sünden, die Wirrnis in das Zusammenleben der Menschen bringen.

Die Sommerferien sind vorüber. Ich komme in die Baltinsche Kellerwohnung zurück. Die Tabak-Rupf-Ecke in der Küche ist leer, es steht nur noch der gepolsterte Korbstuhl dort, sein Bezug hat Löcher, ein Strahl Sonne fällt schräg durchs Kellerfenster auf ihn, der in die Polster eingedrungene Tabakgeruch wird von der Wärme wach und strömt umher, der Stuhl steht da wie ein Denkmal.

Die alte Pobloschen ist tot. Sie ist gestorben. Mina Baltin geht schwarz gekleidet umher. Mich wundert, daß sie nicht mal meiner Mutter, ihrer Kumpanka von früher, mitgeteilt hat: Nun ist meine so liebe Mutter gestorben.

Aber es läßt sich nicht lange verheimlichen: Die alte Pobloschen ist keines natürlichen Todes gestorben. Es gibt, wie juristisch festgestellt wird, einen natürlichen und einen unnatürlichen Tod, obwohl beide Tode den Menschen zu einem Zustand hinführen, in dem er seinen Mitmenschen nichts mehr mitzuteilen hat. Die alte Pobloschen hat sich das Leben genommen, heißt es sanfter ausgedrückt, sie hat sich aus den Schnüren der Tabakballen einen Hängestrick geflochten, niemand, nicht einmal der Mann von der Kriminalpolizei, kann erklären, wie die Pobloschen das Strick-Ende am Wirbel des Kellerküchenfensters befestigen konnte. Dazu hat sie ja müssen auf einen Stuhl steigen, sagt der Kriminalbeamte, wie kunnde sie das? Kriminalkommissar Rechling wird damit doch nicht etwa sagen wollen, daß Mina oder Juro die Mutter auf den Stuhl gehoben haben. Sind Sie denn verrückt? sagt Mina zum Kriminalkommissar.

Das Rätsel bleibt ein Rätsel, weil niemand veranschlagt, was alles einem Menschen gelingt, der nicht mehr unter den Lebenden bleiben will.

Aber warum hat se nich mehr hoaben leben gewullt? fragen die Baltins einander, fragen sie ihre Bekannten und Verwandten, fragen sie auch mich, aber woher soll ich es wissen?

Mina Baltin ist traurig, und wenn sie mit jemand über den Tod ihrer Mutter redet, ist sie tieftraurig: Ihre liebe Mutter sitzt nicht mehr in der Küchen-Ecke und rupft Tabak. Die fast geräuschlos arbeitende Tabak-Rupf-Maschine blieb stehen und wurde hinfortgeschafft. Und ists nicht wirklich ein Grund, tief traurig zu sein, wenn einem die Mutter wegstirbt, ohne zu hinterlassen, wer ihr Mann und Mina Baltins Vater gewesen ist? Wenn kein Testament zu finden ist, aber auch *kein Geld nirgends nich*, und Geld muß doch dagewesen sein, die gesparte Rente und das Rupfgeld von der *Reichs-Adler-Fabrik* Rapschinski.

Zwei Wochen nach dem Begräbnis ihrer Mutter geht Mina Baltin traurig durch den längsten Korridor der Welt, durch den Volksküchen-Korridor. Es ist kurz vor Mittag, und die Essenholer sitzen auf der langen Bank an der Wand, und unter ihnen sitzt der angetrunkene Sänger, den sie den Karrazellmann nennen. Er sieht Mina, aber Mina sieht ihn nicht, und da bricht ein Operettenlied aus dem angetrunkenen Alten: *Gesetzt den Fall, ich wäre reich, was wäre dann?* . . . Der Alte singt so provozierend, daß Mina einen Augenblick stutzend vor ihm stehenbleibt, und eine alte zahnlose Essenholerin flüstert ihr zu: Er hat eire Pobloschen beerbt.

Allmählich wird bekannt, wer der Karrazellmann ist. Er ist der Sohn einer ausgestorbenen Tuchfabrikanten-Familie. Nach dem Tode seiner Eltern ist er mit seinem Erbe nach Berlin geworden und ließ sich zum Sänger ausbilden, aber für Berlin reichte sein Tenor nicht aus, er reichte nur für Provinztheater. Das machte den Tenor kummerig. Er fing an zu trinken, betrank sich je Quartal bis zur Unkenntlichkeit, erschien nicht im Theater, es mußten Vorstellungen seinetwegen ausfallen, und schließlich wollte ihn kein Theater-Intendant mehr einstellen. Sein Singtalent zu einer bestimmten Abendzeit auf die Bühne hinauf zu schleppen, war nicht des Karrazellmannes Sache. Er ging und sang auf Rummelplätzen und Dörfern in eigener Regie und Rechnung für graue Groschen. Den Kreis Grodk mied er wie einen Bannkreis. Er hatte in Grodk einer ein Kind hinterlassen, er war als Musikstudent bei einem Tanzabend im *Bergschlößchen* auf die großen Augen eines Mädchens hineingefallen, die er für bewundernde Augen hielt; er wußte nicht, wer sie war, und was sie tat, doch er erfuhr es von Schadenfreudigen: Sie war Rohrstuhlflechterin, doch sie verlangte nie etwas von ihm, sie war ihr Leben lang unglücklich drüber, daß die Tochter, die er ihr dagelassen hatte, nicht singen konnte wie er.

Und weshalb erschien er jetzt in Grodk, saß unter den Essenholern der Volksküche und brüllte: *Ach, ich hab sie ja nur / auf die Schulter geküßt!* ... Weshalb schrie er jetzt seine Lieder in den längsten Korridor der Welt, daß sich der halb irre Paule Schierak vor Lachen bog? Er hat den Sterbegeruch von der alten Pobloschen in die Noase gekriegt. Jeder Mensch, was stirbt, ooch wenn er sich selber umbringt, stinkt bissel, bevor er abfährt, bloß es riecht nicht jeder, erklärt Onkel Phile, der mir die Geschichte des Karrazellmannes erzählt, aber ihr wißt, alles, was Onkel Phile erzählt, muß man über den Hirnteil gehen lassen, in dem die Skepsis erzeugt wird.

Beim Begräbnis der alten Pobloschen soll jedenfalls nichts vom Karrazellmann zu sehen gewesen sein. Möglich, daß er im Efeu zwischen den Gräbern versteckt lag und zusah, aber in der Predigt des Pastors kam er nicht vor, selbst die alten Schwestern der Pobloschen wußten nichts von deren Beziehungen zu einem Sänger. Wie sollte er also in der Grabrede des Pastors vorkommen? Er kam nirgendwo vor, dieser Sänger, bis er an jenem Tage, da Mina Baltin durch den längsten Korridor der Welt ging, das Lied aus dem *Bettelstudenten* herausschrie.

Wie gesagt, der Tabakstuhl steht leer, ein alter verbissener Engel in grauen Tuchröcken ist, ohne das Fenster aufzuwirbeln, gen Himmel gefahren.

Biste ganz umsonst ne feine Frau geworn, sagt Juro Baltin zu seiner Mina. Eine Spitze, weil Mina seit dem Sittlichkeitsdelikt der Rapschinskin *nischt mehr von solche Spielchen im Bette wissen will*, ihrem Juro aber Vorwürfe macht, wenn er in *Michalks Konzerthaus* geht.

Mina verteidigt sich: Es ist nie zum Schaden, wenn sich eins zum feinen Menschen gemacht hat, ob nun sein Vater fein oder unfein war, es ist nie zum Schoaden. Außerdem hat ihre Mutter sie nicht belogen, denn als der Karrazellmann Mina zeugte, war er noch ein feiner Mann, und basta. Durch den längsten Korridor der Welt aber geht Mina um die Mittagszeit nie mehr. Es will sich ihr nicht, an einem Mann vorüberzugehen, der früher, als er noch ein feiner Mann war, ihr Vater gewesen sein soll.

Merkwürdigerweise bin ich einer, der die alte Pobloschen beerbt. Ich darf das Heizerstübchen, in dem sie ihre Nächte verbrachte, beziehen. Die Ecke des Stübchens, in der mein Bett aufgestellt wird, ist neutral. Sie lag zwar hier, aber sie lag in *ihrem* Bett, und nicht allhie ist der Tod in sie eingedrungen; als sie hier einen Tag lang vor der Einsargung lag, war der Tod schon in ihr drin.

Das Heizerstübchen ist schmal und kurz, ähnlich wie die Gefängniszelle, in der ich später einmal sitzen werde. Am Fuß-Ende meines Bettes steht ein schwarzer Schrank. Schrank und Bett berühren sich. An der rechten Wand steht der Waschständer mit dem Becken und dem Wasserkrug und daneben der Spüleimer. Ein schmaler Tisch ist da und ein Stuhl, auf dem ich beim Schreiben sitze. Wenn ich zwischen Stuhl und Bett hindurch will, muß ich seitlich gehen, aber was tuts, ich habe einige Kubikmeter eingegrenzten Weltraum für mich allein, das ist eine große Hauptsache. Ich bin fünfzehn, nicht ganz sechzehn Jahre alt, und Mina Baltin verwaltet noch immer meine Schlafenszeit. Neuerdings bewilligt sie mir eine zusätzliche Aufbleibestunde. Sie rechnet mir an, daß ich ihre Tochter Lotte, die Rapschinskin, noch immer als Bewächter auf ihren *Reichs-Adler*-Verkaufs-Touren begleite.

Dämmerstunde, und eine Fledermaus huscht in mein Heizerstübchen. Ich schließe das Fenster und sehe eine Weile zu, wie die geflügelte Nachtmaus umherhuscht. Sie gibt keinen Laut von sich, man hört ihren Flügelschlag nicht, sie ist wie ein gefilmtes Wesen, wie eine Einbildung.

Ich öffne die Tür des schwarzen Schrankes. Die Fledermaus nimmt ein Bad im Dunkel des Schrankinnern. Ich suche sie und sehe, daß der Schrank noch Nachlaß von der alten Pobloschen enthält: eine Krimmermantille, einen grauen Schlepprock, und im Hutfach liegt eine dunkle Toque, sie ist mit einer Rabenfeder verziert. Ich suche nach der verschwundenen Fledermaus und finde sie im Innern der Krimmermantille. Sie öffnet ihr kleines Maul, zeigt ihre Zähnchen und läßt ein feines Sirren hören; sie nimmt ihre Drohgebärde ein, würde Studienrat Martschinek in der Biologiestunde sagen. Ich deute das Getu der Flügelmaus als ein Lächeln, gebe sie frei, und sie macht sich wieder in den Schrank, aber die Dunkelheit im Schrank ist nicht von der Tiefe, die sie braucht, um davonzufliegen.

Am nächsten Abend öffne ich den Schrank und das Fenster; die Fledermaus kreist eine Weile in der Heizerstube und findet den Weg zum Fenster hinaus. Ich lasse das Fenster geöffnet, und ich lasse die Schranktür geöffnet, und am Morgen sitzt die Flugmaus wieder im Innern der Krimmermantille. An drei Abenden fliegt sie davon, an drei Morgen ist sie wieder da. Drei Mal! Sie erfüllt die magische, die Märchenzahl, dann kommt sie nicht mehr. Die Seele der alten Pobloschen sah sich die Häute nochmals an, mit denen sie ihren Körper bedeckte, als sie den Gesang des Karrazellmannes liebte. Vielleicht fühlte sie sich getröstet, als sie sah, daß Juro Baltin ihre Sachen noch nicht in den Heizkesseln verfeuert hat.

Zeit und Leben bewirken, daß sich unsere Schul-Heimwege kreuzen, und daß wir uns auf der Langen Brücke treffen, Ilonka Spadi und ich. Sie ist noch immer das von Freundinnen umschwärmte Mädchen aus Berlin. Wenn ich sicher bin, daß sie mich trotz der sie umschnatternden Mitschülerinnen sieht, begrüße ich sie mit leisem Kopfnicken. Wenn ich fürchte, daß sie mich nicht bemerkt, grüße ich sie mit einer halben Verbeugung. Das Dohlengeschnatter der Gefährtinnen geht in ein herbes Ausgelächter über, doch Ilonka weist die Weiberchen zurecht, nennt sie albernes Gevölk, nickt mir zu, und es tut mir wohl.

Aber dann kommt ein Tag, ein hehrer Tag: Ilonka Spadi kommt mir an der Spree im Hohlgang, den auf der einen Seite die Uferlinden und auf der anderen Seite die Linden vor der grauen Webschule bilden, winkend entgegen, bleibt bei mir stehen, und ich sauge ihren Duft ein. Es war – von heute her erinnernd errochen – Moschusduft –, aber was wußte ich damals von Moschus; ich kannte nur den Moschus-Ochsen aus dem Biologiebuch, und damals wußte ich noch nicht, daß auch Düfte ihre gestrengen Namen haben, damit sich Menschen, ohne sie vor der Nase zu haben, rasch über sie verständigen können.

Ilonka also allein, mutterwindallein. Ich starre auf ihr Kinngrübchen, während sie sich anstrengt, mich in ein Gespräch hineinzuführen: Ob ich Gedichte für die Schule laut oder leise lerne, will sie wissen.

Leise, sage ich.

Das sei ihr sympathisch, sagt sie, es passe zu meinem roten Haar.

Jahrmarkt im Himmel für mich!

Und jetzt gehst du nach Hause? fragt sie.

Ich gehe in meinen Keller, sage ich, und daß ich gewissermaßen unter ihrer Schulbank hocke und dort mein Wesen treibe. Ist das nicht trist? fragt sie.

Und da stehe ich zwischen meinem fünfzehnten und sechzehnten Lebensjahr und prahle wie ein Grundschüler mit meinem Leben im Keller, schwärme vom dunkelsten Korridor der Welt, erzähle ihr vom Schlüsselbrett, das dort hängt, und wie mich die Schlüssel bedrängen, sie zu benutzen, Türen mit ihnen zu öffnen und Räume zu erschließen, mit denen sie wähnen, die Welt zu erweitern.

Vom Korridorklosett der alten Pobloschen und seinen Mißdünsten erzähle ich nicht, dafür um so begeisterter vom Klingel-Knopf-Brett, das mir die Möglichkeit bieten würde, sagen wir für die Lyzeumsschülerinnen, eine Viertelstunde früher Feierabend zu bieten.

Ich bin der Junghengst, der beim Imponiergehabe seinen noch nicht voll entwickelten Hals krümmt; ich bin der Jungpfau, dem die Schwanzfedern nur erst einen Ansatz zur Balz erlauben; ich bin der Zwerghahn, dessen Flette noch nicht lang genug ist, beim Umtanzen der Henne über den Hofsand hinzufegen.

Sie kann nicht verhehlen, daß sie mich bewundert, ihre Augen verraten es, es ist ein Geglitzer in ihnen, von dem ich mir einbilde, es wird von mir bewerkstelligt, und ich überhebe mich und halte mich für eine Sonne, mindestens für eine kleine Nebensonne.

Du bist so anders als die anderen, sagt sie. Ich höre es das erste Mal von ihr, und dann geht sie und überläßt es mir, herauszufinden, wer die anderen sind, gegen die ich ein Anderer bin.

Wir gehen lachend auseinander, aber nach einigen Schritten sehe ich mich um, und auch Ilonka sieht sich um und fragt unsicher: Sieht man sehr, daß ich hinke?

Du läufst wie eine Antilope, und wenn wer behauptet, daß du hinkst, bezeugt er, daß seine Augen hinken.

Meine kleine Lüge tut ihr gut, aber sicher scheint sie nicht zu sein. Woher willst du wissen, wie Antilopen gehen? fragt sie.

Wir haben Gehörne von Säbel-Antilopen im Keller, sage ich. Blamables Geschwätz, Jugendtorheit, Affengetu, Versteckspiel.

Am nächsten Tag treffen wir uns fast an der gleichen Stelle, und Ilonka gibt mir wieder die Hand.

Deine Hand ist bäuchlings so trocken, sage ich, ich liebe das.

Bäuchlings? fragt sie.

Was einen Rücken hat, muß einen Bauch haben.

Sie lacht und kann sich lange nicht zusammenfassen. Dann will sie wissen, ob es wahr ist, daß ich ein Mischling bin. Das bin ich. Ich habe es so gewollt, sage ich und denke an Großtante Maika. Ilonka findet schnafte, daß ich ein Mischling bin. Schnafte, sie hat den Ausdruck von Berlin herübergebracht. Er gefällt mir nicht. Bei meiner *Empfindlichkeit für die Wörter* ist er wie ein Pickel in Ilonkas Gesicht.

Sie befragt mich nach meinem Dorf.

Es ist ein violettes Dorf, sage ich.

Sie lacht wieder. Man könnte ihr Lachen vielleicht herzlich nennen, aber es ist noch herzlicher. Ein violettes Dorf? fragt sie.

Ein violettes Dorf, wenn die Heide blüht, sage ich.

Sie will wissen, ob die Mädchen in meinem Dorf unterhaltsam sind.

Ein bißchen verkümmert, sage ich, weil ich Ilonka erhöhen will, und ich verrate mein Heimatdorf, es geht mir leicht von der Hand. Wieder lacht sie. Mir gefallen ihre oberen Mittelzähne; sie sind nicht ganz gleichmäßig, sie sind wie ein kleiner Schneepflug.

Ob ich manchmal ein Dorfmädchen nach Hause begleite, wenn ich eines auf der Straße treffe, will sie wissen.

Ich werde mich hüten, sage ich, da müßt ich jedwede nach Hause begleiten, um unser Ladengeschäft nicht zu schädigen.

Ob ich auch sie nicht heimbegleiten würde, wenn sie bäte.

Allermeist, sage ich.

Sie nähme damit sogar Unbill auf sich, sagt sie, ihr Vater, ein höchstguter Mensch, sähe nicht gern, wenn sie auf der Straße herumalbere und zu spät zum Mittagessen käme. Unlängst, sagt sie, stand er mit der Uhr am Fenster, aber ganz gleich, es ist so hübsch, mit dir zu reden.

Ich begleite Ilonka, geh mit ihr und bringe sie unbehelligt die Forster Straße hinauf, wir reden dies und das, und ich finde, daß mich Lonka, dieses fernenumwehte Mädchen, durch seine Gegenwart erhöht, und hier nun wäre Seneca mit seiner Sentenz im Recht, die da besagt: Nicht edel ist der, der ein edles Roß die Straße entlang führt, oder ähnlich.

Ich führe Lonka über die Forster Brücke, und dort ist das Haus, in dem sie wohnt; aber es ist kein Ilonka-Vater mit der Stop-Uhr am Fenster zu sehen, und die Spadi verabschiedet sich und sagt: Nun gehst du in deinen Keller und wächst dort weiter und wächst. Sie nimmt mich mit einem langen Blick von oben bis unten auf und geht ins Haus und sieht sich nicht mehr um, und ihr letztes Gerede bleibt mir dunkel, doch schon am nächsten Sonntag hellt es sich auf: So kann der Junge nicht mehr rumloofen, sagt mein Vater. Er schließt sich, ohne daß er es weiß, der Meinung von Ilonka Spadi an. Ein Zustand ist unerträglich geworden. Zwei Menschen erkannten es zur gleichen Zeit. Ist es mein Zustand oder der Zustand meines Konfirmationsanzuges? Ilonka sah, wie ich aus dem Anzug herauswachse, und mein Vater sah, daß der Anzug mir zu klein wurde.

Mein Vater sticht seinem Skatbruder, dem Schneider Bulke, Bescheid. Er soll mir einen neuen Anzug anmessen, *bissel uff Zuwachs.* Schneider Bulke legt mir eine Modenzeitung vor. Man trägt nicht mehr Hosenbeinlinge, die die Mannsknöchel unbedeckt lassen, damit die bunten Socken und die Halbschuhe zu sehen sind; es sind jetzt breitere Hosenbeinlinge *in*, wie man heute sagen würde, also Hosenbeinlinge, deren untere Ränder die Schuhe berühren und ein wenig aufstauchen, und dazu werden verkürzte Jacketts getragen. Das Modell, das ich mir aussuche, heißt: *Prince of Wales.*

Aber Schneider Bulke hält die Modenzeitung nur zur Einstimmung seiner Kunden und näht die Mannsanzüge weiterhin nach seinem Einheitsmuster aus. Der Zuwachs meines neuen Anzugs ist erheblich. Der Konfirmations-Anzug hatte zuviel Auswuchs, der neue Anzug zuviel Zuwuchs. Ich stehe zwischen zwei Anzügen, der eine wurde mir fremd, der andere ist mir fremd. Ich beneide meine ehemaligen Mitschüler aus der Dorfschule. Sie arbeiten in der Glashütte oder in der Grube, verfügen über eigenes Geld und machen einen Bogen um Schneider Bulke und seine Einheitsanzüge. Bulke hat die Wahl, mit der Mode, die die Tuchfabrikanten anfertigen lassen, mit- oder unterzugehen. Aber er geht nicht mit und geht nicht unter, sein Geschäft klappert dahin, bis seine Mach-Art wieder Mode ist.

Mir ist mit dem neuen Anzug von Bulke nicht gedient. Meine Mutter erkennt, wie traurig ich nun mit einem sonntagschen Anzug dastehe, den ich nicht tragen mag. Sie ist wieder einmal meine ausgezeichnete Mutter und beweist, daß sie noch nicht außer der Zeit steht; sie hat in ihren Nachtlesestunden erkundet, daß jetzt Charleston-Hosen getragen werden. Charleston-Hosenstoff ist auffällig kariert, die Hosenbeinlinge sind unten breit und in den Knien eng. Die Mutter gibt einige ihrer Nachtlesestunden drein und näht mir eine Charleston-Hose, nur mit den

Knopflöchern gibts Schwierigkeiten. Das Besäumen von Knopflöchern an Männerkleidung hat die Mutter nicht gelernt, sie ist auf Damenschneiderei eingestellt. Die Knopflöcher für meine Hose besäumt Altmeister Schätzikan, der schon seit Jahren das Bossdomer Schweinefleisch nach Trichinen durchsucht und die Nächte bewacht. Charleston-Hosen müssen mit Gürtel getragen werden. Die Hosenträgermode verwalten einstweilen die alten Männer.

Wieder muß sich der große Wohnzimmerspiegel etwas Neues ansehen: Ich verrenke meine Glieder vor ihm und übe mich zur Vorsorge im Charleston-Tanz, und eben, ich verrenke mich, wie ich es im Kino sah.

Der Charleston kommt aus Amerika über Berlin nach Grodk und unternimmt auch einen Versuch, in Bossdom einzudringen. Der Versuch schlägt zunächst fehl: Poplows Frieda, die älteste Tochter einer Gutsarbeiterfamilie, ist zu Dienste nach Grodk und von dort aus nach Hamburg geworden. Sie soll da wohl Seeleute bewirten, wie es heißt, aber auf Silvester kommt sie ihre Eltern besuchen und bringt Hamburger Seeluft und einen Kavalier mit. Frieda und ihr Kavalier gehen auf den Silvestertanz vom Arbeiter-Radfahrerverein *Solidarität.* Die Silvesterstimmung steigt vorschriftsmäßig, und Frieda und ihr Kavalier bringen den verfarmschen Hottentottentanz aufs Parkett geschleppt, zittern, schlenkern, wackeln mit Händen und Füßen und wollen den Bossdomern den Charleston beibringen, aber noch ehe sie in Schweiß kommen, fliegt eine Ohrfeige in das Gesicht des Charleston-Kavaliers, er soll woll Wittlings Adolfen, wie es heißt, ungebührlich angestoßen haben. Der Charleston-Kavalier braust auf: Kumm rut! sagt er zu Adolfen. Sie gehen raus in den Garten auf die Kegelbahn. Nach zehn Minuten kommt Wittlings Adolf wieder in den Saal, doch der Kavalier wird nicht mehr in Bossdom gesehen, und der Charleston vorläufig auch nicht.

Ilonka Spadi hat allerlei in mir angezündelt; sie dürfte sich dreist ein wenig um meine Charleston-Hose kümmern, aber ich sehe sie nurmehr wieder im Dohlenschwarm ihrer Kumpankas durch die Lange Straße flattern.

Aber habe ich mich inzwischen nicht zum Hypnotiseur heraufgearbeitet, dessen Kunst bestaunt wird, am meisten von meiner Mutter.

Mit meinen Gedankenkräften gehe ich nunmehr auf Ilonka Spadi los: Ich sitze in meinem Heizerstübchen und versenke mich von weitem in Ilonka und verlange, sie möge in den dunklen Lindengang an der Webschule kommen und auf mich warten. Drei Tage lang lasse ich meine Gedankenkräfte auf die Spadi einwirken, und sie kommt nicht, aber am fünften Tage, da ich sie nicht mehr erwarte, kommt sie.

Also, wieder ein hehrer Tag – oder nicht? Ilonka gibt mir ihre trockene warme Hand, aber ihr könnt reden, was ihr wollt, das Erlebnis ist um zwei Mikro-Millimeter dünner geworden, um zwei tausendstel Grad unaufregender. Ich kann nicht erkennen, ob sich ihr meine Charleston-Hose dartut, ob sie bemerkt, wie schön eng sie bei den Knien und wie breit und schlabberig sie unten herum ist. Ich mußte dich treffen, sagt sie.

Ich bin froh, weil sie nicht weiß, daß ich sie herbeizwang, und bearbeite sie mit dem *Zentralen Blick*, bohre ihn ihr in die Nasenwurzel und versuche sie für ewig und drei Tage unterzudümpeln. Ich strenge mich an, wie wenn ich einen weichen Wollfaden durch das Öhr einer Nähnadel führen müßte. Jetzt hast auch du dir diesen frechen Blick zugelegt wie andere, sagt sie.

Welche anderen?

Das soll einzig und allein mein Kummer sein, sagt sie und tut so, als nähme sie meine Charleston-Hose erst jetzt wahr. Gehst du gar in die Tanzstunde? fragt sie.

In die Tanzstunde? Nicht einen Takt lang, versichere ich.

Sie wird etwas sanfter. Das wäre mir noch zuwidriger gewesen, sagt sie, wie dein frecher Blick neuerlich.

Du, als ein angehender Schmetterling, dürftest nicht gerade zu wenig Tanzstunden besucht haben, sage ich. Sie wendet sich ab, und als sie wieder zu mir hinsieht, sind Tränen in ihren Augen. Sie geht und bemüht sich augenfällig zu hinken, und sie tut mir leid, und ich rufe ihr nach: Nicht einmal, wenn du dich anstrengst, hinkst du. Da kommt sie zurück, wischt sich die Tränen und bedankt sich. Beinahe hätte sie vergessen, was sie zu mir in den Lindengang trieb: Ob sie sich etwas von mir wünschen dürfe, fragt sie ohne Prolog und Präambel.

Nichts Lieberes, als von ihr um etwas gewünscht zu werden! sage ich und breche mir fast die Zunge ab.

Ich soll so gut sein und von meinem Vermögen Gebrauch machen, die Klingelknöpfe im Keller des Lyzeums nach meinem Belieben zu bedienen, und ihr übermorgen die letzte Stunde, die Turnstunde, verkürzen. Die Turnstunde sei eine Qual für sie, seit sie durch die Welt hinke.

Ich kann nur wieder trösten: Du hinkst nicht, du hinkst nicht, nicht um einen Millimeter. Ich kriege es wieder mit ihrem Duft zu tun, den ich noch immer als namenlosen Dunst einsauge.

Es fügt sich gut, es fügt sich ausgezeichnet, sage ich, denn an dem Tag, den sie *übermorgen* nennt, habe ich die letzte Stunde frei, und ich kann über sie nach meinem Ermessen verfügen, ich bin Dissident.

Sie findet es dufte, daß ich Dissident bin.

Dufte? Wieder ein Pickel in Lonkas Gesicht.

Nun ist übermorgen. Ich feiere meine Dissidentenstunde in der Kellerwohnung. Mina Baltin ist beim Zubereiten des Mittagbrots. Ich kann nicht warten, bis sie mir wie sonst zuruft: Drück moal rasch uff die Klingel, Jungchen, ich hoabe groade fettige Hände. Ich muß zehn Minuten früher läuten, ich habe es versprochen. Ich passe auf den Gang des Regulators in der Wohnstube; er hängt zwischen Springbockgehörnen, seine perlmuttfarbene Perpendikelscheibe schwingt hin und her, und vor ihr hockt eine ausgestopfte Wüstenspringmaus. Mina Baltin läßt Speck in einer Pfanne aus. Sie muß Obacht geben, daß weder der Speck in die Gasflamme, noch die Gasflamme in den ausgelassenen Speck hineinspringt, und läßt mich im Zustand der Unbeobachtung. Ich schleiche mich in den dunkelsten

Korridor der Welt und drücke, zehn Minuten früher als angeordnet, auf die Klingelknöpfe für das Lyzeum. Alsdann winde ich mich durch das Getümmel der Essenholer von der Volksküche und renne die Wirtsstraße hinunter. Ich will den Erfolg meiner Untat genießen, stelle mich auf die Lange Brücke, mache, daß ich unverfänglich aussehe, und spucke, wie früher als Quintaner, auf die braunen Wasserschaumkleckse, die vom Stadtmühlenwehr heruntertreiben. Damals war das Spucken Kinderei, jetzt hilft es mir, ernste Dinge zu bewältigen.

Sie kommt mit ihrem Gefolge, mit diesem Schwarm der Schwätzerinnen, die Wirtsstraße herauf und müßte mein rotes Leuchtfeuer schon gesehen haben, aber sie schwenkt am oberen Ende der Wirtsstraße nicht nach rechts in die Brücke ein, sondern trennt sich von ihren Dohlen und geht nach links die Dresdener Straße hinunter, und dort steht am Fenster der Buchhandlung Gurkitsch der Gastwirtssohn Kurte Kollowa. Ich kenne ihn, er war etwas zu schwachgeistig für die gymnasialen Wissenschaften und mußte zurück in die Knabenvolksschule. Jetzt ist er Gastwirtslehrling bei seinem Vater. Wir sind in einem Alter, er war mit mir im Konfirmandenunterricht und hat gekräuseltes Haar, aber die Gänse unter den Mädchen nennen das Haar gelockt und umschwärmen den Gastwirtssohn. Ist Ilonka Spadi auch eine Gans, oder ist sie ausführende Abgesandte einer höheren Macht, die ich beleidigte?

In meinem Hypnose-Lehrbuch stand: Wer aber den Anteil an Macht mißbraucht, der ihm durch die Beherrschung der Hypnose zuteil wurde, wer ihn für egoistische Zwecke in Anwendung bringt, wird von dieser Macht aller Mächte bestraft, und das Gewonnene wird ihm in den Händen zerrinnen. Also, ist auch mir das Amüsement einer Plauderei mit Ilonka Spadi zwecks weiterer Annäherung in den Händen zerronnen. Es ist mir nicht geworden, was ich wollte, aber es sind, so schwer es mir auch fällt, weder Wehmut noch Kummer darüber angezeigt; ich habe etwas gewollt, was ich nicht hätte wollen sollen.

Ich krame mir überdies einen unspirituellen Trost aus

der Kammer, in der die Menschen-Tröstungen hängen, dauerhaft wie die Salami-Würste: Ganz gewiß hat Ilonka Spadi im Auftrag einer ihrer Freundinnen mit dem verfarmschen Gastwirtssohn verhandelt, und sie benötigte die zehn Minuten Zeit, die ich ihr durch meine Mißtat verschaffte, um rechtzeitig vor dem Fenster zu erscheinen, hinter dem ihr *herzensguter Vater* sie mit der Stop-Uhr zum Mittag-Essen erwartete. Schweig still, mein Herz!

Ein paar Tage lang warte ich nach dem Schulunterricht noch im Tagesschummer, den das Lindengewölbe und der Schatten der Webschule gemeinsam herstellen, aber dort, wo ich erwarte, daß sie stehen soll, wallt Spree-Wasser-Duft, vermischt mit dem Kloakengeruch aus den Tuchfabriken, auf und ab.

Glücklicherweise wird man nie recht gewahr, wann man von einer Begebenheit absteht, um auf eine andere überzugehen. Es soll Menschen geben, die allen Begebenheiten ausweichen und damit zur Ruhe des Herzens gelangen, Menschen, die behaupten, das Leben müsse so gelebt werden. Ich habe in der Jugend nie ergründen können, woher solche Leute ihr Glück nehmen, heute freilich weiß ich, daß es ein Glück ist, kein Glück nötig zu haben.

Jetzt spielt mir erst einmal jene Frau, die meine Mutter Frau Baronin nennt, eine Begebenheit zu, auf die ich eingehe.

Die Baronin hat einen regen Verbrauch an weiblichem Dienstpersonal. Die von ihr gedungenen Hilfskräfte nennt sie nicht Dienstmädchen, sondern Fräuleins. Fräuleins sind so etwas wie halbe Haustöchter. In den Inseraten, die die Baronin aufgibt, wenn sie Fräuleins sucht, verspricht sie Töchtern aus *gutem Hause* eine gediegene Ausbildung in der Haus- und Gartenwirtschaft. Die Fräuleins werden in der Regel zu zweit eingestellt.

In Grodk beobachten Männer gewisser Altersklassen die monatlichen Neuzugänge in den Bordellen. In Bossdom liegen die Dorfburschen auf der Gutskoppel und beobachten die Türen des klotzigen Landhauses, von den Bossdomern das Schloß genannt, wenn eine frische Sendung

Fräuleins bei der Baronin eingetroffen ist. Burschen, die die Mädchen erobern, stempeln sie ab und halten sie, so lange wie die Frau Baronin sie behält.

Meine Mutter unterhält sich gern mit den neuzugegangenen Fräuleins der Baronin. Sie bringen Fremdes und Unbekanntes ins Dorf. Sie hoam moal ne scheene Strickjacke, Frollein, wie hoam Se denn die gehäkelt? So oder ähnlich knüpft meine Mutter die Gespräche mit den nach Ferne duftenden Mädchen an.

Die fremden Fräuleins sind ihrerseits froh, im Laden einen Mutter-Ersatz vorzufinden, der ihr Heimweh ein wenig löscht. Im Schlosse und um die Frau Baronin herum herrscht Frostigkeit, es sind dort stets minus sieben Grad.

Eines der baronschen Neumädchen ist aus dem Kreise Guben, das andere von weit hinter der Neiße her. Diesmal gehöre ich mit zu den Beobachtern des Mädchenzugangs. Ich mache mich stark: Schade was in Ilonka Spadi! Ich will ihr beweisen, daß mir andere Mädchen nur so zufliegen, aber sie kann es nicht sehen, also, will ich es mir beweisen.

Ich habe es nicht nötig, auf dem Bauche in der Gutskoppel zu liegen, an Grashalmen zu kauen und zu lauern, bis sich um das baronsche Schloß herum etwas tut. Ihr wißt, mein Großvater hat mit der Stichsäge jenes Loch, rund wie ein Brillenglas, in die Tür gesägt, die von der alten Backstube zum Laden führt.

Eigentlich ist mein Großvater der Erfinder jenes Tricks, der später von den Televisionisten *Versteckte Kamera* genannt wird.

Bruder Heinjak muß sich auf die Zehenspitzen stellen, wenn er die *Versteckte Kamera* meines Großvaters benutzt. Er sieht, wie Paulos Karle, der im Laden steht und auf Bedienung wartet, sich eine Tafel Schokolade grapscht und sie in seiner Jackentasche verschwinden läßt, und er ruft zur Küche hinauf: Mama, kumm, kumm, do klaut schon wieder eener! Paulos Karle ist gewarnt, er steckt die Schokoladentafel rasch ins Regal zurück. Die Mutter humpelt auf ihren Hühneraugenfüßen heran. Jetzt hatta schont wieder nich mehr geklaut! Meine Mutter kann einen ehrlichen

Menschen mit den fünf Salzheringen bedienen, die er verlangt.

Ich erkunde mit Hilfe der *Versteckten Kamera*, daß Wossenks Wilhelmko, ein Bergmann in mittleren Jahren, Besitzer von Frau und Kindern, eine Nebenliebe hat, und das ist Furmanskis Martha. Die Nebenhinaus-Liebenden stehen im Laden, warten auf Bedienung und benutzen die Gelegenheit, einander rasch und schmatzend zu küssen. Die Bratheringe in der Dose auf dem Ladentisch sind blind, aber ich sehe es und sage nichts, sondern beobachte die Liebsternden auch anderswo und bin erstaunt, wieviel Gelegenheiten das Leben zwei Klein-Ehebrechern liefert.

Es ist Sonnabendnachmittag, ich bin daheim in Bossdom, vertrete die Mutter und bediene im Laden, doch miteins sehe ich eine Kundschaft nahen, vor der ich zurückprellen muß: Die Frau Baronin. Sie will nur von der Mutter bedient sein. Frau Baronin, in der üblichen hochgeschlossenen Bluse mit dem steifen Kragen, der ihr bis unter das Kinn reicht. Ich, der Sohn einer gewesenen Schneiderin, weiß, daß die Steifheit solcher Krägen mit dem Einnähen von Zelluloid-Stäbchen erreicht wird. In unserer Grauschteener Kleinkinderzeit spielten wir mit diesen Stäbchen; wir legten sie auf unserem Kindertisch zu Gartenzäunen aus und flochten sie so dicht, daß die als Hexe verkleidete Schneewittchen-Stiefmutter mit ihrem vergifteten Apfel nicht an das harmlose Kind heran konnte. Wir verwandelten das Grimmsche Märchen nach unserem Bedünken. Die Baronin trägt diesen Stäbchenzaun um ihren Hals nicht nur, weil steif vornehm macht, sondern um gewisse Runzeln vor messenden Blicken von Mitbürgern zu schützen.

An diesem Sonnabendnachmittag wird die Baronin von einem der neuen Mädchen begleitet; es trägt die *Baronsche Tasche*, die größte Ledertasche des Dorfes; jeder Bossdomer erkennt sie, auch wenn ein Ungeadelter sie in Däben oder in Grodk umherträgt.

Das neue Fräulein hat lockeres Dunkel-Blondhaar; es liegt, zu einem Knoten gesteckt, im leis geschwungenen

Mädchennacken. Das Gesicht des Fräuleins ist blaß. Ein blasses Mädchengesicht halte ich um diese Zeit meines Lebens für durchgeistigt. Aber genug der Beschreibung, damit das Kind eurer Vorstellung nicht entweicht. Die Kleene kinnde mir gefallen, so sagt man in unserer Niederlausitzer Mischsprache, in unserem Ponaschemu.

Ich gehe wie ein Gauner zu Werke, um mich dem Fräulein zu nähern, und benutze meine Schwester als Werkzeug. Sie ist mir hörig, ich bin ihre Droge, ich versetze sie in hypnotischen Schlaf und befehle ihr, hellsichtig zu sein. Sie soll erkunden, ob dieses blasse baronsche Mädel in der Ferne, aus der sie kommt, einen Schapperich hat.

Hat se nich, aber geküßt hat se schont, sagt meine Schwester in Trance.

Nähere Auskünfte, bitte!

Meine Schwester erzählt eine Geschichte, die mir bekannt vorkommt. Das blasse baronsche Mädel, erzählt sie, habe daheim auf dem Grasfleck vor ihrem Elternhaus mit ihrem Schapperich am Sonntagnachmittag auf einer Decke gelegen, um linde Sommerluft einzufudern, und denne, sagt die Schwester, sind se beede unter die Decke gekrochen, aber dann sei der Vater des baronschen Mädchens gekommen, und es is weiter nischt draus geworden.

Die Geschichte macht mich mißtrauisch gegen die Hellseherei meiner Schwester. Sie hat ihre eigene Geschichte erzählt, und der Schapperich, mit dem sie mein Vater unter der Decke erwischte, war mein Freund Hermann Wittling, mit dem sie schont lange nicht mehr geht, wie es bei uns heißt.

Es paßt mir nicht, daß meine Schwester etwas auf das blasse baronsche Mädel drauflügt. Ich ändere meine Gaunertaktik und wende Posthypnose an. Ich befehle der Schwester, daß sie am Sonntagnachmittag Freundschaft mit den neuen baronschen Mädchen schließen, sich mit ihnen auf die Bank unter der Linde vor unserm Hause setzen soll.

Für Sonntagnachmittag lade ich meinen Freund Hermann Wittling ein. Alles Berechnung! Was soll ich mit zwei Mädchen? Hermann Wittling muß mir eines abnehmen, wenn die Sache zum Kochen kommt. Wir sitzen auf der halbrunden Bank unter der Linde und sind mit Rauchen beschäftigt. Hermann ist schon Gewohnheitsraucher, ich rauche erst gelegentlich und huste noch nach jedem gelungenen Lungenzug.

Meine Schwester kommt mit den Mädchen die Dorfstraße herunter. Wir unterbrechen unsere Rauch-Arbeit und fragen mehr meine Schwester als die Mädchen, ob die Damen nicht verpusten und abruhen wollen. Meine Schwester setzt sich sogleich zu uns, die Mädchen tun es zögernd. Ich komme neben dem blassen Mädchen zu sitzen. Alles, alles Berechnung! Freund Hermann Wittling setzt sich zu dem anderen Mädchen; es hat ein gut durchblutetes Bauerngesicht, leis-fettiges Haar, trägt eine Schneckenfrisur und heißt Emmka. Mein blasses Mädchen aber heißt Martel.

Unser erstes Liebesgespräch an jenem Sonntag unter der Linde führen wir über Reichspostvorschriften. Die Eltern von Martel Kalitz betreiben die Poststelle im Dorfe Laichholz, Kreis West-Sternberg. Auch Martel trug daheim die Post aus, kassierte Nachnahmen, stellte Briefe und Ansichtskarten zu und brachte Gerichtsschreiben mit Zustellungsurkunden unter die Leute. Die Reichspost macht Martel und mich zu weitläuftigen Verwandten. Martel hat ein hübsches Lachen; jedes Auflachen mit einer aufregenden Note am Ende, ein lustvolles Seufzen, das meine sich mausernde Männlichkeit anregt. Hermann Wittling kommt mit seiner Emmka in ein Gespräch über einen Tanz, der in Bossdom Hippe-Polka genannt wird. Meine Schwester ist überflüssig geworden. Sie unterhält sich mit den Ameisen, die an der Lindenrinde hochtrippeln. Sie gibt ihnen Namen und legt ihnen ihre Finger als Hindernisse in den Weg.

Es fängt an zu schummern. Die Mädchen haben nur nachmittags Ausgang. Sie brechen auf. Wir machen Bestellung, so heißt es bei uns, für den nächsten Sonntag, und die Mädchen sind zuverlässig; sie kommen am nächsten Sonntagnachmittag wieder. Wir tummeln uns und kalbern *Unter Eechen.* Für meine Schwester hat sich ein junger Glasmachergeselle aus Friedensrain eingestellt, ein Zugewanderter aus Oberschlesien. Oberschlesische Einwanderer werden von uns Pironjes genannt. Es ist unehrenhaft für ein Mädchen, sich mit einem *Pironje* abzugeben. Wir, die von den *kirnigen Deitschen,* von den Grodker Bürgern, nicht für voll angesehenen Halbsorben, halten die Oberschlesier für Halb-Polen und sehen *die* nicht für voll an. Dünkelhaftes Gebaren, Auswuchs von Dummheit, geschürter Chauvinismus, Feindbild-Anfertigung, Triebkraft für künftige Kriege!

Wir frönen dieser Dummheit an jenem Sonntag nicht: Verliebte sind Verzeihende. Wir sind dreipaarig und verstehen uns, und was Detektiv Kaschwalla hinter dem Hofzaun, und was Großvater am Fenster der Altenstube von uns denken, können wir nicht berücksichtigen. Diesmal haben die Mädchen Abendausgang, und es ist meist zehn Uhr, als ich mit meiner Martel die Heimfuhre mache. Meine Höflichkeit ist noch immer nicht jederzeit verfügbar. Ich muß mich stets um sie bemühen, wenn ich sie brauche, deshalb habe ich mir das Zwanzig-Pfennig-Bändchen *Höflich durchs Leben* aus der Miniatur-Bibliothek gekauft: *Der höfliche Herr geht links von der Dame, um, im Falle der Gefahr, den Schutz ihrer Herzseite übernehmen zu können.* Bei dem baronschen Mädel, das Martel heißt, wende ich die theoretisch erworbene Höflichkeit zum ersten Male an. Gewiß werdet ihr mir nicht glauben wollen, daß ich diese Höflichkeitsvorschrift wie eine Nebenrechnung noch jedes Mal ins Heute rufen muß, wenn ich neben einer Frau oder neben jemand, den ich schätze, hergehe, und meine Faustregel lautet: Rechts von Martel Lehnigks Lattenzaun, links von mir der staubige Sommerweg.

Mit Hermann Wittling, der seine Emmka zum *Schlosse* bringt, ist vereinbart, daß wir je einen anderen Weg zur *Heimfuhre* benutzen. Viele Wege, heißts, führen nach Rom, und drei bis vier Wege führen zum Bossdomer Herrenhaus. Es ist üblich, daß man sich bei einer Heimfuhre abküßt. Martel und ich tun unterwegs nichts dergleichen.

Wir reden von Eulen. Martel fürchtet sich besonders vor Schleier-Eulen. Im Kreise West-Sternberg scheinen Schleier-Eulen herumzuwimmeln. Martel gesteht, daß sie abends nur in Begleitung ihres Vaters ins Freie gegangen sei. Sie atmet auf, weil ich dafür einstehe, daß es in Bossdom nur hin und wieder einen Kauz oder eine Wald-Ohr-Eule gibt. Ein Aufseufzer voll Zufriedenheit ist mein Lohn.

Vor dem hölzernen Schloß-Garten-Portal verabschieden wir uns. Martel hat eine weiche Hand. Ich drücke die Hand rasch ein zweites Mal, und da drückt auch Martel meine Hand eifrig ein zweites Mal, und mit diesem Widerdruck ziehe ich selig durch die Nacht. Ich spüre den Handdruck die ganze nächste Woche in der Stadt. Meine rechte Hand hat eine Liebkosung zu verwalten, und ich ertappe mich bei dem Wunsch, Ilonka Spadi möge etwas von diesem Handdruck zu wissen kriegen und neidisch werden.

Ich lese in den folgenden Grodker Tagen Gedichte von Theodor Storm. Eines verfängt sich in mir, und mir ist, als dufte es darin nach blühendem Flieder: *Das macht, es hat die Nachtigall / Die ganze Nacht gesungen . . .* Ich lerne das Gedicht auswendig, und ich sage es hin, und ich sage es her, und wieder einmal steht der Drang in mir auf, selber ein Liebesgedicht zu machen. Ich klammere mich an den Satzbau meines Vordichters Storm: *Das macht, es hat die Schleiereuln / die Mädchenfurcht verursacht . . .* Aber dann scheint mir der vorgegebene Rhythmus von der Eule zerhackt zu werden. Ich jage sie davon, und die zweite Fassung meines Gedichtes beginnt: *Das war, es hat dein Händedruck / mein bebend Herz bezwungen . . .*

Ich könnte euch das Gedicht weiter aufsagen, doch es will sich mir nicht, in meiner dennmaligen Dichterhilflosigkeit vor euch zu stehen. Damals allerdings schämte ich mich nicht, die Reimerei, in der es knirschte und knackte, weiterzugeben; damals weiß ich noch nicht, daß sechzig Prozent aller Erstverliebten versuchen, ihren Zustand schriftlich festzulegen, und daß sie diesen Zustandsbericht für ein Gedicht halten, und daß sich viele den Versuch, ein Gedicht zu machen, nur einmal in ihrem Leben leisten.

Aber es bleiben noch genug übrig, die es später noch einmal versuchen, nur die wirklichen Dichter und die Graphomanen betreiben ihre Versuche länger, und die Graphomanen putzen ihre mißglückten Zustandsberichte politisch auf und erreichen, daß sie kunstferne Redakteure, die hie und da zu finden sind, als *wertvolle Beiträge* für die eine oder die andere ihrer ständig laufenden politischen Kampagnen veröffentlichen.

Ich schreibe mein Gedicht damals in Schwabacher Frakturschrift auf Büttenpapier, und es ist das erste Mal, daß mir Dichtung wichtiger wird als andere Tätigkeiten, zum Beispiel meine Schularbeiten. In Schwabacher Frakturschrift, die uns Zeichenlehrer Feldmann beibrachte, sieht mein Gedicht mehr so wie gedruckt aus. Der listige Augsburger belehrt mich später, daß man so etwas *Verfremdung* nennen kann, und das ist nicht unrichtig, denn mein Gedicht gefiel mir damals in seiner Schwabacher Fremdheit von hinten und vorn und von allen Seiten. Ich gebe noch einen Brief in gewöhnlicher Handschrift bei, und darin teile ich Fräulein Martel mit, daß ich an sie denke, daß ich sie grüße, und daß ich mich auf den nächsten Sonnabend freue und mehr so Selbstverständlichkeiten, kurzum, ich lege dem knarrenden Gedicht ein unterernährtes Begleitschreiben bei.

Wieder Sonnabend; wieder trifft sich das Dreigespann der Liebespaare; wieder begleite ich Martel uneingehenkelt zum Schloß, noch immer sind wir per Sie miteinander. Über Schleiereulen reden wir nicht mehr; wir reden über überhaupt nichts; ich bin neugierig, wie mein Gedicht auf das Fräulein gewirkt hat, ich bin Schriftsteller-Lehrling, der nach Lesermeinungen giert. Ich hole weit aus: Ich frage, ob das Fräulein oft Post von daheim kriegt.

Ja, die Mutti schreibt jede Woche, auch eine Freundin hat schon zweimal geschrieben.

Und Ihr Freund?

Er hat noch nicht geschrieben, weil das Fräulein noch nicht an ihn geschrieben hat. Ich versuche, mich an mein Gedicht heranzufragen. Keinerlei Erfolg. Ich gehe direkt drauflos: Sie sollen nicht denken, daß es ein Gedicht aus einem Buche war. Das Fräulein weiß nicht, von was für einem Gedicht ich rede. Ich verschlucke meine Verlegenheit. Ich fange an, von Zustellungsmängeln bei der Post zu reden. Das Fräulein weiß von einem Brief, der mehr als drei Wochen unterwegs war. Es kommt vor, daß sich Briefe irgendwo verklemmen und nur durch Zufall gefunden, befreit und schließlich befördert werden. Ein wildes Liebesgespräch, hochkarätig, brisant! Es fällt mir nicht ein zu vermuten, daß meine Mutter, die die Briefe des alten Aufsehers Rako mitliest und wieder zuklebt, einen Liebesbrief von mir nicht ungelesen passieren läßt. Das Gedicht ist für sie keine Lümmelei, keine Roheit, kein Jugendverbrechen. Sie ist stolz. Ich schlage ihr nach und dichte schon ganz manierlich. Sie behält den Brief und legt ihn zu meiner ersten Windelhose ins Vertiko-Fach.

Das Johannisfest steht ins Dorf. Ihr wißt, daß die Bossdomer dieses Raubritterfest nach Kriegs- und Hungerjahren wieder belebten. Es ist nicht nur wieder zur Tradition geworden, dieses Johannisfest, sondern auch zu einem Fest, das Geld einbringt. Das Geld bringen die Fremden geschleppt, die aus anderen Dörfern gelaufen kommen.

Wem gehört das wiedererweckte Johannisfest? Der Gemeinde? Den Vereinen? Bisher hat niemand diese Frage gestellt. Das Johannisfest gehört jenem Verein, der eine anständige Fahnenweihe oder ein zwanzigstes Stiftungsfest oder eine sehenswerte Sternfahrt oder sonsterwas aufzuweisen hat. Der Kriegerverein kriegt das Johannisfest nicht. Im Kriegerverein ist Stellmacher Schestawitscha und die, die den Kaiser wieder hoabn wulln, sagt Erich Schinko, der Bemeisterer des sozialdemokratischen Ortsvereins. Die drei, vier Kommunisten ohne Ortsgruppe kriegen das Johannisfest auch nicht; die wolln, wenn se rankumm, alles verteeln: Wenn eener zwee Ziegen hat, solla eene abgeben an een, der keene hat. Der Kommunismus kummt von die Glasmacher aus Däben und Friedensrain, die keene Ziegen hoaben.

In jenem Jahr, von dem die Rede ist, wird das Johannisfest dem Gesangverein *Liedertafel* zugeschlagen. Zweitdirigent Heier hat sich etwas Besonderes ausgedacht. Weshalb sollen nur die Radfahrer Sternfahrten veranstalten, weshalb soll der Gesangverein *Liedertafel* nicht mal ein Sternsänger-Treffen abhalten? Es werden Einladungen an alle Vereinsdirigenten des Kreises geschickt mit der Bitte, zum Sternsängertreffen *Schäfers Sonntagslied* einzuüben. Am Johannistag soll in Bossdom der Dichter Ludwig Uhland geehrt werden: *Das ist der Tag des Herrn! / Das ist der Tag des Herrn! / Ich bin allein auf weiter Flur; / Noch eine Morgenglocke nur, / Nun Stille nah und fern ...*

Mindestens fünfhundert Sänger werden zum Johannistag *Schäfers Sonntagslied* singen. Diese Aussicht gibt auch der geschäftlichen Seite des Johannisfestes Auftrieb. Nicht nur ein *Karrazellmann* kommt mit Wohn- und Packwagen, auch eine Schaubude fährt in Bossdom ein. Der fortschrittselige Lehrer Heier deutet es als ein Zeichen künftiger Zeiten. Seit dem Vorjahr erscheint auch Oaleken, der Fischhändler aus Däben, zum Johannisfest und verwürfelt nicht nur Rollmöpse, sondern auch fingerdicke Aale. Das ließ in meiner Mutter den ewig glosenden Konkurrenzneid aufflammen. Sie gibt nicht Ruhe, bis Stellmacher Schestawitscha ihr ein weithin sichtbares *Glücksrad* hergestellt hat. Schestawitscha nimmt das frisch gefertigte Hinterrad eines Ackerwagens her, spickt es mit einem Kranz aus Nägeln, über die ein Stück Stahlblech hinschnarrt, wenn man das Rad in Bewegung setzt. Zwischen je zwei Nägeln hält sich eine hingeschriebene Zahl auf. Die Glückssucher, so bestimmt meine Mutter, müssen sich bei ihr, ebenfalls von Schestawitscha angefertigte, Holztäfelchen kaufen, auf denen je drei Zahlen stehen. Die Zahl zwischen zwei Nägeln, auf der das schnarrende Stahlblech stehenbleibt, ist die Glückszahl, und wer sie auf seinem Täfelchen hat, der ist der Hauptgewinner.

Du denkst doch nich etwan, sagt mein Vater zur Mutter, daß ich die Holzscheite für dein Drehrad verkoofe.

Nein, das denkt die Mutter nicht; zum Verkäufer der

Holztäfelchen hat sie mich ausersehen, sie rechnet mit meiner Lust, ein wenig Theater zu spielen. Ich nehme die Rolle an. Ich mische mich in den Festtrubel und verspreche den Leuten, daß auf dem Täfelchen, das sie kaufen werden, der Hauptgewinn liegt. Wer dreht noch mal? rufe ich, wer dreht noch mal? Und ich rufe: Nicht jeder hat Glück, aber einer hats immer. Solche und ähnliche Afterweisheiten gebe ich von mir, und ich höre hinter mir sagen: Der Kerl hat schont ein Maulwerk, der wird richtig! Und das macht mich ein wenig glücklich, weil die Bemerkung eine Eigenschaft an mir preist, die ich nicht habe. Ich bin nicht geschickt im Reden, und wenn ich es hier auf dem Festplatz bin, dann aus Festtrunkenheit: Wer dreht noch mal, wer dreht noch mal?

Und dieses Jahr sind die baronschen Mädels auf dem Festplatz. Das Fräulein, das Martel heißt, trägt ein weißes Sommerhütchen, und mit diesem kecken Hütchen unterscheidet sie sich von den Bauern- und Glasmachermädchen, die steif umhergehen, damit ihnen ihre Wohlfrisiertheit nicht zuschanden wird. Auch Fräulein Martel läßt sich von meiner Festtrunkenheit täuschen und scheint zu finden, daß der Junge, der sie mehrmals heimbrachte und sie schweigsam vor den Schleiereulen schützte, doch ganz beredsam ist, und ich spüre es nicht ungern, wie sie meine trunkene Beredsamkeit bewundert und mich mit Blicken bedenkt, die verraten, daß ich zu einem größeren Sympathieposten bei ihr anwachse.

Die Sänger aus allen Orten des Kreises haben sich bei Rogenzens Strohdach-Scheune aufgestellt. Es sind noch paar mehr als fünfhundert Sänger, und der hintere Teil des Chores steht erhöht auf herangefahrenen Ackerwagen, und die Sänger verdecken mit ihrer Sangesbereitschaft fast die Strohscheune. Lehrer Heier aber, der Dirigent der singwilligen Massen, steht auf der herangefahrenen Feuerwehrspritze. Ich kenne zu jener Zeit das Meeresbrausen noch nicht, aber so, wie jetzt des *Schäfers Sonntagslied* heranbraust, um die Stille zu preisen, stelle ich mir das Meeresrauschen vor. Dem Karrazellmann ist anbefohlen worden, seine Orgel anzuhalten, und der Schaubuden-Besitzer mußte sein Trichtergrammophon abschalten. In die künstlich hergestellte Festplatz-Stille hinein preisen fünfhundert Sänger die Sonntagsstille, die einen Schäfer umgibt. Peinlich, peinlich! Ich lege der Mutter meine *Glückstäfelchen* auf den Verkaufsbuden-Tisch, geh zu dem baronschen Fräulein, das Martel heißt, und frage es hochstaplerisch, ob es mit mir tanzen gehen würde, und siehe, das Fräulein hat auf meine Aufforderung gewartet.

Im Saal benutze ich eine Formel aus dem Zwanzig-Pfennig-Bändchen der Miniatur-Bibliothek über Vornehmtuerei und frage das Fräulein: Darf ich bitten? Und das Fräulein nickt, und wir umfassen einander. Ich tanze einen Foxtrott mit dem Fräulein, aber der Foxtrott weiß nicht, daß ich ihn nicht tanzen kann, auch das Fräulein weiß es nicht; im ganzen Saal weiß niemand, daß ich keinen Foxtrott tanzen kann.

Die Tanztour ist zu Ende. Die Paare bleiben stehen, dicht bei dicht wie Kartoffeln, die nach dem Kochen ein wenig dämpfen. Wohl dem, der mit jemand steht, den er mag! Wir klatschen wie die anderen in die Hände, wir trampeln wie die anderen auf der Stelle; es hört sich an, als ob ein Sommergewitter heraufzieht. Die Musikanten fühlen sich geschmeichelt. Sie spielen den Tanzschlager, der *Valencia* heißt. Die Melodie ist spanisch temperiert, aber bei den Tanzenden kommt dennoch weiter nichts heraus als ein Hin- und Hergewiege und -gewoge auf der Stelle wie vorher beim Foxtrott. Ich bin poetisch heruntergekommen. Wohin sind Mörike, Storm und Keller? Ich schau der Martel in die Augen und singe, was der Schlagerfabrikant mir vorschreibt: *Valencia, deine Augen glühn und saugen mir die Seele aus dem Leib* . . . Martel drückt mir die Hand. Neben uns singt ein oberschlesischer Glasmacher: *Meine Augen, deine Augen, Hühneraugen Kukirol* . . . Martel berührt mit ihren Lippen mein Ohr. Ein süßer Schauer droht mich umzureißen, aber die Ernüchterung läßt nicht eine Sekunde auf sich warten. Dort steht Ihre Frau Mutter und winkt Ihnen, sagt mir Martel ins Ohr. Meine Mutter steht im Saal-Eingang zwischen den hinein- und hinausdrängenden Tänzern; sie ist auf ihren Hühneraugenfüßen bis dorthin gerollt und ruft meinen Namen in die Tanzmenge. Ich handle den Anweisungen für gutes Benehmen aus dem Bändchen der Miniatur-Bibliothek zuwider. Ich laß das Fräulein stehen: *Valencia, deine Lippen sind die Klippen, gegen die ich treib* . . .

Ich habe einen der meiner Mutter innewohnenden Geister verletzt, ihren Geschäftsgeist. Das Glücksrad steht stille, wirft sie mir vor, die Leite wulln gewinn, und du loofst fort, und sie wirft mir weiter vor, daß ich eegentlich schont aus Schule bin, daß ich gleich sechzehn sein wer, und daß ich bissel ans Geldverdienen denken muß ooch und eben – das Glücksrad.

Ich vermaule mich nicht, ich nehme meine Holztäfelchen mit den *Glücksnummern* und mische mich ins Festgedränge. Wer dreht noch mal? Wer macht noch mal sein Glück?

Wer weiß, welcher Bursche sich meiner Martel bemächtigt hat, welchem Burschen sie *mit glühenden Augen die Seele aus dem Leib saugt*? Neben meiner Eifersucht steigt ein gelinder Haß gegen meine Mutter auf. Wer dreht noch mal? Wer macht noch mal sein Glück? Meine Aufforderung ist unbezwingend, niemand reißt mir vor Sehnsucht nach Glück die Täfelchen aus der Hand.

Was dem Menschen Vergnügen bereitete, was Wohlgefühle in ihm weckte, was ihm Nervenzittern eintrug, möchte er wieder erleben, möglichst noch ehe der Hahn drüber gekräht hat. Nicht nur Ostern, Pfingsten, Weihnachten, Kirmes und Fastnacht haben in Bossdom einen Nachfeiertag, auch das Johannisfest hat einen mit etwas dünnerem Gerummel; die Fremden fehlen, die Bossdomer sind unter sich. Die Karussell-Orgel weint wehmütig dem Haupt-Festtag nach, der dahinbrauste: *August, deine Haare, / August, August, / deine goldenen Jahre* . . . Da ist die zerkratzte Grammophonmusik aus der Schaubude und die müde Stimme des Anreißers: Heute zum letzten Male! Auf der Budenbühne tanzt eine Dame mit dem Bauche, und ein Mann redet mit dem Bauche; drei Hunde tippeln auf den Hinterfüßen umher, ein Waschbär betätigt sich als Taschendieb, und drei Affen bilden eine Turnerriege. Oaleken mit seinem Würfelbrett und meine Mutter mit dem Glücksrad sind nicht mehr da. Ich bin frei, und das Fräulein, das Martel heißt, ist mir treu geblieben. Wir stehen beisammen, wir flüstern miteinander. Das Karussell versucht uns einzureden, es sei ein Abklatsch des Lebens; man komme immer wieder dahin, wo man gewesen sei, und das bis in alle Unendlichkeit. Wir nicht! Wo denkst du hin, altes *Karrazell*?

Um die Johanniszeit gibts kaum Nächte, nur die Dämmerung versteift sich. Martel und ich verschwinden unauffällig hinter Rogenzens Strohscheune. Wir spazieren in die Feldmark. Martel hakt sich zum ersten Male bei mir ein; wir sind miteinander verriegelt. Die Karussell-Orgel singt zitternd: *Ich hab mein Herz in Heidelberg verloren* ... Was kümmert uns Heidelberg? Wir fangen an, uns aneinander zu verlieren.

Gutsbesitzer Wendlandt und seine Vorfahren haben die blachen Ackerflächen mit Gebüschen bestückt. Sie sollen bewirken, daß die Frühlings- und Herbststürme den Mutterboden nicht davontragen, sollen dem Wild Unterschlüpfe und den Vögeln Gelegenheit für Geniste geben. Später, wenn die kleinen Leute ans Regieren kommen, werden sie die Gebüsche ausreißen, und hörige Journalisten werden verkünden: Laßt Felder sein, so weit das Auge schweift, fördert den Fortschritt, bremst die Traktoren nicht!

Nicht lange, und wir werden erkennen, welchen Schaden wir uns durch das Vernichten der Gebüsche zufügten, und werden wieder Gebüsche und Hecken anpflanzen, und die Journalisten werden verkünden: Bremst die Winde, schützt die Vögel, steht dem Fortschritt nicht im Wege, und sie werden uns damit ermuntern, an der *menschlichen Vernunft* zu zweifeln.

Hat das *Karrazell* doch recht? Kommen wir immer wieder dahin, wo wir gewesen sind?

Vertreter des *reinen Romans*, verzeiht mir den Mißbrauch, verzeiht mir das journalistische Einsprengsel! Es mußte gesagt sein, und meine ehemaligen Kollegen in den Zeitungs-Redaktionen hätten mich damit kaum zu Wort kommen lassen.

Damals haben die Gebüsche in den Bossdomer Feldern Namen. Eines heißt *das Karnickeldreieck*, und so viele Wildkaninchen an einem Fleck, wie dort, habe ich in meinem Leben nicht wieder gesehen. Abends krochen sie aus ihren Höhlen, fraßen auf den Feldern und vermehrten sich, und es gab sogar eine Familie gescheckter Wild-Kaninchen, und wir bestaunten sie wie ein Wunder; denn von Mutation und Strahlung wußten wir nichts.

Ein anderes Gebüsch heißt *Schöpsstall*, dort ist das Grundgemäuer eines alten Schafstalls zu finden. Und das nächste Gebüsch heißt *Schinderberg*, weil dort alle krepierten Haustiere verscharrt werden, und ein weiteres Waldstück wird *die Fasanerie* genannt, ein Waldstück, in dem Buchen, Holunder, auch Faulbaum stehen, sogar die wilde Waldrebe wächst dort noch, und ihre Blüten duften nach Süd. Dorthin will ich mit meinem Fräulein, doch wir erreichen dieses poetische Weltstück nicht, denn wir gehen langsam, sehen einander in die Augen, seufzen und kommen nicht weiter als bis zum *Karnickeldreieck*. Wir setzen uns an den Rand eines Wassergrabens, als hätten wir das miteinander ausgemacht. Aber wir haben nichts dergleichen ausgemacht, wir sind Liebende, wir erraten einander, wir kommen ohne Worte aus, Worte stiften Verwirrung.

Wir sitzen nebeneinander, wir sind uns nahe, wir sind uns noch nicht nahe genug, wir rücken aufeinander zu, ich lehne meinen Kopf versuchsweise an den Kopf des Fräuleins, Schläfe an Schläfe. Aus dem Haarknoten des Fräuleins kommt mir der Ruch von verduftendem Shampoon entgegen, und die Fräuleins-Haut riecht nach dem fremdländischen Gewürz einer Seife. Ich leg meinen Arm um das Fräulein, das Fräulein legt seinen Arm um mich: Druck und leiser Gegendruck. Ich fahr dem Fräulein mit den Lippen über die Wangen, ich fahr ihm mit den Lippen über die Lippen. Pause und Geseufz und das Rascheln der Kaninchen ringsum, und nochmals mit den Lippen über die Lippen, und nun ist es allermeist; es wird Zeit, wir müssen gehen, wir müssen zurück sein, ehe man uns auf dem Dorfplatz vermißt.

Und wir gehen zurück, und die Orgel dudelt dicker, doch wir lassen uns vom Militärmarsch, den sie uns entgegen trompt, die Stimmung nicht zerstören. Wir mischen uns ins Getrubel, machen uns meiner Schwester sichtbar und winken Emmka zu, die im Schatten einer Linde mit Hermann Wittling tändelt; denn die beiden sind schon verknorpelt miteinander.

Der Karrazellmann belebt sein Geschäft mit Extrafahrten: Mondscheinfahrt für Liebespaare, Extratour für Damen, Extratour für Herren, Freifahrt für Nassauer und dann wieder Fahren, daß die Fetzen fliegen, und Reiten auf rasenden Karussellpferden.

Der Schaubudenbesitzer leitet Feierabend ein: Unwiderruflich letzte Vorstellung, sagt er mit dem Munde, wer ihn aber mit dem Bauche reden hören will, der möge eintreten!

Ich mache mit dem Fräulein die *Heemfuhre*. Wir setzen uns in der Nähe des Schloßportals auf den Sims der Gutsmauer. Die Gutsmauer ist ein Kunstwerk dörflicher Maurer, luftig und durchlässig, schöner als ein Drahtzaun, und viele, viele Liebespaare, auch solche, die schon auf dem Friedhof liegen, haben auf ihrem Sims gesessen.

Wir liebkosen einander wie zuvor im *Karnickeldreieck* und sind uns einig in der Vermutung, daß das, was wir einander antun, die Liebe ist, bis zwei Gestalten auf uns zukommen, bis in unseren mit Kastanienschatten gefüllten Mauerwinkel das Licht einer Grubenlampe einbricht. Meine Mutter ist auf ihren Hühneraugen die Dorfstraße heruntergerollt und steht vor uns. Sie hat sich Koinaks August, der von der Nachtschicht kam und seine Flasche Bier bei ihr trank, als Beleuchter gedungen. Mein Vater ist noch in der Schenke. Hier sitzt er, sagt meine Mutter und meint mich, und ich soll nach Hause werden, bevor der Vater heimkommt. Du weißt, sagt die Mutter zu Koinaks August, wenn Heinrich angesoffen ist, stänkert er.

Empörung wächst in mir an: Ich wer woll noch uff die Gutsmauer sitzen könn! sage ich. Andere Leite sitzen sonsterwo. Das zielt auf die Mutter. Meine Schwester hats mir endlich verraten, sie wäre dazugekommen, als die Mutter auf dem Schoße von Koinaks August saß. Was wern se gemacht hoabn, sagte die Schwester, bissel geküßt wern se sich schont hoabn. Daher meine Anspielung. Ich glaube nicht mehr an die edlen Lesebuch-Eltern, und ich mißtraue dem Ausspruch meiner Mutter: Ich hoabe keene Unterschiede gekannt. Frauen sind geschickter, wenn sie nebenhinaus lieben, weiß ich heute, und verdächtige meine Mutter nachträglich, daß die Suche nach ihrem frühreifen Sohn an jenem zweiten Johannistag ein Vorwand war, ihrerseits mit dem Nachtschichtler August Koinak durch die laue Sommernacht zu humpeln. Noch nich sechzehn und macht schont los mit die Mädels! wirft mir die Mutter vor. Was soll Voater soagen?

Der Jähzorn, der mir eingeboren ist, zischt zum ersten Male so stark auf, daß ich nicht bei mir, daß ich außer mir bin: Was soll Voater soagen, äffe ich die Mutter nach, er wird dir endlich soagen, wo er seine Hosenkrankheit doamals herhutte.

Das Fräulein, namens Martel, springt auf und rennt davon. Ich gehe mit steifem Nacken, das Gesicht himmelwärts, die Dorfstraße hinunter; ich komme mir vor wie ein Abgeführter und höre die Mutter hinter mir sagen: Wenn ich am bloß kinnde das steife Wutgenicke aushauen. Niemand hat es mir bisher ausgehauen, nur ich selber zuweilen, wenn ich stark genug war, meinen Jähzorn zu besiegen, und mich fähig machte, eine Beleidigung, die mir wurde, zu verzeihen. Jetzt aber bin ich zorniger als zornig, und ich sehe nicht, wie die Tränen meiner Mutter im Karbidlampenlicht glitzern. Sie hat mir Schimpf und Schande angetan, sie hat mich vor dem Fräulein bloßgestellt.

Es gehen Veränderungen in mir vor, es legt sich mir etwas gefährlich Schweres auf die Brust, und das Schwere ist so schwer wie das Gewicht der Nachthexe Morava, die mich zuweilen in meinen Träumen peinigt. Morava drückt mir mit ihrer haarigen Hand die Kehle zu, wenn ich sprechen will.

Ich fahre, ohne mich von der Mutter zu verabschieden, nach Grodk in meinen Keller zurück. Die Woche dehnt sich, die Tage sind lang, die Nächte sind hell, meine Peinigungen sind grell – Johanniszeit. Die Schule, um derentwillen ich mich in Grodk aufhalte, wird zur Nebensache.

Endlich ist Sonnabendnachmittag. Ich fahre nach Bossdom, stehe am Hintereingang des Schlosses, am Kücheneingang, und klopfe. Wenn die Baronin kommen sollte, werde ich es mit ihr aufnehmen, aber das Fräulein kommt selber, fällt mir um den Hals und fürchtet nicht, daß man uns sehen könnte. Wir verabreden uns.

Daheim bin ich steif und stumm. Am Abend packt mich die Mutter: Mein Gott, soll das so weitergehn?

Es soll so weitergehn, du hast mir beleidigt. Meine Worte klingen wie Gerede aus einem Trichtergrammophon.

Beleidigt? Hoabe ich dir das? Es ist ein Quentchen von Versöhnlichkeit in der Stimme der Mutter.

Keine Antwort von meiner Seite her. Ich habe gesiegt. Meinethalben loofe mit das Mädel, sagt die Mutter, schlecht zu leiden isse ja nich.

Freie Bahn den jungen Leuten, die sich einbilden, Liebende zu sein! Das Fräulein und ich, wir treffen uns, und es bleibt bei den halbscheuen Zärtlichkeiten, es bleibt bei den Spaziergängen bis in die *Fasanerie*. Neuerdings sage ich Martel unterwegs Gedichte auf: *Es ist so still; die Heide liegt / Im warmen Mittagssonnenstrahle* . . . Und nach jedem Gedicht, das ich in meiner Weise herunterzitiere, erkundige ich mich beim Fräulein, ob es schön war, und ich nenne ihm den Fabrikanten, den Dichter des Gedichtes, und das Fräulein sagt: Schön! Und wieder ein Gedicht, und wieder die Frage, und wieder die Bestätigung: Schön! Diese stumme Verliebtheit! Keiner weiß was Wirkliches vom andern. Ein Sonnabend und ein anderer Sonnabend und noch immer scheue Zärtlichkeiten und Gedichte.

Meine Mutter ist froh, daß ich wieder rede, daß ich in

der Backstube und im Laden mitarbeite, sobald ich am Sonnabendnachmittag meinen Rucksack abgeworfen habe, und sie hat nichts dagegen, wenn ich mir zu Oabende bissel fein mache und mir mit Fünfzig-Pfennig-Parfüm besprenge und zum Ständern gehe, wie es bei uns heißt.

Der Vater sagt nichts zu meinen *verfumfiedelten* Sonnabend-Abenden. Wenn ich zurückdenke, will mir scheinen, als ob hin und wieder Weisheit in ihm war: Soll er sich die Hörner abrennen, könnte der Vater von mir gedacht haben.

Ich setze durch, daß ich nicht mehr am Sonntag-Abend zu den Baltins in den Keller zurückfahre. Ich fahre am Montag in der Frühe und gewinne zum Sonnabend-Abend den Sonntag-Abend hinzu, um mit Martchen zusammen sein zu können. Aber das Gefühl Sehnsucht macht, daß mir alsbald auch diese beiden Abende nicht mehr genügen. Ob ich nicht fürchte, daß mir mit der Martel *was passieren* könnte, fragt die Mutter vorsichtig. Ich kann mir denken, was sie meint, und fühle mich wieder beleidigt. Es liegt mir fern, meine poetische Liebe zu zerstören und mit dem Fräulein zu betreiben, was meine Mutter meint. Doch sie, die sonst für das Unalltägliche ist und in den Nächten ihren blauen Seelenvogel füttert, hört nicht auf, mich zu triezen. Wenn ich Martel schwängere, sagt sie, ist das ganze Geld für die *hoche Schule* umsonst rausgeschmissen. In der Schule habe ich zwar noch immer eine Freistelle, aber die Baltins erhöhten den Pensionspreis, weil ich mich zum Mann auslege und mehr esse als früher. Und immer wieder fängt die Mutter von der Schwängerei an: Und wenns passiert is, was denne? Denne mußte dir uff eegene Beene stellen und uff die Grube gehn.

Die Aussicht, in die Grube gehen zu müssen, hängt als Drohung über der Bossdomer Geschäftswelt. Wenn der alte Müller unzufrieden mit seinen Söhnen ist, wenn sie es zu umgehen versuchen, auf der Windmühle oder auf den Müllerfeldern zu arbeiten, weist er auf die Arbeiter, die ihre Fahrräder über den Mühlberg schieben: Denn also denn, wert ihr mit dem Ränzel uffn Puckel über den Mühlberg in die Grube troaben wie die doa!

Gastwirt und Fleischereibetreiber Lehnigk sagt: In die Grube gehen? Destawegen bin ich ja Fleescher gewordn, damit ich nich in die Grube muß. Und mein Vater sagt, wenn der Großvater die Zinsen für seine Leihgelder verlangt und die Eltern sich zanken: Freilich, freilich, ich weeß, sagt er, ich soll in die Grube gehn und mein Festes verdien, damit ich dem Alten das Geld in den Schlung schmeißen kann, lieber hänge ich mir uff!

Als meine Mutter mir mit der Grubendrohung kommt, springt mein Jähzorn wieder auf: Denn geh ich ebent in die Grube! Und ich steife meinen Nacken, die Morava drückt mir ihre haarige Hand auf die Kehle, ich verstumme und gehe wieder zwei, drei Wochen stocksteif umher. Ich verrichte am Wochenende die Arbeiten, die man von mir erwartet, treffe mich an den Abenden mit Martel und bleibe ungebeugt, bis die Mutter eines Abends sagt: Du treibst mir ins Grab, Junge!

Und du treibst mir zum Selbstmord.

Wir wissen beide, daß wir übertreiben, wir benutzen beide den Tod, um einander zu kirren, bis die Mutter einlenkt: Fang dir bloß nich an, selber zu morden wie Großvater Josef.

Wenn du mir weiter so beleidigst, sage ich.

Ob ich wirklich *nischt Ernstes* mit der Martel treibe.

Keine Antwort, aber ich eröffne der Mutter, daß ich nunmehr aus Baltins Keller raus werden werde, daß ich alle Tage mit dem Fahrrad nach Grodk trämpeln und daß ich zu Hause genug arbeiten werde, um mir mein Essen zu verdienen.

Meiner Mutter erscheint der Plan von den Geldkosten her nicht *unübel*, außerdem hält sie mir zugute, daß ich ihr früher ein *braver Junge* gewesen bin, daß ich über ihren Zustand Bescheid wußte, als sie den kleinen Frede im Leib trug, daß ich heranschaffte, was ihr unwirscher Appetit verlangte, und daß ich ihr Halb-Vertrauter war, als mein Vater hosenkrank umherging. Ich möge es erst mal zwei, drei Wochen proben, täglich *hin- und herzuträmpeln*, und abwarten, ob ich mir dabei nich *zuschanden* mache.

Der Vater sagt nichts zu meinem Plan, nachdem die Mutter ihn abgestempelt hat. Außerdem kuscht er nach der Ausheilung seiner Hosenkrankheit im Knechtzustand wie dennmals, als sein Verhältnis mit Hanka ans Licht kam, und er geht nach durchstandenem Leiden demütig umher. Freilich knirscht er hinter dieser Demut mit den Zähnen und ist unzufrieden mit seinem ältesten Sohn, der sich sein Leben *verfumfeit*.

Ich teile den Baltins mit: Heite bin ich zum letzten Moale bei eich.

Ob sie mir was getan hätten, wollen sie wissen, ob ich unzufrieden mit dem Essen sei? Oder is es eire zu teier geworn? fragt Juro.

Nichts von all dem. Ich bin lank und stark genung zum Hin- und Herfoahrn nu, ich will es!

Minas Hals-Adern schwellen an: Aus dir wird nie nischt im Leben, merk dir! sagt sie.

Ich gehe nie wieder zu den Baltins. Großvater holt mein Bett und meine kleine Habe mit dem Planwagen ab, in dem jetzt eine Trakehner-Stute geht. Mina Baltins Fluch folgt mir in Abwandlungen fast bis zum vierzigsten Lebensjahr: Aus dem ist nichts geworden, leider. Wer es sagt, hat Vorstellungen von dem, was ich hätte werden können oder sollen. Genügt nicht, daß ich ein Mensch bin, arbeite, meine Familie ernähre und versuche, einigermaßen am Leben zu bleiben? Immer, wenn mich Mina Baltins Fluch einholt und mich niederzudrücken droht, schreibe ich als Gegenkraft ein Gedicht oder eine kleine Geschichte, ganz für mich, um vor mir selber etwas geworden zu sein.

Die großen Ferien sind heran. Ein vier Wochen langer, schwerer Sommer fängt an. Schwer für mich, weil ich Nacht für Nacht zu wenig schlafe. Ich helfe bei der Ernte mit, ich arbeite in der Backstube, bediene im Laden und versehe den Postdienst. Alle sollen mit mir zufrieden sein, alle sollen sehen, daß ich das Kostgeld, das den Baltins hingeschoben werden mußte, einspare, daß ich ein Mensch bin, der sich sein Essen verdient, einer, der, ohne den Eltern Kosten zu bereiten, über die Erde schwebt. Ich übereifere mich und verärgere meinen Vater, weil ich den Backofen anheize, wenn er den Morgen noch für zu jung hält, wenn er sich noch schnalzend im Schlafe sühlen möchte und der Mutter, die stöhnend auf dem Bettrand sitzt und sich die *Beene bewickelt*, vorwirft: Jetzt fängt der, damit bin ich gemeint, unsereen schont an uffzuschwänzen wie die da oben, und damit sind die Großeltern, die Frühaufsteher, gemeint.

Am Abend aber spaziere ich mit Martel oder sitze mit ihr auf der Gutsmauer, unterhalte sie mit selbst erfundenen Geschichten, halte unsere heilige Liebe hoch, und es fährt mir nicht der leiseste Versuch in die Hände, den Busen des Fräuleins zu berühren.

Ich habe von Wundermenschen in Indien gelesen, die fähig sind, auf glühenden Holzscheiten zu stehen, ohne sich die Füße zu verbrennen, und ich sah auf dem Rummelplatz einen Mann, der sich eine Stricknadel durch die Halshaut stieß, und einen anderen, der seinen Herzschlag verlangsamte, auch einen, der sich lebend begraben ließ. Ich bin ein Wundermann auf andere Weise; ich habe mir den Schlaf abtrainiert; ich schlafe, trotz aller Tagesarbeit, auch nachts nicht, sondern sitze auf dem Sockel der Gutsmauer und eifere, dem Fräulein mein Inneres zu zeigen, und bin erstaunt, wieviel Inneres in mir ist; es nimmt kein Ende. Und Martel tut nur so, als ob sie mich bewundert, wenn ich ihr ein so langes Gedicht wie den *Alten Turmhahn* von Mörike aufsage, während ihr Inneres von ganz anderen Wonnen träumt, die sie von mir erwartet, wie ich heute weiß.

Die Baronin duldet es auf die Länge nicht, daß sich ihre Fräuleins jeden Abend davonmachen. Sie hat sich verpflichtet, sie wie Haustöchter zu halten, und muß drauf dringen, daß sie sich stickend, strickend und nähend, waschend und plättend verhalten. Sie verlegt diese Hausarbeiten auf die Abende, und sie schließt die Fräuleins ein, schließt alle Schloßtüren ab und trägt die Schlüssel in einem Pompadour bei sich.

In dem Kapitel *Der Zeugungsdrang und was damit zusammenhängt*, erklärt ein Gelehrter, der die Liebe wissenschaftlich durchleuchtet, daß Frösche, wenn der Sexualdrang sie plagt, Schallwellen benutzen, um einander über ihre Sehnsucht nach einem Zusammensein ins Bild zu setzen. Gemeint ist das Quaken der Frösche. Das Fräulein und ich bestätigen die Erkenntnisse des großen Gelehrten: Wir benutzen Lichtwellen, um uns an solchen Abenden zu verständigen, an denen die baronschen Mädels beim Plätten und Nähen Buße tun. Ich weiß, an welcher Stelle das Fenster der Mädchenstube ins graue Feldsteingemäuer des Schlosses eingelassen ist, und spaziere auf der *Pflaumenallee*, die die Felder durchzieht, die halbe Nacht hin und her und zwinkere mit einer Taschenlampe zum Fenster der Mädchenkammer hin, und wenn mein Lampenlicht vom Mondlicht übertönt wird, verwandele ich mich in einen Kauz und lasse den Laut los, mit dem dieser Nachtvogel seine Lust zum Treten seines Weibchens ausdrückt, und drüben vom Schloß her kommt ein ungeschickter Gegenruf, der sich anhört, wie der Krähversuch einer Henne auf einem hahnlosen Bauernhof. *Mädchen, die da pfeifen, und Hühnern, die da krähen, / muß man allereiligst den Kopf abdrehen*, hieß die kannibalische Weisheit unserer amerikanischen Großmutter.

Ich ahme in diesen Sommernächten das Gehabe der Käuze, der Frösche, der Schnepfen und der Nachtschwalben nach, und ich erspüre, weshalb die Nachtschmetterlinge an Baumstämmen sitzen und mit den Flügeln zittern. Es braucht mir niemand zu sagen, daß sich dieses Zittern in der Finsternis und durch die Luft fortpflanzt und einen anderen Nachtfalter erreicht, der sich gemeint fühlt, und es kommt eine Euphorie über mich, in der ich erkenne, daß alle Kreaturen und alle Dinge auf der Welt durch Schwingungen miteinander verbunden sind.

Nichts bleibt, wie es ist. Das ist eine Bemerkung, die der listige Augsburger den östlichen Weisheitslehrern oder dem indischen Dichter Tagore, den er in der Jugend verehrte, abgelauscht hat. Die baronschen Fräuleins tun einen Zweitschlüssel auf. Gefunden hat ihn das Mädchen Emmka, dessen Liebesverlangen keineswegs mit dem Vortrag von Gedichten gestillt wird; Hermann Wittling stillt es in der Art, die einem Bergmann zugehört.

Nicht lange, und die Baronin entdeckt die nächtlichen Unehrlichkeiten ihrer Fräuleins und nimmt Papierbögen her, die das baronsche Wappen tragen. Der Mittelpunkt des Wappens ist ein dürrer Löwe mit heraushängender Zunge. Die Baronsche teilt den Eltern ihrer Fräuleins mit, daß ihr Vorhaben, die Mädchen zu verwertbaren Hausfrauen zu machen, durch das unsittliche und unmoralische Verhalten dieser Sünderinnen nicht mehr gegeben ist.

Das Fräulein Martel kriegt einen Brief von ihrer Mutter, es möge sofort heimkommen. Da bin ich nun von Grodk nach Bossdom geworden, um dem Fräulein nahe zu sein, und kaum bin ich ihm nahe, da soll es fort? Das Schicksal will Unnähe zwischen uns bringen. Wir wehren uns dagegen: Das Fräulein hintergeht den Willen seiner Mutter; es nimmt eine Stellung als Dienstmädchen im Hause eines Limonadenfabrikanten in Choćebuz an. Ich trecke den Reisekorb des Fräuleins mit dem Handwagen zur Bahnstation nach Däben und trämpele am nächsten Sonntag, meinem letzten Feriensonntag, nach Choćebuz hin und zurück. Wir sehen uns nur in den Nachmittagsstunden. Um sieben Uhr abends muß das Fräulein wieder im Hause des Limonadenfabrikanten sein und der Herrschaft auftischen. Wir finden in der Stadt Choćebuz keine Stelle und keinen Ort, an dem wir zärtlich zueinander sein können. Alle parkähnlichen Plätze der Stadt sind dem Einblick von dem ausgesetzt, was die Öffentlichkeit genannt wird, und als wir doch einen Winkel finden, der dem Sims und dem Sitz an der Bossdomer Gutsmauer gleichkommt, stellen wir fest, daß es zwischen sechs und sieben Uhr um diese Jahreszeit noch nicht nachtig genug ist. Die Sitte, daß junge Leute sich küssen, wo sie gehen und stehen, ist noch nicht eingeführt, und wenn wir sie hätten einführen wollen, wäre es so gewesen, wie wenn heute ein Jungpaar nackt durch die Frankfurter Allee in Berlin geht. Wir müssen uns damit begnügen, einander bei den Händen zu halten und mit Druck und Minderdruck zu versichern, daß das, was wir unsere Liebe nennen, noch da ist, und das Fräulein offenbart mir, daß es nur am Wochenende Hausmädchen beim Limonadenfabrikanten ist und wochüber in der Abzapfhalle steht und Flaschen spült, Flaschen, immer wieder Flaschen.

Und das Schicksal, das uns geschickt wird, wird noch gröber, denn wochdrauf übergibt mir meine Mutter eine Ansichtskarte von Frankfurt an der Oder. Gewiß hat die Mutter sie gelesen. Alle Ansichtskarten, die eintreffen, bieten sich ihr zum Lesen an, aber sie übergibt sie mir mit neutralem Gesicht. Die Karte ist vom Fräulein: Mutti hat mich weggeholt. Ich warte auf Weiterfahrt und denke an dich. Ewig Deine Martel.

Wie soll ich nach Laichholz, Kreis West-Sternberg, hin werden, ohne mich von allem, was mich umgibt, abzureißen, ohne das zu tun, was man heute *Aussteigen* nennt.

Ich schreibe Martel einen Brief, in dem von Liebe und Ewigkeit die Rede ist. Ich ahne die Liebe, und die Ewigkeit kenne ich nicht; es ist eine so dahingesagte Liebe, eine so dahingesagte Ewigkeit.

Keine Antwort auf meinen Brief. Ich schreibe einen zweiten: Ich sitze alle Abende ein Weilchen auf dem Gutsmauersims.

Wieder keine Antwort.

Ich habe vergessen, daß Martels Eltern in Laichholz das Dorfpost-Amt führen. Ich weiß nicht, daß Martels Mutter, Frau Kalitz, die Briefe vom *Verführer* ihrer Tochter über Wasserdampf hält, öffnet und liest, ähnlich wie meine Mutter es tut. Allerdings verschließt Frau Kalitz die Briefe nicht wieder und gibt sie zur Weiterbeförderung frei, sondern zerreißt sie und steckt sie in den Ofen.

Kein Laut und kein Buchstabe mehr vom Fräulein herüber. Ich entsage. Meine Entsagung hat Schmelz und Süße. Ich besinge sie selbstmitleidig, und solange dieser Gesang in mir ist, solange ich ihn nicht herauslasse, meine ich, er müßte die Welt auflauschen machen, sobald ich ihn aber mit bockigen Buchstaben aufschreibe, wirkt er wie ein Lied, das auf einer verstimmten Zither gespielt wird, doch es fällt mir leicht, die Mißtöne hinwegzudenken, und eine Weile habe ich vor, das Aufgeschriebene dem Fräulein zu schicken, doch da ich nicht mit Widerhall rechnen kann, bleibt mir nur, das Aufgeschriebene als Selbsttrost zu verbrauchen.

Genug der dunklen Worte und zurück zu den anpackbaren Dingen, die für die Wirklichkeit ausgegeben werden. Bis dahin bewunderten mich die Dorfburschen. Es gab keinen Neid, weil ich ihnen das aus der Fremde angelieferte Mädchen wegnahm, aber der rasche Abgang des Fräuleins macht sie mißtrauisch:

Hast du sie am Ende geschwängert?

Empörung meinerseits.

Ob ich sie vielleicht nicht richtig betan hätte.

Ich wüßte nicht.

Haste se bestiegen oder nich?

Ich kann ihnen nicht mit der *Heiligkeit* meiner Liebe kommen; ich muß ihnen mit der Direktheit kommen, mit der sie mir kommen, um vor ihnen zu bestehen.

Es war Freundschaft, sage ich, und sie stellen fest, daß ich so reif nicht bin, wie sie dachten, daß ich noch im Flaum bin.

Schoade, daß de se so hast loofen lassen, finden sie und meinen das Fräulein, und sie ziehen mich ins Vertrauen und erzählen mir von ihren *Kroamereien mit die Mädels*, und wie man *rangehen* muß.

Da ist Adolf Wittling, er ist acht Schuljahre älter als ich und hält mir, trotz meines verfehlten Draufgehens, die Freundschaft, denn er hat es auf meine Schwester abgesehen und betrachtet mich als seinen Schwager. Da ist Robert Nagorkan, er ist sogar neun Schuljahre älter als ich; er liest Bücher, ohne daß er, wie in der Schule, dazu gezwungen wird. Er hat sich bei der *Büchergilde* eingeschrieben, kriegt mit der Post jeden Monat ein Buch und schätzt mich als einen, mit dem er sich über das, was er gelesen hat, unterhalten kann.

Da ist Koaliks Erwinko, der Dorffotograf, von dem schon die Rede war, der sich in den Kopf gesetzt hat, Englisch zu lernen. Er will fortkommen, ganz gleich wohin, aber fort. Er hat sich Selbstunterrichtsbriefe schicken lassen und bittet mich nachzusehen, ob er die Zunge beim Aussprechen des englischen Artikels richtig zwischen die Zähne steckt.

Ich verlor ein Mädchen und erwarb die Freundschaft einiger Burschen. Jeden Morgen trämpele ich nach Grodk in die Schule; jeden Nachmittag trämpele ich zurück. Ich füttere jetzt auch das Pferd auf Abend, schneide Häcksel, frische den Sauerteig an, helfe der Mutter im Laden und schreibe Geschäftsbriefe für sie. Die Zeit, die mir für meine Schul-Hausaufgaben bleibt, wird knapper, meine Schlafzeit wird kürzer, denn ich ziehe die halbe Nacht mit den Dorfburschen umher, die mit mir umgehen wie mit einem, der in der Glashütte oder in der Kohlengrube arbeitet. Ich verhalte mich wie die Linksintellektuellen, die sich einer Arbeiterpartei anschlossen und teils aus schlechtem Gewissen, weil sie nie mit der Hand arbeiteten, teils im Sinne der *Lehre*, den Handarbeitern eine Über-Ehrfurcht entgegenbringen.

Wenn ich mein Fahrrad den Georgenberg hochschiebe, um nach Bossdom zu fahren, treffe ich zuweilen ein rotgesichtiges Mädchen. Sie ist das, was man dick nennt, hat schon einen ausgereiften Busen, strotzt jedoch vor Keuschheit, schämt sich dieses Busens und läßt ihre breiten Zöpfe nach vorn fallen, damit sie ihn verdecken.

Ich erkundige mich bei meinen Klassenkameraden nach diesem Mädchen: Ihr Vater ist Amtsgerichtsrat, und sie ist seine einzige Tochter, wird mir gesagt. Zu der würde mir mein Großvater raten, weiß ich, aber für mich ist diese Amtsgerichts-Rats-Tochter ein Bauernmädchen mit blauem Blick, den sie sogleich versteckt, wenn sie mich sieht. Mich reizt dieses Blick-Zuklappen. Ich fange an, ihr zuzunicken, noch bevor sie ihre oberen Augdeckel herunterläßt. Das treibe ich zwei, drei Mal mit ihr, danach nickt sie zurück, zuerst leise, dann *lauter*. Eines Tages bleibt sie stehen, legt ihre breiten Zöpfe zurecht und übergibt mir ein zusammengefaltetes Zettelchen: Von Ilonka Spadi, sagt sie und macht sich rasch davon, als hätte ich versucht, sie zu berühren oder zu verführen.

Zittert meine Hand, oder zottelt der Wind, der die Forster Landstraße herunterkommt, am Papier? Weshalb weichst du mir aus? ist mit Bleistift auf den Zettel geschrieben.

Ilonka Spadi? Wurde sie nicht von einem gewissen Fräulein aus Laichholz, Kreis West-Sternberg, in jene Kammer gedrängt, in der meine Erinnerungen verbleichen?

Wieso ich ihr ausweiche? Ach ja, sie weiß nicht, daß ich nicht mehr in Baltins Keller wohne, und daß mein Schulweg nicht mehr durch jene dunklen Baumlauben an der Webschule führt. Habe ich vergessen, daß sie Freizeit, die ich ihr verschaffte, mit einem gelockten Kerl vertat?

Ich benutze drei Mal meinen alten Schulweg mit dem Laubengang. Ilonka Spadi treffe ich nicht. Drei Mal ist eine Märchenzahl, aber auch sieben Mal ist eine Märchenzahl. Ich nehme sieben Mal meinen alten Weg. Keinmal Lonka. Ich schreibe auf einen Zettel: Sieben Mal auf dich gewartet. Den Zettel gebe ich der dickzöpfigen Amorette. Sie klappt ihre Augdeckel nieder. Am nächsten Tag bringt sie mir die Antwort: Dem Zufall überlassen. Nicht treffen wollen!

Sieben Schlüssel her, um die Antwort aufzuschließen!

Ich mache mir zur Gewohnheit, meinen alten Schulheimweg zu benutzen, und ertappe den Zufall: Ilonka kommt mir an der Webschule entgegen. Sie ist schöner geworden und trägt ihre Kinnkerbe, deucht mir, etwas *stolzmacherischer* als früher durch die Grodker Fabrikluft. Sie wendet sich mir zu und tut intellektuell zerstreut. Ich hasse diese Haltung, doch bei ihr ertrage ich sie. Wie heißt du doch gleich? fragt sie.

Ich antworte brav: Matt heiße ich.

Und dein Vorname?

Ich sage ihr, daß ich Esau heiße.

Sie stellt fest, daß es ein exotischer Name ist.

Ich verfalle ihr wieder: Mein rotes Haar gefällt ihr,

meine Sommersprossen gefallen ihr, und sie findet es ausgezeichnet, daß ich ein Halb-Wende bin. Kann der Mensch mehr verlangen? Sie kommt mir näher. Ich spüre den Duft ihres Atems: Hast du je ein Mädchen geküßt?

Ich werde hilflos, ich zögere, ihr die Kinder-Küsse mit meiner Cousine und die keuschen Küsse mit dem Fräulein zu gestehen. Sie hilft mir über meine Hilflosigkeit hinweg, umarmt mich und küßt mich, und das frei auf der Promenade. Von nun an solltest du sicher sein! sagt sie und geht davon, geht über den Pfortenplatz und verschwindet. Keine Rede davon, daß sie noch hinkt, wenigstens von mir aus gesehen. Ich stehe da wie ein Heiliger, dem eine Offenbarung ward.

Gratuliere, sagt Wullo Kanin, man hört, du treibst es mit der Lonka Spadi, ein schwieriges Weib, geradezu ein Luder. Ich fühle, wie meine rechte Hand aus der Hosentasche will, um in Wullos Gesicht zu fahren. Ich gab mir die größte Mühe und erreichte nichts bei ihr, sagt er, und ich höre es, und meine Hand in der Hosentasche beruhigt sich.

Ich kann, gestehe ich, mit dem Erlebnis, das ich für ein Liebeserlebnis halte, nicht fertig werden, ohne bei meinen Dorffreunden etwas durchblicken zu lassen.

Eene, die dir abschnabelt, ohne daß de Anstalten gemacht hast, is scharf, sagt Hermann Wittling. Und Franze Buderitzsch zieht wieder ein Beispiel aus dem Tierreich heran: Eene Kuh, was von selber uffn Bullen springt, is hoch rinderich und will beigebracht werden.

Mit so herben Worten reden meine Dorffreunde über mein Erlebnis, aber ich muß es vertragen, ich hätte es nicht zu Worten machen und herauslassen sollen.

Wieder Tage, an denen Ilonka Spadi der Mensch ist, für den ich auf die Welt kam. Ich könnte für sie hungern oder ins Maul eines feuerspeienden Berges springen. Die Schule ist für mich ein Ort, an dem mich die Lehrer beständig bei den Gedanken stören, die ich auf Ilonka hinsende. Der mir wohlwollende Englischlehrer Benedikt schreibt mit roter Tinte in mein Diktatheft: Esaus Leistungen lassen nach. In

Englisch also, das neben Sorbisch und Deutsch meine Kindheit einfaßte. Schlimm!

Und wieder übergibt mir die rotgesichtige Amtsgerichts-Rats-Tochter mit den breiten Zöpfen über dem Busen einen Zettel von Ilonka: Ich habe mit Widerküssen gerechnet, schreibt sie, und daß sie nunmehr auf den Zufall verzichten und an der Webschule auf mich warten wird.

Jetzt muß ich zeigen, daß ich nicht der Mann bin, der kostbare Geschenke entgegennimmt, ohne sich abzufinden.

Sie kommt, aber sie ist nicht allein, bei ihr ist der kräuselhaarige Gastwirtssohn, sein Gesicht ist neuerdings verpickelt, und seine Finger beschäftigen sich mit diesen Pikkeln, er klaubt, wie man bei uns sagt. Ich grüße, und die Spadi dankt ohne Aufmerken. Bin ich für sie ein rothaariger Kito von Saspow, der mit seinem Fahrrad aus einem unerkennbaren Grunde im Baum-Lauben-Gang steht? Über mir ein spätsommer-blauer Himmel, in den Lindenkronen raspeln die Heuschrecken, und die Spree fährt glitzernd dahin. Schönheit und Wirklichkeit um mich her, und ich hänge, statt mich an der Wirklichkeit zu erfreuen, meinen Wünschen nach.

Am übernächsten Tag wieder ein Zettel, diesmal in Tintenschrift: Du wagst nichts.

Meine Antwort am nächsten Tage: Ich bin nicht dein Pojatz!

Sie spielt mit mir wie unsere Katze Thusnelda mit den Mäusen, ehe sie sie zertrümmert. Unerklärlich, daß ich bereit bin, es ihr zu verzeihen, daß ich sogar auf eine Gelegenheit warte, aber sie gibt sie mir nicht. Der Pojatz schlug bei ihr ein. Stille nah und fern; Lonka nicht in der Nähe, nicht in der Ferne.

Möglicherweise werden ausgepichte Romanleser sagen: Jetzt hat er einen dramaturgischen Fehler gemacht; ein enttäuschendes Erlebnis mit der Spadi hätte genügt, um uns zu vergegenwärtigen, von welcher Art und welchem Wesen sie war, aber wahrlich, ich sage euch, daß ich den dramaturgischen Fehler wiederholen werde; das Leben kennt diesen Kunstgriff nicht; es brachte mich ungestrafft, ohne

Dramaturgie, in diese Stube hier über dem Wiesental und den Baumwipfeln, in der ich schreibe, was ihr lest.

Ich giere kummerig nach dieser Lonka, giere mit jener klassischen Gier, die auch Liebeskummer genannt wird, von dem es heißt, wenn in Märchen von ihm die Rede ist: Und da er sie missen mußte, welkte er dahin, ritt kummerig in die Schlacht und kam darin um.

Ich mache mich mit Eifer wieder an die Schularbeiten, die mir abverlangt werden, um unerreichbar für den Kummer zu sein. Ich übereifere mich, daheim mein Brot zu verdienen, mein Weiterleben zu erkaufen und unabhängig zu sein. Ich fahre ungeheißen den dicken Misthaufen vom Hof, Fuhre für Fuhre, und befinde mich eine Weile wohl, wenn ich auf dem leeren Mistwagen im Galopp und mit Gepolter heimzu presche. Ich stehe auf der Unterlage des geleerten Wagens und stelle mir vor, wie eingeschössen der picklige Gastwirtssohn sich ausnehmen würde, wenn er, ähnlich wie ein junger Grieche auf dem Zwei-Rad-Karren, auf einem leeren Mistwagen dahinpreschen sollte.

Ich lasse mich willig von meinen Träumen betrügen und schreibe ein Gedicht, in dem ich als Betrogener umhergehe. Tags drauf zerreiße ich das Gedicht und schreibe ein neues voll von Flüchen auf die Untreue der Weiber, zerreiße auch das und schreibe eine Liebesgeschichte, verbrauche ungefähr drei Stunden meines Lebens, sie in die Welt zu setzen, und lese sie Hermann Wittling vor, und als ich zu Ende bin, sagt der: Mach dir lieber an eene andere ran, kumm Sonntag mit zu Tanze!

Ich verfluche meine Aufschreiberei, sie hat mir den Kummer nur vom Halse gehalten, solange ich schrieb. Vielleicht soll ich doch Pastor werden und an einem einsamen Ort im schwarzen Rock weiberlos in einer Studierstube sitzen, von Mädchen zwar verehrt werden, aber unerreichbar sein.

Es endet damit, daß ich am Sonntag mit zur Tanzmusik gehe. Die Bossdomer Schenke firmiert unter dem Namen *Gasthaus zu den vier Linden*, obwohl es nur noch drei sind; in eine fuhr der Blitz und zerspellte sie, und sie existiert nur noch als Zahlwort. Ein Trost für Leute, die behaupten, es wäre die Mathematik, die die Welt im Innersten zusammenhält.

Mir fehlen noch einige Wochen bis zum sechzehnten Geburtstag, aber die Zeit, da man ohne Ausweis niemand ist, ist noch nicht heran. Das Land, besonders die Dörfer, sind noch voller Nichtmenschen. Der Gendarm muß taxieren, wenn er feststellen will, ob einer sechzehn Jahre alt ist oder nicht. Er schließt von der Größe und Bepacktheit eines Burschen auf dessen Lebensalter. Ich bin sechzehn Jahre groß.

Meine Mutter hat mir anbefohlen, ich soll alle Mädels von Leite, die bei uns koofen kumm, durchtanzen, auch die, die mir nicht gefallen. Wenn eene schweeßige Hände hat, soll ich mir mit meinem Taschentuch von se abschirmen.

Das Tanzen geht mir recht gut von den Beinen. Weiß der Deibel, wo ich es gelernt habe. Ich *himpeie* so im Takte der Musik, und wenn es sich um einen Walzer handelt, drehe ich mich eins, zwei, drei, eins, zwei, drei, aber links herum kann ich nicht, und wenn mich eine flotte Tänzerin trotzdem links herum reißen will, weigere ich mich und habe auch beim Tanz meine unausrottbaren Eigenheiten.

Im Garten der Schenke und auf den Feldern webt eine warme Sommernacht. In einer solchen Nacht kann Liebliches, auch Schreckliches geschehen. Beim Aufschreiben dieses Satzes fällt mir der listige Augsburger ein, in dessen Schriftstellerei-Werkstatt ich einige Jahre als Gehilfe arbeitete. Zu meiner Zeit las er am liebsten Kriminalromane, während er früher auch Shakespeare im Original gelesen haben soll. Es gibt bei Shakespeare eine Stelle, die da heißt: *In such a night – in solcher Nacht* . . . und diese Worte werden wiederholt, und William zählt auf, was in einer solchen Nacht alles geschehen kann. Der listige Augsburger demonstrierte mir an diesem Halbsatz, wie man poetisch illustriert. Mit der englischen Aussprache aber hatte er seine Schwierigkeiten; am liebsten hätte er sie ganz und gar ins Bayrische hineingebogen. In solcher Nacht, *in such a night* hieß bei ihm *in thatcher night.* So Sachen machten mir den Listigen liebenswert. Aber Spaß beiseite!

Ich schwinge meine Beine im Tanz, sie stecken in den von der Mutter geschmiedeten Charleston-Hosen, aber Charleston tanze ich nicht. Als ich mir eines der, mir von der Mutter verschriebenen, Dorfmädchen zum Tanz hole, werde ich von hinten gepackt und festgehalten. Wütend drehe ich mich um: Hinter mir steht Frede Worreschk. Er ist im Auto zum Dorftanz gekommen, ist schon angebiert, doch was tuts, er hat einen Fahrer: Bierkutscher Kawelke hat seine lederne Kutscherschürze und die Mütze mit den Goldbuchstaben abgeworfen und ein Lastauto bewältigen gelernt und gelernt, wie man einen Personenwagen steuert. Er trägt jetzt eine dunkle Jacke mit hochgeschlossenem Kragen, über dem der Rand eines weißen Stehkragens herausragt. Er ist ein anderer Mensch geworden, und die Pferde, mit denen er einst fuhr, nennt er jetzt Krüppel und Zossen und tut, als ob sie seine Feinde gewesen wären.

Frede Worreschk ist in Vertretung seines Vaters auf Bierreise. Er soll sich auf Bierverleger einüben und sich in den Dorfgastwirtschaften als künftiger Junior-Chef zeigen. In der Schule ist er ein zweites Mal sitzengeblieben. Sein Vater hat einen bezahlten Stundengeber für ihn angestellt, einen Oberprimaner, *desterwegen* bin ich bei den Worreschkens nicht mehr so vonnöten wie früher. Zeitchen lang macht Frede unter Aufsicht des Oberprimaners seine Schularbeiten, dann wird es ihm über: Das is ja, wie zweemal in die Schule gehn, sagt er. Er denkt nicht dran, sich schinden zu lassen, er bestreikt seinen Oberprimaner, doch der will die gute Bezahlung nicht missen, die er von Herm. Worreschk kriegt. Er repetiert, was in der Schule durchgenommen wurde, ob Frede zuhört oder nicht; er ist wie ein eingeschalteter Radioapparat, aus dem gelehrte Vorträge dringen, ob jemand in der Stube ist oder nicht. Was braucht Frede all den gelehrten Scheuß, er wird nicht einmal mehr Ringkämpfer, sondern richtet sich auf Bierverleger ein; den *Geschäftskram* wird ihm ein Buchhalter machen.

Ich muß mit Frede an die Theke, muß ein Bier mit ihm

trinken. Zwei Mädchen von einer Sorte, wie sie in Bossdom bisher nicht gesichtet wurden, kommen herangetanzt. Eineiige Zwillinge, betont Frede Worreschk. Er mischt sich in den Walzer, in dem die Mädchen stecken, und stellt sie mir vor: Nakonzens Zwillinge aus Sabrodt, eene gute Sorte, erklärt er. Die Mädchen, dunkelblonde Pagenköpfe, sind nach der neuesten Mode gekleidet: Blusen mit Bubikragen, kniefreie Faltenröcke und dünne lange Strümpfe, damals Florstrümpfe genannt, dazu schwarze Lackschuhe mit silbernen Schnallen, Stupsnasen, Blauaugen, Rundbäckchen, Klein-Ohren, hübsch und geistlos, aber zutraulich. Sie tun, als kennten sie mich lange. Frede Worreschk läßt die eine aus seinem Bierglas nippen, und die andere nippt unaufgefordert aus meinem Bierglas – eine nette Familie.

Zwei Mädchen sind Frede Worreschk zuviel, ich soll ihm eines abnehmen: Das mit dem Leberfleck unterm linken Ohrläppchen ist meine, bestimmt er.

Wir greifen uns die Mädchen, oder greifen die Mädchen uns? Wir machen uns paarig und schmiegen uns in einen Tango: *Nach dem letzten Tango bring ich dich nach Haus, mein Schatz* ... Mein Zwilling ohne Leberfleck ist leicht zu handhaben, er geht auf jeden meiner Schritte ein, noch bevor ich ihn getan habe.

Die Leitung der Bossdomer Musikkapelle hat jetzt der Sohn von Gärtner Kollatzsch übernommen. Er heißt Emil und dressiert die alten Dorfmusikanten auf moderne Schlager ein. Der gelehrigste Musikus ist Hermann Petruschka. Er und Kollatzschens Emil stürzen sich mit Tenorhorn und Geige in die Schlager hinein, und die anderen winseln und krächzen mit, die Hauptsache, es entstehen Geräusche, die zum Tanzen anregen.

Ich vernachlässige die mir von der Mutter auferlegte Pflicht, die Töchter ihrer Ladenkunden zu betanzen; ich tanze nur noch mit meinem Zwillingsmädchen, das als Mariechen geboren wurde und jetzt Mary heißen will.

Von der Bühne rumpelt ein Schlager herunter, den man nach einigen Takten als Charleston erkennt: *Küß mich, Schnuckiputzi, küß mich, / denn das kannst du comme il faut* ...

Die Glasmachergesellen singen statt comme il faut, komm ins Boot! Nun also doch Charleston in Bossdom, obwohl Weilchen früher hier der Schapprich von Poplows Frieda, den sie aus Hamburg mitbrachte, für das Charleston-Tanzen verbackpfeift wurde. Jetzt tanzen wir ihn alle, er hat sich gegen uns durchgesetzt. Und nunmehr habe ich gar eine Charleston-Lehrerin vor mir, die leberflecklose Zwillingin. Ich brauche nur nachzuäffen, wie sie mit den Beinen und mit den Armen schlenkert, und fülle mich alsbald mit Wohlbefinden: *Küß mich, Schnuckiputzi, küß mich . . .* Wir werden wohl noch einen Charleston hinkriegen, hä?

An der rechten Saalwand stehen Holzbänke ohne Lehne; ihre Sitzflächen sind poliert von den berockten Ürschen der Altfrauen; sie sind die Linienrichter für Moral und Sitte. Sie sind das Gewissen der Bossdomer Nation, auch meine Anderthalbmeter-Großmutter ist ein Teil dieses Gewissens. Für die Bossdomer Moralistinnen ist die geschlechtliche Paarung von Jungmenschen nicht gerade Sünde, doch sie hätten es gern, wenn hinter der *Mädelsstecherei* in den Sträuchern der Wille zu einer alsbaldigen Ehe stünde.

Damals ist die Regel, daß ein Bursche zu einem Tanzmädchen, das er mag und mit dem er etwas vorhat, nach einigen Tänzen sagt: Es is sehre warm hier, gehn wą bissel raus! Auch das Rausgehen wird nach ungeschriebenen Regeln betrieben. Zuerst verschwindet das Mädchen, dann der Bursche. Ein beliebter Treffpunkt für Liebespaare ist Rogenzens Strohscheune; dort landen sie wie die liebessüchtigen Frösche im Teich.

Wenn ein Tanzpaar geschlossen nach draußen geht, halten es die Altweiber auf der Richterbank für eine beschlossene Sache, daß die beiden bald heiraten werden.

Jeder Dorftanz hat eine offizielle Pause. Die Musikanten gehen in die Gasthausküche zum Freitisch, stopfen sich voll warme Warme und spülen sie mit Bier herunter. In Bossdom macht, wie ihr wißt, ein vorsorglicher Satz die Runde, den eine Mutter ihren Töchtern, die zum Tanze gingen, nachrief: Aber bei Pause halt eich schöne beisamm, damit nischt nich passiern tut!

Im Saale bleiben in der Tanzpause nur die unbegehrtesten Mädchen. Sie hocken auf ihren Stühlen unter der Bühne, klappern und raspeln miteinander wie Starenweibchen, die im Frühling unverpaart in ihre Nistheimat einfielen. Diese Mädchen werden von den Moral-Richterinnen gezählt und registriert und in deren imaginären Listen als *ordentliche* Mädels geführt.

Mein leberfleckloser Zwilling verstößt gegen alle dörflichen Tanzbodenregeln. Noch während des Charlestons sagt dieser Pagenkopf: Mir is mächtig heeß, ich muß mal raus! Ohne abzuwarten, ob auch mir heiß ist, packt sie mich bei der Hand und zieht mich zur hinteren Saaltür hinaus in die mondige Nacht. Ich sträube mich nicht, ich lasse mich zeit meines Lebens gern verführen; es scheinen da ein paar *Chips* zu wenig in mir eingebaut zu sein, die diese Neigung verhindern.

Wir sind draußen in der von Grillen durchgrillten Nacht. Das Mädchen Mary hakt sich bei mir unter. Ganz scheene kühle, sagt sie, und du mußt mir wärmen, sagt sie. Wir gehen bis zu Schätzikans Börnchen. Es ist mir peinlich, so unredend dahinzugehen. Ich erzähle Mary, daß hier beim Börnchen, der Sage nach, am Gründonnerstag um Mitternacht alljährlich Jesus weint, weil ihm am Karfreitag die Dornenkrone aufgesetzt werden soll. Mary sieht mich mitleidig an: Du weeßt woll nich, wie anfangen? Und sie nimmt mich her und küßt mich, und ich halte ihr meine geschlossenen Lippen hin. Ach du lieber Gott! sagt sie, du bist am Ende noch een Junggeselle! Sie umarmt mich von neuem und bringt mir ihre Art zu küssen bei und ist wild, und ihre Zunge ist warm. Ich kann nicht sagen, daß ich unentzückt davon bin. Ach, was wird dir das Leben noch für Überraschungen bringen! denke ich, allwie ich noch heute, da mein Leben gleich zu Ende gehen wird, an Tagen, an denen meine Einfalt blüht, auf Überraschungen und nicht aufs Sterben hindenke.

Ein Glühwurm fliegt vorüber und leuchtet vor Liebeslust. Wir gehen umschlungen und schnäbeln uns. Der Weg steigt sanft an und führt zum Dorfe hinaus, und rechter Hand liegt der Friedhof. Der Friedhof ist neu. Bislang mußten wir unsere Toten zum Nachbardorf Gulitzscha tragen. Mit der Anlage des Friedhofs haben wir uns von den Einwohnern des Kirchdorfs und ihrer Bevormundung gelöst, aber die Gulitzschaner verdenken es uns. Der erste Bossdomer, der den neuen Friedhof bezog, war Robert Schischank, ein Berginvalide. Er litt an Reißen, wie damals das Rheuma genannt wird. Zuerst geht er an Stökken, dann kann er nicht mehr laufen und bleibt im Bette, seine Frau reibt und reibt ihm die Beine, und der Tod kommt doch über Robert. Er ist an seinem Reißen gestorben, heißt es. Paule Nagorkan aber läßt verlauten, daß Robert dafür das *Pree* hat, die erste Leiche auf einem *neien* Friedhof zu sein.

Im Birkenwäldchen neben dem Friedhof halten wir ein. Mary, der Zwilling, ist mir auch jetzt voraus, sie berührt mich, noch ehe ich sie berührt habe. Sie zieht mich nieder auf einen Grashaufen zwischen den Birken und kommt mir entgegen, so entgegen, aber dann stößt sie mich halb wütend zurück: Bist du verrückt? sagt sie und fügt einen Satz in der Jägersprache hinzu, etwas mit anknallen. Gleich drauf wühlt sie in ihrem Handtäschchen und sagt halb entzückt: Alles, alles muß man dir beibringen! und sie zieht eines jener Fünf-Mark-Stücke aus ihrer Handtasche, die sich öffnen lassen, eines jener Fünf-Mark-Stücke, genannt *diskreter Versand*, die Sastupeits Otto auf der Windmühle verwahrt, für den Fall eines Falles. Und sie ist so eifrig und bringt den *diskreten Versand* eigenhändig dort hin, wo er verwendet werden soll, und für mich steht fest, daß ich es mit einer jener lieblichen Elfen zu tun habe, die den einsamen Wanderer in den Märchen in lauen Sommernächten zu Liebesdiensten verführen.

Wir erheben uns und erfüllen eine Forderung, die in städtischen Toilettenräumen erhoben wird: Wir bringen unsere Kleider in Ordnung. Und Mary sagt: Erst stellste dir an, wer weeß wie, und denne biste so hitzig, richtig scheene. Und wir stellen fest, daß wir die verdorrten Kränze und Grabsträuße, die der alte Masula, der Friedhofsbetreuer, außerhalb des Friedhofzaunes anhäufte, zu unserem Liebeslager machten.

Mein Gott, sagt Mary und hat es eilig. Sie fürchtet, daß Frede mit ihrer Zwillingsschwester davongefahren sein könnte, aber Fredes Auto steht noch vor der Gasthofstür.

In such a night – in dieser Nacht stolpere ich durch die bemondete Welt zum Mühlberg hinauf, setz mich auf die Windmühlentreppe und versuche zu ergründen, was mir geschah: Mir ist im Wachsein eine Wonne widerfahren, von der ich glaubte, daß sie nur in Träumen vorkommt und von Traumwesen ausgelöst wird.

Gorki hat sein Leben unter den kleinen Leuten, sein Leben in deren Verhältnissen, *Meine Universitäten* genannt. Eine *meiner* Universitäten war das Haus der Schätzikans. Die Schätzikans sind eine Sippe, und der Kern der Sippe wohnt in einem alten sorbischen Blockhaus, an das man zwei steinerne Stuben für den ältesten Sohn gebaut hat. Auch die alte Strohscheune im Garten wurde mit einem steinernen Anbau verlängert. Dort wohnen zwei Töchter der Schätzikans mit ihren Familien. Nur eine Schätzikan-Tochter heiratete bisher in die Welt hinaus, bis nach Großräschen hin, und das ist weiter weg als Grodk und bis hinter Senftenberg. Aber auch diese Tochter fällt mit ihrer Familie aller Augenblicke bei den Schätzikans ein und vervollständigt dort das Feiertagsgewimmel.

Das älteste Mitglied der Schätzikan-Familie, die alte Babka, ist achtundneunzig Jahre alt, sie ist ihr ihre Mutter, das heißt die Mutter der Schätzikan-Großmutter, und dann ist da noch ihm seine Mutter, das heißt die Mutter von Großvater Schätzikan, die alte Teinsko. Sie ist im Kopfe nicht mehr recht bei Groschen, so heißt es in Bossdom, und wohnt deshalb in der Futterküche, wo sie am wenigsten Schaden stiften kann, dort schläft sie auf der Ofenbank am Viehfutterdämpfer.

Großvater Schätzikan ist in Bossdom der Mann mit den meisten Berufen. Sein eigentlicher Beruf ist Schneider, doch er ist auch Fleischbeschauer, Zahnzieher, Leichenwäscher, Nachtwächter, Feuermelder, Barbier und betreut den Dorfziegenbock. Deshalb darf er eine kleine Wiese nutzen, die man von alters her die *Bullwiese* nennt. Einstens benötigten die Bossdomer einen Gemeindebullen, aber nachdem die Bergleute im Dorf überhandnahmen, ehe, um es politisch zu sagen, ein Industrieproletariat entstand, nahmen die Bergmannskühe, die Ziegen, überhand, und der Dorfbulle wurde eine Maschine zur Futterverschwendung. Einen weiteren Beruf vom Großvater Schätzikan nenne ich euch hinter der Hand: Er versieht zudem das Amt des Witwentrösters. Vergeßt nicht, daß wir den ersten Weltkrieg hinter uns haben, der Witwen und Witwen zurückließ, die dann und wann einen Mann benötigen. Auf sein Amt als Witwentröster verfiel er fast unfreiwillig, als er Hilfs-Postbote war, also in der Zeit, da es in Bossdom noch keine Poststelle gab.

An jedem Sonntagmorgen treffen sich Männer verschiedenen Alters in Schätzikans Küche. Großvater Schätzikan und sein Sohn Eduard aus dem steinernen Anbau, auch der unverheiratete Sohn Wilmko, genannt Schmurling, rasieren den Bossdomer Mannsen die Gesichter und scheren ihnen die Köpfe. Großvater Schätzikan trägt zum Rasieren einen sogenannten Kneifer, den er bei einer Leichenwäsche einerntete. Der Kneifer macht Altvater Schätzikan nicht sichtiger. Wenn er einen Barbiergast blutig rasiert hat, heißt es: Du wirscht ooch schont alt, zu viele Falten! Großvater Schätzikan barbiert die Bergarbeiter und Kossäten im Alter zwischen vierzig und achtzig Jahren. Er rasiert die Lebenden und die Toten mit demselben Messer.

Die Barbierkundschaft unter vierzig Jahren bearbeitet der ältere Schätzikan-Sohn Eduard. Bergmann ist sein Hauptberuf, sein Zweitberuf ist Klarinettenspieler, sein Drittberuf Barbier. Klarinettenspielen hat er nicht gelernt, es ist ihm *von alleene geworden*, wie es bei uns heißt. Er spielt nach Gehör. Wenn einer seiner Kunden Geburtstag hat, kriegt *er eens uff die Klarinette* vorgespielt.

Was soll ich dir spieln, soag!

Spiele *Lottchen, Lottchen, kumm eenmoal / unter den Laternenpfoahl* . . . Gut, der Geburtstägler kriegt sein Klarinettenständchen, und Bruder Wilmko, genannt Schmurling, muß sein Drei-Röhren-Radio bissel zurückschrauben.

Die Barbierkunden im Alter von fünfzehn bis fünfundzwanzig Jahren pflegt Schmurling, ein untersetzter Jungmensch von athletischer Figur mit viel Muskelkraft und Gutmütigkeit. Wenn eine Keilerei unter den Burschen ausbricht, geht er zur Seite. Er ist vorsichtig, ist Feinschleifer und der einzige Glasarbeiter in Bossdom, der Beiträge für eine Zusatzversicherung zahlt. Bei aller Vorsicht wird er im Kriege ein Bein verlieren, und die Zusatzbeiträge wird er in den Schornstein gezahlt haben.

Es gibt auch einige Bossdomer, die sich ihr Haar in Däben herunterholen lassen, zum Beispiel Erwinko Koalik, Glasmachergeselle, Dorffotograf und Englisch-Studeur. Für den alten Schätzikan steht fest, daß Glatzen durch Bazillen, etwas kleinere Trichinen, verursacht werden, die sich in der Kopfhaut einnisten, wohin sie durch Pinsel, Bürsten und Schergeräte der Däbener Friseure gebracht werden. Soll er sich man erscht moal in Däben Glatzenbazillen uffflesen, sagt der alte Schätzikan über Koaliks Erwinko, denn wird er schont zu sich kumm!

Vorderzähne zieht alter Schätzikan ohne Federlesen mit der Flachzange, Backenzähne müssen bei ihm erst eine gewisse Reife haben. Ihre Reife haben sie, wenn ihr Loch groß genug ist, daß der Haken eines Schuhknöpfers hineinpaßt. Beim Zähneziehen hat alter Schätzikan seine bestimmte Art, heute Methode genannt. Er tritt an den Mann, der über Zahnschmerzen verfügt, heran und heißt den, das Maul aufreißen. (Weibern zieht alter Schätzikan keine Zähne, er kann das Gequieke nicht vertroagen.) Mit dem Schuhknöpfer sucht alter Schätzikan im Maule des Schmerzgeplagten nach der rechten Ansatzstelle, und hat er sie, tritt er dem Patienten so hart auf den Fuß, daß der empört aufspringt und sich den Zahn selber zieht, und während der Patient alten Schätzikan beschimpft, weist der ihm den gezogenen Zahn vor. Der Geploagte darf sich nich eenig werden, ob am das Been oder der Zahn weh tut, behauptet alter Schätzikan.

Wer also sein Kopf- oder Gesichtshaar loswerden will, findet sich am Sonntagmorgen bei Schätzikans ein und wartet. Er muß lange warten, *aber groade das is scheene.* Wer lange wartet, kriegt viel zu hören. Telefonische Voranmeldung gibt es noch nicht. Weggeschickt wird niemand, das ist eine Errungenschaft des wissenschaftlichen Zeitalters.

Alle drei Barbier-Abteilungen sind in Schätzikans Küche installiert, und während die drei Schätzikan-Männer barbieren, kocht die alte Schätzikan, die Marie, das Sonntagessen im Röhr des Lehm-Ofens. Von Zeit zu Zeit und viel zu oft begießt sie den Karnickelbraten und mischt sich in die Männergespräche. Sie ist eene Groadezue, sie nimmt keen Blatt vors Maul, heißt es, sie kennt und wahrt keine Geheimnisse, und wenn sie mit ihrem Maulwerk jemand an den Pranger stellt, benutzt sie nicht die vornehmsten Ausdrücke. Jeden Sonntag stellt sie mindestens ein Mal ihren Mann an den Pranger. Sie tut es indirekt und doch direkt genug: Gestern, kann sie zum Beispiel sagen, soll eener wieder bei die Nowotnikinne nach Trichinen gesucht hoaben. Na mäg, tut er mir wenigstens nich belästigen!

Von der großen Küche in Schätzikans Blockhaus ist mit einer Lehmwand eine Art Alkoven abgeschlagen, dort steht hinter einer Gardine das große Familienbett. Der Alkoven ist gleichzeitig der Schlaf- und Lebensraum der achtundneunzigjährigen Babka. Sie wird den Barbierkunden nur sichtbar, wenn sie es gar nicht mehr aushalten kann und raus auf den Hof und auf den Mist muß. Die Babka ist noch sorbisch gekleidet und hat eine große blaue Warze an der Unterlippe. Die alte Schätzikinne, die Tochter der Babka, wacht darüber, daß die Achtundneunzigjährige nicht im Unterrock *rauslöft,* sie soll sich nicht erkälten, sie soll hundert Jahre alt werden, dann kriegt sie eine Prämie vom Reichspräsidenten, und in *Zeitung kummt se ooch,* womöglich noch mit Bild. Die alte Schätzikinne bewacht die Ausflüge der Babka, in der einen Hand das spitze Schlachtermesser, in der anderen Hand die große Bratengabel.

Auch in Bossdom fangen Radioapparate an, die Grammophone und Sprechmaschinen zu verdrängen. Der erste Mensch, der in Bossdom ein Radio mit perfekter Dach-Antenne hatte, war natürlich Hauptlehrer, Amtsvorsteher, Kilowattstunden-Ableser, Kreistagsabgeordneter und Gesangsvereins-Dirigent Rumposch. Gastwirt Fritzko Lehnigk hat ein Radio, aber seine Eckensteher und Immersäufer hören nicht drauf. Die Radio-Reden sind ihnen zu geschwollen, die Musik ist ihnen zu fiedelig. Sie machen sich ihre Unterhaltung selber: Denkste woll, das gloobste nich, und wenn ich dir soage . . . Gärtner und Kapellmeister Kollatzschens Eduard hört sich die neuesten Tanzstückchen aus dem Radio raus und impft sie seiner Kapelle ein. Der Baron lehnt Radio ab. Roten Geschwätzes wegen, behauptet er und verläßt sich auf die Mitteilungen aus der *Stahlhelm*zeitung.

Wilmko Schätzikan, genannt Schmurling, läßt fröhliche Sonntagsmorgenmusik für die Barbierkundschaft aller drei Abteilungen in die Küche fluten. Sie wird vom Quackern der Salzkartoffeln im Lehm-Ofen begleitet.

Jede Apparatur, die der Mensch in die Welt setzt, wirkt auf ihn zurück, verlangt ihm etwas ab. Schmurlings Radio verlangt, daß sich die Barbierkunden in den drei Abteilungen flüsternd unterhalten. Wenn *der* Radio zwischen Charakterstücken, Walzern und Operettenteilchen während des Frühkonzerts einen viereckigen Marsch in die Barbierstube bläst, läßt Schmurling seinen Barbiergast halb geschoren oder halb eingeseift auf seinem hölzernen Küchenstuhl sitzen. Märsche setzen in Schmurling etwas Musikschöpferisches, heute *Kreatives* genannt, frei. Er steigt die drei Holzstufen zum steinernen Anbau des Blockhauses, also zur Wohnung seines älteren Bruders, empor, öffnet die verglaste Tür, hält sie mit der linken Hand fest und paukt mit der rechten Faust den Marschtakt mit. Die Glaseinsätze in der Tür zittern und scheppern und beschwören so etwas wie den Klang von Tschinellen: Märsche wie *Hoch Heidecksburg* und *Alte Kameraden* können den Radioapparat nicht ohne Schmurlings Paukenzuschlag verlassen. Wenn

Schmurling am Ende des Marsches die Arbeit bei seinem anrasierten Kunden wieder aufnimmt, entschuldigt er sich: Er kann nicht anders, Märsche machen ihn zitterig. Ich täte dir bei Marschmusik verwunden, weeste.

Es gibt nur einen Umstand, der Wilmko abhält, einen Marsch auf seiner Paukentür zu begleiten, und der tritt ein, wenn um zehn Uhr von Gulitzscha her die Kirchenglocken zu hören sind. In der Barbierstube hört das Läuten niemand, aber die Babka im Alkoven hört es. Sonst hört se nich, wenn eens ne Kanone abschießt, sagt Johann Schätzikan giftgrün von seiner Schwiegermutter, aber das Kirchen-Läuten hört se. Die Behauptung ist anfechtbar, weil bis dahin niemand vor dem Schätzikan-Haus eine Kanone abschoß, das wird erst im Jahre fünfundvierzig geschehen.

Schmurling dreht den Radioapparat zurück, und bis auf ein hin und wiedriges Räuspern ists stille in der Barbierstube. Man nimmt Rücksicht auf die Babka, man muß sie in ihr hundertstes Lebensjahr hineinbringen.

Babka hat das sorbische Gesangbuch aufgeschlagen. Lesen kann sie nicht mehr, aber Gesangbuch und Singen gehören bei ihr zusammen. Sie singt mit zwittrig-zitteriger Stimme sorbische Kirchenlieder. Es ist, als ob der Tod hinter der Melodie seine Sense wetzt, und mancher Rasierkunde in der Altmännerabteilung denkt vielleicht an seinen eigenen Tod. Das ist immerhin etwas.

Schmurling hat versucht, die Babka auf die Morgenandacht umzustellen, die *der* Radio aus Berlin liefert. Es gelang ihm nicht; die Berliner Predigt und der deutsche Kirchengesang standen Babka nicht an.

Aber Geschäft ist Geschäft, ob Kolonialwarenladen, Barbierstube. Nach einer Viertelstunde wird die sorbische Morgenandacht der Babka von der alten Schätzikinne beendet. Sie hat lange *genung* bei der Andacht der Babka mitgeholfen, hat ein andächtiges Gesicht aufgesetzt und auf den Karnickelbraten hingehorcht. Jetzt is *genung*, Babka, ruft sie, immer in der einen Hand das Schlachtmesser, in der anderen Hand die Bratengabel, in den Alkoven hinein. Die Babka fügt sich, und Schmurling dreht seinen Radioapparat wieder auf, ein Operettentenor singt über Königs Wusterhausen nach Bossdom hinüber: *Ach, ich hab sie ja nur auf die Schulter geküßt . . .*

Ach, ich hab sie ja nur auf die Schulter geküßt, / und sie hat mir dafür in mein Bette gepößt, singt Großvater, wenn er die Anderthalbmeter-Großmutter ärgern will. Dann geht ein Hagel von Faustschlägen auf dem breiten Rücken Großvaters nieder: Du wirscht immer älter und immer dämlicher, sagt die *kleene Kräte.*

Auf dem Barbierstuhl beim alten Schätzikan sitzt alter Christian Pöttke. Ein schwieriger Barbierkunde. Auf seiner rechten Wange glänzt eine rötliche Kahlstelle, als ob die Barthaare dort ausgewintert wären. Es handelt sich um eine Schußverletzung aus dem Krieg siebzig-einundsiebzig. Stellmacher Schestawitscha wirbt Jahr für Jahr um Christian Pöttke, er soll als Veteran in den Kriegerverein eintreten. Kriegerverein? sagt Pöttke, ich hoabe die Schnauze vull.

Alter Pöttke will vom alten Schätzikan wissen, ob der beim Fleischbeschauen je eine Trichine gefunden hat.

Noch keine gefunden, nein.

Ob Johann noch weiß, wie eine Trichine aussieht.

Jawohl, Johann weiß es, er hat eine Mustertrichine in seinem Mikroskop-Kasten.

Hast se woll laßt ausstoppen wie der Förschter die Hoabichte?

Hochhygienische Gespräche in der Altmänner-Abteilung.

In der mittleren Abteilung, wo Schätzikans Eduard den Männern die Haare vom Kopfe nimmt, wird von der Schwarzen Hanne, der Dorfhure, geflüstert: Sie soll sich woll was weggeholt hoaben. Auch ein hygienisches Gespräch.

Dann kommt die alte Teinsko, die Mutter vom alten Schätzikan, aus ihrem Käfterchen bei der Scheune in die Barbierstube geprescht. Ihr Haar ist aufgelöst, sie ist ungewaschen und wirkt wie angeräuchert. Ihre Augen sind grau und stumpf, sie ist im Unterrock, und ihre schlaffen Brüste hängen außerhalb des Leibchens. Sie trippelt wie ein Rebhuhn auf den Barbiergast zu, der gerade in der Jugendabteilung bearbeitet wird, und sagt scharf und vorwürfig: Daß du mir deine Braut nich ungeheiroat schwängern tust!

Das Stichwort für die alte Schätzikinne, die Mutter ihres Mannes mit Schlachtmesser und Bratengabel aus der Barbierstube zu treiben.

Die alte Teinsko läuft mit Rebhuhn-Schrittchen davon und erzählt am nächsten Tag im Dorf: Gestern isse mit große Goabel und spitzes Messer uff mir los, bloß damit ihr Bescheed wißt, wenn ich moal tot bin.

Die Teinsko kratzt die liebe lange Woche lang auf den Feldstücken der Familie und den Gutsfeldern umher. Sie trägt große Bürden Unkraut und Queckenwurzeln für das Kleinvieh und den Ziegenbock ins Schätzikan-Haus. Kein Mensch weiß, wie lang sie schon irr und ihr Weltbild zersetzt ist. Der Mann, der sie einst schwängerte, mißachtete und verstieß sie, heißt es. Johann Schätzikan, ihr Sohn, ist der einzige, der gütig zur Teinsko ist, der ihr das Essen in ihr Käfterchen bringt. Richtich weeß ich nich, wo ich her bin, sagt alter Schätzikan, mitn Gutsinspektor soll se sich woll eingelassen hoaben, sagt er und meint seine Mutter. Ein bißchen stolz auf seine unbewiesene Abstammung ist er schon. Er bekundet sie vor der Welt mit einem dicken Siegelring, den er auf dem kleinen Finger trägt. Die alte Teinsko, heißt es, hat ihm den Ring vermacht, als es noch lichter in ihrem Kopfe war.

Die Barbierabteilung von Schmurling hat den meisten Zulauf. Wenn kein Stuhl mehr frei ist, dreht man sich einen hölzernen Futtereimer um und setzt sich drauf, oder man hängt sich vom Hof her ins geöffnete Fenster hinein. Wenn die Schenke ein Ort ist, an dem Zwistigkeiten ausgetragen werden und Schlägereien stattfinden, so ist Schätzikans Barbierstube ein Hort des Friedens. Die Burschen verständigen sich über ihre Tanzbodenerfahrungen. Es gibt einen ungeschriebenen Katalog der Tanzbodenmädchen von Bossdom und den umliegenden Dörfern: Die und die is scharf, heißt es. Mit die haste keene Mühe, heißt es, die und die legt sich freiwillig. Mit die und die brauchste viel Zeit und kommst doch zu nischte, heißt es. Burschen, die die Mädchen häufig wechseln, werden Durchzieher genannt. Zwischen den *Durchziehern* und Schmurling besteht ein sekretes Handelsabkommen: Schmurling kriegt von ihnen den doppelten Schurpreis und drückt dafür dem Durchzieher bei diesem geschäftlichen Handgemenge ein goldenes Fünf-Mark-Stück, eines, das man öffnen kann, in die Hand und wünscht: *Viel Glicke!*

Mir stutzt Schmurling das Haar nach der neuesten Mode, er *macht mir* einen Façonschnitt. (Im Bossdomer Ponaschemu natürlich *Fazzongschnitt* genannt.) Und er rasiert mir den Nacken scharf aus, rasiert mir den Bart hinfort, wäscht mit einer scharfen *Einreibe* nach, pudert mich und verrät mir flüsternd, daß er sich letzten Sonntag in Drieschnitz an *eene sone Kleene* rangemacht hat. Ein wenig krummbeinig sei sie, aber *mäg*, sie ist stabil und kriegt, wenns *zum Klappen kummt*, von zu Hause *dichtig* was mit.

Schmurling nimmt mir den weißen Barbierumhang von den Schultern, bepinselt mich und schüttelt den Umhang in der Ofen-Ecke aus. Eine schwarze Schabe, die am Hinterteil ein Ei mit sich trägt, das sie ablüften wollte, bezieht das Tuch-Ausschütteln auf sich, erschrickt und schlüpft hinter die Scheuerleiste.

Beim Bezahlen schiebt mir Schmurling unaufgefordert ein goldenes Fünf-Mark-Stück in die Hand und wünscht mir: *Viel Glicke!* Er hat mich in die Rotte der *Durchzieher* eingereiht. Ein linder Schreck durchzuckt mich, Abwehr will sich spreizen, aber dann erkenne ich, daß ich in den Dorfburschen-Adel erhoben bin, und laß mich von verschämtem Stolz überfluten, und ich sag: *Danke scheene* und zahle drauf.

Das Fünf-Mark-Stück aus Goldblech kommt mir zupasse. Es sind vierzehn Tage her, seit mir das mit dem Zwilling Mary widerfuhr, ich will nach Sabrodt, ich will sie besuchen, es bebt in mir in ihre Richtung hin.

Kannst ja moal bei uns nach Sabrodt werden, hatte

Mary gewünscht, und ich hatte es versprochen, doch wir verabredeten uns, ohne einen Terminkalender einzuspannen: Wenn du kommst, dann bist du da.

Um die sonntägliche Schummerstunde bin ich in Sabrodt.

Wo wohnen hier die Zwillinge?

Stückchen runter, gleich links.

Die Zwillinge arbeiten als Fabrikmädchen in Grodk. (Auch meine Mutter war früher Fabrikmädchen, wenn auch mehr so feiner mit eingewickelter Kaffeekanne, aber immerhin!)

Mein Zwilling sitzt, als hätte er mich erwartet, *sonntagsch* gekleidet auf der Hausbank: Pagenkopf mit Herrenwinker, Bubikragen und kniefreier Rock, alles *beisammde* und wie gehabt. Das lockende Lächeln, die schmiegsame Munterkeit. Ich komme dem guten Kinde wie gerufen, es hatte sonst nichts weiter vor.

Gehn wa bissel in die Heede?

Gehn wa!

Der Zwilling hinkt. Er hat sich *vorichte* Woche die Füße zertanzt. Ich habe meine guten Manieren bei der Hand, ich hake den Zwilling ein, und er küßt mich dankbar.

Mir ist danach, von jungen Rebhühnern zu erzählen, die mir *her zu* über den Feldweg rannten, doch ich fürchte, daß ich von meiner Mary wieder zu hören kriege: Weest woll nich, wie anfangen? Und ich fange lieber gleich an; ich bin gerüstet, und ich bin fleißig und habe es eilig nach der Schnur, und ich ernte zum Dank ein wohlbehägliches Schnurren, und das spitze Zünglein des Zwillings fährt mir ins Ohr, und das ist wieder so neu, so unerlebt, und es macht mich wild und macht mich begierlich, und ich betreibe alles so, wie es Mary mir vor vierzehn Tagen beibrachte, nur tummeliger und rascher, um ihrem neckischen Tadel zu entgehen, und wir kommen in voller Lust aufeinander zu, und wir werden in jenen Zustand gerissen, in dem Höhe und Tiefe sich nicht mehr unterscheiden; in jenen Zustand, der aller Schöpfung voraus war; in jenen Zustand, in dem Lust und Schmerz verklammert sind; in jenen Zustand ohne Vorher und Nachher; in jenen Zustand, in dem Nichts und Alles sich gleichen.

Dann zieht es uns lustabwärts, und wie, als ob wir fürchten, uns ineinander verloren zu haben, setzen wir uns voneinander ab und rufen uns seufzend nach überstandenem Wunder unsere Namen zu: Ach Mary, oh Mary!

Ich bin nicht die Mary, flüstert mein Zwilling, als wäre er aus der Namenlosigkeit, in der wir ein Zeitchen lang verweilten, nicht zurückgekehrt.

Das Ergebnis ist eine Enttäuschung. Wenn ich in Tolstois Romanen von Hurenhäusern und Dirnen las, erschien es mir unbegreiflich, daß eine Frau einen ihr unbekannten Mann über sich ergehen ließ und Zeitchen drauf wieder einen anderen. Freilich machte die Tatsache, daß die Freudenmädchen bei Tolstoi, auch unsere Dorfhure, Schwarze Hanne, sich das Eingehen auf ihnen unbekannte Männer bezahlen ließen, ihr Verhalten einsehbarer, aber nun diese Zwillinge! Sie nahmen es nicht bezahlt, sie gingen nicht aus Verlangen nach Kindern, sondern aus reiner Lust auf ihnen unbekannte Männer ein.

Bis dahin war ich der Ansicht, die Natur verwende die Lust, um neue Leben anzufachen, obwohl ich von gewissen Träumen her hätte wissen sollen, daß einen auch Lusterfüllung ohne Zweck überkommen kann, doch daran dachte ich nicht, den Mädchen aber verdachte ich es, kurzum, ich war verwirrt und war enttäuscht, bis Kräfte, die ich nicht willentlich entwickelte, mich wieder auf die Mädchen hinstießen.

Es kommt selten vor, daß jemand von weit her nach Bossdom kommt und dort bleibt. Sprachlich färben sich der Jemand oder die Jemandin nicht ein; unser Ponaschemu mit dem sorbischen Tonfall ist einzigartig.

Ich erzählte schon, daß Adolf Wittling sich in meine Schwester verliebte, daß er *Weilchen* mit ihr ging. Auch meine Schwester hatte sich in Adolf verliebt, aber dann sagte sie, er wäre ihr zu ruhig. Weiß der Deibel, was sie damit meinte. Meine Schwester war unernst, war locker und enttäuschte den armen Adolf, und da ich auch gerade enttäuscht bin, werfen wir unsere Enttäuschungen zusammen.

Das einzige Mädchen der Wittling-Familie ist, wie ihr wißt, nach Berlin geworden, war dort Hausmädchen und ließ sich von einem Berliner heiraten, und der ist, wie viele Berliner, nicht in Berlin ausgebrütet worden und deshalb berlinischer als ein Berliner. Er heißt Jan Poderewski. Die Wittling-Tochter, eine schöne bräunlich gefärbte Frau, kann ihr Bossdom nicht vergessen, doch sie muß in Berlin bleiben; ihr Mann ist Kleinbeamter, ist Müllkutscher, und wo wäre in Bossdom eine solche Stelle mit Pensionsberechtigung zu finden?

In Bossdom hat jede Familie ihre eigene Müllgrube. Ein Loch im Garten oder auf einem Feldstück hinterm Haus, und wenn das Loch voll ist, wird es mit Erde bedeckt, und es wird was drauf angesät. Det sollteta mal in Berlin riskiern, sagt Jan Poderewski abschätzig.

Die Urlaubswochen verbringen die Poderewskis alljährlich in Bossdom. Ihre Tochter, die noch klein ist wie ein Zickel, tragen sie im Rucksack, wenn sie von der Bahnstation Bagenz nach Bossdom trampen. Der Rucksack ist zugeschnürt, nur der Blondkopf des Mädchens guckt oben heraus. Wenn die Poderewskis in Bossdom einwandern, ist der Vollsommer da, und mit Jan Poderewski zieht ein Spaßmacher und Großsprecher ins Dorf ein, und man ist neugierig auf seine Narreteien.

An Sonnabenden, die im Dorf etwas Feierliches an sich haben, belagern die Dorfburschen den Ziegenberg und sind Zuschauer und Zuhörer, wenn die Wittlingsöhne stolz ihren Schwager Poderewski vorführen.

Jan Poderewski ist bemuskelt und bebaucht wie jene wandernden Ringkämpfer, von denen ich erzählte. Körperliche Bepacktheit gehört zur Berufsausstattung eines Müllkutschers; sie wird durch das Verschlingen vieler *Mollen* Bier untersteift. Die Müllkutscher schleppen die Mülltonnen von den Berliner Hinterhöfen nach vorn auf die Straße zum Fuhrwerk, je zwei Kutscher einen Kübel, und sie schieben die Haken ihrer Tragegurte hinter die Griffe der

Kübel, und sie legen einander die Arme um die Schultern wie *dicke Freunde*, und der schwere Kübel schwebt zwischen ihnen, und sie tragen ihn hinaus. Wer nich jenüjend Mollen kippt, sagt Jan Poderewski, hälts als Müllkutscher nicht lange aus. Wir glauben, was Jan Poderewski sagt, er muß es wissen, er kommt aus Berlin. Er behauptet zum Beispiel, daß sich ein Mann oder einer, der es werden will, die Oberwangen, also dort, wo die Wangenknochen herausstehen, nicht rasieren darf. Die Wittlingsjungs halten das getreulich ein und wir mit ihnen, und wir warnen auch andere Burschen im Dorf, und wir bringen sogar die Barbiere der Schätzikan-Sippe dazu, daß sie die Oberwangen ihrer Kunden unrasiert lassen. Und wennste nu doch doa oben rasierst? wird gefragt.

Denn wirste schon sehn, waste davon hast, heißt es. Jan Poderewski wird wohl wissen, was er sagt, er kommt aus Berlin.

Jan Poderewski legt sich eine Stange übers Genick und die Schultern, und zu beiden Seiten dürfen sich Jungburschen an diese Stange hängen, nur auf Gleichgewicht müssen sie achten. Und die Burschen baumeln an der Stange, und Jan Poderewski fängt an, sich zu drehen, schneller und immer schneller, ein lebendes Karussell. Das schafft kein Bossdomer, das schafft nur ein Berliner. Und nach dem Karussellfahren fragt Poderewski: Eene Flasche Bier hat woll zufällig keener bei sich, wat? Wir wissen Bescheid: Einer rennt in Matts Laden und kauft für Jan Poderewski eine Flasche Bier.

Inzwischen sitzt Jan Poderewski unterm Wildbirnenbaum und gibt Auskünfte über Berlin. Heute würde man sagen, er hält ein Forum ab oder führt ein Podiumsgespräch.

Is een Haus in Berlin so groß wie die Kirche in Gulitzscha? wird gefragt.

Von dieset Kirchlein kannste dreie in een Berliner Haus rinschieben, antwortet Jan.

Da müßta ja viele Pferde in Berlin haben, um euren Dreck abzufahren, wird gefragt. Es wird dem Frager Bescheid, daß der Dreck in Berlin Müll heißt und daß die Müll-Abfuhr im Bereich des Görlitzer Bahnhofs allein zweihundert Pferde im Stall haben dut, aber Pferde, nich solche Krücken, wie in Bossdom rumloofen. So isset nu mal in Berlin. Zu trinken hat wohl keener wat hier? Einer von den Forumsgästen erhebt sich und holt Bier. Jan Poderewskis Erzähl- und Aufschneidebereitschaft nimmt mit jedem Bier an Gewalt zu. Ob er den Kraftmenschen Breitbart gesehen hat, als der in Berlin auftrat, will ich wissen.

Woher ich weiß, daß Breitbart in Berlin uffjedreten is?

Aus der *Morgenpost.*

Jan Poderewski sagt nicht gradezu, daß er Breitbart auf der Bühne gesehen hat, doch er erzählt, als ob es sich bei Breitbart um seinen Bruder handeln würde, wie der Kettenglieder knackt, Eisenstangen biegt, Hufeisen streckt und Vierzöller-Nägel mit der Faust durch Bohlen treibt. Zu trinken hat hier wohl keener wat, wat? Ich fühle mich verpflichtet, um Bier zu rennen, obwohl ich bezweifele, daß Poderewski Breitbart gesehen hat; gewiß erzählte er nur das, was auch er in der *Morgenpost* gelesen hat.

Poderewski lädt seinen Schwager Adolf und mich ein, ihn in Berlin zu besuchen. Er rechnet damit, daß wir Bossdomer Burschen uns nicht zur Großstadt hintrauen, aber er verrechnet sich; Adolf und ich machen auf Pfingsten nach Berlin.

Mit Rad nach Berlin? fragt man uns ungläubig.

Irgendwie wern wa schont hinkumm, antworten wir und packen unsere Rucksäcke voll *Schnieten,* und jeder nimmt eine emaillierte Blechflasche voll Kaffee mit. Schlafanzüge kennen wir nicht, Nachthemden brauchen wir nicht. Adolf hat sich einen Tag Urlaub geben lassen, ich habe Ferien, und am Pfingstfreitag-Nachmittag fahren wir los und *trämpeln* gegen Berlin an.

In Golzen kriegen wir es mit dem Abend und mit der Nacht zu tun. Wir kriechen in eine Feldscheune, stopfen uns voll Schnieten, trinken unseren Malzkaffee und übernachten.

Am Sonnabendmittag fahren wir in Berlin ein. Einen

Stadtplan haben wir nicht, aber wir wissen, daß Poderewskis in der Forster Straße wohnen. *Forschte* ist unsere Nachbarstadt, wir wähnen also, Poderewskis nicht zu verfehlen, wenn wir auf der Straße bleiben, auf der wir sind. Irgendwo, erwarten wir, wird uns auf einem blauen Straßenschild unsere Hoffnung bescheinigt werden, aber leider ist die Welt nicht so eingerichtet, wie sich das zwei Bossdomer Burschen vorstellen. Wir fangen an, nach der Forster Straße zu fragen. Die Berliner Leute reden wie von einem Podest zu uns herunter: Forster Straße? die jibt et, det weeß ick, aber wo, det weeß ick nich. Ihr seid woll aus Krebsjauche? Krebsjauche ist ein Ort, der inzwischen umbenannt wurde, aber damals gabs Krebsjauche noch, und die Berliner kennzeichneten damit die dunkelste Provinz. An dümmlicher Überheblichkeit hats einer gewissen Sorte Berlinern nie gefehlt, den Zugereisten nämlich, die mit dieser dümmlichen Überheblichkeit beweisen wollten, echte Berliner zu sein.

Wir fahren weiter auf die Mitte der Stadt zu, kommen in die Nähe des Görlitzer Bahnhofs, und unser Geradeausfahren fängt an, sich bezahlt zu machen. Daß es sich dabei um Instinkt handelt, wissen wir nicht, aber wir haben ihn. In der Nähe des Görlitzer Bahnhofs treffen wir auf Leute, die die Forster Straße kennen. Mensch Jungs, sagt man uns, könnta nich lesen, ihr seid ja mitten drinne.

Wir suchen das Mietshaus mit der Nummer, die wir uns aufgeschrieben haben. Soeben ertappe ich mich dabei, meinem Gedächtnis diese Hausnummer abzufordern, da kommt mir die Befürchtung, daß ich mir damit, falls die Hausnummer nicht stimmen sollte, einen unwichtigen Briefwechsel ins Haus holen würde. Es gibt Leser, die es glücklich macht, wenn sie einem Autor kleine sachliche Unrichtigkeiten nachweisen und auf *mangelnden Realismus* hinweisen können. Manchmal habe ich den Eindruck, daß jene Leser, um zu ihrem *Glück* zu kommen, Bücher lesen, damit sie darin etwas finden, was nach ihrer Meinung nicht stimmt.

Also lasse ich das Mietshaus in der Forster Straße in

Berlin unbenummert. Wir stellen unsere Fahrräder an einer eisernen Straßenpumpe ab. Ich bewache sie, und Adolf geht ins Haus hinein. In unseren Heidedörfern ists nicht üblich, daß man seinen Besuch ankündigt. Wenn man kommt, ist man da und kann verlangen, daß sich gefreut wird.

Die Poderewskis empfangen uns mit Ausrufen, denen wir nicht ankennen können, ob wir ihnen eine Freude oder eine Unfreude sind.

Mensch, det isn Ding! sagt Jan Poderewski.

Zwee so Kerle mit lange Seiten, sagt Ida Poderewski und denkt an ihre Eßvorräte.

Ihr werd doch bissel was im Keller hoabn, sagt Adolf zu seiner Schwester. Aber nichts ist im Keller, und gleich ist Ladenschluß.

Hätta nich konnt ne Karte schreiben?

Meine Empfindsamkeit will aufbocken, aber den langen Weg zurückträmpeln, noch dazu allein?

Dann die kleine, kleine Wohnung. Sie läßt die Großsprüche Jan Poderewskis, mit denen er uns in Bossdom unterhielt, zusammendorren. Vorn ein kleiner Vorraum, so lang wie das Fahrrad, das dort unter der Gas-Uhr steht, das Familienfahrrad. Nun kommen unsere Fahrräder hinzu, und wir müssen uns die Pfingstzeit über seitlich an den Fahrrädern vorbeischieben, als wären sie hohe Persönlichkeiten, an denen man nicht mit abgewendetem Gesicht vorübergeht. Die Küche eng und klein wie der Kochraum in einem Puppenspielerwagen. Die Stube ist Schlaf- und Wohnstube zugleich. Das Klosett auf dem Treppenabsatz.

Ich habe nicht die Absicht, die Wohnung noch ausführlicher zu beschreiben, ich will euch nur verdeutlichen, wie klein alles ist, wenn man es an den großspurigen Reden von Jan Poderewski mißt. Hier muß er nun seine Familie, sich und sein großes Mundwerk unterbringen, und das Wohnrecht für diesen Starenkasten zwischen Himmel und Erde muß teuer bezahlt werden, und man muß zufrieden sein, wenn man in diesem Berlin eine Wohnung hat, und daß man städtischer Beamter und nicht arbeitslos, nicht ausgesteuert, nicht obdachlos ist und unter so beengten Verhältnissen sein Glück ernten darf.

In einem der Ehebetten schlafen Jan und das blonde Zickeltöchterchen, im anderen schlafen Adolf und ich, in der Küche schläft Ida auf einem Notbett. Bevor Ida am Morgen nicht aufgestanden ist, können alle anderen nicht aufstehen, und überall stoßen wir an die Verlegenheit, in die wir die Poderewskis brachten.

Am Vormittag schwärmen wir aus: Jan, Adolf, das Zikkelmädchen und ich; Ida muß Bewegungsfreiheit haben, damit sie den Blumenkohl abkochen und das Mittagessen für uns herrichten kann. S-Bahn und U-Bahn sind für mich neu, aber sie beeindrucken mich nicht. Wir legen uns längelang in Treptow auf die Spielwiesen. Sind wir nach Berlin geträmpelt, um ähnlich im Gras zu liegen wie daheim in Bossdom?

Nee Mensch, hier biste nich so alleene, tröstet Poderewski.

Und das ist wahr: Ringsum Menschen, Menschen, Geschnatter und Gelächter, das himmelan steigt, und auch Jan Poderewskis Redereien werden wieder großräumiger, ähnlich wie in Bossdom, wenn wir unter dem Wildbirnenbaum auf dem Ziegenberg lagen.

Jan Poderewski zieht seine Taschenuhr aus der vom Müllkutscherbauch gewölbten Weste. Wir müssen eilen. Die Salzkartoffeln in der Küche der Poderewskis bestimmen unser Tempo. Pfingstsonntag und kalte Kartoffeln, det wärn Ding! sagt Poderewski.

Nach dem Mittagessen heißts, det jrüne Berlin habta Vormittag jehabt, Nachmittag jehts inne Stadt rin! Friedrichstraße müßta sehn und Untern Linden müßta sehn. Die Geschäfte mit vornehmen Auslagen ernten mein Erstaunen nicht, aber die Buchhandlungen. Mein Gott, mein Gott, wie viele Bücher! Ein Buch erregt mich: *Wie lerne ich Geschichten schreiben*, ist sein Titel. Aber der Preis, der Preis! Aber auch die Zoologischen Handlungen ziehen mich an: Ein Pinsel-Ohr-Äffchen *täte* mir gefallen, auch eine Wüstenspringmaus würde meine Kaninchenställe daheim beleben, aber schon rufen die andern, die weitergegangen sind: Wat kiekste bloß und kiekste? Und ich muß traben.

Dann fällt mir ein, daß ich aufmerken wollte, ob mir nicht der Tango-Geiger Dajos Béla oder der erste Radioansager Alfred Braun im Berlin-Gewimmel begegnen. Mein Ohr kennt den Klang der Béla-Geige, kennt die sonore Stimme von Alfred Braun, jetzt hätte ich sie mir gern beguckt. Dajos Béla spiele zuweilen zum Fünf-Uhr-Tee im Hotel *Esplanade*, war in der *Morgenpost* zu lesen. Ich lasse mich zum Potsdamer Platz führen. Jan Poderewski glaubt, daß es mir um den ersten deutschen Verkehrsturm dort geht, aber ich will auf die Terrasse vom *Esplanade* und will dort eine Brause trinken, um etwas *noahender* an Dajos Béla heranzukommen. Poderewski lacht mich aus: Im *Esplanade* gibt es keine Brause, sagt er, und man muß einen schwarzen oder einen weißen Anzug haben, und was man noch alles haben muß, wenn man ins *Esplanade* will, und ich kann nicht verstehen, wie man in einer Stadt leben mag, in deren Kneipen man nicht hinein darf, und daß man, wie Poderewski, noch stolz drauf ist, in einer Stadt zu wohnen, in der es Kneipen gibt, in die sie nur hinein dürfen, wenn sie keine *gewöhnlichen Sterblichen* sind – und eben, ich kann das nicht verstehen.

Während wir in der Berliner Innenstadt umherzockeln, hält Ida Poderewski Ausschau nach einer gängigen Frau für ihren Bruder Adolf. Sie denkt an die Männerwirtschaft daheim auf dem Ziegenberg, sie denkt an Vater Wittling, der den Söhnen Vater und Mutter zugleich sein muß, und daß es gut wäre, dort eine *haushaltsfähige* Frau einzupflanzen. Sie verfällt dabei auf die Schwester der Flurnachbarin, ein durchwachsenes, gern lachendes Landmädchen aus der Gegend von Posen, das bei *hochen Herrschaften* in Berlin in Stellung ist. Ida Poderewski bewinkt ihre Flurnachbarin, und so kommts, daß wir am Abend nach nebenan zu Besuch gegangen werden, und dort ist zufällig das Mädchen Mariechen zu Gast, um ihre Schwester zu besuchen. Ein *Fläschken* Bier und noch ein *Fläschken* Bier, und es wird ein bißchen erzählt, wie es in der Gegend von Posen zugeht, und Jan Poderewski macht seine Witze, und die beiden Flurnachbarinnen blinkern sich zu, und auf einmal heißts: Die Jugend will *jewiß noch bißken* an die Luft. Ich bin nicht so sehr damit gemeint, aber mein Freund Adolf besteht darauf, daß auch ich Jugend bin: Wenn schon an die Luft, dann muß ich mit. Es ist ihm befremdlich, allein mit einem Posener Mädchen die Forster Straße runter und durch Berlin und wer weiß wohin zu gehen.

Wir kalbern durch die Straßen um den Görlitzer Bahnhof, das heißt, ich kalbere, und Adolf ist still, und ich kalbere, weil Adolf still ist. Ich spiele Theater, und weiß noch nicht, daß Theaterspielen in der nächsten Zeit meine große Leidenschaft werden wird. Man kann doch nicht neben einem Mädchen einhergehen, es wie Adolf mit unausgesprochenen Gedanken unterhalten, mit einem Mädchen, das aus der Gegend von Posen stammt und, schon berlinisch eingefärbt, einen Glockenhut trägt.

So vergeht unsere Zeit in Berlin, und meine Hoffnungen, die mich begeistert dorthin trämpeln ließen, haben sich nicht erfüllt. Ich habe weder Dajos Béla noch den Rundfunksprecher Alfred Braun gesehen. Auf ein Buch, das mich interessiert hätte, und eine Wüsten-Spring-Maus mußte ich verzichten, kein Geld, kein Geld! Die *hochen* Gebäude machten mich nicht erstaunen, Theater und Museen existierten für die Poderewskis nicht, also näherten sie sich auch mir und ich mich ihnen nicht, und die modernen Männeranzüge in den Schaufenstern machten mich nicht begierig. Ich bin ein Weiser mangels Mitteln. Wie vieles gibt es doch, was ich nicht brauche!

Mein Freund Adolf Wittling allerdings scheint in Berlin auf etwas Brauchbares gestoßen zu sein, auf dieses Mariechen da, mit dem er wenig, wenig gesprochen hat. Ich kann mich nur an eine Frage erinnern, die er dem Mädchen stellte: Ob sie da, von wo sie herkommt, auch Ziegen haben, und ob das Mariechen melken kann. Und die Antwort war: Sie haben dort Ziegen, und melken kann das Mariechen auch.

Am zweiten Pfingsttag schleppen wir unsere Fahrräder

vier Treppen abwärts. Adolf wird von seiner Schwester noch mal in den Hausflur zurückgerufen, und sie *bepischpern* dort etwas. In Bossdom ists nicht Sitte, sich für eine solche Taktlosigkeit zu entschuldigen, es heißt höchstens: Wir hutten was zu bereden, das brauchtest du nich groade hörn.

Den Rückweg nehmen wir in einem Satz, wir übernachten nicht, wir trämpeln durch bis Bossdom; Freund Adolf muß am nächsten Morgen in seiner Glasschleiferei sein. Wir werden von Nachbarn und Freunden bestaunt wie Mitglieder einer Expedition, die den Nanga Parbat bezwungen hat. Auch mein Vater staunt. Er hat sich als *junger Kerl* so manches geleistet, hat als Soldat zum Beispiel so lange am Thermometer gerieben, bis er das Wolhynische Fieber und Genesungsurlaub kriegte, und hat mit Hilfe dieses Genesungsurlaubs meinen vorletzten Bruder Tinko gezeugt, aber einen Tagesritt von Berlin nach Bossdom, gibt er zu, hätte er sich nicht abverlangt, nein!

Drei Wochen später fährt Freund Adolf wieder nach Berlin. Diesmal fein *in Schale geschmissen und vorgestoßen.* Er fährt von Däben über Weißwasser mit der Bahn nach Berlin und sagt mir nichts davon. Aber was kann in Bossdom verheimlicht werden? Nach einigen Wochen begeht er die Heimlichkeit wieder, kommt verlobt zurück und trägt einen steinlosen Ring aus Golddoublé an dem für Ringe vorgesehenen Finger der linken Hand. Was willste machen, sagt er, eene Frau muß her; Vater wird älter und muß sich einärgern uff uns Jungs, und er macht sich selber schlecht, um einen Grund für seine Verlobung zu haben. Oder ist es Schwester Ida, die aus ihm spricht? Es ist ja so, daß jemand mit uns über etwas spricht, uns über etwas aufklärt, was er nicht selber erlebt hat, was er sich hat erleben lassen, es spricht durch ihn ein anderer zu uns. Es ist nicht so kompliziert, wie es sich hier liest, und wir erleben es täglich.

Freund Adolf heiratet sein Mariechen. Es geht nicht an, daß sich Vater Wittling und alle Adolf-Brüder nach Posen wälzen. Es ist nur *eine* Bahnfahrt zu bezahlen, wenn Mariechen von Posen nach Bossdom fährt, hochzeitet und dort bleibt und ihre Posener Moden und Sitten ins Dorf bringt.

Die jungen Wittlings pachten ein Stück Land und ziehen sich noch zwei Ziegen auf, und Adolf macht auf dem Acker und im Ställchen eine zweite Schicht, wenn er von der Arbeit kommt. So ists nun mal bei den kleinen Leuten in Bossdom, wenn sie vernünftig leben wollen.

Wieso bin ich als Sechzehnjähriger noch so unangestädtert, weshalb noch so rungsig und eckig, obwohl ich durch die *Schule für gutes Benehmen* der Mina Baltin ging? Weil mir diese Schule mißfiel. Ich dienere und danke, frage, *welche Zeit ist es*, nenne eine Tisch-Decken-Verzierung einen *Läufer*, und die tiergehörnte Wohnstube nenne ich *Wohnzimmer*, aber nur, wenn Mina in der Nähe ist, weil mir ihre Ermahnungen und ihre schnarrende Stimme zuwider sind. Ich bin wie der Hund im Zirkus, der nur in Gegenwart seines Dresseurs aufrecht auf den Hinterbeinen läuft. Ich kann mich nicht entschließen, sprembergisch zu reden, ich verstecke mein Bossdomer Maul nicht. Meine Mitschüler können mich nicht zu sich nach Hause nehmen und ihren Eltern vorweisen, ich bleibe für sie Kito von Saspow, nur eine gewisse Lonka Spadi fand mich exotisch und gottlob so anders, aber wann war das?

Freilich sind da Wullo Kanin und Frede Worreschk, die Halbfreunde, mit denen ich nicht durch dünn und dick, sondern nur durch dünn gehe. Es ist mir zum Beispiel nicht möglich, mehr als eine Flasche Bier zu trinken, um Frede Worreschk *gefällig* zu sein. Gewiß hatte er mir großmütig ein Mädchen hingetan, das mich im Tanzboden-Liebesleben unterwies und es mir leicht machte, doch ich konnte Frede dafür nicht länger als zwei Wochen dankbar sein.

Und Wullo Kanin, sucht er meine Freundschaft nicht wirklich? Das wohl, aber ich ertrage es nicht, linkisch neben seinem behenden Benehmen einherzugehen. Er ist der goldgefiederte Italienerhahn, der jede Henne mit schleifenden Flügeln angeht und zum Treten kommt.

Jetzt hat er es übrigens geschafft, sich durch einen Quartaner, dem er angeblich Nachhilfestunden gibt, in eine Fabrikanten-Familie einzugockeln. Einer, der ab und zu noch bei mir um Nachhilfe einkommt, gibt jetzt anderen Nachhilfe. Ein bissel hochstaplerisch, wie?

Alsbald stellt sich heraus, daß es sich nicht um Nachhilfe bei dem Quartaner, sondern um Aushilfe bei der Mutter seines Stündlings handelt. Wullo Kanin, der Frühreife, der Geniale, hat bei der Fabrikantengattin, wie man heute sagen würde, eine Marktlücke entdeckt. Sie wohnt mit ihrem Gatten in einem Industrieort in der Nähe von Grodk. Ich nenne den Ort nicht. Ich erwähne nicht einmal, daß der Fabrikant es mit Glas zu tun hatte. Seit mein Buch *Der Laden* erschien, wird in meiner Heimat nachgeforscht: Wer ist wer? Und man kommt dabei zu falschen Schlüssen und behauptet, ich hätte diesem und jenem und solchen etwas angedichtet, was sie nicht getan haben. Und sie bestehen darauf, daß sie die im Roman vorkommenden Leute erkennen, vor allem sich selber. Und es kommen Leserbriefe, in denen angefragt wird, wieviel Prozent von dem, was ich aufschrieb, auf Wahrheit beruhen, und wieviel Prozent erdichtet, um nicht zu sagen erlogen, sind. Ich antworte diesen Lesern hiermit: Wahrlich, ich sage euch, dieses Buch da und dieses Buch hier enthalten neunzig Prozent Wahrheit und zehn Prozent Erlogenes. Ich sage absichtlich Erlogenes, weil jene Leser den Unterschied zwischen Dichtung und Lüge nicht anerkennen. Vielleicht hätte ich es wie der *hoche* Dichter machen sollen, den ich in meiner Dorfschulzeit Go-ethe nannte, und hätte den Büchern, von denen die Rede ist, den Untertitel *Dichtung und Wahrheit* geben sollen, aber dann hätte es bei jenen Lesern geheißen: Was zuviel ist, ist zuviel! Er ist in Grodk geboren und nicht in Frankfurt am Main, und er soll, im Jargon gesagt, hübsch auf dem Teppich bleiben, auf dem man bleiben muß, wenn man in Grodk geboren ist, nich woahr nich, nich woahr?

Das mit Wullo Kanin und der Fabrikantengattin hält an. Bis jetzt weiß nur ich, daß es nicht Gerede, sondern Gemache ist. Merkwürdigerweise läuft mir Wullo Kanin bei all seiner Genialität und Überlegenheit nach und wünscht meinen Rat oder meine Zustimmung. Er zeigt mir zum

Beispiel die Gedichte, die er auf die Fabrikantengattin gemacht hat. (Gedichte habe ich stets bewundert. Ihr wißt, daß ich eine Dichterin zu meiner Gefährtin machte, und daß die mich, den Großraum-Lügner, zu ihrem Gefährten machte.) Wullo Kanin liest seine Gedichte mit viel niederrheinischem Pathos vor, aber das gilt bei mir nicht, ich muß sie unaufgemutzt vor Augen haben, und ich lese sie, und ich vergleiche sie mit anderen Gedichten von anderen Dichtern, die ich in mir umhertrage. (Damals weiß ich noch nicht, daß nur Leser und Kunstbetrachter, die meinen, man könne die Mengenlehre auch in der Kunst anwenden, Kunstwerke miteinander vergleichen, Leute, die ignorieren, daß ein wirkliches Kunstwerk einmalig ist, und daß es kein anderer als der, der es gemacht hat, hätte machen können.)

Aber wie gesagt, damals vergleiche auch ich noch und finde die Liebesgedichte von Wullo Kanin, wenn ich sie gegen die stimmungsvollen Gedichte von Storm halte, triebhaft, weil in ihnen immerzu davon die Rede ist, daß er sie letztlich begattet hat und demnächst wieder begatten will, und daß er das alles mit dem Enthusiasmus eines Besoffenen besorgt.

Und ich sage Wullo Kanin, was ich von seinen Gedichten denke, und er sagt, ich könne das nicht recht verstehen und könne das Glück nicht ausmessen, von einer so reifen Frau geliebt zu werden.

Danach kommt Wullo eine Weile mit seinen erdichteten Angelegenheiten nicht mehr zu mir. Aber dann kommt er doch wieder, und der Deibel weiß, weshalb er immer wieder zu mir kommt, aber Wullo erklärt es mir: Du bist so wohltemperiert, sagt er. Das mißfällt mir, besonders, wenn ich es aus dem Munde von Wullo Kanin höre, weil ich weiß, daß er sich dieses Wort, wie viele andere Fremdwörter, angelesen hat und, kaum gelesen, damit umherwirft und eben das tut, was ich nicht *verknusen* kann.

Aber dann teilt er mir mit, es ginge um arg ernste Dinge, und ich müsse ihn anhören, und er braucht meinen Rat, er hat seine Fabrikantengattin geschwängert. Sie hätte es ihm gesagt, und sie wäre stolz drauf, von ihm geschwängert zu sein, denn sie liebt und liebt ihn. Meine Herrschaften! Und nun? Wullo Kanin sagt, er ist so beglückt von seiner Vaterschaft, und zuweilen zwackt ihn das Verlangen, seinem Stündling mitzuteilen, daß er ihm zu einem Brüderchen verhelfen wird.

Die Fabrikantengattin (wenn du wüßtest, was für schöne Lippen sie hat!) will Wullo Kanin ein Kunststudium ermöglichen, wenn er die Untersekunda absolviert und *das Einjährige* erworben hat.

Und dann willst du Dichtung studieren?

Nein, es zieht Kanin in letzter Zeit mehr zur Malerei, zumal für die Fabrikantengattin Malerei mehr Kunst ist als andere Kunst. Ich soll Wullo raten: Soll er das Stipendium annehmen?

Es muß wohl doch etwas von dem Advokaten in mir stecken, von dem mein Großvater erwartet, daß er aus mir herauskommen wird. Ich rate Wullo Kanin, er möge das mit seiner Fabrikantengattin schriftlich ausmachen, denn es könnte sein, daß ihr seine Liebe, wenn sie noch schwängerer wird, unlieb werden könnte, und daß es ihr leid werden könnte, ihrem Nadelgeld die Summe für die Malereistudien zu entziehen. Also schriftlich, nichts als schriftlich!

Nein, Wullo wird nicht in die herrliche Liebe mit Dokumenten einfallen und sie herabziehen.

Wie vorauszusehen war, frißt die Schwängerung, die Wullo Kanin der Fabrikantengattin angedeihen ließ, an der süßen Liebe: Zuerst macht sie das Stipendium, das sie Wullo versprach, von einer kräftigen, nicht zu übersehenden Talentprobe abhängig. Wullos Nachhilfestunden für den Fabrikantensohn wurden nicht recht sichtbar; bei der Gattin des Fabrikanten wird Wullos Erfolg jedoch langsam unübersehbar. Der Muttertrieb scheint am Vorhaben der Fabrikantengattin zu zehren. Sie fürchtet sich vor dem Augenblick, wo sie nackt und ohne Nadelgeld in der Welt stehen wird, deshalb beschließt sie, ihrem Gatten die Sorge um die künstlerische Entwicklung von Wullo Kanin zu überstellen. Sie bestimmt, daß Wullo sein Genie in Sachen

Malerei ihrem Herrn Gemahl und der Öffentlichkeit sichtbar macht.

Ist Wullo Kanin je in Verlegenheit zu bringen? Er findet seinen Weg rasch wie der Sonnenstrahl das Schlüsselloch. Das habe ich stets an ihm bewundert. Er flucht und bezichtigt seine Geliebte der finanziellen Untreue, dreht sich um und tut sich mit einem malerisch begabten Oberprimaner zusammen, mit einem Tuchmachersohn, dem Lieblingsschüler von Zeichenlehrer Feldmann, einem Schüler, der langsam im akademischen Zeichnen und Aquarellieren bis zur Höhe der Feldmannschen Kunstfertigkeit geklettert ist, den Feldmann mit dem klassischen Satz aus Malerbiographien belehrt: Ich gab, was ich dir geben konnte; nun mußt du dich nach einem größeren Meister umschauen!

Wullo Kanin weiß von dem Vorrat an gezeichneten, aquarellierten und geölten Malereien des Oberprimaners Nuglisch. Es ist leicht, Nuglisch für eine gemeinsame Ausstellung zu gewinnen. Das Ausstellungsdatum wird festgelegt, der Gymnasiast Schupang wird von den beiden künftigen Ausstellern in Begeisterung versetzt. Schupangs Vater, der Besitzer des Hotels *Zum Stern*, neigt etwas zur Wohltätigkeit; er schenkt den beiden aufstrebenden Künstlern für acht Tage die Benutzung seines Hotelsaales zum Hängen ihrer Kunstwerke. Wullo Kanin hat leider keine Bestände an genialer Malerei auf Lager. Seine Hinwendung zu dieser Kunst ist, wie wir wissen, verhältnismäßig neu und jung. Aber nun ist dieser Ausstellungstermin beschlossen und festgesetzt, und Wullo muß schnellstens ausweisen, wieviel malerische Genialität in ihm steckt.

Um jene Zeit macht der Kubismus von sich reden. Ich weiß es aus der *Berliner Morgenpost*. Wer nicht erkennt, daß übereinander aufgetürmte Würfel auf einem von Wullo Kanins Aquarellen die Alpen darstellen, ist künstlerisch ungebildet oder hat den Titel unter dem Gemälde übersehen. Und eben, auf die Titulierung kommt es bei Wullo Kanins Werken besonders an. Eine einfallslose graue Fläche zum Beispiel würde niemand als den Blick auf den

Giebel des Nachbarhauses erkennen, ohne den Titel gelesen zu haben.

Für die Schule tritt Wullo Kanin in den Krankenstand. Daheim malt, zeichnet, aquarelliert und ölt er, verbraucht das Haushaltsgeld seiner Mutter und bringt das Familienleben in Unordnung. Wullos Schwestern stieben, sobald sie aus der Schule kommen und gegessen haben, wieder davon. Wullos Malergenie braust und tobt. Kanins Wohnung ist bis in die Küche hinein ein Atelier. Er malt zum Beispiel das Porträt eines Studienrats: Einen Würfel, auf dem ein kleinerer Würfel sitzt, der eine Brille trägt. Ein anderes Porträt heißt Onkel: Der Mund eines Mannes ist eine geöffnete Schublade, und in der Schublade befindet sich die Klaviatur eines Pianos, und Wullos Wüterei nimmt bis zum Ausstellungsbeginn kein Ende.

Endlich der Tag der Ausstellungs-Eröffnung. Vor der Hoteltür stehen zwei Werbeplakate, eines für Nuglisch und eines für Kanin. Auf dem Nuglisch-Plakat ist die einwandfrei abgemalte Stadtkirche zu sehen; auf dem Kanin-Plakat tanzen einige Würfel einen Reigen. Es sind Gäste geladen, allen voran Redakteur Heiter vom *Spremberger Anzeiger*, natürlich auch Zeichenlehrer Feldmann, überhaupt alle Lehrer des Gymnasiums und des Lyzeums, und schließlich bin auch ich eingeladen, als Ehrengast, wie Wullo Kanin betont. Mir ist beklommen zu Sinn, weil ich von den wilden *Kunstwerken* des Halbfreundes nichts halte, und weil mir die Werke des Oberprimaners Nuglisch zu akkurat, zu fotografisch und wie von einem Architekten gemalt sind. Mir ist außerdem nicht bekannt, wie sich ein Ehrengast zu verhalten hat, und ob ich mir nicht hätte das Haar mit der Brennschere kräuseln lassen müssen. Ich weiß nicht, wie ich unter den Herrschaften, auch Honoratioren genannt, aussehen soll, deshalb starre ich, während Zeichenlehrer Feldmann die Eingangspredigt hält und die Ausstellung eröffnet und immer wieder eröffnet, auf die blanke Glatze von Redakteur Heiter und versuche mir vorzustellen, was unter der glänzenden Haut dieses Schädels vor sich gehen mag.

Wullo Kanin begrüßt seine Gäste mit *ausgesuchter Höflichkeit*, wie es in Zeitungs-Romanen heißt. Er verbeugt sich, gurrt wie ein Turteltäuber, streut Floskeln aus, dankt und bittet und bittet und dankt von links nach rechts und von rechts nach links. Leider sind sein Mäzen und dessen Gattin nicht gekommen, und ihre Abwesenheit verdunkelt Wullos Zukunft.

Ein kaltes Büfett, das die Blicke der Kunstbetrachter unausgesetzt zweiteilt, wird nicht verabreicht. Die Gäste sind gezwungen, sich mit Kunst zu sättigen. Die Lobeleien und die Bewunderungen sind verlogen; ein Kleinstädter fürchtet sich vor dem anderen, er könnte für kunstunkundig gelten, und die alte Geschichte von des Kaisers neuen Kleidern wird durchgespielt.

Die Gäste bedanken sich bei den jungen Künstlern für die Einladung und gehen gemessen, als ob sie ein Heiligtum verlassen, aus dem Hotel. Frau *Sanitätsrat* Tschibold bedankt sich bei Oberprimaner Nuglisch vor allem für das schöne Bild vom Kirchplatz, es ist so natürlich. Bei Wullo Kanin bedanken sich die Gäste weniger. Es braucht seine Zeit, bis das Verständnis für Kubismus bei den Kunstbetrachtern in Grodk angekommen ist, tröstet er sich; im übrigen ist er wütend: sein Gesicht ist rot wie die Brust eines Gimpels, und es läuft ihm geschmolzene Pomade bei den Wangen herunter. Er bittet mich, zu bleiben und sein letzter Gast zu sein, vielleicht kommen die, auf die er gerechnet hat, doch noch. Er geht mit mir betörend höflich um: Es gibt nur zwei Leute in dieser stinkenden Kleinstadt, sagt er, die an sein Genie glauben. Der eine Leut ist seine Mama, der andere bin ich, glaubt er. Ich brings nicht übers Herz, ihm zu sagen, er glaubt nur, daß ich an ihn glaube. Es ist seine Unverfrorenheit und seine Glätte im Umgang mit anderen Menschen, die mich immer wieder staunen machen. Ich bewundere diese Gabe, die ihm da gegeben ist, eine Gabe, die mir nicht gegeben ist. Eben deshalb geht ein magischer Zug von Wullo Kanin auf mich hin, jener magische Zug, der von einem gewissen Harry Domela ausgegangen sein muß, der in jenen Jahren als Kronprinz auftrat und viele Menschen davon überzeugte, daß Kronprinz sein wirklicher Beruf war.

Aber die Erwarteten kommen und kommen nicht. Es geht eine kleine Weinerlichkeit in Kanin um. Er klammert sich an mich: Wir müssen in *Michalks Konzerthaus* gehen und uns dort von lieben Mädchen trösten lassen, sagt er und zieht einen Fünfzig-Mark-Schein aus der Hosentasche, eine Zuwendung seiner Frau Mutter, ein Beweis, daß der Glaube an das Genie ihres Sohnes unerschütterlich ist. Das Geld hat die Mama von Wullos Onkel geborgt, dessen kubistisches Porträt, ihr wißt, das Porträt jenes Mannes mit der Klaviatur im Maul, in der Ausstellung hängt.

In *Michalks Konzerthaus* treten die singenden Seefahrer-Sisters, eine Familientruppe, auf, Vater, Mutter und drei zierliche Töchter. Sie füttern die Konzerthaus-Besucher mit Shantys und Ozean-Romantik. Ich höre zum ersten Male das unausrottbare Lied von der *Weißen Taube*, ihr kennt es, ich muß es euch nicht vorsingen.

Die Truppen-Mama spielt Klavier, der Papa spielt Gitarre und holt mit einem Schlagzeug von Zeit zu Zeit die Donnergeräusche von sich überschlagenden Meeres-Wellen in das Konzerthaus, und vorn stehen die zierlichen Mädchen in Matrosen-Kostümen mit großen bunten Bommeln an den Mützen, sehen aus wie Drillinge und nehmen mich sogleich für sich ein. Denk nicht, daß das Drillinge sind, sagt Wullo Kanin; für seinen Malerblick sind es wahrscheinlich drei ungleich große Würfel.

Zwischen den Darbietungen der Truppe wird den Gästen Gelegenheit gegeben, Wein zu bestellen, überhaupt, tüchtig was zu verzehren und zu tanzen. Auch die drei Matrosen-Mädchen sind betanzbar und halten sich den Gästen zur Verfügung. Du kannst dir eine solche holen, sagt Wullo, aber ich sage dir, es wird dir dabei sein, als ob du mit einem Stock tanzt. Ich aber bin menschengläubig, besonders, wenn es sich um zierliche Mädchen handelt, und ich hole doch eines zum Tanz, und das ist wirklich stocksteif und bittet um Entschuldigung, es habe selten die

Ehre, betanzt zu werden. Um unser Gespräch in Gang zu halten, frage ich, wie lange das Mädchen schon Künstlerin ist, und es sagt, es wäre schon immer Künstlerin gewesen. Da trifft uns ein strafender Blick vom Herrn Papa, der hinter seiner Pauke sitzt, und das Mädchen verstummt, und es bleibt stumm, und meine kleine Zuneigung erfriert.

Inzwischen hat Wullo Kanin zwei Grodker Mädchen an unseren Tisch geholt. Ich kenne sie vom Sehen. Beide sind *nicht unhäßlich*, die eine ist sogar fast schön und wird die *schöne Herta* genannt. Die *schöne Herta* kommt mir zutraulich entgegen, begrüßt mich, nennt mich beim Vornamen und behauptet, sie kennt mich lange, sie hätte mich mit einer gewissen Ilonka Spadi zusammen gesehen. Menschen, die mir vertraulich entgegenkommen, ihr wißt es, ernten sogleich meine Sympathie.

Die *schöne Herta* bittet, aus meinem Weinglas trinken zu dürfen. Ein Wonneschauer durchzittert mich, und es ist mir gar nicht recht, daß Wullo Kanin auf seine Hosentasche klopft, in der ein gewisser Fünfzig-Mark-Schein sein Leben in Dunkelheit verbringt. Er bestellt für die schöne Herta ein eigenes Glas mit eigenem Wein und spielt den ausgewachsenen Spendierteufel, es ist ihm *keene Wurscht zu teier*, wie es in Grodk heißt. Er tut groß und erklärt den Mädchen, er feiere den Erfolg seiner ersten Ausstellung, und er nennt die Ausstellung *Personelliti*, und das ist was Besonderes. Die Mädchen staunen, denn nun erfahren sie, daß im *Hotel zum Stern* eine *Personelliti* stattfindet, etwas, was es in Grodk noch nie gegeben hat, und daß sie den nächsten Tag hinmüssen.

Mir ist, als sähe ich neben dem prahlenden, redesüchtigen Wullo Kanin einen anderen Wullo schluchzend auf einem Eckstein kauern und klagen, weil sich das, was er in Tages- und Nachtarbeit herbeizuschuften gedachte, nicht sehen ließ: seine Zukunft als Kunststudent. Aber nach einer Weile sehe ich ihn auf einem goldenen Stuhl sitzen und über alle Talente verfügen, die es gibt, und höre ihn behaupten, er brauche nur eines seiner Talente auszubauen, ob nun die Dichtkunst, die Malkunst, die Redekunst oder die Schauspielerei, er vermag mit jedem eine kleine Sonne für die Menschheit zu werden.

Wenn uns einer der Herren von unserem Körper, der sich Lehrkörper nennt, so mit halbschönen Mädchen da sitzen sähe, würde er uns gewiß von der Schule werfen lassen, denn der Besuch des Reform-Realgymnasiums schließt den Besuch von *Michalks Konzerthaus* nicht ein. Aber Doktor Eekbrett, der unsolideste Teil des Lehrkörpers, hat sein Standquartier in Gessners Weinstuben, und die anderen Lehrer sind so ehrsam, daß sie nicht einmal vor den Schaukästen des Konzerthauses stehenbleiben, um sich die Fotos der *Künstler* anzusehen.

Nacht in Grodk. Unterm Hochhimmel sind Wolken ausgespannt, nur da und dort flimmern in den Wolkenrissen ein paar Sternfunken. Die *schöne Herta* ist nicht mehr so unterhaltsam wie im Konzerthaus. Ich bin nicht der, der in die Hosentasche griff und einen Fünfzig-Mark-Schein herauszog. Ich ließ Wullo die Zeche bezahlen. Sie hält mich gewiß für geizig, und eben für einen Kito von Saspow. Wir gehen uneingehakt durch die Töpferstraße. Die Gaslampe am kleinen Haus des Feilenhauers Kaweran ist krank, sie pufft und erhellt sich, verdunkelt sich wieder und pufft und erhellt sich. Mir wird bewußt, daß ich noch nach Bossdom trämpeln muß, nur, um mich dort für drei oder vier Stunden ins Bett zu legen, bis der Großvater kommt und mich weckt, damit ich wieder nach Grodk trämpele. *Die schöne Herta* wohnt in der Nähe der Stadtmühle. Im Gegensatz zu dem Mädchen, das mir Frede Worreschk in Bossdom hinofferierte, leitet Herta nichts in die Wege, und ich bin nach dem Erlebnis mit dem zweiten Zwilling wieder zaghaft. Es liegen drei Steinstufen vor der Haustür. Die *schöne Herta* steht auf der obersten Steinstufe, ich stehe auf der untersten. Der hat aber geknallt, sagt Herta.

Ich weiß, was das heißt, und küsse sie. Jetzt müßten wir in die Ölsträucher, wenns nich so späte wäre, sagt Herta. Im Häuschen, das der alte Postschaffner Anders bewohnt, von dem ich mein erstes Französisches Silberkaninchen kriegte, kräht schon der Hahn. Wir verabreden uns auf nächsten Sonnabend. Die *schöne Herta* seufzt beim Abschied.

Auf der Ecke in der Bäckerei Müller wird schon flott gearbeitet, Qualm steigt aus der dicken Bäckerei-Esse, Lichtschein müht sich durch die vermehlten Backstubenfenster, Kuchenbleche rasseln, Semmeltröge klappern. Mein Gewissen piesackt mich. Hier sind die frühesten Frühaufsteher am Werke, und ich schleiche als ein Schmarotzer durch die Gasse. Aber meine Scham ist kurz und jugendlich. Ich muß mir nicht vorwerfen, daß ich Geld vertat, das ich nicht verdient habe. Die Zeche zahlte Wullo Kanin.

Ich hole mein Fahrrad vom Hofe der Kanins. Wullo erwartet mich vor der Haustür, er hat sich mit seinem Mädchen über das Ausbleiben seiner Fabrikantengattin getröstet, nun steht er da, ist bleich und friert, und sein Schlips schlägt Wellen auf der Hemdbrust. Wullo friert nicht nur, er ist auch aufgeregt. Geh zum Arzt, wenn du es mit der *schönen Herta* getrieben hast, zischt er.

Ich habs nicht mit ihr getrieben.

Schwör es!

Ich schwöre.

Wullo Kanins Schlips hört auf zu zittern.

Das Mädchen, mit dem sich Wullo tröstete, hätte Mitleid mit mir gehabt. Dein Freund wird sich an der Herta verbrennen, hätte sie gesagt, und sie hat damit auch Wullos Mitleid aufgerufen. Nun steht er da und ist halb und halb enttäuscht, weil er seinen Edelmut umsonst verausgabte.

Schöner Morgen, dieser Morgen. Jetzt zittere *ich* und bedanke mich bei mir: Ich habe nicht getan, was die *schöne Herta* von mir erwartete. Ich zittere vor Nachschreck, und das Zittern geht durch den Lenker zur Fahrradglocke hin, die leise vibriert. Ich komme mir vor wie ein Pharisäer aus dem Umkreis von Jesus: Ich habe mich über meinen Vater, ob seiner Hosenkrankheit, mit dem Großvater zusammen um die Wette aufgehalten und lustig gemacht. Jetzt bin ich nahe dran gewesen, selber die Hosenkrankheit heimzuschleppen. Rasch wird der Unverschämte zum Beschämten.

Der Schreck, den mir die Tatsache versetzte, so nahe an der Krankheit vorübergegangen zu sein, läßt mir vorübergehend den Gedanken aufkommen, es wäre da so etwas wie ein Gott im Spiele gewesen. Ich rede mit Wullo Kanin darüber. Er nennt unser Gerede – philosophisches Gespräch und erklärt intellektuell erhaben, ich möge mich schämen, so etwas zu denken. Was mir beigestanden hätte, wäre mein Instinkt gewesen. Jeder Hund erschnuppere, wenns unterm Schwanze der Hündin nicht stimme, der Instinkt, der den Tieren zur Verfügung stünde, fehle auch dem Menschentier nicht.

Vielleicht sind Instinkt und Gott das gleiche, gebe ich zu bedenken, aber mein Einwurf findet bei Kanin keine Beachtung.

Ob Gott oder Instinkt, ich bin dankbar und bußfertig und versuche nachzuempfinden, wie meinem Vater zumute gewesen sein muß, als er sich mit der Hosenkrankheit abzugeben hatte, und ich arbeite dankbar für die Schule und daheim in der Bäckerei und in der Landwirtschaft, und ich arbeite, daß die Schwarte knackt, wie es auf der Heide heißt, obwohl niemand je bei der Arbeit seine Schwarte knacken hörte. Alsdann taucht ein anderer Drang zum ersten Male in mir auf: Ich muß die *schöne Herta* vor der Verderbnis retten. Ich muß gut zu ihr sein, ohne sie zu berühren. Ich muß sie davon abhalten, ihre Schönheit durch ein widriges Leben zu zerstören. Ich schreibe ihr einen Brief. Der Brief bleibt ohne Antwort, doch er wird in *Michalks Konzerthaus* vorgelesen, und sie nennen mich dort *Kito, den Täufer.* Es ist Wullo Kanin, der es mir mitleidig lächelnd hinterbringt.

Laßt mich rasch einen Sprung in die Zukunft tun, in jene Zeit hinein, da wir anfangen, unser Ländchen eine demokratische Republik zu nennen. Ich gehöre inzwischen dem Bund an, arbeite für ihn wie ein Soldat der Heilsarmee und nehme an sogenannten Hausagitationen teil, auch Aufklärungssonntage genannt. In der Zeit, von der ich rede, sind in der Republik vorübergehend die Kohlen knapp. Meine Sonntags-Aufklärungstour führt mich in ein

Landhaus. Die Hausfrau, die mir entgegentritt, um meine Aufklärung entgegenzunehmen, ist die *schöne Herta.* Ich erkenne sie, sie erkennt mich, und sie zwinkert mir zu, aber ich kann mich nicht in Wiedersehensfreuden ergehen, ich bin ein Abgesandter des Bundes, und ich nehme den Bund und meine Mission ernst. Die *schöne Herta* aber nimmt den Bund nicht ernst. Ich muß ihr sagen, sie möge sparsam mit Kohlen umgehen, damit wir den Klassenfeind rascher besiegen. Die *schöne Herta* kommt mir zuvor: Wir kennen uns doch, sagt sie. Bist also noch immer *Kito, der Täufer.* Herta läßt mich wissen, daß bei ihr nichts aufzuklären sei. Ihr Mann hat sich aus alten Autoteilen einen Lastwagen zusammengebaut und fährt Kohlen aus, über Kohleverbrauch muß ich sie nicht aufklären.

Das, um zu kennzeichnen, was einem zufällt, wenn man das Leben scharf und bis in seine Konsequenzen hinein beobachtet.

Ich weiß nicht, ob es Anlaß geben wird, daß wir in meinen Erzählungen nochmals auf Wullo Kanin treffen, deshalb sage ich ein bißchen vorweg: Er kam nie in die Bedrängnis, das Fabrikantenkind aus dem Nachbarort anzuerkennen, er wurde nie darum gebeten. Aber ein Genie geht über Leichen: Er pochte auf seine Vaterschaft, doch er tat es so leise, daß es außer der Fabrikantengattin niemand hören konnte. Er schreibt ihr, die sich zurückgezogen hat und wieder untadelig zu werden gedenkt: Ich freue mich auf meinen Sohn, auch wenn es eine Tochter werden sollte, und ich werde die Geburt meines Kindes im *Spremberger Anzeiger* kundtun.

Die Fabrikantengattin zittert ein wenig, aber dann entsinnt sie sich ihrer Verbindungen und bringt den Vater ihres künftigen Kindes als bezahlten Volonteur bei den Bühnenmalern am Stadttheater in Choćebuz unter.

Wullo Kanin findet heraus, daß er eigentlich schon immer ein Talent für die Bühnenmalerei besaß, geht von der Schule ab und wirft sich, im Stile von Romanheften ausgedrückt, in die Wasser des Lebens.

Er läßt sich von Damen aushalten. Ihr glaubt nicht, wie viele Damen es in mittleren Städten gibt, die darauf lauern, daß ein gewandter Künstlermensch sich ihnen zuwendet, wie gern sie ihm Geld vorschießen, wie gern sie das Gefühl käuflich erwerben, ein Genie unterstützt zu haben, und daheim ist Wullo der Kuckuck im Finkennest. Da ist die gläubige Mutter, bei der er immer wieder Unterschlupf und Zuflucht findet. Die Schwestern sind schon nicht mehr so gläubig, sie verstecken ihre kleinen Sparkassen vor dem genialen Bruder.

Wullo malt großflächig, doch nach einer Weile findet er, daß das Fach für sein großes Talent zu klein ist, und verläßt das Theater. Ich weiß nicht, wohin er gegangen ist. Ich erfahre erst wieder von ihm, da bin auch ich schon auf meiner *Lebenswanderung*, bin Tierwärter am Niederrhein, ganz in der Nähe von Dinslaken, der Geburtsstadt meines Halbfreundes Wullo Kanin. Ich spiele an den Kinder-Sonntag-Nachmittagen den Clown, und ein alter müder Wallach mit koupiertem Schweif ist mein Partner. Meine Mutter schreibt mir: Denk dir, Wullo Kanin war hier! Die Mutter ist, wie alle Kleinbürgerfrauen, vom Wesen Wullo Kanins bezaubert, und diesmal ist sie besonders bezaubert, weil Wullo Kanin eine *hoche* Stellung bekleidet und die Familie Matt in Bossdom trotzdem nicht vergessen hat. Er ist, wie die Mutter schreibt, *Obermacher* in Sachen Kunst bei der Arier-Jugend für den *Gau* Brandenburg, Kurmark. Wullo Kanin, schreibt die Mutter, reise umher, um Beiträge für ein großes *Gau*-Erntefest zusammenzuschleppen, und er selber hat ein großes Erntefest-Gedicht geschrieben. Er liest es meiner Mutter vor, sie soll ihm ihre Meinung dazu sagen. Aber das Gedicht war so hoch, schreibt die Mutter, daß ich seine Größe nicht erfassen konnte. Die großen Worte wären nicht in ihre kleine Rührung hineingegangen.

Alsdann habe sich Kanin der großen Güte meiner Mutter erinnert und ihr das Geständnis gemacht, daß ihm im Augenblick das Geld ausgegangen sei, und er habe sie gebeten, ihm gütigst weiterzuhelfen, er würde ihr das Geld zurückerstatten, sobald der Hahn dreimal gekräht hätte.

Einige Wochen später wieder ein Brief von der Mutter: Aber er hat das Geld nicht geschickt. Ich darf es Vater gar nicht sagen. Was soll ich nun machen, weißt Du Rat?

Später erfuhr ich, daß Wullo Kanin Gelder unterschlagen hatte und seiner Funktion als Kulturwart, oder was immer er bei der arischen Jugend war, enthoben wurde. Gewiß wurde er danach Kulturbeauftragter im Gefängnis oder Zuchthaus. Ich weiß es nicht. Ich erfuhr erst nach dem Kriege wieder etwas von ihm. Er wäre, hieß es, zur Bewährung an die Front geschickt worden und sei als Beobachter in einem Bombenflugzeug gegen England geflogen und wäre über dem Kanal abgeschossen worden: *My home is the ocean, my grave is the deep.* Ich denke, daß die Tiefe eine ungenaue Grabstelle ist, und daß es vielleicht nicht gesund ist, wenn wer zu zeitig darauf pocht, daß er ein Genie sei. Gewiß eine leichtsinnige Behauptung von mir. Ein Mozart, den man zeitig für ein Genie hielt, ist ein Genie geblieben. Aber wahrscheinlich hat er sich nicht selber zum Genie ernannt. Der listige Augsburger wußte schon im Alter von zehn Jahren, daß er ein Genie sei, behaupten die Genossen seiner Kindheit. (Natürlich jetzt und nachträglich!) Ich meine zu wissen, daß der Listige sich selber in seinem letzten Lebensjahr keineswegs für ein Genie hielt. Ein Genie paßt nicht in einen ideologischen Anzug und sieht nicht zu einem mächtigen Politiker auf, der seine Macht mißbraucht, es sei denn, einem solchen *Genie* wäre das Morden erlaubt, weil es angeblich zur gesellschaftlichen Gesundung der Menschheit mordet, und das scheint, nach allem, was ich sehe, zuzutreffen.

Und nun einen kleinen Zeitsprung zurück: Als Koaliks Erwinko sich seinen Fotoapparat gekauft hatte, betrieb er das Fotografieren feierlich. Er stellte seinen dreigebeinten Apparat in den Sand der Dorfstraße, warf ein schwarzes Tuch über die Apparatur, kroch mit dem Kopf unter das schwarze Tuch und sah sich die Dorfstraße durch den Fotoapparat an. Dann zog er weiter, stellte seinen Apparat wieder auf, sah sich den Dorfteich durch die Kamera von allen Seiten an, fotografierte aber nicht. Er nannte sein Gebaren: Motivsuche und sparte Platten ein. Als Erwinko durch den Apparat in den Dorfteich starrte, kam Töppchen-Tinke heran und fragte: Wern die Frösche ooch uffm Bilde sein? Erwinko Koalik zog seinen Kopf unterm Tuch hervor und sagte barsch: Froag mir sowas nich. Laß mir in Ruhe bei meine Beschäftigungsarbeit!

Puste dir nich uff, ich wullde dir einloaden, sagte Töppchen-Tinke. Es wird Hochzeit bei ihm sein, sagte Tinke, seine Tochter Emma wird heiraten, einen von Schlesien oder da woher, einen mit einem forschen Schnurrbart. Erwinko soll kommen und mit seinem Apparat die Hochzeit abnehmen. Erwinko kroch noch einmal unter sein schwarzes Tuch, kam wieder hervor und sagte zu, und das war der Augenblick, in der Winko zum fotografischen Chronisten für Bossdom und die Dörfer der Umgebung wurde. Von nun an kann keine Hochzeit, keine Konfirmation mehr durch die Dörfer hindurch, ohne von Erwinkos Apparat festgehalten zu werden. Es wird verlangt, und es wird bezahlt. Zur Fastnacht ziehen zum Beispiel die Burschen in Verkleidungen von Haus zu Haus, lassen aufspielen, treiben ihre Unarten und kassieren Geld und Eier. Auch sie wollen, maskiert, wie sie sind, in Gruppen fotografiert werden, obwohl sie sich schon jahrsdrauf streiten, wer wer auf dem Foto ist, weil ihre Gesichter hinter den Larven stecken.

Kannste moal kumm und unsere Großmutter fotografiern, eh se stirbt? Sonst hoam wa nachher goar nischt mehr von se, kann es heißen.

Winko wird der flotteste Doppelverdiener in Bossdom. Freilich kommts vor, daß er eine Platte doppelt belichtet, und daß auf dem Papier eine Großmutter mit Konfirmandinnenkopf erscheint, aber da hat Erwinko die gängige Entschuldigung zur Hand: Is nischt nich geworden aus eire Großmutter. Sie hat nich stille genung gesessen. Die Aufnahme wird wiederholt. Die Leute haben damals noch Zeit, nur dem vielverlangten Fotografen wird die Zeit knapp, deshalb wird er der erste Motorradbesitzer in Bossdom. Mit dem Motorrad kann er schneller über die Dörfer und kann ordentlich was wegfotografieren. Er lädt mich ein, mitzufahren. Ich hocke auf seinem Sozius und halte sein Stativ und die Fotoausrüstung auf dem Schoß, wenn er auf seiner Fünfhundert-Kubikzentimeter-NSU über die bewurzelten Waldfußsteige in die Nachbardörfer knattert. Ich helfe ihm beim Arrangieren von Hochzeitsgruppen-Bildern: Ein Ackerwagen wird quer auf die Dorfstraße geschoben, auf den Ackerwagen wird die hintere Reihe der zu Fotografierenden gestellt, und wenn sie *auf Luke* stehen, können sogar zwei Reihen Hochzeitsgäste auf dem Ackerwagen Platz finden. Vor dem Ackerwagen stehen zwei Reihen Hochzeitsgäste, und vor den Stehenden kniet eine Reihe jüngerer Hochzeitsgäste, zwischen ihnen stehen zwei Stühle, auf denen das Brautpaar steif wie ein Königspaar zu sitzen kommt, und vor den Knienden liegen längelang die Kinder. Auf diese Weise kann man fünfzig bis sechzig Hochzeitsgäste auf einer fotografischen Platte unterbringen.

Wozu brauchtest du solche Kenntnisse, du warst doch kein Fotograf? werden Nützlichkeitsfanatiker fragen. Das ist richtig, sage ich ihnen, aber meine Tätigkeit als Hilfsfotograf auf dem Dorfe kam mir später in der Großstadt, als ich Dichter- und Dramatiker-Geselle beim listigen Augsburger war, zugute, wenn es um die Anordnung von Arrangements auf der Bühne ging.

Erwinko Koaliks Triumph, der erste Motorradfahrer von Bossdom zu sein, ist kurz. Die Zeit der Motorräder spült seine Unikalität hinweg wie eine Welle. Der Erfinder des Abzahlungs-Systems feiert Triumphe. Junge Glashüttenarbeiter und Bergleute, die nachweisen können, daß sie in fester Arbeit stehen, werden von Motorradhändlern in den Kleinstädten verführt, auf Motorräder zu steigen. Die ersten Mitglasmacher, die mit Zweihundert-Kubikzentimeter-Motorrädern ins Dorf rücken, werden von Erwinko Koalik belächelt; gegen seinen NSU-Bernhardiner von fünfhundert Kubik sind die Zweihunderter elende Dorfkläffer. Aber Motorradzeit ist Motorradzeit, bald kommt Klauschkos Karle mit einer Fünfhunderter ins Dorf gedonnert, und wie dennmals die Grammophone, und nach ihnen die Radioapparate, dringen jetzt die Motorräder in Bossdom ein, zuerst in soliden dunklen Farben, dann wie Feuerkröten mit roten Tankbäuchen. Zur Arbeit fahren die Jung-Glasmacher und die Jung-Bergarbeiter weiterhin auf ihren Fahrrädern, aber an den Sonntag-Vormittagen putzen sie ihre Motorräder, tränken sie und fahren zur blanken Lust umher und haben Freude dran, etwas zu besitzen, was sie vorher nicht benötigten, was sie eigentlich auch jetzt nicht benötigen, und sie treiben die Bossdomer Dorfgrenzen nach außen und vermehren den Lärm in der Welt.

Mein Großvater fürchtet wieder einmal, daß ich die Auszehrung kriegen und sterben könnte, ehe ich zum Notar ausgereift bin. Sehta nich, wie der Junge abmoagert? sagt er zu meiner Mutter, wenn er eich abfährt, was habta denn? Großvaterwort, heiliges Wort. Meine Mutter fängt an, nach einigen Tagen die Ansicht des Alten zu teilen. Mein Gott, mein Gott, sagt sie zum Vater, der Junge kommt uns vom Fleesche. Der Vater muß doch sehen, wie fleißig ich daheim mitarbeite, und dann jeden Tag die Trämpelei in die Schule und zurück. Könn wa das noch verantworten? fragt sie.

Und die Leite, was wern die soagen? gibt der Vater zu bedenken.

Mein Gott, die Leite, wie viele haben schont *Töff-Töffs.*

Die Vater-Logik setzt ein: Die Leite koofen sich die *Töff-Töffs* von eegenes Geld, aber wir nehm das Geld von die Leite.

Aber die Mutter ist, wie wir wissen, eine große Überzeugerin. Langsam, langsam redet sie dem Vater die Lust auf ein *Töff-Töff* ein, und eines Abends wird mir eröffnet, Vater kooftn Motorrad.

Die Eltern lassen sich von Erwinko Koalik über Motorräder beraten. Ein Hundertfünfundzwanzig-Kubik-Stock-Motorrad wird von meiner Mutter abgelehnt. Es muß ein Motorrad mit een zweeten Sessel hinten druff sein. Meine Mutter will sich zur Sozia entwickeln und ihre unerreichte Radfahrkunst hinter dem Rücken eines Motorradführers verstecken. Uffn zweeten Sitz, sagt sie, könnte man doch flink mal in die Stadt und was besorgen, und sie hört nicht auf, den Vater zu überzeugen, bis der Vater endlich nickt, und sein Nicken ist wie der Stempel unter dem Motorrad-Kauf-Beschluß.

Ein Sommernachmittag und allenthalben das Gesumm der Bienen, der Mücken, der Fliegen, der Wespen, der Hornissen und das Zirpen der Grillen und Heuschrecken, überall der Sommerlärm der Insekten. Das Gesumm eines Motorrades ist wie ein großes Überdrauf, und wir wissen noch nicht, daß dieses Überdrauf des Motorenlärms uns das feine Summen der Insekten in die Unhörbarkeit drücken wird.

Wir fahren nach Forschte, um ein Motorrad zu kaufen. Der Vater auf dem Soziussitz bei Erwinko Koalik, ich fahre mit der Eisenbahn. Der Vater läßt sich vom Motorradhändler, einem Ingenieur, den Unterschied zwischen einer Dreihunderter- und einer Zweihunderter-DKW-Maschine erklären. Er kriegt zu wissen, daß die Dreihunderter-Maschine einen Kettenantrieb hat und daß die Zweihunderter-Maschine mit einem Riemen angetrieben wird, und der Vater läßt sich über Kolben und Zylinder aufklären und versucht, sachverständig zu tun. Er sagt nicht mehr *Töff-Töff*, drückt auf den Gummiball der Hupe, und die Hupe hupt, und der Vater staunt über seine technischen Fähigkeiten und fragt den Ingenieur, wieviel so ein Maschinchen schafft.

Das Maschinchen schafft Spitze sechzig Kilometer, wird ihm gesagt.

Der Motorradkauf wird abgeschlossen, eine Fahrerlaubnis, damals Führerschein genannt, braucht man für eine Zweihundert-Kubik-Maschine nicht.

Wir fahren in Bossdom ein wie früher, wenn wir ein neues Pferd auf dem Markt gekauft hatten. Erwinko Koalik läßt seine Maschine poltern, und die Bossdomer Kossäten treten vor die Hoftore. Ob sie uns beneiden oder bedauern, wissen wir nicht.

Daheim stehen, auch wie früher, wenn wir mit einem neuen Pferd vom Markte kamen, die Mutter, die Geschwister, die Großeltern und die Nachbarn. Ich muß bis an *Rogenzens Scheine foahrn*, eine Ehrenrunde. Mein Großvater ist zufrieden, die Schwindsucht, die Familiengeißel, wird mich nach seiner Ansicht nicht mehr packen können.

Aber du bist imstande und setzt dir uff son Ding, sagt die Großmutter und spuckt aus.

Ich bin der einzige Bossdomer Jungbursche, der täglich auf seinem Motorrad fährt. Die anderen springen nur sonntags, oder wenn sie es morgens verschlafen haben, auf ihre Maschinen. Selbst Gotthiedel, der jüngste Sohn von Stellmacher Schestawitscha, fährt eine Zweihundert-Kubik-DKW, eine mit rotem Tankbauch.

Der Kaischer hätte dasch nich zugelaschen, sagt der alte Schestawitscha und meint die rote Farbe des Motorradtanks.

Robert Janko, der jetzt Vorstand der Arbeiter-Touristen ist, fürchtet die Zersetzung des Vereins: Die Leite wern bald nich mehr loofen, ihre Beene wern verkümmern.

Erich Nagorkan fürchtet Mitgliederverluste im Arbeiter-Radfahrerverein *Solidarität.* Man bedenkt das auch höheren Ortes, und von dort aus wird der Radfahrerverein umbenannt und heißt jetzt *Arbeiter-Rad- und Kraftfahrerbund Solidarität.* Das Vereinsleben kann sich ungebremst weiterentwickeln, sagt Erich Nagorkan; er schafft Wimpel für seine Motorradfahrer an und veranstaltet Vereinsfahrten. Auf dem Sportplatz werden Motorradreigen gefahren, man fährt kunst, fährt freihändig oder steigt vom Sattel auf den Sozius um, oder der Soziusfahrer setzt sich auf die Schultern des Fahrers, und der läßt zum Schluß den Lenker los, und sie fahren freihändig, und die Kunst wird immer größer und künstlicher. Die Ortsgruppen treten in Wettbewerb miteinander, und es wird eine Zuverlässigkeitsfahrt rund um die Niederlausitz veranstaltet. Da das Geld für das Benzin aus der Vereinskasse bezahlt wird, kann auch ich, der Nichtverdiener, an dieser Fahrt teilnehmen, und ich werde aus einem Grunde, den ich bis heute nicht kenne, sogar Sieger. Es heißt, ich hätte die beste Zeit herausgefahren und hätte die Strecke ohne Pannen bewältigt. Für den Sieg wird mir eine schwarze Holzplatte überschenkt, auf der ein Motorradfahrer aus Metall erkennbar ist, und das Metall sieht aus wie Silber, und das Tempo, mit dem der Motorradfahrer fährt, ist mit silbernen Metall-Linien angedeutet. Dieser Ehrenpreis bleibt im Elternhause liegen, als ich später in die Welt ziehe, und er wird sogar nach dem zweiten großen Kriege noch aufgefunden. Und als meine Söhne sich anfangen für Motorräder zu begeistern, und ich ihre Begeisterung nicht recht teile, schon weil ihre Frau Mutter in Ängsten ist, wenn sie auf Motorrädern unterwegs sind, fragt mich eines Tages einer meiner Söhne: Und wer gewann damals den ersten Preis in der Zuverlässigkeitsfahrt rund um die Niederlausitz? Mein Bruder hat mich an die Söhne verraten.

Mein Vater, der es beim Kauf des Motorrades ablehnte, sich, wie man heute sagen würde, motorradkundig zu machen, läßt sich jetzt von Erwinko Koalik das Motorradfahren beibringen. Und damit es ohne Blamage abgeht, proben die beiden in der Dämmerstunde auf dem Sportplatz hinter dem Mühlberg, dort steht meinem Vater kein Baum und kein Haus im Wege. Es dauert seine Zeit, bis der Vater Gasgeben und Lenken aufeinander abstimmen kann. Vorerst würgt er, wie man in Fachkreisen sagt, die Maschine ab, weil er fürchtet, der Motor könnte platzen, wenn er zu forsch begast wird. Erwinko Koalik muß ihm gut zureden, damit er die Lehre nicht vorzeitig beendet. Aber eines Abends kommt der Vater vom Mühlberg heruntergefahren und hält vorschriftsmäßig vor dem Laden, ohne die Hauswand als Bremse zu benutzen. Nun ist kein Halten mehr, mein Vater fährt mit dem Motorrad nach Grodk zur Bäckerversammlung. Er kauft sich eine lederne Motorradkappe. Es ist Mode, die Kappe nicht zuzuschnallen, ihre Laschen müssen lose herunterhängen wie die Ohren bei einem Jagdhund. Mein Vater weiß stets, was Mode ist, von heute her müßte ich ihn als *modebewußt* bezeichnen. Er kauft sich außerdem eine Motorradbrille, lederne Stulpenhandschuhe und Ledergamaschen und formt sich zielstrebig zu dem Bild um, das er von einem Motorradfahrer hat.

Der Spott der Mutter rieselt auf ihn herab: Am besten gefallen mir die Lederwoaden, muß ich soagen. Der Vater verteidigt die Ledergamaschen. Wie leicht kann er mit flatternden Hosenbeinen in die Speechen kumm, stürzen und tot werden.

Am nächsten Sonntag fährt der Vater in seiner Ausrüstung von Bossdom über Grodk nach Grauschteen. Von Berlin über Athen nach Paris. Er fährt zunächst im Fünfzig-Kilometer-Tempo durch sein Grauschteen. Die DKW-Maschine kann ein Tempo von sechzig Kilometern in der Stunde erreichen, aber dazu muß man sich ein wenig nach vorn legen, um den Luftwiderstand zu brechen. Zu solchen Kunststücken reicht es bei meinem Vater noch nicht. In Schöneheede kehrt der Vater um und fährt noch einmal im gemäßigten Tempo durch sein Heimatdorf, damit, wer ihn sehen will, ihn auch sehen kann. Er bedenkt nicht, daß die Grauschteener ihn in seiner Verkleidung nicht erkennen, außerdem sind Motorräder auch für Grauschteener nichts Neues mehr. Mein Vater trägt noch ein Bild von seinem Heimatdorf in sich, auf dem die Kuh- und Pferdegespanne, die Fußgänger und die Radfahrer das bestritten, was man den Verkehr nennt. Er denkt an das einzige vierrädrige Auto von Sanitätsrat Tschibold, denkt an das dreirädrige Auto von Tierarzt Zeese und an das Motorrad von Fettviehhändler Säckchen Schur, das angelaufen und dann besprungen werden mußte.

Der Vater hält vor dem Häuschen der amerikanischen Großmutter. Nebenan in der Gastwirtschaft reißt Tante Elise das Fenster auf: Is das unser Heini, oder issa das nich?

Mein Vater sagt: Das bin ich, aber mit *Töff-Töff*.

Die Amerikanische liegt, wie seit Jahren, im Bett, hat die Brille weit vorn auf der Nase, liest das evangelische Sonntagsblättchen und erbaut sich. Mein Vater zieht, um perfekt vor seiner Mutter zu erscheinen, die Motorradbrille von der Stirn auf die Augen nieder, und so tritt er bei ihr ein. Die Amerikanische braucht ein Weilchen, bis sie bemerkt, mit wem sie es zu tun hat. Dann nennt sie den Auftritt des Vaters eine Maskerade und tadelt ihn, weil er schönes Geld für so Gelumpe ausgegeben hat. Denkt er nicht an die Hypothek, die sie auf seinem Anwesen stehen hat? Sie wird bald sterben, sagt sie, und der Vater verplempert das Geld, und sie braucht es. Zum Sterben braucht man keen Geld, sagt der Vater. Die Amerikanische wird wütend. Ihr Lümmel von Sohn soll sich nicht vermaulen, sie braucht das Geld. Tante Magy, Onkel Stefan und Tante Elise haben Recht auf ein Erbteil. Ein Gezänk zwischen Mutter und Sohn tut sich auf, Worte und Sätze gehen aufeinander los und sinken zu Boden, nachdem sie ihre Schuldigkeit getan haben. Mein Vater schiebt die Motorradbrille auf die bekappte Stirn, als ob er damit seinen beleidigenden Worten mehr Freiraum beschaffen würde, er zieht seine Motorradhandschuhe aus, läßt sie beim Reden pendeln und läßt sie sogar auf den Packen gesammelter Sonntagsblätter, der auf dem Tisch der Mutter liegt, niederklatschen. Damit hat er sich versündigt. Die Amerikanische spricht nicht mehr mit ihm, sie hat die Auseinandersetzung mit dem aufsässigen Sohn nach oben zu Gott delegiert.

Der Vater fährt nicht über *Athen* zurück, er fährt querfeldein, fährt über Bleischdorf. Hinter Bleischdorf wird der Feldweg schlechter und immer schlechter, und der Vater will das Motorrad auf den ersten Gang herunterschalten, seine Stulpenhandschuhe hat er auf den Sonntagsblättern bei der Amerikanischen liegen lassen, und er faßt mit der bloßen Hand statt an den Gangschalter an die Zündkerze, kriegt einen elektrischen Schlag und läßt sich zur Seite fallen. Er wartet, bis alles Leben aus dem Motorrad heraus ist, dann schiebt er es in ein Kornfeld, damit es vom Wege aus nicht zu sehen ist. Er reißt sich die Brille von den Augen, rupft sich die Motorradkappe vom Kopf, schnallt die Lederwaden ab, versteckt das *Gelump* hinter einem Strauch, stellt einen Sonntagsspaziergänger aus sich her und läuft über Klein Loije nach Bossdom.

Die Motorradfahrer-Karriere meines Vaters endet fast an der gleichen Stelle, an der einst die Radfahr-Karriere meiner Mutter endete. Es gibt Leute, die nennen so etwas Zufall, und es gibt Leute, die sagen, einen Zufall gibt es nicht, es sind uns nur die gefächerten Hintergründe für einen Fall, den wir Zufall nennen, nicht bekannt. Wir können das jetzt nicht klären. Ich muß am Sonntagnachmittag nach Bleischdorf werden und das Motorrad holen. Sein Lenker ragt wie das Geweih eines verzwergten Hirsches aus dem Roggenfeld.

Nach diesem Unfall wechselt das Motorrad in meine alleinige Regie und geht so gut wie in meinen Besitz über.

Haste in Grauschteen gewullt bissel mit Hankan zwinkern, wirft die Mutter dem Vater vor, hat dir der liebe Gott gestroaft. Seit der Liebschaft des Vaters mit dem Mädchen Hanka ist Grauschteen für die Mutter kein *heemlich*-heiliger Ort mehr, nicht mehr der Ort, in dem sie auf die Heimkehr des Vaters hinwartete, als der noch kriegsgefährdet und rein in ihrer Liebe lag. Was woar ich doamals gutgleebich, seufzt die Mutter, unsereens hätte ooch Gelegenheiten genung gehoabt und hat sich nich druff eingelassen und is reene geblieben.

Was hat das alles mit dem Motorrad zu tun?

Eben!

Andererseits nutzt die Mutter die Motorrad-Niederlage des Vaters aus: Ich soll sie einüben, auf dem Sozius zu sitzen, verlangt sie. Ich spreize die Beine weit, um das Motorrad gut abzustützen, während meine Mutter mit Hilfe von Großvater und der Anderthalbmeter-Großmutter den Sozius besteigt. Der Soziussitz schaukelt und wackelt unterm Gewicht der Mutter. Sie läßt sich herunterhelfen, ich soll erst einmal nachsehen, ob wirklich alle Schrauben fest sind. Die Schrauben sind fest, die Mutter wird ein zweites Mal aufgestiegen. Sie legt die Hände auf meine Schultern, ich fahre an, wir kommen in kleine Fahrt, der Sozius wakkelt und zittert, die Mutter schreit: Hör uff, hier is was nich richtig! aber noch ehe ich anhalten kann, rutscht sie vom Sozius. Sie fällt nicht eigentlich hin, aber sie benutzt ihren Unwillen und läßt sich bockig in den Wegsand fallen, und wir müssen froh sein, daß sie nicht für eine Weile tot wird, und damit bleibt der Wunsch der Mutter, eine Sozia zu werden, unerfüllt.

Meine Fahrgäste sind von jetzt ab: Mein Vater, mein Großvater und die Geschwister. Mit dem Vater zu fahren, ist für mich eine Anstrengung. In jeder kritischen Situation versucht er abzuspringen. Der siebzigjährige Großvater hingegen ist wendig, legt sich mit in die Kurven, behindert mich nicht, und ich bin, wenn der Treibriemen der Maschine reißt, nicht ohne Hilfe beim Flicken.

Mit dem Motorrad fahre ich in die verlottertste Zeit meines Lebens hinein. Das Treiben und Leben der jungen Leute in Grodk verabscheue ich: Ich gehe nicht auf die sogenannte Rennbahn, auf der die Gymnasiasten, wenn sie ihre Schularbeiten hinter sich haben, promenieren, kalbern und sich paarig machen. Von Ilonka Spadi wird mir berichtet, daß sie mal mit dem und mal mit dem, am häufigsten aber mit dem krausen Gastwirtssohn betroffen wird. Ich bin nicht Mitglied des Kanu-Klubs, gehe nicht zum Tennis-Spielen, nehme nicht an Kremserfahrten teil, und die *hoche Schule* wird für mich was Nebenbeiisches, wie man auf der Heide sagt. Ich nehme am kruden Jugendleben der Dorfburschen teil, beteilige mich an deren derben Streichen. Wir nehmen zum Beispiel einen Ackerwagen auseinander und schaffen ihn nachts auf das Dach eines Bauern, der seine Tochter zu streng hält. Wir beladen den Ackerwagen körbeweis mit Mist, und dort steht er dann auf dem Dache, der Mistwagen. Niemand nimmt uns das übel, die Bauern schimpfen und stellen fest, daß sie es früher nicht anders getrieben haben, und eben, es ist uns schon vergeben, noch ehe wir etwas getan haben.

Ich lege Wert darauf, ein echter Bossdomer Bursche zu sein. Ich fahre wie sie, wenn sich am Sonntag in Bossdom keine Tanzmusik rührt, mit dem Motorrad in die Nachbardörfer. Burschen mit Motorrädern haben Schlag bei die Mädels, heißt es. *Geld macht sinnlich*, behauptete der listige Augsburger. Bei uns machten damals die Motorräder die Mädchen sinnlich. Je stärker das Motorrad, desto begehrter der Bursche. Auch ich bringe nach dem Saalschließen mein Tanzmädchen nach Hause. Sie heißt Liesbeth, und sie sitzt im kurzen Rock hinter mir. Meine Hüften spüren etwas von der Wärme, die ihre Knie ausstrahlen, schließlich umarmt sie mich von hinten. Es könnte sein, daß es mit ihr zu etwas kommt, so reden wir Burschen miteinander, wenn wir unsere Erfahrungen über die Tanzmädchen austauschen. Bei der lohnt es sich, kann es heißen. Aber ich stelle fest, daß ich trotz des Unterrichts, den mir die Zwillinge von Stroade gaben, nicht Liebe machen kann, wie man das heute nennt, ohne daß sie in Gesprächen langsam angewachsen ist. Ich schreibe Liesbeth am Montag einen Liebesbrief. Sie schreibt zurück: Nun will auch ich dir paar Zeilen schreiben. Verzeih die schlechte Schrift. Die Woche ist schönes Wetter bei uns. Nächste Woche wird in Lieskau Musik sein (Musik gleich Tanzvergnügen), ich bitte dir, daß du nach Lieskau hin wirscht, dann könnten wir uns sehn, deine treue Liesbeth. An diesem Brief erstickt die keimende Liebe zu Liesbeth. Ich fahre nach Lieskau, aber ich tanze dort nicht mit ihr, und sie kümmert sich um einen anderen. Das ist so üblich bei der Dorfjugend. Ich tue das übliche.

Meine Lieskauer Sonntags-Sozia heißt Anna. Auch in sie verliebe ich mich leidlich. Noch bevor ich einen schreibe, schreibt sie mir einen Brief: Am Sonntag waren wir per du, hatten uns geküßt, aber jetzt schreibt sie: Seit ich Sie am Sonntag gesehen habe, bin ich von einem Gefühl besessen, daß mir weder Essen noch Trinken zusagt. Ich wandele im siebenten Himmel . . . Ein Brief nach Muster aus einem Liebesbriefsteller. Wieder ernüchterts mich wie einen Angetrunkenen, der in den Regen kommt. Für meine Mitburschen sieht es aus, als ob ich ein Mädchenverbraucher wäre, einer, der Mädchen *durchzieht.*

Weshalb sage ich euch das? Die Zeiten sind doch vorbei, vorbei. Es ist wohl mein Drang, euch wissen zu lassen, welche Abwege und Umwege sich mir anboten.

Um diese Zeit kümmerts mich nicht, woher das Geld kommt, das ich verbrauche, das Taschengeld, das Geld fürs Benzin. Es ist *meine* Zeit jugendlicher Gedankenlosigkeit. Sie währt bei mir nicht lang, aber es gibt sie. Das nun schreibe ich vielleicht nur nieder, um mich zu ermahnen, milder gegen meine Söhne zu sein, wenn sie durch die Perioden ihrer Gedankenlosigkeiten hindurchgehen.

Mama, ich muß tanken, sage ich, und die Mutter gibt mir Geld aus der Ladenkasse.

Mama, ich brauch einen neuen Antriebsriemen, sage ich, und die Mutter gibt mir Geld aus der Ladenkasse. Der Vater knurrt, wenn er es hört, aber die Mutter entkräftet seinen Einspruch: Transportiert der Junge nicht wöchentlich frische Hefe aus Grodk? Holt er nich Pücklinge und anderes schnell verderbliches Zeig mit dem Motorrade ran? Meine Mutter gibt mich für das aus, was man heute einen Warenbeweger nennt.

Und das Motorrad rentiert sich nach der Meinung der Mutter noch auf andere Weise: Meine Schwester ist der Mutter nicht häuslich genug, sie fährt mit dem Staubtuch auf dem Vertiko nicht bis in die Winkel hinein, sie schäkert und schwatzt ihr zu lange mit den jungen Männern, die sie im Laden bedient, sie soll endlich etwas Vernünftiges lernen, sie soll Nähen lernen. Mutter will die Schwester nach ihrem Bilde formen. Die Schwester muß sich in Grodk zu einem Nähkurs anmelden, täglich von früh bis mittags, sie wird zu meiner Sozia, wenn ich nach Grodk in die Schule fahre.

Mutters väterliche Mitgabe, Verdienstquellen aufzuspüren, sieht für Leute, die sie nicht kennen, wie Geschäftstüchtigkeit aus, aber für eine wirkliche Geschäftemacherin fehlt ihr die Brutalität, die Übersicht. Noch immer hält sie alle Gelder, die tagsüber in der Ladenkasse zusammenlaufen, für ihren Verdienst. Alle Anschaffungen fürs Haus und für den Hof, Vaters Kundschaftmachen in der Schenke, die Kosten für das Familienmotorrad, der Lohn für die Waschfrau und die Frauen, die in der Erntezeit in Vaters Kossäterei helfen, alles, alles wird mit einem Griff in die Ladenkasse geregelt, und die Rechnungen der Lieferfirmen werden mit immer größeren Verzögerungen bezahlt und müssen verzinst werden. Man leeft und leeft, steht sich die Beene in Bauch, sagt die Mutter, und das Geld wird immer weniger. Dann kommt der Vater mit seiner Logik: Soag ichs nich immer, von Geschäfte alleene kannste nich leben. Er bleibt der Landwirtschaft zugeneigt, ohne über die grimmige Ausdauer zu verfügen, die einem

Kleinlandwirt in unserer kargen Heidewelt das Leben ermöglicht. Eines Tages wird er heimlich nach Gulitzscha und pachtet neuerlich vom Gutsherrn fünf Morgen Land. Die Gemarkung, in der dieser Pacht-Acker liegt, heißt *Schinderberg*, ihr wißt, der ehemalige Schind-Anger, auf dem alles krepierte Vieh aus Gulitzscha und Bossdom verscharrt wurde, bevor man staatliche Abdeckereien einrichtete. Der Schinderberg ist verludert und verqueckt. Der Gutsinspektor und sein Vogt sind froh, ihn loszuwerden.

Der Vater träumt: Jetzt hat er soviel Acker unter dem Pflug wie ein Bossdomer Klein-Landwirt, der von den Einkünften aus der Landwirtschaft leben kann. Die Landwirtschaft wird ihn befähigen, seine Nase über Wasser zu halten, und er kann auf Mutters Laden und die unbezahlten Rechnungen scheußen.

Die Mutter ist gegen die *Pauerei* des Vaters. Soll sie vielleicht auf den Feldern mitarbeiten, sie mit ihre Hühneroogen, mit *ihre Beene* und Krampfadern, die immer mehr herausquellen? Soll sie Kühe melken, auf die Leiter kriechen und Eier von den Hühnernestern holen? Das ist ihr nicht gesungen geworden. Hättest dir mußt ne Pauersche heiraten, sagt sie herausfordernd zum Vater.

Hätt ich man, sagt der Vater, und wir Kinder erfahren, daß wir aus einer mißglückten Menschenpaarung stammen. Aber zwei Tage später kanns geschehen, daß sich die Eltern in einem Stubenwinkel oder in einer Backstuben-Ecke abdrücken und schnäbeln und meine kleinen Brüder gelaufen kommen und verkünden: Papa und Mama hoaben sich gutgeseid, und wir leben ein Weilchen etwas leichter.

Dann kommen neue Zerwürfnisse: Vaters Land-Erwerb zeigt seine Nachteile. Die Quecken auf dem Schinderberg fordern, daß er sich täglich mit ihrer Vernichtung beschäftigt. Es ist frühes Frühjahr, alle Pflanzen wachsen, aber die Quecken sind die wachsfreudigsten. Mein Vater krimmert und eggt sein *Neuland* und fährt die herausgeförderten Queckenwurzeln vom Feld auf den Rain, Berge von Queckenwurzeln, die größer und größer werden, aber die Queckenwurzeln sind weiße listige Wurmtiere, sie haben die Eigenschaft von Regenwürmern, du kannst sie in zwanzig Stücke zerreißen und aus jedem Teilstück einen neuen Wurm erzeugen. Jedes Queckenwurzelstück wächst sich zu einem neuen Queckennest aus.

Der Vater verflucht die Bäckerei, die ihn abhält, sich eingehend mit der Vernichtung der Quecken zu beschäftigen. Es könnte längst ein Lehrling im Hause sein, knurrt er, aber nee, der Herr Sohn muß Pasta wern oder sonsterwas.

Damals wie heute hat mein Leben philosophische Zwischenstadien. Da will ich allein sein, da will ich nachdenken, da lese ich und lese und schreibe sogar unzulänglich alle Gedenken (Gedanken sind es nicht) und meine Bedenken auf. Ein Mischgefühl aus Einsicht und Verletztheit tut sich in mir auf, wenn mein Vater von mir spricht, als wäre ich ein Nichtsnutz. Einerseits spüre ich, daß er im Recht ist, weil ich nichts als ein Geldverbraucher bin, andererseits ist eine Kraft in mir, die mir einsagt, daß ich kein Parasit bin, eine Stimme, die mir zuflüstert, daß ich berechtigt bin, zu leben und dazusein. Diese Stimme stärkt mich für eine Weile, aber ich kann vorerst nichts beweisen, und ich spüre, wie ich anfange, meinen Vater leise zu hassen.

Dann packt mich die Unruhe wieder, und mir ist, als würde ich etwas versäumen, wenn ich es nicht mit Mädchen treibe und dem Dorfburschenleben fernbleibe.

Die amerikanische Schwiete unserer Familie spricht von *Money*, die sorbische Schwiete spricht von *Sapplatsch*, wenn sie von Geld reden. Die Sorgen meiner Mutter um Sapplatsch nehmen nicht ab. Die Lieferfirmen schlagen höhere Zinsen auf die gestundeten Rechnungsbeträge, doch ihre Lieferungen stellen sie nicht ein. Wenn sie nicht liefern, liefern Konkurrenzfirmen, solange ein kleiner Dorfladen noch atmet, und sein Atem ist der Umsatz, wird geliefert. Erst wenn kein Umsatz mehr da ist, ist ein Geschäft erstickt und tot. Viele Kleinunternehmen gehen in dieser Zeit tot. Die Ursache ist, wird behauptet, die schlechte Weltlage. Das hört sich an, als ob unsere Erde auf einer Art von Misthaufen zu liegen gekommen wäre.

Die Mutter zieht sich am Treppengeländer (mein Gott, die Hühneroogen!) zur Stube der Großeltern hinauf. Großvater sitzt auf der Ofenbank, hat die Ellenbogen auf die Knie gestützt, hat aus seinen Händen eine Schüssel gemacht, in der Schüssel liegt sein Kinn, seine Augen sind geschlossen. Ich tu ma Weile von innen besehn, sagt er, wenn man ihn in dieser Haltung überrascht. Die Anderthalbmeter-Großmutter ist unterwegs, ist bei ihren Kumpankas im Dorf, um dort nach dem Rechten zu sehen und die Weltordnung aufrechtzuerhalten.

Die Mutter kommt in die Großelternstube gestöhnt. Großvater nimmt sein Kinn aus der Handschüssel, sein Schnurrbart ist zerknautscht. Er muß nicht fragen, was die Mutter will, er ahnt es. Tuk dir setzen, sagt er zu ihr. In der Großelternstube sieht kein Stuhl dem anderen ähnlich. Sie sind auf Auktionen zusammengekauft. Die Mutter läßt sich auf jenen Stuhl plumpsen, der am weichesten gepolstert ist. Von welcher Farbe das Polster ist, weiß nur, wer den Stuhl früher kannte. Der Besuch der Mutter beim Großvater verläuft nach einer von ihr instinktiv hergestellten Dramaturgie. Ehe sie sagt, was sie will, fängt sie an zu weinen. Der Großvater tröstet sie, aber von der falschen Seite. Issa dir zu noahe getreten, der alte Hurenbock, sagt er, und mein Vater ist gemeint. Meine Mutter bildet ihr Weinen zum Schluchzen um und packt einzelne Worte hinein. Nee, nee, das is mir nich gesungen geworden, sagt sie, warum bin ich bloß als eenziges Kind unlungenkrank und lebendig geblieben? Hätt ich man doamals lieber ooch die Oogen zugemacht wie meine älteren Schwesterchens! Damit geht sie auf eine der empfindlichsten Stellen in den Gefühlen meines Großvaters los.

Her und hin und hin und her, ob der Großvater nicht doch noch moal etwas vorstrecken könnte. Kannst es mir vom Erbteel abziehn, schlägt die Mutter vor, und damit trifft sie auf eine zementierte Stelle im Großvater. Er denkt noch nicht ans Vererben, er will noch lange leben und weiß nicht, was er selber noch braucht. Mein Vater soll den Offenbarungseid leisten, schlägt er vor, dann fällt das Geschäft der Mutter zu, und die kann sozusagen von vorn anfangen. Aber davon will die Mutter nichts hören. Was sollen die Leite soagen? Nein, dann will sie lieber so risch wie meeglich sterben. Sie veranschlagt ein Weilchen, ob sie tot werden soll, aber im Sitzen sieht das nach nichts aus, sie müßte erst aufstehen und den Stuhl zurückschieben, um Platz für ihren Scheintod zu schaffen.

Der Großvater bleibt hart. Das einzige, wozu er sich bereit erklärt: Er will bei der Queckenvernichtung helfen, damit die zugepachteten Ländereien des Vaters in Ordnung kommen und etwas abwerfen. Seine Bedingung: Mein Vater darf ihm nicht dreinreden, kurzum, heutig ausgedrückt, keine weiteren Entwicklungsgelder, sondern tätige Hilfe.

Mein Vater, den der vergebliche Kampf gegen die Quekken zermürbt hat, geht auf das Anerbieten des Alten ein. Er räumt das Queckenland von seiner Anwesenheit und gibt dem Großvater die Bahn frei.

Der Großvater geht an seine Hilfeleistung mit einem seiner Grundsätze; was ich anpack, pack ich an, und wenn alle Nähte reißen! Er läßt sich von der Mutter ein halbes Dutzend Zigarren geben, geht zum Gutsvogt, gibt dem die Zigarren und sagt, daß er sich wird für poar Tägchen den Kultivator vom Gute, der am *Karnickeldreieck* steht, ausborgen, der Gutsvogt soll nicht hinsehen. Der Gutsvogt nimmt die Zigarren.

Ich muß Großvater bei der Queckenvernichtung helfen. Er fährt mit dem Kultivator an den Feldrand und redet in seiner Art mit den Quecken: Jetzt werd ihr eich umgucken, sagt er zu ihnen.

Die Kultivatorenzinken dringen doppelt so tief in den Sandboden wie die Zinken eines Krimmers. Großvater belastet den Kultivator außerdem mit zwei Feldsteinen, und auf die Feldsteine muß ich mich setzen. Der Brandfuchs treckt, als hätte er einen beladenen Möbelwagen zu ziehen. Am Ende eines jeden Arbeitsnachmittages bin ich staubverkrustet und entsteige dem Kultivator bedreckt wie ein Bergmann, der seinem Schacht entkriecht.

Wir ziehen die Quecken mit der Egge zusammen, fahren

sie ab und vergrößern die Queckenhaufen am Rain. Nach vier Tagen ist der Großvater zufrieden. Er stellt sich an den Rain und sagt zu den Queckenwurzeln: Das hoabta eich nich treem lassen, was? Und er betrommelt seine Brust mit den Fäusten. In den Tarzan-Büchern habe ich gelesen, daß es die Menschen-Affen ähnlich tun, wenn sie ihre Gegner besiegten. Heindrich, der Name seines Schwiegersohnes, ist für Großvater der größte Schimpf, den man ihm antun kann, Heindrich will ich heeßen, sagt er, wenn der Acker jetzt nich reene und sauber is. Er läßt meinem Vater durch die Mutter bestellen, der möge sofort Lupinen ansäen und den *Schinderberg* fürs erste Jahr mit Gründung bewirtschaften. Aber der Vater kanns nicht erwarten, daß der hinzugepachtete Acker Ertrag bringt, und er peitscht ihn mit Kunstdünger. Er beleidigt die Bodenbakterien, und die quittieren mit einer Hafer-Mißernte. Ihr kummt mir noch moal, sagt der Großvater zur Mutter, und die Zündschnur brennt wieder.

Das Deutsche Reich wird von der Arbeitslosigkeit heimgesucht. In den Zeitungen der verschiedenen Parteien wird nach den Ursachen der Arbeitslosigkeit geforscht. Die einen behaupten, die Arbeitslosigkeit im Deutschen Reich sei ein Kind der Weltwirtschaftskrise, die anderen sagen, laßt uns mal bissel regieren, wir werden das schon deichseln.

Unsere Bossdomer Heide-Ecke liegt, wie damals während der Inflationszeit, wieder im wirtschaftlichen Windschatten. Kohle wird nach wie vor gebraucht und verlangt, Glas geht zu Bruch und muß ersetzt werden, und Kartoffeln werden immer sein müssen, sagen die Kossäten.

Ausgesteuerte und umherwandernde Arbeitslose kommen nach Bossdom. Hohlwangige Sänger und Musizierer, Knopf- und Schnürsenkelverkäufer, und sie kommen zu uns in den Laden, und meine Mutter läßt keinen von ihnen unversorgt. Die weeche Seite hat se nich von mir, sagt der Großvater, seine erste Frau, die hübsche Hanne, die Mutter meiner Mutter, habe der Tochter die Barmherzigkeit vererbt.

Arbeitslose, denen es peinlich ist, halb und halb als Bettler umherzugehen, lassen sich von anzweifelbaren Firmen als Vertreter anwerben. Da kommt einer und will einem neuen Konservierungsverfahren zum Erfolg verhelfen. Ein Mann, dessen Gesicht mit vielen blauen Punktnarben übersät ist; gewiß hat er an der Explosions-Peripherie gestanden, als eine Sprengladung oder eine Granate losging. Er will meine Mutter von der umständlichen Methode des Einweckens befreien. Seine Firma heißt *Sachs*, und die Methode, mit der gutgläubige Leute fürderhin einwecken sollen, heißt *Einsachsen*. Das *Sachs*-Gerät ist eine umgekehrte Luftpumpe, eine Vakuum-Pumpe mit einem Schlauch, der Schlauch endet in einem Nippel, der Nippel ist dünn wie eine Messerschneide, er wird zwischen Deckel und Gummiring des Einweckglases geschoben, und das Glas wird luftleer gepumpt. Um zum Beispiel Harzer Käse frisch und madenfrei zu erhalten, steht im Prospekt, *sachsen* Sie ihn ein! Meine Mutter stellt eine Rolle Harzer Käse zur Verfügung, und der Vertreter *sachst* den Käse ein. Da sitzt er nun im luftleeren Raum, der Harzer Käse, und es ist ihm sogar das Stinken vergangen. Als Leitsatz steht auf dem Prospekt: *Sogar der Opa, die Tanten, Maxen, / sie alle können jetzt einsachsen.* Es ist im Prospekt auch die Rede davon, daß man, sofern man große Gläser zur Verfügung hätte, Pelzkrägen, überhaupt kleine Winterkleidung, um sie vor Motten zu schützen, im Sommer *einsachsen* kann.

Meine Mutter kauft den *Einsachs*-Apparat. Vor dem Vater hält sie ihn zunächst versteckt. Diese kindliche Mutter, ihr kommt es in der Hauptsache drauf an, Kuchen von der Sonnabendbäcke *einzusachsen*, um täglich frischen Kuchen naschen zu können! Sie *sachst* in einem größeren Weckglas auch einen kleinen Pelzkragen meiner Schwester ein, und der kommt zu Anfang des Winters frisch und munter aus seinem Glas, nicht eine Motte drin. Der Mutter entrutscht ihr Geheimnis, sie zeigt dem Vater den *eingesachst* gewesenen Pelzkragen, und der knurrt: Hättste doch kunnt Mottenkugeln nehm, was wirste dir man noch alles koofen!

Was sich meine Mutter noch kaufen wird, zeigt sich alsbald. Es kommt ein Arbeitsloser als Vertreter mit einem sogenannten *Elektrisier-Apparat.* In einen isolierten Griff kann man verschieden geformte Glasröhren einstecken, die eine sieht aus wie ein Kamm mit gläsernen Zinken, die andere sieht aus wie ein Schweißbrenner, andere sind am Ende zu einem kleinen Teller geformt. Der Apparat wird an die elektrische Lichtleitung angeschlossen, und man sieht blaue Funken durch die Glasröhren flitzen. Wer mit Rheuma beflucht ist, muß nur die Glasröhre, die vorn wie ein kleiner Teller geformt ist, benutzen, und das Rheuma macht sich davon. Es flüchtet vor den blauen Funken.

Mit dem Glasröhrchen, das aussieht wie ein Schneidbrenner, kann man auf Unebenheiten im Gesicht losgehen: Pickel, Mit-Esser, Leberflecke und Warzen. Meine Mutter hat schon seit der Jungmädchenzeit eine Warze am rechten Ohr. Die Warze lenkt die Blicke eines Gegenüber auf dieses Ohr hin. Das ist der Mutter peinlich, denn ihre Ohren haben Übergröße.

Ein Vertreter vertritt und führt vor, und die Firma liefert. Die Mutter äußert die Absicht, den Apparat zu kaufen, wenn der Vertreter sich erbietet, der großen Warze das Verbleiben am Ohrläppchen der Frau Matt zu verkümmern. Der Vertreter zeigt sich erbötig. Er ist ein arbeitsloser Buchhalter aus Däben, etwas krummbeinig, so als sei er beritten von Däben los, aber das Pferd ist ihm unterwegs unter den Beinen weggerannt.

Die Mutter setzt sich auf die Ofenbank in der Wohnstube, und der Vertreter geht mit dem Schneidbrenner auf ihre Warze los. Sobald die Glasröhren mit dem Menschenkörper in Berührung kommen, treten die blauen Funken aus der Glasröhre aus und flitzen in den Menschen hinein. Es entsteht ein Brummgeräusch, als ob eine Schmeißfliege in der Glasröhre eingesperrt wäre. Wenn wer während der Bestrahlung ein wenig Radio hören möchte, dem kommt die Musik entgegen, als wäre sie in der Sendestation durch eine Kaffeemühle gedreht worden.

Die blauen Funken fahren in die Warze der Mutter.

Mama, wie fühlt sich das an?

Es kribbelt bissel, als ob die Warze kleene Beene hätte und furtrennen möchte.

Eine Warzenbehandlung muß mehrmals wiederholt werden, ist in der Gebrauchs-Anweisung für den Apparat vermerkt. Der krummbeinige Buchhalter ist auf seine Provision aus, er kommt nach zwei Tagen wieder, nach zwei Tagen nochmals, und die Warze fängt an zu vertrocknen, wird zu einem Grind und läßt sich abnehmen, und der kleine Buchhalter hat sich damit in Bossdom und Umgebung den Beinamen *Warzenbrenner* erworben.

Meine Mutter kauft den Apparat, und sie betont, daß sie ihn für die ganze Familie erwirbt. Er ist für alles gut, sogoar wenn eens Bauchschmerzen hat. Und wirklich, auch mein Vater, dem die Haare ausgehen, fährt sich allmorgendlich mit der kammähnlichen Glasröhre über die Lichtungen auf seinem Kopfe. Die Bestrahlungs-Apparate breiten sich aus wie eine Wintergrippe. Sie verschwinden nach einiger Zeit aber auch wie jene Krankheit. Nicht, weil alle Menschen, die sich mit den blauen Funken bestrahlt haben, vor Gesundheit strotzen, sondern weil die Apparate außer der Vertilgung von Warzen nicht halten, was ihre Hersteller versprechen. Die Haare der Glatzköpfigen wachsen nicht nach. Der Rheumatismus wird nur mäßig eingeschüchtert, und am Wohlbefinden der Bauchschmerzen ändert sich nichts. Die Leute lassen nicht gern laut werden, daß sie sich haben betrügen lassen. Einer nach dem anderen läßt seinen Apparat heimlich verschwinden, und auch der Apparat meiner Mutter verschwindet im Wäschefach des Vertikos hinter den Wischtüchern.

Die Bestrahlungs-Apparate sind, wie es aussieht, ein Produkt der Weltwirtschaftskrise, von der in der Geschäftswelt gesprochen und gesprochen wird. Die kleinen Leute aber sprechen von schlechten Zeiten, die über die Menschheit hereingebrochen sind. Aber die Geschäftsleute lassen nicht nach, die Weltwirtschaftskrise abzuschaffen. Dem vergeblichen Versuch, sie mit Bestrahlungs-Apparaten zu besiegen, folgt die Einführung von Zugabeartikeln. In unserem Familienkreis wird die Zeit später die *Zugabezeit* heißen. Harmlose Kunden halten das Zugeben für eine freundliche Geste der Firmenchefs. Wer ein Paket Malzkaffee kauft, hat Anrecht auf einen Gutschein. Wer den Gutschein einlöst, kriegt einen Kaffeelöffel dafür, und für zwei Malzkaffee-Gutscheine gibts einen Eßlöffel. Alle Konzerne, die abgepackte Waren liefern, geben Gutscheine aus und konkurrieren miteinander. Der Konzern der Margarinensorte *Schwan im Blauband* gibt jede Woche eine mehrseitige Kinderzeitung im Zweifarbendruck aus – *Die Blaubandwoche.*

Gun Tag, ich möchte een Pfund Schwan im Blauband und die Blaubandwoche, heißt es im Laden der Mutter.

Die Blaubandwoche ist schont alle, sagt die Mutter.

Denn möcht ich een Pfund Rahma und den kleenen Koko.

Der *Kleine Koko* ist die Kinderzeitung des Konzerns, der die Margarine *Rahma-buttergleich* herausgibt. Da der *Kleine Koko* im Laden der Mutter noch vorrätig ist, hat der Konzern für *Rahma-buttergleich* in diesem Falle gewonnen. Die Mutter muß neben dem Margarineverkauf einen Vertrieb für Gratis-Zeitschriften mitunterhalten, denn auch der Konzern, der das Kokosfett Marke *Palmin* herstellt, läßt nunmehr eine Zeitschrift für Kunden-Kinder drucken.

Malzkaffee-Kunden können Gutscheine sammeln, bis sie die Anzahl zusammen haben, die sie brauchen, um ein Kaffeeservice zu kriegen. Auf unserem Mehlboden wird ein Warenlager für Zugabeartikel eingerichtet, und es werden dort Tischdecken, Kaffeegeschirr, zwölfteilige Bestecke, Wandschoner und Tabletts, die silbern glänzen, vorrätig gehalten. Die Mutter muß sich ohne Extravergütung mit den Abrechnungen für die Zugabeartikel abplagen.

Die Konzerne zwingen auch die kleinen Kaufleute, Zugaben für jene Artikel hinzureichen, die unabgepackt sind: Salz und Semmeln etwa, Zucker, Mehl, Reis und weiter. Auch meine Mutter wird in diese Aktion, mit der die Konzerne einander totzukonkurrieren suchen, hineingezogen. Ihre Kundinnen verlangen bei den Wochen-End-Einkäufen Zugaben. Die Geschäftsleute in Grodk und in Däben geben auch zu, bitte! Vater muß Zugabesemmelchen bakken. Beim Einkauf von zehn Groschensemmeln ein Semmelchen zu; bei einem Einkauf, der die Summe von zehn Mark übersteigt, gibt die Mutter ein Tütchen Bonbons zu. Zugabe, Zugabe, Zugabe! Und Großvater, der seiner Zinsen wegen das Geschäftsgebaren der Mutter beobachtet, sagt: Doa müssen ja die Stricke reißen!

Kunden, die fünfzig Gutscheine vom Waschpulver *Schwanenweiß* vorlegen können, haben Anrecht auf eine Schreibtisch-Uhr. Die Gier auf eine Schreibtisch-Uhr ist in Bossdom gering. Nur Frau Lehrer Rumposch sammelt *Schwanenweiß*-Gutscheine. Auch meine Mutter verlangts nach einer Schreibtisch-Uhr für den Tisch in der Poststelle. Die Schreibtisch-Uhr ist ein gewöhnliches Weckerwerk, aber das Weckerwerk ist in einen mächtigen Rahmen aus Steingut eingebettet, und das Steingut ist auf Marmor zurechtgemacht. Die Sucht meiner Mutter nach Gutscheinen für die Schreibtisch-Uhr steigert sich:

Tag, ich möcht een Päckchen Schwanenweiß.

Gutschein dazu?

Nee, könnse behalten.

Gun Tag, ich möcht een Päckchen Schwanenweiß.

Gutschein brauchen Se woll nich? Zuletzt erwähnt meine Mutter die *Schwanenweiß*-Gutscheine nicht mehr, und sie kommt rischer als Frau Lehrer Rumposch zu ihrer Schreibtisch-Uhr, und sie weiß, wenn sie am Postschreibtisch vorbeigeht, zu jeder Zeit, was die Stunde geschlagen hat.

Alles hat seine geweißten Schubsäcke, sagt man in Sachsen. Die Leute vom Bossdomer Vorwerk nehmen sich von Zeit zu Zeit heraus, eine eigene Meinung zu haben. Zuerst ist es nur ein Gerücht, aber das Gerücht verdichtet sich zur Tatsache: Die Vorwerker haben es satt, zwei Kilometer nach Bossdom zu laufen, um im Mattschen Laden einzukaufen; sie beantragen eine Konsum-Verkaufsstelle.

Man könnt sich in die Hoden beißen! sagt mein Vater. Freilich sagt er es nicht so vornehm, aber wir haben es hier nicht mit einer Komödie, sondern mit einer Tragödie zu tun.

Nu fährt man se schon das Brot mitn Fuhrwerk vor ihre Heiser, und was is der Dank? Uff eenmal wollnsen Konsum.

Weshalb sollen die Vorwerker meinen Eltern dankbar sein? Es hat ihnen niemand eingeheeßen, een Loaden uffzumachen, raunen sie einander zu. Meine Eltern haben sich das mit dem Laden selber ausgesucht, sie haben sich ausgedacht, Waren heranzufahren oder anfahren zu lassen, und Frau Matt verkauft manche Waren zu *höcheren* Preisen als die Kaufleute in der Stadt. Meine Eltern, so heißt es, wollten auf diese Weise einen *höcheren* Lohn als ein Arbeiter verdienen, und wenn sich dieser Lohn nich auszoahlt, denn solln se doch hinschmeißen. Kann der Vater ja in die Glashütte oder in die Grube gehen, und die Mutter soll auf dem Felde arbeiten. Das wäre ja noch schöner, sagt die Mutter, wenn solche Vorschläge der Kundschaft zu ihr dringen. Sie tut so, als wäre sie dazu geboren, Dorfkrämerin zu sein, als stünde das auf ihrem Geburtsschein.

Die Vorwerker sind eine Sorte Leute für sich. Sie haben den Pionier Klinke hervorgebracht, jenen Pionier, der mit einem Sack Pulver ein Loch in die Düppler Schanzen und sich selber dabei in die Luft sprengte. Harakiri. Klinke mit dem Pulversack, sagt Großvater, wenn er einen *Dämlack* charakterisiert. Ihr wißt, Großvater ist alles Deutsch-Nationale ein Greuel. Aber das hilft nichts. Dort, wo sich die Straße von Grodk–Forschte von der Straße Choćebuz–Forschte abgabelt, steht das dem Pionier Klinke gewidmete und geweihte Denkmal. Nicht weit davon steht sein Elternhaus. Nationalgesinnte Auswärtige kommen und besichtigen Denkmal und Elternhaus und werden von patriotischen Schauern durchschüttelt. Der Heldengeist von Pionier Klinke geht noch immer in den Vorwerkern um: Eines Tages ist die Konsum-Verkaufsstelle auf dem Vorwerk fertig, wird mit Gebimm und Gebamm eröffnet und in der *Märkischen Volksstimme* begrüßt. Meine Mutter würde die *Volksstimme* abbestellen, wenn sie nicht gerade einen Fortsetzungsroman brächte, den sie zu Ende lesen möchte.

Im Laden der Mutter wirds so still, als ob eine Woche

lang Sonntag wäre. An der Spiralfeder der Ladenglocke setzen sich winzige Rostflecke fest. Alle Bossdomer werden nach Vorwerk und dort in den Konsum hin. Meine Mutter verflucht die Fahrräder. Wenn die Bossdomer bloß ihre Beene hätten wie früher, würde keener durch den Heedesand waten.

Die Konsum-Verkaufsstelle in Bossdom-Vorwerk wird von einer Junggesellin betreut, die Motorrad fährt. Ist sie freundlicher zu den Kunden als meine Mutter? Ja, sie sagt zweimal bitte und zweimal danke. Sie näht zwie. Sie hat sich in einer Vorwerker Oberstube eingemietet und stammt aus Grodk, trägt eine Brille, ist flott und zu haben, wie die Dorfburschen sagen. Sie besucht die Tanzmusiken und läßt mächtig was springen, sagen die Männer. Sie arbeitet nicht mit Zugabeartikeln, sie gibt Rabattmarken aus, und wer die Rabattmarken sauber sammelt, hat auf Jahresende schön was zusammen, ein unerwartetes Weihnachtsgeschenk, sagen die Frauen.

Und die zweite Woche vergeht wie ein siebentägiger Sonntag. Meine Mutter möchte am liebsten tot werden, aber vor wem soll sie sich leblos hinwerfen? Sie greift zu ihrem drittstärksten Mittel, Rührung und Kümmerung zu erzeugen. Sie weiß, daß der Konsum ein Hätschelkind der Sozialdemokraten ist, die am liebsten die ganze Welt zu einem Konsum machen würden. Sie schreibt einen Lenchen-Brief an die sozialdemokratische Leitung in Grodk: Liebe Genossen, schreibt sie, obwohl sie keine Genossin ist, aber der Vater ist Genosse, und ihr ältester Sohn ist Jung-Genosse. Liebe Genossen, schreibt sie, ihr habt da, ohne zu fragen, in Bossdom-Vorwerk eine Konsum-Verkaufsstelle eingerichtet. Habt ihr euch kein bißchen in Heinrichens Lage versetzt. Wollt ihr euern Genossen Heinrich um die Ecke bringen? Denkt, daß ich nich mehr gut zu Fuße bin und bloß humpeln kann. Verlangt ihr, daß ich mir auf die Landwirtschaft zurückziehe? Habt ihr vergessen, wie schön ich euch das Banner für den *Radfahrerverein Solidarität* ausgestickt habe, viele Nächte lang und kostenlos dazu, weiter undsoweiter.

Die Mutter kriegt eine Antwort auf ihren Brief: Haben wir Ihr Geehrtes zur Kenntnis genommen und müssen zu unserem Bedauern erklären, daß die Eröffnung der Konsum-Verkaufsstelle in Bossdom-Vorwerk kein Willkürakt von uns war, sondern von der Bevölkerung gewünscht wurde.

Siehste, da hastes! sagt der Vater, was schreibste erscht lange.

Bei meiner Mutter haben es die Sozialdemokraten verspielt, wie sie sagt. Ich meene, wenn de jetzt nich weeßt, was de zu tun hast, sagt sie zum Vater und dringt in ihn, er möge bei den Sozialdemokraten uffhörn. Der Vater knurrt sich was. Man sieht ihm nicht an, was er denkt, man sieht ihm nicht an, was er tun wird. Wir erfahren es durch die *Märkische Volksstimme.* Dort erscheint ein Artikel mit der Überschrift: Geschäfts-Sozialisten brauchen wir nicht. In dem Artikel wird meinem Vater nachgesagt, er wäre nicht bis zur eigentlichen Idee des Sozialismus vorgestoßen, habe zum Beispiel den Genossenschaftsgedanken nicht verstanden und sei nur aus geschäftlichen Gründen Sozialdemokrat gewesen.

Das woar weiter keener wie Schinko, sagt mein Vater, nachdem er den Artikel gelesen hat. Gemeint ist der Vorsitzende des Bossdomer Ortsvereins Erich Schinko. Meine Mutter fällt um und ist ziemlich lange tot. Die Anderthalbmeter-Großmutter und wir Kinder bemühen uns, sie ins Leben zurückzurufen, wir versuchen, sie anzuheben und zu stützen, aber erst, als mein Vater sich sanft und versöhnlich zu ihr niederbeugt und ihr erklärt, daß sie und er nun zusammenhalten müssen, damit sie aus dem *Dreck* herauskommen, läßt sich die Mutter halb aufrichten, schlägt die Augen auf und sieht sich um. Es ist mittlerweile Abendbrotzeit geworden, sie muß Schnieten für uns Kinder machen, das kann sie der Anderthalbmeter-Großmutter, dem diensthabenden Detektiv Kaschwalla, nicht überlassen, weil die zu krumme Scheiben von der Schwartenwurst schneidet und den ganzen Preßkopf verfietschelt.

Wir kriegen die Mutter zum Stehen, sie greift nach dem Brotmesser und erklärt, daß die *Märkische Volksstimme* abbestellt wird, der neie Roman, den sie jetzt drinne hoaben, togt sowieso nischt, sagt sie.

Der Vater sucht den Niedergang unserer Lebensverhältnisse da und dort, jedoch am wenigsten bei sich und seiner Langschläferei und seiner minderen Ausdauer. Da hat man nun een Jungen, der kunnde schont Geselle sein, aber der muß uff die hoche Schule kriechen, heißt es wieder.

Mutter verteidigt mich und duckt den Vater: Hätte der Junge vielleicht bei dir lern solln; du bist ja goar keen Meesta nich. Der Vater soll sich unterstehen, mich von der Schule runter zu ekeln, zumindest nicht, bevor ich nicht das Einjährige gemacht, das heißt, bis ich nicht die Obersekundareife erreicht habe.

Der Vater hat seine besonderen Ansichten über die Einjährigen. Sie wurden beim Militär von den Muschkoten nicht ernst genommen. Alle Einjährigen, die er gekannt hätte, wären Scheußkerle gewesen.

Mein Selbstbewußtsein wird niedergequetscht, zumal der querrende Vater im Recht ist. Seit ich täglich von Bossdom nach Grodk in die Schule fahre und nach der Schule daheim in der Wirtschaft arbeite und die Abende und die Sonntage mit den Dorfburschen verbringe, hat sich meine Mitarbeit in der Schule verschlechtert, ich habe sie verschlechtert. Mein Klassenlehrer Studienrat Schraube hat angekündigt, daß ich zu denen gehören würde, deren Eltern mit einem Blauen Brief bedacht werden, in dem ihnen mitgeteilt werden wird, daß ich versetzungsgefährdet bin. Versetzungsgefährdet ist ein Wort, das noch heute Brechreiz in mir hervorruft, außerdem, heißt es, werde ich infolge meiner abgesunkenen Leistungen meine Freistelle verlieren.

Der Blaue Brief kommt zu Anfang der Weihnachtsferien. Unser Direktor kann nicht wissen, daß ich in Bossdom, sobald sich Ferien am Himmel zeigen, die Poststelle leite und gleichzeitig der Postbote bin. Ich öffne den Brief nicht über dem Dampf kochender Kartoffeln, wie es meine Mutter tut, ich zerreiße ihn, stecke ihn in den Ofen. Es ist genug, wenn *ich* von meiner Versetzungsgefährdung weiß.

Es ist so, wie es ist, gerade jetzt nehme ich mir keine Zeit, über meine mißliche Lage nachzudenken. Die Bossdomer Vereine rüsten für einen unterhaltsamen Winter. Die Vorstände übertreffen einander, die Bossdomer Einwohner mit Vereins-Theateraufführungen zu unterhalten und zu erfreuen. Es gibt nur wenige Einwohner, die zum Theaterspielen benutzt werden können. Ich gehöre zu diesen Leuten. Seit ich lange Hosen trage und zu den Erwachsenen zähle, spiele ich im Winter in allen Vereinen Theater. Ich bin für die Bossdomer ein Theatermann, ein Dorf-Theater-Star. Das Mädchen, das die weiblichen Hauptrollen spielt, also meine Starin, ist Herta Runkehl. Sie ist die Tochter eines Grubenaufsehers, ist ausgebildete Schneiderin und näht für Leute, wie es bei uns heißt. Sie ist nicht hübsch, sie ist nicht häßlich, aber seelenvoll und schmachtend. Ihr Naturell ähnelt dem meiner Mutter. Sie ist so mehr für das Fortschrittliche und Vornehme. Es ist ihr nicht gesungen worden, ihr Leben als Schneiderin zu verbringen. So wie meine Mutter einmal hat *Seeltänzern* werden wolln, wollte Herta Runkehl schon als Schulmädchen Schauspielerin werden. Sie nahm sich vor, gleich nach der Schulzeit in die Schauspielerinnen-Lehre zu gehen, und bewarb sich, noch ehe sie konfirmiert wurde, um eine Stelle als Schauspieler-Lehrlingin beim Stadttheater in Choćebuz. Sie schreibt einen Brief dorthin und wartet still auf eine Einladung, sich beim Theater vorzustellen. Sie hat davon gehört, daß man als Schauspielanwärterin beim Theater etwas vorsprechen muß, und sie bereitet sich auf den Vortrag des *Erlkönigs* vor, und sie sagt ihn täglich mit allen dramatischen Einlagen in ihrer Mädchenstube auf und übt sich auf eine Sterbeprobe ein, für den Fall, daß auch sowas verlangt wird. Und sie hofft und hofft, und sie schwebt und schwebt.

Die Antwort des Intendanten vom Stadttheater in Choćebuz geht an den Leiter der Schule in Bossdom. Er schickt den Bewerbungsbrief der Herta Runkehl an Rumposch und fragt den, ob er verantworten könne, daß ein orthographisch so unsicheres Mädchen ins Leben hinaus geht. Alle orthographischen Fehler im Bewerbungsbrief sind rot unterstrichen.

Rumposch knirscht. Er ist mit Runkehl verquer, weil der mit seiner Baritonstimme im Gesangverein unbedingt Tenor singen will, damit er bei den Lieder-Abenden in der ersten Reihe stehen kann. Grubenaufseher Runkehl gehört zu den *gehobenen* Bossdomern. Rumposch stellt ihn immer wieder nach hinten zu den Baritonsängern.

Nun dieser Brief vom Stadttheater. Rumposch läßt ein Diktat schreiben: Lernet beizeiten richtig schreiben, lernet rechtschreiben, damit es euch nicht so ergehe wie jenem Mädchen, das hoch hinaus und Schauspielerin werden wollte, in seinem Bewerbungsbrief aber zwanzig Schreibfehler machte . . .

Die Schulkinder, darunter mein Bruder Heinjak, erzählen daheim von dem wunderlichen Diktat. Es ist für die Bossdomer nicht schwer zu erraten, um welches Mädchen es sich handelt.

Grubenaufseher Runkehl erklärt, er wird gerichtlich werden. Rumposch läßt die Diktathefte, die er zum Korrigieren mit in seine Wohnung nahm, verschwinden. Die Runkehls befragen die Kinder nach dem Wortlaut des Diktats. Mein Bruder Heinjak trägt schon aushilfsweise die Post aus: Wenn die Runkehls dir was froagen, soagste, du weeßt nischt! schärft meine Mutter ihm ein.

Die Runkehln sitzt in der Küche und schnippert Bohnen: Was hat in dem Diktate gestanden? verroate mir, Heinjak.

Ich weeß nich.

Ihr steht woll uff Rumposchen seine Seite?

Ich weeß nich.

Meine Mutter, die anstrebte, neutral und kundschaftserhaltend zu sein, erreicht das Gegenteil. Runkehls gehören zu den Dorfleuten, die nach dem Konsum-Rummel wieder bei uns einkaufen. Jetzt werden sie allwöchentlich nach Däben und kaufen dort ein.

Mein Gedächtnis, das die meiste Zeit redlich die Vorlagen für mein Altersgeschwätz liefert, weist andererseits Löcher auf wie ein alter Mantel, aus dem Mottenmaden Teile herausschnitten. Im Falle des Rechtsstreits Runkehl gegen Rumposch gibt es so ein *Mottenloch.*

Ich frage Bruder Heinjak, den Mitüberlebenden, doch er erinnert sich nur, daß er und einige Mitschüler vor Gericht mußten. Wie das möglich war, weiß er nicht mehr. Alle Schüler, von ihren Eltern instruiert, antworteten vor Gericht: Ich weeß nich, und ich weeß nich, und Rumposch ging als Sieger aus dem Streit.

Grubenaufseher Runkehl geht nicht mehr in die Singestunde, als könnte er damit Rumposchens Geschäfte schädigen und dessen Umsatz herabdrücken. Die Familie Runkehl geht fort und fort in Däben einkaufen. Das ändert sich erst, als Herta Runkehl meine Theater-Partnerin wird, als Herta und ich alljährlich im Winter *die Stare* der Theaterstücke sind, die die jeweiligen Vereine spielen lassen.

Wir spielen das Vereins-Theaterstück: *Die Braut des Wilderers.* Ich bin der Dorfgastwirt und der heimliche Wilderer. Herta Runkehl, die Dorfschöne, ist meine Braut und weiß nicht, daß ich der Wilderer bin. Das Stück spielt in Oberbayern. Ich hole mir vom Maskenverleiher in Däben einen Trachtenanzug, mein Wilderergewehr ist der Vorderlader aus der Rumpelkammer meines Großvaters. Mein Nebenbuhler ist der Jäger. Der Jäger ist Sastupeits Otto, ihr wißt, der von der Mühle, der sich im wirklichen Leben nicht an Mädchen herantraut. Der Jäger Otto Sastupeit erwischt mich beim Wildern, nimmt mir den Vorderlader weg, zeigt ihn als Beweisstück den Dorfleuten und soll sagen: In flagranti erwischt. Sastupeits Otto stolpert bei den Proben über diesen Satz. Bei ihm heißt es flakrati und immer wieder flakrati. Flagranti, flagranti! sagen wir ihm immer wieder, doch er stolpert und stolpert, und es entsteht allemale eine Pause, und deshalb lassen wir es zu, daß er auch in der Hauptvorführung flakrati sagt.

Ich, der Wilderer, werde von Gendarmen abgeführt. Den Gendarm spielt Wittlings Hermann in einer ausgeborgten Eisenbahneruniform, der wir durch einen Schleppsäbel einen polizeilicheren Anstrich geben. Ich werde also abgeführt, und Herta Runkehl bricht mit dem Aufschrei zusammen: Er ists gewesen, er wars, er wars! Den Zusammenbruch hat Herta daheim vor ihrem Schneiderinnenspiegel geprobt und geprobt. Dieser Zusammenbruch ist, heutig ausgedrückt, *super* und *Spitze*, und alle Bossdomer, die durch unser Theaterspiel erreichbar und anrührbar sind, behaupten: besser als Herta Runkehl könnse ooch beim Stadttheater in Choćebuz nich zusammenbrechen.

So spiele ich den Winter über in drei oder vier Vereinstheaterstücken, spiele beim Radfahrer-Verein, beim Ortsverein, beim Mandolinenklub, auch beim Gesangverein und beim Burschenklub, obwohl ich dort nicht Mitglied bin, aber ohne Herta Runkehl und mich gibts in Bossdom kein rechtes Theater, und ich komme mir wichtig vor.

Aber wenn die Spielzeit vorbei ist, muß ich wieder ich selber sein und werde in meine Unzulänglichkeit als *hocher* Schüler hineingestoßen.

Im dritten Theaterspieljahr fängt mir an, der Schematismus der Vereinstheaterstücke zuwider zu werden. Es enttäuscht mich, daß sich die, sonst so handfesten, Dorfleute von so zusammengekritzelten Theaterstücken rühren und aufregen lassen, und es verlangt mich, sie das wissen zu lassen. Ich schreibe ein Stück über das verlotterte Leben einer Gutsbesitzer-Familie. Der Gutsbesitzer treibts mit der Gesellschafterin seiner Frau. Die Gnädige erfährt es, ist untröstlich und verführt ihren treuen Diener, sie zu vergiften. Ein Diener, der aus Treue zur Herrin zum Mörder wird. Das sollte, so schätze ich, den Bossdomern zu denken geben.

Das Stück wird für den Ortsverein gespielt werden und geht in die Proben. Die Spieler bewundern mich, wie Großvater mich bewundert, wenn ich ihm ein Amtsschreiben aufsetze und in die Menschensprache bürokratische Wendungen einfließen lasse: Und bitte ich, auf Ihr Geschätztes vom Soundsovielten zurückkommen zu dürfen ...

Es fällt meinen Mitspielern nicht auf, daß ich in diesem Stück nicht mitspiele. Sie sehen wohl ein, daß es nicht geht; ich führe Regie. Das besorgte sonst der Souffleur, der gleichzeitig Inspizient war.

Silvesterabend. Die Bossdomer sitzen im Saal, die Frauen ein Punschglas, die Männer ein Grogglas auf den Knien, der Vorhang geht auf, die Zuschauer sehen in eine Herrschaftswohnung. Die Gnädige unterhält sich mit ihrer Gesellschafterin über den Gnädigen Herrn, sein Verhalten sei in letzter Zeit lieblos. Die Gesellschafterin gibt zu bedenken, daß die Getreidepreise gesunken seien, der Herr habe seine Sorgen. Sie tröstet ihre Herrin. Aus dem Saal kommt ein Zwischenruf: Wenn das man echt ist!

Der Zwischenrufer bin ich. Ich habe mich, bebartet und geschminkt, in den Saal geschlichen, als der vor dem Spielbeginn schon verdunkelt war. Ich sitze halb verdeckt vom großen Eisenofen, rechts von der Bühne. Die Zuschauer nehmen sich zunächst nicht die Zeit, den Zwischenrufer zu suchen. Das Stück läuft weiter: Szene im Park: Der Gutsbesitzer und die Gesellschafterin vor der Liebeslaube. Mein Zwischenruf: Sie gibt am jetzt an Wink, sie wolln bissel vorsichtiger sein. Ich spreche hinter Bart und Schminke ein bißchen Schlesisch. Das Mannweib Pauline in der ersten Zuschauerreihe: Was fürn Besoffner quatscht doa engal? Zischlaute aus dem Saal. Das Stück läuft weiter.

Meine Vereinsschauspieler haben von mir kurz vor der Vorstellung die Anweisung gekriegt, trotz einiger Zwischenrufe weiter und weiter zu spielen. Der Gutsherr und seine Geliebte beziehen die Liebeslaube und schließen die Tür. Jetzt müssense uffgestöbert wern, is ja kloar, is ja Vorschrift, sage ich. Das Zischen im Saal wird unwilliger. Jemand kommt zu mir herangerückt. Es ist der zweite Vereinsvorsitzende Emil Zerwan. Sein Se stille, Mann, sagt er, von wo komm Sie überhaupt?

Auf der Bühne schleicht sich ein älterer Diener an und späht durch ein Astloch in die Liebeslaube. Ich sage: Seht ock, hoa ich ei ni gesoat, es geht alles nach Schema. Der erste Vorsitzende Erich Schinko drängt sich in meine Ofenecke, packt mich und zerrt mich ins erleuchtete Vereinszimmer: Mensch, das bist ja du, sagt er und kapitelt mich ab. Er hält mich für betrunken. Du hättst ja könn in deine Besoffenheit dein eegenes Sticke zerstörn, wirft er mir vor.

Ich muß sofort nach Hause werden und mich ausnüchtern, bestimmt er und läßt mich abschleppen.

Ausnüchterung! Der Phantast, der ich bis auf den heutigen Tag bin, fiel gräßlich auf den Ursch. Ich weiß noch nicht, daß das in meinem Leben noch oft so sein wird. Die meisten Theaterbesucher erfahren erst nach Tagen, daß *ich* sie am Genuß der schönen Tragödie zu hindern versuchte. Sie entschuldigen es mit meiner *Stockbesoffenheit*, die ich mir aus Freude über mein gelungenes Theaterstück zuzog.

Es braucht viele Jahre, bis mir aufgeht, daß das, was ein Aufschreiber mit dem, was er aufschreibt, erreichen will, nicht mit Händen zu greifen sein darf.

Mit Geschepper pralle ich damals auf das, was wir unsere Wirklichkeit nennen. Ich bin ein schlechter *hocher* Schüler und bin dabei, die Mutter, den Vater, den Großvater und Gott weiß wen zu enttäuschen. Ich weiß und wußte es, ich fühlte mich unbehaglich und versuchte dieses Unbehagen mit einem Theaterstück, das ich schrieb, hinfortzunehmen und berühmt zu werden. Erzählt es nicht weiter, aber ich habe es geglaubt, und ich habe noch oft versucht, mich durch das Niederschreiben meiner Ansichten und Empfindungen aus einer mißlichen Lebenslage zu retten. Ich habe noch oft und oft versucht, meiner Umwelt durch Schreiben darzulegen, was in mir vorging, und es mußte viel Zeit vergehen, und ich mußte viel, viel erleben, bis es mir gelang, ohne willentlich zu werden, anderen *so* mitzuteilen, daß sie es lesen mochten, was mir am Leben gefällt.

Jetzt geselle ich mich dem großen Menschenhaufen bei, der sich auf Neujahr vornimmt, ein neues Leben anzufangen. Ein Leben so neu, daß man es am zweiten Januar kaum selber wiedererkennt. Am ersten Schultag verlangt Studienrat Schraube, mein Klassenlehrer, den vom Vater unterschriebenen Blauen Brief. Vergessen, sage ich und verunreinige meine Neujahrsvorsätze mit einer Lüge. Danach aber werde ich fleißig. Ich erwecke den Eindruck, als wollte ich ein bis zwei Klassen überspringen, um mein Abitur vorzeitig abzulegen.

Was is in dir gefoahrn? fragen mich die Dorfburschen, mit denen ich sonst die Abende verluderte. Es ist ihnen unbegreiflich, wie ich nach der Schule, nach der Feld- und Backstubenarbeit noch, ohne einzuschlafen, über Büchern sitzen kann.

Nur selten fahre ich noch an einem Sonntag nach auswärts zum Dorftanz. Ich spähe nach einem stillen, verständnisvollen Mädchen aus, das in mir nicht den Motorrad-Caballero, sondern den strebsamen Mann sieht, der nicht zweimal wöchentlich zum Stelldichein kommen kann. Aber Mädchen von dieser Art bieten sich mir nicht an, und ich kann mir fürs Suchen keine Zeit nehmen. Heiß und spornig treffe ich nur immer auf die Mädchen, die leicht zu haben sind, die mich erregen und meinen Fleiß zersetzen. Schließlich verzichte ich auch auf diese Art von *Sonntagsfreuden*.

Denkt aber nicht, daß mein Schulfleiß auf ein Ziel gerichtet ist. Ich will nicht Pastor, nicht Lehrer, nicht meinem Großvater gefallen und Advokat werden.

Ja, aber was dann?

Die Antwort gab später mein jüngster Sohn: Mama, muß man überhaupt studieren? fragte er die Mutter.

Das nicht, aber was willst du machen?

Einfach leben!

Einfach leben, das wars, was auch ich damals wollte. Alles, was ich tat, um wieder ein guter Schüler zu werden, tat ich, weil ich mich, meinen Eltern gegenüber, schuldig fühlte.

Mit diesem Wunsch und diesem Willen laufe ich umher wie ein kleiner Sender. Jedenfalls scheint Erich Schinko, der Vorsitzende des Ortsvereins, meine Wunschwellen empfangen zu haben. Er nimmt mich beiseite: Ich hoabn Pöstchen für dir.

Die Verlage der im Kreise Grodk am häufigsten gelesenen Tageszeitungen konkurrieren miteinander: *Cottbuser Anzeiger* und die *Märkische Volksstimme*. Sie lassen, um rischer als rasch zu sein, ihre Zeitungen durch Expreßboten in die Dörfer schleudern. Erich Schinko bietet mir die Expreß-Fahrerstelle beim Verlag der *Märkischen Volksstimme* an. Een Motorrad haste, anderthalb Stunden Nachmittagsarbeit, bezoahlt wird nich schlecht, es lohnt sich.

Der Verleger des *Spremberger Anzeigers* hats nicht nötig, am Konkurrenzkampf teilzunehmen. Er verläßt sich auf die Heimatgefühle seiner Leser und benutzt für den Betrieb seines Blattes nach wie vor die Post.

Ich übernehme die Expreßbotenstelle bei der *Märkischen Volksstimme.* Weiß der Deibel, was Erich Schinko bewog, sie mir anzutragen. Sind ihm Einsichten geworden? Hat er erkannt, was ich mit meinem Theaterstück auf Silvester wollte? Drängt es ihn anzuerkennen, daß ich nicht mit dem Vater zusammen aus dem Ortsverein austrat? Bin ich nun ein Parteibuch-Bevorzugter? Schweig still, mein armseliges Gewissen, nutze die Möglichkeit!

Eine halbe Stunde nach Schulschluß fährt der Zug aus Cottbus auf dem Bahnhof ein. Ich lade die Zeitungspacken für die Dörfer des Ostkreises in einen Riesenrucksack und rumpele meine Tour herunter. An den Dorfeingängen stehen jeweils Botenjungen, nehmen ihren Packen, reißen ihn auf und rennen davon. Anderthalb Stunden später bin ich daheim, säubere die Backstube, trage Kohlen und Holz für den nächsten Morgen in die Fußgrube vor dem Backofen, ziehe die Asche aus und karre sie auf den Weg hinterm Haus, der zum Vorwerk führt, in unserer Familie der *Schwarze Weg* genannt. Wenn noch Tag am Himmel ist, gehe ich aufs Feld, gehe zum *Schinderberg* und helfe die Nachkommenschaft der, noch immer dort lebenden, Quekken vernichten. Die Quecken sind mit Ewigkeit ausgerüstet wie das liebe Leben. Abends, bei Lampenlicht – Schularbeiten. Ach je, ach ja!

Mit der Expreßbotenstelle bin ich, wie Großvater sagt: Scheene raus und dicke drinne. Mein Expreßbotenlohn setzt mich in den Stand, das Futter für das Motorrad, dieses Gemisch aus Benzin und Öl für Zweitakter, selber zu bezahlen. Auch sein Schulgeld bezahlt der Expreßbote jetzt selber, sein Taschengeld zählt er sich zu, er will auch ein bißchen Kostgeld abgeben, aber da wehrt die Mutter mit beiden Händen ab: Das wäre ja noch schöner!

Mein Leben fängt sich an zu rentieren, am wenigsten vielleicht für mich selber. Noch zweimal mahnt mich Studienrat Schraube, endlich den Blauen Brief unterschrieben zurückzuliefern, aber dann sieht er auf dem Zensurenthermometer meine Leistungen in die Plusgrade steigen und mahnt mich nicht mehr; er ist kein Bürokrat, er ist ein Demokrat. Die Gesichter der Lehrer überziehen sich mit Freundlichkeit, wenn sie sie mir zuwenden. Ich werde langsam wieder dem Bilde des Musterschülers und Mustermenschen, das sie in sich tragen, ähnlich. Sie meinen, mich nach ihrem Bilde geformt zu haben, doch ich vermag nicht so zu tun, als ob mir im Leben nichts so wichtig wäre wie das aufmunternde Zulächeln aus einem Lehrergesicht. Eine Ausnahme macht Studienrat Eekbrett, dem steht nur sein Säufergesicht mit dem Krebswuchs aus Gleichgültigkeit zur Verfügung.

Frede Worreschk geht vom Gymnasium, noch bevor das Schuljahr zu Ende ist. Er tut mir leid. Sein Vater verfällt und stirbt. Damals spricht man noch nicht vom Krebs, der unbemerkt und unvorangekündigt sein Nest in irgendeinem menschlichen Körperteil anlegt und von dort her auswuchert; man spricht von der *Auszehrung*. Herm. Worreschk magert ab und stirbt alsbald. Fredes Mutter kann sich nicht mit der Bierverlegerei abgeben. Die Bierverlegerei übernimmt Buchhalter Schimanski. Fredes Mutter will wieder als Tuchmacherin arbeiten wie früher, doch sie wird nirgendwo eingestellt. In den Tuchfabriken ist die Arbeit knapp geworden. Man spricht dort jetzt auch von der verfluchten Weltwirtschafts-Krise und hofft, wie von einer Grippe-Epidemie, daß sie doch mal zu Ende gehen muß.

Frede Worreschk ist erstaunt, daß nirgendwo eine Ringkämpferlehre aufzutreiben ist. Da hättste schon beizeiten müssen im Sportverein anfangen, sagen ihm Leute, die etwas vom Ringkampf verstehen. Mit Schwergewicht wäre es bei Frede wohl auch vorbei gewesen. Er magert ab. Das tägliche Bier hat sich ihm durch die Umstände entzogen. Haste schon mal einen mageren Ringkämpfer gesehen?

Frede Worreschk sagt, er möchte am liebsten heiraten,

eine bucklige Witwe mit viel Geld. Aber auch so eine Witwe ist zur Zeit nicht aufzutreiben. Scheuße, sagt Frede und wird Hilfs-Arbeiter auf der Kohlengrube *Brigitta.*

Die Weltwirtschaftskrise und ihre Tochter, die Arbeitslosigkeit, könne man nur in einem munteren Deutschland, sozusagen deutsch-familiär, bekämpfen, fangen bestimmte Leute an zu meinen und rufen einander zu: Deutschland erwache! Die Meinung dieser Leute geht von einem gewissen Hitler aus, von dem damals niemand weiß, daß er eigentlich Schickelgruber heißt, und sie wissen nicht, daß es auch andere Politiker mit *Künstlernamen* gibt.

Einige unserer Krachschläger fangen an, sich mit der Erweckung Deutschlands zu beschäftigen. Sie treffen sich zu Kriegsspielen mit Holzhandgranaten und schleppen eine neue Art von Marschierliedern in die Kleinstadt ein, als ob wir nicht genug Preußenmärsche hätten.

Kurz vor Frede Worreschks Abgang von der Schule nennt Krachschläger Hundert ihn Kommunistenschwein. Frede Worreschk, in dem noch die Vorstellung haust, er sei ein werdender Ringkämpfer, packt Hundert und will mit ihm gegen die kahle Fabrikmauer, die unsern Schulhof seitlich begrenzt, aber schon ist Studienrat Eekbrett heran, er hat Hofaufsicht und haut den beiden je drei Maulschellen rein. Er tut es mit Behagen und treibt damit seinen Kater vom vorherigen Sauf-Abend aus.

Frede Worreschk schwört, daß er Krachschläger Hundert schon noch kriegen wird, wenn nicht heute, dann morgen. Hundert zieht sich zurück und sagt, gemäßigt von den drei Maulschellen: Deutschland erwache!

Einige Wochen nach Fredes Schul-Abgang kommt Hundert mit einem blutunterlaufenen Auge und einer Platzwunde am Kinn zur Schule. Frede Worreschk hat sein Versprechen gehalten, und wenn er auch nicht Ringkämpfer wurde, Kommunist wurde er, zumindest nach dem großen Kriege.

Es ist etwas Unheimliches an diesem politischen Krebs, der umgeht. Erwinko Koalik macht sich an mich heran und bezieht sich auf unsere alte Kumpelei. Man muß einsehen, daß es so nicht weitergehen kann, sagt er. Die Leite müssen uffwecken. (Bei uns auf der Heide sagt man nicht: Ich bin aufgewacht, sondern ich bin uffgeweckt!) Die Leute müssen also uffwecken und sich wehrn gegen den Schandfrieden von Versailles. Erwinko redet von Klugscheußereien, die er selber nicht versteht. Vom Touristenverein will er nichts mehr hören. Es ist möglich, daß er alsbaldig austritt. Wir reden über Farben. Der Touristenverein ist Erwinko zu rot, sagt er.

Denn biste jetzt woll für Schwarz-Weiß-Rot?

Nein, Erwinko ist jetzt mehr für Braun, und ob ich nicht mal mitkommen möchte zu den, zu den . . . er kommt nicht auf die richtige Bezeichnung, aber dann doch: ob ich nicht mal mitkommen möchte zu den Gleichgesinnten. Sie nennen ihre Zusammenkünfte nicht Versammlungen, sondern wenn sie zusammenkommen, so ist das *Dienst*.

Nein, ich muß für die Schule arbeiten. Wie steht es bei Erwinko übrigens mit dem Englischlernen? Er hat aufgehört damit, er will kein *Sprachenpolizist* mehr werden. Er hat aufgehört mit der Sprache der Plutokraten, sagt er, sagt er tatsächlich.

Wir sind wie zwei Schmetterlinge, die Zeitchenlang nebeneinander über einer Wiese dahinflattern. Wer unser Gespräch nicht gehört hat, kann nicht wissen, weshalb wir jetzt auseinanderstreben – eben wie Schmetterlinge, deren Sprache wir nicht hören können.

Wenige Tage danach kommt mir Wullo Kanin braungesoffen entgegen. Er redet von einem gewissen Führer. Dieser Führer habe in Choćebuz eine Kundgebung abgehalten. Er, Wullo, sei dort gewesen. Eine Persönlichkeit, dieser Hitler, sagt Wullo Kanin und hat schon wieder die rechten Benennungen für den Mann mit dem Schulterriemen bei der Hand und spricht von Ausstrahlungs- und Suggestionskraft. Er, Wullo, sei nur so mal hingegangen, aber am Schlusse sei ihm die Hand von selber hochgeflogen, und er habe sie steif gehalten wie die andern alle und habe mitgesungen, was zu singen war.

Ist er also ein größeres Genie als du, dieser Hitler?

Er ist ein Genie im Mitreißen.
Na da, na da!

Die Zeit bis zum Schuljahres-Ende vergeht. Ich bilde mir ein, ich leiste in dieser Zeit etwas. Aber mit Leistung kann einer dies und der andere das meinen. Ich bin der Meinung, ich leiste etwas, was die Lehrer für Leistung halten. Für meinen Vater sind Leistungen die Arbeiten, die ich im Haus und auf den Feldern verrichte, wenn ich nach dem Zeitungsausfahren bin. Für die Dorfburschen besteht meine Leistung in der Kumpelei mit ihnen. Für sie bin ich in jener Zeit wenig leistungsfähig. Für den Großvater leiste ich etwas, wenn ich ihm Mahnschreiben an die Dorfburschen und Kleinbauern der Umgebung abfasse, die ihre von ihm gekauften Anzugstoffe nicht risch genug bezahlen. Erste Mahnung, zweite Mahnung und alles recht amtlich und notariell abgefaßt.

Ich werde in die Untersekunda versetzt. Es wird eine sattblaue Schülermütze mit Silberborte für mich fällig. Ich kaufe mir keine, der Drang, mich durch das Tragen einer farbigen Mütze herauszuheben und so etwas wie ein halber Student zu sein, ist in mir erstorben. Die Schülermützen widern mich an. Denkt nicht, daß ich damit das Erwachen meines sozialkritischen Bewußtseins kennzeichnen will. Ich bin kein Politiker und habe nicht den Ehrgeiz, Zeugnis von einem *schon früh erwachten politischen Bewußtsein* abzulegen. Ich lebe unter Dorfburschen und Jungarbeitern und trage eine Tuchmütze, die im Volksmund *Schiebermütze* und von meinem Großvater *Pleffaua* genannt wird. Beim Motorradfahren drehe ich sie um, das Mützenschild nach hinten, damit es vorn nicht beim Herauf- und Herunterschieben der Motorradbrille stört.

Ich bin noch immer ein Scheußer, einer, der sein Zeugnis von seinem Vater unterschreiben lassen muß, und eben – ich bin nichts als ein Scheußer, und es rüttelt mich der Wunsch, die Schule hinzuschmeißen und in die Glashütte zu gehen.

Wir sind zwanzig Untersekundaner und beziehen den uns jetzt zustehenden Klassenraum. Wir sind noch unbeschädigt, keine Stoßflecke, nirgendwo die Emaille abgesprungen. Aber da, die Überraschung: Es sind vier Mädchen da. Sie sind vom Lyzeum zu uns herübergekommen und wollen mit uns oder neben uns her zum Abitur hinaufstiefeln. *Frauenemanzipation in Grodk*, müßte in der Stadtchronik stehen, doch es wird dort nicht stehen. Was interessieren vier Jungweiber, die mitten in der Arbeitslosenzeit vor lauter Übermut aufs Gymnasium raufkriechen? Eines der vier Mädchen ist Ilonka Spadi. Das ist meine private Überraschung. Ich jappe nach Luft. Ilonka sieht in mir einen, den sie kennt; sie kommt voller Liebreiz auf mich zu, und es fehlt nicht viel, daß sie mich umarmt. Von den Enttäuschungen, die wir einander zufügten – keine Rede. Sie hat sich schon vorgefreut, daß sie fortan mit mir in einer Klasse sein wird, behauptet sie. Ob auch ich mich vorgefreut hätte.

Wie konnte ich.

Ob ich mich jetzt freue.

Leicht möglich.

Wie in jenem Jahr in der Sexta, da ich meine Schmäher mit Pferdekäulchen bewarf, ist Studienrat Münchdorf wieder unser Klassenlehrer. Er kommt in die Klasse. Die vier Mädchen knicksen ehrerbietig. Münchdorf begrüßt die Damen und tut, als wären sie auf Kaffeebesuch zu uns gekommen. Er beliebt zu scherzen: Damenwahl! sagt er. Die Damen dürfen sich aussuchen, neben wem sie sitzen wollen. Ich habe Münchdorf im Verdacht, er arbeitet für seine Tochter Eva vor, die wird er nächstes Jahr aufs Gymnasium bringen. Sie geht, wie man sagt, seit einiger Zeit mit dem Musterschüler Noatnick, der so klug, so fleißig und so voll abrufbarer Angelerntheiten ist, daß er zwei Klassen übersprang. Er sitzt jetzt in der Obertertia und wird nächstes Jahr in der Untersekunda landen!

Verzeiht, wenn ich euch die Mädchen jetzt nicht vorstelle, wir kommen noch auf sie zu sprechen, falls sie in der Handlung des Romans etwas zu bestellen haben. Zwei von ihnen wollen zusammensitzen und unter sich bleiben, und zwei wollen sich je auf eine Zweierbank zu einem Jungen setzen. Die tiefliegenden Augen von Ilonka Spadi liebäugeln, und auf einmal bin ich es, auf den sich ihr Geäugel richtet. Sie bittet meinen Banknachbarn Marosnik, ihr seinen Platz abzutreten. Marosnik sagt kein Wort, nimmt seine Mappe und nimmt sein Familienwappen, den Mischgeruch von Quark, Zwiebeln und Leinöl, mit sich. Wir tragen alle, ohne daß wir es wissen, unsere Familienwappen umher, und als ich noch bei den Baltins im Keller wohnte, bestand mein Wappen aus dem Geruch von Schulkehricht und benutztem Butterbrotpapier. Jetzt, da ich wieder zu Hause bin, besteht mein Geruchswappen aus Frischbrot- und Ladenduft.

Ich werde nicht gefragt, ob ich Ilonka Spadi zur Sitznachbarin haben will. Ich weiß nicht, ob ich ja oder nein gemurmelt hätte, falls man mich gefragt haben würde. Ich verhalte mich wie jene Bürger, die mit der Möglichkeit liebäugeln, sich nicht verantwortlich fühlen zu müssen, wenn ihnen ihre Regierung nicht gefällt, weil sie keine Wahl hatten. Ich werde vom Duft erdrückt, den Ilonka Spadi in meine Schulbank hineinträgt. Es ist jener Duft, der dem leeren Parfümfläschchen auf dem Ziertischchen meiner Mutter entströmt, der Duft, der die Mutter an eine alte Liebe erinnert, die nicht hat sein sollen. Es ist der Duft von Chypre. Später werde ich feststellen, daß es zwei Schattierungen von diesem Duft gibt, die Pariser und die Moskauer Schattierung. Paris ist für mich eine Stadt, in die mich unsere Landesväter nicht ohne weiteres reisen lassen, da sie die Verunreinigung meines Bewußtseins befürchten. Deshalb ist die Moskauer Chypre-Schattierung mein Lieblingsduft geworden. Aber kürzlich teilte mir eine Moskauer Freundin mit, daß Chypre bei ihnen nicht mehr modern wäre, und daß Chypre-Parfüm zu den billigsten in Moskau gehöre, ein Rubel die Flasche. Ganz gleich, ich will ihn haben und lasse ihn mir schicken, und sobald er in die Nähe meiner Nase kommt, steht alles auf, was ich in diesem großen Land im Osten vorfand, alles Schöne und manche Verlogenheit.

Ilonka Spadi aber verströmt, wie ihr euch denken könnt, den Duft von Pariser Chypre. Sie dringt auf mich ein: Du sollst es sagen, wenn es dir mißfällt, daß ich hier sitze und mich als deine alte Freundin betrachte! Der Chypre-Duft wirkt wie Chloroform auf mich, ich räuspere mir die Aufregung von den Stimmbändern und bestätige, daß sie meine alte Freundin ist, und ich liefere mich ihr wieder aus. Von irgendwo hinten aus der Klasse höre ich einen Mitschüler sagen: Ausgerechnet den Kito von Saspow ... Zorn und Eifersucht zischeln in mir auf und fahren heraus wie die gespaltene Zunge einer Schlange.

Es gab nie eine Zeit, in der ich gern in die Schule ging, in Bossdom nicht und in Grodk nicht. Ich habe Mustermenschen stets mit etwas Skepsis bestaunt, zum Beispiel diesen Noatnick, der zwei Schulklassen übersprang, und von dem behauptet wird, er habe zwei Lebensjahre eingespart. Ich weiß nicht, ob der liebe Gott bei der Erschaffung des Menschen an die Schule dachte, aber dieser Noatnick ist, als ob ihn Gott bearbeitet hätte, damit er in die Schule paßt. Ich hingegen bin neugierig auf alles, was sich außerhalb der Schule zuträgt, aber das trägt mir keine *hochen* Zensuren ein. Unsere Lehrer, spür ich, meinen, es sei nicht richtig, sein Wissen, wie der Spatz sein Futter, auf der Straße zu sammeln. Wissen hat nach ihrem Dafürhalten nur Wert, wenn man es geordnet, gebündelt und nach Stundenplänen, Schuljahren und Semestern zu sich nimmt, wenn man in Prüfungen beweisen kann, daß einem das Wissen, zumindest für die Zeit der Prüfung, zur Verfügung steht.

Leute, die mir gern was unterstellen, werden diese Auslassungen wieder für einen Beweis meiner *Wissenschaftsfeindlichkeit* ansehen und mitleidig lächeln. Ihnen sei gesagt: Wahrlich, es gab eine Zeit in meinem Leben, in der ich nicht abgeneigt war, mich wissenschaftlich umzutun. Es ist jene Zeit, in der ich mit Ilonka Spadi auf einer Schulbank saß.

Ich freue mich auf jeden meiner Morgen. Er bringt mir die Gelegenheit, schon auf dem Schulweg mit Ilonka zusammen zu sein. Ich stelle mein Motorrad in der Gastwirtschaft unterm Georgenberg ab, in jener Gastwirtschaft, in der Großvater oder die Eltern ausspannen, solange sie in Bossdom wohnen, einen Laden und ein Pferd haben. Das Haus nebenan ist ein *besseres* Haus, wie die Grodker sagen. Es wohnen feine Leite drinne, Leite, die was im Sacke hoaben, sagt Großvater. In diesem Haus wohnt Ilonka Spadi und kann am Fenster ihrer Mädchenstube stehen und sehen, wenn ich auf dem Motorrad den Georgenberg hinunter komme, und sie steht in der Haustür, wenn ich mein Motorrad abgestellt habe, und sie wartet dort auf mich, und wenn sie dort nicht wartet, warte ich dort auf sie, bis sie die Treppe herunter kommt. Wir lächeln uns an, begrüßen uns, und manchmal lege ich meine Hand, wie aus Versehen, auf ihre Schulter. Und wenn mir der Mut dazu fehlt, legt sie ihre Hand auf meine Schulter, und meine Schulter ist glücklich und zittert.

Nach der Schule bringe ich Ilonka bis vor die Haustür des *feinen* Drei-Familien-Hauses und verabschiede und verneige mich nicht schlechter als Wullo Kanin. Dann geht ein jedes von uns in sein eigenes Land, ich in das Land Bossdom und Ilonka in das Land Grodk, und wir hören bis zum nächsten Morgen nichts voneinander. Die beeden gehn mitnander, sagen unsere Mitschüler. Ich weiß nicht, ob, was wir miteinander tun, für diese Nachsage genügt. Ich habe gehört, daß andere, die *miteinander gehen*, sich abends, wenn es möglich ist, auch küssen. Ich erinnere mich noch leise dran, wie es war, als Ilonka Spadi mich einmal küßte. Die Erinnerung dran ist so leise, wie der Duft der Schwertlilien war, der Schwertlilien neben der Laube in Grauschteen. Es ist drei Jahre her, daß Ilonka mich küßte. Ich erinnere mich, wie die Luft um ihren Mund herum duftete, und wie weich ihr Kuß war, und eben – seitdem hat mich Ilonka nie wieder geküßt. Ich warte darauf, und manchmal, wenn wir nach der Schule noch ein wenig in der Haustür stehen, warte ich besonders darauf, aber ich komme nicht auf den Gedanken, daß *ich* Ilonka küssen könnte, soviel Mut kommt mitten am lichten Tage nicht in mir zusammen. Ich weiß nicht, was Ilonka abends tut, ich frage sie nicht, und ich frage auch niemand anderen danach, weil ich befürchte, eine Antwort zu kriegen, die verwunden könnte.

Ilonka Spadi weiß andererseits nicht, was ich nach der Schule daheim in Bossdom tue. Und auch sie fragt nicht danach. Ich bin froh, daß sie nicht fragt. Vielleicht würde sie mich zum Lügen verleiten. Ich weiß nicht, ob ich ihr sagen würde, daß ich daheim Mist und Jauche fahre, neuerdings sogar kleine Schweine-Eber kastriere.

Die Fertigkeit, kleine Eber zu kastrieren, nennt man bei uns *Ferkel schneiden.* Bisher hat das Großvater in Bossdom und in den umliegenden Dörfern – fünfzig Pfennig pro Eber – besorgt. Nun, da er bemerkt, wie sein künftiger Notar sich müht, sein Studium selber zu finanzieren, tritt er mir den Nebenverdienst ab. Würde sich Ilonkas Freundschaft zu mir nicht abkühlen, wenn sie wüßte, daß ich Schweinemännchen die Hoden herausschneide, damit die ungestört ein hohes Schlachtgewicht erreichen?

Denkt nicht, daß ich durch Ilonka ein anderer Mensch geworden bin. Ich muß keinen Willen aufwenden, um so zu sein, wie ich bin: Ich ziehe abends nicht mehr mit den Dorfburschen umher, und ich werde nicht mehr, wie vor Monaten, von Unruhe geplagt, werde nicht mehr von meinem Trieb getrieben. Ich muß mich nicht zwingen, keusch zu sein. Nicht, daß Ilonka diese Keuschheit befördert, es geht keine Keuschheit von ihr aus. Aber ich idealisiere, mache aus etwas Erdhaftem etwas Schwebendes, etwas, was einem Gedicht ähnelt und – eben, es gehört weder Kraft noch Mühe dazu.

Keiner unserer Krachschläger wagt ein abfälliges Wort über Ilonka Spadi und unser Zusammensein zu sagen, und die, die mich früher *Kito von Saspow* nannten, tun es nur noch heimlich. Inzwischen bin ich der *starke Mann* der Klasse, ohne daß ich auf Sportplätzen und in Turnhallen trainierte. Meine Kräfte sind mir daheim auf den Feldern, in der Backstube und in den Ställen zugewachsen.

Abends nach den Feldarbeiten mache ich meine Schulaufgaben, und wenn mir die Augen zufallen, stelle ich meine

Füße in eine Schüssel mit kaltem Wasser, ein Mittel, mich munter zu halten, das ich später als Hilfsarbeiter, da ich zu mir selber in die Schriftstellerlehre gehe, noch oft benutze.

Es fällt mir nicht schwer, die Erkenntnisse von anderen, die in Büchern niedergelegt sind, auswendig zu lernen und in der Schule vor den Lehrern aufzusagen. Ich trage das angelernte Wissen eine Weile mit mir herum, hauptsächlich aber, um Ilonka Spadi behilflich sein zu können. Sie nimmts mit der Schule nicht so ernst, wie ihre Eltern es erwarten. Ihr ist lediglich daran gelegen, mitzukommen, wie es in der Schulsprache heißt. Wenn sie schon nicht mehr Tänzerin werden kann, Schauspielerin wird sie werden, das walte Gott. Wozu da Latein?

Auch ich sehe nicht, was mir Latein soll. Alle, die meinen, daß ich Pastor oder Notar werde, irren. Trotzdem nehme ich es mit Latein, mit dieser Apothekersprache, auf. Ich betreibe es als Lernspiel und um Ilonka Spickzettel zustecken zu können.

Und Ilonka dankt es mir, bilde ich mir ein. Wir schlendern die Linden-Allee entlang, über den Pfortenplatz, Ilonka heimwärts und ich zu meinem Motorrad. Sie legt, wie beiläufig, ihre Hand auf meine Schulter und sagt: Wie gut, daß wir nebeneinander sind, es ist nicht leicht, sich gegen Zudringlichkeiten von Jungen zu wehren, die man nicht mag.

Ich will wissen, wer die Jungen sind, die zu ihr dringen.

Sie antwortet nicht.

Eines Tages fragt sie, und ihre Hand liegt wieder wie beiläufig auf meiner Schulter: Hast du nie daran gedacht, mich einmal mit dem Motorrad spazieren zu fahren?

Diesmal antworte ich nicht.

Sie sagt, sie wisse, daß ich mich anderen Mädchen gegenüber nicht so geizig verhalte.

Was mich zögern macht, das sind die Schwächen meines Motorrades. Es weigert sich zuweilen, zwei Personen den Georgenberg hinauf zu trecken. Am Zylinderstutzen und im Auspuffrohr setzt sich Ölkohle ab und vermindert die Zugleistung. Darf sich Ölkohle in ein Liebesverhältnis mischen? Mit gereinigtem Auspuff schafft das Motorrad den Georgenberg mühsam mit zwei Personen. Ich reinige den Auspuff und lade Ilonka Spadi zu einer Motorradpartie ein. Es ist mein Geburtstag, und ich weiß nicht, ob ich mich auf ihn freuen darf oder nicht.

Am liebsten möchte ich, wie früher, als ich gotteskrank war, beten: Lieber Gott, mache, daß uns das Motorrad zu zweet den Berg ruffschafft.

Aber der liebe Gott ist mit mir verzürnt. Das Motorrad schafft es, obwohl ich den Auspuff reinigte, nicht. Der Georgenberg ist der Friedhof der Stadt, auf halber Höhe das gemauerte Friedhofstor mit der Inschrift: *Was ihr seid, das waren wir / was wir sind, das werdet ihr.* Früher, wenn ich mit Großvater neben dem Fuhrwerk den Georgenberg hinaufstapfte, wies er zuweilen mit der Peitsche auf diese Inschrift und sagte: Das is die Woahrheet, das kannste dir merken!

Auf der Höhe des Friedhoftores sagt mein Motorrad amen. *Was wir sind, das werdet ihr* – in diesem Augenblick wäre mir lieb, zu denen zu gehören, die das sind, was sie von sich sagen – tot. Ich muß Ilonka bitten, vom Sozius zu steigen. Ich muß, sage ich, die Maschine erst wieder antreten, und ich tu so, als könnten wir danach weiterfahren. Doch Ilonka scheint zu spüren, in welcher Peinlichkeit ich stecke. Sie steigt lächelnd ab und sagt, sie wird das Motorrädchen nicht quälen, nein. Es will mir scheinen, als ob sie das ein wenig verächtlich sagt, aber es handelt sich wohl wieder einmal um meine *Empfindlichkeit bei die Wörter.*

Ilonka hilft schieben und ist eine Sozia, wie ich sie mir besser nicht wünschen kann, sie sitzt sicher und geht so fein auf die Bewegungen des Motorrads ein, und sie legt sich mit in die Kurven hinein, legt sogar beide Hände auf meine Schultern, und nach einer Weile legt dieses unübertreffliche Mädchen seinen Kopf seitlich an meinen Rükken, und ich spür die Wärme ihrer Wange, und ich durchlebe einen Glücksaugenblick. Wenn ich abends in meiner Arbeitsstube sitze und mich ein wenig verlassen fühle, rufe ich mir zuweilen die Glücksaugenblicke meines Lebens zurück, und je älter ich werde, desto weniger sind es noch.

Viele haben nicht standgehalten, auch jener Augenblick, da Ilonka Spadi ihre Wange gegen meinen Rücken preßte, gehört nicht mehr zu den Glücksaugenblicken, mit denen mich das Leben beschenkte.

Daheim sind sie aufgeregt, sind sie neugierig auf meine Schulfreundin, von der ich erzählte, daß sie fast eine Viertelstunde lang auf den Zehenspitzen tanzen kann und die Tochter eines Rechtsanwalts ist. Eltern und Geschwister haben sich auf diese erlesene Tochter der großen Städte eingerichtet: Meine Mutter hat ihre neuesten Turnschuhe an und hat sich eine weiße Schürze vorgebunden. Die Pony-Frisuren meiner Brüder sind mit viel Wasser gezähmt, und meine Schwester müht sich, Hochdeutsch zu sprechen. Auf dem Tischchen unterm Giebelfenster der Wohnstube stehen die Geburtstagssträuße, und jede Blume sendet Duftwellen nach der Vorschrift und getreu ihrer Art aus, und die gelben Eierpflaumen und die frühen Augustäpfel, die Tante Magy über die Felder brachte, leuchten. Der vergehende Sommer und der beginnende Vorherbst treffen sich auf meinem Geburtstagstisch. Mein Vater bringt auf einem Tortenteller den Kranzkuchen mit der Jahreszahl. Ohne einen solchen Kranzkuchen geht kein Geburtstag durch unser Haus. Aber es ist nicht üblich, daß ihn der Vater auf einem Teller geschleppt bringt; er überreicht ihn mir angesichts der jungen Dame und sagt mit baritongefärbter Telefonierstimme: *Wir gratulieren immer noch.* Das ist der Anfang eines Geburtstagskanons, den Rumposch mit den Bossdomer Männern im Gesangverein einstudierte. Aus dem Gesangverein ist der Vater nicht ausgetreten. Wie wir wissen, ist in Bossdom, wer dem Gesangverein angehört, auch Mitglied des Arbeiter-Radfahrervereins *Solidarität* oder des Ortsvereins. Im Gesangverein tenort der Vater also einträchtig mit den Sozialdemokraten, von denen er sich distanziert zu haben glaubte.

Ilonka ist der Außergewöhnlichkeit, in die sie geriet, gewachsen. Sie tut ein wenig empört, weil ich sie über meinen Geburtstag in Ahnungslosigkeit hielt. Sie gratuliert mir und ist herzlich, und sie gibt mir einen Öffentlichkeitskuß auf die Wange, und meine Schwester schüttelt sich vor Wonne. Gott, wie scheene! und der Ausspruch geht nicht zu Lasten ihres sonst so ironischen Wesens.

Auch Bruder Heinjak bemüht sich, Hochdeutsch zu sprechen, und sagt nach dem Kaffee zu Ilonka: Könnse nich moal uff Ihre Zehenspitzen tanzen? Ilonka erklärt meinem Bruder wie einem Erwachsenen, daß es ihr durch einen Unfall versagt ist, ihre Kunst in die Höhe zu treiben.

Bloß moal bissel so zur Probe, bittet Bruder Heinjak.

Ilonka Spadi geht auf ihn ein. Gut, ein Mal längs, sagt sie und schwebt auf Zehenspitzen durch unsere Wohnstube, von der Regulatorwand bis zur Nähmaschine. Bruder Heinjak ist noch nicht zufrieden. Hat Ilonka vielleicht Stahleinlagen in ihren Schuhspitzen? Ilonka zieht einen Schuh aus. Bruder Heinjak überprüft ihn, nichts von einer Stahleinlage. Seine Bewunderung für Ilonka geht auf wie eine kleine Sonne. Er nimmt mich beiseite und flüstert: Die kannste heiroaten!

Aber dann muß Ilonka Spadi wohin, und die Familie hält den Atem an. Schließlich ist die junge Spitzentänzerin es gewohnt, ein Klosett mitten in der Wohnung vorzufinden.

Meine Schwester führt Ilonka über den Hof in das kleine Ställchen mit dem Holzgestell und dem Rundloch, das wir unseren *Abtritt* nennen. Ilonka Spadi zögert ein wenig, als sie über die Bohlen der Jauchegrube soll, aber sie überwindet sie schließlich ohne Zittern und Zagen. Der Großvater sitzt unterm Schuppen auf dem Hauklotz und ist angetan von der Rechtsanwaltstochter *mit die schöne Woaden.*

Und so bringe ich Ilonka ungefährdet durch den Geburtstagsnachmittag und durch die Musterung, die die Familie abhält. Es ist keinen Augenblick langweilig mit ihr wie dennmals, als ich die Geschwister Worreschk zu uns nach Bossdom fuhrwerkte.

Dann aber bezieht sich Lonka auf unser erstes Gespräch vor Jahren: Sagtest du nicht, es wäre ein violettes Dorf, in dem du wohnst?

Obgleich ich fürchte, meine Erzählung könnte in einen

lila Heide-Roman entgleiten, wage ich von der Heide zu reden. Ich bin aus ihrem Sand gekrochen, und es stünde mir übel an, pseudo-intellektuell über sie die Nase zu rümpfen. Immerhin ist es Hochsommer, und das Bossdomer Jahr fährt durch ein buntes Teilstück, das Heidekraut steckt Lila und Rot auf, und die Ausgedinge-Großmütter sicheln es als Kuhfutter ab, weil das Gras in den Hundstagen an den Wegrändern und auf den Feldrainen verdorrt ist.

Wir liegen bäuchlings im sommergetrockneten Geflecht niederer Moorpflanzen, Ilonka Spadi und ich. Ilonka läßt mich wissen, daß ich das, was sie jetzt tut, entweder als Strafe für mein Verschweigen oder als Geburtstagsgeschenk hinnehmen könne, und sie überstellt mir drei Küsse, unverschnürt und unverpackt. Chypre und Jungmädchenduft schwärmen aus Ilonkas weißer Musselinbluse. Sie sieht mich von der Seite an, und die Blicke aus ihren tiefliegenden Augen beunruhigen mich. Die Luft über dem Moor zittert in der Nachmittagshitze, das Heidekraut verströmt Honigduft, die Rosmarienbüsche erscheinen zerschrunden wie Projektionen aus einem abgebrauchten Film. Die Singzeit der Vögel ist vorüber, nur die Eidechsen rascheln durchs trockene Kraut, und eine Kreuz-Otter zischelt vorüber.

Fändest du es unzumutbar, wenn ich mir die Bluse auszöge? fragt Ilonka.

Es ist zumutbar, sage ich und wende mich ab. Dann sitzt sie ohne Bluse neben mir. Die Bluse hängt an einem Wacholderbäumchen, und Ilonka lächelt. Ich lenke ihre Aufmerksamkeit auf eine kleine Pflanze im trockenen Moorgemülm, deren Blätter von rötlich-gelber Farbe, fleischig und mit klebrigen Haaren bedeckt sind. Tote Kribbelmücken hängen an den klebrigen Haaren der Blatthände, und manche der Blatthände sind zur Faust geschlossen. Die Pflanze hat einen harmlosen Namen, sie heißt Sonnentau, und wenn sich eine ihrer Blattfäuste öffnet, sind einige graue Krümel alles, was sie von einer Kribbelmücke übrig ließ. Der Wind weht die Krümel weg, und der Sonnentau wartet, er wartet ohne Eifer, und was ihm nicht aus der Luft kommt, kommt ihm aus der Erde, er ist die verpflanzlichte Geduld.

Das alles erzähle und zeige ich Lonka, und es streift mich ein dankbarer Blick aus ihren tiefliegenden Augen, und dann gewahre ich, daß sie beim Betrachten des Sonnentaus den Büstenhalter ablegte, und daß sie mich mit vier Augen ansieht, diese Lonka! Ihre kleinen Brüste sehen mich unmaskiert an, und ich bin wie gelähmt, aber dann fallen mir die Ermunterungen der Dorfburschen ein: Wenn eene sich dir anbietet, und du ziehst se nich zu Roate, denn brauchste dir nich wundern, wenn se dir furtleeft. Wenn eene Hündin sich beim Hunde uffbockt, denn nimmta se her und läßt nich noach, bis beede zusammenhängen, und andersch nich!

Ich versuche, Lonka zu *Roate zu ziehen*, aber sie wehrt ab, sie stößt mich heftig zurück. Nicht zwei Sekunden sind vergangen, sagt sie, daß ich dachte: wie anders er doch ist als andere, und daß der Himmel dich, so wie du bist, für mich erhalten möge. Ja, das habe ich gedacht.

Die Sonne brennt hernieder, Hundstags-Hitze, wie an jenem Tage, als mich die Mutter in die Welt preßte. Lonka tut, als ob sie fröre. Hinter einem Wacholderbusch zieht sie sich an. Beim Ausziehen durfte ich zusehen, weil ich so war, wie sie mich erwartete, und sie belohnte mich. Vom Anziehen wurde ich ausgeschlossen, weil ich etwas wagte, was sie nicht erwartete.

Ich hätte es wissen müssen, sagt sie. Damals hätte es sie sehr, so sehr auf mich hingedrängt, aber als sie dann bei mir gewesen wäre, hätte ich sie mit dem frechen Blick angesehen, wie andere es tun. Ja, sie hätte es wissen müssen, es ist wohl so, daß die Zeit, die dazwischen war, ihre Erfahrung verwässerte.

Sie hat es eilig, zum Motorrad zu kommen, sie strebt heimzu. Wir fahren nach Grodk, wir fahren wortlos durch eine leere Welt.

Die Hundstage verlassen die niedere Lausitz. Sonnabend. Die Schule ist aus. Der Mittag ist vorüber. Mein Motorrad müht sich den Georgenberg hinauf. Sein Auspuffrohr müßte wieder von Öl-Kohle gereinigt werden. Wildes Hupen treibt mich auf die rechte Seite der Buckelstein-Straße, ein *Hanomag*-Auto überholt mich. Kurte Kolowa, der Gastwirtssohn, winkt mir grinsend zu. Neben ihm sitzt die Spadi. Sie sieht geradeaus und tut, als gäbe es mich nicht. Hat sie sich diesen Kampf zwischen Zweirad und Vierrad gewünscht?

Es brach eine Welt für ihn zusammen, heißt es in konventionellen Romanen. Wie viele Welten gibt es, die einem im Laufe des Lebens zusammenbrechen? Redensarten, nichts als Redensarten! Es hilft nicht, daß ich das *Hanomag*-Auto im stillen, wie andere Neider, eine *Chausseewanze* nenne. Übrigens darf ich glücklich genug sein; Ilonka lachte mich nicht aus, sie übersah mich vielleicht nur. Ein Zufall möglicherweise. So heruntergekommen bin ich.

Montag. – Sie schiebt in der Lateinstunde meinen Spickzettel zurück. Wenn sie es mir verdacht hat, daß ich sie auf der Heide für eine hielt, die einem entgegenkommt, so hat sie mich, dächte ich, genug gestraft, als sie zu diesem Krummhaarigen ins Auto stieg. Wir sprechen miteinander, aber nur über Nichtigkeiten. Es würde mich nicht wundern, wenn sie mich fragte, womit meine Schulbrote belegt sind. Sie wartet nicht mehr auf mich im Hauseingang. Zweimal warte ich dort, aber sie ist schon weg, und ich komme zu spät zum Unterricht.

Eine Frage steht zum ersten Mal in mir auf. Sie wird mich nicht wieder verlassen: Wozu lebst du? Wozu lebst du eigentlich? Ich befrage mich. Ich befrage andere.

Mein Expreßboten-Lohn hats ermöglicht: Ich wurde Mitglied einer Büchergilde. Jeden Monat ein verbilligtes Werk der Weltliteratur. Zwölf Bände Tolstoi. Ich befrage den Alten von Jasnaja Poljana. Er soll mir sagen, wozu ich lebe.

Die Handlung meines ersten Romans bewegte sich in Hauptsätzen fort. Nebensätze waren nur dann und wann zugelassen. Ein *kluger* Kritiker bezeichnete ihn als *Prosa für Kurzatmige.* Für ihn war nur der ein guter Schriftsteller, der, wie Thomas von der Trave, in langen verschachtelten

Sätzen schrieb. Am besten, wenn ein Satz eine ganze Buchseite einnahm.

Der listige Augsburger verwandte für seine Dichterei-Arbeit kurze Sätze. Eines Tages fragte er mich: Hast du es je über dich bringen können, einen Roman von diesem weibischen *Mann* zu lesen? Ich wußte nicht gleich, was er meinte. Später bemerkte ich, daß der *Augsburger* und *Thomas von der Trave* einander ausschlossen. Als ich meinen ersten Roman schrieb, lebten beide noch in Amerika. Ihr wißt: Der Krieg, der Krieg! Wenn ich meinen Roman also in kurzen, vom Augsburger bevorzugten Sätzen schrieb, so brachte ich damit den Zustand zum Ausdruck, in dem ich mich befand. Jener Kritiker, der ihn *Prosa für Atemlose* nannte, ist tot. Der Roman lebt noch. *Thomas von der Trave* lebt nicht mehr, auch der *listige Augsburger* ist tot. Ich lebe leider noch.

Weshalb diese Abschweifung? Weil ich spüre, daß der Schluß dieses Buches mir wieder *Prosa für Atemlose* aufzwingt, und um darzutun, wie relativ das mit den langen und kurzen Sätzen ist. Hat der Augsburger nicht selber behauptet: Jedes Prinzip ist tödlich?

Ich lese also Tolstois *Lebensbeichte.* Tolstoi ist ich, und ich bin Tolstoi. Unsere Lebensfragen gleichen einander. Ich hätte Tolstoi einen Brief schreiben, ihn meinen Bruder nennen können. Er lebte nicht mehr. Er starb zwei Jahre vor meiner Geburt.

Tolstoi vermag, wie ich sehe, auch den Sinn seines Lebens nicht zu erkennen.

Die zwölf Bände Tolstoi von damals sind noch da. Ich fand sie nach dem Kriege zwischen losen Bettfedern, die aus aufgeschlitzten Kopfkissen quollen, und ausgeschüttetem Salz auf dem Mehlboden des elterlichen Anwesens. Im Text der *Beichte* sind noch die Bleistiftlinien unter den Sätzen zu erkennen, die mir die Grundlage für mein damaliges Vorhaben lieferten. Ich las die Beichte zunächst nur bis zu Tolstois Erkenntnis, daß das Leben wertlos sei, daß es besser wäre, nicht geboren zu sein, und daß Konsequenz und Vernunft einem geistigen Menschen geböten, sich umzubringen.

Ich erwäge, mit dem Motorrad den Georgenberg hinunter in die *Kleine Spree* hineinzurasen und sozusagen vor dem Fenster der Ilonka Spadi zu sterben. Ich muß auch heute nicht über diesen Entschluß lächeln, so ernst war er mir damals.

Ich arbeite nicht mehr für die Schule. Ilonka Spadi, meine Banknachbarin, ist wie nicht mehr vorhanden. Sie weicht mir aus. Das macht mich bald traurig, bald wütend, bald rachsüchtig. Ich sitze und starre. Meine Nachmittagsarbeiten, die Expreßfahrt, die Backstuben- und die Feld-Arbeit vernachlässige ich nicht. Aber wozu noch Latein lernen, wenn die Spadi mir die Spickzettel nicht mehr abnimmt?

Die Glocke an der Tür von Mutters Laden scheppert wieder eifriger. Jedes Scheppern ein Kunde, jeder Kunde ein Scheppern. Das Einkaufen im Konsum-Laden auf dem Vorwerk hat für die Bossdomer seinen Reiz verloren. Brot, Brötchen und Klein-Kuchen-Waren werden für die Verkaufsstelle in der Konsumbäckerei in Grodk hergestellt. Sie kommen zerknautscht und zerdrückt bei den Kundinnen an. Die Zuckerglasur auf dem Kuchengebäck ist zerbrochen und verglitscht. Man muß sich ja reene ekeln, sagt Pauline, das Mannweib. Es ist den Leuten peinlich, nur die Backwaren im Dorfladen zu kaufen. Man kann nicht immer weghören, wenn die Mutter empfiehlt: Nich noch gleichn Pfund Margarine mitnehm, Frau Pöttkinne? Hoaben Se an Zucker gedacht, Frau Konzak? Nich, daß Se nachher zweemal loofen müssen.

Man stellt sich um, man gewöhnt sich wieder an, im Dorfe einzukaufen, wie sichs gehört.

Meine Mutter hat aufgehört, über Geldmangel zu klagen. Es ist, als hätte sich ihr eine heimliche Geldquelle aufgetan. Es kann doch nicht sein, daß das Kostgeld, das meine Schwester jetzt daheim zahlt, die Geldnot behoben hat. Meine Schwester hat den Nähkurs abgebrochen und geht in die Glashütte arbeiten. Es will sich ihr nicht, eine nähende Hausfrau zu werden. Lieber will sie nicht heiraten. Außerdem erfüllt sie längst Mutterpflichten. Sie schleppt unseren jüngsten Bruder Frede umher. Meine Mutter mit ihren Hühneroogen kann ihn nicht erheben (anheben). Bruder Frede gedeiht in der Obhut meiner Schwester. Wie geschickt er schon spricht! Ich maut dir die Teicha. Wer nicht erkennen kann, daß das heißen soll: Ich mause dir die Streichhölzer, dem ist nicht zu helfen. Brüderchen Frede, der Nesthaken, spielt mit Streichhölzern. Jeweils zehn Schachteln Streichhölzer, würflig in Papier verpackt, geben ein Päckchen ab. Gun Tag, ich möchte een Päckchen Streichhölzer, heißt es im Laden.

Oogenblick, die hoab ich noch goar nich vorne, sagt die Mutter. Weshalb sie die Streichholzpacken noch *nicht vorne* im Laden hat, verschweigt sie. Die Streichholzpäckchen gehören neben Zichorienstangen, Malzkaffeepaketen und anderen abgepackten Waren zum Spielzeug meines Frede-Bruders. Alle diese Waren sind in den Händen des kleinen Luders zu Baukastensteinen geworden. Er baut Burgen und Mauern aus ihnen und gibt sie nur unter Protest her, wenn sie im Laden für die Kundschaft benötigt werden. Keiner darf etwas dagegen einwenden. Jungbruder Frede ist das heilige Schäfchen der Familie. Mutter, Vater, Großvater, die Anderthalbmeter-Großmutter, vor allem meine Schwester, gehen auf mich los, wenn ich sage: Muß er denn in allen Stücken seinen Willen haben? Mensch, sagt man mir, siehste denn nich, daß er noch kleene is?

Meine Mutter verhandelt mit der Familienzecke um die Herausgabe eines Päckchens Streichhölzer. Die Kundschaft wartet im Laden. Der Bruder ist nicht immer geneigt, mit sich verhandeln zu lassen. Die Mutter muß ihn ablenken und das benötigte Paket Streichhölzer heimlich entwenden. Wenn der Bruder es merkt, rennt er ihr nach in den Laden.

Da ist nicht zu bemerken, daß mit dem Nachkömmling Frede ein gottbegnadeter Künstler in unsere Familie fiel. Ich hatte mit einem Frühkünstler gerechnet, wie Onkel Franz einer war. Er spielte, wie ihr wißt, mit fünf Jahren Klavier und wurde von einem bissigen Hund von der Erde vertrieben. War ich vielleicht umsonst empört und habe getrauert, als ich vom Großvater erfuhr, daß zwei Kleinkinder, vermutlich Brüder, von den Eltern umgebracht wurden, ehe sie unseren Familienverband erreichten?

Meine Schwester hat sich vom *Glashüttenlohn* ein Grammophon, auch *Quatschkasten* genannt, und einige Tangoplatten gekauft. Die Musik wird damals mit Nägelchen, sogenannten Grammophonstiften, aus den Platten gekratzt. Die Grammophonstifte kann man, jeweils hundert Stück in einem Blechschächtelchen, kaufen. Mein Bruder Frede ist der Meinung, die Schwester habe das Grammophon für ihn gekauft. Niemand darf es ohne seine Zulassung in Betrieb setzen. Er verwahrt das Schächtelchen mit den Grammophonstiften. Wenn meine Schwester ihre Tangos hören will, muß sie erst das Wohlwollen des *Brüderchens* erwerben. Frede schleppt das Schächtelchen mit den Grammophonstiften in seiner Schürzentasche umher. Wenn sich jemand seiner Schürzentasche nähert, brüllt und stampft er. Er nimmt die Grammophonstifte mit ins Bett, und da er des öfteren noch im Bett der Mutter schläft, haben deren Träume, daß sie auf Dornen schlafen muß, eine reale Grundlage. Die Musikbesessenheit des Bruders, die sich vorläufig im Besitzrecht auf Grammophonstifte ausdrückt, läßt mich hoffen, daß unserer Familie vielleicht doch ein musikalisches Genie zugeschanzt wurde. Es geht merkwürdig komisch in unserer Familie zu, gebildet ausgedrückt, tragikomisch:

Eines Tages fährt außer der Zeit ein gelbes Post-Auto bei uns vor. Es entsteigt ihm ein verkniffener, galliger, etwa fünfzigjähriger Mann, der einen Kneifer trägt, ein Post-Inspektor. Der Inspektor begrüßt die Mutter verhalten und nebenher. Er eröffnet, er müsse die Poststelle überprüfen, und macht sich sogleich an die Arbeit. Er hat etwas dagegen einzuwenden, daß die hintere Wand der Poststube eine Portiere ist, die sich zurückschieben läßt. Die Mutter redet sich zurecht: Damals, als die Poststelle eröffnet wurde, ist der Amtsraum gutgeheißen worden. Kommt ja keen Fremder hinter die Portiere, erklärt Mutter dem Inspektor; nur sie und der Vater schlafen dort in ihren Ehebetten, das wird woll nich so schlimm sein.

Der verkniffene Inspektor holt Papierbündel und Schnellhefter aus seiner Aktentasche. Er legt sie vor sich hin und fängt an, Notizen zu machen. Sein Kopf geht hin und her und her und hin. Er vergleicht zwei Listen miteinander. Das dämmerige Licht von *Unter Eechen* spiegelt sich in seinem Kneifer. Er zieht ein Bündel entwerteter Zahlkarten und Postanweisungsformulare aus seiner Aktentasche und legt auch die vor sich hin. Er nimmt den Kneifer herunter, putzt ihn und sieht aus wie ein Hühnerhabicht, der sich dranmacht, seine Beute zu kröpfen. Er vergleicht die ungültigen Formulare mit den Eintragungen in seinen Listen, sucht und sucht.

Meine Mutter kommt mit einem Tablett gehumpelt. Auf dem Tablett sind Kaffee und Kuchen, auch ein Schnäpschen. Die Hände der Mutter zittern. Die Tasse klirrt auf der Untertasse. Der Schnaps schwappt aus dem Glase. Stärken sich Se erst moal bissel, Herr Inspektor, sagt die Mutter freundlich.

Weib, sagt der Inspektor, was denken Sie sich! Er läßt nicht von seinen Akten.

Ich will davon. Ich kanns nicht ertragen, wie dieser Hühnerhabicht meine Mutter erniedrigt. Die Mutter bittet mich zu bleiben. Sie umarmt mich, wie sie mich in der Kindheit umarmte, und flüstert: Junge, was soll das bloß werden? und sie will nicht, daß ich davongehe.

Das offizielle Post-Auto kommt. Ich gehe hinaus und übergebe die leere Posttasche. Eine normale Abfertigung untersagte der Inspektor. Ich komme mit der vollen Posttasche herein. Der Inspektor knarrt: Wieso befaßt sich der junge Mann mit der Post? Meine Mutter entschuldigt sich auf Hochdeutsch: Meine Hühneraugen, Herr Inspektor, ich kann so schlecht loofen.

Keinerlei Verständnis oder Mitleid im Gesicht des Mannes. Er macht sich eine Notiz, dann macht er Frühstück. Er zieht eine Thermosflasche aus seiner Aktentasche, nimmt eine Brotbüchse aus Aluminium her, breitet eine Serviette auf dem Posttisch aus und stopft und schluckt.

Mein Vater liegt im Hinterhalt. Er hält sich an seine Devise: Das Geschäftliche ist nicht mein Teel. Er hockt in der Backstube und schlägt in Abständen nervös auf den Beutendeckel. Sein Geklopf hört sich an wie der dumpfe Pendelschlag einer Schicksals-Uhr.

Nach dem Frühstück raucht sich der Inspektor eine kleine Zigarre an. Er nutzt seine Frühstückszeit aus bis in die letzte Ecke. Er ist ein rechtschaffener Mann. Er hat eine Menge Recht und macht davon Gebrauch.

Es wird Nachmittag, und es ist, als ob ein Sterbender im Hause läge. Der Inspektor kontrolliert die Schreibtischfächer. Er dreht jedes Schriftstück, das er darin findet, um und um und macht sich Notizen. Er findet einen Zettel. Den Zettel hat die Mutter beschrieben: Zweitausend raus!

Was bedeutet dieses? fragt er die Mutter.

Das hoab ich mir so uffgeschrieben, damit ichs nich vergesse, Herr Inspektor, sagt die Mutter.

Was wollten Sie nicht vergessen?

Die Mutter schweigt.

Es kommt schlimmer: Der Inspektor findet unabgeschickte Zahlkarten und Postanweisungen. Er überprüft die Daten auf den Postformularen mit den Daten in seinen Listen.

Wo ist das dazugehörende Geld, fragt er.

Das hoab ich hinten, Herr Inspektor.

Wie hinten?

Damit es sicher ist. Die Mutter humpelt in den Laden, rafft die Einnahmen aus der Ladenkasse. Sie legt naiv den Kassen-Inhalt vor dem Inspektor auf den Schreibtisch. Der Inspektor zählt. Er ist rasch damit zu Ende. Weib, Weib, sagt er herablassend. Wieder die Naivität der Mutter. Sie greift zu ihrem letzten Mittel. Sie fällt tot um. Die Anderthalbmeter-Großmutter ist da. Ich brauche sie nicht zu rufen. Detektiv Kaschwalla stand die ganze Zeit auf Wache hinter der Tür. Die Kaschwalla und ich tragen die Mutter hinaus, das heißt, wir wollen sie hinaustragen. Wir zerren, schieben und schleifen sie in die Wohnstube und legen sie dort auf die Chaiselongue. Die Mutter schlägt die Augen auf und fragt: Issa fort?

Der Inspektor prüft und vergleicht ungerührt weiter. Schließlich verlangt er mit dem Vater zu verhandeln, mit dem Verantwortlichen für die Poststelle. Der Vater kommt widerwillig. Als er den Inspektor sieht, will sich seiner eine bei den Zweiundfünfzigern geübte Respektsbezeigung bemächtigen. Er muß verhindern, daß seine Hände sich an die Hosennaht legen. Deshalb steckt er sie in den Schürzenlatz. Dort liegen sie wie gefesselt.

Meine Mutter hat Geld-Anleihen bei der Post gemacht. Sie hat zum Beispiel Geld, das Lehrer Rumposch einzahlte, *ausgeliehen.* Sie hat damit Rechnungen von Lieferanten, die sie bedrängten, bezahlt und Rumposchens Geld erst vierzehn Tage später weitergeschickt. Es handelt sich um Gelder, die Rumposch als Verrechner der Lichtgenossenschaft für den verbrauchten Elektrostrom kassierte und einzahlte. In einem anderen Falle handelt es sich um Gelder, die Gastwirt Lehnigk anschleppte, um die Rechnungen seiner Lieferfirmen zu begleichen. Was ist denn dabei, wenn man sich die Gelder Weilchen ausborgt? Man gibtse ja zurück, ist die Ansicht meiner Mutter. Mein Gott, als ob das schlimm wäre, wenn ich das *elektrische Geld* von Rumposchen bissel später abschicke, sagt sie später bei der Vernehmung. Wer keen Geschäft hat, kann nich nachfühln, wie am zumute is, wenn am die Schulden über den Kopf wachsen.

Haben Sie davon gewußt? fragt der Inspektor den Vater.

Habe ich nicht gewußt, nee, sagt der Vater.

Aber der Vater ist der Leiter der Poststelle, hält ihm der Inspektor vor. Der Vater macht seinerseits den Grodker Postleuten den Vorwurf, sie hätten damals bei der Übernahme nichts gegen die Mit-Arbeit der Mutter gehabt. Jetzt wolln Se mir woll ranziehn, sagt der Vater, das könnte Ihn so passen!

Der Inspektor läßt sich auf keinerlei Anhörungen mehr ein. Seine Feierabendzeit ist heran. Morgen weiter, sagt er und läßt den Vater stehen. Er steckt seine Akten weg, versiegelt alle Schreibtischfächer und nimmt vor allem die ungedeckten Einzahlungsformulare mit.

Mutter und Vater tun mir leid. Ich denke schlecht von mir. Vielleicht habe ich die Mutter durch mein Begängnis der *hochen Schule* dazu gebracht, daß sie sich unerlaubt fremde Gelder auslieh.

Ich rumpele in einen Zustand hinein, den man Rage nennt, den ich bisher nicht kannte: Mein logisches Denken setzt aus. Rachegelüste übermannen mich. Vom Großvater habe ich oft und oft gehört, daß ein angebrochener Mauerstein bei Keilereien Wunder wirken könne. Ich grapsche mir im Hof einen solchen Mauerstein und renne damit über die Felder. Ich stelle mich an der *Dicken Linde* auf. Dort muß der Inspektor vorbei, wenn er auf Grodk zufährt. Der Inspektor darf nicht wiederkommen, wie er es vorhat. Es ist kein Verstand in mir. Ich will meine Mutter, die mich geboren hat, schützen. Kein Gedanke dran, daß ich die Mutter eine Zeitlang für eine Kindsmörderin hielt und mied. Ich werde den Mauerstein gegen die Autoscheibe werfen und dem Inspektor das Wiederkommen verkümmern. Alles in mir ist verdreht. Ich bin blind.

Eine Stunde vergeht. Das Auto kommt nicht. Ich kann nicht wissen, daß es in der Nähe des Dorfteiches angehalten wurde. Erwinko Koalik hielt es an, wie ich später erfahre. Er empfiehlt sich dem Inspektor als künftiger Poststellen-Leiter. Erwinko bezeichnet meinen Vater als roten Poststellen-Leiter. Deutschland erwache! Der Beamte horcht auf. Er hat es mit einem Gesinnungsgenossen zu tun. Der Inspektor ist einer von jenen, die einmal wöchentlich das Heranschleichen an einen Feind und das Holz-Handgranaten-Werfen üben.

Und wirklich, Erwinko Koalik wird der neue Poststellen-Leiter. Etwas später ist er auch der Rechner der Lichtgenossenschaft. Wieder Weile drauf wird er Gemeindevorsteher. Er kann nachweisen, daß in Bossdom lauter Leute umherwimmeln, die früher rot waren, auf die kein tausendjähriger Verlaß nicht ist.

Und Koaliks Erwinko wird der Feind meiner Mutter

sein, wenn er mit der Posttasche im Laden erscheint, seine rechte Hand ausstreckt und einen gewissen Hitler hochleben läßt. Meine Mutter wird sich nicht zwingen lassen, ihrerseits die rechte Hand auszustrecken. Bei uns heeßt es immer noch Gun Tag, wird sie sagen. Sie wird Erwinko Koalik verdächtigen, daß er unsere Briefe und Rechnungen über dem Dampf kochender Kartoffeln öffnet und liest und *desterwegen* über alles, was sie und ihren Laden betrifft, Bescheid weiß. Wenn ich bedenke, dassa früher als kleene Kräte in unsern Backofen kriechen und den auskehrn kunnde! Und jetzt stehta doa und denkt wunder, was er ist.

Aber bis dahin ists noch ein Zeitchen Zeit. Ich steh noch unter der *Dicken Linde* und friere. Ich stehe in Hemd und Hose in der nächtlichen Linden-Kühle. Mein Rachegelüst schwillt ab. Ich schleiche heimwärts.

Zu Hause gerate ich in ein großes Gejammer, in ein Geklage, wie ich es Jahrzehnte später von Klageweibern im Kaukasus wieder hören werde. Meine Mutter sitzt auf dem Rand der Chaiselongue. Ihr Gesicht ist so bleich, als ob sie schon gestorben wäre, doch sie schreit und schreit. Meine Schwester schluchzt trocken und schluchzt. Sie hat der Mutter ihre kleinen Ersparnisse in den Schoß gelegt. Die Brüder liegen weinend vor der Mutter auf dem Fußboden, sie wissen nicht, worum es geht, sie weinen, weil die Mutter weint und immer wieder einmal tot wird. Der Vater hat den Rest Kümmelschnaps der Mutter aus dem Hausschrank verschluckt. Nach jedem Vorwurf, den er der Mutter macht, steigt er in den Keller, holt eine Flasche Bier und trinkt sie aus. Er, der Sohn ehrlicher Eltern, er, der Mann, dem man bis heute kein Untätchen nachsagen konnte, wird von seinem Weibe in Schimpf und Schande gezogen. Aber er sei ja selber in Schuld, sagt er. Was hat er gemußt in die Dachkammer zur wendischen Tochter eines wendischen Kitos kriechen und sie ganz und goar noch heiraten. Die Klageschreie der Mutter schwellen an: Das ist ihr nicht gesungen geworden. Die Schwester betet, der liebe Gott soll machen, daß sie alles nur träumt. In der Oberstube tobt der Großvater. Die Anderthalbmeter-

Großmutter kreischt sorbisch. Das Getöse aus der Großelternstube hängt wie ein Gewitter über der Szene.

Mir fällt Tolstois *Beichte* ein; mir fällt ein, daß das Leben sinnlos ist. Ich mache mich auf den Weg zum einzigen Bossdomer Gewässer, in dem man ertrinken kann. Unter meiner Schädeldecke tummeln sich die Gedanken wie ein Mückenschwarm. Was wird sein, wenn ich nicht mehr auf der Welt bin? Es wird nichts sein. Ich werde erlöst vom Sein sein.

Ich stehe vor dem aufgerissenen Stück Erde, das wir den *Felix-See* nennen. Es ist ein ausgekohlter Tagebau der Bossdomer Grube *Felix.* Wo einst Kohle war, ist jetzt Wasser. Wo eines nicht ist, ist das andere. Wo es so aussieht, als wäre dort nichts, ist die unsichtbare Luft.

Fünfzig Meter hohe Wände aus gelbem Sand. Nicht ein Grashalm hat den Mut, sich an diesen gelben Sandwänden anzusiedeln. Unten das mit Öl versetzte regenbogenfarbene Wasser. Nicht hell wie die Regenbögen im Sommer, sondern tückisch und dunkel. Einmal versuchte ein Glasmachergeselle in diesem Wasser zu baden. Er konnte nicht schwimmen. In Bossdom kann niemand schwimmen. Der Glasmachergeselle stieg in das ölhäutige Tagebau-Wasser. Es rann ihm in den Mund. Er spie und spie und ertrank. Die mit ihm waren, liefen fort.

Das Wasser des *Felix-Sees* hat keine Seichte. Es ist ein wassergefülltes Loch. Man hat es nach dem Tode des Glasmachergesellen mit langen Stangen erkundet. Ich weiß noch heute, daß mir niemand in den Sinn kam, der mich hätte abhalten können, mich in dieses Loch zu stürzen. Und doch muß mich etwas abgehalten haben.

Ich finde den Mut nicht. Wo etwas nicht ist, ist etwas anderes. Ich bin schon tot und höre das Gepischper und Geraune der Bossdomer: Sie hätten ihn sollt auf Arbeit schicken, nich uff hoche Schule. Keen Bossdomer is bis jetzt uff hoche Schule und was Großes geworden, nich moal Obersteiger. Warum er sich ersoffen hat? Weil nischt Richtiges aus am hat werden könn.

Zeitchen nach Zeitchen vergeht. Ich lebe noch. Der

Mond kommt herauf. Er spiegelt sich im schwarzen Wasser. Er verklärt es.

Wer hat dieses Gewässer einen See genannt? Einer, der den Wunsch der Sandheide-Bewohner nach einem See aussprach. Er hat das industriell angefertigte Loch und das ölschillernde Wasser poetisch verklärt. Alle Bossdomer sprechen jetzt vom *Felix-See.*

Strömt Poesie aus den Dichtern oder aus den Dingen? Spürt der Dichter die Poesie, die in den Dingen liegt, auf, oder ruft die Poesie der Dinge den Dichter heran? Sorgen die Nachtfalter für die Vermehrung der Nachtnelken, oder sorgen die Nachtnelken für die Vermehrung der Nachtschmetterlinge?

Eine Kraft, die ich nicht kenne, hat mich ins Nachsinnen getrieben. Ich vergesse, daß ich mich ertränken wollte. Kraft gegen Kraft. Die unbekannte Kraft setzt den Vorsatz, den mein Hirn ersann, außer Kraft.

Ich gehe ins Dorf zurück wie einer, der sein Versprechen nicht hielt. Ich fühle mich nicht getröstet, ich fühle mich elend, doch ich setz ein Bein vor das andere und lebe. Etwas Unbekanntes in mir war weiser als meine Vernunft. Vernünftigerweise hätte ich das Leben, das ich für sinnlos hielt, drangeben müssen.

Der Inspektor kommt am nächsten Tag wieder. Er reißt die Siegel von den Schubfächern. Er will noch einmal mit der nun wieder lebenden Mutter sprechen. Die Mutter begrüßt ihn weinerlich: Gun Morgen, lieber Herr Inspektor. Der Inspektor erwidert den Morgengruß nicht. Wieder sagt die Mutter, und ihre Stimme zittert: Es war doch so gut wie geborgt, lieber Herr Inspektor, sagt sie.

Weib, sagt der Inspektor unverbindlich wie ein sprechender Roboter, Sie werden Gelegenheit kriegen, zu einer anderen Ansicht zu kommen, Weib.

Das heißt, unsere Mutter wird ins Gefängnis müssen. Diesmal verzichtet sie, tot umzufallen, es ist zwecklos. Dieser Mensch is harte wien Boomstamm. Dafür heult die Anderthalbmeter-Großmutter auf, Detektiv Kaschwalla, der Horchposten hinter der Tür. Sie trappelt die Treppe hinauf und verhandelt mit dem Großvater. Das Donnergrollen in der Oberstube setzt wieder ein.

Inzwischen vernimmt der Inspektor noch einmal den Vater, den Leiter der Poststelle: Haben Sie wirklich nicht doch davon gewußt?

Ich habe es gewußt, sagt der Vater langsam, hochdeutsch und so, als stünde er vor seinem alten Lehrer Dietrich in Grauschteen. Der Vater wird damit für mich zu einem Helden. Er wächst *vor meine sichtlichen Oogen* bis an die Stubendecke. Im schnarrenden Inspektor scheint ein kleines Mitgefühl aufgestanden zu sein. Mann, sagt er, Sie sehen mir nicht aus, als hätten Sie es gewußt.

Das geht Ihnen einen Dreck an, sagt der Vater.

Der Inspektor erstarrt wieder zu einem Menschen mit Stahleinlage. Der Vater hat den schmalen Steg, der ihm zum Erreichen mildernder Umstände gezeigt wurde, verworfen.

Das Heldentum des Vaters ist wie das Heldentum in aller Welt. Es leuchtet auf wie eine Sternschnuppe am nächtlichen Himmel. Es zieht wie eine Sternschnuppe seine goldene Bahn durch das alltägliche Sternengewimmel und verlischt.

Meine Mutter humpelt heran und legt einen Packen Geldscheine auf den Tisch. Das Geldscheinbündel ist mit weißem Nähgarn verschnürt. Hier, uff Heller und Pfennig und bissel Zinsen ooch, sagt sie.

Das bürokratische Verhalten des Inspektors entgleist. Er reißt den Nähfaden vom Geldbündel und fängt an zu zählen.

Die Anderthalbmeter-Großmutter ist noch mehrmals als Parlamentär treppauf und treppab getrabt und hat den Großvater drauf verwiesen, daß ihm die Schwindsucht meine Mutter Lene als einziges Kind übrig ließ. Kann er wollen, daß sein Lenchen jetzt ins Gefängnis geht?

Der Großvater läßt sich halb und halb erweichen. Er wird das Geld hergeben, aber nur, wenn der Mattsche Heindrich es als Hypothek aufs Grundstück eintragen läßt.

Die Großmutter trampt nach unten, holt die Zusicherung ein und trampt wieder hinauf. In der Oberstube verstummt der Donner, das Gewitter zieht ab.

Aber der Same für weitere Familienkräche ist ausgelegt:

Gleich nach der Zusicherung fängt der Vater sich an zu ärgern, weil er die Schuld auf sich nahm und sein Heldentum verplemperte. Und in der Bodenstube ärgert sich der Großvater, nachdem er erfuhr, der Mattsche Heindrich habe sich für schuldig erklärt: eine schöne Gelegenheit verpatzt, ihn eine Weile im Gefängnis zu wissen.

Hinfort wird der Vater auf den Tod des Großvaters lauern. Als der Großvater in seinem fünfundsiebzigsten Lebensjahr krank wird, trifft der Mattsche Heindrich sogleich Vorbereitungen fürs Begräbnis. Er erklärt seinen Söhnen zum Beispiel, daß man das Treppengeländer wird vorübergehend entfernen müssen, damit man mit der aufgebahrten Leiche, ohne sie zu kanten, in den Hausflur hinunter kommt. Aber der Großvater stirbt erst nach dem Kriege. Er wird einundneunzig Jahre alt.

Auch mein Vater wird einundneunzig Jahre alt. Er scheint zu fühlen, daß er alt werden wird, und geht siegessicher umher. Einmal ist er bei uns in Grünhof zu Besuch, und als man mich mit einer Nierenkolik ins Krankenhaus bringt, ordnet er sogleich an, daß ich in Bossdom und nicht in Grünhof begraben werden muß. Er bildet sich ein, daß Leute kommen und Blumen auf mein Grab legen werden, und er will sie zählen.

Später wird der Vater den Großvater, der nicht sterben will, und dessen Zinsen und Hypotheken abschütteln. Er wird sich den Leuten beigesellen, die sich als *reine Arier* bezeichnen und von *der Brechung der Zinsknechtschaft* reden. Er wird angeben, daß er sich unter der Zinsknechtschaft des Großvaters befindet, und daß ihm geholfen werden muß, und es wird ihm geholfen.

Das aber werde ich nicht mehr dicht an dicht erleben.

Tante Maika ist, wie sie immer war. Sie sehnte sich nicht nach mir, doch sie empfängt mich freundlich: Kummste moal wieder?

Maika weiß, was im Hause Matt geschah. Ich sehe es ihr an. Die Leute bringen ihr die in Klatsch verwandelten Geschehnisse ins Haus. Die alte Hanschkon läßt sich von ihr das *Kreiz einreiben* und erzählt Maika als Hexenhonorar *eene Neiigkeet.* Die Rogenzinne läßt sich von Maika eine Gerstenhachel aus dem Auge lecken und erzählt *eene andere Neiigkeet.* Es sei aber sinnlos, sagt Rogenzinne. Alles reene drüberlich. Maika höre nicht begierig auf das hin, was ihr erzählt wird. Sie horcht weg, sie weeß schont alles.

Tante Maika hat die Eltern gewarnt, als die den Laden aufmachten. Sie waren nicht imstande; sie sind nicht imstande; sie werden niemals imstande sein. Großtante Maika triumphiert nicht. Sie palt Sonnenblumen-Köpfe aus. Nischt bringt een Pferd rischer zu Glanze wie Sonnblumkerner! Ich helfe Maika beim Palen. Die trockenen Sonnenräder rascheln. Wir streichen mit den Daumen über die blauschwarzen Kerne hin, und sie hüpfen aus ihren Gehäusen. Die Zellen, in denen die Körner herangewachsen sind, sehen aus wie die Wabenzellen, in denen die Bienen heranwachsen. Alles auf Erden ist mitnander verwandt. Habe ich das gedacht, oder hats mir Tante Maika eingesagt? Ich bin schon wieder in die Wellen gehüllt, die von ihr ausgehen. Die Dinge gehen ineinander über und verlieren ihre Namen.

Ich sage Maika, daß ich Lust habe, die *hoche Schule hinzuschmeißen* und als Einträger in die Glashütte zu gehen.

Was, Tante Maika, soll ich?

Was dein Leben ganzes von dir will.

Ich weiß mir wenig aus Maikas Rat zu nehmen. Es ist das letzte Mal, daß ich mit ihr spreche. Ich weiß es damals nicht. Sie starb, als ich umherwanderte, um mich selber zu finden. Sie starb ohne Beistand, wie es sich für eine Hexe gehört, sagte der Pastor von Gulitzscha.

In Bossdom wurde *gepischpert*, ich hätte Maikas Drachen, den Plon, übernommen. Mag sein, wenn man veranschlagt, daß Gaben nicht von Hand zu Hand gehen müssen, daß sie einem im Samen der Väter oder den Eiern der Mütter einverleibt werden.

Wer kommt mir in der Fastnachtszeit in der Grodker Langen Straße entgegen? Mein Stief-Onkel Paule Schipka aus Grauschteen. Er trägt kurzschäftige Stiefel und steckt in einem speckigen Arbeitsanzug, als wäre ihm beim Stallausmisten etwas eingefallen, was er rasch in Grodk erledigen muß. Seine einzige Zierde ist ein weiß-wollenes Vorhemdchen, das er sich rasch in den Jackenausschnitt geknöpft hat. Du kummst mir groade richtig, sagt er. Ich könne mir auf Fastnacht bei ihm mächtig was verdienen. Ich soll am ersten Tanztag in seinem *Schweizerhof kellnerieren.* Zehn Prozent Bedienungsgeld und freie Verpflegung.

Der alte Matrose und Bestreiter der Skagerrak-Schlacht, sosehr er sich äußerlich auch vernachlässigt, mit Ideen, die sein Gastwirtschaftsgeschäft anheben sollen, glänzt er noch immer. Ihr erinnert euch: *Tanzmusik mit elektrischer Beleuchtung,* als in Grauschteen und Umgebung noch alles bei Petroleumlicht saß; Tanz nach Lautsprechermusik, noch ehe Großflächenlautsprecher gang und gäbe waren. Nunmehr ließ Paule Schipka seinen Tanzsaal mit einem Glasparkett ausstatten, und das Glasparkett ist von unten her bunt beleuchtet. Zur Fastnacht solls eingeweiht werden. Der Onkel braucht zu diesem Ereignis einen Kellner mit Manieren. Der Kellner mit Manieren soll ich sein. Ich muß ihm, wie ein Pferdehändler, mit Handschlag besiegeln, daß unsere Abmachung gilt.

Onkel Paule Schipka gibt die Einweihung des Glasparketts im *Spremberger Anzeiger* bekannt. Seinen Tanzsaal nennt er jetzt – *Kristalldiele.* Kommen, sehen, staunen!

Tante Elise stattet mich mit einer weißen Jacke aus und legt mir ein Wischtuch über den linken Unterarm. Die *Kristalldiele* verlangt, daß ich wie ein richtiger Kellner aussehe. Wie gesagt, ich darf zehn Prozent Bedienungsgeld von den Gästen einfordern, und in der Küche darf ich nebenher von den im heißen Wasser geplatzten warmen Warmen (von den Bockwürsten) soviel essen, wie ich vertrage.

Die ersten Gäste betreten die *Kristalldiele.* Sie verhalten sich wie Kinder, die in ein für sie wahr gewordenes Märchen hineingehen. Sie fürchten, die bunten Lichter unter dem Glasparkett zu zertreten, und fangen vorsichtig an zu tanzen: *Ich tanze mit dir in den Himmel hinein . . .* Das ist derzeit der gängigste Schlager. Neu an ihm ist, daß er nicht, wie frühere Schlager, einer Operette, sondern dem ersten Tonfilm *Liebeswalzer* entstammt. Wer von den Fastnachtsgästen noch nie in den Himmel hineingetanzt ist, tut es jetzt. Dieses Glasparkett macht die Füße so glücklich, man kommt sich wie ein gelernter Tänzer vor. Selbst jene Gäste aus Grodk, die auf amerika-modischen Kreppsohlenschuhen daherkommen, auf Sohlen, die so aussehen, als wären sie aus mächtigen Speckschwarten gefertigt, gleiten auf dem Glas dahin. Die Grodker betanzen die Bauernmädchen nach der Schnur. Und es kommen immer mehr Leute aus Grodk auf Fahrrädern und zu Fuß in dieses Grauschteen mit seiner Kristalldiele. Sie verdanken ihr Erlebnis meinem Onkel, der die Seeschlange von Loch Ness gesehen haben will.

Ich, der Kellner mit dem Wischtuch überm Arm, habe zu tune, zu tune. Der Onkel zapft Bier aus dem Holzfaß, das verborgen im Keller steht. Ich schleppe das eingeglaste Bier in den Saal und verteile es an die Trinker. Die Trinker füllen es sich ein und lassen es Zeitchendrauf geseiht und geklärt in die Rinne der hölzernen Pößbude laufen. Schon zur Abendmitte weiß ich, daß ich mit meinen zehn Prozent Zechenaufschlag soviel Geld verdient habe, wie bisher in meinem Leben nicht.

In der Tanzpause wird der Saal gelüftet. Die Musiker stopfen sich bei Tante Elise in der Küche voll. Die Tanzpaare verpusten sich draußen. Eingehenkelt oder einander umschlungen haltend, gehen sie ein Stück in die Nacht hinaus, und dort werden sie unsittlich, sofern man sie an kirchlichen Moralvorstellungen mißt. Keine Tanzmusik, die nicht die Gelegenheit abgibt, die Welt mit einigen *Neubürgern* zu versorgen.

Eine Taxe fährt vor. Der Onkel gibt mir einen Wink: Es kumm feine Gäste, kümmere dir! Der Taxe entsteigt ein Ehepaar mittleren Alters, und es ist eine erwachsene Tochter bei ihm. Die Tochter hat tiefliegende Augen und geht wie die Filmdiva Lilian Harvey über das Glasparkett. Mein Gesicht rötet sich, mein Atem geht schneller. Die Familie

Spadi ist eingetroffen. Er, der Rechtsanwalt, mit weißbehaarten Schläfen und dem tiefen Studentenschmiß vom rechten Ohrläppchen zum rechten Mundwinkel. Frau Hedwig würde ihn in ihren Romanen *eine achtunggebietende Erscheinung* nennen.

Frau Spadi, jeder Zoll an ihr eine Dame, sogar das Feuermal an ihrem Hals gereicht ihr zur Zierde. Die Tochter muß ich euch nicht lobpreisen, ihr wißt.

Spadis, die zugezogenen Berliner, machen des öfteren Fahrten in die Exotik der halbslawischen Dörfer um Grodk. Diese Ausfahrt unternehmen sie, weil die Tochter, die fast Tänzerin geworden wäre, von der Einweihung der *Kristalldiele* gelesen hat.

Die Spadis spazieren zu einem der Tische, die während der Tanzpause unbesetzt sind. Herr Spadi befiehlt laut und so, als ob er sich im Gerichtssaal befände: Kellner, abräumen, bitte! Ich habe den Spadis den Rücken zugekehrt, außerdem werde ich mich hüten, die halb ausgetrunkenen Biergläser der Burschen wegzuräumen. Sie haben ihr Bier bei mir bezahlt. Ich habe Prozente dafür eingestrichen. Die zweite Aufforderung von Rechtsanwalt Spadi ist schärfer. Ich höre auch sie nicht. Ich bin nicht Angeklagter, es ist hier kein Gerichtssaal.

Der Onkel räumt beflissen den Tisch. Es ist immer gut, für künftige Streitfälle, einen Rechtsanwalt bei der Hand zu haben. Rechtsanwalt Spadi verlangt vom Onkel die Speisenkarte. Der Onkel kann nur mit warmer Warmer dienen. Warme Warme will Rechtsanwalt Spadi nicht. Er bestellt eine Flasche Wein mit drei Gläsern. Wohin sind wir geraten, Betty? fragt er seine Frau. Frau Spadi beschwichtigt ihn, dabei, wie immer, jeder Zoll eine Dame. Sie raucht sich eine ihrer langen dünnen Zigarren an. Die Dorffrauen draußen unter den Saalfenstern stoßen und bedrängen einander. Jede will das feine Weibsstücke sehen, was lanke Zigarrn roocht. Ilonka Spadi bestaunt das buntbeleuchtete Glasparkett.

Die Musiker gehen wieder auf die Bühne. Die abgekühlten Tänzer beziehen den Saal. Ich bediene meine Gäste, immer mit dem Rücken zu den Spadis hin. Aber mein Rücken scheint einer gewissen Dame bekannter zu sein, als ich vermute. Ilonka Spadi steht vor mir und fordert mich zum Tanz auf.

Ich bin hier Kellner, sage ich barsch. Ilonka verstrahlt Innigkeit, Hinwendung, Zuneigung und der Deibel weiß was aus ihren tiefliegenden Augen. Sie bewundert mich: Das Besondere an dir ist – du gibst nie nach, sagt sie, und damit hat sie es getroffen. Sie hat meine Eitelkeit getroffen. Seht, ich bin etwas Besonderes, ich gebe nie nach! Dabei glättet sich mein gesträubtes Gefieder bereits. Ilonka packt mich, und ich lasse mich packen. Solotänzerinnen eignen sich nicht zum Paartanz, habe ich irgendwo gelesen. Ilonka eignet sich. Sie tanzt nicht nur sich, sie tanzt auch mich. Sie macht mich tanzen, wie ich manchmal träume, daß ich tanze. Aber das ist wohl Schwulst? Ich tanze, wie ich manchmal denke, daß ich tanzen können sollte.

Wir tanzen am Tisch der Spadis vorüber. Der Rechtsanwalt sieht, seine Tochter tanzt mit dem Kellner. Er ist empört. Madame Spadi, wieder jeder Zoll eine Dame, scheint ihren Gatten daran zu erinnern, daß wohl auch er in seiner Studentenzeit mit Kellnerinnen getanzt haben dürfte.

Auf meinen sonstigen Dorftanzereien hatte ich bei den Mädchen beste Erfolge, wenn ich ihnen die Schlagertexte ins Ohr sang. Es ist mir zur Gewohnheit geworden. Ich unterscheide mich wenig von den Jugendlichen heutiger Tage, die ihre Gefühle einander mit Hilfe eines zwergligen Radioapparates übermitteln. Bei Ilonka versage ichs mir, ihr den Text des Tanzschlagers ins Ohr zu singen. Ist sie mir fremd? Nicht im geringsten. Ich spiele diese Fremdheit. Es ist *das Besondere an mir – ich gebe nicht nach!* Aber dann fängt Lonka an zu singen, und ich stimme ein: *Du bist mein Stern, du bist mein Mond und meine Sonne ...* Ändert Ilonka mich, sobald sie auf mich losgeht? Spiegelt sie meine Gefühle und wirft sie verstärkt zurück? Fragen, die ich mir auch später stellen werde, wenn mir eine Frau begegnet, von der ich glaube, daß ich es ein Leben lang mit ihr aushalten könnte. Vermag eine Frau mehr aus mir zu machen, als ich bin?

Einmal, als ich so um fünfundzwanzig Jahre alt war, machte ich auf eine Frau ein Lied, ein fix und fertiges Lied, Text und Melodie. Für diese Frau war das Lied eine Lächerlichkeit, ein Nichts. Ihre Seele war eine Blechwand, an der meine Gefühle abprallten. Ich nahm das Lied zurück und legte es zu meinen Erinnerungen. Später, als der listige Augsburger mein erstes Theaterstück in Regie nahm, wies er auf eine Szene, in der zwei Dorfmädchen abends wartend auf einer Bank sitzen: Hier gehöret an Lied her, an Tupfer von einem Lied, sagte er. Da nahm ich jenes Lied aus der Erinnerung, und zwei junge Schauspielerinnen sangen es, und das Publikum nahm es wohlwollend auf. Später wurde die Theateraufführung verfilmt, und Text und Melodie des Liedes von damals blieben im Tonfilm aufgehoben. Das – um rasch vorzuführen, wie weit der Anlaß einer poetischen Produktion und ihre Wirkung auseinander liegen können.

Ilonka und ich sind uns wieder näher gekommen. Es fragt sich, ob ich ihr fern war. Ich schiebe mein Motorrad in den Schuppen der Ausspannung, und sie wartet, wie früher, in der Haustür-Nische auf mich. Und wenn ich in der Haustür-Nische auf *sie* warte, sehe ich zur Kleinen Spree hinunter, und der ganz und gar garstige Färberschaum erscheint mir schön. Die Kleine Spree schlämmt ihn in die Große Spree, und die bringt ihn in die Havel, und die Havel bringt ihn in die Elbe, die Elbe in die Nordsee und hinaus in den Atlantischen Ozean. All das erlebe ich, während ich auf Ilonka warte.

Ich bin heraus aus dem Nihilismus, den ich mir bei Tolstoi anlas. Es gebrach mir an Ausdauer, ich habe die *Lebensbeichte* noch immer nicht zu Ende gelesen. Auch Tolstoi muß ja wohl aus seinem Nihilismus herausgekommen sein, wie hätte er sonst noch all das schreiben können, was Leute, die ihm zugetan sind, allzeit bewundern?

Das Leben bietet sich mir wieder zum Mitmachen an. In der Schule eigne ich mir wieder die Erkenntnisse anderer an, richtige und falsche. Nicht mein Interesse, mein Ehrgeiz ist auf sie aus, deshalb behalte ich sie nur vorübergehend in mir. Ich will gemeinsam mit Lonka auf der Schultreppe in die Obersekunda steigen.

Nicht jeder Gymnasiallehrer hälts bis zur Pensionierung in Grodk aus. Es gibt Wanderer unter ihnen, die etwas suchen, die sich vielleicht selber suchen und meinen, sie hätten dazu einen Ortswechsel nötig. Einer geht zum Beispiel weg, weil ihm aus Gründen des Takts auferlegt ist, die Abendveranstaltungen zu besuchen, die die Gattin unseres Direktors mit ihren unbescheidenen Gesängen und Studienrat Münchdorf mit seinem Klavier-Laiengespiel ausfüllen. Einer geht, ein anderer kommt. Da ist Studienrat Jansen, der es gut mit mir meint. Er gibt bei uns Geschichte und Mathematik und geht alsbald wieder. Weshalb geht er? Jedweder weiß von dem Fettfleck auf der linken Brustseite seines Cuts. Keine Reinigungsanstalt vermochte diesen Fleck zu besiegen. Zuletzt trug Jansen ihn wie einen Orden. Er wurde deshalb Pauernjunge (Bauernjunge) ausgespottet, nicht nur von den Schülern.

Jansens Stelle wird von Doktor Apfelkorn besetzt, reiner Berlin-Import mit sechs Anzügen, die er nach und nach vorzeigt. Niemals Jackett hell und Hose dunkel oder Hose hell und Jackett dunkel, sondern immer Hose und Jacke in einer Farbe, durchweg elegant, außerdem ein großkarierter Knickerbocker-Anzug, dazu eine Schirm- oder Schiebermütze aus dem gleichen Stoff, zu jedem Anzug die passende Krawatte, und zu jeder Krawatte die passende Schlipsnadel. So etwa ein kleines golden blinkendes Hufeisen mit drüberliegender Reitpeitsche, ein perlmutt-farbenes Perlchen oder für den Schlipsknoten des Knickerbokker-Anzugs ein Schlipsnädelchen im Marienkäfer-Look. Der ganze Doktor Apfelkorn – ein Double des Filmschauspielers Willy Fritsch. In seinen ersten Grodker Tagen wird er von filmgeilen Grodkerinnen um Autogramme gebeten. Sie glauben, der Filmheld habe eine *Pfanne*, wie meine Großmutter sagt, läßt sein Auto in Grodk reparieren und sieht sich derweilen das Städtchen an. Nach einigen Tagen hört das auf. Es spricht sich herum: Kein Willy Fritsch – ein neuer Pauker für die Real-Ochsen, aber immerhin ein Mann mit Heiratswert.

Doktor Apfelkorn verfügt über einen Gang, der ausspricht: Dieser Herr ist gründlich von sich selber überzeugt, und Gott, wenns einen *gäbte*, wäre gerade gut genug, diesem Herrn die Schuhriemen zu lösen. Vielleicht hat Apfelkorn ein Zeitchenlang auf Schauspieler studiert. Er ist imstande, durch das Heben seiner Oberlippe und das Vorzeigen seiner ebenmäßigen Oberzähne ein sogenanntes gewinnendes Lächeln zu produzieren. Er lächelt auch, wenn ihm etwas nicht paßt. Er hat sein Lächeln in der Hand.

Apfelkorn hat den Deutsch-Unterricht bei uns übernommen. Ich kann kein Wohlwollen für ihn aufbringen. Er weiß drauf zu laufen, wie man im Thüringischen sagt. Er redet zum Beispiel seine Deutsch-Schülerinnen mit *meine Damen* an. Seine Deutsch-Schüler sind *Kerls.* Kerl, stehn Se nicht so krumm da, Sie kriegen Falten im Bauch, sagt er zu meinem Mitschüler Marosnik, und alle, die sich bei Apfelkorn beliebt machen wollen, lachen oder grinsen. Sie gieren nach Apfelkorns Wohlwollen und vermindern damit mein Wohlwollen für Apfelkorn.

Wir behandeln Goethes *Urfaust.* Apfelkorn wendet sich den Damen zu. Was geht aus Gretchens Antwort hervor: *Bin weder Fräulein weder schön, / Kann ohngeleit nach Hause gehn . . .*?

Die Dame Pide Laude meldet sich: Das Gretchen weiß schon, daß es ein Fräulein und daß es schön ist; es möchte schon heimbegleitet werden, doch es fürchtet üble Nachrede, außerdem ist der Kavalier nicht der Jüngste mehr.

Sieh an, die Tochter von Studienrat Laude, die Tochter meines einstigen Religionslehrers, woher hat sie diese modischen Ansichten?

Apfelkorn steht vor Pide Laude, hebt seine Oberlippe, produziert sein amerikanisches *Smiling*, attestiert Pide *psychologisches Verständnis*, zieht sein Notizbuch und schreibt ihr eine Eins an.

Scheuße, sage ich, daß Apfelkorn es hören kann.

Welcher Kerl äußert da fläzig seinen Unmut?

Ich soll meine gegenteilige Meinung beweisen.

Das Gretchen ist bescheiden, und Goethe hat es so gemeint. Wenn die heutigen Damen, lasse ich heraus, Raffinesse hinter Bescheidenheit verstecken, dann mögen sie sich Stücke schreiben lassen, in denen das offenbar wird. Ich bin dagegen, den Sinn der alten Stücke anzutasten.

Apfelkorn geht auf meine Antwort nicht ein. Vielleicht habe ich ihn unsicher gemacht? Ich bin bisher in seinem Unterricht nicht vorgekommen.

In der nächsten Deutschstunde bei Apfelkorn sollen wir uns über die entgegengesetzten Wesens-Arten von Faust und Mephisto äußern.

Die Dame Spadi vielleicht? fragt Apfelkorn.

Die Dame Spadi ist abwesend. Apfelkorns Frage ist nicht bei ihr angekommen. Ich springe ihr zu Hilfe, mische mich ein, antworte, ohne gefragt zu sein, und benutze im Eifer Bossdomer *Ponaschemu*: Mephisto gibts nich alleene, und Faust gibts nich alleene, Goethe hat sich den *Faust* lang in die beeden uffgespalten.

Großes Gelächter.

Sind Sie Ausländer? fragt Apfelkorn.

Kito von Saspow! raunt Krachschläger Hundert von hinten, und wieder kollert ein kleines Gelächter durch die Klasse.

Ein Glück, daß ich mit Ilonka Spadi wieder eins bin, daß ich ihr mit Spickzetteln behilflich sein kann. Am liebsten möchte ich bis zum Abitur auf der *hochen Schule* bleiben und mit ihr auf einer Bank sitzen. Ich arbeite treu und hart wie das Tier, das man Büffel nennt. Überdies schreibe ich Gedichte. Mit ihrer Hilfe verkümmere ich den Kummer, der aus dem Gejammer im Elternhaus zu mir einkriechen will; mit ihrer Hilfe freue ich mich an der Freude, die ich an Ilonka Spadi und durch sie an der Schule habe. Ich komme in jene Hochstimmung, die Epileptiker fühlen, bevor ein Anfall sie anfällt. Meine Gedichte sind eine große Heimlichkeit. Ich verstecke sie vor mir selber. Vielleicht bin ich krank?

Wieder ein Wandertag. Für mich als organisierten Touristen eine Lächerlichkeit. Wir schlendern und ulken, und die Krachschläger spielen sich vor den Mädchen auf und haben hohe Zeit. Wir wandern unter der Obhut von Studienrat Schraube. Für einen Obhüter sind Schraubes Flügel zu kurz. Unser Ziel ist die Pappfabrik von Bühlow. Wir besichtigen Arbeiter und wie die aus Holzbrei Pappe herstellen. Ich muß an meinen Freund Hermann Wittling denken. Was würde er sagen, wenn ich mit dieser Horde von Scheußern und Scheußerinnen in seinen Schacht eindringen und ihn beim Kohlenklauben besehen wollte? Es ist mir peinlich. Ich verlasse die Fabrik, noch ehe aus dem Holzkleister Pappe geworden ist.

Alsbald ist Lonka Spadi bei mir. Es durchzuckt mich froh. Sie will wissen, ob ich mich nicht wohlbefinde. Das rührt mich. Ich will mich ihr dankbar erzeigen: Ich sage ihr, sie hätte zuletzt doch noch verhindert, daß ich in den nihilistischen Abgrund trieb. Ich sage es pathetisch nach der Schnur und bin mir bewußt, daß ich gelind übertreibe, aber das gehört zu diesem Alter und zu dieser Szene.

Es schmeichelt Lonka, daß sie mich vor einem Abgrund bewahrte. Sie will es genauer wissen. Ich erzähle ihr, daß ich herausfand, das Leben sei sinnlos, besonders damals, als sie mich mißachtete und erniedrigte, und, ohne einen Seitenblick auf mich hin, im *Hanomag*, in diesem beräderten Blechbrötchen, an mir vorüberfuhr. Ich erzähle ihr, wie ich gewahrte, daß wir uns mit Tolstoi einig waren, das Leben sinnlos zu finden.

Lonka kennt weder Tolstoi, diesen Russen, noch weiß sie, was ein Nihilist ist. War Diogenes, der in einer Tonne gelebt haben soll, ein Nihilist? will sie wissen.

Als echter Nihilist lebt man nicht in einer Tonne, sondern besser überhaupt nicht, erkläre ich ihr und enthemme mich mehr und mehr und liefere mich ihr aus. Sie ist mit der Gabe ausgestattet, einen wundervoll zu bedauern, ohne sich selber in dieses Bedauern hineinzulegen. Sie wird mich nie wieder an den Abgrund treiben, sagt sie, drei Küsse drauf, sagt sie und zieht mich hinter einen Wacholderbusch und gibt sie mir.

Doktor Apfelkorn läßt uns einen Hausaufsatz schreiben: Ein Hausgerät als mein Freund. Eine apfelkornsche Geistreichelei: Zähne zeigen, Willy-Fritsch-Lächeln: Schreiben Sie beispielsweise über Ihre Zahnbürste. Ich hoffe, Sie betreiben eine. Oder schreiben Sie, wenns beliebt, über Ihre Schuhe! Schuhe sind Charakterurkunden. Das als unverbindlicher Hinweis!

Ich bin wieder einmal *empfindlich uff die Wörter*. Weder eine Zahnbürste noch Schuhe sind für mich Hausgeräte. Ich schreibe über den grünen Kachel-Ofen in der Bossdomer Bodenstube.

Ich schreibe ein Heft voll, und mir ist, als könnte ich noch mehr schreiben, aber nun ists wohl genug. Ich beschreibe, wie ich in den Nihilismus fiel und daß der grüne Kachel-Ofen alles mit angesehen hat. Ich beschreibe, wie ich mich durch die Freundlichkeit, die mir ein Mädchen angedeihen ließ, aus dem Nihilismus herausstrampelte. Ich bin hemmungslos, ich entblöße mich, und ich weiß nicht, daß sich da mein späterer Beruf ankündigt, jener Beruf, der gern *Berufung* genannt wird. Jedenfalls ein Beruf, der einen peinigt und befriedigt und wieder peinigt und befriedigt, und man hat keine Wahl, wenn man in ihn hineingelangt ist; denn wo ein Plus ist, ist auch ein Minus und umgekehrt. Jeder kann meinem Hausaufsatz ankennen, daß ich auf die *hoche Schule* gehe: Früher, als ich noch zu Rumposchen in die Schule ging, hätte ich gesagt: Wo ein Viel ist, ist ein Wenig, und anstelle von Nihilismus hätte ich gesagt: Es will sich mir nicht mehr leben.

Kurzum, ich betreibe mit diesem Hausaufsatz eine Selbstheilung, denn die Familienkräche daheim sind angetan, mich wieder in den Nihilismus hineinzudrängen.

Alle Welt weeß, daß man Stroafgefangener uff Urlaub is, sagt der Vater zum Beispiel, wenn er sich mit einigen Flachen Bier in Stänkerfreudigkeit hineingesteigert hat. Alle

Welt ist für den Vater Bossdom und sein Vorwerk, allenfalls Gulitzscha.

Alle Welt hat ooch gewußt, wie de es dennzumoal mit Hankan getrieben hast, und denkste, deine Hosenkrankheit is geheim geblieben? hält die Mutter entgegen. Und der Vater verflucht wieder und wieder die wendsche Schwiete, in die er eingeheiroat hat.

Ich muß was dagegen setzen, muß mir einreden, daß die Freuden in meinem Leben überwiegen. Nicht einmal ich selber weiß, daß ich Selbstheilung betreibe. Später werde ich das noch oft tun, aber bewußt.

Wenn Doktor Apfelkorn durch die Bankreihen geht, zieht er einen herben Parfümduft hinter sich her, wie ein überzüchteter Goldfisch seinen Schleierschwanz hinter sich herzieht. Dieser Duft schmeckt mir nicht, weil ihn Doktor Apfelkorn ausdünstet. Neuerlich ist der Duft auch da, wenn Doktor Apfelkorn nicht bei uns unterrichtet. Kommt er von meiner Banknachbarin, der Spadi, her? Oder gerate ich, der niederschlesische Neurotiker, wieder in den Zustand hinein, den der Arzt Idiosynkrasie nannte? Ich rede mit der Spadi über die Plage. Bedauern und ein barmherziger Blick aus ihren tiefliegenden Augen. Sie weiß, wie einen sowas quält. Bei ihr sinds die Ohren, die so überempfindlich sind. Sobald jemand ein verstimmtes Klavier anschlage, gehe ihr die Mißmusik über Stunden nach.

Am nächsten Tag errieche ich, wie gut die Spadi es mit mir meint. Sie duftet wie eine Hyazinthe. Ich bin ihr dankbar. Ich kriege es wirklich noch fertig, ihretwegen das Abitur zu machen. Das Abitur gemacht zu haben, ist von Wichtigkeit, höre ich strebsame Leute reden. Mit dem Abitur in der Westentasche, wird mir immer wieder gesagt, kannst du studieren, was du willst. Wenn dir dies nicht gefällt, studierst du das, kurzum, mit dem Abitur hast du ein Sprungbrett unter dir. Gut, gut, aber erstens habe ich keine Westentasche, und zweitens wüßte ich nicht, wohin ich springen würde, wenn mir das Abitur glücken sollte.

Lonka und ich verbrauchen unseren Schulweg, und wir verbrauchen unseren Heimweg gemeinsam. Und Lonka ermuntert mich, im Heide-Ponaschemu zu reden. Sie hört das so gern; sie findet das so lustig. Ich denke an Mina Baltin, denke daran, wie sie ihre italienische Schwägerin aufforderte: Lia, sag mal Fischelchen! Nu wern wa dass bald müssen unsre Hausuffsätze zurückkriegen, sage ich. Es tut mir gut, die Spadi mit solchen Sätzen zu belustigen. Auch das hilft mir, die Kräche, die ich daheim erlebe, zu vergessen. Sie werden jetzt wieder vom Geldmangel, von den Rechnungen verursacht, die nicht bezahlt werden können, und eben die Rechnungen der Lieferfirmen sind in Schuld. Fremde Leute ziehen die Fahne im Hause Matt auf Halbmast herunter.

Was nun? Ich sehe eine Marienkäfer-Brosche am Aufschlag von Lonkas Kostümjäckchen. Die Brosche ähnelt der aus dem Schlipsknoten von Doktor Apfelkorn.

Eifersucht zischt in mir auf. Ich beobachte Lonka und Apfelkorn während des Unterrichts. Ich kann nicht feststellen, daß Blicklinien zwischen ihnen hin- und hergehen, doch meine Eifersucht traktiert mich trotzdem. Ich stippe mit dem Zeigefinger auf den Marienkäfer an Lonkas Kostümjackenaufschlag. Woher die bunte Blattlaus?

Sie antwortet mir nicht.

Ich erwarte sie zum Heimgang wie täglich in der Lindenzeile auf dem Pfortenplatz. Sie verspätet sich, aber dann kommt sie und macht mich überflüssig. Doktor Apfelkorn ist bei ihr. Ich mache mich so weit beiseite, daß sie mich nicht zu sehen braucht, wenn sie mich nicht sehen will. Sie sieht mich, doch sie tut, als sähe sie mich nicht. Vielleicht zollt sie ihrem Lehrer, der sich ihr aufdrängte, den gebührenden Schülerinnen-Respekt, versuche ich mich zu trösten.

Die Brust mit dem gelben Feuer der Eifersucht gefüllt, verbringe ich die Nacht. Sogar der Morgenhimmel ist für mich gelb gefärbt. Der Schwefelregen, von dem die Alten zitternd weissagten, wäre möglich. Ich sitze neben der Spadi wie ein Reisender, der in ein Eisenbahnabteil zustieg und neben ein Weibswesen zu sitzen kam, von dem er nicht weiß, woher es kommt und wohin es fährt.

In der Französisch-Stunde bei Studienrat Schraube behandeln wir den *Eingebildeten Kranken* von Molière. Meine Hände fahren unter das Bankpult, um den Reclam-Band aus der Tasche zu holen. Die Hand der Spadi fährt unterm Pult in die meine. Er hat mich gebeten, flüstert sie, er hatte in der Wiesengasse zu tun. Für ein Zeitchen bricht meine Eifersucht zusammen.

In der nächsten Stunde tritt Apfelkorn auf: Knickerbokker-Anzug, fritsch-lächelnd, ohne Marienkäfer im Schlipsknoten.

Ein nachgebildeter Marienkäfer, eine Brosche, ein Kinkerlitz springt vom Schlipsknoten eines Mannes auf eine Mädchenjacke. Das ist der *objektive* Tatbestand, er wurde von den Händen zweier Menschen hergestellt. Das Leben hat diese Hände zu Werkzeugen ausersehen. Sie stellten eine Weiche im Leben eines dritten Menschen. Der dritte Mensch bin ich.

Apfelkorn gibt uns die Hausaufsätze zurück. Heft für Heft. Er liest die Bemerkungen vor, die er unter die Arbeiten schrieb. Er liest langsam. Er liest genüßlich. Er glaubt geistreiche Aphorismen verfaßt zu haben. Er nimmt mein Heft her. Er schlägt es auf. Er sieht dabei zur Spadi hinüber. Auch das genüßlich. Er lobt meinen Aufsatz: Eine umfangreiche und *philosophisch basierte* Arbeit, ein Liebesbrief mit erkennbarem Ziel. Er schließt das Heft. Jähzorn verdrängt meinen Lebens-Ekel. Apfelkorn wedelt mit meinem Heft. Er spielt sich auf und fragt zu den Mädchen hin: Wartet der Kerl, daß ich es ihm bringe?

Die Krachschläger nutzen den Lehrerscherz. Sie lachen, sie heucheln, die schmieren sich an. Ich seh nach der Spadi. Sie lächelt tiefäugig. Ich spring zum Katheder, entreiße dem Doktor mein Heft und schlag in das grinsende Fritsch-Gesicht.

Und damit fängt mein absonderliches Mannsleben an, von dem ich erst jetzt weiß, was es *ganzes von mir gewollt hat.*

ENDE